DOROTHEE FESEL

Disko 76

AF238575

GOLDMANN

Buch

Bochum 1976: Die 19-jährige Doro hat den ersten Mann geheiratet, in den sie sich verliebt hat – vor allem um den Fittichen ihrer Familie zu entgehen. Doch bald will ihr Mann nur noch eines: Kinder. Und damit Doro Zeit für die Familiengründung hat, kündigt er ihre Stelle im Kindergarten. Doro ist außer sich. Um ihrer einengenden Ehe wenigstens für ein paar kostbare Stunden zu entfliehen, stürzt sie sich ins Nachtleben und entdeckt über den Freund ihrer Schwester, einen amerikanischen GI, die funkelnde Diskowelt für sich. Zusammen mit ihrem Bruder schmiedet sie den Plan, die erste Disko Bochums zu eröffnen. Und als sie eines Nachts dem attraktiven Tänzer Robert begegnet, spürt Doro sofort: So fühlt sich die wahre Liebe an ...

Mehr Informationen zu Dorothee Fesel finden Sie am Ende des Buches.

Dorothee Fesel

Disko 76

Roman

GOLDMANN

Der Verlag behält sich die Verwertung der urheberrechtlich
geschützten Inhalte dieses Werkes für Zwecke des Text- und
Data-Minings nach § 44 b UrhG ausdrücklich vor.
Jegliche unbefugte Nutzung ist hiermit ausgeschlossen.

Penguin Random House Verlagsgruppe GmbH FSC® N001967

1. Auflage
Originalausgabe März 2024
Copyright des Romans auf Basis der Serienvorlage
von RTL Television GmbH © by Dorothee Fesel 2024
Copyright © dieser Ausgabe by Wilhelm Goldmann Verlag, München,
in der Penguin Random House Verlagsgruppe GmbH,
Neumarkter Straße 28, 81673 München
© RTL Television GmbH, vermarktet durch Ad Alliance GmbH
Umschlaggestaltung: UNO Werbeagentur GmbH, München
Umschlagmotiv: © RTL Deutschland
LK · Herstellung: ik
Satz: GGP Media GmbH, Pößeck
Druck und Bindung: GGP Media GmbH, Pößneck
Printed in Germany
ISBN: 978-3-442-49548-1

www.goldmann-verlag.de

Die Tanzenden werden für verrückt gehalten von denjenigen, die die Musik nicht hören können.

Friedrich Nietzsche

Das Schönste, was Füße tun können, ist tanzen.

Kermit, der Frosch

Playlist

Viki Leandros: Ich liebe das Leben
KC and The Sunshine Band: That's The Way (I Like It)
Diana Ross: Love Hangover
Siw Malmkvist: Liebeskummer lohnt sich nicht
Rex Gildo: Fiesta Mexicana
Marianne Rosenberg: Er gehört zu mir
Roberto Blanco: Ein bisschen Spaß muss sein
The Jackson Five: ABC
Frankie Valli & The Four Seasons: December, 1963
(Oh, What a Night)
Udo Jürgens: Griechischer Wein
ABBA: SOS
Vickie Sue Robinson: Turn The Beat Around
Carl Douglas: Kung Fu Fighting
Peggy Lee: Fever
Silver Convention: Get Up and Boogie
The Trammps: Disco Inferno
Blue Swede: Hooked On A Feeling
Boney M.: Daddy Cool
Rose Royce: Car Wash
ABBA: Dancing Queen
Paul Simon: 50 Ways to Leave Your Lover
LaBelle: Lady Marmalade
Boney M.: Sunny
The Jackson Five: Dancing Machine

Hot Chocolate: Disco Queen
Harold Melvin & The Blue Notes (feat. Teddy Pender-
grass): Don't Leave Me This Way
Kool & the Gang: Jungle Boogie
The Emotions: Flowers
Donna Summer: Come With Me

»Haben Sie gerade gesagt, mein Mann hat meine Stelle gekündigt?« Doro musste beinahe brüllen, um die umhertobenden Kinder zu übertönen. Der Lärm im Kindergarten, in dem sie als Erzieherin arbeitete, hatte im ersten Moment dafür gesorgt, dass sie dachte, sie hätte sich verhört.

Doch dann wiederholte ihre Chefin Frau Bleibtreu das Gesagte: »Ihr Mann hat angerufen. Er möchte Sie lieber zu Hause haben.«

Doro versuchte die Information zu verarbeiten, während die kleine Tanja lauthals den beiden Jungs hinterherjagte, die ihr den Haarreif vom Kopf geklaut hatten. Zugegeben, das war Doros Schuld – oder besser gesagt, ihr Verdienst. Sie hatte Tanja eingetrichtert, dass sie sich solche Gemeinheiten nicht gefallen lassen solle. Denn Doro wusste, dass man als Frau schon früh lernen musste, für sich einzustehen, sonst würde das später zum Problem, so wie es bei ihr oft der Fall war. Zu der herausfordernden Geräuschkulisse kam erschwerend hinzu, dass sie gerade nicht aufstehen konnte. Tanja hatte sie nämlich gebeten, ihr Knetei auszubrüten. Kinder mussten ernst genommen werden, so lautete Doros Credo. Und weil Fantasie zu ihrem Job als Kindergärtnerin dazugehörte wie der Löffel zu einem Teller Suppe, saß Doro also jetzt auf einem blauen Knetei und versuchte, über mehrere Kinderköpfe hinweg mit Frau Bleibtreu zu reden, die in der Tür zum Spielzimmer stand wie in einem zu kleinen

Bilderrahmen. Sie schien nicht gewillt, diese Position aufzugeben und sich den Weg durch die tobenden Kinder hindurch zu Doro bahnen zu wollen.

»Ihr Mann hat die Vormundschaft, das wissen Sie ja«, rief sie jetzt ungeduldig. »Damit ist das Arbeitsverhältnis aufgelöst. Die Anita müsste gleich hier sein.«

Doro konnte es nicht fassen. Wie kam Matthias dazu, einfach so, ohne mit ihr darüber zu sprechen, ihren Job zu kündigen? Ja, er war ihr Ehemann, und ja, theoretisch hatte er das Recht, ihr das Arbeiten zu untersagen. Aber warum in aller Welt sollte er das tun? Sie musste sich ein bisschen Zeit verschaffen, daher sagte sie so ruhig und gefasst wie möglich: »Ich rede nachher mal mit meinem Mann, das muss ein Missverständnis sein.«

Frau Bleibtreu verschränkte demonstrativ die Arme vor der Brust. »Es tut mir ja auch leid, Frau Walter, aber wenn Ihr Mann das wünscht, dann müssen wir uns danach richten«, sagte sie spitz. »Wir sind hier ein katholischer Kindergarten. Eine Ehe wollen wir doch nicht aufs Spiel setzen, oder?!« Sie sprach jetzt ein bisschen so, als erklärte sie einem der Kinder, dass man andere nicht hauen dürfe. Dadurch war die demütigende Situation für Doro noch schlimmer. Sie zog ihre Brille ab und bearbeitete die Gläser mit dem Ärmel ihrer Bluse, rubbelte und wischte und setzte sie wieder auf. Es machte keinen Unterschied, die Gläser waren immer noch dreckig, aber Wut und Nervosität manifestierten sich bei ihr immer in Brilleputzen – als ob die Welt sich ändern würde, wenn sie die Dinge um sich herum klarer sähe. Sie wusste, dass sie keine andere Wahl hatte, als sich erst mal der Ansage von Frau Bleibtreu zu beugen. Aber sie wusste auch, dass sie sich auf keinen Fall ihre Arbeit würde wegnehmen lassen. Kindergärtnerin klang vielleicht nicht nach einem Traumjob – unter anderem wegen des hohen Geräuschpegels und der Virengefahr –, aber man konnte jederzeit legitim Quatsch machen und jede Albernheit als fantasievolles Spiel verkaufen. Doro hatte sich vom ersten Tag an hier sehr wohlgefühlt, deshalb war sie nach der Ausbildung zur Erzieherin auch gleich dageblieben. Im Kindergarten war es so schön anders als im Feinkostladen ihrer Eltern, wo alles stets korrekt sein und der Umsatz stimmen musste. Dort hätte sie nicht arbeiten wollen. Überhaupt empfand Doro die Erwachsenenwelt oft als viel zu ernst, zu unentspannt, zu kontrolliert. Darum hatte sie es auch nie für nötig gehalten, ein Haushaltsbuch zu führen, obwohl Matthias ihr extra eines gekauft hatte.

Schützend zog sie die Schultern nach oben. Immer noch spürte sie den fordernden Blick von Frau Bleibtreu auf sich. Anscheinend wollte ihre Chefin mit eigenen Augen sehen, dass Doro den Kindergarten verließ. Sie seufzte. Unter ihrem Allerwertesten befand sich doch noch das blaue Knetei – und Spiel war Spiel, da konnte man nicht einfach unvermittelt aussteigen! Zum Glück kam Tanja jetzt stolz grinsend auf sie zu. Der Haarreif befand sich wieder auf ihrem Kopf und hielt die langen blonden Haare davon ab, ihre olivengrünen Augen zu verdecken. Doro musste lächeln.

»Na, geht doch«, freute sie sich über Tanjas Erfolgserlebnis.

»Danke fürs Brüten«, entgegnete das Mädchen mit zartem Stimmchen – und das war Doros Stichwort: Sie tastete mit einer Hand unter ihren Po und machte ein freudiges Gesicht.

»Ich glaube, da ist was geschlüpft«, sagte sie feierlich, formte die Hände zu einer Schale und reichte Tanja ein imaginäres Küken. Das Mädchen strahlte über das ganze Gesicht und formte mit den Händchen ebenfalls eine Schale, damit Doro ihr das Küken übergeben konnte. Dabei bemühte sich Doro, die ungeduldig wartende Frau Bleibtreu am anderen Ende des Raumes auszublenden, deren Blick halb genervt, halb mitleidig auf ihr ruhte. Tanja streichelte jetzt vorsichtig ihr Küken.

»Das lässt du dir nicht von den Jungs wegnehmen, versprochen?« Doro sah sie streng an, und Tanja nickte andächtig. Dann griff sie in ihre Rocktasche und holte einen weiteren blauen Knetklumpen hervor.

»Hier, ich schenke dir noch ein Ei, Frau Walter«, sagte sie großzügig und grinste sich Grübchen ins Gesicht. Doro nahm das blaue Ei entgegen und lächelte, obwohl sie eigentlich hätte heulen wollen. Sie atmete tief durch und erhob sich langsam.

»Ich muss heute früher los«, sagte sie schnell, strich Tanja über die Wange und bahnte sich dann den Weg durch den Raum. Vorbei an den Vorschulmädchen Nicole, Stefanie und Claudia, die am Basteltisch mit ihren Strickliesen beschäftigt waren. Vorbei an Christian und Martin, die, statt Tanja zu necken, jetzt einen Holzklotzturm auf dem Spielteppich errichteten. Vorbei an der Jüngsten im Bunde, Katharina, die in der Kuschelecke ein Bilderbuch durchblätterte. Die Luft roch nach einer Mischung aus Klebstoff, matschigen Bananenstücken und Kinderpupsen, gemischt mit dem Duft frischen Kaffees aus der Kindergärtnerinnen-Küche. Alles war wie immer. Ein ganz normaler Tag. Nur dass sie, wenn es nach Matthias ging, einfach nicht mehr dazugehörte. Von jetzt auf gleich.

Als Doro sich an Frau Bleibtreu vorbeischob, nickte sie ihr nur kurz zu, und ihre Chefin nickte zurück. Was gab es auch zu sagen? Sie beide wussten, dass das Erlernen und Ausüben eines Berufs die »großzügigste Geste der modernen Zeit an die Frau« war. So stand es zumindest in den Ehebüchern, die ein beliebtes Geschenk an Hochzeitspaare waren. Auch Doro hatte ein solches Exemplar von ihrem Onkel Helmut zur Hochzeit bekommen – falls in ihrer Ehe mal Fragen aufkommen würden wie: *Bekommt die Frau genug Taschengeld?* oder *Ist Frigidität ein Scheidungsgrund?* Doro verdrehte innerlich die Augen beim Gedanken daran, nahm ihre blaue Cordjacke von der Garderobe und streifte sie langsam über. Sie hatte das Kleidungsstück an einen der Kinderhaken gehängt, den das Bild eines Löwen zierte. Im katholischen Kindergarten hatte jedes Kind ein Tierbild, damit es sich merken konnte, wo es seine Jacke hinhängen sollte. Der Löwe gehörte eigentlich dem kleinen Thomas, doch der war heute krank, und so hatte Doro sich den Löwen geschnappt. Gerade fühlte sie sich aber eher wie eine Antilope. Zerbrechlich und schutzlos und von ihrer Herde getrennt. Ihr Blick fiel in den Spiegel an der Wand. Sie sah aus wie immer. Ihre vom Mittelscheitel herabfließenden dunkelblonden Haare, die verträumten blauen Augen hinter den Brillengläsern, die geschwungenen Lippen unter der Stupsnase. Sie bemerkte, dass ihre Schultern mal wieder nach vorne fielen, und stellte sich aufrechter hin – ein antrainierter Vorgang, den sie immer dann vollzog, wenn sie sich ihrer Schlaksigkeit bewusst wurde. Dann wandte sie den Blick ab und betrachtete noch einmal die kleinen bunten Jacken und Schuhe in Reih und Glied, rückte einen linken Gummistiefel zurecht und öffnete die Tür. Das blaue Knetei hielt sie immer noch fest in der Hand.

Die Straßen waren ungewöhnlich leer. Auch der Alte Markt mit dem Kuhhirtendenkmal, den Doro immer überquerte, schien wenig besucht. Die bronzene Statue sollte an die Hirten erinnern, die jahrhundertelang das Vieh, das jeder Haushalt in Bochum zur Selbstversorgung besaß, auf die Vöhde gebracht hatten, bevor aus dem Ackerland Zechen, Stahlwerke und Eisenbahnstrecken geworden waren. Es war bereits der zweite bronzene Kuhhirte, weil der erste wie viele Kunstwerke im Zweiten Weltkrieg für die Rüstungsproduktion eingeschmolzen worden war. Jeden Monat, wenn sie mit den Kindergartenkindern hier vorbei in die Bücherei gegangen war, hatte Doro ihnen diese Fakten erzählt, nicht, weil es wichtiges Wissen war, sondern weil die Kinder es immer wieder hören wollten. Jetzt fragte sie sich, ob der fehlende Trubel an der Uhrzeit lag, schließlich war es erst halb elf, oder ob er ihr nur heute zum ersten Mal auffiel, wo sie es nicht eilig hatte, nach Hause zu kommen. Normalerweise verließ sie kurz nach zwölf den Kindergarten und trat zügig den Heimweg an, um das Mittagessen zu kochen. Sie lief die Bongardstraße entlang, am Hansa-Haus mit seiner schönen Jugendstilfassade vorbei, dann am Rathaus, an der Christuskirche, in der Matthias und sie geheiratet hatten, bis sie ihre Wohnung am Westring erreichte. Der Nachhauseweg war nicht weit, die wenigen Blöcke in zehn Minuten zu schaffen. Meist gelang es Doro daher, dass das Essen um eins auf dem Tisch stand – wenn ihre Gedanken nicht zu sehr abschweiften. Und das taten sie oft. Kinderlieder schwirrten in ihrem Kopf herum und mussten umgedichtet werden. Lustige Dinge, die die Kinder gesagt hatten, fielen ihr ein und führten zu amüsanten Gedanken. Oft entstanden auch neue Bastelideen, wenn sie tagträumte. Doro war eigentlich nie langweilig, denn in ihrem Kopf war immer was los. So hatte sie es geschafft, in ihrem Leben schon viele öde Schulstunden und zähe Verwandtschaftstreffen zu überstehen. Die Fantasie war ihr lieber als die Realität. Auch Kochen war lediglich eine tägliche Pflicht, für die sie keinerlei Leidenschaft empfand. Sie wusste, dass Matthias etwas enttäuscht über ihre fehlenden kulinarischen Ambitionen war – aber sie konnte einfach nichts dagegen tun, dass Kartoffeln schälen und Hackfleisch anbraten ihr keinerlei Freude bereiteten. Wann immer es ging, kaufte sie Gemüse, das bereits servierfertig daherkam, tischte Sauerkraut aus dem Glas oder Erbsen aus der Dose auf. Mittlerweile gab es immer mehr solcher Produkte, die ihr halfen, jeden Tag etwas Essbares zu produzieren, ohne wirklich kochen zu können – Dr. Oetker und Maggie Fix sei Dank.

Doch an das Mittagessen dachte Doro gar nicht, als sie heute langsamer als sonst nach Hause lief. Sie hatte keine Eile – warum auch – und nahm deshalb ihre Umgebung ganz anders wahr. Vielleicht lag es auch daran, dass sie sich plötzlich damit konfrontiert sah, ihrem Beruf als Kindergärtnerin eventuell nicht mehr nachgehen zu dürfen. Um sich herum sah sie jetzt vor allem Hausfrauen, die Erledigungen machten. Mit ihren zurechtgeföhnten Haaren und den bis kurz über die Knie reichenden Röcken grüßten sie sich fröhlich oder hielten einen kleinen Plausch. Babys in blauen und braunen Korbkinderwägen wurden herumgeschoben, ausgiebig betrachtet oder herausgenommen, damit sie mit dem Weinen aufhörten. Die wenigen Männer in ihren kurzärmeligen Hemden und beigefarbenen Leinenhosen dagegen wirkten geschäftig, hatten wohl ein Ziel, einen Termin, ein Treffen, jedenfalls liefen sie zügig und zielstrebig über den Marktplatz.

Je länger Doro diese vormittägliche Szenerie betrachtete, umso stärker wurde ihre Abneigung dagegen, ein Teil dessen zu werden. Eine Wut kam in ihr auf, die sie lange nicht mehr gespürt hatte – zuletzt als Jugendliche, als ihr Vater ihr verboten hatte, einen Minirock anzuziehen. Erst hatte sie sich machtlos gefühlt, aber dann hatte sie ihren heiß geliebten senffarbigen Minirock einfach in ihrer Handtasche verstaut und im Auto oder auf einer öffentlichen Toilette angezogen. Oder sie hatte ihn bereits unter einem langen Rock getragen und den dann ausgezogen und in ihre Handtasche gepackt. Man musste sich nur zu helfen wissen. Matthias hatte sie unter anderem deshalb geheiratet, um den Fittichen ihres Vaters und dem behüteten Familiennest zu entfliehen. Um frei zu sein. Jetzt schien es allerdings eher so, als wäre sie vom Regen in die Traufe gekommen. Matthias hatte ihr bisher noch nie etwas verboten. Sie waren immer auf Augenhöhe, Gleichgesinnte, ein Team gewesen. Anders als die anderen. Fortschrittlich halt. Das zumindest hatte Doro gedacht – aber jetzt war sie sich nicht so sicher, ob dieser Gedanke nicht vielleicht zu naiv gewesen war. Sie fühlte sich wie ein kleines dummes Mädchen. Und sie hasste es, wenn sie sich so fühlte. Am liebsten hätte sie gegen die nächste Straßenlaterne getreten, aber das hätte ihr leider auch nicht weitergeholfen.

Sie blieb stehen, nahm erneut ihre Brille ab und rieb die Gläser kurz an ihrem Blusenärmel, setzte sie wieder auf und sah dann nach oben. Erst jetzt fiel ihr auf, dass der Himmel fast wolkenlos war und die Julisonne die grau-beige Stadt in ein warmes Licht tauchte. Es sah ziemlich schön aus. Eine Respektlosigkeit gegenüber ihrer Laune, dachte Doro. Was war das mit ihr und dem Wetter? Nie schien es zu ihrer Stimmung zu passen. An ihrem Hochzeitstag hatte es geregnet, obwohl sie so glücklich gewesen war, jetzt strahlte die Sonne trotz ihrer düsteren Laune. Gerade nervte sie alles an diesem Tag und an dieser Stadt. Die Zechen, Stahl, Opel – das war genauso heimatlich und vertraut, wie es öde und hässlich war. Allerdings wusste sie als Bochumerin natürlich, wovon jeder im Pott überzeugt war: »Woanders is auch scheiße.« Aber was blieb ihr noch, wenn sie nicht mehr als Kindergärtnerin arbeiten konnte? Zu Hause warteten lediglich ungespültes Geschirr und ungebügelte Hemden auf sie, und alles, was ihr von ihrer Arbeit geblieben war, war ein blauer Klumpen Knete. Sie tastete nach dem Geschenk, das sie in ihrer Jackentasche verstaut hatte, und holte es hervor. Etwas ratlos betrachtete Doro das Knetei, als sie plötzlich jemand anrempelte. Das blaue Ei fiel ihr aus der Hand und kullerte den Bürgersteig entlang, wo in der nächsten Sekunde der Rempler darauftrat. Alles ging so schnell, dass Doro verzögert reagierte.

»Hey«, rief sie, als der Mann schon weitergehen wollte. »Bleib stehen!« Das klang etwas dramatischer als beabsichtigt, denn nicht nur der Rempler hielt erschrocken inne, auch ein paar andere Passanten richteten den Blick auf Doro. »Du hast was von mir.« Sie zeigte auf seinen Schuh, den er schließlich anhob, und Doro löste das platt getretene Stück Knete von seiner Schuhsole.

»Was ist das, Kaugummi?« Der Rempler ließ zwar alles über sich ergehen, schien aber doch etwas befremdet von der Aktion. Irritiert sah er Doro an. Die wiederum starrte auf das platte blaue Stück Knete.

»Das war ein Vogelei, also ein Knetei«, erklärte sie ein wenig lahm. Er lachte.

»Jetzt ist es eine Vierundvierzig«, bemerkte er, und tatsächlich, in dem platten blauen Ding zeichnete sich der Abdruck seiner Schuhgröße ab. Doro war trotzdem nicht zum Lachen zumute. »Auch egal. Ist sowieso nur ein schlechter Trostpreis.« Mit einem Mal kamen ihr die Tränen. Schlechter Trostpreis – das traf es ganz gut.

»Tut mir leid«, sagte der Mann unverhofft, und es klang so, als verstünde er ihren Schmerz tatsächlich, obwohl er das ja gar nicht konnte. Doro sah vom platten Knetei auf und ihm zum ersten Mal ins Gesicht. Er hatte einen liebevollen, mitfühlenden und gleichzeitig schelmischen Blick. Seine struppigen hellbraunen Haare fielen ein Stück über die Augen. Jetzt pustete er sie routiniert aus der Stirn, aber sie fielen sofort wieder zurück. Sein breiter Mund war umgeben von kleinen Bartstoppeln, die die vollen Lippen noch weicher aussehen ließen. Die leicht geschwungene Nase verlieh seinem Gesicht eine markante Eleganz. Doro konnte nicht wegschauen. Auch er sah sie an, mit seinen wachen Augen und dem durchdringenden Blick, der eine magi-

sche Anziehungskraft besaß. Ein Schwung Wärme durch-
flutete ihren Körper mit einer Plötzlichkeit, die sie leicht
schwindlig werden ließ. Ihr Herz schlug auf einmal viel zu
schnell, und auf ihren Armen stellten sich die Härchen auf,
als hätte er sie zärtlich berührt. Gerade so widerstand Doro
dem Drang, ihre Brille abzunehmen und die Gläser zu putzen. Stattdessen lächelte sie, vielmehr strahlte ihr Gesicht,
sie selbst schien keine Kontrolle mehr darüber zu haben.
Und dann nahm er ihr auch noch einfach das Knetstück aus
der Hand und rollte es zwischen seinen Handflächen. Doro
war so perplex, dass sie nur danebenstehen und ihn anstarren konnte. Es war ulkig und rührend zugleich, wie entschlossen er die Knete rollte. Ihr fielen seine langen, schlanken Finger auf, die zarten Hände und vor allem der silberne
Manschetten-Armreif, den der zurückgerutschte Ärmel seiner braunen Cordjacke freigelegt hatte. Er war ungefähr
fingerbreit und hatte geschwungene Ornamente, die wie
Schlingpflanzen aussahen, was ihn sowohl edel als auch rustikal wirken ließ.

Der Rempler rollte die Knete jetzt so ausgiebig, als präsentierte er einen Zaubertrick und versuchte, Spannung zu
erzeugen. Wahrscheinlich waren es nur Sekunden, aber sie
kamen Doro wie eine Ewigkeit vor, bis er ihr den Klumpen
reichte, zu einem Ei geformt.

»Ist nicht dasselbe, aber es gleicht ja eh kein Ei dem anderen«, sagte er schmunzelnd, und Doro löste den Blick von
ihm, um den Klumpen zu betrachten.

»Sieht jetzt eher aus wie ein Schildkrötenei«, sagte sie –
denn ein solches hatte sie vor Kurzem beim Kindergarten-
ausflug ins Naturkundemuseum gesehen.

»Schildkrötenei?«, wiederholte der Rempler amüsiert. »Könnte aber auch ein Amselei oder ein Drosselei oder ein Pinguinei sein.« Er zuckte mit den Schultern. »Man weiß erst, was es wird, wenn das Ei aufbricht.« Er zwinkerte Doro zu, und sie musste schmunzeln.

»Dafür muss man's aber erst mal eine Weile bebrüten«, erklärte sie gespielt lehrerhaft. Ein Grinsen huschte über sein Gesicht.

»Brüten Schildkröten ihre Eier aus?!«, fragte er herausfordernd und zog demonstrativ die Brauen hoch. Dabei sah er Doro so direkt in die Augen, dass sie schlucken musste, denn ihr Mund war plötzlich trocken wie ein Zwieback. Nein, Schildkröteneier brauchen nur Sonne und Sand, hätte sie sagen können, sagen wollen, aber sie brachte kein Wort heraus. Der Rempler lächelte sie breit an. »Schönen Tag noch«, sagte er dann, drehte sich um und ging weiter.

Doro stand da und wusste nicht, wie ihr geschehen war. Nur langsam vernahm sie wieder die tratschenden Hausfrauen und die schreienden Babys, während der Satz des Remplers durch ihren Kopf fuhr wie eine elektrische Spielzeugeisenbahn im Schaufenster, Runde um Runde. *Man weiß erst, was es wird, wenn das Ei aufbricht.* Und damit es aufbrach, brauchte das Lebewesen im Ei bestimmte Bedingungen, um so groß zu werden, dass es die Schale sprengen und einen Minischnabel oder ein Stummelbeinchen herausstrecken konnte. War sie selbst schon geschlüpft, oder steckte sie noch im Ei? Was wäre, wenn sie nie herausfinden würde, was aus ihr hätte werden können, weil sie es nicht schaffte, aus ihrem »Ei« auszuschlüpfen, ihre Schale zu durchbrechen?

Ein kurzes, aber heftiges Ziehen schoss durch ihren Magen, verbunden mit leichter Übelkeit. Doro spürte förmlich, wie die Panik in ihr aufstieg. Sie versuchte, ruhig zu atmen, und schloss ihre Hand behutsam um das Ei, das ihr der Rempler in die Hand gedrückt hatte. Die Übelkeit verschwand genauso schnell, wie sie gekommen war. Und Doro fiel auf: Für einen kurzen Moment hatte sie ganz vergessen, dass Matthias ihre Stelle gekündigt hatte.

Als Doro Matthias zum ersten Mal sah, waren die Umstände alles andere als romantisch, und das lag am Auslöser: einem verstopften Klo. Als Teenager wussten ihre Schwester Johanna und sie noch nicht, dass man Tampons nicht ins Klo werfen durfte. Und weil die beiden nicht selten gleichzeitig ihre Tage hatten, konnten das eine Menge Tampons sein, die im Klo landeten. Ihr Vater war stinksauer über die übergelaufene Kloschüssel, aber gleichzeitig war das Tampon-Thema ihm so unangenehm, dass er die Problemlösung komplett ihrer Mutter überließ. Die versuchte dann, mit dem Pömpel die Verstopfung zu lösen, was das Bad nur noch mehr unter Wasser setzte, obwohl Doro und Johanna das Klo bereits zur Hälfte mit Zahnputzbechern ausgeschöpft hatten. Es musste also ein Profi her. Und Matthias war ein Profi – er war sogar so sehr Profi, dass ihm die ganze Sache überhaupt nicht peinlich war.

»Da haben wir ja die Übeltäter«, sagte er nur, während er in seinem Blaumann unter dem Waschbecken lag und mehrere Tampons aus dem Rohr zog. Doro und ihre Schwester wussten vor lauter Scham nicht, wo sie hinschauen sollten. Doch Matthias war ganz entspannt. »Es gibt nichts, was ich noch nicht gesehen habe«, sagte er beruhigend und fügte hinzu: »Obwohl, so ein schönes Lächeln hab ich tatsächlich noch nie gesehen.« Und damit meinte er Doros Lächeln. Noch heute zog Johanna ihre Schwester damit auf, dass sie damals »so rot wie die Tampons« geworden sei.

Jedenfalls war das der Moment, in dem Doro sich in den Mann mit Lockenschopf und Dackelblick verliebte. Und dann ging alles ganz schnell. »Wenn man weiß, was man will, dann muss man Nägel mit Köpfen machen« – das waren Matthias' Worte, und er wusste, was er wollte: Doro zu seiner Ehefrau machen. Doro hingegen dachte, dass man das halt so machte, wenn man sich liebte, also heiraten. Ihre Eltern waren glücklich, weil Matthias einen Klempner-betrieb besaß – Doro war glücklich, weil sie aus dem Eltern-haus ausziehen konnte. Endlich frei sein – tun und lassen, was sie wollte, das war der Plan …

Wenn sie jetzt darüber nachdachte, entsprach das nicht ganz der Realität als Ehefrau. Gefühlt hatte sie nur gearbei-tet, gekocht und geputzt, und die gemeinsame Freizeit hat-ten Matthias und sie damit verbracht, Verwandte zu treffen, die Wohnung einzurichten und Fernsehen zu schauen. Es war ein allabendliches Ritual geworden: Essen, Tagesschau, Spielfilm. Seit der Hochzeit und dem Umzug in die eigene Wohnung war ein halbes Jahr vergangen, und Doro fiel plötzlich auf, dass sie ihre neu gewonnene Freiheit bisher nicht genutzt hatte. Besser gesagt: Sie hatte noch gar nicht richtig gelebt. Sie war erst die Tochter vom Feinkosthändler Krämer gewesen und dann direkt die Frau vom Klempner Walter. Wenn es nach Matthias und ihren Eltern ging, würde sie als Nächstes die Mutter von jemandem sein. Und wann, verdammt noch mal, fragte sie sich, durfte sie endlich sie selbst sein?

Zu Hause angekommen, setzte sich Doro an den Küchentisch und drehte nachdenklich das blaue Knetei zwischen ihren Fingern hin und her. *Man weiß erst, was es wird, wenn das Ei aufbricht.* Die Worte des Remplers gingen ihr nicht mehr aus dem Kopf. Schon auf dem weiteren Nachhauseweg hatte ihr Grübeln begonnen und war auch nicht verschwunden, als sie die Wohnung betreten hatte. Doro hatte für den Stapel von ungespültem Geschirr, der sich auf der Spüle türmte, keinen Blick übrig gehabt. Sie hatte die Post nicht aus dem Briefkasten geholt. Sie hatte nicht mal bemerkt, dass sie den Küchentisch nach dem Frühstück nicht abgewischt und ihre aufgestützten Ellbogen in Krümel gebettet hatte. All das nahm sie jetzt kurz wahr – nur, um es dann sofort wieder zu vergessen. Und das war nicht einmal ihrem heutigen Zustand geschuldet. Sie sah es einfach nicht. Sie war schmutzblind, falls es so etwas gab.

Dabei bemühte sie sich wirklich. Oft brauchte es aber ihren Ehemann, um sie auf hineingetragenen Sand auf dem Boden oder die Staubschicht auf dem Fernseher aufmerksam zu machen. Matthias war so viel praktischer veranlagt als sie. Seit sie ihn kannte, hatte er eigentlich immer alles in die Hand genommen. Wie früher ihr Vater, fiel Doro jetzt auf.

»Gibt's kein Mittagessen, Schnübbelsken?« Matthias war nach Hause gekommen, ohne dass Doro es bemerkt hatte. Sie spürte seinen Kuss auf ihrem Scheitel. »Was hast du denn da?«, fragte er dann, während er sich über sie und das Knetei beugte. Merkte er gar nicht, dass sie sauer war?

»So was wie meine Kündigung«, erklärte Doro ihm mit vorwurfsvollem Unterton. Matthias seufzte.

»Ach, haben sie es dir schon gesagt?« Er setzte sich zu ihr an den Tisch. »Ich wollte das eigentlich mit dir beim Mittagessen besprechen. Das ja anscheinend noch nicht fertig ist …« Jetzt war es *sein* Ton, der vorwurfsvoll klang, während er demonstrativ zum leeren Herd blickte. Doro sah ihn entgeistert an. Er schien sich keiner Schuld bewusst.

»Was gibt es denn da noch zu besprechen, wenn du das eh schon entschieden hast?«, fragte sie patzig. Eigentlich hatte sie vernünftig mit ihm reden wollen, ihm klarmachen, wie sehr ihr die Arbeit am Herzen lag, aber sie schaffte es einfach nicht, ihre Wut zu verbergen.

»Na ja, als dein Ehemann bin ich nun mal für dich verantwortlich«, erklärte Matthias ruhig. Er hatte seinen unschuldigen Dackelblick aufgesetzt, eine typische Reaktion, wenn es Ärger zwischen ihnen gab. »Und die Frauen meiner Kollegen arbeiten alle nicht«, fügte er hinzu. »Ich verdiene gut – und du verdienst es gut.« Er lachte über sein eigenes Wortspiel, während Doro nicht mal ein müdes Lächeln zustande brachte. Ihr war das Lachen heute Morgen gründlich vergangen, und sie konnte es einfach nicht fassen, dass Matthias so gedankenlos war und gar nicht merkte, wie es ihr damit ging. Und was sollte das eigentlich heißen – »die Frauen meiner Kollegen arbeiten alle nicht«? War es Matthias auf einmal unangenehm vor seinen Arbeitskollegen, dass seine Frau arbeitete? Fühlte er sich in seiner Männlichkeit bedroht? Was konnte sie denn dafür, dass die Ehefrauen von Matthias' Kollegen das Hausfrauendasein zelebrierten? Das war doch kein Grund, ihr den Job zu kündigen. Als

Doro gerade tief Luft holen wollte, um ihren Ärger rauszulassen, ergriff Matthias das Wort.

»Und hier gibt es ja nun wirklich genug zu tun.« Er zeigte auf die mit Geschirr vollgestellte Spüle. Doro ignorierte den Einwand und entschied sich, an Matthias' Verständnis zu appellieren, an sein Mitgefühl, an seine Liebe zu ihr.

»Hier fällt mir doch die Decke auf den Kopf«, erklärte sie mit sanfter Stimme. »Ich mag meine Arbeit. Ich mache das sehr gerne.« Ihr Blick war eindringlich, fast schon bittend. »Und die Kinder mögen mich. Die brauchen mich, Matthias.« Sie nahm jetzt seine Hand, um die Bedeutung ihres Anliegens zu unterstreichen, um ihn auf ihre Seite zu ziehen, um die Augenhöhe, das Team wiederherzustellen.

Aber Matthias sah sie nur entschuldigend an und sagte: »Ach, Doro.« Es schien kurz so, als wollte er nachgeben, ihrer beider Nähe spüren, denn er begann ihre Hand zu streicheln, aber dann sah Doro, wie sich sein Blick veränderte, wie seine Stimme weicher wurde, von einem Moment auf den anderen, und sie wusste, was jetzt kommen würde. »Lass uns doch lieber weiter an eigenen Kindern arbeiten«, sagte er lächelnd und zog Doro näher an sich heran. »Lass uns endlich eine echte Familie werden.« Sein Blick war jetzt anzüglich, sein Gesicht nah an ihrem. Das ungekochte Mittagessen, das ungespülte Geschirr, das alles schien vergessen. Doro konnte es nicht fassen: Statt einzulenken und die Kündigung zurückzunehmen, wollte er ihr jetzt ein Kind machen? Mal eben in seiner Mittagspause? Sie hatte sich so zusammengerissen. Sie hatte versucht, vernünftig mit ihm zu reden, ihm das Gefühl zu geben, dass er die Entscheidung rückgängig machen konnte, ohne sein Gesicht zu verlieren.

Sie hatte sich unter Kontrolle gehabt, und er kam stattdessen mit dem Kinderthema? Wo er doch wusste, dass sie sich mit ihren neunzehn Jahren noch zu jung dafür fühlte? Sie zog ihre Hand unter seiner weg.

»Blöd, dass so viel zu tun ist hier«, sagte sie schnell und sprang auf. Sie musste etwas machen, musste sich bewegen, damit sie ihn nicht anschrie. Matthias sah sie verdutzt an. Er schien nicht mal ansatzweise zu begreifen, was in ihr vorging. »Das Geschirr spült sich nicht von allein«, schob sie entschlossen hinterher. Mit gespieltem Enthusiasmus drehte sie den Hahn auf und ließ Wasser in die Spüle laufen. Wenigstens konnte sie Matthias so mit seinen eigenen Waffen schlagen – das hatte er jetzt davon! Doch er erhob sich ebenfalls.

»Ach, Doro, ich meine es ja nur gut«, sagte er in ihrem Rücken, während Doro halbherzig einen Teller schrubbte. »Ein Kind macht sich eben auch nicht von allein.« Seine Stimme war immer noch weich, seine Lust immer noch da. Jetzt spürte Doro seine Hand auf ihrem Po. Sie verspannte sich augenblicklich. Wie konnte er nur so wenig Gefühl für ihre Stimmung haben? Matthias machte ungerührt weiter. Er küsste jetzt ihren Hals. Eine Hand wanderte über ihren Bauch zu den Brüsten. Alles Avancen, die Doro mochte, die sie sonst in Stimmung brachten, die aber gerade nur innere Gegenwehr erzeugten. Sie fühlte sich übergangen und unverstanden, und das war allein Matthias' Schuld. Erst bestimmte er rücksichtslos über ihre berufliche Zukunft, und jetzt wollte er auch noch über ihren Körper bestimmen?

»Vielleicht klappt es ja diesmal«, hörte sie ihn in ihr Ohr flüstern – und plötzlich bekam sie eine Riesenangst, jetzt und hier von ihm schwanger werden zu können. Und dann mit einem Kind von ihm für immer an diese Wohnung gefesselt zu sein. Es fühlte sich an, als würde jemand eine neue, festere Eierschale um sie herum bauen, die sie vom Außen abschirmte, in der sie sich nicht bewegen konnte, keinerlei Spielraum hatte.

Warum sagte sie nicht einfach Nein? *Nein, ich will gerade nicht. Ich mag dich gerade nicht.* Das wäre die Wahrheit gewesen. Aber dieses Gefühl ihm gegenüber war so neu, so erstmalig, dass es sie einfach nur erschreckte und überforderte. Fast schon panisch suchte sie in ihrem Kopf nach einer guten Ausrede, denn das schmutzige Geschirr beeindruckte Matthias anscheinend gar nicht.

»Ich ... Wir sollten jetzt nicht ... weil ...«, stammelte sie hilflos, während Matthias ihre Brüste massierte und an ihrem Ohrläppchen knabberte.

»Weil ... weil?«, flüsterte er, und Doro merkte, dass er ihren Widerstand aufregend fand. Dachte er ernsthaft, es wäre ein Spiel, das sie mit ihm spielte? Was in aller Welt konnte sie nur sagen, um ihn zu stoppen?

»Ich bin schon schwanger«, entfuhr es ihr mit einem Mal. Die Worte kamen einfach so aus ihr heraus, und sobald sie sie gesagt hatte, wollte Doro sie auch schon wieder zurücknehmen. Doch sie hatten ihren Effekt nicht verfehlt, Matthias hatte aufgehört, an ihr herumzustreicheln. Stattdessen sah er sie freudestrahlend an.

»Du bist schon schwanger?«, fragte er. Doro nickte.

»Ich wollte es dir eigentlich erst beim Mittagessen sagen«, erklärte sie schnell und hoffte, dass sie nicht rot wurde.

»Wie lange schon?«, wollte Matthias sofort wissen, und

Doro hatte keine Ahnung, was sie antworten sollte, also zuckte sie mit den Schultern.

»Na ja, ganz frisch halt …«, stotterte sie und konnte Matthias dabei nicht in die Augen sehen.

»So drei, vier Wochen?«, freute der sich, und Doro nickte nur, denn es war eh zu spät, ihre Lüge zurückzunehmen. Gerade konnte sie nicht vernünftig denken, sondern nur handeln, als ginge es um ihr Überleben. Immerhin hatte sie ihr Ziel erreicht: Der Sex war erst mal vom Tisch.

»Ich werde der beste Papa sein, den ein Kind je gehabt hat«, hörte sie Matthias jetzt euphorisch sagen. Er umarmte sie und drückte sie an sich, und Doro bat ihn eindringlich, seine Freude noch mit niemandem zu teilen.

»Das ist unser kleines Geheimnis, ja?!«, erklärte sie ihm, und er nickte aufgeregt.

Das laute Klingeln des Telefons unterbrach ihr Gespräch, und Matthias meldete sich bis zu beiden Ohren grinsend mit »Familie Walter«. Doro lächelte gezwungen und konnte es nicht glauben: Hätte das verdammte Telefon nicht zwei Minuten vorher klingeln können? Dann wäre diese Lüge nicht nötig gewesen! An Matthias' Stimme konnte Doro hören, dass es vermutlich um einen Arbeitsnotfall ging, was hieß, dass er bestimmt gleich losmusste. Und tatsächlich: Als Matthias aufgelegt hatte, sagte er nur knapp: »Was Akutes«, gab Doro einen innigen Kuss und war wieder aus der Tür raus. Und sie stand da mit ihrer vermeintlichen Schwangerschaft und fragte sich, warum, zur Hölle, sie sich das eingebrockt hatte. Auf dem Tisch sah sie das Knetei liegen, immer noch wohlgeformt, so wie die Hände des Remplers es entlassen hatten. Doro setzte sich wieder hin und betrachtete es liebevoll, streichelte über seine glatte Oberfläche. Es war eine Notlüge gewesen, sagte sie sich, nur eine Notlüge. Aber sie wusste auch, dass Notlügen immer riskant waren. Eine Notlüge konnte sich als genialer Schachzug oder aber als fataler Fehler entpuppen.

Na ja, dachte sie, immerhin also eine Fifty-fifty-Chance, dass die Sache sich zu ihren Gunsten entwickeln würde …

2

Jeden letzten Freitag im Monat um neunzehn Uhr kamen die Krämers im Feinkostladen der Familie zusammen, um gemeinsam zu Abend zu essen. Nicht nur die gute Innenstadtlage, sondern auch das ausgewählte Sortiment hatten dafür gesorgt, dass Feinkost Krämer sich seit drei Generationen einen Namen in Bochum gemacht hatte. Hier bekam man alles, was das kulinarische Herz begehrte und was für den täglichen Bedarf nötig war.

Die gläserne Theke beherbergte ein ansehnliches Fleisch- und Wurstangebot von Metzgern aus der Gegend, ergänzt durch von der Decke baumelnde Salamis und Schinken aus Italien. Früher hatte Doro die Fleischwurstringe geliebt – wie wohl die meisten Kinder, denn ihre Mutter hatte immer gerne Scheiben davon an die Blagen der Kundinnen verteilt. Die Käseauswahl umfasste deutschen Edamer- und Butterkäse, holländischen Gouda, französische Weichkäsesorten sowie einen griechischen Schafskäse. Von umliegenden Bauernhöfen bezog der Laden unter anderem Mehl, Haferflocken und Zucker in großen Säcken, von denen kleine Mengen abgewogen und in Papiertüten gefüllt wurden. Neben der Kasse türmten sich Plastikbehälter mit unzähligen Süßigkeiten wie Gummitieren, Konfekt, Schokolinsen und Zuckermandeln – je zu fünf Pfennig das Stück.

Ansonsten bestand der Verkaufsraum aus lauter Regalen, die bis unter die Decke reichten und vollgestopft waren mit

Gläsern und Dosen – von Maiskörnern über Cornichons bis hin zu Marmelade. Jeder Winkel wurde genutzt, um Waren zu platzieren, und das machte den Feinkostladen zu einem gemütlichen Ort, an dem es zudem immer nach Kräutertee oder Kartoffelsalat roch.

Und dann gab es noch den großen Tisch vor dem Fenster, an dem die Familie am besagten letzten Freitag im Monat aß. Zu diesem Anlass wurde alles aufgetischt, was die Wochen über nicht verkauft worden war und bald verderben würde. »Bei uns wird nix weggeschmissen«, war ein oft gesagter Satz unter den Krämers. Dabei erstaunte es Doro immer wieder, was ihre Mutter Barbara aus Lebensmitteln zaubern konnte, die auf den ersten Blick geschmacklich nicht zusammenpassten. Heute gab es Buletten, in denen sie Erbsen und Rote-Beete-Stücke erkennen konnte, außerdem Kartoffel-Birnen-Spinat-Stampf und Gurkensalat mit Ananas und Schinken. Feinster *Rumfort* – so nannte Doro die Freitagabend-Kreationen ihrer Mutter: alles, was *rum*lag und *fort*musste. Als Kind war es meist Doros Aufgabe gewesen, die Regale nach Produkten zu durchsuchen, die bald ablaufen würden, sodass ihre Mutter sie verarbeiten konnte. Manchmal, aber nur ganz selten und wenn die Lust auf etwas Bestimmtes wie Apfelmus oder saure Gurken zu groß gewesen war, hatte Doro besagte Gläser einfach dazugepackt und gehofft, dass ihre Mutter nicht noch mal selbst auf das Ablaufdatum schauen würde. Und es hatte eigentlich immer funktioniert. Denn entweder war es ihrer Mutter nie aufgefallen, oder sie hatte bloß so getan, jedenfalls hatte sie nie etwas gesagt. Barbara war zwar streng, aber sie hatte ein großes Herz und drückte nicht selten beide Augen zu, wenn es um ihre Kinder ging. Dabei gab es meist nur eine Bedingung: Ihr Vater durfte es nicht erfahren.

Neben dem leckeren Essen ihrer Mutter war das Schönste an diesem familiären Pflichttermin, dass Doro ihre Schwester Johanna sah. Das Unangenehmste allerdings blieb stets die Unberechenbarkeit der Gesamtstimmung. Als ehemaliger Soldat verkörperte ihr Vater Gerhard nämlich nicht nur Ordnung und Disziplin, er stellte auch das Stimmungsbarometer der Familie dar. Das hieß, sie alle waren darauf sensibilisiert, seine Laune zu erkennen und sich daran anzupassen. War das Familienoberhaupt gut drauf, konnte man auch mal einen lustigen Spruch riskieren; saß ihm irgendwas quer, konnte man mit fast allem, was man sagte, in seine verbale Schusslinie geraten und für den Rest des Essens attackiert werden. Alle Krämer-Kinder kannten und beherrschten diese Gratwanderung. Seitdem Doro aus dem Haus und verheiratet war, bekam sie zum Glück nicht mehr so viel ab wie früher. Ihr Vater mochte Matthias, und es beruhigte ihn, zumindest eine Tochter unter der Haube zu wissen. Johanna, die fast zwei Jahre älter als Doro war und zudem ledig, hatte es da weitaus schwerer. Allerdings prallten die meisten Sprüche ihres Vaters seit jeher an ihr ab wie Regen an Vogelgefieder. Johanna hatte schon immer ihr Ding gemacht, egal, was die Leute sagten. Das fing bei ihrer Kurzhaarfrisur an und hörte bei ihrem zugemüllten Auto auf, einer dunkelgrünen »Ente«, die sie Erpel nannte. Außerdem hatte sie bereits im Alter von sieben Jahren gewusst, dass sie Pilotin werden wollte. Genauer gesagt, Pilotin eines Passagierflugzeugs. Nur war das blöderweise in Deutschland gar nicht möglich. Doro vermutete, dass das exakt der Grund für Johannas Berufswunsch war. Sie liebte nämlich Herausforderungen. Ihr Credo: Geht nicht – gibt's nicht! Bis es so weit war und sie doch noch ihren Traum verwirklichen könnte, absolvierte Johanna eine Ausbildung zur Fremdsprachensekretärin, um ihr eigenes Geld zu verdienen. Ihr Vater konnte es dennoch nicht lassen, zu diesen freitäglichen Abendessen heiratswillige Junggesellen einzuladen, um Johanna endlich gut abgesichert zu wissen. Bis jetzt hatte Doro allerdings keinen einzigen Mann erlebt, der ein zweites Mal gekommen wäre oder Johannas Interesse auch nur annähernd geweckt hätte. Obwohl sie ihr wegen der Offensichtlichkeit dieser arrangierten Rendezvous oft leidtat, fand Doro es trotzdem amüsant zu sehen, wie die schwitzenden, stotternden jungen Herren sich um Johannas Aufmerksamkeit bemühten und jeder Flirt an ihr abprallte wie die Sprüche ihres Vaters.

»Das ist der Paul«, stellte Gerhard den heutigen Kandidaten vor, als alle endlich am Tisch saßen. »Der Paul spielt Schach, hört gerne Schlager und wird bald den gut laufenden Schraubenbetrieb seines Vaters übernehmen.« Paul lächelte schüchtern in die Runde und fuhr sich nervös durch die kurz geschorenen Haare. Seine Segelohren erinnerten Doro an den kleinen Andreas aus ihrer Kindergartengruppe, der sich alle paar Tage das Knie aufschlug und dessen Mutter ihn immer mit dem Satz »Bis du heiratest, ist alles wieder gut« tröstete.

Doro musste Johanna nicht mal ansehen, um zu wissen, dass diese Wahl ihres Vaters wieder ein Schuss in den Ofen war. Auch wenn ihr in diesem Moment klar wurde, dass sie gar nicht so genau wusste, auf welche Art von Männern Johanna eigentlich stand, so würde es ganz sicher nicht die Art sein, die ihr Vater sich vorstellte.

»Tach, Paul«, sagte ihr ältester Bruder Frank unnötigerweise und hielt dem Gast seine Hand zum Schütteln hin – zog sie aber weg, bevor Paul sie ergreifen konnte, und strich sich damit durchs Haar. Während Paul unsicher lachte, verdrehten alle anderen nur die Augen. Franks Scherze hatten sich seit Jahren nicht verändert, als wäre er entwicklungsmäßig in der Pubertät stecken geblieben.

»Setz dich, wir wollen essen«, schnauzte Gerhard ihn an. Doro wusste nicht, ob die Grantigkeit ihres Vaters heute daher kam, dass die Geschäftswoche nicht so gut gelaufen war, oder weil er es eilig hatte, zum Schützenverein zu gehen. Seitdem er kein Soldat mehr war, schoss er nur noch auf Ringscheiben und Plaketten, das aber mindestens einmal die Woche. »Lasst es euch schmecken«, sagte er jetzt in einem Ton, der eher nach einer Drohung als nach einem guten Wunsch klang. Doro wunderte sich ein bisschen, dass Matthias noch nicht da war, andererseits war es gut möglich, dass sich durch den Notfall mittags all seine Termine nach hinten verschoben hatten.

Gerade wollte ihre Mutter die Schüssel mit dem Kartoffel-Birnen-Spinat-Stampf herumreichen, als die Glocke der Ladentür ertönte. Bestimmt Matthias, dachte Doro, aber stattdessen stand ihr zweitältester Bruder Georg mit einem fröhlichen Grinsen im Raum.

»Mahlzeit«, grüßte er und setzte sich auf Matthias' Platz. Alle sahen ihn verwundert an. Georg absolvierte gerade seine Ausbildung beim Bund, weshalb er heute, an einem Freitag, noch gar nicht in Bochum sein sollte. Er trug keine Uniform, sondern war in dem für ihn typischen Schlabberlook gekleidet, mit Cordhose und weitem Strickpulli; dazu hatte er eine rote Wollmütze auf dem Kopf.

»Zehn Minuten vor der Zeit ist des Soldaten Pünktlichkeit«, fuhr Gerhard ihn anstelle einer Begrüßung an. Georg warf ihm einen genervten Blick zu.

»Ich bin in Zivil hier, Vater«, sagte er trocken.

»Einmal Soldat, immer Soldat«, korrigierte Gerhard ihn, und damit war das Thema für ihn beendet. Endlich stellte ihre Mutter die Frage, die sich alle insgeheim stellten: »Was machst du denn schon hier? Wolltest du nicht erst morgen kommen?« Dabei lud sie Georg ungefragt fünf Buletten auf den Teller. Er war ihr Ein und Alles, und sie war stets besorgt, dass er zu wenig aß. Wenn man sich ihn so ansah, dann schien diese Angst nicht ganz unbegründet zu sein. Georg hatte die Schlaksigkeit einer Marionette aus der Augsburger Puppenkiste und zudem »keinen Arsch in der Hose«, wie Frank gerne betonte. Doro fragte sich nicht zum ersten Mal, ob Georg mit seiner schmalen Statur bei der Bundeswehr wirklich so gut aufgehoben war.

»Ich hab schon Urlaub«, erklärte er sein frühzeitiges Erscheinen und schob sich schnell ein Stück Bulette in den Mund, um nichts mehr sagen zu müssen. Denn am Tisch der Krämers war es verboten, mit vollem Mund zu sprechen, was zum Glück jetzt auch ihren Vater von weiteren Kommentaren und Seitenhieben abhielt. Frank grinste Georg an – er freute sich immer diebisch, wenn sein Bruder angepflaumt wurde. Er wäre selbst gerne zum Bund gegangen und somit in die Fußstapfen des Vaters getreten, allerdings war er wegen eines angeborenen Herzfehlers ausgemustert worden. Stattdessen arbeitete er jetzt im Feinkostladen mit der Absicht, ihn eines Tages zu übernehmen. Georg dagegen wusste nicht, wie er seine Zukunft gestalten sollte, und hatte im Wehrdienst die Chance gesehen, seinem Vater und seinem Bruder zu beweisen, dass er nicht nur der »weiche, verträumte Kerl« war. Seit Doro sich erinnern konnte, bestand zwischen ihren beiden Brüdern eine Art Machtkampf, der vor allem auf Neid und Schadenfreude basierte. Während Georg darauf mittlerweile nur noch wenig Energie verschwendete, hatte Frank noch immer ein unheimliches Vergnügen daran, seinen Bruder in die Schusslinie ihres Vaters zu manövrieren. Johanna und Doro hingegen hatten nie in Konkurrenz zueinander gestanden, wahrscheinlich, weil ihre Rollen so klar verteilt waren: Johanna, die Unabhängige, hatte von Doro, der Gehorsamen, wenig zu befürchten.

»Sehr lecker, Mutter«, erklärte Georg jetzt demonstrativ und bemühte sich, Franks Blick nicht zu begegnen, als er in die Runde fragte: »Was gibt's Neues?« Es war der Versuch, die Aufmerksamkeit von sich wegzulenken, aber keiner von seinen Geschwistern hatte Lust, sich angreifbar zu machen, also entstand ein unangenehmes Schweigen.

»Du übernimmst den Schraubenhandel deines Vaters, ja?!«, fragte Frank daher Johannas potenziellen Ehemann in der Hoffnung, dass der etwas Peinliches von sich geben würde. Der älteste Krämer-Sohn genoss es jedes Mal wieder, die Junggesellen-Kandidaten zu schikanieren. Ob zu seiner eigenen Belustigung oder zu Johannas Schutz, war dabei nicht klar zu erkennen. »Könntest du dir denn vorstellen, an meiner Schwester herumzuschrauben?!«, schob er grinsend hinterher und erfreute sich sichtlich an Pauls hochrotem Gesicht. Bevor der überforderte Junggeselle etwas sagen konnte, ging jedoch die Hintertür auf, und Matthias kam herein. Alle Blicke wanderten sofort vom stammelnden Paul zum freudig strahlenden Matthias. Doro sah, dass er sein schickes Jeans-Jackett trug und auch sonst irgendwie sehr gestriegelt aussah. Doch bevor sie auch nur die Chance hatte, nach dem Grund für seinen Aufzug zu fragen, betraten hinter ihm zwei Bäckerei-Angestellte den Laden, die eine dreistöckige Torte auf einem Tablett zwischen sich trugen. Doro zog die Augenbrauen zusammen. Was sollte das denn?

»Hä, hat Mama nicht erst morgen Geburtstag?!«, merkte Johanna an, und der Rest der Familie nickte zustimmend, während Paul einfach froh schien, nicht mehr im Mittelpunkt zu stehen. Die beiden Frauen stellten jetzt die Torte auf den Tisch und ernteten bewundernde Blicke, denn der mit Blaubeeren besetzte schneeweiße Schlagsahne-Überzug sah köstlich aus. Nachdem sie den Laden wieder verlassen hatten, räusperte Matthias sich übertrieben gerührt.

»Doro, du hast mich heute so glücklich gemacht«, begann er mit feierlicher Stimme und sah sie mit glänzenden Augen an. Ihr blieb fast ein Stück Gurke im Hals stecken. Er würde doch nicht … »Ich weiß, es ist noch sehr früh, aber ich habe mich erkundigt, und unser Baby ist schon fast so groß wie eine Blaubeere.« Damit nahm Matthias eine der Blaubeeren von der Torte zwischen Daumen und Zeigefinger und hielt sie hoch. Doro war zum zweiten Mal an diesem Tag sprachlos. Sie hatten doch ausgemacht, dass die Schwangerschaft erst mal ihr kleines Geheimnis bleiben würde! Umgehend spürte sie die Blicke ihrer Familie auf sich. Hitze stieg in ihre Wangen, während sie verzweifelt auf ihren Teller starrte. Sie war so hilflos, dass sie nicht mal ihre Brille absetzen und putzen konnte.

»Du bist schwanger?«, brach ihre Mutter schließlich das Schweigen. Doro glaubte, einen hoffnungsvollen, beinahe glücklichen Ton in ihrer Stimme zu hören. Sie sah vorsichtig von ihrem Teller auf, und tatsächlich: Ihre Mutter strahlte. Und alle anderen lächelten, sogar ihr Vater. Plötzlich hatte der ganze Raum eine warme, helle Atmosphäre. Doro wusste, dass sie jetzt etwas sagen musste. Sie müsste zugeben, dass sie doch nicht schwanger war. Das Problem dabei war: Doro hatte noch nie erlebt, dass ihre ganze Familie gleichzeitig so guter Laune war. Und diese Harmonie sollte sie mit der Wahrheit zerstören? Das brachte sie einfach nicht übers Herz. Also nickte sie und wich Johannas Blick aus, als sie sagte: »Ja, ich bin schwanger.« Und damit war es offiziell. Doro versuchte, nicht darüber nachzudenken, wie sie wieder aus der Nummer rauskommen würde. Heute war heute, und morgen war morgen.

»Das sind ja mal Neuigkeiten«, sagte Georg überrascht. Ihre Mutter sprang auf und umarmte Doro innig. Ihr Vater wurde ganz rot im Gesicht vor Stolz. Nur Frank konnte es nicht lassen, einen blöden Spruch zu machen.

»Tja, da hast du jetzt immerhin zwei Gehirnzellen«, sagte er und lachte laut über seinen Witz – bis er sich einen Klaps auf den Hinterkopf von ihrem Vater einfing.

»Auf Doro und ihre kleine Blaubeere«, sagte Johanna schnell und hob feierlich ihr Glas, denn sie wusste, dass Doro nicht gerne im Mittelpunkt stand. Matthias überreichte

Doro die Blaubeere wie ein wertvolles Geschenk und griff sich dafür ihr Glas. Anscheinend hatte er sich auch über den Konsum von Alkohol in der Schwangerschaft erkundigt. Die gehobenen Gläser trafen mit einem festlichen Klirren aufeinander, während Doro auf die Blaubeere starrte. Es war absurd. Dies wäre ein selten schöner, harmonischer Moment gewesen, hätte er nicht auf einer Lüge basiert, ihrer Lüge, die ihr nach wenigen Stunden schon vollkommen über den Kopf zu wachsen drohte. Aber weil es viel einfacher war, auf andere sauer zu sein als auf sich selbst, wuchs Doros Wut auf Matthias, den ihrer Meinung nach die meiste Schuld traf. Denn hätte er sie nicht derart in Bedrängnis gebracht, hätte sie überhaupt nicht lügen müssen. Erst kündigte er ohne Absprache ihre Stelle, und dann posaunte er ihre angebliche Schwangerschaft vor ihrer Familie heraus, wo sie ihn doch extra gebeten hatte, es erst mal für sich zu behalten.

Doro redete für den Rest des Essens kein Wort mit ihm. Während alle anderen in bester Laune Sahnetorte in sich hineinschaufelten und sich mit einem Mal total gut gelaunt unterhielten, hatte sie keinen Appetit – was sich großartig mit ihrem schwangeren Zustand erklären ließ. Wie praktisch, dachte sie verächtlich. Die Vorstellung, nach dem Essen mit Matthias nach Hause zu gehen und gemeinsam mit ihm vor dem Fernseher sitzen zu müssen, machte sie nur noch wütender. Also ließ sie ihn ziemlich kurz angebunden wissen, dass sie ein bisschen Zeit mit ihrer Schwester verbringen wolle. Dafür erntete sie einen überraschten Blick von Johanna, der schnell von ehrlicher Freude abgelöst wurde.

»Aber heute kommt *Derrick* – das schaust du doch so gerne«, entgegnete Matthias verwundert. Das stimmte zwar, doch nicht einmal ihre Lieblingsfernsehsendung konnte Doro gerade in die gemeinsame Wohnung locken.

»Du kannst mir dann ja erzählen, was passiert ist«, sagte sie und hakte sich bei Johanna unter. Matthias nickte stumm. Er schien so glücklich über die »Blaubeere«, dass er ihre plötzliche Planänderung anstandslos akzeptierte. Doro musste fast schmunzeln: Eine Schwangerschaft, die Freiheiten verschaffte – das war ungewöhnlich, aber absolut in ihrem Sinne.

»Wieso musst du eigentlich alles im Schweinsgalopp machen, Doro? Ist es nicht genug, dass du den Langweiler direkt geheiratet hast?« Johanna sah ihre Schwester verständnislos an, während sie das Drehkarussell mit den Händen anschob. Die beiden Schwestern hatten sich nach dem Abendessen auf den Spielplatz in der Nähe ihres Elternhauses zurückgezogen. Schon seit ihrer Kindheit war das Drehkarussell ihr Lieblingsspielgerät. Dort hatten sie sich immer getroffen, wenn sie in Ruhe hatten reden wollen – oder wenn eine von beiden traurig oder wütend gewesen war. Dann hatte die andere das Drehkarussell so schnell gedreht, bis ihnen beiden komplett schwindelig und übel geworden war und sie nur noch lachend auf dem Boden gelegen hatten. Nicht selten hatte sich Doro nach solch einer Karussellfahrt ins Gras übergeben. Johanna hingegen hatte das Ziehen im Bauch stets genossen, für sie konnte es nie schnell und wild genug sein, und das war noch heute so.

Jetzt, kurz vor Sonnenuntergang, waren alle Kinder verschwunden, und die Schwestern hatten den Spielplatz für sich allein. Die Abendsonne tauchte die Blätterkronen in goldenes Licht und verlieh Johannas ebenmäßigem Gesicht einen anmutigen Glanz.

»Ich meine, erst die Heirat, jetzt ein Kind – findest du das nicht ein bisschen übereilt?«, hakte sie nach, und zwischen ihren Augenbrauen bildete sich eine kleine Sorgenfalte, die nur dann entstand, wenn sie ernsthafte Bedenken hatte.

Doro musste nicht lange überlegen, was sie ihr antworten sollte – vor ihrer Schwester Geheimnisse zu haben, hatte noch nie funktioniert, das hatte sie schon als Kleinkind aufgegeben.

»Ich bin gar nicht schwanger«, erklärte sie also. »Ich habe gelogen.« Johanna sah sie baff an, während Doro ihr erzählte, warum sie Matthias diese Lüge aufgetischt hatte. »Und jetzt hab ich den Salat. Ich bin da echt nicht stolz drauf«, fügte sie kleinlaut hinzu. Dabei wusste Doro nicht mal, warum sie Angst hatte, Johanna könnte sie verurteilen – wahrscheinlich, weil sie sich selbst verurteilte –, denn ihre Schwester grinste nur und sagte:

»Also, *ich* bin stolz auf dich!«

Jetzt musste auch Doro grinsen, denn sie erinnerte sich daran, dass Johanna eigentlich immer stolz auf sie gewesen war, wenn sie etwas getan hatte, auf das sie *nicht* stolz war.

»Weißt du, der denkt wirklich, die Arbeit verhindert meinen Eisprung«, echauffierte Doro sich, froh darüber, eine Komplizin zu haben. »Dauernd will er ... na ja, du weißt schon ...«

Johanna sah sie provozierend an. »Was denn?«, fragte sie gespielt naiv. »Vögeln?«

»Liebe machen«, sagte Doro demonstrativ.

»Knattern?«, machte Johanna weiter.

»Den Beischlaf vollziehen«, entgegnete Doro.

»Den Bären bürsten?«, warf Johanna ein.

»Den Multiplikationsknüppel ausfahren«, entfuhr es Doro schließlich, und sie musste selbst lachen. Johanna grinste zufrieden: »Na, geht doch!« Doro war echt dankbar, dass ihre Schwester es immer wieder schaffte, sie zum Lachen zu bringen, selbst in einer so bescheuerten Situation, die sie sich selbst eingebrockt hatte.

Im nächsten Moment sah Johanna sie nachdenklich an.

»Sobald du ein Kind hast, ist es vorbei mit der Freiheit«, resümierte sie. »Wenn ich jetzt schwanger würde, dann könnte ich das mit der Fliegerei komplett vergessen«.

Doro nickte. Da hatte ihre Schwester natürlich recht. Aber Moment mal, hieß das, sie hatte einen Kerl am Start? Gerade wollte Doro nachfragen, als Georg über die trockene Wiese aufs Drehkarussell zugelaufen kam.

»Na, Frauengespräche?«, fragte er neckisch und höflich zugleich.

»Geschwistergespräche«, antwortete Johanna und gab ihrem Bruder damit die Erlaubnis, sich zu ihnen zu gesellen. Georg schwang sich auf das Drehkarussell und fläzte sich zwischen seine Schwestern. »Ich glaube, Doro braucht heute etwas Abwechslung«, erklärte Johanna ihrem Bruder, der sofort darauf ansprang.

»Kino? Kneipe? Oder ein bisschen schwofen?« Den letzten Vorschlag illustrierte er mit rhythmischem Armkreisen, das wohl eine Tanzbewegung darstellen sollte. Doro musste lachen. In Bochum gab es nur einen Tanztreff, und das war die Tanzschule Bobby Linden, in der jeden Freitag- und Samstagabend Paare die Möglichkeit hatten, die gelernten

Tanzstile bei passender Musik zu praktizieren. Wenn man keinen Tanzpartner hatte, konnte man sich auffordern und mehr oder weniger gut durch einen Rumba, Walzer oder Cha-Cha-Cha führen lassen. Leider lag als Frau die Wahrscheinlichkeit, an einen Tanzpartner zu geraten, der entweder zu ruppig oder zu zaghaft führte, bei nahezu hundert Prozent, denn alle guten Tänzer hatten feste Partnerinnen, und den einen guten Tänzer, der keine feste Partnerin hatte, mussten sich sämtliche anwesenden Frauen teilen. Bevor Doro Matthias kennengelernt hatte, hatte sie sich dieses Trauerspiel ein paarmal angetan, meistens gemeinsam mit Georg und Johanna, aus Mangel an anderen Ausgehmöglichkeiten und weil es lustig gewesen war, allen Männern Spitznamen entsprechend ihrem Tanzstil zu geben – von »Schmittchen Schleicher mit den elastischen Beinen« bis zu »Stock-im-Arsch-und-Brett-im-Rücken-Typ«. Heute allerdings heiterte sie diese Vorstellung nicht auf.

»Keine Lust auf Lämmerhüpfen«, erklärte sie deshalb prompt. Allerdings wollte sie auch auf keinen Fall den Abend mit Matthias verbringen. Und die drei Geschwister waren ewig nicht mehr zusammen ausgegangen.

»Ich weiß was Besseres«, entfuhr es Johanna da. »Leute, das wird euch gefallen!« Ihre Augen leuchteten vergnügt.

Georg und Doro sahen sie skeptisch an: »Was denn?«

Johanna lächelte geheimnisvoll. »Das werdet ihr schon sehen!«

Doro konnte sich nicht vorstellen, was sie meinen könnte, aber besser als die olle Tanzschule oder eine Kneipe würde es bestimmt sein. Zumindest hoffte sie das.

3

»Sag mal, ist das die Army Base?« Georg hatte sich mittig auf die Rückbank gesetzt und lehnte sich verwirrt zu Johanna nach vorne. Die schaltete vom vierten in den zweiten Gang und ließ das Auto langsam auf eine Schranke zurollen, die umgeben von GIs und amerikanischen Flaggen war. *Rhein-Main Air Base* war auf einem großen Schild deutlich zu lesen.

»Jetzt kommste vom Regen in die Traufe, was?!«, drehte Doro sich vom Beifahrersitz aus lachend zu Georg um. Sie war mittlerweile schon leicht beschwipst dank der Bierflaschen, die Georg während der Fahrt hatte rumgehen lassen. Johanna hatte das Radio aufgedreht, und sie alle hatten laut zu Vicky Leandros mitgegrölt: »Was kann mir schon geschehen? Glaub mir, ich liebe das Leben! Das Karussell wird sich weiterdrehen, auch wenn wir auseinandergehen …«

Je öfter Doro den Refrain mitgesungen hatte, desto mehr hatte sie die Worte geglaubt. Was konnte ihr schon geschehen? Die Musik aus dem Radio, die Lichter der Stadt, der leichte Fahrtwind durchs offene Fenster und ihre Geschwister neben ihr – das alles hatte einfach nur gutgetan. Warum hatte sie das so lange nicht gemacht? Ausgehen, singen, trinken? Ihr schlechtes Gewissen wegen der Lüge war mittlerweile komplett verflogen, sie wollte einfach nur Spaß haben. All ihre Probleme vergessen. Also nahm sie sogar einen Zug von Johannas Zigarette, obwohl ihre Lunge nicht gut mit dem Rauch umgehen konnte. Sofort bekam sie einen Hustenanfall. Nun war es an Georg, über sie zu lachen – und Doro lachte laut mit.

»Mann, Leute, reißt euch mal zusammen jetzt«, sagte Johanna plötzlich ziemlich barsch. Sie hatten vor der Schranke angehalten, und Doro sah, dass zwei GIs um das Auto herumgingen. Sie leuchteten mit Taschenlampen hinein – und mit einem Mal wirkte alles sehr offiziell. Johannas Gesicht war ernst, ihre Miene streng.

»Ihr müsst jetzt genau das tun, was ich euch sage! Kein Wort. Auch nicht, wenn sie euch was fragen«, raunte sie ihren Geschwistern zu. »Und keine schnellen Bewegungen. Wenn sie wollen, dass ihr aus dem Auto steigt, dann macht ihr das langsam und mit den Händen über dem Kopf. Verstanden?«

Georg und Doro nickten stumm. Die ausgelassene Stimmung war wie weggewischt. Stattdessen wurden sie von Taschenlampenlicht geblendet. Doro versuchte, die Augen nicht zusammenzukneifen. Sie wagte kaum mehr zu atmen, solche Angst hatte sie. Jetzt lehnte sich ein schwarzer GI ins Fahrerfenster und sah Johanna an. Er war von imposanter Statur, und in der khakifarbenen Uniform wirkte er autoritär und mächtig.

»Hello, Mr. First Lieutenant«, sagte Johanna höflich, und Doro konnte nur hoffen, dass ihre Wortwahl nicht falsch oder gar beleidigend war. Sie hielt die Luft an. Würden sie aussteigen müssen? Doch der GI grinste jetzt.

»Hey, Baby«, sagte er und gab Johanna einen Kuss. Moment, bitte was? Doro konnte es nicht glauben – Johanna hatte sie ordentlich veräppelt!

»O Mann!«, beschwerte sich nun auch Georg, während Johanna sich gar nicht mehr einkriegte vor Lachen.

»So funny to see their faces«, erklärte sie dem GI, der freundlich ins Auto lächelte. »Das ist Jack«, stellte sie ihn vor.

»Hey Leute, wie geht's?«, sagte Jack mit amerikanischem Akzent. Doro lächelte überfreundlich, so erleichtert war sie, dass sie nicht mit den Händen über dem Kopf hatten aussteigen müssen.

»Ich will meinen Geschwistern mal die Disko zeigen«, teilte Johanna Jack mit, der nur wissend nickte, während Georg und Doro kein Wort verstanden.

»Disko?«, fragten die Geschwister wie aus einem Munde, denn keiner von beiden hatte diesen Begriff vorher schon mal gehört. Johanna sah sie spöttisch an.

»Dis-ko«, wiederholte sie noch mal ganz langsam und leise – und jetzt klang es geheimnisvoll und magisch und sexy.

Eigentlich wollte Doro sofort alles über Johanna und Jack wissen, die offensichtlich ein Paar waren, aber auf dem kurzen Weg vom Parkplatz zum Hangar konnte sie nur herausbekommen, dass die beiden sich seit vier Monaten »dateten« und dass Jack Johanna das Fliegen einer Cessna beibrachte, weil er Pilot bei der Air Force war. Heilige Scheiße, dachte Doro nur, wenn Mutter wüsste, dass Johanna ein Flugzeug steuerte, würde sie tot umfallen! Und wenn Vater wüsste, dass Johanna mit einem Amerikaner ausging, würde er sie enterben!

»Der arme Schrauben-Paule«, hatte Georg nur lachend gesagt, während Doro ein bisschen enttäuscht gewesen war, dass Johanna ihr Jack verheimlicht hatte. Andererseits hatten sie sich nun wirklich eine Weile nicht unter vier Augen unterhalten, und das letzte Gespräch war für ihr eigenes Geheimnis draufgegangen. Festzuhalten wäre also, dass Geheimnisse wohl in der Krämer'schen Familie lagen. Richtige *Geheimniskrämer,* dachte Doro und musste schmunzeln. Wahrscheinlich hatte Georg auch eins, aber falls dem so war, wollte sie es lieber gar nicht wissen. Jedenfalls machte Jack einen sehr netten Eindruck, doch bevor Doro sich dessen vergewissern konnte, hatten sie den Eingang des Hangars auch schon erreicht. Johanna und Jack gingen zielstrebig hinein, gefolgt von Georg – und das war der Moment, an dem Doro sie alle aus den Augen verlor. Denn sie blieb wie angewurzelt stehen. Der Anblick, der sich ihr bot, war einfach zu überwältigend. Eben noch auf dem kargen militärischen Gelände, befand sie sich nun in einer ganz anderen Welt voller Farben und Klänge und sich bewegender Körper. Bunte Lichter glitten über die Tanzenden hinweg und verliehen dem Raum eine fast magische Atmosphäre. An den Wänden waren neonfarbene Leuchtreklamen angebracht, eine riesige amerikanische Flagge zierte die Decke. Teils in GI-Uniform, teils in Zivil bewegten sich die Leute zu einer Musik, die Doro noch nie gehört hatte. Es war ein verrückter Takt, der zusammen mit dem gefühlvollen Gesang eine ausgelassene Stimmung erzeugte, die sich zugleich verrucht anfühlte. Alle bewegten sich unterschiedlich zu dieser Musik, es schien keine Standardschritte zu geben, keine Tanzpaare, jeder tanzte für sich, und dennoch tanzten alle irgendwie miteinander. Alles schien erlaubt, und es sah leicht aus. Ein paar Leute wiegten sich sogar lässig auf der Ladefläche eines Jeeps im Takt der Musik. Alles in allem war es ein wunderbares, unwiderstehliches Chaos. Sinnlich und sinnfrei zugleich. So etwas hatte Doro nicht nur noch nie gehört oder gesehen, so etwas hatte sie auch noch nie gespürt. Ihr Herz hüpfte. Ihr Bauch vibrierte. Sie bekam Gänsehaut am ganzen Körper. Und ihr wurde ein bisschen übel. So musste es sein, wenn man sich Hals über Kopf und mit Haut und Haaren verliebte.

Ohne es zu merken, war Doro selbst Teil des Ganzen geworden. Ihr Becken wiegte sich sanft zum Groove der Musik. Ihr Kopf nickte leicht im Takt. *That's the way, aha aha, I like it, aha aha.* Es zog sie in die Menge, aber sie fühlte sich etwas unsicher, was die Tanzschritte anging, da es ja keinerlei Vorgaben oder Regeln zu geben schien. Konnte man sich wirklich so bewegen, wie man wollte? Sehnsuchtsvoll beobachtete sie die Tanzenden. Und ihr fiel auf, dass es hier gerade genauso war wie im Leben: Man konnte am Rand stehen und den anderen zusehen – oder man konnte selbst tanzen. Man musste sich nur entscheiden. Und genug Mut haben. Auf einmal schossen Doro die Ereignisse des heutigen Tages durch den Kopf: die Ohnmacht, die sie gespürt hatte bei dem demütigenden Gang aus dem Kindergarten. Die Angst, nicht mehr arbeiten zu dürfen, die die Hausfrauen auf dem Marktplatz in ihr ausgelöst hatten. Die Panik, die bei Matthias' dringlichem Kinderwunsch in ihr aufgekommen war. Die Scham, als er vor ihrer ganzen Familie ihre angebliche Schwangerschaft verkündet hatte. Doro atmete durch. Sie wollte diese Gefühle nicht länger spüren. Sie wollte nicht mehr am Rand stehen und zusehen, nicht im Leben, nicht auf der Tanzfläche. Sie wollte dabei sein und mitmachen und dazugehören. Und hier, an diesem magischen Ort, gab es kein Richtig oder Falsch, so wie in der Tanzschule. Hier war Tanzen alles, was der Körper an Bewegungen hergab. Alles, was die Musik dem Körper entlockte. Alles, was Spaß machte.

Also hörte Doro auf, nachzudenken, und bewegte sich. Sie vertraute sich der Musik an, ließ sich einfach hineinfallen, als wäre die Musik ein Laubhaufen und sie ein fünfjähriges Mädchen. Der verrückte Beat und die souligen Klänge ließen ihren Körper abgehackte Bewegungen machen, ein bisschen wie ein Roboter. Ihre Arme formten wilde Gesten, ihre Füße drehten sich zueinander hin und voneinander weg. Im Rhythmus, immer wieder. Es war fast so albern wie der Ententanz, den sie manchmal mit den Kindern im Kindergarten vollführt hatte, wenn sie einen Geburtstag gefeiert hatten. Aber es war nicht der Ententanz, es war ihr Tanz, ihre Choreografie – wenn man diese Aneinanderreihung von seltsamen Bewegungen so nennen konnte. Was für ein Vergnügen!

Neben Doro tanzte jetzt ein GI in Khakihose und Unterhemd und lachte sie breit an. Dann rief er ihr auf Amerikanisch etwas zu, von dem Doro nur das Wort *goofy* bekannt vorkam. *Goofy*, war das nicht dieser Hund aus den Micky-Maus-Comics? Doro lachte den GI einfach an und zuckte mit den Schultern. Das schien ihn zu amüsieren, denn er lachte ebenfalls und zuckte auch mit den Schultern. Machte er sie etwa nach? Oder kommunizierten sie jetzt einfach ohne Worte? Während Doro noch darüber nachdachte, deutete der GI ihr mit Zeige- und Mittelfinger an, dass sie zusehen solle, was er tat. Dann verschränkte er die Finger

ineinander und machte mit den Unterarmen eine Wellen-
bewegung. Schließlich löste er die Hände wieder und zeigte
auf sie: Jetzt du!

Das ließ Doro sich nicht zweimal sagen und tat es dem
GI gleich: Finger verschränken, Unterarme in Wellenform
bringen. Lustiges Spiel, dachte sie dabei. War sie jetzt wieder dran? Sie stoppte die Welle, löste die Finger und bedeutete ihrerseits dem GI, dass er ihr genau zuschauen solle.
Dann machte sie wieder ihren Roboter-Schritt – Füße nach
innen, Füße nach außen, rechter Arm gebeugt, linker Arm
gebeugt – und sah ihn erwartungsvoll an. Und tatsächlich:
Er machte es ihr nach. Es sah witzig aus. Dann ging er vier
Schritte nach vorne und drehte sich dabei. Doro verstand.
Es war wie das »Ich packe meinen Koffer«-Spiel, das sie
immer gerne mit den Kindergartenkindern gespielt hatte:
Man nannte einen Gegenstand, der in den Koffer sollte,
und der Nächste musste diesen plus einen neuen Gegenstand nennen, der Übernächste beide Gegenstände plus
einen neuen und so weiter und so fort. Sie machte also
die Welle, dann den Roboter-Schritt, danach die vier
Schritte nach vorne mit der Drehung, dann zweimal einen
Hampelmann. Der GI wiederholte alles und drehte sich
beim zweiten Hampelmann um neunzig Grad, sodass es
in eine andere Richtung weiterging. Doro schmunzelte. Alles klar, jetzt zusammen! Und dann machten sie die Schritte
synchron, in jede Himmelsrichtung. Nicht nur zu ihrer
eigenen Freude, auch zur Freude aller, die um sie herum
tanzten. Es dauerte nicht lange, und immer mehr Leute begannen, die Schritte nachzumachen und in den gemeinsamen Tanz mit einzusteigen. Schließlich tanzte fast der halbe

Raum die Armwelle, den Roboter-Schritt, das Drehen und die Hampelmänner.

Doro konnte es nicht glauben. Es war irre. Sie war Teil eines großen Organismus geworden, der durch die Musik zum Leben erweckt wurde. Das Wiederholen der Schritte schuf nicht nur ein gigantisches Gemeinschaftsgefühl, es erzeugte auch eine Art Trance-Zustand. Doro hatte keine Ahnung, wie lange sie alle synchron die Himmelsrichtungen abtanzten, aber die Formation löste sich erst auf, als der Song endete und nach einer kurzen Pause ein langsames Lied erklang. *If there's a cure for this, I don't want it, I don't want it.* Jetzt wurden die Bewegungen der Tanzenden wieder individuell und fließender, wo sie vorher funky und abgehackt gewesen waren. Auch Doro fühlte sich leicht und frei. Schwebend. Und ein bisschen außer Atem.

»Ziemlich abgefahren hier, was?!«, hörte sie eine bekannte Stimme neben sich sagen. Es war Georg, der durch einen Strohhalm braune Flüssigkeit in den Mund sog und von einem Fuß auf den anderen wippte. »Bombastisch«, entgegnete Doro begeistert und nahm Georg den Drink aus der Hand. Rum-Cola, nicht ihr Geschmack, aber gut gegen eine trockene Kehle. Sie hatte erst einen winzig kleinen Schluck getrunken, als Georg ihr das Glas wieder wegzog.

»Hey«, beschwerte sich Doro. »Hättest mir auch mal was mitbringen können!«

»Habe ich ja – aber dann hab ich dich nicht gefunden, und schwups, war das Ding leer.«

»Also ist das genau genommen mein Drink.«

Doro startete einen neuen Versuch, Georg den Drink zu entwenden, aber er hielt dagegen. Also zog sie fester, und er hielt fester, und als sie dann doch plötzlich losließ, schwappte der Drink über und benässte Georgs Ärmel.

»Ach, meine Geschwister streiten sich mal wieder«, war jetzt Johannas Stimme zu vernehmen. »Wie alt seid ihr – fünf?!«

Doro hätte argumentieren können, dass Johanna sonst immer die Erste war, die sich ums Essen prügelte, aber stattdessen nahm sie ihr einfach den Drink aus der Hand und schlürfte davon so viel und so schnell wie möglich. Johanna ließ es protestlos geschehen. Wahrscheinlich, weil es sowieso nur noch ein paar Eiswürfelreste waren. Zudem tauchte hinter ihr schon Jack mit zwei neuen Drinks auf.

»You guys having fun?«, fragte er in die Runde und umarmte Johanna von hinten. Doro wusste nicht, wie sie ihre Begeisterung auf Englisch ausdrücken sollte.

»This place is so so so good«, sagte sie deshalb enthusiastisch. Jack lachte.

»Klitzekleines bisschen besser als die Tanzschule, oder?!«, merkte Johanna an und zwinkerte ihr zu.

»Aber nur ein klitzekleines bisschen«, erwiderte Doro lachend und nutzte die Gelegenheit, um sie zu fragen, was »goofy« bedeutete.

»Das heißt so was wie albern, ungelenk«, erklärte Johanna, und Doro zog die Augenbrauen zusammen.

»Ist das ein Kompliment?«

»Eher nicht.«

»Oh.«

»Halt mal!« Johanna hatte Jack beide Drinks aus den Händen genommen und reichte sie Doro. Mit den Worten »Come on, let's dance!« zog sie Jack auf die Tanzfläche, sodass Doro jetzt mit zwei Drinks dastand, einen in jeder Hand. So schnell kann das Blatt sich wenden, dachte sie schmunzelnd. »Weggegangen – Drink vergangen«, rief sie noch, aber die Musik war zu laut, als dass die beiden sie gehört hätten. Also trank Doro abwechselnd aus dem einen Drink einen kleinen Schluck und dann aus dem anderen. Dabei sah sie Johanna und Jack auf der Tanzfläche zu und fragte sich, ob man das noch tanzen nennen konnte. Die beiden wiegten sich zwar leicht mit der Musik, vor allem aber schmiegten sie sich aneinander und küssten sich innig. Jack mit seinem großen, durchtrainierten Körper musste sich zur kleinen Johanna runterbeugen. Es sah niedlich aus und auch sexy.

»Ganz schön verknallt, die beiden.« Doro drehte sich zu Georg – um dann zu merken, dass er nicht mehr neben ihr stand. Und auch nicht hinter ihr oder irgendwo in Sichtnähe. Das war typisch. Er war schon immer am liebsten allein durch die Gegend gestreunert. Doro nahm wieder einen kleinen Schluck aus dem linken Drink und dann einen aus dem rechten und wippte mit den Knien. *I've got the sweetest hangover. I don't wanna get over. The sweetest hangover.* Sie konnte sich nicht satthören an der Musik und nicht sattsehen an den Tanzenden und nicht sattfühlen an der Stimmung. Aber was sie dann sah, inmitten der Menge, toppte alles.

Dort tanzte eine junge Frau, die so eins mit der Musik war, als machte sie gerade Liebe mit ihr. Ihr schlanker, durchtrainierter Körper vollführte keine Bewegungen, er war eine Bewegung, eine Welle, ein Teil der Musik. Sie hatte die Augen geschlossen, war in sich gekehrt und genoss diese

Vereinigung mit der Musik. Die glitzernde Schlaghose zog sich eng über ihren kleinen runden Po, der kreisende Bewegungen machte. Dazu trug sie nur ein enges schwarzes Top. Ihre elfenbeinfarbene Haut sah weich aus. Unter den dunkel geschminkten Augen mit den langen, schwarzen Wimpern waren ein paar Glitzersteinchen platziert. Die kinnlangen braunen Haare umrahmten ihr symmetrisches Gesicht wie ein Bilderrahmen aus Ahornholz ein kostbares Gemälde. Ihre Arme machten über ihrem Kopf schlängelnde Bewegungen, während ihr Becken kreiste. In einer Hand hielt sie eine Zigarette, die sie vergessen zu haben schien und die vor sich hin qualmte.

Es war ein atemberaubender Anblick. Doro hatte noch nie gesehen, wie sich jemand so sexy und gleichzeitig so elegant bewegte. Die Frau wirkte wie ein Wesen von einem anderen Stern. Es war Doro unmöglich, den Blick von ihr zu lösen. Auch andere Tanzende hatten eine Art Kreis um diese übermenschliche Erscheinung gebildet, wie die Planeten um die Sonne. Dennoch tanzte sie für sich, total selbstvergessen. Doro war so fasziniert, dass das kleine Mädchen in ihr erwachte – und dieses kleine Mädchen war ziemlich begeisterungsfähig. Und so ging Doro auf die Tänzerin zu, immer noch die zwei Drinks in der Hand, und konnte nicht anders, als ihr ihre Begeisterung mitzuteilen.

»Das ist so cool, wie du tanzt!«, sagte sie laut und voller kindlicher Bewunderung. Die Frau sah sie mit ihren grünen Katzenaugen an, musterte sie von oben bis unten und nahm ihr dann vorsichtig die Brille vom Gesicht. Doro war so verwirrt, dass sie es geschehen ließ. Jetzt steckte die Frau die Brille mit einem Bügel in Doros Dekolleté und betrachtete ihr Gesicht. Sie nahm einen Zug von der Zigarette, die erstaunlicherweise noch nicht runtergebrannt war, und stieß den Rauch in Doros Richtung aus.

»Süß«, sagte sie dann.

Verwirrt stand Doro einfach nur da, ließ alles über sich ergehen und brachte kein Wort mehr raus. In dem Moment legten sich zwei Hände auf die Schultern der Übermenschlichen und schoben sie sanft weg. Es waren Männerhände mit langen, schlanken Fingern. An einem Handgelenk blitzte es silbern unter dem Hemdärmel hervor, und ein Armreif zeichnete sich ab. Ein Manschetten-Armreif. Mit Schlingpflanzen-Ornamenten. Doro stutzte. Moment mal! Das waren dieselben Hände, die das blaue Knetei geformt hatten. Es waren die Hände des Remplers! Doro erwachte aus ihrer Schockstarre, eilte den beiden ein paar Schritte hinterher und tippte den Mann an.

»Hey«, sagte sie freudig. »Wir kennen uns doch!« Sie strahlte ihn an. Es war so schön, ihn wiederzusehen. Die wachen Augen. Das schelmische Grinsen. Er sah richtig schick aus mit seinem gemusterten Hemd und der engen Stoffhose. Und unverschämt gut. Allerdings war sich Doro nicht sicher, ob er sie erkannte. Er sah sie einfach nur mit seinem durchdringenden Blick an. »Du bist doch der mit der Vierundvierzig«, erklärte sie ihm deshalb. »Und ich bin die …«

Jetzt unterbrach er sie, grinste: »Die mit dem Amselei, ich weiß.« Und dann zwinkerte er ihr zu, bevor er der Übermenschlichen hinterherging. Doro stand da und bekam ihr Lächeln gar nicht mehr aus dem Gesicht raus. War das nicht verrückt, dass man sich noch nie gesehen hatte, aber dann begegnete man sich gleich zweimal am selben Tag? Was hatte der Kommentar »süß« zu bedeuten? Und waren die beiden ein Paar?

Aber Doro war nicht hier, um sich einen Kopf zu machen, sie war hier, um Spaß zu haben, um frei zu sein, um zu genießen. Deshalb trank sie jetzt beide Drinks leer, stellte sie auf der Ladefläche eines Jeeps ab und mischte sich wieder unter die Tanzenden. Sie bewegte sich so, wie die Musik es ihr anbot. Mal fließend, mal abgehackt, mal lustig, mal sinnlich. Ihre Brille setzte sie allerdings nicht wieder auf.

4

Das Klappern von teurem Porzellan ließ Doro aus dem Schlaf erwachen. Langsam, aber sicher drang es in ihr Bewusstsein ein und erinnerte sie daran, dass sie auf der schmalen Eckbank im Feinkostladen lag und dass es Samstagvormittag sein musste. Zwar konnte sie den Wert eines Kaffeeservices nicht wirklich am Klang erkennen, aber sie wusste, dass ihre Mutter an ihrem Geburtstag immer das teure Porzellan aus dem Schrank holte. Noch war sie auf der Eckbank nicht bemerkt worden – und wenn es nach ihr ging, sollte ihre Mutter auch nicht erfahren, dass sie im Feinkostladen übernachtet hatte. Das würde deren Sorgenfalten nur vertiefen, von denen sie mindestens eine pro Kind auf der Stirn hatte. Also ließ Doro die Augen geschlossen, als ob sie sich auf diese Weise unsichtbar machen könnte. Sie hörte, wie teure Kaffeetassen auf teure Untertassen gesetzt wurden und sah sie förmlich vor sich: die blasstürkisfarbenen Tassen mit Goldrand, deren Aufdecken für sie als Kind immer langes aufrechtes Sitzen an einer sonntäglichen Kaffeetafel bedeutet hatte, an der die Erwachsenen Gespräche führten, die sie nicht verstand, zu denen sie aber schweigend sitzen bleiben musste, bis der Vater sich endlich erhob. Doros Mund war trocken, und in ihrem Kopf meldete sich ein dumpfer Schmerz. Überdeutliche Begleiterscheinungen der Aktivitäten von letzter Nacht, dazu ein leichtes Ziehen im Nacken, das ihr wohl die schmale, harte Eckbank eingebracht hatte. Eigentlich war sie selten verkatert, aber die Ereignisse des vergangenen Tages, gepaart mit dem Konsumieren von Bier, Rum-Cola und mehreren nicht identifizierbaren gelben Drinks, bescherten ihr ein matschiges Gefühl. Außerdem hatte sie kaum geschlafen und war nach dem aufregenden Erlebnis in der Army Base lange hellwach gewesen. Sie hätte noch ewig bleiben wollen, aber Georg und Johanna hatten sie schließlich ins Auto gepackt und abtransportiert. Während ihr Bruder bei seiner alten Freundin Alex in deren Kommune übernachtet hatte, war ihre Schwester in ihr Zimmer bei den Eltern geschlüpft, und Doro hatte behauptet, sie würde das letzte Stück nach Hause laufen. Aber sie hatte immer noch die Musik in sich gespürt und gar keine Lust, sich zu Matthias ins Bett zu legen. Was hätte sie ihm auch sagen sollen, wo sie so lange gewesen war? Als sie den Feinkostladen passiert hatte, war ihr aufgefallen, dass sie enormen Hunger verspürte – schließlich war das Abendessen durch gewisse Unannehmlichkeiten für sie schmaler ausgefallen als sonst. Wie alle Geschwister hatte sie einen Schlüssel zum Laden, warum also nicht davon Gebrauch machen? Und da hatten sie sich dann schließlich gegenübergestanden – sie und das letzte Stück Blaubeertorte. Doro hatte es vernichten wollen, als könnte sie damit die Schwangerschaft eliminieren, und mit vernichten hatte sie zerquetschen, zertrampeln, in den Mülleimer pfeffern gemeint. Aber die familiäre Prägung, dass nichts weggeworfen werden durfte, saß zu tief. Also hatte Doro das letzte Stück Blaubeertorte einfach aufgegessen. Und es hatte unheimlich gut geschmeckt – trotz des Beigeschmacks von Lüge.

»Dorothee! Hast du etwa hier geschlafen?« Die Stimme ihrer Mutter war plötzlich ganz nah. Mist! Doro öffnete die Augen, und da waren sie, die Sorgenfalten auf der Stirn ihrer Mutter. Die konnte sie sogar ohne Brille erkennen. Und den fragenden Blick auch. Dennoch griff Doro langsam nach ihrer Brille auf dem Tisch und zog sie etwas umständlich auf. Als ob sie erst fähig wäre, etwas zu sagen, wenn sie scharf sehen könnte. Und irgendwie half es ihr tatsächlich, klare Gedanken zu fassen.

»Ich wollte schon mal den Tisch decken«, erklärte sie. »Aber dann muss ich eingeschlafen sein.« Ihre Worte ergaben nicht allzu viel Sinn, außerdem musste sie echt zerknittert aussehen, dennoch lächelte ihre Mutter jetzt.

»Das war bei mir auch immer so in den ersten Wochen, diese plötzliche Müdigkeit«, sagte sie liebevoll. »Ist ganz normal, wenn der Körper sich umstellt.«

Doro musste kurz überlegen, wovon ihre Mutter sprach, bis sie verstand, dass es wieder ihre angebliche Schwangerschaft war, die ihr als Alibi diente. Erstaunlich. Sie nickte eifrig und wiederholte: »Ja, verrückt, diese Müdigkeit.« Dann spürte sie die Hand ihrer Mutter auf ihrem Bauch.

»Ich kann's gar nicht glauben, dass mein Kind ein Kind kriegt«, sagte sie gerührt, und ihre Augen glänzten ein bisschen. Das wurde Doro jetzt doch zu viel. Schnell setzte sie sich hin und umarmte ihre Mutter.

»Alles Gute, Mama«, raunte sie dabei und bemühte sich, von ihr weg zu reden, damit ihre Mutter ihre Fahne nicht riechen konnte. Auch wenn Barbara zu der Fraktion gehörte, die der Meinung war, dass ein gelegentliches Glas Wein in der Schwangerschaft nicht schadete, wollte Doro keinen Vortrag riskieren. »Und jetzt lass uns deine Geburtstagsfeier vorbereiten!« Damit sprang sie auf und ging hinter die Theke.

»Seit wann hilfst du denn gerne in der Küche?«, fragte ihre Mutter verblüfft.

Doro zögerte kurz und sagte dann: »Ist mein Geburtstagsgeschenk!« Um es realistischer zu machen, fügte sie hinzu: »Und du weißt doch, wie gerne ich schon vorher was nasche!« Jetzt lächelte ihre Mutter wieder zufrieden. Puh, das wäre erst mal geschafft.

**

Liebeskummer lohnt sich nicht, my Darling,
Schade um die Tränen in der Nacht.
Liebeskummer lohnt sich nicht, my Darling,
Weil schon morgen dein Herz darüber lacht.

Die Schlagerparade erklang aus dem Kassettenrekorder – und Doro fühlte sich ertappt. Tatsächlich musste sie ständig an diesen fremden Mann denken, den Rempler, die 44. Was hatte das zu bedeuten? Sie kannte nicht mal seinen Namen, sie wusste nur, dass er mit der übermenschlichsten Person verkehrte, die sie jemals gesehen hatte. Und sie wusste, dass er ein Gefühl in ihr ausgelöst hatte, das sie so noch nicht erlebt hatte. Deshalb fiel es ihr auch schwer, es einzuordnen, es zu definieren. War da etwas Besonderes zwischen ihr und ihm? Oder war es eine fixe Idee, die so schnell wieder vergehen würde, wie sie gekommen war?

»Ey, das ist meins!«

»Das war aber das letzte!«

»Eben!«

Der Streit zwischen Johanna und Georg um das letzte Hackbällchen holte Doro aus ihren Gedanken und zurück auf die Geburtstagsfeier ihrer Mutter, bei der sich am Nachmittag fast zwei Dutzend Gäste tummelten. Zu Doros Verwunderung war Matthias bisher nicht aufgetaucht, aber sie wusste, dass er früher oder später eintreffen würde, denn er liebte Familienfeiern. Sie hatten ein kleines, aber feines Büfett aufgebaut, Luftschlangen über den Regalen verteilt, eine große Girlande über die Theke gehängt und schließlich noch ein paar Luftballons aufgepustet, von denen die Hälfte bereits zerplatzt war. Doro hatte außerdem die Aufgabe bekommen, den Gästen Sekt einzuschenken – das hatte sie also von ihrem spontanen »Geburtstagsgeschenk«. Johanna und Georg dagegen schlugen sich einfach nur die Mägen voll. »Ein Hackbällchen und ein Schokokuss – das ist die beste Kombination gegen Kater«, erklärte ihre Schwester jetzt in ihrer unbeschwerten Art und biss abwechselnd in besagte Köstlichkeiten hinein. »Wegen salzig und süß, weißte.« Sie kaute genüsslich, während Georg und Doro sie skeptisch ansahen. »Was denn? Im Magen kommt eh alles zusammen«, sagte Johanna und zuckte mit den Schultern. Tatsächlich hatte sie schon immer einen sehr robusten Magen gehabt.

»Das A und O bei einem Kater ist fettiges Essen«, mischte sich jetzt Frank ein, der einen Topf mit Gulasch auf das Büfett stellte, wo sich ein mit Zwiebeln und Petersilie drapierter Mettigel, Platten mit Käsespießen und gefüllten Eiern, ein Schälchen saure Gürkchen, ein Marmorkuchen,

Erdbeertörtchen in Reih und Glied sowie aufgetürmte Schokoküsse befanden. »Ich schwöre ja auf Pommes mit ganz viel Mayo«, fuhr er fort. »Ach so, aber ich hab ja gar keinen Kater!« Frank grinste jetzt breit und schob sich einen Käsespieß in den Mund. Dann fixierte er Georg. »Wie hältst du es eigentlich beim Bund aus, wenn du nicht mal ohne Kater trinken kannst?!«, sagte er in provokantem Ton. Georg ignorierte den Einwand professionell und wies auf den Topf.

»Was ist das denn? Hundefutter?« Tatsächlich sah das Gulasch etwas unappetitlich aus – aber Frank schien stolz darauf zu sein. »Das, meine Lieben, ist das Neueste vom Neuesten!«, erklärte er. »Fertiggulasch. Für die überforderte Hausfrau.«

Georg sah ihn verwundert an. »Das verkaufen wir hier?«

Frank verdrehte die Augen. »WIR verkaufen hier gar nichts. Vater und ich verkaufen das«, sagte er überheblich. »Und das Fertiggulasch habe ich bestellt, weil ich denke, dass es die Zukunft ist. Denn Frauen sind nicht nur für den Herd gemacht – die müssen sich auch mal verwirklichen können!«

Jetzt war es an Doro und Johanna, ihren Bruder anerkennend anzusehen: Hört, hört, manchmal kämpfte Frank ja doch auf der richtigen Seite!

»Im Bett, zum Beispiel!«, fügte er dann hinzu – und machte damit jegliche Sympathiepunkte wieder zunichte.

Doro und Georg wechselten einen genervten Blick. Johanna schob sich ein gefülltes Ei vollständig in den Mund, um keinen blöden Kommentar zu machen. Geburtstage waren heilig, und jeder noch so kleine Streit galt als Todsünde. Also rissen sie sich alle zusammen.

Aus dem Kassettenrekorder erklang mittlerweile »Fiesta Mexicana«. Wenigstens mal nichts Gefühlsduseliges, dachte Doro. Bis sie kurz zwischen dem Stimmengewirr den Text vernahm:

Weine nicht, muss ich schon gehen,
Weil wir uns ja wiedersehn,
Bei einer Fiesta, Fiesta Mexicana,
Bald wird alles wieder so schön, wie es mal war.

Doro musste lächeln. Sie wollte den Rempler auch unbedingt wiedersehen. Am besten, sie würde so bald wie möglich wieder zu einer Party in der Army Base gehen. Und zwar nicht nur seinetwegen. Wegen allem dort.

»Nicht träumen – schäumen!«, hörte sie jetzt ihren Onkel Helmut neben sich sagen. Dann lachte er und schob dabei sein Sektglas in ihr Blickfeld. Das hatten ihr Onkel und ihr Bruder Frank gemeinsam: dumme Sprüche klopfen. Bei Helmut kam allerdings gerne noch eine gehörige Portion Grapscherei dazu. »Na komm, lass dich mal drücken«, sagte er auch gleich, und bevor Doro ihm einschenken konnte, hatte er sie schon viel zu eng an sich gezogen. Beim gequälten Blick über Helmuts Schulter begegnete sie den leeren Augen von dessen Frau Bertha. Die Kinderlosigkeit und der umtriebige Ehemann hatten bei ihrer Tante zu einer an Verbitterung grenzenden Resignation geführt. Dabei hatte Doro sie als fröhliche Person in Erinnerung, die früher so spontan und kreativ gewesen war. Als das Freibad in einem Sommer wegen Wasserrohrbruchs zwei Wochen lang geschlossen hatte, waren die Krämer-Kinder jeden

Nachmittag in ihrem Garten durch den Rasensprenger gerannt – und Bertha hatte es sich nicht nehmen lassen, ab und zu auch mal durch das kühle Nass zu hüpfen. Ansonsten hatte sie in ihrem rot-weiß gepunkteten Bikini auf einer gelben Liege gelegen, neben ihr das Kofferradio, aus dem englischsprachige Musik ertönte. »Radio Luxemburg«, hatte Bertha ihr mal verschwörerisch erklärt, denn Doros Eltern hörten damals wie heute ausschließlich deutsche, französische oder italienische Schlager, vor allem von Peter Alexander und Caterina Valente. Sie konnte sich nicht erinnern, wann es bei Bertha zu diesem charakterlichen Umschwung gekommen war. Wahrscheinlich war sie als Teenager zu sehr mit sich beschäftigt gewesen, um zu registrieren, dass ihre einst lebensfrohe Tante nur noch ein Schatten ihrer selbst war. Jetzt nahm Bertha einen großen Schluck aus ihrem Sektglas und wandte sich wieder Doros Mutter zu. Barbara trug ihren dunkelgrünen Cashmere-Pullover mit der silbernen Brosche dran, dazu einen dunkelroten Samtrock, und die Sorgenfalten auf der Stirn schienen weniger tief als noch am Morgen. Vielleicht lag es aber auch daran, dass sie zur Feier des Tages extra viel Make-up aufgetragen hatte.

»Glückwunsch zum Nachwuchs«, sagte Onkel Helmut jetzt und entließ Doro endlich aus der engen Umarmung. »Dein Göttergatte hat ja gestern noch in der ›Ecke‹ gefeiert.«

Doro schenkte Helmut Sekt nach und sah ihn erstaunt an. »Matthias war gestern noch in der Ecke?« Helmut besaß die Kneipe Zur gemütlichen Ecke, in der ihr Vater immer nach dem Schützenverein einkehrte. Matthias war zwar ein paarmal aus Höflichkeit mit dorthin gegangen, aber eigentlich machte er sich nichts aus Stammtischen.

»Na ja, feiern würde ich das jetzt nicht nennen«, sagte ihr Vater, der sich zu den beiden gesellt und den letzten Satz mitgehört hatte. »Dich gesucht hat er!« Damit sah er Doro stirnrunzelnd an und hielt ihr sein leeres Sektglas hin. »Und da haben wir ihm gesagt, dass die Frauen eh immer zurückkommen. Dass er sich keine Sorgen machen muss.«

Helmut lachte. »Wo soll die Doro schon groß sein, hamm wa gesagt.« Ihr Vater fiel in das Lachen ein. Es war nicht zu übersehen, dass die beiden Brüder schon ordentlich einen im Tee hatten – ob von heute oder gestern, sei dahingestellt. Ein betrunkener, laut lachender Vater war Doro aber lieber als ein nüchterner, laut schimpfender, also schenkte sie gerne nach.

»Und dann musste er mit uns trinken.«

»Auf das Vaterscin, auf die Familie, auf dich.«

»'ne Lokalrunde gehört da natürlich auch dazu, ist ja Ehrensache.«

Doro nickte nur und schenkte sich selbst Sekt ein. Das klang nicht nach der besten Gesellschaft für Matthias. Bestimmt hatten die beiden Herren ihn in seiner Position als Ehemann und Vater bestärkt. Ihm gesagt, dass er durchgreifen müsse. Dass er als Hausherr das Zepter in der Hand halten müsse. Dass er am besten wisse, was seine Frau brauche. Doro wollte schnell raus aus dieser Gesprächsrunde, bevor doch noch die Frage aufkäme, wo sie denn nun tatsächlich gewesen war. »Habt ihr auch schon genug gegessen?«, fragte sie deshalb fürsorglich. »Es gibt noch ganz viel Fertiggulasch!« Sie drehte sich demonstrativ Richtung Büfett. Ihr Vater zog die Augenbrauen zusammen.

»Ach, der Frank mit seinem neumodischen Fraß. Bleib mir bloß weg damit. Wir sind ein Feinkostladen und keine

Arbeiterkantine!« Die beiden Brüder lachten und stießen mit ihren Gläsern an. Dann folgte der Standardsatz ihres Vaters: »Die Mutter hat wieder viel zu viel gemacht. Wer soll das denn alles essen?« Helmut jedoch zuckte nur mit den Schultern.

»Das kommt schon weg. Essen ist der Sex des Alters.« Er lachte wieder unangebracht laut, und Gerhard stimmte mit ein, während Doro die Gelegenheit ergriff, um sich zu ihren Geschwistern ans Büfett zu retten. *Er gehört zu mir wie mein Name an der Tür,* erklang es jetzt vom Band. *Und ich weiß, er bleibt hier.* Johanna und Georg sangen mit, natürlich nur ironisch und mit großem Pathos. *Ist es wahre Liebe? Uhuhuh. Die nie mehr vergeht. Uhuhuh.* Doro setzte mit ein: »*Oder wird die Liebe vom Winde verwe-e-eht?*« Gerade wollten alle drei wieder in den Refrain einstimmen, als wie aus dem Nichts Matthias neben ihnen stand. Kurz hatte Doro tatsächlich gehofft, dass er zu verkatert sei, um bei der Geburtstagsfeier aufzuschlagen, oder dass es einen sanitären Notfall gegeben habe. Aber jetzt musste sie sich wohl der Frage stellen, warum sie die ganze Nacht weggeblieben sei.

Sie verstummte und wechselte einen Blick mit Johanna, die ihr schnell das Sektglas aus der Hand nahm, sicher war sicher. Nachdem Georg Matthias mit einem kollegialen Schulterklopfen begrüßt hatte, standen alle schweigend da. Nur Marianne Rosenberg sang vom Band *Nie vergess ich unsern ersten Tag, na na na na na na na, denn ich fühlte gleich, dass er mich mag, na na na na na na na.*

»Könnte ich kurz mit Doro alleine ...?«, begann Matthias, und Doro zog ihn einfach ein Stück vom Büfett weg, bereit, ihm zu sagen, dass sie sich mit Johanna verquatscht und bei ihr geschlafen hätte. Aber dann sah sie, dass er seinen defensiven Dackelblick aufgesetzt hatte, und konnte schon ahnen, was jetzt kam.

»Es tut mir leid«, begann er. »Dass ich das mit dem Baby verraten habe. Ich weiß, es sollte unser Geheimnis sein.« Er sah sie schuldbewusst an. »Ich Depp, ich kann das halt so schlecht verbergen, wenn ich mich freue!«

Es war schwer für Doro, Matthias nicht zu verzeihen, wenn er so reumütig vor ihr stand. Überhaupt konnte sie nie lange sauer auf ihn sein.

»Schon okay«, sagte sie also und lächelte. Auf Matthias' Gesicht machte sich Erleichterung breit. Er nahm sie in den Arm und drückte sie an sich. Es fühlte sich vertraut, sicher, geborgen an. Dann sah er ihr wieder direkt in die Augen.

»Ganz schön vorausschauend von mir, deinen Job zu kündigen. Jetzt musst du dich ja eh schonen«, meinte er grinsend und nahm das Schälchen Fertiggulasch entgegen, das Frank ihm reichte.

Doro schluckte. Wut kam in ihr auf. Nicht nur über seine Selbstzufriedenheit, sondern auch über die Situation, in der sie sich befand, in die er sie manövriert hatte. So schnell konnte sie also wieder sauer auf ihn sein! Aber sie versuchte sich zusammenzureißen, ruhig zu bleiben.

»Du, das wollte ich eh noch mal mit dir besprechen«, sagte sie freundlich, aber bestimmt. »Ich bin ja erst ganz am Anfang, da kann ich doch noch ein bisschen weiterarbeiten.« Sie setzte ein gewinnendes Lächeln auf, aber Matthias sah sie nur leicht vorwurfsvoll an.

»Ach, Doro, da haben wir doch schon drüber gesprochen«, erklärte er ihr wie einem kleinen Kind, das bei Gewitter auf den Spielplatz wollte. »Es hat einen guten Grund, warum der Ehemann entscheidet. Als Stimme der Vernunft.« Er nahm jetzt einen Löffel von dem Fertiggulasch und machte ein zufriedenes Gesicht. »Gerhard und Helmut haben das auch gesagt. Ich bin schließlich für dich verantwortlich«, redete er weiter, während Doro spürte, dass mit jedem seiner Worte die Wut in ihr größer wurde, wie ein Feuer, in das er immer mehr Zündstoff warf. Dieses patriarchalische Gelaber war kaum zu ertragen. Warum dachten eigentlich immer alle, sie seien verantwortlich für sie? Lag das an ihrer Nesthäkchen-Position in der Familie? Was sich jahrelang wie ein angenehmer Schutz angefühlt hatte, wirkte langsam, aber sicher wie ein Gefängnis.

Doro atmete tief ein und aus und sagte mit spitzem Unterton: »Stimmt, das hab ich ja ganz vergessen. Ich soll mich schonen. Dann machst du also ab jetzt den Haushalt?«

Matthias sah sie an, als ob sie den Verstand verloren hätte, und lachte dann, als sei das ein guter Witz gewesen.

»Ich?! Ja, klar!« Wieder schob er genüsslich einen großen Löffel Fertiggulasch in den Mund, während Doro nicht glauben konnte, wie ignorant er war. Seit wann waren die Diskussionen mit Matthias ein Kampf gegen Windmühlen? Seit wann konnte sie nicht mal mehr einen Hauch von Verständnis von ihm erwarten? Sie hatte sich in ihn verliebt, weil er anders war als ihre Familie, weil er sie im Gegensatz zu ihrem Vater verstanden hatte. Aber seit er ihr Ehemann geworden war und quasi in die Familie eingeheiratet hatte, kam es Doro so vor, als würde er sich eher mit ihrem Vater solidarisieren als mit ihr. Als würde er immer mehr wie ihr Vater werden. Aber das war nicht die Abmachung zwischen ihnen, das durfte nicht einreißen. Sie ballte die Hände zu Fäusten. Ihre Wut war jetzt größer als sie geworden. Trotz der Kein-Streit-an-Geburtstagen-Regel konnte Doro sich nicht mehr beherrschen. Sie musste etwas tun. »Na, wenn ich sowieso den Haushalt machen muss, dann brauche ich mich ja auch nicht zu schonen, oder?!«, sagte sie mit Nachdruck, drehte sich um und ging demonstrativ und entschlossen auf Onkel Helmut zu. Der war immer für ein Tänzchen zu haben, und das war es, was Doro jetzt wollte, tanzen. Und zwar wild und ausgelassen. Passenderweise erklang aus dem Kassettenrekorder »Ein bisschen Spaß muss sein« von Roberto Blanco. Etwas überrascht war Helmut schon, als Doro ihn einfach an der Hand in die Mitte des Raumes zog und zu tanzen begann. Abgeneigt war er aber keineswegs. Gerne schwang er das Tanzbein – nicht, weil er sich für einen guten Tänzer hielt, sondern weil es ihm die Gelegenheit gab, einem weiblichen Körper nahe zu sein. Doro wusste das und war stets bemüht, den Tanzavancen ihres Onkels aus dem Weg zu gehen – heute aber war er genau der richtige Kandidat für ihre Zwecke. Sie durfte ihm nur nicht die Führung überlassen, und das tat sie auch nicht: Sie drehte sich in seinen Arm und wieder raus. Sie zog ihn an sich und stieß ihn wieder weg. Sie schwang beide Arme nach oben, während sie seine festhielt, hoch, runter, hoch, runter. *Ein bisschen Spaß muss sein. Dann ist die Welt voll Sonnenschein.* Mit ihm zu tanzen war ein guter Katalysator für ihre Wut. Sie musste nicht zu Matthias sehen, um zu wissen, dass er ihr zuschaute. Mittlerweile waren eigentlich die Blicke aller Gäste auf das Tanzpaar gerichtet. Doro war nicht bewusst, wie skurril ihre Entschlossenheit wirken musste. Alles, was sie wollte, war zu zeigen, dass sie sich nicht schonte und dass sie sich nicht schonen musste. Sie riss Helmuts rechten Arm in die Höhe, sodass er sich drehte. Noch mal und noch mal. *So gut, wie wir uns heute verstehen. So soll es weitergehen.* Sie war so sauer. Auf Matthias. Auf sich. Auf alles. Aber solange sie mit Helmut tanzte, hatte sie wenigstens ein bisschen das Gefühl, die Kontrolle zu haben. Also drehte sie sich um Helmut, und dann drehte sie Helmut um sich, und dann – sank er plötzlich zu Boden. War er ausgerutscht? War ihm übel geworden? Doro wusste nicht, was gerade passierte, und versuchte, ihn festzuhalten, aber er entglitt ihr. Ihre Mutter stieß einen Schrei aus. Verwirrt blieb Doro stehen und schaute in die erschrockenen Gesichter der Gäste. Alle starrten auf Helmut, der regungslos am Boden lag, die Augen an die Decke gerichtet.

»Was musst du denn so wild sein?« Ihr Vater schob Doro zur Seite, um sich über seinen Bruder zu beugen, sein Ohr an dessen Nase zu legen, mit der Hand den Puls am Hals zu ertasten. »Ich glaube, er atmet nicht mehr!« Seine Stimme war jetzt panisch. »Hilfe! Schnell! Er braucht Hilfe!« Er wandte sich wieder Helmut zu und redete auf ihn ein, liebevoll, ängstlich, gab ihm kleine Klapse auf die Wangen, dann brüllte er ihn an, aber erhielt keine Reaktion. *Heute Nacht feiern wir, machen durch bis um …* Jemand stoppte die Kassette im Rekorder. Ein anderer rannte zum Telefon, um einen Krankenwagen zu rufen.

Doro stand nur starr daneben und verstand nicht, was geschah. Es kam ihr unwirklich vor, wie Helmut da schlaff auf den braunen Fliesen lag, um ihn herum vereinzelt buntes Konfetti, ein paar Luftschlangenfetzen, die Reste eines geplatzten Ballons. Es war wie ein schlechter Traum, aus dem man erwachen, oder eine Realität, aus der man sich wegträumen wollte. Sie merkte, dass ihre Beine schwach wurden, dass sie drohten, einzuknicken. Zum Glück griff jemand ihren Arm und stützte sie, gab ihr genug Halt, um stehen zu bleiben. Es war nicht Matthias, es war nicht Johanna – überraschenderweise war es ihre Tante, die neben sie getreten war. Doro drehte ihren Kopf zu Bertha. Stumm schaute sie auf ihren am Boden liegenden Mann. Ihr Gesicht ausdruckslos, ohne irgendeine gefühlsmäßige Regung. Und dann passierte etwas Erstaunliches: Ihre Tante öffnete den Mund und zog tief Luft in ihre Lunge, wie jemand, der lange unter Wasser gewesen und gerade wieder an die Oberfläche gekommen war. Dann entspannte sich ihr Gesicht, und sie atmete gleichmäßig. Doro verstand: Während ihrem Mann die Luft wegblieb, konnte Bertha zum ersten Mal in ihrem Leben frei atmen.

5

»Hör ma, Vati, wir müssen die Ecke verkaufen«, konnte Doro Franks Stimme durch das offene Küchenfenster vernehmen. »Wenn wir überhaupt noch einen Wahnsinnigen finden, der Helmuts olle Kneipe haben will.« Ihre Brüder und ihr Vater standen rauchend vorm Haus und besprachen den Nachlass ihres Onkels, während Doro ihrer Mutter drinnen beim Geschirrspülen half. Alle waren ziemlich mitgenommen von Helmuts plötzlichem Tod – sie selbst eingeschlossen –, auch wenn die Ursache seines Herzinfarkts laut dem Notarzt nicht ihr wildes Tanzen gewesen war, sondern seine Tätigkeit als Gastwirt, die mit täglichem Alkoholkonsum, häufigem Zigarrenrauchen und ausschließlich fettem Essen einhergegangen war.

Am meisten litt Doros Vater unter dem Verlust, auch wenn er das nicht zeigte. Helmut war sein zwei Jahre jüngerer Bruder gewesen, mit dem er ein sehr enges Verhältnis gepflegt hatte. Die Zeit als Soldat hatte Gerhard allerdings gelehrt, dass man nach Todesfällen nicht allzu lange trauern sollte. Er kannte den Verlust von Kameraden, hatte ihn schmerzhaft oft erlebt und sich wohl oder übel ein dickes Fell zulegen müssen. Es galt, nach vorne zu schauen und sich um die Dinge zu kümmern, um die man sich zu kümmern hatte – schließlich ging das Leben ja weiter –, und so war Onkel Helmut bereits vier Tage nach seinem Tod unter der Erde. Deshalb musste nun auch entschieden werden, was mit der Kneipe passieren sollte, etwas, das die Männer der Familie mal wieder unter sich ausmachten, obwohl auch Tante Bertha ein Teil der Ecke gehörte. Der Laden war in den letzten Jahren nicht gut gelaufen, und der Vorschlag, ihn zu verkaufen, klang eigentlich sinnvoll, fand Doro. Frank hatte ihrem Vater schon eine Weile in den Ohren gelegen, dass der Feinkostladen vergrößert werden sollte, allerdings war nie Geld dafür da gewesen. Der Erlös der Ecke könnte daran endlich etwas ändern. Doch da hörte Doro das für Georg typische Räuspern und wusste, dass er, der die ganze Zeit geschwiegen hatte, jetzt seine Meinung äußern würde. Was er dann mit entschlossener Stimme sagte, hätte sie allerdings niemals erwartet: »Ich will die Ecke übernehmen.«

Sofort erntete er ein lautes Lachen von Frank: »Georgs Schmuddelecke, ja genau«, sagte ihr ältester Bruder hämisch.

Georg lachte nicht. Auch ihr Vater blieb ernst. »Du leistest deinen Militärdienst ab, Junge«, sagte er streng. »Drückeberger gibt es bei uns in der Familie nicht.« Doro ahnte, dass Frank gerade zufrieden grinste, so, wie er es immer tat, wenn ihr Vater mit Georg schimpfte.

»Aber das ist ja jetzt eine familiäre Ausnahmesituation«, erwiderte Georg. »Das bewilligen die mir auf jeden Fall!«

Jetzt war wieder Franks hämisches Lachen zu hören: »*Du* bist hier die familiäre Ausnahmesituation!«

»Vater …«, sprach Georg weiter. »Blut ist dicker als Wasser – das sagst du doch selbst immer! Gib mir eine Chance. Drei Monate. Dann sehen wir weiter.« Seine Stimme klang eindringlich. Er schien seinen Vorschlag unbedingt untermauern zu wollen. Dabei war er eher chaotisch, konnte sich zwar schnell begeistern, zog wenige Dinge aber tatsächlich durch. Doro wunderte sich über seine Bitte, die Verantwortung für die Ecke übernehmen zu dürfen, und so ging es bestimmt auch ihrem Vater. Jetzt herrschte die typische erwartungsvolle Stille, die immer dann einkehrte, nachdem Georg und Frank ihre Standpunkte dargelegt hatten und es am Familienoberhaupt war, zu entscheiden, wie die Situation gelöst werden würde. Doro hielt beim Abtrocknen inne, um das Ergebnis auf keinen Fall zu verpassen. Endlich sagte ihr Vater: »Na gut, Junge. Versuch dein Bestes. Aber mach mir keine Schande!«

Auch wenn Doro wusste, dass ihr wildes Tanzen nicht der Grund für Helmuts Tod gewesen war, fühlte sie sich dennoch schuldig. Und sie schämte sich, weil ihre Wut sie blind gemacht hatte, weil ihr die Kontrolle über ihre Handlungen abhandengekommen war. »Der olle Stinkstiefel war doch eh eine einzige Zumutung«, entgegnete ihre Schwester nur, als Doro ihre eventuelle Mitschuld zu bedenken gab. »Was bin ich froh, in Zukunft keine Grapschereien mehr abwehren zu müssen!« Mal wieder schaffte Johanna es, Leichtigkeit in die Situation zu bringen.

Vielleicht ist das ihre Superkraft, dachte Doro, in allem Schlechten auch immer etwas Gutes sehen zu können. Seit Helmuts Tod hatte sie bei ihrer Schwester im Zimmer geschlafen, unter dem Vorwand, dass sie ihren Vater bei der Trauerarbeit unterstützen würde. Dagegen konnte Matthias nichts sagen, und Doro war froh, sich ein paar Tage nicht mit ihm und seinen Ansichten auseinandersetzen zu müssen. Bei Johanna im Bett zu schlafen, fühlte sich an wie früher, als sie kleine Mädchen gewesen waren, auch wenn ihre Schwester lauter schnarchte als Matthias.

»Vielleicht hast du eine krumme Nasenscheidenwand«, merkte Doro an.

»Vielleicht habe ich einfach viel Testosteron«, entgegnete Johanna. Und dann machten sie eine Kissenschlacht. Oder kitzelten sich gegenseitig. Oder kuschelten sich aneinander. Dass Doro sich von hinten an ihre Schwester schmiegte, war ein Relikt aus der Kindheit. Sie hatten jahrelang in einem Bett geschlafen, und es hatte Doro Sicherheit gegeben, Johannas vertrauten Geruch einzuatmen, die Nase in ihr Haar zu strecken oder an ihrem Nacken zu schnüffeln. In dieser Position war es auch am einfachsten, von Johanna Antworten auf Fragen zu bekommen, die sie sonst mit einem lustigen Spruch abgetan hätte.

»Du und Jack, ist das was Ernstes?«

»Er will, dass ich ihm unsere Eltern vorstelle. Aber das mache ich auf keinen Fall. Zum Schluss bekommt Vater auch noch 'nen Herzinfarkt.«

Doro musste lachen bei der Vorstellung, auch wenn es ein bisschen makaber war.

»Außerdem geht er in ein paar Monaten zurück in sein *wonderful Wyoming.*«

»Also nichts Ernstes …«

Jetzt löste Johanna sich aus Doros Umarmung und drehte sich zu ihr. Ihre Augen leuchteten.

»Weißt du, da ist so ein warmes Gefühl in meinem ganzen Körper, als ob überall Schmetterlinge wären, nicht nur im Bauch, überall. Im Kopf, in den Fingerspitzen, im kleinen Zeh.«

Doro lächelte, als sie Johanna so glücklich sah.

»Klingt schon arg verliebt.«

»Ich rede vom Fliegen.«

Das war doch nicht Johannas Ernst, oder?! Jetzt hatte sie diesen tollen Typen, der offensichtlich verschossen in sie war, aber alles, was sie interessierte, war das Fliegen.

»Weißt du, neulich habe ich meine erste Rollenkehre gemacht. Das war irre! Jack ist echt ein super Lehrer. Er meinte, ich könnte jetzt alleine eine Cessna fliegen. Also ist als Nächstes ein Passagierflugzeug dran.«

Johannas Augen leuchteten immer noch, und Doro wusste, dass sie jetzt erst mal nicht aufhören würde, vom Fliegen zu sprechen. Von wegen, sie hätte den Traum auf Eis gelegt, er schien präsenter denn je zuvor. Doro seufzte, während Johanna weitersprach.

»In Amerika kann man Pilotin werden, und Jack hat mich auch schon gefragt, ob ich nicht mitkommen möchte, aber ich will's halt hier schaffen, weißt du?!«

Doro nickte nur. Ja, sie wusste das alles, es war nichts Neues. Ihre halbe Kindheit hatte Johanna von nichts anderem gesprochen, als Pilotin werden zu wollen. Doro hätte nur nie gedacht, dass sie auch als Erwachsene diesen Traum immer noch so vehement verfolgen würde.

»Aber jetzt werde ich erst mal Stewardess.«

Moment, was? *Das* war neu!

»Du willst Stewardess werden?« Doro sah ihre Schwester perplex an. Die setzte sich im Bett auf und schien hellwach.

»Ich muss das System untergraben, hat Jack gesagt. Quasi eine Revolution von innen machen.« Ihre Stimme klang zufrieden, der Plan schien ihr zu gefallen.

Doro hingegen war irritiert.

»Muss man da nicht über eins siebzig groß sein und so was?«

Johanna grinste und erklärte, dass sie vor einer Woche bei der Zulassungsprüfung am Düsseldorfer Flughafen gewesen sei. Und dann folgte eine ihrer großartigen Imitationen. Diesmal: Die Chefstewardess spricht zu den Prüflingen. Dafür stieg Johanna jetzt sogar aus dem Bett, nahm Doros Brille vom Nachttisch und setzte sie auf, verschränkte die Hände hinter dem Rücken und lief hin und her wie ein Wachsoldat.

»So, meine Damen von der hoffnungsvollen Gruppe fünf«, begann sie in strengem Ton. »Wie Sie ja sicher wissen, ist das Auswahlverfahren überaus anspruchsvoll.« Sie ließ die Brille nach vorne auf die Nasenspitze rutschen und schaute Doro über den Brillenrand hinweg an. Die amüsierte sich köstlich über Johannas Spiel.

»Eine Stewardess ist nicht einfach eine Kellnerin in der Luft, nein, nein, Kindchen. Sie ist eine Gastgeberin – und damit das perfekte Aushängeschild der Airline.« Johanna erhob den Zeigefinger wie eine Grundschullehrerin. »Wenn Sie also Brillenträgerin oder über dreißig sind – oder so aussehen –, wenn Sie mehr als fünfundfünfzig Kilo wiegen oder unruhige Haut haben, dann folgen Sie dem Weg, den Sie gekommen sind, einfach wieder zu Ihrem kläglichen Ursprung zurück.« Johanna stützte demonstrativ die Hände in die Hüften, während Doro sich wegschmiss vor Lachen.

»Kläglicher Ursprung, das hat sie wirklich gesagt?«, fragte sie schließlich, als sich ihre Schwester wieder zu ihr unter die Decke kuschelte.

»Absolut. Das ist der oberflächlichste Laden, den ich je erlebt habe«, erklärte sie und schloss die Augen. »Aber – ich hab's geschafft.«

Doro glaubte sich verhört zu haben.

»Du wurdest genommen?« Sie stützte sich auf einen Arm, um Johannas Gesicht sehen zu können. War deren Worten zu trauen, oder wurde sie gerade wieder veräppelt? Das wusste man bei ihrer Schwester einfach nie so genau. Aber die hatte die Augen geschlossen, nur ihr Mund lächelte zufrieden.

»Ich will noch den richtigen Moment abwarten, um es den anderen zu sagen«, flüsterte sie.

»Aber wie hast du das denn geschafft?« Doro wollte jetzt alles wissen, jede Einzelheit. Aber aus der müden Johanna war nicht mehr allzu viel herauszubekommen. Zumindest erfuhr Doro noch, dass sie erst abgelehnt worden war, weil sie wohl nicht so wirkte, als wäre das Kellnern in der Luft ihr in die Wiege gelegt. Doch dann hatte sie mit ihrer Tatkraft und Einsatzbereitschaft überzeugen können, weil sie geistesgegenwärtig reagiert hatte, als sich eine der Prüferinnen an einer Pistazie verschluckt hatte. Was das im Detail bedeutete, war nicht mehr aus Johanna herauszukriegen, denn sie schlief beinahe sofort ein. Was für eine Frechheit! Erst kam sie mit dieser bahnbrechenden Neuigkeit um die Ecke, und dann ließ sie Doro hellwach und mit tausend Fragen im Kopf alleine. Ihre Schwester war echt eine Hausnummer! Wie gerne hätte Doro auch diesen starken Willen gehabt, den ihre Mutter immer »Sturkopf« nannte. Johanna hatte kein Problem damit, sich ihren Platz zu erkämpfen, während Doro stets bemüht war, nicht zu viel Raum einzunehmen, nirgends anzuecken und die Bedürfnisse anderer vor ihre eigenen zu stellen. Kam diese Bescheidenheit daher, dass sie als Jüngste in der Familie nie gefragt worden war, was sie wollte? Sie trug Kleider, die ihre älteren Geschwister schon getragen hatten, sie ging in den Turnverein, lernte Blockflöte und schwimmen, weil das auch Georg, Frank oder Johanna getan hatten. Während die anderen rebelliert und den Eltern Probleme bereitet hatten, war Doro stets daran gelegen gewesen, es jedem recht zu machen. Wenn ihr alles zu viel geworden war, dann hatte sie sich einfach woanders hingeträumt, das war quasi ihre Superkraft. Und damit sich auch zukünftig keiner um sie Sorgen machen musste, hatte sie geheiratet. Also auch, weil sie sich in Matthias verknallt und er sie gefragt hatte, klar. Außerdem war Heiraten etwas, was noch keiner ihrer Geschwister getan hatte. Endlich war sie bei einer Sache mal die Erste, die Pionierin. Die jüngste Schwester heiratete zuerst! Wenn sie jetzt so darüber nachdachte, kam ihr allerdings der Gedanke, dass es womöglich keine so gute Idee gewesen war. Dass sie das vielleicht besser hätte abwägen sollen. Seit Matthias so offensichtlich über ihren Kopf hinweg bestimmte, hatte sich etwas verändert. Zumindest hatte sie im Moment – und vielleicht zum ersten Mal in ihrem Leben – ein starkes Gespür dafür, was sie wollte und was sie nicht wollte. Und gerade wollte sie Matthias nicht sehen, sondern ihre Freiheit noch ein wenig genießen. Und sie wollte unbedingt wieder zur Army Base gehen. Zum Glück war morgen schon Freitag!

***

»Ich kann hier jetzt nicht weg!« Georg stand hinterm Tresen in der Ecke und sah seine Schwestern verständnislos an. Die beiden hatten sich in Schale geschmissen. Johanna trug ein langärmeliges Minikleid, und Doro hatte Lippenstift, Lidschatten und Wimperntusche aufgetragen. »Ich hab doch Gäste«, sagte Georg mit Nachdruck und warf sich geschäftig ein Geschirrtuch über die Schulter. Jetzt war es an Johanna und Doro, verständnislos zu schauen, denn »Gäste« war maßlos übertrieben: Es befand sich lediglich *ein* Gast an *einem* Tisch und trank *ein* Bier.

»Also, hier steppt ja wohl nicht direkt der Bär«, sprach Johanna das Offensichtliche aus und erntete einen bösen Blick von Georg. »Es ist Freitag. Wir haben bis mindestens zehn geöffnet«, erklärte er. »Die Leute müssen ja erst mal merken, dass der Laden wieder läuft!« Da hatte ihr Bruder natürlich recht, aber seitdem es bei Mutter Wittig auch Speisen gab, kehrten die Leute am liebsten dort auf ein gepflegtes Bierchen ein. Oder im fast zwei Jahrhunderte alten Brauhaus Rietkötter. Nachdenklich beobachtete Doro, wie das Geschirrtuch langsam, aber sicher von Georgs Schulter rutschte und schließlich auf dem Boden landete, doch sie verlor darüber kein Wort. Eine Weile sahen beide Schwestern ihm dabei zu, wie er einem Bier dabei zusah, wie sich dessen Schaum langsam absetzte. Ihr Bruder zapfte schließlich mehr Bier aus dem Hahn in das Glas, zwar vorsichtig, aber nicht vorsichtig genug, sodass es überlief.

»Verdammter Mist«, fluchte er, und Johanna musste lachen.

»Übung macht den Meister«, sagte sie trocken. Der einzige Gast hob sein leeres Glas als Aufforderung, ihm ein neues, volles zu bringen, und Georgs Miene hellte sich etwas auf. Zumindest schien dieser Gast vorzuhaben, noch etwas Zeit in der Ecke zu verbringen. Ihr Bruder hob jetzt das Geschirrtuch vom Boden auf und wischte das Glas ab. Dann stolzierte er damit um den Tresen herum und stellte es dem Gast hin. »Wohl bekomm's!«, sagte er überfreundlich. Das leere Glas nahm er an sich. Doro und Johanna wechselten amüsierte Blicke, als jemand aus der Küche gelaufen kam, offensichtlich der Koch. Er trug einen Teller mit Schnitzel und Pommes und stellte ihn vor dem Gast hin.

»Guten Appetit!«, wünschte er, und Georg tat es ihm gleich. Dann legte er dem Koch einen Arm um die Schulter und schob ihn zu seinen Schwestern.

»Der Jochen und ich – wir kriegen das schon hin. Oder?!« Während Georg zuversichtlich lächelte, blieb Jochens Gesicht ausdruckslos.

»Na ja, schlechter als der Helmut kannste es auch nicht machen«, sagte er trocken. In dem Moment rutschte Georg das leere Bierglas aus der Hand und zerschellte am Boden. »Obwohl ...«, entfuhr es Jochen daraufhin, und Doro unterdrückte ein Lachen. Sie mochte diesen kauzigen Typen mit seinem Schnauzer und der kleinen Plauze auf Anhieb. Er schien die Ruhe wegzuhaben und ließ sich nicht von Georgs Hektik anstecken.

»Ich bin Doro«, sagte sie und hielt dem Koch die Hand hin, die er kurz, aber innig schüttelte.

»Jochen. Freut mich«, entgegnete er. »Scherben bringen Glück«, versuchte Johanna unterdessen, Georg zu trösten, der so aussah, als würde er gleich losheulen.

»Ich weiß nicht mal, wo in dem Scheißladen der Besen

ist«, fluchte er und begann danach zu suchen, indem er hinter den Tresen stürmte und wahllos Schranktüren aufriss. Es war offensichtlich, dass die Rolle des Wirtes ihm nicht gerade auf den Leib geschneidert worden war, und es blieb die Frage, ob sie ihm guttat. Aber vielleicht war die Bewirtschaftung der Ecke ja sein Beitrag zur Familientradition, vielleicht war das seine Art, zu zeigen, dass er Verantwortung übernehmen wollte und konnte.

Jetzt beobachteten die Schwestern, wie Jochen ganz ruhig einen Kehrbesen mit Schaufel unter der Spüle hervorzog und Georg beides reichte. Mit einem gequälten »Danke« macht der sich daran, die Scherben aufzufegen.

»In den Schränken hier findet man alles, nur nicht das, was man gerade sucht«, erklärte Jochen und begann die von Georg geöffneten Türen wieder zu schließen. Tatsächlich war nicht nur Geschirr in den Schränken zu sehen, sondern auch anderer Kram.

»Sind das da Schallplatten?«, fragte Doro verwundert und hob ihre Brille an. Neben dem Stapel Platten konnte sie noch einen Plattenspieler erkennen. Jochen hielt inne und drehte sich zu Doro.

»Zu Hause kann ich die nicht laut hören – mein Vermieter ist ein Banause«, erklärte er. »Deshalb mache ich das manchmal hier nach Dienstschluss.« Doro musste lächeln.

»Was hörst du denn so?«, wollte sie wissen, und Jochens Gesicht hellte sich auf.

»Die ganzen neuen Scheiben aus Amiland«, erklärte er. »Funk, Soul, Disko.«

Dieser Jochen wurde ja immer sympathischer. Gerade wollte Doro ihn fragen, ob er vielleicht mit ihnen tanzen gehen wolle, da schob sich Georg mit seiner vollen Kehrschaufel zwischen ihnen durch und sah so unglücklich aus, dass sie sich umentschied und stattdessen sagte: »Ach, Georg, das wird schon. Musst nur dranbleiben.« Sie schaute sich zum ersten Mal richtig in dem dunklen Gastraum um. Die dicken Vorhänge neben den vergilbten Gardinen, die holzverkleideten Wände, die Bilder mit Landschaftsmalereien, die ausgestopften Wildtierköpfe – das alles wirkte durchaus gemütlich, aber auch verstaubt, düster und einengend. Die schweren Holztische und die harten Stühle schafften nicht gerade einen positiven Kontrast dazu. Das Ambiente war eben eher urig und rustikal. »Vielleicht müsste man was Fetzigeres aus der Ecke machen«, sagte sie schulterzuckend. Aber was das sein sollte, wusste sie auch nicht, also wandte sie sich zum Gehen, denn dafür, dass sie Georg nur schnell hatten abholen wollen, standen sie sich hier schon viel zu lange die Beine in den Bauch. Sie wollte endlich in die Army Base. Und wenn sie noch länger diesen Schnitzelgeruch einatmete, würde sie Hunger bekommen. Georg jedoch schienen ihre Worte mehr zu bedeuten, als sie beabsichtigt hatte.

»Ja, ich müsste halt irgendwas finden, was die Leute nur hier kriegen, weißte«, sagte er mit leuchtenden Augen – und diesmal war es Johanna, die ihren Senf dazugeben musste.

»Haste doch – 'nen Gastraum für einen allein«, grinste sie und klopfte ihrem Bruder aufmunternd auf die Schulter. Dann nahm sie Doros Hand und führte sie sanft, aber bestimmt Richtung Ausgang.

»Halt die Ohren steif, Georg«, rief Doro noch schnell, winkte Jochen zu und ließ sich gerne von Johanna hinaus in die kühle Abendluft ziehen.

Im Hangar tanzten die Leute, als hätten sie nie aufgehört, als wäre die Party einfach so weitergegangen, nachdem die drei Krämer-Geschwister sie am vergangenen Freitag verlassen hatten. Die Musik, die Stimmung – das alles hatte nichts von seiner Magie eingebüßt. Doro strahlte. Diesmal war sie es, die ihre Schwester mit sich in die tanzende Menge zog, während Johanna sich noch suchend nach Jack umsah. Doro ließ sich sofort von der Musik mitreißen, davontragen, auf der gemeinsamen Welle aus sphärischen Melodien und funky Beats. Mal schloss sie die Augen und genoss es, nur mit sich und der Musik in der Menge zu wabern, mal ließ sie sich von den Bewegungen der anderen inspirieren. So oder so fühlte Doro sich wie im siebten Himmel. Irgendwann tanzte Jack hinter Johanna, die Hände auf ihre Hüften gelegt, während Johannas Hände auf Doros Becken ruhten. Hintereinander aufgereiht, wiegten die drei sich im Takt – und so hätte es für Doro immer bleiben können. Aber dann teilte sich mit einem Mal die Menge. Es wurde Platz gemacht für ein Tanzpaar, welches das Zentrum bildete, um das sich alle anderen positionierten. Johanna löste die Hände von Doros Hüften und versuchte einen Blick zu erhaschen. Doro musste sich durch die Masse nach vorne mogeln, um ohne Brille gut sehen zu können, und staunte nicht schlecht: Es waren der Rempler und die Überirdische, und sie zogen alle Umstehenden in ihren Bann. Auch Doro war sofort hypnotisiert. Sie wusste zwar schon, dass diese Frau ihren Körper unglaublich gut bewegen konnte, aber den Rempler hatte sie noch nie tanzen sehen. Jetzt machten beide die gleichen Schritte nebeneinander, ohne sich dabei anzuschauen, in perfekter Synchronizität. Dann umfasste er ihr Becken, sie sprang ab, und er hievte ihren gestreckten Körper in die Luft, bis weit über seinen Kopf. Als er sich mit ihr drehte, sah es aus, als hätte er einen Propeller. Schließlich glitt sie an seinem Körper entlang zu Boden, langsam, im Takt des Songs, und dort bewegte sie sich auf allen vieren wie eine Raubkatze in der Manege. Doro wurde ganz anders. Die Luft knisterte fast unerträglich. Jetzt streckte der Rempler der Überirdischen eine Hand entgegen, und sie zog sich daran hoch und landete in seinen Armen. Beider Körper flossen ineinander wie Karamell und Vanilleeis. Wenn sie sich voneinander lösten, suchten sich ihre Blicke, fanden sich – und verloren sich wieder, wenn einer den anderen wegstieß. Jetzt nahm die Überirdische Anlauf und sprang den Rempler an, die Beine um seine Hüften geschlungen. Er hielt sie unterm Po fest, und sie ließ langsam den Oberkörper Richtung Boden wandern. Kopfüber hing sie da, während er sich um die eigene Achse drehte.

Doro kam aus dem Staunen gar nicht mehr heraus. So etwas hatte sie noch nie gesehen. Das Zusammenspiel der beiden war eine ganz neue Dimension des Tanzens, die nicht nur mit Show und Technik zu tun hatte, sondern auch mit Sinnlichkeit und einem Gefühl für die Musik, den Raum und den eigenen Körper. Für Doro fühlte es sich ein bisschen so an, als wäre sie Zeuge eines vollkommenen Liebesaktes, wie sie ihn selbst noch nie erlebt hatte: mal wild, mal zärtlich, mal fordernd, mal hingebungsvoll, mal synchron, mal autonom – und dabei immer im Takt des Songs.

Die Energie des Tanzpaars übertrug sich auf die Menge und schien ein erotisches Gemeinschaftsgefühl zu manifestieren. Diesmal haftete Doros Blick nicht nur auf der Überirdischen, sie war vor allem fasziniert davon, wie der Rempler dastand, wie er stolz die Brust herausstreckte, als wäre er ein Stierkämpfer. Harte Posen lösten sich in sanften Bewegungen auf, in denen er Verletzlichkeit zuließ. Entschlossene Schritte mündeten in zärtliches Anschmiegen. Zögerlichem Aufeinanderzugehen folgten gezielte Griffe. Aber das Beste war, wie er die Überirdische dabei ansah, wie er sie hielt, wie er sie führte. Einerseits war Doro elektrisiert von den Funken, die zwischen diesen beiden Menschen sprühten, andererseits stellte sie sich vor, wie es wäre, an ihrer Stelle zu sein, von ihm geschoben, gehoben, gezogen zu werden, seinen Blick auf sich ruhen zu haben, seine Hände an ihrem Becken, um ihre Handgelenke, auf ihren Pobacken. Ihm so nah zu sein. Ihr wurde ein bisschen schwindlig bei dem Gedanken, dabei hatte sie noch keinen Schluck Alkohol getrunken.

Gleichzeitig übermannte sie eine unendliche Sehnsucht, auch so zu tanzen. Es kribbelte überall in ihrem Körper. Ein schönes, aber auch ein überforderndes Gefühl. Sie wusste nicht so recht, wohin damit. Und bevor sie es herausfinden konnte, wurde die ganze Magie mit einem Mal zerstört. Die Musik ging aus, das Licht ging an. Die Menge quittierte diese plötzliche Veränderung mit Buh-Rufen, adressiert an die drei amerikanischen Offiziere, die sich in der offenen Tür aufgestellt hatten. Das, was sie sahen, schien sie keineswegs zu erfreuen.

»The party is over«, sagte der mittlere Offizier jetzt nachdrücklich, und die anderen beiden unterstrichen seine Worte mit strengen Blicken. »Go home!«

Sofort ertönten weitere Buh-Rufe aus allen Richtungen. Die Menge machte keine Anstalten, den Hangar zu verlassen. Der Offizier erhob wieder die Stimme.

»Civilians are not allowed here«, sagte er. »You have five minutes to get lost.« Die Proteste wurden wieder lauter. »Allright, four minutes«, war die abrupte Reaktion des Offiziers. Wie seine Kollegen stand er breitbeinig da, in voller Montur, die Hände in die Hüften gestützt, und duldete keinen Widerspruch. Doro verstand nicht viel, aber dass das anscheinend das Ende der Party bedeutete, war unmissverständlich. Und das konnte nicht sein, das durfte nicht sein. Sie waren doch gerade erst gekommen!

»Zivilisten sind hier nicht erlaubt. Wir müssen gehen«, erklärte Johanna ihr unnötigerweise und nahm ihre Hand. Aber Doro dachte gar nicht daran, sich von der Stelle zu bewegen.

»You can party anywhere but here«, fügte der Offizier jetzt noch hinzu. »Now get out of here!« Die Buh-Rufe wurden langsam zu einem akzeptierenden Murren, und die Menge bewegte sich tatsächlich Richtung Ausgang.

In Doros Kopf ratterte es. Es war ein bisschen so, als befände sie sich in einer Gefahrensituation und müsste blitzschnell eine Überlebensstrategie entwickeln.

»Let's go«, sagte aber nun auch Jack und nahm Johannas Hand. Doch als sie sich gerade wegbewegen wollte, kam Doro die zündende Idee.

»Stop!«, rief sie jetzt laut. »Wait!« Johanna und Jack sahen sie irritiert an. »Stop!«, rief Doro wieder, und das galt jetzt allen, der ganzen Menge. »I have an idea!« Jack sah Doro ein bisschen so an, als wäre sie verrückt geworden oder ziemlich betrunken, aber Johanna wusste, dass sie nicht so agieren würde, hätte sie nicht einen Grund.

»Listen, guys!«, rief sie nun, um Doro zu unterstützen. Das animierte auch Jack, der wiederum Johanna vertraute.

»Wait! Hear her out!«, rief er. Und seine Stimme war laut. Tatsächlich verlagerte sich die Aufmerksamkeit in ihre Richtung. Nur wusste keiner, wem zugehört werden sollte, denn in der Menge ging die kleine Doro ziemlich unter, auch wenn Johanna sie noch so aufmunternd ansah. Die Leute drohten gerade, sich wieder wegzudrehen, als Doro spürte, wie sie in die Höhe gehievt wurde. Und ehe sie sichs versah, saß sie auf Jacks Schultern und konnte die Umstehenden überblicken. Und noch viel wichtiger: Die anderen konnten sie sehen. Aller Augen waren jetzt auf Doro gerichtet. Erwartungsvolle Stille lag im Raum. Doro schluckte. Kurz drohte der Mut sie zu verlassen. Aber noch unangenehmer, als etwas zu sagen, schien es, nichts zu sagen. Also riss sie sich zusammen.

»Wir könnten … also, es gäbe die Möglichkeit, dass …«, stotterte sie etwas zögerlich.

»Louder!«, schrie jemand, und die Menge raunte zustimmend. Doro verstand. Sie musste das hier richtigmachen – oder es lassen. Also gab sie sich einen Ruck.

»I believe«, sagte sie jetzt laut und deutlich. »I believe the party is not over!« Kaum hatte sie das gesagt, brach Jubel aus. Ihr Gesicht hellte sich auf, sie hatte die Leute auf ihrer Seite. »I invite you all to the Gemütliche Ecke in Bochum!«, fügte sie laut hinzu. »At Herner Straße, Zeche Konstantin.« Die Menge sprang sofort auf ihre Einladung an. Hände gingen in die Höhe. Ihr wurde mit Bierflaschen zugeprostet.

Die Stimmung war von einem Moment auf den anderen wiederhergestellt. Doro strahlte. Das war doch gar nicht so schwer gewesen.

»What's the name of the disco?«, wollte jetzt jemand wissen, und sofort waren alle wieder still. Doro wusste nicht genau, was sie sagen sollte. »Ähm, it's not that. It's more like ...« Wie sollte sie erklären, dass es sich bei der gemütlichen Ecke um eine Kneipe handelte? Die Offiziere sahen sie ungeduldig an. Es wurde Zeit, den Hangar zu räumen. Doro entschied sich dafür, nicht zu viel Verwirrung zu stiften, deshalb sagte sie einfach: »Yes, it's a disco. The name is ... Disco ... Bochum. Follow our car!« Sie lächelte jetzt aufmunternd in die Menge, und wieder jubelten alle, riefen: »Disco Bochum«, und strömten aus dem Hangar. Doro konnte nicht mehr aufhören zu strahlen. Ihr ganzer Körper war voller Adrenalin. Hatte sie das gerade wirklich gesagt? Hatten ihr alle zugejubelt? Wahnsinn! Als Jack sie langsam von seinen Schultern gleiten ließ, hatte sie zwar wieder Boden unter den Füßen, schwebte aber immer noch.

Reifen knirschten. Motoren verebbten. Autotüren knallten. Plötzlich war es lebendig vor der Ecke. Gelächter erklang. Gesprächsfetzen schwirrten in der Abendluft umher. Pumps klackerten über den Asphalt. Doro war sich sicher, dass einige Nachbarn das bunte Treiben durch einen Spalt zwischen ihren Vorhängen kritisch beäugten und sich keinen Reim darauf machen konnten, was der ganze Aufruhr zu derart später Stunde zu bedeuten hatte, aber sie versuchte, nicht daran zu denken. Denn in diesem Moment wollte sie nur eins: dass die Party weiterging.

Die plötzliche Invasion feierwütiger Menschen überforderte Georg sichtlich. Er wirkte, als hätte er sich gerade eingestanden, dass an diesem Freitagabend um kurz vor elf kein Gast mehr kommen würde, und jetzt fielen so viele Leute in die Kneipe ein, als wäre Winterschlussverkauf. »So funny to see your face – again«, sagte Johanna nur lachend, zog Jack hinter sich her und blieb ihrem Bruder eine Erklärung schuldig.

»Wir brauchen Musik und Bier und Platz zum Tanzen«, übernahm Doro einfach das Kommando. Klare Anweisungen geben und Aufgaben verteilen war eine weitere Sache, die sie im Kindergarten gelernt hatte. Georg nickte nur – Gehorchen ohne Nachfragen hatte er wohl beim Bund gelernt –, und sein Gesichtsausdruck wandelte sich langsam von erschrocken zu erfreut. Kundschaft war Kundschaft.

Hauptsache, es kam Leben in die Bude und Geld in die Kasse. Er begann sofort, im Akkord Bier zu zapfen.

»Kümmerst du dich um die Musik?« Kaum hatte Doro Jochen gefragt, als der auch schon seinen Plattenspieler an die Boxen anschloss, während Johanna und Jack die Tische an den Rand des Gastraums schoben, unterstützt von ein paar GIs. Sie selbst beeilte sich, farbige Servietten und Geschirrhandtücher über die Lampen zu hängen, sodass der Raum alsbald von pastellfarbenem, gedämpftem Licht illuminiert wurde.

»Jackson Five oder Donna Summer?« Jochen hielt zwei seiner Platten hoch, aber Doro zuckte nur mit den Schultern. Von diesen beiden Bands hatte sie noch nie etwas gehört. Auf dem einen Cover stand groß *ABC,* und fünf junge Kerle mit Afros turnten um die bunten Buchstaben herum. Das andere Cover war gelb mit roter Schrift und trug den Titel *Lady of the Night.*

Jetzt mischte sich Johanna ein: »Jackson Five!«, rief sie euphorisch durch den Raum. »Ich liebe Michael.« Jochen sah sie begeistert an.

»Ich auch«, rief er fröhlich zurück und hob einen Daumen in die Höhe. Dann platzierte er besagte Scheibe auf dem Plattenteller, und ehe Doro sichs versah, erfüllte ein souliger Groove die ganze Ecke.

A B C,
It's easy as 1 2 3,
As simple as do re mi,
A B C, 1 2 3
Baby, you and me, girl.

Es dauerte keine dreißig Sekunden, dann waren alle am Tanzen. Wie konnte man auch stillstehen bei diesem fulminanten Song? Doro erinnerte sich, das Lied schon mal gehört zu haben, wahrscheinlich, als sie das erste Mal in der Army Base gewesen war. Unglaublich, der Song schaffte es, aus dem Nichts heraus Stimmung zu erzeugen. Trotz des rustikalen, verstaubten Ambientes und des latenten Geruchs nach angebratenen Zwiebeln bekamen alle sofort Lust, sich zu bewegen wie im Hangar. Verspielt, verrucht, verrückt wurde getanzt. Auch Doro wiegte sich im Takt, gleichzeitig war ihr aber bewusst, dass sie hier als eine Art Gastgeberin fungierte und sich um das Wohl aller zu kümmern hatte. Ihr Blick fiel auf Jochen, der hinter seinem Plattenspieler begeistert das Becken hin und her schob. Georg hinter der Theke reichte ein Bier nach dem anderen über den Tresen. Und Johanna und Jack konnten schon wieder nicht die Finger voneinander lassen. Von wegen nichts Ernstes! Der Gastraum füllte sich immer mehr, was die Stimmung noch steigerte. Doro lächelte zufrieden. Ihr Plan war voll und ganz aufgegangen, alles lief wie am Schnürchen. Sie tanzte sich jetzt ihren Weg durch die Menge zu Jochen hindurch, der offensichtlich ein Talent dafür hatte, Musik auszuwählen und abzuspielen. Er war schnell darin, nach dem Ende eines Songs die Platte vom Teller zu nehmen und eine neue aufzulegen, sodass keine allzu langen Pausen entstanden. Doro fragte sich, ob seine Tätigkeit als Koch ihn darin geschult hatte, zügig mit Utensilien und Zutaten zu hantieren. Bewundernd sah sie, wie er dabei auch noch tanzte. Hui, das wäre alles zu viel auf einmal für sie, wo sie ja schon am Kochen eines Mittagessens für zwei Personen scheiterte.

»Deine Plattensammlung ist echt der Knaller«, brüllte sie Jochen ins Ohr, als sie bei ihm angekommen war.

»*Du* bist der Knaller«, sagte der fröhlich. »So viele Leute!« Und dann gab er ihr einen Kuss. Einfach so auf den Mund. Doro war kurz verwirrt, merkte dann aber schnell, dass es nur seine Freude war und keinerlei romantische Bedeutung hatte. Während Jochen weitertanzte, suchte er schon nach der nächsten Platte, die er auflegen könnte. Jetzt kam Georg dazu und drückte Doro und Jochen jeweils ein Glas Cola in die Hand. Auch er wirkte glücklich.

»Sieht so aus, als hätten wir was gefunden, das die Leute nur hier kriegen«, bemerkte er und nickte in Richtung der tanzenden Meute.

»Sieht so aus«, grinste Doro und wandte den Blick zur Tanzfläche, wo die Leute genauso happy schienen wie sie. Doch dann stockte ihr der Atem. Durch die Tür der Kneipe sah sie Bertha den Gastraum betreten. Ihre Tante trug einen Morgenmantel und Schlappen und schlurfte mit ausdruckslosem Blick auf die Tanzfläche zu. An der Theke blieb sie stehen und beäugte die tanzende Meute. Doro stieß Georg mit dem Ellbogen an. Jetzt sah auch er, was sie sah.

»Ach du Scheiße«, entfuhr es ihm. Doros Gedanken gingen blitzschnell. War die Party eine Beleidigung für das Erbe ihres Mannes? Sollte sie auf Bertha zugehen, sie beruhigen und zurück in ihre Wohnung bringen, die sich direkt neben der Ecke befand? Tatsächlich war Doro so überfordert von der Situation, dass sie gar nichts tat – und das erwies sich als genau richtig. Bertha nahm nämlich einfach ein volles Schnapsglas, das auf der Theke stand, und trank es mit einem Schluck aus. Dann drehte sie sich einmal um sich selbst und begann zu tanzen. In den Schlappen und im Morgenrock mischte sie sich unter die Leute und wippte zur Musik.

Doro und Georg sahen sich amüsiert und auch etwas gerührt an. Da war sie wieder, ihre alte Tante Bertha. Die jeden Spaß mitmachte. Die voller Lebenslust war. Georg ließ es sich nicht nehmen, sich einen Weg auf die Tanzfläche zu bahnen und mit ihr zu tanzen. Die beiden sahen wirklich ulkig aus in ihrer unterschiedlichen Art, sich zu bewegen. Georg ging viel in die Knie und drehte den Oberkörper schnell hin und her, während Bertha ein bisschen wie eine Ballerina auf einer Spieluhr wirkte: Sie hielt eine Pose und drehte sich damit um die eigene Achse. Doro hätte dem Schauspiel stundenlang zugucken können, es war zum Schreien, aber irgendjemand sollte mal wieder Bier zapfen, und wenn Georg das nicht tat, dann musste sie wohl ran. Während sie hinter die Theke huschte und versuchte, möglichst zügig die Gläser zu füllen, ohne dass zu viel Schaum entstand, erklang ein neues Lied.

Oh, what a night,
You know I didn't even know her name,
But I was never gonna be the same.
What a lady, what a night!

Ja, was für eine verrückte Nacht, dachte sie. Alle hatten so eine gute Zeit – und das in der piefigen Ecke. Es war ein erhebendes Gefühl, das Doro nicht nur zufrieden, sondern auch ein bisschen stolz machte. Außerdem musste sie unbedingt wissen, woher Jochen diese ganze tolle Musik kannte und wo man die kaufen konnte.

»Einen Whiskey, bitte«, drang eine Stimme durch ihre Gedanken hindurch, und als Doro aufsah, schaute sie in die lächelnden Augen des Remplers. Sie hätte sich nie zu träumen gewagt, dass er auch in der Ecke aufkreuzen würde. Instinktiv wollte sie nach ihrer Brille greifen, sie absetzen und die Gläser polieren, aber dann merkte sie, dass sie die ja gar nicht aufhatte. Seitdem die Überirdische sie ihr abgenommen hatte, wollte sie im Hangar lieber ohne erscheinen, auch wenn das bedeutete, lediglich alles im Umkreis von drei Metern scharf zu sehen. Der Rempler war jedenfalls nah genug. Doro wusste nicht so recht, wohin mit ihrer Nervosität, also nahm sie einfach zwei Bier, stellte eines vor ihn hin und sagte: »Willkommen in der Disko Bochum.« Der Rempler blickte sie nur schmunzelnd an, ohne das Bier anzurühren.

»Interessanter Name.«

»Mir ist so schnell nichts Besseres eingefallen.«

»Robert.«

»Das finde ich ein bisschen zu normal.«

Der Rempler prustete los, und Doro verstand erst jetzt, dass er ihr seinen Namen genannt hatte. Robert. O Mann, sie kapierte auch gar nichts. Aber immerhin hatte sie es geschafft, ihn zum Lachen zu bringen. Und sie kannte endlich seinen Namen. Höchste Zeit also, dass er ihren erfuhr.

»Ich bin Doro. Also Dorothee. Eigentlich heiße ich Dorothee, aber alle nennen mich Doro«, sagte sie und merkte sofort, dass sie sich ziemlich umständlich ausgedrückt hatte. Wieso redete sie in seiner Gegenwart immer so einen Stuss? Irgendetwas machte er mit ihr, was sie daran hinderte, einen klaren Gedanken zu fassen.

Robert schaute sie amüsiert an. »Ganz schön normal«, kommentierte er ihr Namengestotter. Dann hob er sein Bierglas zum Anstoßen, und Doro tat es ihm gleich. Besser mal nichts sagen, was wieder peinlich sein könnte, dachte sie, trank zwei große Schlucke und stellte das Glas ab. Er sah sie an. Sie sah ihn an. Okay, Schweigen war noch blöder als das blödeste Geschwätz!

»Sag mal, wo hast du eigentlich deine Flamme gelassen?«, fragte Doro ihn deshalb, und tatsächlich interessierte sie das brennend.

»Welche Flamme?« Er sah sie verwirrt an.

»Weißt schon …« Doro wiegte verschämt den Kopf hin und her, bis bei Robert endlich der Groschen fiel.

»Ach, Elli?! Die ist meine Tanzpartnerin.«

Er lachte verschmitzt und trank von dem Bier, während Doro gar nicht mehr aufhören wollte, ihn anzuschauen. Zugegeben, sie war ganz schön erleichtert. Die Überirdische war also nicht seine Freundin, sondern seine Tanzpartnerin. Vielleicht war es unangebracht, darüber so erleichtert zu sein, aber ihr fiel regelrecht ein Stein vom Herzen. Sie trank schnell wieder zwei Schlucke, und als sie das Glas absetzte, bemerkte sie, dass er sie wohlwollend betrachtete.

»Wie sieht's aus, Doro?!«, fragte er und streckte ihr seine Hand entgegen. Hui, das war eine Tanzaufforderung. Eindeutig. Doro schluckte. Ihre Knie wurden ein bisschen weich. Er sah sie einladend und herausfordernd an. Wiegte die Hüften. Hatte die Hand immer noch ausgestreckt. Doro lief also die drei Schritte um den Tresen herum, stellte sich ihm gegenüber und legte ihre Hand in seine. Dabei sah er ihr die ganze Zeit in die Augen und sie versuchte, nicht wegzuschauen, obwohl ihr das schwerfiel und eine Herausforderung für die Stabilität ihrer Knie war. Doro hatte keine Ahnung, was als Nächstes passieren würde. Sie würde sich wohl einfach führen lassen, ihm vollkommen vertrauen müssen. Und obwohl sie unfassbar aufgeregt war, erzeugte das Gefühl von ihrer Hand in der seinen ein tiefes Sicherheitsgefühl in ihr. Als gäbe sie die Kontrolle an ihn ab, weil sie sich komplett auf ihn verlassen konnte. Noch war nichts weiter geschehen, noch lag ihre Hand einfach in seiner, und Doro genoss diesen Zustand.

Doch dann ertönte plötzlich ein Knall. Erschrockene Schreie waren zu hören. Was war das? Es klang wie ein Schuss. Hatte wirklich jemand geschossen? »Raus. Amis haben hier nichts verloren. Und Besatzer schon gar nicht.« Diesen scharfen Ton kannte Doro – und jetzt sah sie ihn auch. Mitten im Raum stand ihr Vater mit seinem Gewehr in der Hand. Sein Gesicht war wutrot, die Augen funkelten bedrohlich. Die Musik verstummte mit einem lauten Kratzen. Jochen hinter den Plattentellern nahm defensiv die Hände hoch. Auch die anderen Gäste wichen ängstlich zurück. Doro zog ihre Hand aus Roberts und starrte ihren Vater an. Georg und Johanna schienen genauso hilflos wie sie. Keiner brachte ein Wort heraus. Gerhards Blick fiel auf seinen Sohn.

»So, du machst jetzt erst mal den Saustall hier weg!«, zischte er Georg fast tonlos an, was ein Zeichen dafür war, dass seine Wut bereits in Rage überging. Johanna schien er gar nicht wahrzunehmen, stattdessen wanderte sein bedrohlicher Blick zu Doro. »Und du kommst mit mir mit.« Ihr Hals schnürte sich zu, sie traute sich kaum, zu atmen. Der rügende Ton ihres Vaters hatte eine ebenso lähmende

Wirkung auf sie wie der Biss einer Giftschlange. Sie konnte nichts mehr tun, als die Dinge geschehen zu lassen. Alles ging viel zu schnell, als dass sie eine Wahl gehabt hätte, denn ihr Vater griff ihren Unterarm und zog sie unsanft hinter sich her. Sie traute sich nicht mal, sich kurz zu Robert umzudrehen, sondern sah auf den Boden wie eine Strafgefangene, die abgeführt wird.

»This is your father?«, hörte sie Jack noch Johanna halb geschockt, halb amüsiert zuraunen. Aber selbst die schien ausnahmsweise mal sprachlos zu sein.

Erst im Auto erwachte Doro langsam aus ihrer Schockstarre. Sie fand sich auf dem Beifahrersitz wieder, während ihr Vater den Wagen etwas schneller als sonst durch die Innenstadt lenkte, vorbei an ein paar erleuchteten Schaufenstern und dem Neonschild der Tanzschule Bobby Linden. Keiner von ihnen war angeschnallt, obwohl es seit zwei Monaten eine Gurtpflicht vorne im Auto gab, aber das erlassene Gesetz hatte Gerhard nur mit »Was für ein Unsinn« und »Früher ging's doch auch ohne« quittiert. Doro wusste nicht, warum ihr diese Gedanken kamen, wo sie weiß Gott gerade andere Probleme hatte. Eben noch hätte sie fast mit Robert getanzt, jetzt wurde sie durch die Nacht kutschiert und hatte keine Ahnung, wohin ihr Vater überhaupt wollte. Er hatte das Gaspedal runtergedrückt und steuerte mit Karacho die Herner Straße entlang. Sein Blick war starr nach vorne gerichtet, während seine Worte auf Doro einprasselten wie Kugeln aus einer Schrotflinte.

»Du bist ja wohl von allen guten Geistern verlassen!«, brüllte er. »Die Nachbarn rufen an, dass die Ecke überfallen wurde. Alle machen sich Sorgen. Und dann veranstaltet ihr da so 'ne Halligalli-Sause.« Doro sank tiefer in den Beifahrersitz. Diesen Ton kannte sie zu gut von früher. Meist hatte er jedoch Georg oder Johanna gegolten, die viel mehr Unsinn als sie gemacht hatten. Jetzt spürte sie das harte Regiment ihres Vaters am eigenen Leib – und fühlte sich wieder wie ein kleines Mädchen. Aber sie war eine erwachsene Frau, eine Ehefrau, und ihr Vater hatte ihr nichts mehr zu sagen. Wieso ging das nicht in ihren Kopf rein? Sie musste ihm endlich mal Paroli bieten. Also räusperte sie sich und versuchte, ihre Stimme fest und bestimmt klingen zu lassen.

»Wo fährst du hin?«

»Wohin wohl. Ich fahre dich nach Hause zu deinem Mann. Da, wo du hingehörst.«

»Halt an. Lass mich raus.«

»Der Matthias hat dich überhaupt nicht mehr im Griff. Aber damit ist jetzt Schluss!«

»Halt an, hab ich gesagt.«

Doro hatte die Nase voll davon, dass jeder Mann in ihrer Familie über sie bestimmen wollte. Sie hatte keine Lust, bloß die Beifahrerin zu sein – weder im eigentlichen noch im übertragenen Sinne. Sie war kein Kind mehr, das man einschüchtern und herumkommandieren konnte. Sie hatte ein eigenes Leben und einen eigenen Willen. Warum verstand das denn niemand? Ihre Verzweiflung war jetzt der Wut gewichen. Wut über die himmelschreiende Ungerechtigkeit, dass sie dem Willen anderer ausgesetzt war. Ungerechtigkeit hatte sie schon immer wütend gemacht. Und diese Wut musste raus, das hatte sie von ihrem Vater, da waren sie sich ähnlich, nicht so wie Barbara und Georg, die gute Miene zum bösen Spiel machen konnten.

»Halt an«, sagte Doro scharf. »Lass mich raus.« Keine Reaktion. Sie merkte, wie ihr Atem schneller wurde. »Du sollst anhalten!« Sie schrie jetzt. »Halt sofort an!« Aber ihr Vater spürte anscheinend nicht, wie ernst es ihr war. Er wollte wie immer stur seinen Willen durchsetzen, seine Ordnung wiederherstellen, Kontrolle über die Situation erlangen – genau wie sie. Und obwohl sie im selben Moment wusste, dass sie es bereuen würde, griff Doro ihrem Vater ins Lenkrad. Sie dachte, er würde daraufhin anhalten und sie aussteigen lassen, hatte aber nicht einkalkuliert, dass der Wagen sich bei dieser Geschwindigkeit durch ihre unüberlegte Handlung verselbstständigen würde. Abrupt drehte er sich um sich selbst, sodass sie fest gegen die Tür gedrückt wurde. Dann schlitterten sie quer über die Straße und krachten in eine Laterne hinein. Das alles passierte innerhalb weniger Sekunden. Doros Kopf knallte gegen die Fensterscheibe. Sie spürte einen kurzen, aber heftigen Schmerz. Der Motor verebbte. Irgendetwas zischte. Warme Flüssigkeit rann in ihr rechtes Auge. Die Straßenlaterne flackerte. Doro richtete sich auf. Wischte sich das Auge frei. Und sah dann zu ihrem Vater. Sein Kopf lag regungslos auf dem Lenkrad.

So schnell, wie ihre Beine sie trugen, rannte Doro die Straße entlang, getrieben von der Panik, dass ihr Vater sterben könnte und sie daran schuld wäre. Die Straße war leer. Niemand schien um diese Zeit noch unterwegs zu sein, keine Kneipenheimkehrer, keine Gassigeher. Zum Glück war der Wagen nur wenige Häuser von ihrer Wohnung entfernt zum Stillstand gekommen. Doro hatte innerhalb einer Minute das Haus erreicht, in dem sie zusammen mit Matthias lebte. Zweimal fiel ihr bei dem Versuch, die Haustür aufzuschließen, der Schlüssel herunter, dann schaffte sie es schließlich. Die Klingel hielt sie dabei durchgehend mit dem Zeigefinger der linken Hand gedrückt, in der Hoffnung, dass Matthias aufwachen würde. Und tatsächlich, als sie die zwei Stockwerke hochgerannt kam, hatte er bereits die Wohnungstür geöffnet und war verwirrt ins Treppenhaus getreten. Er trug seinen Pyjama, die Haare waren verstrubbelt. Anscheinend hatte er schon geschlafen. Jetzt blinzelte er in das grelle Treppenhauslicht und sah sie die Stufen hinaufstürmen. Kurz huschte Freude über sein Gesicht, dass sie es war, die so spät noch auftauchte, dann zogen sich seine Augen bei ihrem Anblick ängstlich zusammen. Sie hatte eine Platzwunde über der Braue, war vermutlich leichenblass und konnte kaum atmen.

»Schnübbelsken«, sagte er erschrocken. »Ist was passiert?« Aber Doro bekam nicht genug Luft, um zu reden, deshalb nahm sie einfach Matthias' Hand, und zog ihn hinter sich her. Und er folgte ihr die Stufen hinunter, so schnell er konnte, obwohl er noch seine Hausschuhe trug.

7

»Ich dachte echt, ich hätte meinen Vater umgebracht.« Doro hatte die Augen weit geöffnet und starrte ins dunkle Schlafzimmer. Die Leuchtziffern des Weckers auf ihrem Nachttisch zeigten 1:35 Uhr an, aber sie konnte immer noch nicht schlafen. Matthias hatte sich von hinten an sie gekuschelt und einen Arm um sie gelegt. Sie spürte seinen Atem im Nacken und war froh, dass er da war. Er war einfach immer da, wenn sie ihn brauchte. Wie hatte sie vergessen können, wie wertvoll das war?

Als Erstes hatte er ihren Vater ins Krankenhaus gebracht, dann war er zu ihrer Mutter gefahren und schließlich nach Hause zurückgekehrt, um Doro am Küchentisch vorzufinden, wo sie sich Selbstvorwürfe machte. Als er Entwarnung gegeben hatte, waren sie erschöpft ins Bett gegangen. Nur Doros Gedanken standen immer noch nicht still. Sie hatte wirklich gedacht, sie hätte ihren Vater umgebracht. Es war ein furchtbares Gefühl gewesen.

»Red kein' Schmonzes«, sagte Matthias jetzt und streichelte beruhigend ihre Hand. Doro setzte sich auf und sah ihn ernst an.

»Ich hab ihm ins Lenkrad gegriffen«, erklärte sie.

Matthias überlegte kurz und sagte dann: »Gerhard hat nur eine Platzwunde. Und weißt du was?! Ich glaube, ihm ist einfach eine Ader geplatzt, weil er sich so über die Krankenschwestern aufgeregt hat.«

Doro sah Matthias liebevoll an. Nie war sie dankbarer gewesen als jetzt, dass er immer alles schönredete. Aber vielleicht war es ja wirklich so gewesen, so richtig hatte sie keine Erinnerung.

»Die wollten ihn dabehalten, und da hat er sich tierisch aufgeregt«, erzählte Matthias. »Hat rumgetönt, dass er Soldat gewesen wäre und ja wohl wüsste, wenn ihm etwas fehlte, und dass er schon viel Schlimmeres erlebt hätte.«

Doro musste schmunzeln. Ja, das klang ganz nach ihrem Vater. Er war halt ein zäher Knochen. Sie streichelte Matthias' Arm. So gerne wollte sie glauben, was er sagte.

»Die sind sicher froh, dass sie ihn los sind.« Sie lächelte, aber dann fiel ihr ein, dass sie ja trotzdem an allem schuld war. An der Party in der Ecke. An der Wut ihres Vaters. An ihrer Wut. An dem Unfall. Mit einem Mal musste Doro schluchzen. Matthias kuschelte sich noch näher an sie ran.

»Ach, Schnübbelsken, dein Vater ist manchmal zu streng, aber du liebst ihn doch«, sagte er liebevoll und strich ihr die Haare aus der Stirn. »Bestimmt hast du ihm ins Lenkrad gegriffen, weil da was auf der Straße lag.« Er küsste ihren Nacken.

Doro hätte das gerne geglaubt, aber sie wusste ja, dass es nicht so gewesen war, sie wusste, dass ihre Wut sie dazu gebracht hatte, absolut kindisch und unvernünftig zu handeln. Vielleicht hatten die Männer doch recht, und ihr Vater und ihr Ehemann wussten besser, was gut für sie war, als sie selbst. Wie hatte sie auch denken können, dass mehr in ihr steckte, als Matthias' Ehefrau zu sein? Hatten die Disko-Sache und die Begegnung mit dem Rempler sie größenwahnsinnig werden lassen? Wahrscheinlich gehörte sie einfach genau hierher, zu Matthias, in ihr Ehebett, wo sie keinen Schaden anrichten konnte. Es tat ihr auf einmal unendlich leid, wie sie ihn behandelt hatte. Sie beschloss, fortan mehr auf ihn zu hören.

»Das war übrigens nicht in Ordnung von mir, dass ich so lange nicht nach Hause gekommen bin.« Mit entschuldigendem Blick drehte sie sich zu Matthias um. Trotz der Dunkelheit konnte sie erkennen, wie sehr er sich freute, dass sie wieder da war, hier, neben ihm. Und Doro war auch froh, an diesem sicheren Platz in seinen Armen zu sein. Er lächelte sie liebevoll an.

»Jetzt biste ja wieder da, und alles ist gut«, sagte er. »Und die Hauptsache ist, dass unserer Blaubeere nichts passiert ist.«

Diese Aussage brachte Doro dazu, sich schnell wieder von ihm wegzudrehen, damit er nicht sehen konnte, wie ihr das Lächeln verging. Ach ja, ihre Schwangerschaft! Wieso vergaß sie die eigentlich ständig? Jetzt kam ihr der Gedanke, dass der Unfall die perfekte Gelegenheit gewesen wäre, um ihr vermeintliches Baby loszuwerden, aber so weit hatte sie nicht gedacht in dem Moment – zu groß war die Angst um ihren Vater gewesen. Als sie mit Matthias zur Unfallstelle gerannt war, hatte sie deshalb behauptet, dass sie angeschnallt gewesen sei und wirklich nur eine kleine Schramme habe, denn sie hatte gewollt, dass er sich um ihren Vater und nicht um sie kümmerte. Außerdem hätte Matthias sie bestimmt auch ins Krankenhaus geschleppt, und dann wäre herausgekommen, dass gar keine Schwangerschaft vorgelegen hatte. Jetzt war es zu spät, einen Abgang vorzutäuschen – und für die Wahrheit war sie zu erschöpft. Wird sich schon bald eine

Gelegenheit finden, dachte Doro noch – dann schlief sie endlich in Matthias' Armen ein.

***

Seitdem sich die RAF-Terroristin Ulrike Meinhof im Mai dieses Jahres in ihrer Zelle in der JVA Stuttgart-Stammheim das Leben genommen hat, kommt es immer wieder zu Protesten und Spekulationen diesbezüglich, tönte die Stimme des Nachrichtensprechers aus dem Radio. Doro stellte das Bügeleisen ab und drehte am Radioknopf, um einen anderen Sender zu finden. Wenn sie hier schon den ganzen Vormittag Hemden, Hosen und Socken bügelte, wollte sie wenigstens Musik statt schnöder Nachrichten hören. *Bonduelle ist das famose Zartgemüse aus der Dose.* Doro drehte weiter. *Meister Propper putzt so sauber, dass man sich drin spiegeln kann.* Sie hatte sich vorgenommen, der Hausfrauenrolle eine Chance zu geben, das war sie Matthias schuldig. Und vielleicht würde sie ja Gefallen daran finden, wenn sie sich mal richtig darauf einließ.

Drei Tage waren seit dem Unfall vergangen, und Doro hatte sich inzwischen bei ihrem Vater entschuldigt, war sich aber nicht sicher, ob der die Entschuldigung angenommen hatte, da seine Reaktion nur ein Grunzen und Wegdrehen gewesen war. Ihre Mutter allerdings hatte die Sache für erledigt befunden und Doro aus dem Laden geschoben. Draußen hatte sie ihr dann erzählt, dass das Auto versichert gewesen und sowieso nicht mehr über den nächsten TÜV gekommen sei, also alles halb so schlimm.

»Weißt du, in den ersten Jahren fand ich es auch gewöhnungsbedürftig, eine Ehefrau zu sein«, hatte sie in sanftem

Ton gesagt und Doro verständnisvoll angesehen. »Man muss einen ganzen Haushalt führen, alles in Ordnung halten, das ist nicht ohne. Aber für jemand anderen zu sorgen, für eine Familie, das ist was richtig Schönes.« Sie hatte Doro übers Haar gestrichen, so wie früher, als sie ein kleines Mädchen gewesen war. »Klar, das hört sich erst mal nach einem Haufen Arbeit an, aber wenn man weiß, für wen man es tut, dann ist es sinnvoll und erfüllend.« Ihre Mutter hatte mit einem Mal richtig glücklich ausgesehen, und Doro hatte genickt und gelächelt und sich diese warmen Worte zu Herzen genommen.

Griechischer Wein, du bist das Glück der Erde, komm, schenk mir ein. Auf deutsche Schlager hatte sie dennoch keine Lust und drehte weiter, auf der Suche nach englischsprachigen Songs. Songs wie die, die auf Jochens Schallplatten gepresst waren, diese Donna Dingsbums und diese fünf Afro-Typen zum Beispiel, die wollte Doro hören. Es rauschte und knirschte, dann las wieder jemand Nachrichten vor. Warum muss man Socken eigentlich bügeln, fragte sich Doro beim Suchen eines Senders. Oder Unterhosen. Die sieht doch eh keiner!

Und jetzt für euch aus Schweden: ABBA mit dem neuen Hit »SOS«, vernahm Doro eine männliche Stimme und hielt inne. Schwedisch hörte sich schon mal nicht nach deutschem Schlager an, also zumindest eine kleine Verbesserung. Doro lauschte den ersten Tönen des Songs – melancholisch, aber auch sphärisch und geheimnisvoll klang das. Und überraschenderweise wurde auf Englisch gesungen. *Whatever happened to our love? I wish I understood. It used to be so nice, it used to be so good.* Doro wünschte, sie könnte besser Englisch, aber sie verstand, dass es um eine verloren gegangene Liebe ging. Irgendetwas berührte sie an dem Song. Er erzeugte sofort ein Gefühl in ihr. Und dann kam zu der tragenden Melodie auch noch ein Beat dazu, und der Refrain ging schließlich so richtig ab. *So when you're near me, darling can't you hear me, S.O.S.?* Doro drehte lauter. *The love you gave me. Nothing else can save me, S.O.S.* Das war ein richtig guter Song von diesem ABBA! Sie musste unbedingt Jochen fragen, ob er den kannte.

Doro konnte nicht anders, als sich zu der Musik zu bewegen. Kurzerhand schnappte sie sich den an die Wand gelehnten Schrubber als Tanzpartner und schwang sich gemeinsam mit ihm durch den Raum. Sie ließ den Stiel von einer Hand in die andere gleiten, lief im Kreis um den Schrubber herum, drehte ihn über ihrem Kopf und sang dabei laut mit. Seit dem Unfall hatte sie sich nicht mehr so lebendig gefühlt. Seit dem Unfall hatte sie sich nicht mehr erlaubt, an den Rempler zu denken, den Tänzer, Robert. Sie stellte sich vor, wie es wäre, mit ihm zu tanzen, wie er sie ansehen würde, und sie fühlte sich sexy unter seinen Blicken. Sie wiegte das Becken hin und her, schleuderte die Haare von einer Seite zur anderen, rollte die Schultern und schüttelte ihre Brüste. Wer sagt es denn – so macht Haushalt doch Spaß, dachte sie, während sie laut »SOS« mitsang.

Als der Song langsam verklang und wieder die Stimme des Radiosprechers zu hören war, hielt Doro erschöpft inne. Hui, das hatte echt gutgetan. Doch dann nahm sie einen seltsamen Geruch wahr. Als würde jemand mit Streichhölzern kokeln. Einer plötzlichen Eingebung folgend, drehte sie sich um und sah, dass es eins von Matthias' Hemden war, das stark rauchte. Und zwar, weil Doro das heiße Bügeleisen darauf abgestellt hatte. Scheiße! Sie stürmte zum Bügelbrett und riss das Eisen weg, aber auf dem Hemd war deutlich ein brauner Abdruck zu sehen. Außerdem war das Wohnzimmer leicht vernebelt von dem Rauch, den das verkokelte Hemd erzeugt hatte.

O Mann, dachte Doro seufzend, so viel zu meinem Talent als Hausfrau. Dann riss sie alle Fenster sperrangelweit auf.

Als sie in der *Ecke* eintraf, fand Doro weder ihren Bruder noch Gäste vor. Einen Moment lang wunderte sie sich darüber, bis ihr einfiel, dass es elf Uhr morgens war und die Ecke erst zum Mittagstisch öffnete. Aus der Küche war lautes Pochen zu hören, wahrscheinlich klopfte Jochen gerade Schnitzelfleisch. Die Sonne fiel durch die Häkelvorhänge und warf ein hübsches Muster auf die Holztische. Alles wirkte staubig und friedlich. Von der Feier vor ein paar Tagen war nichts mehr zu sehen oder zu spüren, bis auf das Einschussloch in der Decke.

Doro zog einen der Barhocker zurück und setzte sich an die Theke. Dort standen aufgetürmt ein paar Schnapsgläser, daneben eine Karaffe mit Wasser. Sie schenkte sich einen Schluck ein und exte das Wasser, als wäre es Schnaps. Ihre guten Vorsätze im Hinblick aufs Hausfrauendasein waren zerstört, das verbrannte Hemd hatte sie komplett demotiviert. Abermals schenkte sie sich einen Schluck Wasser ein – denn mehr passte nicht in das Schnapsglas – und schüttete es ihren Rachen hinunter. Dann ließ sie das Glas laut auf die Holztheke knallen. War eh alles egal. Sie hatte fast ihren Vater umgebracht, sein Auto geschrottet, alle angelogen und um ein Haar die Wohnung abgebrannt. Sie war nutzlos.

»Was liegt dir denn quer?«, hörte sie jetzt Jochens Stimme. Schritte kamen näher. Er setzte sich ihr gegenüber und wischte sich die nassen Hände an der weißen Schürze ab. Doro lächelte – es war gut, ihn zu sehen. Seine gemütliche Art hatte etwas Vertrautes und Beruhigendes. Mit seinen wachen Augen sah er sie interessiert an.

»Ich weiß doch auch nicht«, seufzte sie. »Vor ein paar Tagen war noch alles ganz klar: Ich war Kindergärtnerin und die Frau vom Klempner. Aber jetzt … jetzt weiß ich überhaupt nicht mehr, wer ich bin.« Doro starrte vor sich auf den Tresen. Das musste alles lächerlich klingen für Jochen. Schnell schenkte sie sich noch einen Schluck Wasser ein. Aber Jochen sah sie nur fröhlich an.

»Sehr gut«, sagte er. »Ich weiß auch nicht, wer ich bin!«

Verwirrt blickte Doro auf. »Was? Du bist doch Koch!«

»Ja, ich koche. Das ist mein Job. Aber deswegen bin ich das doch nicht.« Jochen nahm jetzt auch ein Schnapsglas und schenkte sich Wasser ein, exte es und sprach weiter. »Weißt du, ich finde es total gut, niemand zu sein. Da ist man nämlich absolut frei.« Er grinste Doro an, und die verstand langsam seinen Punkt. Das war mal eine ganz andere Perspektive – interessant. Lächelnd schenkte sie sich und ihm nach und hob dann ihr Glas.

»Auf das Freisein!«

»Auf das Freisein!«

Jochen erhob ebenfalls sein Glas und stieß mit ihr an. Doro war froh, mit jemandem über ihre Probleme reden zu können. Ihr fiel auf, dass sie das sonst eigentlich nur mit Johanna tat. Seitdem sie und ihre Freundinnen geheiratet hatten, trafen sie sich bloß als Ehepaare und redeten über günstige Urlaubsorte, vertrauenswürdige Autohändler und gepflegte Vorgärten. So ein Jochen kam ihr sehr gelegen. Er schien ein guter Zuhörer zu sein und ebenso gute Ratschläge zu geben. Also nutzte Doro die Chance, sich ihm anzuvertrauen.

»Weißt du, ich mochte Matthias«, erzählte sie. »Und sowieso haben alle in meiner Klasse geheiratet. Das ist, wie wenn man nur Schnitzel mit Pommes bestellt, weil alle Schnitzel mit Pommes bestellen, ohne überhaupt mal auf die Karte geschaut zu haben, was es sonst noch so gibt.«

Jochen lachte und hob erneut die gefüllten Schnapsgläser.

»Du kannst alles haben, was auf der Karte steht«, sagte er feierlich, und sie stießen an. »Alles!« Dann schob er hinterher: »Obwohl, Jägerschnitzel ist aus.« Das brachte Doro so sehr zum Lachen, dass sie das Wasser, das sie gerade hatte schlucken wollen, rausprustete. Jochen und sie mussten wirken, als hätten sie einen im Tee, denn Georg, der jetzt in die Gaststube kaum, sah sie fassungslos an.

»Sagt mal, haut ihr euch etwa jetzt schon Schnaps rein?«, fragte er vorwurfsvoll. Doro und Jochen prusteten erneut los, wobei sie heftig die Köpfe schüttelten. Das machte die Situation nicht weniger seltsam. Die Verwirrung war Georg ins Gesicht geschrieben, und auch sonst schien er nicht gerade bester Laune zu sein.

»Wo kommst du denn her?«, wollte Doro wissen, während Jochen sich wieder Richtung Küche bewegte. »Hab mich bei Vater entschuldigt, damit er mir nicht die Ecke wegnimmt«, erklärte Georg niedergeschlagen. »Wenn ich das hier nicht gewuppt kriege, dann bekommt Frank seinen Willen, und die Kneipe wird verkauft.«

Doro senkte den Kopf. Sie fühlte sich wieder schuldig.

»Keine Feten mehr in der Ecke – das musste ich ihm versprechen«, fügte Georg noch hinzu, und die Blicke der Geschwister gingen automatisch Richtung Decke, zum Einschussloch. Doro schluckte. »Vielleicht kommen ja wenigstens heute Mittag ein paar Gäste«, sagte Georg noch, aber er wirkte dabei nicht besonders zuversichtlich. Vielleicht brauchte er auch einen Wasserschnaps? Doro seufzte, füllte ein frisches Schnapsglas mit Wasser, schob es Georg hin und stellte die Frage, die ihr schon eine ganze Weile auf der Seele brannte.

»Warum tust du dir das mit dem Laden denn überhaupt an?«

Georg blickte zu Boden. Er ließ sich Zeit mit der Antwort. Dann erklärte er: »Ich will Alex unterstützen.«

Doro wusste nicht, was das bedeutete. Sie wusste nur, dass Georgs Grundschulfreundin schwanger war, von wem, war nicht bekannt. Alex studierte Psychologie an der Ruhr-Uni, hatte aber, als sich die Schwangerschaft nicht mehr verheimlichen ließ, aus dem katholischen Studentenwohnheim ausziehen müssen und war in einer Kommune untergekommen, in der jetzt auch Georg hauste. Dort war es wohl egal, ob man eine ledige schwangere Frau oder ein unverheiratetes Paar war – solange man sich mit kommunistischem Gedankengut identifizierte und die Hausregeln befolgte, war man willkommen. Eigentlich war der Kuppelparagraf, demzufolge es für Vermieter strafbar war, unverheiratete

Paare zu beherbergen, vor zwei Jahren abgeschafft worden. Aber dennoch hielt sich diese Moralvorstellung immer noch wacker in den Köpfen der Leute.

»Ich dachte, ihr seid nur Freunde?«, wunderte sich Doro.

Georg wirkte genervt. »Sind wir ja auch«, erklärte er mit Nachdruck.

»Aber warum willst du sie dann mit dem Baby unterstützen?«

»Na, weil wir Freunde sind.«

Doro sah ihn nachdenklich an. Es war ihr unverständlich, dass zwei Menschen, die sich so gut verstanden wie Georg und Alex, kein Liebespaar waren. Irgendwas lief da doch schief.

»Ihr solltet euch mal unterhalten. Alex ist ja schon weiter als du, die kann dir bestimmt ein paar Schwangerschaftstipps geben«, sagte Georg jetzt und rückte ein paar Stühle zurecht, die gar nicht ungerade standen. Doro nickte nur und lächelte schwach. Sie verstand, dass er keine Lust hatte, mit ihr über sein Liebesleben zur sprechen. Schließlich hatte er gerade genug andere Probleme. Plötzlich tat er ihr leid. Außerdem fühlte sie sich mitschuldig an der Missgunst, in die er bei ihrem Vater geraten war.

»Kann ich dir was helfen?«, bot sie ihrem Bruder an. Georg zuckte nur energielos mit den Schultern. »Kannst neue Kerzen auf die Tische packen«, sagte er. »Sind hinten in der Kammer.« Sie nickte und ließ sich genauso unmotiviert vom Barhocker gleiten, wie Georg hinter den Tresen schlurfte.

Es dauerte eine Weile, bis Doro in der vollen Rumpelkammer die Kerzen entdeckt hatte, und als sie die weißen Wachsstängel greifen wollte, fielen sie hinters Regal. Na toll, dachte sie, das war wohl einfach nicht ihr Tag. Stöhnend ging sie in die Hocke und sah sich mit Stapeln von Stoffservietten konfrontiert, die auf dem untersten Regalbrett aufgetürmt waren. Das zweitunterste Regalbrett gab es gar nicht. Doro räumte genervt die Stoffservietten zur Seite und hielt dann inne. Hinter dem Regal befand sich ein Loch in der Wand. Es war so groß wie ein Fernseher. Seltsam. Dahinter konnte Doro nur Dunkelheit erkennen, aber es schien sich um einen Durchschlupf zu einem anderen Raum zu handeln. Mit einer brennenden Kerze könnte man vielleicht mehr sehen, dachte sie. Aber dann entdeckte sie etwas Besseres auf dem Regal: Taschenlampen. Sie schnappte sich eine, knipste sie an und kroch kurzerhand durch das Loch hindurch. Was sich ihr im Kegel der Taschenlampe offenbarte, war ein riesiger Raum, fast eine Art Fabrikhalle. Überall standen Metalltische. Etliche Kisten stapelten sich an den Wänden. Was war das alles?

»Krass, Leute, kommt mal!«, rief Doro so laut sie konnte. Sie leuchtete die Wände ab, um die Maße des Raumes erfassen zu können. Dreimal so groß wie der Gastraum der Ecke, schätzte sie.

»Doro?« Georg kam jetzt durch das Loch gekrochen.

»Siehst du das?«, rief Doro ihm aufgeregt entgegen und richtete die Taschenlampe auf ihn. Georg hielt sich genervt die Hände vors Gesicht.

»So seh ich gar nichts«, motzte er. Doro leuchtete schnell woanders hin. Ein Haufen Töpfe erschien im Lichtkegel, während Georg sich aufrichtete und sich umsah. »Hier nebenan sollte mal eine Gießerei entstehen«, war jetzt Jochens

Stimme zu vernehmen. »Die haben angefangen, umzu-bauen, aber dann ist ihnen das Geld ausgegangen. Die Tür geht zum Hof raus, Richtung Zeche.« Er stand jetzt eben-falls im Raum.

»Dann muss das hier die Kantinenküche gewesen sein«, sagte Georg, der eine Kiste geöffnet hatte und eins von etli-chen silberfarbenen Kunststofftabletts hochhielt. Doro war längst dem Lichtstrahl ihrer Taschenlampe gefolgt und hatte noch einen weiteren Raum ausgemacht, einen fensterlosen Kühlraum. Sie beleuchtete die gekachelten Wände. Und da öffnete sich bei ihr auch gedanklich ein neuer Raum. Das war's doch!

»Ich weiß jetzt, was ich will, Jochen«, rief sie aufgeregt. »Eine Disko.«

Doro war gar nicht mehr zu bremsen, sie sprudelte plötz-lich vor Ideen. Vor ihrem inneren Auge sah sie alles schon vor sich. »Hier in der Mitte feiern wir«, erklärte sie und hielt sich die Taschenlampe über den Kopf, während sie sich in dem Lichtkegel drehte. »Von der Decke könnten lauter kleine Lampen hängen.« Georg und Jochen hatten jetzt auch den Kühlraum betreten und musterten alles. »Da drü-ben, da kommt der Plattenspieler hin«, redete sie weiter und leuchtete in eine Ecke. »Jochen, du machst die Musik.« Der Kegel ihrer Taschenlampe wanderte weiter im Raum umher. »Und da hinten ist die Bar, an der du ausschenkst, Georg. Und um uns herum: eine fette Fete!«

Doro drehte sich jetzt im Kreis, und der Schein der Ta-schenlampe flog über die Wände. Die Idee war wie eine Wiedergeburt. Plötzlich ergab alles einen Sinn. Ihre Exis-tenz war vielleicht doch nicht nutzlos. Wenn sie es sich genau überlegte, hatte sie schon immer ein Faible für Festivitäten gehabt, die man planen und gestalten konnte. Als Kind war der Weihnachtstag für sie der schönste Tag des Jahres, nicht wegen der Geschenke, sondern weil ihre Mutter endlich die Kiste mit den Kugeln, den Holzfigürchen und dem Lametta aus dem Keller holte und Doro den Baum schmücken durfte, während Georg und Frank sich beim Üben ihres Blockflöten-Duetts in die Haare kriegten und Johanna heimlich Plätzchen aus den entdeckten Verstecken ihrer Mutter stibitzte.

Und dann als Kindergärtnerin war immer sie es, die Feste organisierte: das Waldfest mit Pappbäumen und Tierkostümen, die Sonnenfete, bei der alle Gelb trugen, die Weltraum-Party voller »Astronauten« und »schwerelosem« Trampolinspringen und die Poolparty mit mehreren Planschbecken und Kinderbowle. Sie liebte es einfach, andere Welten zu erschaffen. Und dafür war der Beruf der Kindergärtnerin perfekt gewesen. Jedoch kam es ihr gerade so vor, als wäre der Beruf einer Disko-Veranstalterin noch viel perfekter für sie. Hier, hinter der Ecke, könnte sie eine ganz neue, ganz eigene Welt erschaffen. Als sie Georg und Jochen anleuchtete, sah sie in ein Paar strahlende und in ein Paar zweifelnde Augen.

»Das ist genial, Doro«, sagte Jochen. »Genauso machen wir es. DJ Jochen ist am Start! Ich kann's gar nicht erwarten, meine Plattensammlung zu erweitern.« Er ging auf Doro zu, und kurz befürchtete sie, dass er ihr wieder einen Kuss auf den Mund drücken würde, aber er umarmte sie nur und drehte sich mit ihr im Kreis herum.

»Das wäre der Hammer, Leute«, äußerte sich endlich Georg, wenn auch zögerlich. »Aber das geht nicht. Ich habe

Vater versprochen, dass wir keine Feten mehr in der Ecke machen.«

Doro löste sich aus Jochens Drehumarmung und dachte über Georgs Worte nach. Er hatte recht. Wenn ihr Vater sie wieder dabei erwischen würde, wie sie in der Ecke feierten, würde er wahrscheinlich nicht nur in die Decke schießen. Doch dann fiel ihr das beste Gegenargument ein.

»Genau genommen feiern wir ja gar nicht in der Ecke«, erklärte sie. »Wir feiern daneben.« Sofort bekam sie Unterstützung von Jochen.

»Genau, das kriegt doch gar keiner mit«, sagte der entschlossen. »Außer vielleicht eure Tante, aber die hält dicht.« Er strahlte jetzt voller Vorfreude. »Leute, das wird ein Tempel aus Musik, Tanz, freier Liebe und ordentlich Breitmachern.« Jetzt zog er Doro und Georg an sich ran, die sich nicht nur über seine Zutraulichkeit wunderten. Breitmacher?! Jochen schien sehr genau zu wissen, wovon er sprach.

»Und irgendwann tritt hier David Bowie live auf«, spann er weiter. »Oder noch besser – Michael Jackson!« Doro sah ihn an.

»Michael Jackson exklusiv in der Disko Bochum!«

Beide grinsten breit, nur Georg zögerte noch. Er sah sie stirnrunzelnd an. Jedoch konnte auch er sich der Idee nicht entziehen – die Vorstellung war einfach zu reizvoll. Seine Gesichtszüge glätteten sich, und er lächelte.

»Na gut. Lasst es uns versuchen!« Der Funke war übergesprungen. Drei Musketiere für die Disko Bochum!

»Dann muss ich endlich nicht mehr ins Pano nach Dortmund fahren«, freute sich Jochen – und erntete fragende Blicke von Doro und Georg. Entgeistert sah er sie an: »Ihr wollt 'ne Disko aufmachen und kennt das Panoptikum nicht?!«, lachte er ungläubig. Doro und Georg schüttelten die Köpfe. »Na, dann solltet ihr euch das vielleicht erst mal anschauen«, ordnete er an. »Ist die einzig wahre Disko im Pott.« Die Geschwister nickten andächtig, und Doro hatte noch tausend Fragen, als eine männliche Stimme ertönte.

»Hallo?! Ist hier jemand?!«, drang es aus dem Gastraum leise bis zu ihnen. »Gibt's kein Mittagessen in dem Saftladen, oder was?!«

Georg machte ein erschrockenes Gesicht, weil er die Zeit vergessen hatte, freute sich dann aber, weil es Kundschaft gab. Mit einem eindeutigen Blick zu Jochen ging er schnellen Schrittes zum Eingangsloch. Der schaute auf die Uhr, dann zu Doro, zuckte entschuldigend mit den Schultern und trabte hinterher. Nur Doro blieb dort, wo sie war: in den Gemächern ihrer zukünftigen Disko. Sie konnte gar nicht aufhören, sich auszumalen, was man aus diesem Raum alles machen könnte. Das Ambiente hatte jetzt schon einen industriellen Charme. Der Raum war fensterlos, die Abzugshaube thronte in der Mitte, dicke Rohre erstreckten sich an der Decke. Mit den Kacheln sah alles ein bisschen wie eine Fleischerei aus. Oder wie ein Hallenbad. Jedenfalls anders und aufregend. Am liebsten würde sie sofort loslegen. Aber zunächst brauchte sie einen Plan, ein Konzept. Da hörte Doro Schritte hinter sich, und plötzlich stand wieder Jochen neben ihr.

»War gar kein Gast«, sagte er nur trocken. »War euer Bruder Frank. Kontrolliert wohl, was Georg so macht.« Doro verzog das Gesicht. Das sah ihrem ältesten Bruder ähnlich. Einfach reinschneien und ungefragt seine Meinung kundtun. Und vor allem sich daran ergötzen, dass es bei Georg nicht so lief. Der Arme, dachte Doro und war froh, dass sie hier hinten geblieben war. Sie hoffte, dass Georg Frank schnell abwimmeln konnte und dass keine anderen Gäste zum Mittagstisch kämen. Denn sie wollte auf der Stelle loslegen, mit vereinten Kräften das Projekt Disko Bochum vorantreiben. Allerdings wurde ihr klar, dass sie gar nicht genau wusste, wie eine Disko überhaupt auszusehen hatte. So wie im Hangar? So wie ein Partyraum im Keller? So, wie sie es bestimmte? Umso gespannter war sie darauf, besagtes Panoptikum zu sehen. Eine echte Disko. Sie konnte es kaum erwarten.

8

Donnerstagabend war es endlich so weit. Doro und Georg hatten sich auf den Weg nach Dortmund ins Panoptikum gemacht, während Jochen in der Ecke die Stellung hielt, falls sich doch ein Gast dorthin verirren sollte. Es gab auch immer noch Leute, die nichts von Helmuts Tod mitbekommen hatten und erwarteten, ihn in der Ecke anzutreffen und in den Genuss seiner spendablen Gastfreundschaft zu kommen. Wenn sie dann die traurige Botschaft vernahmen, blieben sie höflicherweise auf ein Getränk, was sie aber zügig leerten, um schnell wieder verschwinden zu können.

»Ich gehe heute Abend auf eine Tupperparty«, hatte Doro Matthias erzählt und ihm geraten, mit dem Zubettgehen nicht auf sie zu warten. Im Zuge dessen hatte sie ihm erklärt, dass es sich bei Tupperware um Behälter handelte, in denen man Essensreste aufbewahren oder transportieren konnte. »Als Hausfrau und Mutter braucht man solche Sachen«, hatte sie betont – und er hatte ihr sogar zwanzig Mark Taschengeld für diese nützliche Anschaffung gegeben. Doro hatte schmunzeln müssen bei dem Gedanken, dass sie das Geld im Panoptikum auf den Kopf hauen und sich einfach eine Tupperdose aus dem umfangreichen Vorrat ihrer Mutter nehmen würde.

Es war nicht so, dass sie kein schlechtes Gewissen gehabt hätte – sie fühlte sich schäbig, aber sie verdrängte dieses

Gefühl, wann immer es aufkam. *Wenn wir den ersten Disko-Abend geschafft haben, dann sage ich es Matthias,* war ein Ultimatum, das sie sich selbst gestellt hatte und das sie erst mal von ihrem schlechten Gewissen befreite. Überhaupt hatte das schlechte Gewissen kaum eine Chance, denn die andere Kraft in ihr war so viel stärker – dieses extreme Lebendigkeitsgefühl, das die Planung der Disko in ihr auslöste. Es war wie ein permanenter Höhenflug, so, als würde sie erstmals richtig über den Tellerrand ihres eigenen Lebens schauen. Mit ihren neunzehn Jahren war sie ja auch noch wirklich jung. Also: Wann, wenn nicht jetzt?! Das war ein Spruch, den Johanna früher gerne gesagt hatte, wenn sie Doro zu irgendwelchen verrückten Aktionen hatte überreden wollen. Ach ja, Johanna. Die lernte bestimmt gerade, wie man Tomatensaft über den Wolken servierte und bei einer Notlandung im Meer die Schwimmwesten anlegte. Schade, dass sie nicht beim Panoptikum-Besuch dabei sein konnte, sondern nur Georg. Immerhin! Zu guter Letzt konnte Doro sich immer noch einreden, dass sie das alles für ihn tat, für ihren Bruder, für die Familie – und der Zweck heiligte ja bekanntlich die Mittel.

Jetzt standen sie und Georg in der Schlange vorm Eingang und besprachen erneut den Plan. »Wir trennen uns und gucken uns alles genau an«, bläute Doro ihrem Bruder ein. »Recherche ist das A und O, kapiert?!«

Georg nickte nur aufgeregt. Doro wusste, dass auch er es kaum erwarten konnte, sich Inspirationen für ihre Disko Bochum zu holen. Die spontane GI-Party in der Ecke hatte bewiesen, dass bei Tanz und Musik viel mehr getrunken wurde, und zwar nicht nur Bier und Schnaps, sondern vor

allem Mixgetränke wie Rum-Cola oder Wodka-O. Dementsprechend hatte der Abend ihm Einnahmen für die ganze
Woche beschert. Die Disko Bochum sollte nahtlos daran
anknüpfen.

»Klar wie Klärchen«, sagte er jetzt. »Ich sauge alles auf wie
ein Schwamm.« Doro lächelte zufrieden. Jetzt waren sie nur
noch wenige Meter vom Eingang entfernt. Vor und hinter
ihnen warteten geduldig die Leute, während ein sehr mus-
kulöser Mann die Tür aufhielt wie der höfliche Portier eines
Hotels. Zumindest dachte Doro das, bis sie merkte, dass
dieser Mann anscheinend befugt war, Leute abzuweisen. Als
zwei junge Kerle an der Reihe waren, stellte er sich kurzerhand vor die Tür und wies sie an, woanders hinzugehen.
»Für euch leider heute Abend nicht«, hörte Doro ihn sagen.
Erschrocken sah sie Georg an.

»O Gott, was, wenn er uns nicht reinlässt?«, flüsterte sie
ihm aufgeregt zu. »Zieh besser die Mütze ab!« Georg sah sie
genervt an.

»Wieso soll ich denn jetzt die Mütze abziehen?«, wollte er
wissen.

»Keiner hat hier eine Mütze auf«, zischte sie.

»Dann zieh du aber auch deine Brille ab!«, entgegnete Georg beleidigt.

»Hätte ich eh gemacht«, grinste Doro, nahm das Gestell
von der Nase und verstaute es in ihrer Handtasche. Jetzt
wurde der Vierergruppe vor ihnen die Tür aufgehalten.
Dann standen Georg und Doro direkt vor dem Türsteher
und wussten nicht, wo sie hinschauen sollten. Doro setzte
ein gewinnendes Lächeln auf, aber das schien den Mann
nicht zu beeindrucken.

»Ihr seid zu zweit?«, wollte er wissen, und sie beeilte sich, zu nicken.

»Wir sind zusammen«, erklärte sie – und dann fiel ihr auf, dass das komisch klang. »Also, wir sind nicht *zusammen* zusammen. Ich meinte, wir sind zusammen hier«, fügte sie hinzu. Georg blickte peinlich berührt auf den Boden und stieß Doro unauffällig mit dem Ellbogen an. Sie nahm das als Signal wahr, dass sie mal wieder in ihre Nervositätsschleife geraten war, wo der Versuch, etwas Missverständliches zu erklären, es nur noch konfuser machte, und sie sich um Kopf und Kragen redete. Aber da man Nervosität nicht einfach abstellen konnte wie einen Staubsauger, sagte sie dann auch noch: »Wir sind Geschwister. Er ist mein Bruder.«

Der Gesichtsausdruck des Türstehers verriet nicht, ob ihn das nervte oder amüsierte. Er schaute nur von einem zum anderen und zündete sich eine Zigarette an. Das machte Doro noch nervöser.

»Viel los heute, was?!«, sagte sie deshalb und lächelte wieder gewinnend. Der Türsteher antwortete nicht. Er steckte jetzt seine Kippe zwischen die Lippen und öffnete mit beiden Händen die Tür.

»Viel Spaß euch, Hänsel und Gretel«, sagte er und wies sie an, hineinzugehen. Doro wusste nicht, wie dieser Kommentar gemeint war, aber ihr fiel ein Stein vom Herzen.

»Vielen Dank«, sagte sie. »Werden wir bestimmt haben.« Und bevor sie *Knusper, knusper, knäuschen* sagen konnte, schob Georg sie schnell durch den schweren schwarzen Vorhang hindurch nach drinnen.

Das Erste, was Doro sah, waren die vielen Lichter. Sie bewegten sich und sorgten dafür, dass alles, was glitzern konnte, das Licht reflektierte. Das waren einerseits die Tapete, andererseits die Oberteile, Hosen und Haarbänder der Leute, die sich im Panoptikum aufhielten. Sie standen paarweise oder in Grüppchen herum, redeten oder bewegten sich zur Musik. In den Händen hielten sie bunte Getränke, die exotisch aussahen. Rote Flüssigkeit mit einer knallgelben Ananas am Glasrand. Grünes Gesöff mit rosa Himbeeren drin. Gelber Drink mit Kiwischeibe. Wie Ameisen liefen kleine Lichtpunkte über die leicht bekleideten Körper der Leute und an den Wänden entlang. Erst der Blick zur Decke erklärte dieses Phänomen: Dort hing eine Kugel, die mit unendlich vielen kleinen Spiegelstücken beklebt war. Sie wurde angestrahlt, drehte sich dabei und warf das Licht tausendfach zurück. Es sah magisch aus. Während Doro staunend dastand, streifte sie ein nackter Oberkörper. Er gehörte einem muskulösen Kellner, der sich nah an ihr vorbeischob und auf dem Tablett über seinem Kopf zwei blaue Drinks balancierte. Er hatte nur eine Fliege um den Hals gebunden und trug eine enge Hose. Doro konnte nicht anders, als ihm auf den Knackarsch zu schauen, aber hey, sie war schließlich hier, um alles genau auszuchecken. Und dann sah sie zum ersten Mal in ihrem Leben zwei Männer, die sich küssten. Einfach so, vor allen anderen. Sie lächelte. So frei sollte es in der Disko Bochum auch sein!

Eins war jedenfalls sofort klar: Jochen hatte nicht übertrieben, als er das Panoptikum angepriesen hatte. Im Vergleich zum Hangar war hier alles pompös und durchgestylt, nicht nur bunt zusammengewürfelt. Es gab mehrere

Treppen, über die man zu einer Empore gelangte, von der aus man auf die Tanzfläche schauen konnte. Der DJ thronte auf einer Art Bühne und sprach durch ein Mikro, während er von einer Platte zur nächsten wechselte. Der Duktus erinnerte Doro an die Sprecher bei den Fahrgeschäften auf dem Rummel. »Noch bis zweiundzwanzig Uhr zwei Drinks für den Preis von einem – also haltet euch ran. Aber Umdrehungen gibt's auch hier!« Er ließ die Nadel auf die Platte sinken, und alle wurden von dem Sound eingelullt.

Turn the beat around,
Love to hear the percussion.
Turn it upside down,
Love to hear the percussion.

Mittlerweile hatten Doro und Georg sich den Weg auf die Empore gebahnt und beobachteten von oben das Geschehen. Die Tanzfläche war proppenvoll mit Leuten, die knappe, aber schick glitzernde Outfits trugen. Hier war niemand in Uniform. Auf einmal knallte es, und silberne Lametta-Fetzen regneten auf die tanzende Meute hinab. Alle jubelten und streckten die Arme in die Höhe. Es war wirklich ein Spektakel – Doro und Georg wechselten beeindruckte Blicke. Dennoch, sie waren nicht zum Staunen hier, sondern hatten einen Plan und wollten strategisch vorgehen. Georg machte sich also auf den Weg zur Bar, während Doro sich weiter in den Räumlichkeiten umsah. Hinter der Empore führte ein Gang entlang, von dem mehrere Türen abgingen. Sie passierte die Männertoilette und die Frauentoilette und dann eine Tür, auf der »Nur Personal« stand. Da gerade niemand in der Nähe war, drückte sie vorsichtig die Klinke hinunter und stellte fest, dass die Tür sich öffnen ließ. Doro lugte durch den Spalt und schob sich dann in den Raum, der eigentlich ein neuer Flur war. Und an dessen Ende stand: Robert. Gut aussehend wie immer, heute in einem engen schwarzen Hemd und einer dunkelbraunen Cordhose.

Sofort hatte sie ein Lächeln im Gesicht. So sah man sich also wieder! Allerdings bemerkte er sie nicht, denn er schien etwas zu beobachten, das in einem weiteren Raum passierte. Doro kniff die Augen zusammen. Auf die Entfernung war es ohne Brille schwer für sie zu erkennen, was dort vor sich ging. Auf den ersten Blick sah es so aus, als ob jemand aus großen Kanistern eine durchsichtige Flüssigkeit in Flaschen schüttete, die nach einer Wodka-Marke aussahen. Doro machte zwei Schritte nach vorne – und stieß gegen einen Bierkasten. Es klirrte laut. Robert dreht sich erschrocken um und starrte sie perplex an. Schnell versteckte Doro sich hinter einer Säule. Aber die Person aus dem anderen Raum hatte das Klirren auch gehört und kam näher. Robert versuchte ebenfalls, zu verschwinden, war aber zu langsam.

»Hey, was machst du hier!«, fuhr der Mann ihn an. Er war schmächtig, mit krummer Nase und großen, dunklen Augen, soweit Doro es von ihrer Position aus erkennen konnte. »Du hast hier nichts zu suchen.«

Scheiße, wo war sie hier reingeraten? Die beiden schienen sich zu kennen. Doro fühlte sich schuldig – schließlich hatte ihre Unachtsamkeit Robert in diese blöde Situation gebracht. Sie musste ihm aus der Patsche helfen.

»Doch«, sagte sie und trat aus dem Schatten der Säule. »Mich hat er gesucht.« Beide Männer sahen sie verwirrt an.

»Hab mich voll verlaufen.« Zum Glück reagierte Robert geistesgegenwärtig.

»Sie hat ihre Brille nicht auf«, sagte er schnell und lächelte. »Ohne die sieht sie fast nichts.« Doro nickte. »Totaler Blindfisch. Also ich. Ohne Brille.« Der Mann kniff die Augen zusammen und sah skeptisch zwischen ihnen hin und her. So ganz schien er die Geschichte nicht zu glauben.

»Eigentlich habe ich ja die Toiletten gesucht«, erklärte Doro deshalb schnell. »Wo sind die denn?«

Der Mann zeigte auf die Tür hinter Doro. »Toiletten sind draußen aufm Flur«, sagte er tonlos. Doro lächelte.

»Super, danke! Ich mach mir nämlich gleich in die Hose«, fügte sie hinzu. Dann ergriff sie Roberts Arm und zog ihn einfach durch die Tür nach draußen auf den Flur. Puh, nichts wie weg aus dieser Situation, dachte sie nur, nahm aber dennoch den Duft seines Aftershaves wahr. Herb und süßlich roch es, aufregend und zugleich angenehm vertraut. Auf dem Flur ließ sie seinen Arm los und drehte sich zu ihm.

»Na, da habe ich dir ja gerade ganz schön den Arsch gerettet«, grinste sie frech.

Er sah sie amüsiert an. »Hätte ich auch allein hinbekommen. Aber danke.«

Doro nickte gönnerhaft und wusste dann nicht mehr, was sie sagen sollte. Ein paar Leute drängten sich jetzt auf dem Weg zur Tanzfläche oder zur Toilette an ihnen vorbei, während Robert einfach nur dastand und sie ansah. Sein Blick verursachte schon wieder dieses seltsame Ziehen in ihrem Magen. Und irgendwie war ihr auch ein bisschen schwindelig. Sie musste was sagen!

»Du bist übrigens scharf«, stellte sie klar – und merkte sofort, wie missverständlich das klang. »Ähm, also ich meine, für mich bist du scharf.« Das war nicht besser. Er grinste. Wie peinlich! »Ich meine, ich sehe dich scharf«, korrigiert sie sich. »Auch ohne Brille. Bin kurzsichtig. Wegen Blindfisch und so.« Nervös zwirbelte sie an einem Knopf ihrer Bluse herum.

»Ich sehe dich auch«, sagte Robert jetzt. »Scharf.« Dabei schaute er Doro so intensiv in die Augen, dass ihr ganzer Körper kribbelte und sie sich zwingen musste, seinem Blick nicht auszuweichen.

»Wird das jetzt, wer zuerst blinzelt?«, fragte sie schnell, um die unerträgliche Spannung zu lösen. »Weil, darin bin ich nicht so Bombe.«

Robert machte einen Schritt auf sie zu, ohne den Blick von ihr zu nehmen. Sein Gesicht war jetzt nur ein paar Zentimeter von ihrem entfernt.

»Das wird, wer zuerst weiche Knie bekommt«, sagte er, und seine tiefe Stimme hörte sich aus der Nähe noch wärmer, noch sanfter, noch verführerischer an. Doro schluckte. Ihr wurde ganz anderes. Das Magenziehen breitete sich bis zwischen ihre Beine aus. Ihre Finger krallten sich am Blusenknopf fest. Spürte er das auch? Oder war er wirklich so lässig, wie er sich gab? Jetzt pustete er wieder seinen Haarvorhang über den Augen weg. War er vielleicht doch nervös? Doro war sich nicht sicher, ob das ein Kinderspiel oder ein Flirtversuch war, jedenfalls hatte sie bereits weiche Knie, würde das jedoch niemals zugeben.

»Ah, super«, sagte sie deshalb. »Ich habe nämlich stahlharte Knie.« Sie versuchte seinem Blick standzuhalten, aber seine Nähe überforderte sie zunehmend. Der warme Atem. Das herb-süße Aftershave. Sie konnte ihn überhaupt nicht einschätzen. Fand er das lustig? Fand er sie attraktiv? Gehörte für ihn als Tänzer körperliche Nähe zu anderen Menschen einfach dazu? Vielleicht wäre ein Themenwechsel das Beste, dachte sie und fragte ihn: »Was hast du da drin eigentlich gesucht?«

Statt einer Antwort pustete er ihr in die Augen.

»Ha, du hast geblinzelt«, sagte er. »Ich hab gewonnen.« Und ehe sie sichs versah, ging er davon. Verwirrt stand Doro da.

»Hey, das war unfair«, rief sie ihm hinterher, aber wahrscheinlich hörte er sie gar nicht mehr. Also doch ein Spiel. War die Frage nach seiner Suche zu privat gewesen? Irgendetwas führte er im Schilde, irgendeine Mission hatte er. Aber welche? Auch so ein Geheimniskrämer, dachte Doro. Na, das passte ja! Nachdenklich starrte sie vor sich hin, als ihr einfiel, dass auch sie eine Mission hatte. Ganz vergessen. Wie immer, wenn sie ihm begegnete, wurde alles andere nebensächlich. Nein, aber nicht ihre Disko! Konzentrier dich, Doro!, mahnte sie sich selbst. Von jetzt an galt es, das Panoptikum ganz genau zu inspizieren!

Georg saß an einem Tisch auf der Empore mit Blick auf die gefüllte Tanzfläche und zog blaue Flüssigkeit durch einen dicken Strohhalm aus dem bauchigen Glas vor sich. Doro runzelte die Stirn, als sie ihn von der gegenüberliegenden Seite des Raumes aus entdeckte. Das wirkte auf sie nicht wie aktive Recherche! Oder unterhielt er sich mit jemandem? Es war mal wieder schwierig für sie, ohne Brille so weit zu sehen, aber Körperhaltung und Gestik sprachen jetzt doch für ein Gespräch. Doro beschloss, sich den Weg zu ihm durch die Menge zu bahnen, denn einerseits war sie neugierig, und andererseits hatte sie Durst. *Everybody was kung fu fighting,* hörte sie die Musik. *Those cats were fast as lightning.* Sie musste sich diese Songs merken, damit sie Jochen davon berichten konnte. Wahrscheinlich kannte er aber eh schon alles, und nur für sie war jedes Lied neu. Als sie bei Georg angekommen war, sah sie, mit wem er sich unterhielt: Es war der Typ, der Robert so angefahren hatte, nachdem der ihn beim Getränkeumfüllen beobachtet hatte. Das Gespräch schien wohl gerade beendet, denn der Krummnasige verschwand in der Menge. Puh. Dem musste Doro jetzt nicht unbedingt noch mal begegnen! Erleichtert ließ sie sich neben Georg nieder und schnappte sich das Gesöff, das wie ein Swimmingpool aussah, aber wie Spülmittel schmeckte. Ihr Bruder sah sie leicht vorwurfsvoll an.

»Sag mal, weißt du, was die drei Disko-Rules aus Amiland sind?«, fragte er sie dann. Doro zuckte mit den Schultern. »So einen Unsympathen hab ich ja selten getroffen«, fuhr Georg fort und schüttelte genervt den Kopf.

Nach einem kräftigen Zug aus dem blauen Drink hatte Doro ihren Durst erst mal gestillt und wollte jetzt alles wissen.

»Wer war das denn?«

»Glaube, dem gehört der Laden.«

»Das Panoptikum?«

»Ja. Sein Name ist A.K. oder so was.«

»Ist er Ami?«

»Eher nicht. Aber weißte, was der gesagt hat, als ich ihm erzählt habe, dass ich eine Disko in Bochum aufmachen möchte?«

Doro schüttelte den Kopf.

»Dass ich ihm ja keine Konkurrenz machen soll, sonst würde er mir sämtliche Knochen brechen. Und dann hat er fast meine Hand zerquetscht. Arschloch.« Georg griff nach dem Drink und sog an dem Strohhalm.

»Hört sich an wie ein Gangsterboss oder so«, sagte Doro leichthin, um Stimmung zu machen. Irgendetwas an dem Typen war aber tatsächlich bedrohlich. Gut, dass sie fürs Erste nicht mehr ins Panoptikum würden kommen müssen. »Und was war das jetzt mit diesen Disko-Rules?«, wollte sie wissen. Doch Georg sah sie nur genervt an.

»Hat der mir natürlich nicht verraten.«

Doro schnaubte. »Soll der sich seine Disko-Rules doch in den Arsch schieben. Wir kriegen das auch ohne hin!«, erklärte sie entschlossen.

Georgs Laune besserte sich zusehends. »Ja, und diese bunten Drinks kriege ich auch besser hin, das kannste aber glauben!«

Die beiden Geschwister grinsten sich an, als die Stimme des DJs ertönte. »Freunde des Disko-Grooves! Wie ihr wisst, findet in wenigen Wochen das Finale unseres großen Tanz-Wettbewerbs statt«, schmetterte er ins Mikro. Die Menge jubelte. »Heute können sich die besten zehn Paare qualifizieren. Also – let's groove!« Wieder brandete Jubel auf. Dann schob sich die Menge zur Seite, sodass die Tanzfläche frei wurde und alle im Halbkreis am Rand standen. Der Lichtkegel des Scheinwerfers suchte ein Paar, das jetzt den Weg durch die Zuschauer in die Mitte der Tanzfläche antrat. Und da waren sie wieder, strahlend und angestrahlt, Robert und Elli – wer auch sonst?! Selbstbewusst positionierten sie sich, die Muskeln angespannt, die Blicke fest, aber dennoch ein kleines Lächeln auf den Lippen. Irgendwie nahbar und über allem schwebend zugleich. Elli sah einfach göttlich aus mit ihrer engen Hose und dem glitzernden Oberteil, das nur knapp über ihre Brüste reichte. Der DJ legte jetzt die Platte auf den Teller, ließ die Nadel sinken – und los ging's! *Never know how much I love you. Never know how much I care. When you put your arms around me. I get a fever that's so hard to bear.* Die Darbietung war noch fulminanter, als Doro es in der Army Base gesehen hatte. Noch intimer, noch lustiger, noch akrobatischer. Sie saß da mit offenem Mund und konnte nicht genug von diesem Feuerwerk bekommen. Es war so waghalsig, so lässig, so sexy. Die beiden wussten einfach, was sie konnten, und hatten so großen Spaß daran, dass das Zusehen ein einziges Vergnügen darstellte.

You give me fever, when you kiss me.
Fever when you hold me tight.
Fever in the mornin',
A fever all through the night.

Genau das ist es, dachte Doro. So ein komisches Fieber, das bekam sie auch immer, wenn sie Robert sah oder mit ihm sprach oder an ihn dachte. Wie gerne würde sie auch so mit ihm tanzen. Oder einfach nur überhaupt mal mit ihm tanzen. Vielleicht gab es ja gleich noch die Gelegenheit dazu. Obwohl, ewig konnte ihre vermeintliche Tupperparty nun auch nicht gehen, dazu kam die Rückfahrt in Johannas lahmer Ente. Doro sah zu Georg. Auch ihm fielen fast die Augen aus dem Kopf. Er sah die beiden ja zum ersten Mal in ihrem Element. Als der Tanz zu Ende war, applaudierte er wie verrückt. Doro lächelte. Das Diskofieber hatte ihn also auch erwischt. Sehr gut. Trotzdem würden sie langsam den Heimweg antreten müssen. Sie seufzte – aber man sollte ja immer dann gehen, wenn es am schönsten war!

Als Doro eine gute Dreiviertelstunde später neben Matthias im Bett lag, konnte sie nicht einschlafen. Ihre Gedanken kreisten um ihre eigene Disko, in ihrem Kopf manifestierten sich neue Ideen. Sie wünschte, sie könnte ihre Begeisterung mit ihm teilen, sie wünschte, sie könnte ihm morgen von ihren Erlebnissen im Panoptikum erzählen statt von einer Tupperparty, die nie stattgefunden hatte. Sie wusste, dass es unfair war, hinter seinem Rücken ein geheimes Projekt zu haben, aber es war genauso unfair, dass er sie gegen ihren Willen zur Hausfrau degradiert hatte. Hätte er das nicht getan, wäre das ja alles nicht passiert!

Also schob sie jegliche Gedanken darüber, dass sie ein schlechter Mensch und eine furchtbare Ehefrau war, einfach beiseite. Es war viel angenehmer, über die Disko Bochum nachzudenken. Sie hatte auch schon eine Idee für die Gestaltung eines Flyers – und Flyer würden sie auf jeden Fall brauchen. Dazu noch sexy Personal, sexy Gäste, sexy Musik – und fertig war die Laube. Moment mal, fiel Doro da auf, das waren doch sicher diese drei Disko-Rules! Sie wüsste jedenfalls nicht, was es sonst sein sollte. Klar, so schick wie das Panoptikum würde die Disko Bochum nicht werden, schließlich hatten sie keine Treppen und keine Empore und keine Bühne, aber dafür würde Doro mit ganz viel Liebe zum Detail das Beste aus dem Kachelraum machen. War doch viel abgefahrener als solch ein durchgestylter Laden, fand sie. Und eine

Spiegelkugel konnte man sicher irgendwo kaufen, da musste sie einfach nur Jochen fragen, der wusste immer alles.

Als Doro gerade zufrieden einschlafen wollte, wanderten ihre Gedanken zu Robert. Wie er sie angeschaut hatte. Mit diesem durchdringenden Blick. Als ob er sie wirklich sehen würde. Sie müsste sich schon sehr täuschen, wenn er es nicht auch genoss, ihr nahe zu sein. Vielleicht war er ihrer Anziehung genauso machtlos ausgeliefert wie sie seiner? Es kribbelte wieder in ihrem ganzen Körper, als Doro daran dachte. Sein Gesicht war so nah gewesen, seine unverschämt langen Wimpern, die elegante Nase. Doro musste kichern. Sie stellte sich vor, wie es wäre, ihn zu küssen, seine weichen Lippen, die kitzeligen Bartstoppeln, die warme Zunge … Wie er sie dabei an sich ziehen, mit den Händen ihren Körper entlangfahren würde … Verdammt, jetzt war sie wieder wach. Und hatte Lust auf einen Männerkörper. Nur leider nicht den, der leicht schnarchend neben ihr lag.

***

»Also, so sexy finde ich die jetzt nicht«, sagte Georg wenig euphorisch, als er die Frau im knappen Bikini auf dem Flyer betrachtete, deren Gesicht eine Diskokugel darstellte.

»Die hat bestimmt 'nen flachen Arsch«, schlug Jochen in dieselbe Kerbe.

Doro konnte es nicht glauben. Sie hatte den beiden gerade die Notwendigkeit eines sexy Flyers mit Adresse und Getränkegutschein erklärt und dazu auch noch gleich mehrere Hundert Exemplare geliefert – und sie hatten nichts Besseres zu tun, als ihre künstlerische Arbeit zu kritisieren?! Oder besser gesagt, ihren Körper?! Denn sie hatte vormittags kurz entschlossen ein paar Bikinibilder von sich mit dem Selbstauslöser der Polaroidkamera geschossen, auf einen Zettel geklebt und alle wichtigen Infos dazugeschrieben. Wie, wo, was, wer, wie viel. Ihren Kopf hatte sie durch das Bild einer Diskokugel ersetzt, das sie selbst gezeichnet hatte. Kindergärtnerin halt. Dann war sie mit diesem Kunstwerk zur Universität gegangen, wo es einen Kopierer gab, und hatte Kopien gemacht. Dann Kopien von den Kopien, vier Flyer pro Seite, bis ihr Geld aus gewesen war. Und dieses sexistische Gelaber sollte der Dank für ihren Einsatz sein?!

»Die ist eher so 'n Brett mit Erbsen«, kommentierte Georg weiter den Flyer, und Jochen nickte.

Doro räusperte sich. »Also, ich würde eher Orangen sagen.« Sie bedachte die beiden mit einem bedeutungsvollen Blick. Langsam fiel der Groschen.

»Das bist doch nicht …«, fing Georg an, und Doro grinste nur breit.

»Nee, is doch …«, stotterte jetzt Jochen.

»Schön«, vollendete Georg den Satz.

»Genau«, bestätigte Jochen. Beiden war die Situation so unangenehm, dass es Doro schon wieder amüsierte.

»Ja, schön«, fügte sie schmunzelnd hinzu und drückte den beiden jeweils einen Stapel Flyer in die Hand. Sie musste zugeben, es war eine aufregende Vorstellung, dass man sie bald knapp bekleidet überall würde sehen können: an Litfaßsäulen, in Vorlesungssälen, an Ampelpfosten, in Büchereien, an Kneipentresen, in Plattenläden. Wenn das keine Aufmerksamkeit auf die neue Disko Bochum ziehen würde, dann fiel Doro auch nichts mehr ein.

Seit dem Unfall vor drei Wochen war Doro ihrem Vater bewusst aus dem Weg gegangen. Da sie nicht wusste, wie nachtragend er sein würde, verhielt sie sich beim Resteessen im Feinkostladen besonders zugewandt und zuvorkommend. Diesmal war es ihr noch wichtiger als sonst, dass keine schlechte Stimmung aufkam, denn die erste Disko-Veranstaltung am nächsten Abend durfte auf keinen Fall gefährdet werden. Die ganze Woche lang hatten sie darauf hingearbeitet, die beiden Hinterzimmer dekoriert, alle Kisten leer geräumt, die Kacheln glänzend geschrubbt. Eine der Wände hatte Doro komplett mit den silbernen Tabletts beklebt, in denen man sich verzerrt spiegeln konnte und die den Raum größer und heller erscheinen ließen. Etliche Kabel waren verlegt und eine Menge Glühbirnen eingeschraubt worden, die jetzt von der Decke baumelten und die Jochen mit einem Brett voller Lichtschalter bedienen konnte, während er Platten auflegte. Eine Spiegelkugel war leider doch nicht so einfach zu besorgen gewesen, wie Doro gedacht hatte. Laut Jochen wurden diese »Diskokugeln« nur in den USA hergestellt und kosteten ein kleines Vermögen, von der langen Lieferzeit mal ganz abgesehen. Stattdessen hatten sie es geschafft, einen anderen tollen Effekt mit Licht zu erzielen: Durch schnelles An- und Ausschalten der vielen Glühbirnen verzerrten sich die Tanzbewegungen wie ein mit zu wenigen Bildern pro Sekunde gedrehter Stop-Motion-

Film, was dem Raum etwas Unwirkliches und Verruchtes verlieh. Zwischen den Lampen hingen eine Menge Töpfe und Besteck von der Decke, weil es davon einfach Unmengen in den Kisten gegeben hatte und sie nicht wussten, wo sie die sonst hätten lagern sollen. Auch hier war aus der Not eine Tugend entstanden oder, besser gesagt, eine ungewöhnliche Atmosphäre, denn sie hatten die Töpfe und Lampen so konstruiert, dass sie mit einer Kordel verbunden waren und sich durch Ziehen vom DJ-Pult aus bewegen ließen. Dadurch reflektierten sie das Licht der Glühbirnen in abstrakten Formen und warfen zuckende Schatten auf Wände und Boden, sodass man sich ein bisschen wie auf einem Schiff bei Wellengang fühlte. Die Bar hatte Georg zu seinem Reich auserkoren und jede Menge Strohhalme, Schirmchen, Alkoholika und Früchte gekauft. Sein Motto: Hauptsache bunt und Hauptsache, es ballert. Morgen würde sich zeigen, ob ihre Mühen sich ausgezahlt, ob die Flyer es geschafft hatten, die Neugier der Leute zu wecken. Jack hatte einen Schwung davon unter seinen GI-Freunden verteilt, und tatsächlich setzte Doro am meisten auf die Gäste aus dem Hangar, schließlich hatten sie schon mal den Weg zur Ecke auf sich genommen. Denn auch wenn ihr Bruder einen Stapel Flyer in der Kommune platziert hatte, konnte man mit seinen Mitbewohnern und deren Freunden eher nicht rechnen. Die »einfältige Diskomusik« war ihnen zu unpolitisch, hatte Georg erzählt, und das, obwohl ja das Private politisch geworden und somit irgendwie alles politisch war. Doro verstand diese neue Richtung nicht so ganz. Ihres Erachtens war Disko schon wieder so unpolitisch, dass sie politisch war. Sie kannte keinen freieren Ort als eine Disko. Es existierten keine Tanzregeln, und jeder konnte so sein, wie er wollte, egal, was er beruflich machte oder wer er im Alltag war. Hier gab es keine gesellschaftlichen Schichten, hier gab es keine sexuellen Verbote, hier gab es keine Altersgrenzen, hier gab es nur Menschen. Das war ja genau das unfassbar Schöne an einer Disko: die Durchmischung, die Integration, die Toleranz, die Unterschiedlichkeit, das simple Sein, die pure Zelebrierung des Lebens.

Beim heutigen Resteessen gab es auch wieder einen Heiratskandidaten für Johanna. Er hieß Joachim Gruber und sah eigentlich ganz nett aus. Mit seinen wachen dunklen Augen, der Hornbrille und dem strubbeligen Haar schien er gar nicht in das Beuteschema ihres Vaters zu fallen. Er war – wie so oft – der Sohn von Bekannten irgendeiner Kundin aus dem Feinkostladen, mit der ihr Vater ein ausgiebiges Schwätzchen gehalten hatte, bei dem er nicht nur erfahren hatte, was in der Stadt so los war, sondern auch, wo es ledige Männer gab. Johanna hatte echt Schwein gehabt, dass er sie an jenem Abend in der Ecke nicht mit Jack gesehen hatte, dachte Doro, sonst hätte er sie wahrscheinlich mit dem nächstbesten Kandidaten verheiratet. Gerade wollte Gerhard den Gast vorstellen, als Johanna sich räusperte.

»Ich sag's lieber gleich, Joachim«, begann sie. »Ich arbeite bald als Stewardess und bin ständig unterwegs. Das ist keine gute Voraussetzung für eine Ehefrau, oder?!«

Das war in der Tat ein heftiger Auftakt für das gemeinsame Essen. Alle bis auf Doro blickten Johanna überrascht an.

»Ist das nicht gefährlich, Kind?«, fragte ihre Mutter, und Doro glaubte zu sehen, wie die Johanna-Sorgenfalte auf ihrer Stirn ein bisschen tiefer wurde. Ihre Schwester schüttelte den Kopf.

»Autofahren ist gefährlicher«, erklärte sie selbstbewusst und merkte dann, dass es vermutlich keine gute Idee gewesen war, dieses Thema auf den Tisch zu bringen. Doro starrte betroffen auf ihren Teller und pikste ein paar Erbsen auf.

»Nicht, wenn man sich anschnallt«, kommentierte Matthias in seiner unbedarften Art, während er ein Stück Salzkartoffel kalt pustete. Doro hielt den Atem an. Würde ihr Vater jetzt mit einer Standpauke loslegen? Würde der Unfall noch mal durchgekaut werden? Würde sie sich rechtfertigen müssen? Überraschenderweise war es Frank, der das Thema zurück zu seinem Ursprung führte.

»Saftschubse bleibt Saftschubse, auch in der Luft«, kommentierte er grinsend und erntete einen genervten Blick von Johanna.

»Ach ja?! Und warum muss man als Stewardess dann mehrere Sprachen, Meteorologie und Erste Hilfe beherrschen?!« Sie sah Frank herausfordernd an. Der wollte gerade etwas erwidern, als Joachim Gruber die Stimme erhob.

»Also, ich hab ja Flugangst«, erklärte er schulterzuckend. Alle starrten ihn an. Es war ungewöhnlich, dass jemand als Erstes seine Schwächen zugab, statt seine Stärken zu betonen. Doro fand ihn irgendwie sympathisch. Dennoch traute auch sie sich nicht, auf seine Aussage zu reagieren, also stand sein Satz einfach so in der Luft wie ein hochgeworfener Ball, den keiner auffing, sodass er schließlich auf den Boden prallte und davonrollte. Alle warteten angespannt auf das Donnerwetter ihres Vaters, denn der wurde äußerst ungern vor vollendete Tatsachen gestellt, stets hatte er bei der Berufswahl der Kinder mitgeredet. Tatsächlich schüttelte er jetzt den Kopf.

»Was für ein Schwachsinn«, sagte er laut. »Du hast doch eine Ausbildung, da brauchst du nicht noch eine zweite.« Er sah Johanna finster an. Die setzte sich aufrecht hin und lächelte unschuldig.

»Als Stewardess verdiene ich viel mehr als bisher«, erklärte sie ruhig. »Außerdem dauert die Ausbildung nur vier Wochen, und zwei davon habe ich schon absolviert.« Diese Tatsache wurde von ihrem Vater mit einem strafenden Blick quittiert. Es war der Blick, dem eigentlich ein Vortrag darüber folgte, dass sich jedes seiner Kinder, solange es die Füße unter seinen Tisch stellte, seinen Regeln zu beugen habe. Aber Johanna war vorbereitet.

»Ich wohne dann überwiegend in Hotels«, erklärte sie schulterzuckend. »Die wenigste Zeit werde ich hier sein.« Ihr Vater schüttelte abermals den Kopf und widmete sich sodann seinem Essen. Also aßen alle anderen auch schweigend weiter.

»Wenn man sich weniger sieht, kann man weniger streiten«, sagte Joachim Gruber fröhlich in die Runde und erntete wieder offene Münder. Doro und Johannas amüsierte Blicke trafen sich, beide dachten dasselbe: Lässiger Spruch! Und noch lässiger war, dass Joachim Gruber die Aussage ernst zu meinen schien. Es klang wirklich so, als wäre das für ihn ein gutes Beziehungsmodell. Was für ein Typ!

Frank grinste breit und voller Vorfreude, weil er wohl der Überzeugung war, Joachim Gruber hätte sich mit dem Spruch so richtig in die Nesseln gesetzt. Aber ohne aufzuschauen, sagte ihr Vater: »Wo er recht hat, hat er recht.«

Wieder warfen die Schwestern sich Blicke zu und hatten beide echte Schwierigkeiten, zu atmen, weil ihnen das Lachen im Hals steckte. Schnell konzentrierte Doro sich auf etwas anderes und beobachtete, wie Matthias neben ihr das Fleisch mit Salz und Pfeffer nachwürzte. Kurz überlegte sie, ob es eine Übersprungshandlung war wie ihr Brilleputzen, weil Matthias Disharmonie so schlecht ertragen konnte, aber dann fiel ihr auf, wie entspannt er wirkte. Seitdem sie ihm mittags das von Jochen gekochte Essen servierte, hatte er wohl einen verwöhnten Gaumen bekommen. Er glaubte tatsächlich, dass Doro diese köstlichen Gerichte fabrizierte, seitdem sie nicht mehr im Kindergarten arbeitete. Wenigsten kam bei diesen täglichen Transporten auch endlich mal die Tupperware zum Einsatz, die Doro angeblich auf der Party gekauft, in Wirklichkeit aber ihrer Mutter abgeluchst hatte. Schließlich musste Jochens Gekochtes gut erhalten in Doros Küche ankommen und dafür den Transport in ihrer Handtasche überstehen.

»Und, haben die deinen Antrag beim Bund jetzt bewilligt?«, fragte Gerhard plötzlich Georg. Der verschluckte sich fast an einem Stück Kartoffel, nachdem er sich nach Johannas Offenbarung bereits gemütlich zurückgelehnt und in Sicherheit gewogen hatte.

»Ja«, sagte er schnell. »Klar. War kein Problem mit der familiären Ausnahmesituation.«

»Gut«, kommentierte ihr Vater und nickte zufrieden. Damit schien das Thema beendet.

Doch Frank witterte eine Chance, Georg vorzuführen.

»Vati, die Ecke ist wirklich ein fetter Klotz am Bein«, begann er. »Ich sag's dir – wir verkaufen die olle Pinte besser!«

Sofort wetterte Georg dagegen: »Komm mal runter! Die Ecke läuft super!«

Jetzt lachte Frank etwas zu laut. »Da läuft gar nix. Ich war doch neulich dort«, erzählt er in die Runde. »Keine Menschenseele isst da mehr zu Mittag. Was Georg in dem Laden treibt, ist der reinste Bockmist. Er hat keine Ahnung von …«

Jetzt schlug ihr Vater mit der Faust auf den Tisch. »Hör auf. Wir haben das doch besprochen. Erst mal verkaufen wir nicht«, sagte er genervt. Dann bedachte er Georg mit einem strengen Blick: »Aber es muss jetzt auch mal Geld reinkommen, verstanden?!«

Ihr Bruder schluckte und nickte. Doro konnte nicht länger mit ansehen, wie er litt.

»Der Schnitzeltag kommt sehr gut bei den Gästen an«, sagte sie daher fröhlich. »Und wir planen noch einen Knödeltag.« Aller Augen richteten sich auf sie. Vor allem Matthias sah sie überrascht an. »Du hilfst in der Ecke?« Er ließ die Gabel sinken. Mist, da hatte sie sich jetzt ins eigene Fleisch geschnitten.

»Na ja, helfen würde ich nicht direkt sagen«, sprang Georg ein. »Sie besucht uns manchmal, wenn sie in der Nähe Einkäufe macht, und gibt dann ihren Senf dazu.« Er schaute jetzt extra genervt. »Im wahrsten Sinne des Wortes. Neulich hat sie doch tatsächlich vorgeschlagen, dass wir Senfeier auf die Speisekarte setzen.« Er lachte, als wäre es das Absurdeste, was er jemals gehört hätte. Und es funktionierte. Erst lachte Matthias, dann lachte Gerhard, dann lachte der ganze Tisch. Doro wusste gar nicht, was an Senfeiern so lustig oder falsch war, aber es ging in Ordnung, dass Georg ihr den Schwarzen

Peter zuschob. Wichtig war einzig und allein, dass nicht der Verdacht aufkam, sie würden gemeinsam etwas planen. Doch an Johannas Blick merkte Doro, dass ihre Schwester die Geschichte durchschaut hatte. Vielleicht hatte Jack ihr auch längst etwas erzählt. Jedenfalls wusste Doro bereits, dass Johanna am Samstagabend ihren Jungfernflug haben und deshalb nicht dabei sein würde.

Witzig, dachte sie, die Disko Bochum hat am selben Tag ihren »Jungfernflug«. Der Gedanke daran brachte sie durch den Rest des Essens, was aber auch nur noch weitere zehn Minuten andauerte, weil ihr Vater sich dann zum Schützenverein aufmachte. Sie selbst würde mit Matthias ihre Freitagabend-Routine praktizieren, die aus Biertrinken und *Derrick*-Schauen bestand. So langweilig – so entspannend. Die Ruhe vor dem Sturm, dachte Doro zufrieden. Es war gut, noch mal Kraft für den morgigen Abend zu sammeln. Matthias hatte sie erzählt, sie würde zu einer Muttergruppe gehen. Diese Veranstaltung hatte Doro eigens erfunden, und sie würde ab jetzt sehr regelmäßig stattfinden. So hatte sie schon mal ein zukünftiges Alibi, schließlich sollte die Disko Bochum eine wöchentliche Institution werden. Es waren immer wieder kleine Lügen, die Doro brauchte, um die große Lüge am Laufen zu halten. Deshalb zählten sie für sie nicht als wirkliche Lügen. Als regelmäßige *Derrick*-Schauerin wusste sie außerdem, dass die meisten Menschen nicht logen, um sich zu schützen, sondern, um andere zu schützen, und so war es ja im Prinzip auch bei ihr: Sie schützte Matthias vor einer Wahrheit, die ihm wehtun würde. Solange er glaubte, sie sei schwanger und nehme an einer Muttergruppe teil, ging es ihm gut. Und ihr ging es auch gut. Also warum nicht diesen Zustand, der sowieso irgendwann enden würde, noch etwas genießen?

Schließlich verabschiedeten sich alle. Und weil er ihr so sympathisch war, steckte Doro Joachim Gruber heimlich noch einen Flyer in die Manteltasche.

***

Und dann war es auch schon Samstagabend, kurz vor neun. Nur noch wenige Minuten, dann würde die Disko Bochum ihre Pforten öffnen. Zum Eingang kam man durch den Hinterhof von einer anderen Straße aus, sodass vor der Ecke kein Trubel herrschen würde. An die Tür der Kneipe hatte Georg ein Schild gehängt: *Aus privaten Gründen ab 20 Uhr geschlossen.* Tatsächlich waren bis vor einer halben Stunde noch drei Männer anwesend gewesen und hatten jeweils ein Herrengedeck getrunken, aber nachdem sie gehört hatten, dass Helmut nicht mehr Gastwirt der Ecke war, hatte sich ihre Lust zu verweilen in Grenzen gehalten. Georg konnte also pünktlich schließen.

»Leute, hört zu! Drei Dinge sind jetzt echt wichtig!« Jochen sah Doro und Georg ernst an, ein Blick, der im extremen Kontrast zu seinem lustig-bunten Glitzeranzug stand. »Erstens: Klopapier nachfüllen, wenn's alle ist. Zweitens: Mehr Drinks, wenn die Leute voll und die Gläser leer sind. Drittens: Immer das Gas abdrehen, wenn hier drinnen geraucht wird – sonst fliegt uns der Laden um die Ohren.« Doro und Georg nickten.

»Die Drinks sind eh mein Aufgabenbereich«, stellte Georg noch mal klar, und niemand widersprach ihm. Doro erklärte, dass sie sich um Gas und Klopapier kümmern würde. Jochen verabschiedete den ernsten Blick wieder aus seiner Mimik und lächelte zufrieden, während Georg die ersten drei Schnäpse in der Disko Bochum einschenkte. Und zwar für sie selbst. Es war ein feierlicher Moment. Doro schnappte sich ein Glas.

»Jungs, auf unsere Disko!«, sagte sie und wartete, bis die anderen sich auch ein Glas gegriffen hatten. Sie trug ihr neu gekauftes blaues Oberteil im Fledermaus-Stil, das silbern glitzerte, je nachdem, wie das Licht darauf fiel. Dazu falsche Wimpern und dunkler Lidschatten, und schon sah sie aus wie die modischen Frauen im Panoptikum.

»Und auf ordentlich viel Moneten«, fügte Georg hinzu und hob sein Glas. Die drei stießen an und verschlangen ihre Arme ineinander, bevor sie den Schnaps kippten. Danach machte sich sofort wieder Aufregung breit. Jochen testete ein letztes Mal die Lichtorgel, Georg positionierte ein paar Flaschen auf der Bar anders, Doro strich ihr Oberteil glatt. »O Gott, hoffentlich kommt überhaupt jemand.« Es war eine furchtbare Vorstellung für sie, dass all die Arbeit, die sie in die Hinterzimmer gesteckt hatten, umsonst gewesen sein könnte und niemand dieses abgefahrene Ambiente, das sie geschaffen hatten, zu Gesicht bekäme. Andererseits dauerte es ja oft, bis sich eine neue Institution etablierte und die Mund-zu-Mund-Propaganda funktionierte. Jack und ein paar Kumpels würden auf jeden Fall hier aufschlagen, das wusste Doro. Aber wen hatten die Flyer sonst erreicht?

»Ich schau mal, ob schon jemand kommt«, sagte Georg jetzt voller Tatkraft und wollte gerade Richtung Tür gehen, als Doro ihn aufhielt.

»Hey, Shirt aus!«, befahl sie, und er verdrehte die Augen.

»Scheiß-Panoptikum«, grinste er und tat dann, wie ihm geheißen. Zufrieden sah Doro ihn an. Dann entglitt ihr die Mimik.

»O nein«, sagte sie erschrocken. »Wir haben was Wichtiges vergessen!« Die beiden Jungs starrten sie verwirrt an.

»Was soll das denn sein?«, fragte Jochen.

»Wir haben doch an alles gedacht!«, meinte Georg.

»Na, so einen Türsteher, der die Leute reinlässt«, sagte Doro niedergeschlagen. »Beziehungsweise, nicht reinlässt«.

Georg musste lachen. »Also, auf so was Affiges kann ich gut verzichten.«

Auch Jochen nickte. »Komplette Personalverschwendung«, befand er.

»Aber eine echte Disko hat doch so einen …«, begann Doro und unterbrach sich dann selbst. Sie atmete tief durch. »Ihr habt recht. Wir machen unsere Disko so, wie wir wollen. Bei uns kann jeder feiern, der feiern will!« Sie lächelte zuversichtlich, und Jochen nahm diese weise Entscheidung zum Anlass, ihr wieder einen Kuss auf den Mund zu drücken.

»So sieht's aus«, sagte er, und Doro bemerkte, dass sie sich langsam an diese Kussattacken gewöhnte. So war er halt, der Jochen. »Los geht's!«, rief sie freudig und folgte Georg zur Tür. Als er sie aufschloss, trauten beide ihren Augen nicht. Eine Traube von Menschen hatte sich bereits vor dem Eingang gebildet und brach jetzt, wo die Tür sich öffnete, in Jubel aus. Die Leute drängten in den Raum und schienen sich sofort wohlzufühlen, was bei Doro schlagartig für Erleichterung sorgte. Sie entdeckte Jack, der bestimmt zehn

GIs mitgebracht hatte. Dann ein paar der Studenten, denen sie in der Uni persönlich Flyer in die Hand gedrückt hatte. Und last but not least, Tante Bertha.

Get up and boogie. Get up and boogie. Die Platte drehte sich, der Sound erfüllte den ganzen Raum. Die Leute tanzten und tranken und tanzten und tranken. Es war irre. Doro hätte nie damit gerechnet, dass die Stimmung so gut sein würde. Der Hinterraum fühlte sich nicht nur wie eine Disko an, er war eine Disko! Sie hatte das Gas abgestellt, sie hatte nach dem Klopapier gesehen, sie hatte Georg beim Ausschank geholfen. Jetzt wollte sie kurz auch mal Gast in ihrer eigenen Disko sein und mischte sich unter die Tanzenden. *Get up and boogie. Get up and boogie.* Es fühlte sich noch freier und noch magischer an als im Hangar oder im Panoptikum. Doro wusste nicht, ob es allen so ging oder sie einfach nur so voller Adrenalin war. Sie wollte dieses Gefühl, diesen Moment unbedingt festhalten, also schloss sie die Augen und wiegte sich im Takt. Gerade konnte sie sich nichts Schöneres vorstellen, als hier in der Menge zu Jochens Musik zu tanzen. *Boogie Boogie, that's right.* Doch als sie die Augen öffnete, erblickte sie ihn: Robert. Er stand am Rand der Tanzfläche und sah sie an. Kurz war Doro peinlich berührt. Wie lange stand er da schon? Es war ein unangenehmes und gleichzeitig aufregendes Gefühl, dass er sie beobachtete. Sie versuchte, sich nicht irritieren zu lassen, sich einfach weiterzubewegen, aber es war ihr unmöglich, so unbefangen zu tanzen wie zuvor. Außerdem freute sie sich viel zu sehr, ihn zu sehen, als dass sie ihn nicht sofort hätte begrüßen wollen.

Jetzt nur nicht stolpern, sagte sie sich, als sie zügig auf den Tisch mit der Bowle zuging, neben dem Robert stand. Sie spürte seinen Blick weiterhin auf sich ruhen, lächelte ihn an, aber versuchte dabei, lässig zu wirken. Dann nahm sie den großen Löffel aus der Bowle und schaufelte das grüne Gesöff, in dem Ananasstücke, Erdbeeren und Pfirsiche schwammen, in zwei Gläser. Robert sah erst das Getränk amüsiert an, dann Doro.

»Das kann man trinken?!«, fragte er skeptisch. Doro lachte etwas zu laut.

»Ja, das kann man trinken. Bowle, ich meine, was soll man auch sonst damit machen?!« Sie redete mal wieder viel zu schnell und viel zu wirr, also nahm sie einfach einen großen Schluck aus dem Glas. Es schmeckte nach Waldmeister und nach Wodka und nach zu viel Zucker. Robert stellte das Glas unberührt wieder ab.

»Hab schon gehört, ihr feiert jetzt im Hinterzimmer, damit der Oberguru mit der Flinte euch nicht findet.« Er musste laut und nah an ihrem Ohr sprechen, damit sie ihn verstand. Doro nickte grinsend.

»Haha, ja, das war mein Vater«, erklärte sie und formte mit den Fingern der rechten Hand eine Art Pistole, mit der sie Roberts Brust berührte. »Peng, peng«, kam es aus ihrem Mund, und schon in dem Moment war es ihr peinlich. Was, zur Hölle, machte sie da? Hatte sie ihn unbedingt anfassen wollen, oder was sollte der Quatsch? Sie musste sich echt mal zusammenreißen. »Wir sind eine ganz spezielle Familie«, sagte sie schnell, nahm ihre Hand zurück und trank ein paar weitere Schlucke Grünes. Robert grinste und sah ihr direkt in die Augen.

»Seh ich«, lautete sein Kommentar. Verlegen lächelnd biss Doro auf ein paar Ananasstücken herum und ärgerte sich, dass sie die Teile mitgetrunken hatte. Zu schnell schluckte sie sie runter und unterdrückte ein Würgen. Während sie hoffte, nicht wie ein Idiot auszusehen, fragte Robert:

»Hast du auch so viel Temperament wie dein Vater?«

Sprachlos sah Doro ihn an. Na, wenn das keine Vorlage war! Sie könnte ihm hier und jetzt zeigen, dass sie Temperament hatte, dass sie sich was traute. Tatsächlich schien er auf eine Aktion ihrerseits zu warten, denn er grinste herausfordernd und stand schon wieder viel zu dicht neben ihr. Er roch frisch, als ob er gerade aus der Dusche gekommen wäre. Sie merkte, wie es in ihrem Magen zog – oder waren das die Ananasstücke? Jedenfalls war die Gelegenheit, Robert zu küssen, plötzlich viel zu real. Alles, was sie tun müsste, war, leicht auf die Zehenspitzen zu gehen, sich vorzubeugen und ihre Lippen sanft auf seine zu legen. Sollte sie es wagen? Es könnte mutig und cool, aber auch peinlich sein. Tu es, Doro, dachte sie, mach's einfach! In ihrem Kopf zählte sie runter: 3, 2, 1 …

»Dorothee!« Eine weibliche Stimme erklang neben ihr. »Wie abgefahren! Ich gratuliere dir!« Es waren nur wenige Zentimeter Abstand gewesen, ihre Lippen hatten sich fast berührt. Jetzt aber war der Moment zerstört. Doro wandte sich von Robert ab und drehte peinlich berührt den Kopf zur Seite. Dort stand Gabriele, eine ehemalige Schulkameradin. Doro erkannte sie sofort. Sie hatte dieselben langen braunen Haare, dieselbe gebeugte Haltung, dieselbe überbordende Art wie früher.

»Danke, ich find's auch super«, sagte Doro. Komplimente für die Disko gingen ihr runter wie Öl.

»Ja, deine Mama hat's mir erzählt, als ich neulich in eurem Laden einkaufen war«, sprudelte Gabriele jetzt weiter. Sie war schon immer ein Quell der Mitteilsamkeit gewesen. Doro nickte erst höflich, dann stutzte sie. Moment, was? Ihre Mutter?

Jetzt wandte sich Gabriele an Robert. »Ist das der glückliche Vater, ja?!« Sie strahlte immer noch, während Robert Doro entgeistert ansah. Er war etwas überfordert, als Gabriele ihm die Hand hinhielt. »Herzlichen Glückwunsch! Ich gratuliere euch!« Ihr Blick war der einer Schwiegermutter, die sich ein bisschen zu sehr über einen künftigen Enkel freute. Robert nahm ihre Hand und schüttelte sie. Doro glaubte, auf seinem Gesicht ein Schmunzeln zu erkennen. Die Situation schien ihn zu amüsieren.

»Herzlichen Glückwunsch«, sagte er lächelnd zu Doro und dann: »Man sieht sich.« Den verwirrten Blick von Gabriele quittierte er mit den Worten »Spezielle Familie!« und ging einfach weg. Doro und Gabriele standen sich gegenüber und lächelten sich doof an. O Mann, dachte Doro nur, das war's dann wohl mit Robert. Jetzt glaubte er, sie wäre schwanger! Ja, Lügen hatten kurze Beine, das war bekannt, aber dass sie so kurz waren, hätte Doro nicht gedacht. Das war ihr Stoß ins Aus, dabei war sie doch so nah dran gewesen, Robert zu küssen. Am liebsten wäre sie im Boden versunken – aber diese Exit-Strategie war ja immer noch nicht erfunden worden. Sie seufzte. »Bowle?«, fragte sie Gabriele und hielt ihr den Becher hin, den Robert abgestellt hatte. Sie nahm dankend an und prostete ihr zu:

»Auf den Nachwuchs!«

Doro hob ihr Glas und nickte gezwungen lächelnd. Dann trank sie ihre Bowle in einem Zug aus, ohne die Ananasstücke, und verabschiedete sich schnell mit dem Vorwand, dass sie Georg hinter der Bar helfen müsse. Erst da fiel ihr ein, dass sie Gabriele hätte bitten sollen, ihre Schwangerschaft nicht weiterzutratschen, aber wenn ihre Mutter es sowieso allen Kunden erzählte, war es eh schon zu spät.

Up above my head
I hear music in the air.
That makes me know
there's a party somewhere.

Jochen hinter dem Plattenteller zelebrierte die Songs, die er auflegte, genauso exzessiv wie die tanzende Menge. Mit seinem halb offenen Hemd stand er da und schwang das Becken von rechts nach links, drehte sich, nickte mit dem Kopf. Von ihrem Platz hinter der Bar aus konnte Doro ihn gut sehen. Sie streckte die Arme in die Höhe und machte zwei Daumen hoch. Jochen winkte ihr fröhlich zu. Die Stimmung war großartig. Auch Georg hatte den ganzen Abend ein Lächeln auf dem Gesicht. Er war voller Energie und schob einen Drink nach dem anderen über den Tresen. Im schmeichelnden Licht wirkte sein nackter Oberkörper gar nicht mehr so schmächtig. *Burn, baby, burn, burn that mother down y'all. Burn, baby, burn, disco inferno.* Sogar Robert und Elli boten jetzt eine kleine Tanzeinlage, die mit Jubel begrüßt und begleitet wurde. Die Disko Bochum stand dem Panoptikum in nichts nach, fand Doro. Hier unten war es sogar intimer und verruchter als dort. Beim Blick auf die Tanzenden konnte sie gar nicht anders, als glücklich zu sein. Ja, ihr Leben war derzeit ein einziges Durcheinander. Aber trotzdem oder gerade wegen dieses Chaos hatten sie einen Ort erschaffen, an dem jeder so sein konnte, wie er war. Vereint durch die Musik, die Nacht und den Tanz. Die Disko Bochum. Ein Zufluchtsort, ein Kleinod, eine Oase. Das war etwas, was ihnen keiner mehr nehmen konnte, diesen Abend, diesen Ort. Für einen kurzen Moment verging ihr das Lächeln, weil sie glaubte, den Typen aus dem Panoptikum in der Menge zu sehen, A.K. oder wie der hieß, aber dann musste sie schmunzeln: Warum sollte der extra aus Dortmund hierher kommen? Sie warf einen Blick auf die Uhr. Es war fast halb zwölf. Wahnsinn, wie schnell die Zeit verging, wenn man Spaß hatte. Blöderweise war Matthias ein schlechter Schläfer oder, besser gesagt, er schlief nur richtig gut, wenn er sich an Doro kuscheln konnte, deshalb sollte sie lieber nicht allzu spät nach Hause kommen. Das Treffen einer Muttergruppe, das bis nach Mitternacht ging, wäre sehr ungewöhnlich. Ein bisschen fühlte Doro sich wie Aschenputtel, das vom Ball zurückgekehrt sein und das tolle Kleid abgegeben haben musste, bevor die Stiefschwestern und die Stiefmutter nach Hause kamen.

Ein neuer Song ertönte, und die Lichtorgel blinkte im Takt: *Everybody was kung fu fighting. Those cats were fast as lightning. In fact, it was a little bit frightening. But they fought with expert timing.* Das war der Song, den sie im Panoptikum gehört und den sie Jochen mit den Worten »Irgendwas mit Kung fu und Katzen« beschrieben hatte. Er war noch genauso gut, wie sie ihn in Erinnerung hatte. O Mann, sie konnte jetzt nicht gehen. Sie musste einfach tanzen. Den einen Song noch, sagte sie sich, nur diesen einen Song. Und dann stürmte sie auf die Tanzfläche – auch wenn das vielleicht hieß, dass sie eine gute Ausrede brauchen würde, warum die Muttergruppe so zeitintensiv war.

»Und dann habe ich einen Schlüpfer aus dem Rohr rausge-
zogen. Einen Schlüpfer!« Matthias lachte laut, während er
die letzten Reste aus seinem Frühstücksei löffelte. »Das Biest
hatte tatsächlich das Rohr zur Waschmaschine komplett ver-
stopft.« Er schüttelte fassungslos den Kopf, und Doro lachte
herzhaft. Schon immer hörte sie sich gerne an, was Matthias
beim Arbeiten so passierte. Sogar nach wenig Schlaf und erst
einer halben Tasse Kaffee.

»Und wie sah der Schlüpfer aus?« Sie wollte alles immer
ganz genau wissen.

»Dunkelblau. Und so glänzend.« Matthias schnitt ein
Brötchen auf, aß das Weiche aus der Mitte und begann
dann, beide Hälften mit Butter zu beschmieren.

»Klingt sexy. Nach Satin oder so.« Doro nahm einen großen Schluck Kaffee.

»Der ganze Wäschekeller hing voll solcher Unterwäsche«,
erklärte Matthias. »Und ich weiß immer noch nicht so genau, wie der Schlüpfer überhaupt von der Waschmaschine
aus in das Rohr gelangen konnte.« Er löffelte jetzt Erdbeermarmelade auf die Brötchenhälften. »Wenn du mich fragst,
dann hat sie das mit Absicht gemacht.« Jetzt verstrich Matthias die Marmelade so gleichmäßig auf dem Brötchen, als
zementierte er eine Mauer. Dann reichte er Doro die untere
Hälfte. Sie nahm sie und biss hinein. Wenn jemand anders
das Brötchen schmierte, schmeckte es einfach besser.

»Du meinst, sie hat den Schlüpfer ins Rohr gesteckt, damit sie einen Handwerker rufen konnte?«, fragte sie kauend. Die Geschichte wurde ja immer besser! Matthias zuckte mit den Schultern.

»Jedenfalls hat sie mir Avancen gemacht.«

»Echt? Wie denn?«

»›Ist schön, einen starken Mann im Haus zu haben‹, hat sie gesagt. Und sie war immer so ein bisschen zu nah an mir dran. Wenn du weißt, was ich meine.«

Doro nickte. Sie konnte an Matthias' leichter Gesichtsröte sehen, dass ihm das alles sehr unangenehm gewesen war. Dabei war es im Grunde doch schmeichelhaft, wenn eine Frau mit ihm flirtete. Auch wenn Doro merkte, dass Matthias eigentlich nicht weiter darüber reden wollte, fand sie das ein diskussionswürdiges Thema.

»Und wie hat sie dir gefallen?«

»Wer?«

»Na, die Frau.«

»Ich bin doch verheiratet, Schnübbelsken!«

Matthias sagte das so selbstverständlich, als hätte er wirklich keine Sekunde daran verschwendet, über die Attraktivität der Frau nachzudenken.

»Man kann ja trotzdem auch mal jemand anderen anziehend finden«, erklärte Doro jetzt und wartete auf Matthias' Reaktion. Er sah sie ernst an.

»Das ist unprofessionell«, entgegnete er. Doro schob sich den Rest des Erdbeermarmeladenbrötchens in den Mund und führte dann aus, dass sie ja nicht nur Kundinnen meinte, sondern halt überhaupt Frauen, auf der Straße, in der Kneipe, beim Bäcker. Aber Matthias schüttelte den Kopf.

»Für mich bist du die Einzige«, sagte er ohne Umschweife.

Doro schluckte. Matthias war einfach zu gut für diese Welt. Sie sah ihn jetzt fast mütterlich an.

»Es ist okay, wenn du auch andere Frauen attraktiv findest«, sagte sie lächelnd. Doch dieser Kommentar stieß bei ihm nicht gerade auf Gegenliebe. Er runzelte die Stirn.

»Ich finde aber keine anderen Frauen attraktiv. Findest du denn andere Männer attraktiv?« Er sah sie jetzt halb neugierig, halb ängstlich an. Doro überlegte kurz, diplomatisch vorzugehen, doch sie wollte nicht schon wieder lügen.

»Manchmal, ja«, sagte sie also und schenkte Kaffee nach, um ihm nicht in die Augen sehen zu müssen.

»Wen denn?«, wollte Matthias zu Doros Überraschung sofort wissen. Sie überlegte. Die Frage überforderte sie. Jetzt war doch Diplomatie gefragt.

»Ähm, na ja, zum Beispiel Terrence Hill oder Jean-Paul Belmondo.« Sie zuckte mit den Schultern, um ihre Worte bedeutungsloser wirken zu lassen.

»Ach so, Schauspieler«, sagte Matthias erleichtert und verzog das Gesicht. Der Kaffee war wohl noch etwas heiß. »Das sind ja keine echten Menschen.« Zufrieden pustete er in die Tasse. »Klar, Sophia Loren oder Romy Schneider, das sind natürlich alles attraktive Frauen«, erklärte er dann. Er lachte jetzt wieder zufrieden und aß einen Löffel Erdbeermarmelade direkt aus dem Glas. »Aber erzähl doch mal von deiner Muttergruppe!«

Doro pickte ein paar Krümel vom Tisch. Der Themenwechsel war nicht nur schade, sondern auch herausfordernd. Wäre das jetzt ein guter Moment, um die Wahrheit zu sagen? Dass es keine Muttergruppe und kein Baby gab? Dass sie Georg half, Partys hinter der Ecke zu veranstalten? Eigentlich war ihr Ultimatum ja abgelaufen. Oder sollte sie ihm ihre zurechtgelegte Geschichte von den Gesprächen über Geburtsvorgänge, Wickelmethoden und Stillkissen erzählen, die sie in der Bücherei recherchiert hatte?

Im Radio, das im Hintergrund dudelte, erklangen jetzt die ersten Töne eines Songs, der als neuester Hit aus den USA angekündigt wurde. Doro erinnerte sich, dieses Lied gestern in der Disko Bochum gehört zu haben. Das war doch vielleicht ein Zeichen, dass sie es Matthias sagen sollte, und zwar jetzt gleich. Oder? Gerade wollte sie ansetzen, als er sich erhob.

»Wir haben lange nicht mehr getanzt«, sagte er fröhlich und stellte das Radio lauter. »Darf ich bitten?« Als er Doro eine Hand hinhielt, starrte sie ihn überrascht an. Tanzen? Matthias? Damit hatte sie jetzt nicht gerechnet. Freudig legte sie ihre Hand in seine und ließ sich in den Stand ziehen. Sofort nahm er die klassische Tanzposition ein: Ihre rechte Hand in seiner linken und seine rechte Hand zwischen ihren Schulterblättern – schließlich hatte auch er in der Tanzschule Bobby Linden gelernt. Dann wiegte er sich zur Musik und drehte sich mit Doro dabei im Kreis. Das war zwar rhythmisch, aber dennoch stilistisch völlig unpassend zu dem peppigen Song. Doro musste an ihren Hochzeitstanz denken. Der war genau in dieser Art gewesen, nur, dass es sie nicht gestört hatte. Sie hatte Matthias gerne die Führung überlassen. Jetzt aber konnte sie es kaum ertragen, wie sie sich in den klassischen erlernten Schritten drehten. Es fühlte sich an, wie in alten, verstaubten Mustern zu verharren. Plötzlich bekam sie keine Luft mehr und blieb stehen. Verwirrt sah er sie an.

»Lass uns doch mal was Neues ausprobieren.« Aufmunternd lächelnd löste Doro ihre Hand aus seiner. »Jeder tanzt, wie er will.« Sie begann jetzt, sich so zur Musik zu bewegen, wie sie es mittlerweile tat, sei es im Hangar, im Panoptikum oder in der Disko Bochum: frei und intuitiv, sinnlich und rhythmisch im Wechsel. Dabei sah sie Matthias einladend an. Er schaute ihr kurz zu und versuchte dann tatsächlich, ihre Schritte zu imitieren. Hob abwechselnd die Arme in die Höhe, drehte einen Fuß zum anderen – und war völlig überfordert. Eigentlich hätte Doro Nachsicht haben müssen, denn zumindest versuchte er es, aber nach wenigen Sekunden gab er auch schon auf.

»Ich glaube, der Kaffee ist jetzt trinkbar«, sagte er schnell und setzte sich wieder an den Tisch. Doro bewegte sich weiter zu dem Song, aber Matthias' Blick verunsicherte sie, denn er war nicht wohlwollend, sondern eher kritisch.

»Woher hast du das denn? Aus dem Kindergarten?«, fragte er in ablehnendem Ton.

»So tanzt man zu solcher Musik«, erklärte Doro ihm und bewegte sich demonstrativ etwas wilder.

»Wo denn?«

»In Diskos.«

»Was soll das denn sein?«

»Das sind Tanzschuppen, aber mit Musik aus den USA.«

»Du schaust zu viel Fernsehen!«

»Was? Nein, im Pott gibt es mittlerweile auch Diskos. Sollen wir mal …«

»Alles, was aus Amiland kommt, macht unsere Traditionen zunichte. Das ist doch kein Tanzen, das ist Rumgehopse. Bestimmt nicht gut für unsere Blaubeere!«

Doro blieb stehen. Matthias klang plötzlich wieder wie ihr Vater. Sie wusste nicht, ob er seine Unfähigkeit zu tanzen kaschieren wollte oder ob das wirklich seine Meinung war. Sie musste an etwas denken, was Johanna mal gesagt hatte: *Es gibt zwei Sorten Menschen. Die, die Neues begrüßen und als Bereicherung sehen. Und die, denen Neues Angst macht und die es als Bedrohung ablehnen.* Sie selbst war auch immer der ängstlichere Typ gewesen, also konnte sie Matthias diese Haltung schlecht übel nehmen. Aber irgendetwas hatte sich verändert. *Sie* hatte sich verändert. Seitdem sie erfahren hatte, wie gut es sich anfühlte, lebendig und frei zu sein, schaffte sie es immer öfter, über ihren Schatten zu springen. Sie fragte sich, ob Matthias sich auch verändern könnte. Versuchte, sich ihn in der Disko Bochum vorzustellen, mit nacktem Oberkörper, in der Menge tanzend, aber es wollte kein richtiges Bild vor ihrem inneren Auge entstehen. Vielmehr konnte sie sich vorstellen, dass er das unstrukturierte Getanze albern finden und nicht verstehen würde, wie Leute an so etwas Spaß hätten.

Unterschätzte sie ihn, oder kannte sie ihn einfach zu gut? Vielleicht würde er ja Spaß an ihrem Spaß haben? Oder zumindest tolerieren, dass sie eine neue Leidenschaft hatte, die er ja nicht unbedingt teilen musste? Wenn Matthias plötzlich das Angeln für sich entdecken und dreimal die Woche an einem See hocken würde, dann hätte Doro sicher keine Lust, ihn zu begleiten, würde sich aber über seine Freude am Angeln freuen und ihn darin unterstützen. Oder war das ein schlechter Vergleich? Während sie noch vor sich hin sinnierte, begann Matthias jetzt, die Sonntagszeitung durchzublättern. Auch ein wöchentliches Ritual, genauso wie der

Spaziergang, den sie nachmittags machen würden. Entweder im Kalwes in Querenburg oder im südlichen Weitmarer Holz, zwei schöne Mischwälder mit zahlreichen Spazierwegen, die Doro alle in- und auswendig kannte. Denn schon in ihrer Kindheit war der Ausflug ins Grüne mit der Familie ein fester Bestandteil der Woche gewesen, und so waren die Krämers sonntags stundenlang durch den Wald getrottet. Wenn alle Geschwister dabei gewesen waren, hatte das meist großen Spaß gemacht, weil sie dann Räuber und Gendarm gespielt hatten oder wilde Tiere oder Waldelfen gewesen waren und heruntergefallene Äste sowie Stapel von Baumstämmen die nötigen Utensilien für alle Szenarien geliefert hatten.

Wälder verlieren nie ihre Faszination, dachte Doro, genauso wie Berge und das Meer. Und sie war gerne in der Natur. Dennoch kam ihr dieser sonntägliche Spaziergang mit einem Mal unglaublich öde vor. Vielleicht könnten sie ihn langsam abschaffen als Routine, so, wie sie es bereits mit dem Kirchengang am Sonntagvormittag getan hatten? Mit einem Mal war sie sehr erschöpft. Das Adrenalin schien verbraucht, und der Alltag entfaltete seine zermürbende Wirkung. Die Müdigkeit holte sie ein, denn vor lauter Glücksgefühlen hatte sie die halbe Nacht wach gelegen.

»Kannst du bisschen leiser machen?« Matthias' Frage weckte Doro aus ihren Gedanken. Sie drehte das Radio leiser. »Da hat sich schon wieder ein Student aus dem Wohnheim gestürzt«, berichtete Matthias, ohne von der Zeitung aufzuschauen. »Das ist bereits der dritte dieses Jahr. Was ist da los an der Ruhr-Uni?« Kopfschüttelnd blätterte er weiter, während Doro seufzte.

»Gibt es auch gute Nachrichten?«, wollte sie wissen. Es gab nämlich einen Grund, warum sie keine Zeitung las: Die Welt schien ihr danach immer gefährlich und traurig und hoffnungslos.

»In Bonn macht ein Zirkus auf«, las Matthias vor. »Roncalli heißt der.« Doro setzte sich wieder an den Tisch.

»Sollen wir da mal hingehen?«

Matthias zuckte mit den Schultern. »Weiß nicht. Willst du?«

Doro zuckte ebenfalls mit den Schultern. »Keine Ahnung.« Beide sahen sich an und mussten lachen. Was für ein sinnloses Gespräch! Da klingelte das Telefon. Vermutlich ein sanitärer Notfall, Sonntagvormittage waren der Klassiker dafür. Matthias seufzte, stand auf und ging zum Telefon. Doro fiel es schwer, ihre Freude zu verbergen. Die Noteinsätze dauerten häufig mindestens zwei Stunden, und den Schlaf konnte sie bestens gebrauchen. Sie freute sich schon auf das weiche Sofa. Danach könnte sie sich sogar den Spaziergang vorstellen, der wegen der knapperen Zeit im nahe gelegenen Stadtpark stattfinden würde, wo Doro es mittlerweile viel spannender fand als im Wald, denn dort gab es einen kleinen See, eine Bude mit Getränken und den Bismarckturm, den man am Wochenende begehen und aus dreiunddreißig Metern Höhe über die Stadt blicken konnte. Wer weiß, vielleicht würde das also doch noch ein Sonntag nach ihrem Geschmack werden!

***

Auch der Montag steckte voller Potenzial, ein guter Tag zu werden. Denn heute würden Doro und Georg ihrem Vater die Einnahmen der Ecke präsentieren. Da die Geschwister nicht in den laufenden Betrieb platzen wollten, waren sie früh aufgestanden, um kurz vor acht Uhr im Feinkostladen aufzuschlagen. Und zwar mit einem gut durchdachten Plan in der Tasche: Sowohl der eingeführte Schnitzeltag als auch der neue Knödeltag sowie eine private Geburtstagsfeier seien verantwortlich für den Batzen Kohle, den sie ihrem Vater übergeben würden. Wenn ihn die Geschichte nicht überzeugen würde, dann würde das Geld es tun, da waren sich beide sicher. Sie freuten sich wie Fünfjährige, die zum ersten Mal selbst einen Geburtstagskuchen gebacken hatten, auf den anerkennenden Blick ihres Vaters, seine Freude, seinen Stolz.

»Hier, die Einnahmen aus der Ecke, Vater.« Georg kramte den dicken Umschlag aus seiner Tasche und reichte ihn über die Theke des Feinkostladens. »Läuft richtig gut«, erklärte Doro, die sich feierlich neben ihren Bruder gestellt hatte.

Unter den erwartungsvollen Blicken seiner Kinder öffnete ihr Vater nun den Umschlag und sah hinein. Das war der Moment, an dem er zufrieden und anerkennend hätte lächeln sollen. Doch sie hatten nicht mit Frank gerechnet. Frank, der einen Triumph von Georg nicht ertragen konnte. Frank, der immer die Nadel im Heuhaufen fand. Die Nadel in Form des Flyers. Demonstrativ trat er neben ihren Vater.

»Denkt ihr, wir sind bescheuert, oder was?!« Schadenfroh lächelnd hielt er ein paar Flyer für die Disko Bochum hoch. »War nicht gerade schlau von euch, die Dinger in der ganzen Stadt zu verteilen.« Jetzt lachte er extra laut und schlug sich mit den Flyern gegen die Stirn. Es bereitete ihm sichtlich Freude, ihnen den Auftritt zu vermasseln, und er kostete den Moment voll aus. Doro spürte, wie Georg neben ihr sich verspannte. Auch sie schwankte zwischen Wut und Verzweiflung. Das konnte doch nicht wahr sein! Gerhards Augen funkelten böse, er atmete hörbar. Untrügliche Vorzeichen eines sich anbahnenden Donnerwetters.

»Immer diese Lügen!«, schrie er jetzt und knallte die geballte Faust auf die Theke. »Damit ist ein für alle Mal Schluss!« Doro spürte, wie sich Tränen in ihren Augen sammelten. Warum wurde ihr immer alles weggenommen, was ihr Freude bereitete? Dieses Gefühl der Hilflosigkeit war wieder da, das sie auch im Auto gehabt hatte, bevor sie das Lenkrad rumgerissen hatte. Bleib ruhig, sagte sie sich, tief ein- und ausatmen. Sie durfte nicht wieder etwas Unüberlegtes tun! Aber warum sprach das Geld nicht für sich? Warum heiligte der Zweck nicht die Mittel? Und warum hatten diese beiden Pappkameraden die Macht, ihnen ihre Disko wegzunehmen? Sie hatten doch gerade erst aufgemacht, sie hatte noch so viele Ideen – und jetzt sollte das alles schon wieder vorbei sein?

»Ich sagte, keine Halligalli-Feten mehr! Die Ecke ist keine Nuttenbude für unsere exotischen Besatzer!« Gerhards Gesicht war rot angelaufen. »Disko Bochum – was glaubt ihr eigentlich, wer ihr seid?!« Er nahm Frank so viele Flyer aus der Hand, wie er greifen konnte, und zerknüllte sie mit beiden Händen. Dann warf er sie wütend neben Georg auf den Boden. Grinsend ließ Frank die restlichen Flyer ebenfalls hinabsegeln. Doro und Georg sahen sich hilflos an. Jetzt konnte ihnen nur noch ein Wunder helfen. Aber wo waren Wunder, wenn man sie brauchte?

»Nix da, Schluss«, ertönte jetzt eine Stimme. »Wir machen weiter.« Alle drehten sich abrupt zur Ladentür. Und staunten nicht schlecht. Dort hatte sich Bertha aufgebaut. Keiner wusste, wie lange sie da schon stand, denn niemand hatte die Ladenglocke gehört. »Die Disko Bochum bleibt«, sagte sie entschlossen in die verwirrt starrenden Krämer-Gesichter. Gerhard reagierte als Erster.

»Was mischst du dich denn da ein?« Er war sichtlich genervt. Im Gegensatz zu Doros Mutter war er mit seiner Schwägerin nie richtig warm geworden und dachte wohl, mit dem Tod seines Bruders sei er sie losgeworden. Schließlich hatte sie einiges geerbt und sollte sich damit zufriedengeben, wie Doro aus den Gesprächen ihrer Eltern aufgeschnappt hatte. Und wie immer versuchte ihr Vater, Bertha schnell abzubügeln, und pflaumte sie in seinem verachtenden Ton an, der gewöhnlich abschreckend funktionierte. Doch diesmal schien ihre Tante entschlossen, sich nicht den Mund verbieten zu lassen. Mit erhobenem Kopf und festen Schritten ging sie durch den Raum. Doro fiel auf, dass sie völlig neu eingekleidet war, in einem schicken orangefarbenen Hosenanzug, einer bunt gemusterten Bluse und mit hochhackigen Stiefeln. Außerdem trug sie silberfarbenen Lidschatten und durchsichtigen, glänzenden Lippenstift. Diese Typveränderung schien auch Gerhard nicht zu entgehen.

»Wie siehst du denn überhaupt aus?« Er lachte verächtlich und wechselte mit Frank einen spöttischen Blick. Es war klar, dass er keine Lust hatte, sich mit Bertha auseinanderzusetzen. Sie war ihm unangenehm und peinlich.

»Ich bin Teilhaberin.« Ihre Tante stand jetzt direkt vor der Theke, neben Doro und Georg, die intuitiv einen Schritt zur Seite gemacht hatten, um ihr den Raum zu geben, den sie benötigte. »Einundfünfzig Prozent der Ecke gehören mir – das weißt du ganz genau.« Herausfordernd sah sie ihren Schwanger an. Und Doro erinnerte sich: Das stimmte, so war die Aufteilung des Erbes gewesen, Ehefrau vor Bruder. Ihr Vater hatte sich ziemlich darüber geärgert, dass er nur neunundvierzig Prozent der Ecke bekommen hatte, aber so war das Gesetz, und Helmut hatte kein Testament verfasst. »Testamente sind ein schlechtes Omen«, hatte er zu Lebzeiten gerne gesagt.

Doro hätte Tante Bertha gerade am liebsten umarmt. Dass sie auf ihrer Seite stand, war ein Geschenk des Himmels. Auch Georgs Miene entspannte sich langsam, da er begriff, dass Berthas Wort vor dem Wort seines Vaters galt.

»Wir werden weitertanzen«, wiederholte Bertha dann noch mal in die versteinerten Mienen ihres Schwagers und ihres ältesten Neffen hinein. »Und jetzt gehe ich einkaufen. Und zwar im neuen Allkauf um die Ecke.« Sie lächelte in die Runde, und Doro formte ein stummes »Danke« mit dem Mund. »Wir sehen uns, Kinners!« Damit warf sie ihr und Georg einen Luftkuss zu und verließ dann den Laden, begleitet vom lauten Scheppern der Ladenglocke, jetzt für alle hörbar. Danach war nur noch das Ticken der Wanduhr und das leise Dudeln des Radios zu hören. Doro und Georg wechselten bedeutsame Blicke. Ihr Vater und Frank starrten vor sich hin. Man sah dem ältesten Bruder an, wie es in ihm ratterte, wie er in seinem Kopf nach einer Möglichkeit suchte, die Schmach irgendwie abzumildern. Irgendeinen Spruch würde es doch geben, mit dem er den Geschwistern noch mal eins reinwürgen konnte! Aber es kam nichts. Ihr

Vater dagegen wandte sich einfach ab und öffnete mit ein paar Griffen die Kasse. Dann sortierte er das Geld aus dem Umschlag ein. Kein Danke, nichts, auch kein Blick mehr in Doros und Georgs Richtung.

»Der Allkauf, dass ich nicht lache! Der wird's nicht lange machen.« Frank war wohl doch noch was eingefallen. »Wer will schon in so 'nem Riesen-Supermarkt mit Billigprodukten einkaufen?« Damit begann er die Gurkengläser im Regal so zu drehen, dass das Etikett zu sehen war.

Doro und Georg standen jetzt nutzlos im Laden herum, wie bestellt und nicht abgeholt. Gut, dass ihre Mutter gerade nicht anwesend war. Streits und Uneinigkeiten in diesem Maße nahmen sie immer viel zu sehr mit, weil sie sich verantwortlich für die Stimmung aller fühlte. Also lieber schnell raus hier, bevor noch ein Gegenwunder geschah!

»Gut, dann schönen Tag noch«, sagte Doro trocken und griff Georg am Arm. Der schien immer noch auf einen Funken Anerkennung für das abgelieferte Geld zu warten. Aber Doro wusste, dass der Stolz ihres Vaters das nicht zulassen würde. Wortlos schob sie ihn durch die Ladentür. Während sie die Straße hinunterliefen, sagte niemand ein Wort. Erst, als sie außer Sichtweite waren, traute sich Georg, das Wort zu ergreifen.

»Boah, Frank ist ja wohl das allerletzte Arschloch!«

»Wem sagst du das?!«

»Ich könnte den echt links und rechts …«

»Und von hinten und von vorne …«

Trotz ihrer Wut auf Frank mussten die beiden lachen, denn die Situation gerade war viel zu absurd gewesen. Dass ihr Bruder alles zerstören musste, was ihnen heilig war, war nichts Neues, aber es nahm neue Dimensionen an. Während es sich früher um Bauklotztürme und Puppenhäuser gehandelt hatte, schienen es heutzutage ihre Existenzen zu sein. Und dennoch hatten sie ihren Triumph bekommen. Was für ein Glück! Doro schüttelte den Kopf.

»Ich kann immer noch nicht glauben, dass Tante Bertha uns den Arsch gerettet hat.«

»Was für ein Auftritt!«

»Sie ist die Beste.«

»Die Allerbeste.«

Eigentlich wollten sie die Neuigkeiten sofort Jochen erzählen, aber dann fiel Georg ein, dass er noch seinen Schlüsselbund, den er morgens beim hektischen Aufbruch vergessen hatte einzustecken, aus der Kommune holen musste. Typisch Georg, dachte Doro. Früher hatte ihre Mutter bei solchen Vorfällen immer »Wenn der Kopf nicht angewachsen wäre, würdest du den auch noch vergessen« gesagt. Allerdings musste Doro zugeben, dass ihr das genauso hätte passieren können. Was Schusseligkeit anging, waren sie und ihr Bruder sich ziemlich ähnlich. Wahrscheinlich war es ihrer Mutter bei Georg nur mehr aufgefallen, während sie immer den Nesthäkchen-Bonus gehabt hatte. Jedenfalls war Doro noch nie in einer Kommune gewesen, und das Bild, das sich ihr bot, ließ sie aus dem Staunen gar nicht mehr herauskommen. Die Kommune, in der Georg seit der Übernahme der Ecke wohnte, befand sich in einer leer stehenden Klavierfabrik und zog sich über mehrere Stockwerke.

So etwas wie abgetrennte Räume gab es nicht, höchstens thematische Bereiche, ansonsten handelte es sich einfach um

166

eine große offene Wohnetage. Hier kam alles zusammen, was den Weg in die Kommune gefunden hatte, und damit waren nicht nur Menschen gemeint, sondern auch Gegenstände, Pflanzen und Lebensmittel. Alles war überall, und alles gehörte jedem beziehungsweise keinem. Neben einer Oase aus großblättrigen Zimmerpflanzen erstreckte sich ein Matratzenlager, auf dem gegessen, gespielt, geschlafen und gevögelt wurde. »Manchmal auch alles gleichzeitig«, fügte Georg hinzu, als er Doro durch den Raum führte. Umrandet wurde das Ganze von etlichen Hängematten und Sofas.

Das Matratzenlager mündete in eine offene Küche, die erstaunlich ordentlich war. »Jeder muss sein Geschirr sofort abwaschen«, erklärte Georg auf Doros verwunderten Blick hin und nahm zwei Tassen aus dem Schrank, die er mit dem Kaffee füllte, den er auf der Herdplatte zubereitet hatte. Sein und Alex' Bereich hatte nicht mal einen Boden, sondern nur ein Gitter, über das sie einen Teppich gelegt hatten. Dafür gab es aber einen Vorhang. Türen waren generell nicht erlaubt. Doro fragte sich, wie Georg es hier aushielt, während sie ihm zusah, wie er jeweils etwas Milch in die Tassen kippte. Dann trank er einen großen Schluck aus der Tüte. Von den zwei Mitbewohnern, die am Tisch Schach spielten, sah einer auf. Georg fühlte sich sofort ertappt.

»Milch ist doch Allgemeingut, oder?!«, vergewisserte er sich. »Sorry, ich blick da manchmal noch nicht ganz durch.« Der Schachspieler nickte nur und schaute wieder aufs Brett. Doro und Georg sahen sich an und unterdrückten ein Lachen. Dann stießen sie mit den Kaffeetassen an.

»Auf unsere offizielle Disko Bochum«, sagte Doro feierlich.

»Auf Bertha«, fügte Georg hinzu. Zufrieden mit sich und der Welt, tranken sie ihren Kaffee, während aus dem Stockwerk unter ihnen das unregelmäßige Klacken eines Tischtennisballs zu hören war. Irgendwo daddelte jemand »Let it be« auf der Gitarre und sang dazu. Gerade wollte Doro ansetzen, Georg von ihrer Idee für den nächsten Disko-Abend zu erzählen, als Alex, die schwangere Schulfreundin ihres Bruders, die Treppe hochgestapft kam. Es erstaunte Doro immer wieder, wie sehr Alex ihre kindlichen Züge bewahrt hatte, die großen hellblauen Augen, die kleine Stupsnase, den breiten Mund, umrundet von ihrer wallenden strohblonden Lockenpracht. Es lag sicher daran, dass sie sich nie schminkte und keinerlei Schmuck trug – sie sah einfach aus, wie sie aussah. Ihr waren andere Dinge wichtiger, zum Beispiel ihr Studium, weshalb Doro auch nicht verstand, wie sie ungewollt hatte schwanger werden können.

Als Alex die Krämer-Geschwister sah, winkte sie ihnen auf dem Weg in die Küche freudig zu. Oder sollte man besser sagen, in den Bereich, der Küchenutensilien enthielt? Doro wurde nicht ganz warm mit dem Hippie-Konzept, aber es amüsiert sie. Und es erinnerte sie ein bisschen wehmütig an den Kindergarten, wo ja auch alles in einem Raum stattfand: verschiedene Altersstufen, unterschiedliche Spielbereiche und ein Mittagsschlaf-Matratzenlager. Auch dort gehörte allen alles und somit niemandem irgendetwas.

Alex begrüßte Doro mit einem Händeschütteln und Georg mit einer Umarmung. Unter ihren weiten Klamotten konnte Doro den Babybauch nur vermuten, denn er war nicht offensichtlich, obwohl es laut Georg nur noch sechs Wochen bis zur Entbindung waren. Das konnte natürlich auch an Alex' allgemein sehr weiblichen Formen liegen. Sie war schon immer etwas fülliger gewesen. Gemeinsam mit ihrer Mutter hatte Alex früher in der Nachbarschaft der Krämers gewohnt, und beim Spielen auf der Straße hatten Georg und sie ihre Gemeinsamkeiten entdeckt. Vielleicht waren beide auch gleichermaßen einsam gewesen, zumindest aber hatte sich eine enge und andauernde Freundschaft zwischen ihnen entwickelt.

Damals war es ein offenes Geheimnis gewesen, dass Alex' Mutter dem Alkohol sehr zugeneigt war und ihre Wohnung kaum verließ. »Mama ist wieder traurig«, war tatsächlich ein Satz, den Alex häufig gesagt hatte, wenn sie bei den Krämers eine warme Mahlzeit mitaß. Oder auch zwei, denn Barbara tat das Mädchen, das offensichtlich eine depressive Mutter hatte, für die es den Haushalt schmeißen musste, so leid, dass sie Alex gerne mit allen möglichen Leckereien vollstopfte. Das war überhaupt die Art und Weise, wie die meisten Leute Alex halfen oder ihre Zuneigung zeigten: mit Essen. Und da häufige Nahrungsaufnahme auch Alex' Kompensationsmethode war, hatte sie einiges an »Kummerspeck« angesetzt, wie ihre Mutter es liebevoll nannte. Soweit Doro sich erinnerte, war Alex schon immer die Denkerin gewesen, die Kämpferin, die den schmächtigen Georg verteidigte, statt umgekehrt. Jetzt war es wohl mal er, der für sie sorgen und zahlen wollte. Klang doch fair. So zumindest erklärte Doro sich das Zusammenwohnen in der Kommune. Sie beobachtete, wie Alex Georg den Kaffee aus der Hand nahm und sich einen großen Schluck einverleibte.

»Mmmh, lecker«, sagte sie und lächelte breit. Zufrieden gab sie ihm die Tasse zurück. Doro musste schmunzeln. Die beiden waren wie ein altes Ehepaar. Aber kein grummeliges, meckerndes, sondern ein zugewandtes, interessiertes. War das noch Freundschaft oder schon Liebe? Oder war es seit jeher Liebe, nur in einer freundschaftlichen Form? Während Doro über den Beziehungsstatus ihres Bruders sinnierte, deutete Alex auf den langhaarigen Mann, der mit ihr die Treppe hochgekommen war. Er sah ein bisschen so aus wie ein Höhlenmensch aus der Steinzeit, zumindest was seinen wilden Haarwuchs auf Kopf und Kinn und seine labberige Kleidung betraf. Zudem war er drahtig und muskulös und hatte ledrige Haut, ein Indiz, dass er sich viel draußen aufhielt. An seinem Jackenkragen befanden sich Buttons mit Sprüchen wie *Atomkraft – nein danke* und *Make love – not war.*

»Das ist übrigens Manni«, erklärte Alex und sah Georg bedeutungsvoll an, während der es über sich ergehen ließ, dass Manni seinen Kopf griff und ihm einen Kuss auf die Stirn gab.

»Endlich treff ich mal den berühmt-berüchtigten Georg aus der Wehrsportgruppe«, sagte er lachend. »Hab schon viel von dir gehört.« Doro sah ihrem Bruder an, dass der im Gegenzug noch nie von Manni gehört hatte. »Danke, dass du dich um mein Mädchen kümmerst.« Jetzt legte Manni Alex liebevoll den Arm um die Mitte. »Hatte ewig in Frankfurt zu tun. Demos organisieren, Häuser besetzen, Aktionen planen. Ihr wisst ja: Wer kämpft, kann verlieren, aber wer nicht kämpft, hat schon verloren.« Er lachte einnehmend. »Aber jetzt bin ich endlich auch mal wieder hier in Bochum.« Er nahm Georg die Tasse aus der Hand, um ebenfalls einen Schluck Kaffee zu trinken. Kommunismus halt, dachte Doro, obwohl sie von Politik wirklich wenig Ahnung hatte. »Mensch, der ist aber nur was für schwache Gemüter«, kommentierte Manni den Kaffee. »Ich mach noch mal was mit Bums.« Damit begann er am Herd herumzuhantieren.

Bei Georg schienen sich unterdessen ein paar Synapsen sortiert zu haben. »Ach, du bist der Vater!«, begriff er jetzt. Manni lachte.

»Ich und Alex' Vater? Schnallst du ab? So alt bin ich nun auch nicht!« Während Manni Kaffeepulver in die kleine Espressomaschine löffelte, sah Georg Alex fragend an. Die wich seinem Blick aus und starrte auf den Boden. Doro verstand: Manni wusste noch gar nichts von der Schwangerschaft. Das war ja verrückt!

»Du, Manni«, begann Alex jetzt gezwungenermaßen, weil ihr wohl klar war, dass der richtige Zeitpunkt für diese Info sowieso schon verpasst war. »Ich bin schwanger.«

Doro hielt die Luft an – und sie merkte, dass sie nicht die Einzige war. Sogar die beiden Schach spielenden Mitbewohner sahen jetzt von ihrem Brett auf. Nur Manni wirkte weiterhin unbedarft.

»Ja, aber nicht von mir«, lachte er – aber da keiner mitlachte, drehte er sich schließlich um. »Oder?!« Und sah in betretene Gesichter. Alle blickten auf den Boden, nur Doro musterte ihn genau. Manni schüttelte ungläubig den Kopf, während sein Blick von skeptisch zu zweifelnd wechselte, dann von verneinend zu ablehnend, schließlich von ängstlich zu panisch. Doro hatte noch nie eine Metamorphose aus so vielen Gefühlsausdrücken in derart kurzer Zeit gesehen. Jetzt glaubte sie, ausschließlich Schock in seinen dunklen Augen zu erkennen, doch plötzlich entspannte sich sein Blick, und Manni lächelte. Sein ganzes Gesicht begann immer mehr zu strahlen.

»Das ist ja großartig! Ein Kind!«, jubelte er. »Ein Wesen der zukünftigen Gesellschaft!« Er vollführte eine Art Freudentanz durch die Küche und rief dabei immer wieder: »Ich werde Vater! Ich werde Vater!« Es war schwer, sich nicht mit ihm zu freuen, obwohl die Situation an sich ziemlich unangenehm war.

Doro schaute zu Georg. Er lächelte, weil alle lächelten, aber es war nur sein Mund, der sich verzog, in seinen Augen zeichneten sich Enttäuschung und Traurigkeit ab. Am liebsten hätte sie ihn in den Arm genommen, aber das würde er sicher nicht wollen. Also warf sie ihm einen warmen Blick zu und hoffte, er verstand, dass sie verstand, und fühlte sich nicht ganz so allein. Hinter ihnen auf dem Herd dampfte der Kaffee, aber der schien vergessen, denn Manni gab jetzt Alex einen Kuss auf die Wange und sah sie freudestrahlend an.

»Was hältst du von Rudi? Zu Ehren von Dutschke!«

Alex' Gesichtsausdruck verriet, dass die Namensdiskussion für sie etwas plötzlich kam. Mehr als ein »Hmm« entlockte dieser Vorschlag ihr nicht, und mehr Zeit, etwas dazu zu sagen, gab Manni ihr auch nicht. »Oder besser Ché?«, überlegte er laut. »Halt, jetzt hab ich's. Rudi Ché! Das isses! Oder, Leute?!« Er warf einen erwartungsvollen Blick in die Runde und erntete ein kollektives Lachen. Dann umarmte er Alex innig und knutschte sie ab. Für sie schien das sowohl schmeichelhaft als auch unangenehm zu sein.

Doro sah wieder zu Georg. Der hatte den Blick abgewandt und trat nervös von einem Fuß auf den anderen.

Zeit, hier zu verschwinden! Mit dem Erscheinen des Kindsvaters hatten wohl weder Georg noch Alex gerechnet, und die Show der glücklichen Eltern musste ihr Bruder sich wirklich nicht länger geben. Von wegen nur Freundschaft – das konnte ihr Georg nun wirklich nicht mehr weismachen!

Doro fragte sich, ob ihr Bruder sich seine Gefühle nicht eingestehen wollte oder es ihm zu heikel schien, die Freundschaft zu Alex aufs Spiel zu setzen. So oder so war es eine komplizierte Situation. Sie seufzte. Da sie ihren Bruder nicht weiter leiden sehen konnte, zog sie ihn zum zweiten Mal an diesem Tag am Ärmel. Mit den Worten »Die Arbeit ruft« verließen sie den Küchenbereich. Nachdem Georg die Schlüssel geholt hatte, liefen sie die Treppe hinunter und hörten nur noch, wie einer der Mitbewohner am Tisch »Schachmatt« sagte.

Ja, dachte Doro, so musste es sich für ihren Bruder gerade anfühlen.

»So, Boys and Girls, zeigt uns eure kunstvoll bemalten Ober-körper. Wer gewinnt, trinkt heute Nacht umsonst. Also, macht euch frei und freier!« Jochen legte das Mikro zur Seite und ließ den Tonarm auf die Platte sinken. Sofort erfüllte ein groovy Sound den Raum, und die Leute begannen wie-der, sich im Rhythmus zu bewegen. *I'm hooked on a feeling. I'm high on believing. That you're in love with me.*

Die Eröffnung der Disko Bochum war jetzt zwei Wochen her, und für diesen Samstagabend hatte sich Doro etwas ganz Besonderes ausgedacht. Etwas, was sie schon immer mal hatte machen wollen: eine Schwarzlichtparty. Einen Raum voller halb nackter bemalter Körper, die bunt leuch-teten, hatte sie sich sehr sexy und auch lustig vorgestellt.

»Aber mehr als hundert Mark können wir nicht investie-ren«, hatte Georgs skeptischer Einwand gelautet, und Doro hatte ihm erklärt, dass solche Mottopartys die Besonderheit ihrer Disko ausmachen und die Einnahmen extrem erhö-hen würden. Dann hatte sie mehrere UV-Röhren und etli-che Fingerfarben besorgt – und recht behalten. Es war ein großes Spektakel. Unter den strahlenden UV-Röhren waren es nur die leuchtenden Farben auf nackter Haut, die Licht spendeten und reflektierten. Die sonstige Dunkelheit hatte etwas Geheimnisvolles. Doro spürte wieder die aufgeladene Stimmung und war begeistert: Genauso hatte sie sich das vorgestellt. Es faszinierte sie, wie man mit Licht und Mu-

sik und Dekoration aus einem sterilen Raum einen Tanz-
tempel mit erotischer Atmosphäre erschaffen konnte. Die
meisten Leute hatten sich gegenseitig mit kleinen Mustern
bemalt, Herzen auf Wangen, Sterne auf Oberarmen, Krin-
gel um den Bauchnabel herum, aber einige hatten sich richtig Mühe gegeben, den Oberkörper zur Leinwand gemacht
und halbe Kunstwerke gezaubert. Das hatte Doro dazu ani-
miert, spontan einen Wettbewerb auszurufen, bei dem es
galt, seinen bemalten Körper tanzend zu präsentieren. Sie
selbst hatte Augen auf ihre Handflächen gemalt, ihre Lippen
waren gelb, am Hals liefen blaue und orangefarbene Striche
hinunter bis in ihr Dekolleté hinein, auf ihren Bauch hatte
sie groß Disko Bochum geschrieben. Abwechselnd half sie
jetzt Georg hinter der Theke, dann machte sie für eine Viertelstunde den Einlass, um danach die Tür wieder eine Weile
zu schließen und wieder hinter die Theke zu huschen. So
mussten die Leute zwar immer etwas warten, bis sie einge-
lassen wurden, aber diese Zeitspanne ließ sich verschmerzen.
Tatsächlich sollten sie sich Gedanken über weiteres Personal
machen, dachte Doro, als ihr Kassenkästchen überquoll vor
lauter Fünf-DM-Stücken wie der Jackpot eines Spielauto-
maten. Gerade so konnte sie es noch schließen – genauso
wie die Tür, vor der sich schon wieder eine Schlange gebildet
hatte. Über die Theke wanderten nicht nur etliche Drinks
und Biere und Schnäpse, auch große und kleine Scheine, die
sich in mehreren Töpfen und Pfannen zu einem stattlichen
Haufen stapelten. Es war wirklich Akkordarbeit, ein einziges
Hin-und-her-Rennen, aber Doro genoss es in vollen Zügen.
Die Stimmung, die Musik, die Leute, all das gab dem Ganzen eine unwiderstehliche Leichtigkeit.

Jetzt hatte sich Georg mal für eine Viertelstunde an den Einlass begeben, und Doro hielt die Stellung hinter der Theke. Im Moment schienen alle einigermaßen versorgt, sodass sie Gläser spülen und dabei zur Tanzfläche schauen konnte. Es sah wirklich toll aus, wie die Bemalungen der Leute unter dem Schwarzlicht leuchteten. Einfach nur schön. Und wild. Und frei. Allein schon für dieses Bild hatte sich die ganze Vorbereitung ausgezahlt, fand Doro. Und versuchte, nicht daran zu denken, dass sie es bis jetzt immer noch nicht geschafft hatte, Matthias von der nicht vorhandenen Schwangerschaft und von der sehr vorhandenen Disko zu erzählen. Irgendwie war alles aber auch ganz schön verworren: Würde sie ihm nur von der Disko erzählen, würde er sie nicht mehr hingehen lassen, wegen der Schwangerschaft. Würde sie ihm nur sagen, dass sie nicht schwanger sei, hätte sie nicht länger die Ausrede mit der Muttergruppe. Und beides auf einmal zu erzählen, schien ihr zu harter Tobak. Schließlich wollte sie ihn nicht verletzen, sondern ihm alles schonend zum richtigen Zeitpunkt beibringen – aber bis jetzt war der irgendwie nie gekommen. Dabei wusste sie genau, dass alles nur noch schwieriger wurde, je länger sie wartete. Ihre Mutter hatte sogar schon begonnen, Babysocken zu stricken, wie sie ihr vor ein paar Tagen am Telefon erzählt hatte. Wovor hatte sie eigentlich Angst? Dass sie ihre Eltern enttäuschte? Oder dass Matthias sich scheiden lassen wollte? Oder doch eher, dass sie es nicht ertragen konnte, allen so wehzutun? Sie wusste es selbst nicht genau, sie wusste nur, dass dies nicht der richtige Zeitpunkt war, um darüber nachzudenken. Also konzentrierte sie sich auf ihre Vorfreude. Um 23 Uhr sollte nämlich der Mal-Tanz-Wettbewerb losgehen, und das war schon in einer Viertelstunde. Doch dann sah sie Robert. Durch die Tanzenden hindurch konnte sie ihn auf der gegenüberliegenden Seite des Raumes ausmachen. Anscheinend war er gerade erst angekommen und ließ ebenfalls die Umgebung auf sich wirken. Er hatte bunte Punkte im Gesicht und die Augenbrauen grün nachgemalt, sein Hemd stand offen, seine leicht behaarte Brust war mit ein paar gelben und blauen Sternen verziert. Minimalistisch, aber akzentuiert, dachte Doro wohlwollend.

Es war richtig schön, dass er aufgetaucht war; insgeheim hatte sie gehofft, dass er einer Schwarzlichtparty nicht würde widerstehen können. Seit ihrem letzten Gespräch am ersten Disko-Bochum-Abend hatte sie ihn hier nicht mehr gesehen und schon befürchtet, dass die Information über ihre angebliche Schwangerschaft ihn abgeschreckt haben könnte. Sie merkte, dass sie Robert echt vermisst hatte. Es war aber auch unfair: Er wusste, wo er sie finden konnte, sie jedoch hatte keine Ahnung, wo er sich rumtrieb. Hatte sich etwas zwischen ihnen geändert? War sie noch da, diese Anziehung? Aufregung machte sich in ihr breit. Sie wollte das zarte Band zwischen ihnen nicht verlieren, im Gegenteil, sie wollte es stärken, aber bis jetzt hatte sie ihm noch nicht zeigen können, was in ihr steckte. Sie musste etwas tun! Denn eine ihrer größten Ängste war, dass er sie langweilig finden könnte. Ihn zu erobern wäre der Beweis, dass sie mehr war, nicht nur Ehefrau und Hausfrau, nicht mal nur Kindergärtnerin, sondern etwas Besonderes.

Allein schon, wie er dastand, in seiner stolzen Stierkämpferhaltung und mit dieser magischen Aura, die nicht zu greifen war. Doro betrachtete ihn fasziniert – und dann spürte sie plötzlich die Traurigkeit, die ihn umgab. Unter all dem Stolz und all der Stärke nahm sie zum ersten Mal eine tiefe Wehmut wahr, die von ihm ausging. Es schien Doro plötzlich so, als wäre sein durchtrainierter Körper eine Art Schutzschild, ein Panzer, um diese Gefühle zu verbergen. War es das, was ihn so magisch machte? Wieso war ihr das vorher nie aufgefallen? Alles, worauf sie geachtet hatte, war, wie sehr seine geheimnisvolle Aura sie angezogen hatte. Und das tat sie auch jetzt, sogar noch stärker als vorher. Alles, was sie wollte, war, ihm körperlich nah zu sein – in diesem Moment, sofort, auch wenn er daraus wieder nur ein Spiel machen würde. Sie war bereit zu spielen, egal, wie hoch der Einsatz war. Sie wollte das Spiel auf das nächste Level heben. Sollte sie also einfach auf ihn zugehen und ihn küssen? Nein, das war zu riskant, zu uncharmant. Und was war mit Matthias, konnte sie ihm das überhaupt antun? Wenn er die Frau mit dem Schlüpfer geküsst hätte, dann hätte Doro das irgendwie attraktiv und wild gefunden, musste sie sich eingestehen. Umgekehrt aber war sie sich nicht so sicher. Gut, wie wäre es also mit Tanzen? Sie könnte Robert auf die Tanzfläche ziehen und ganz forsch die Führung übernehmen. Wichtig war nur, dass nicht wieder irgendein unangenehmes Gespräch entstand, bei dem sie sich verzettelte und er sich herauswand. Sie atmete tief ein und aus. Sie musste es wagen. Jetzt oder nie.

Als Doro sich den Weg durch die Tanzenden bahnte, hoffte sie inständig, dass sie nicht der Mut verlassen würde, und noch mehr hoffte sie, dass sie den Mund halten und nur ihren Körper sprechen lassen würde. Es war gar nicht so leicht, über die volle Tanzfläche zu gelangen, und Doro ärgerte sich schon, dass sie nicht außen an der Wand entlanggegangen war, als Robert plötzlich vor ihr stand. Hatte er gespürt, was sie vorhatte? Kam er ihr entgegen? Oder waren sie beide einfach zwei Dumme und ein Gedanke? Sie lächelte ihn an. Er lächelte sie an. Und dann tanzte sie einfach. Sie bewegte sich zur Musik, und zwar so nah an ihm, dass ihre Körper sich ständig berührten. *She's crazy like a fool. Wild about Daddy Cool. She's crazy like a fool. Wild about Daddy Cool.* Robert wirkte amüsiert und spielte kurz mit. Und dann übernahm er die Kontrolle. Er griff Doros Hand und zog sie zu sich heran. So eng, dass sie seine Schritte mitgehen musste, ob sie wollte oder nicht. Anschließend drehte er sie mehrmals um sie selbst, wobei ihr fast schwindelig wurde. Als sie strauchelte, fing er sie auf und band sie wieder in seinen Wiegeschritt ein. Zuerst widerstrebte es Doro, ihm komplett die Führung zu überlassen. Sie wollte sich nicht darauf einlassen, wollte ihre Selbstbestimmtheit, ihre Gestaltungsfreiheit nicht verlieren – schließlich war das auch ihr Tanz. Warum sollte er also das Tempo und die Schritte bestimmen? Doch schnell merkte sie, dass es ein Wechselspiel war: Wenn sie sich fallen ließ, ihm vertraute, dann flossen ihre Bewegungen ineinander, und er vertraute sich ihr ebenso an. Regelmäßig entließ er sie aus seiner Kontrolle und gab ihr den Raum für freie Bewegungen. In diesen Phasen stellte er sich auf sie ein, auf ihren Rhythmus, auf ihren Stil. Dann ließ sie sich wieder von seinen Bewegungen einfangen und mittragen.

So sollte es nicht nur beim Tanzen sein, sondern auch in einer Beziehung, in einer Ehe, dachte Doro begeistert. Es war ein abgefahrenes Hin und Her, wie sie es noch nie erlebt hatte: weit entfernt von professionellem Tanzen, aber ein Miteinander auf Augenhöhe, das aus dem entstand, was jedem möglich war und was sich in diesem Rahmen gut anfühlte. Ohne große Ambitionen. Ohne Erwartungen. Einfach spielerisch. Robert spiegelte ihre Bewegungen, machte mit ihr die Unterarmrolle, das Beckenkreisen und das Rumhüpfen, das wie Gummitwist ohne Gummi aussah. Doro kreuzte die Beine, drehte sich einmal um sich selbst und sprang wieder auf, wiederholte den Schritt, während Robert mit einstieg. Es war albern und machte eine Menge Spaß, doch dann schmiegte sich Doro wieder an Robert, mit dem Rücken, mit dem Becken, mit dem Po. Seine Hände fuhren ihren Körper entlang, unterstützten das Kreisen ihres Beckens, während er die Bewegung mit seinem Körper imitierte, synchronisierte, um Doro sodann mit einem schnellen Griff zu sich zu drehen, sodass sie fast Stirn an Stirn dastanden. Als Nächstes ließ er ihren Oberkörper Richtung Boden sinken, zog sie wieder hoch, schob ein Knie zwischen ihre Beine und wiegte sein Becken mit ihrem im Gleichtakt. Plötzlich war es nicht mehr spaßig, sondern erotisch. Sein Atem, ihr Atem. Seine Hüften, ihre Hüften. Sein Geruch, der sich mit ihrem mischte. Aftershave mit Moschusnote, dazu etwas Schweiß und Zigarettenrauch. Doro wurde ganz anders. So nah war sie Robert noch nie gewesen. Das gemeinsame Tanzen fühlte sich an wie ein einziger Rausch.

Als der Song endete und Jochen nochmals den in Kürze stattfindenden Wettbewerb ankündigte, sah Doro Robert benommen an. Auch er schien etwas durch den Wind, Haarsträhnen klebten ihm auf der Stirn, und er schwankte ein wenig. Diesmal löste das Schweigen, das zwischen ihnen hing, in Doro nicht den Drang aus, loszuplappern. Vielmehr hatte sie das Gefühl, sie hätten gerade ein sehr inniges Gespräch gehabt, alles war gesagt, keine Fragen waren offen. Dem war nichts mehr hinzuzufügen. Oder vielleicht doch ein Kuss? Bevor Doro diese Möglichkeit in Erwägung ziehen konnte, stand mit einem Mal Elli neben ihnen. Sie grinste breit, zumindest sah es so aus, konnte aber auch die Farbe sein, mit der sie großzügig Mund und Lippen bemalt hatte.

»Na, da hast du doch jemanden gefunden, der nächste Woche für mich einspringen kann.« Sie nahm die Kippe aus dem Mund, an der jetzt etwas grün leuchtende Farbe klebte, und stieß den inhalierten Rauch aus.

»Ich glaube eher nicht«, sagte Robert lachend, während Elli weiter Richtung Tresen lief. Zwar wusste Doro nicht, worum es ging, aber dass es ein Affront gegen ihre Tanzkünste war, hatte sie schon verstanden. Der nächste Song setze ein. *At the car wash. Workin' at the car wash, girl. Come on and sing it with me.* Sie hätte allein weitertanzen können. Aber sie war einfach zu neugierig, um nicht nachzufragen.

»Worum geht es denn?«

»Ach, ein Tanzwettbewerb im Panoptikum. Gibt ein fettes Preisgeld. Aber das kann ich vergessen, weil Elli keine Zeit hat.« Robert klang jetzt genervt, der Gedanke schien ihm schlagartig schlechte Laune zu bereiten. Doro witterte ihre Chance, mehr Zeit mit ihm zu verbringen und ihre Begegnungen weniger dem Zufall zu überlassen.

»Na, dann tanz doch mit mir!« Sie sah ihn einladend an.

Robert lachte. Immerhin amüsierte ihn, was sie sagte. »Das ist was für Profis«, erklärte er ihr dann sachlich.

Doro nickte. Klar, das verstand sie. Doch je mehr sie darüber nachdachte, desto mehr wollte sie diesen Wettbewerb mit ihm tanzen. Denn es war nicht nur die Nähe zu ihm, die das gemeinsame Tanzen so attraktiv machte – Doro hatte einfach große Freude daran, ihren Körper zur Musik zu bewegen und neue Schritte zu lernen. Aber wie konnte sie ihn von sich überzeugen?

»Ich glaube, der DJ ruft dich.« Robert zeigte zum Pult, wo Jochen tatsächlich versuchte, Doro durch Zeichen auf sich aufmerksam zu machen. Ach ja, der Mal-Tanz-Wettbewerb sollte jetzt losgehen, und es war an ihr, das Ganze zu moderieren. Sie nickte Jochen zu, und er verstand, dass sie gleich kommen würde. Jetzt musste es schnell gehen. Wie konnte sie Robert doch noch dazu bringen, mit ihr bei diesem Wettbewerb im Panoptikum tanzen zu wollen? Da fiel ihr etwas ein: der Spruch von Manni. Der schien ihr jetzt ein gutes Argument. Also sah sie Robert an und sagte provozierend: »Wer tanzt, kann verlieren. Aber wer nicht tanzt, hat schon verloren.« Damit drehte sie sich um und bahnte sich ihren Weg zum DJ-Pult. Dabei musste sie grinsen. Und sie war sich sicher, Robert tat es auch.

Auf dem Zettel für die Wettbewerbsteilnahme hatten sich sechs Leute eingetragen. Vier davon kannte Doro nicht, die anderen beiden waren Jack und Tante Bertha. Sie musste schmunzeln. Abgefahren! Vorsichtig riss sie den Zettel in sechs Stücke, sodass sie einen Namen ziehen konnte, wie beim Auslosen. Nachdem sie Jochen angewiesen hatte, die Musik leise zu drehen, schnappte sie sich das Mikro. »Es ist so weit, ihr Lieben!«, sagte sie laut, und kurz übersteuerte das Mikro mit einem unangenehm schrillen Ton. Ein Raunen ging durch die Menge, und Doro hielt es schnell ein Stück weiter weg von ihrem Mund. Dann versuchte sie, die Euphorie, die sie empfand, in ihrer Stimme mitklingen zu lassen. »Wir haben sechs mutige Teilnehmer, und jetzt zählt euer Applaus! Honoriert das Gesamtkunstwerk, und honoriert den Mut!« Alle jubelten erwartungsvoll, während Doro den ersten Zettel zog. »Okay, werdet laut für die wohl außergewöhnlichste, fantastischste, affengeilste Tante, die man haben kann: Berthaaaa.« Doro versuchte das A so lange wie möglich zu ziehen, während Jochen bereits die Musik laut drehte. *And if you get the chance. You are the dancing queen. Young and sweet. Only seventeen.* Den Song hatte Doro noch nie gehört und hoffte mal für Jochen, dass er das ironisch meinte. Schließlich war Bertha nicht mehr *only seventeen,* aber eins stimmte, sie war definitiv eine *dancing queen.* Jochen schien ihren irritierten Blick gesehen zu haben, denn er beugte sich zu ihr.

»Das ist ein ganz neuer Song von ABBA, weißt schon.«

Doro verstand. Sie hatte Jochen von dem SOS-Song im Radio erzählt. Diese Schweden waren echt gut! Endlich erschien ihre Tante in dem Kreis, den die Leute für die Wettbewerbsteilnehmer frei gemacht hatten. Sofort jubelten alle, denn Berthas Anblick war wirklich mehr als außergewöhnlich: Mit ihrem komplett bemalten Oberkörper sah sie aus wie eine Maori-Kriegerin beim Haka-Tanz. Ausgelassen drehte sie sich um sich selbst, warf die Arme in die Höhe und wackelte mit den Brüsten. Kurz war Doro besorgt, dass Bertha es etwas zu weit trieb, aber dass sie sich von allen Zwängen befreit hatte, war eigentlich nur beeindruckend.

Und inspirierend. Bertha war die Dancing Queen, trotz ihres Alters. Der Song passte wie die Faust aufs Auge.

You can dance, you can jive,
Having the time of your life.
Ooooh, see that girl, watch that scene,
Digging the dancing queen.

Eine gute Stunde später ergoss sich Jacks Mageninhalt auf den Bürgersteig. Die erbrochene Flüssigkeit rann über den Bordstein auf die Straße, während er wieder würgte und ein neuer Schwall auf den Asphalt klatschte. Doro stand etwas hilflos daneben. Wie sollte sie diesen großen, stämmigen Mann unterstützen? Es gab keine Haare, die sie ihm aus dem Gesicht hätte halten können. Es gab keine Bank, auf die sie ihn hätte setzen können.

»Lass alles raus«, sagte sie deshalb aufmunternd. »Dann geht es dir bestimmt gleich besser.« Jack hatte die Hände auf die Oberschenkel gestützt und wartete. Vielleicht war es doch keine gute Idee gewesen, dass der Gewinner des Wettbewerbs den Rest des Abends umsonst hatte trinken dürfen, dachte Doro. Dabei hatte sie sich wirklich über Jacks Sieg gefreut. Nicht nur hatte er unglaubliche Muster auf seinen Oberkörper gemalt, auch hatte er sich so bewegt, dass die Farben auf seinen Muskeln tanzten. Es war ein Wahnsinnseffekt gewesen, der alle begeisterte. Und Jack konnte die Anerkennung wirklich dringend gebrauchen, nachdem er nur an der Bar rumgehangen hatte wie ein Schluck Wasser in der Kurve, und alles, wovon er gesprochen hatte, war Johannas Abwesenheit gewesen und wie sehr er sie vermisse. Die Tatsache, dass er nicht mal wusste, in welcher europäischen Metropole sie sich gerade befand, verunsicherte ihn sichtlich. Doro hätte eigentlich klar sein müssen, dass er in diesem desolaten Zustand kein guter Kandidat für zu viel Alkohol war. Andererseits konnte sie es ihm nicht verübeln, dass er trank. Die Drinks spendeten Trost und betäubten den Schmerz. Auch sie wusste nicht, in welcher Stadt Johanna sich gerade aufhielt, und konnte sie nicht kontaktieren, falls sie das wollte. Zum Glück war Jochen ein Stück weit ihre Ersatz-Johanna geworden. Mit ihm konnte sie über fast alles sprechen, was sie beschäftigte, er war genauso wenig verurteilend oder moralisch wie ihre Schwester.

Schließlich spuckte Jack ein paar Speichelreste auf den Bürgersteig und wischte sich den Mund mit dem Unterarm ab. Dabei verschmierte ein Teil der Farbe, die sich immer noch auf seinem Arm und seinem Gesicht befand. Es war verstörend, diesen großen, starken Mann so niedergeschlagen zu sehen. Aber es rührte Doro auch. Mitfühlend sah sie ihn an.

»Besser?«

Jack atmete tief ein und aus und drehte sich um.

»Yeah. I just need another drink«. Damit bewegte er sich schwankend Richtung Eingang der Ecke. Doro glaubte, nicht richtig gehört zu haben.

»No, you don't need a drink. You need a taxi!«, erklärte sie laut und hielt ihn am Arm fest. »I just ordered you a taxi.« Ihr wurde klar, dass es Jack zwar körperlich besser ging, nicht aber seelisch. Das Johanna-Problem bestand nach wie vor. Also stellte sie sich vor ihn, umfasste seine Hände und sah ihm direkt in die Augen. »Hey, listen, das Woanderssein ist nun mal Johannas Job, you know?«, sagte sie beschwichtigend. »Du wolltest doch, dass sie glücklich ist.« Jacks Blick ging irgendwo hinter ihr ins Nirgendwo. Aber seine Augen glänzten.

»She … macht einfach, was sie will. She needs the thrill und das weite Welt«, sagte er mit weicher Stimme. »Isch mag das an ihr, but it's also scheiße for me.« Jetzt trübte sich sein Blick wieder.

Im nächsten Moment spürte Doro, wie sein Körper sich anspannte. Gleichzeitig hatte er Schwierigkeiten zu stehen, und sie musste ihn aktiv festhalten. Das erforderte mehr Kraft, als sie hatte, also stemmte sie sich mit ihrem ganzen Gewicht gegen ihn.

»Weißt du«, begann sie. »Wenn der Prophet nicht zum Berg kommt, dann muss der Berg halt zum Propheten kommen.« Jack starrte immer noch hinter sie.

»Is this a Trinkspruch?«, fragte er abwesend. Doro entfuhr ein Lachen.

»Nein, Jack, das ist ein Sinnspruch«, erklärte sie. »Was ich damit sagen will, ist: Wenn Johanna nicht zu dir kommt, dann musst du eben zu ihr kommen!« Jetzt schaffte es Jack endlich, den starren Blick zu lösen, und sah sie direkt an. Plötzlich schien er wieder etwas wacher zu werden.

»Good call!« Er freute sich richtig. »Ich fahre jetzt to the airport!« Während Doro perplex dastand, kam endlich das Taxi.

»Jack, nein! Doch nicht jetzt!«, erklärte Doro eindringlich, als der Wagen neben den beiden zum Stehen kam. »Du schläfst dich erst mal aus!« Der schwankende Jack schien sie nicht gehört zu haben und versuchte die Taxitür zu öffnen.

Das Auto war jedoch zentralverriegelt. Der Taxifahrer sah ihn kritisch an.

»So einer kommt mir nicht in mein Taxi«, sagte er barsch durchs heruntergekurbelte Fenster und in starkem Ruhrpott-Dialekt. Doro kannte solche Urgesteine aus der Generation ihres Vaters. Sie hatten immer noch ihre eigene Weltsicht und ihre eigenen Regeln. Und das machte sie wütend.

»Ich glaube nicht, dass Sie sich Ihre Fahrgäste nach der Hautfarbe aussuchen können«, sagte sie in scharfem Ton. Der Taxifahrer zuckte nicht mal mit der Wimper und entgegnete:

»Wat denn, Hautfarbe?! Ich seh nur, ob mir einer den Wagen vollkotzen wird oder nicht!« Okay, das war nachvollziehbar. Wer von ihnen beiden hatte jetzt Vorurteile?! Doro fühlte sich kurz schlecht, dann besann sie sich aber wieder auf ihre Mission: Jack musste ins Bett.

»Ach so, nein, das war ich. Ich habe erbrochen, nicht er«, erklärte Doro deshalb geistesgegenwärtig. Der Taxifahrer sah sie skeptisch an. Sie wirkte kein bisschen betrunken. Kurz überlegte sie, zu schwanken und zu lallen, aber das kam ihr so auf Knopfdruck zu unglaubwürdig vor. »Ich bin schwanger, deshalb«, erklärte sie also. Jetzt sah der Fahrer sie noch skeptischer an. Eine leicht bekleidete Schwangere, die mit bunten Farben bemalt war und mitten in der Nacht auf der Straße herumlungerte, war auch nicht so glaubhaft. Dann aber nickte er verständnisvoll.

»Ja, das ist heftig, wenn der Körper sich umstellt, das war bei meiner Frau auch so. Die hat fast jeden Tag gekotzt.«

Doro hörte, wie die Zentralverriegelung geöffnet wurde, und atmete durch. Die Tür, an der Jack schon die ganze Zeit herumhantierte, ging jetzt auf, allerdings so plötzlich, dass er fast nach hinten umgefallen wäre. Doro stemmte sich abermals gegen seinen Körper, damit er sich wieder fing, und schob ihn auf den Rücksitz.

»To the airport, please«, lallte er dem Taxifahrer zu. Doro verdrehte die Augen und beugte sich zum Fenster.

»Zur U.S. Army Base, bitte. Und nirgendwo anders hin!«, erklärte sie dem Fahrer überdeutlich.

»But you said … that thing with das Berg und das Prophet«, protestierte Jack.

»Erst schlafen, dann Johanna. Okay?!« Doro sah Jack eindringlich an. Der nickte nicht gerade erfreut, aber jetzt, wo er saß, fielen ihm auch schon die Augen zu. Doro bemerkte den genervten Blick des Taxifahrers im Rückspiegel.

»Zuallererst mal die Zahlung, Herrschaften«, war seine strenge Stimme zu vernehmen. »Und Vorsicht mit den Farben da. Die Polster sind frisch gereinigt.« Doro nickte und holte ein paar Scheine aus ihrem Stiefel. Dorthin steckte sie das Geld meistens, wenn sie keine Hosen- oder Rocktaschen hatte. Dann reichte sie dem Taxifahrer fünfzig Mark und schloss die Tür hinter Jack.

»Sleep well in your Bettgestell!«, rief sie noch, da brauste das Taxi auch schon davon. O Mann, dachte Doro, der arme Jack. Johanna war ja eine richtige Herzensbrecherin. Bestimmt war es nicht so einfach, mit einer Stewardess zusammen zu sein, so wie Johanna es ja auch schon Joachim Gruber gesagt hatte. Doro seufzte, und trat den Weg zurück in die Disko an. Beim Blick auf ihre Armbanduhr wurde sie daran erinnert, dass sie sich langsam auf den Heimweg machen musste. Aschenputtel ließ grüßen. Es war kurz nach zwölf, und falls Matthias aufwachte, würde er sich wundern über die Dauer der Muttergruppe. Klar, Doro konnte immer sagen, dass sie sich verquatscht habe. Dass sie noch mit einer anderen werdenden Mutter spazieren gegangen sei, weil beide nicht müde gewesen seien, oder so. Aber das sollten lieber Notlügen bleiben, und sie wollte nichts riskieren, denn dafür war ihr die Disko Bochum viel zu wichtig.

Als sie den Eingang fast erreicht hatte, sah sie Robert. Er stand an seinem Moped und rauchte. Anscheinend war er auch dabei, den Heimweg anzutreten. Ihre Blicke trafen sich. Und dann fielen Doro ihre eigenen Worte ein, oder besser gesagt, Mannis Worte: *Wer kämpft, kann verlieren. Wer nicht kämpft, hat schon verloren.* Sie durfte nicht so schnell aufgeben. Das war ihre Chance. Also atmete sie tief durch und ging zielstrebig auf Robert zu.

»Ich hab dich ja eigentlich für einen cleveren Typen gehalten«, sagte sie forsch. Belustigt sah er sie an. Er schien keine Ahnung zu haben, worauf sie hinauswollte. »Aber ein cleverer Typ hätte mein Angebot angenommen.« Sie lächelte selbstsicher und merkte, dass er grinsen musste.

»Netter Versuch.« Robert zog an seiner Zigarette. »Aber mal ehrlich, du kannst doch gar nicht tanzen.« Autsch. Das saß. Doro wollte sich jedoch nicht verunsichern lassen.

»Doch, klar. Ich liebe Tanzen.«

»Ach ja?«

»Liegt bei uns in der Familie.«

»Ist das so?«

»Meine Oma war mal ganz groß im Steppen.«

Jetzt lachte Robert, und auch Doro schaffte es nicht mehr, ernst zu bleiben. Sie spürte, dass das die einzige Schiene war, über die sie ihn erreichen konnte, denn ihre Tanzkünste waren es ja nun wirklich nicht. Er schnippte seine Kippe weg und trat jetzt sehr nah an sie heran. Auch so eine seltsame Taktik von ihm. Oder mochte er ihre Nähe? Sie bekam eine Gänsehaut. Dabei war es nicht kalt, es war eine milde Septembernacht. Ein seltsames Gefühl zog durch ihren Magen. Sie sollte jetzt wirklich versuchen, cool zu bleiben. Auch wenn Roberts Mund viel zu nah an ihrem war.

»Gut, dann zeig mir den Hustle.«

»Den Hustle? Kein Problem!«

Doro hatte keine Ahnung, was der Hustle war oder sein sollte, aber das musste sie sich ja nicht anmerken lassen. Vielleicht gab es den Hustle auch gar nicht. Vielleicht brauchte man nur etwas Fantasie, sodass alles der Hustle sein konnte! Also ging sie ein paar Schritte nach hinten und begann auf einen Fuß zu springen und den anderen mit der Ferse aufzusetzen, dabei streckte sie einen Arm in die Höhe und ließ den zweiten hängen. Dann wechselte sie zur anderen Seite. Und wieder zurück. Ein paarmal ging das so hin und her. Robert schaute ihr dabei grinsend zu.

»Was denn? Das ist mein Hustle!«, beharrte Doro. Konnte nicht jeder seinen eigenen Hustle haben? Doch Robert schüttelte den Kopf.

»Tut mir leid, aber das reicht mir nicht.« Damit bewegte er sich wieder in Richtung seines Mopeds. Doro hörte auf, hin und her zu hüpfen, und überlegte blitzschnell, wie sie seine Aufmerksamkeit zurückgewinnen könnte. Erst mal musste sie Zeit schinden. Zum Glück fiel ihr etwas ein.

»Warte! Zähl den Takt ein!«, rief sie und lief hinter das nächste Auto, einen roten Peugeot. Robert ließ von seinem

Moped ab und drehte sich fragend um. Doro stand jetzt hinter der Kühlerhaube des Wagens, nur ihr Oberkörper war zu sehen. Das schien ihn nun doch neugierig zu machen, denn er begann tatsächlich zu zählen: »Fünf, sechs, sieben, acht. Eins …« Und bei *eins* begann Doro die Arme abwechselnd in die Luft zu strecken und im Takt Fratzen zu ziehen. »… zwei, drei, vier, fünf, sechs …« Weiter kam Robert nicht, denn er musste laut lachen. Dieses Gehampel hinter der Kühlerhaube war zwar rhythmisch, ergab aber überhaupt keinen Sinn und war noch schlimmer als Doros Hustle-Interpretation.

»Was ist das?« Er lachte immer noch. Doro hielt inne.

»Dein Ernst? Du willst Profi sein und kennst den Unten-ohne-Tanz nicht?« Sie sagte das so verblüfft, als wäre es komplett absurd, diesen Tanz nicht zu kennen.

»Unten ohne?«, fragte er neugierig. Doro lehnte sich jetzt selbstgefällig aufs Autodach. »Unten ohne Schritte«, sagte sie etwas großkotzig. Auch das brachte Robert wieder zum Lachen. Sie schien einen Lauf zu haben. Aber würde das reichen? Nachdenklich musterte er sie. Dann ging er auf das Auto zu und lehnte sich ebenfalls auf das Dach, ihr direkt gegenüber. Sah sie einfach nur an. Doro versuchte, in seinen Augen zu lesen. Sein Blick war wohlwollend. Warum sagte er dann nichts? Nach einer halben Ewigkeit räusperte er sich.

»Na gut, du Nervensäge.«

War das ein Ja? Würde sie mit ihm den Wettbewerb tanzen dürfen?

»Du lässt mich ja sonst eh nicht in Ruhe.« Doro musste grinsen. »Wir proben am Montag um drei. Ich hole dich hier ab.« Damit klopfte er zweimal aufs Autodach und wandte sich nun endgültig zum Gehen. Juhuu, sie hatte es geschafft! Sie würde mit Robert tanzen! Doro freute sich wie Bolle, konnte aber dennoch nicht darauf verzichten, das letzte Wort zu haben.

»Sei pünktlich!«, rief sie ihm noch hinterher und sah, wie er amüsiert den Kopf schüttelte, bevor er auf sein Moped stieg, als wäre es sein Pferd und er der Cowboy.

Langsam erwachte Doro aus ihrer Trance und war peinlich berührt, dass sie ihn so anstarrte. Außerdem musste sie jetzt wirklich mal nach Hause gehen. Sie wollte sich nur noch schnell von Georg und Jochen verabschieden. Also machte sie sich beschwingt auf den Weg hinein und schob sich durch die Tanzenden, die schon etwas weniger geworden waren, sich dafür aber umso wilder bewegten. Als sie an der Bar ankam, stand jedoch niemand dahinter. Kein Georg weit und breit. Doro marschierte zu Jochen.

»Ich muss los. Hast du Georg gesehen?«, schrie sie ihm ins Ohr. Jochen nickte und grinste und zeigte auf die Tanzfläche. Und dann sah Doro es auch. Dort war Georg, mittendrin in dem Gewusel, eng umschlungen mit jemandem. Er tanzte nicht, er knutschte. Und zwar heftig. Doro kniff die Augen zusammen, denn sie hatte ihre Brille nicht dabei, aber sie konnte schon bald eindeutig erkennen, mit wem ihr Bruder zugange war: Es war Elli.

Baff sah sie Jochen an, aber der zog nur amüsiert die Schultern hoch. Also schaute Doro wieder auf die Tanzfläche. Es sah ganz schön heiß aus, wie die beiden sich mit ihren bemalten, leuchtenden Lippen küssten und sich dabei gegenseitig die ganze Farbe im Gesicht verschmierten. Hatte

Elli Georg verführt? Oder hatte er sie umworben? Oder war es einfach nur die Magie des Augenblicks? Doro brannte darauf, zu erfahren, was vor dem Kuss geschehen war, aber sie musste dringend los.

Bei der nächstbesten Gelegenheit werde ich Georg so was von löchern, dachte sie grinsend, als sie die Disko Bochum verließ, und freute sich schon jetzt auf eine schlüpfrige Geschichte.

12

»Rechts. Immer mit dem rechten Fuß zuerst.« Robert sah Doro eindringlich an. Sie war ihm nicht zum ersten Mal auf den Fuß getreten, aber die Strenge, mit der er die Tanzprobe anging, wunderte sie doch sehr.

»Eben hast du noch links gesagt«, protestierte sie, aber er schüttelte nur den Kopf.

»Rechter Fuß zuerst«, wiederholte er. »Von vorne. Fünf, sechs, sieben, acht!« Doro versuchte, ihre Enttäuschung darüber zu verbergen, dass er die Sache so ernst nahm. Sie hatte gehofft, sie würden eine lustige Zeit miteinander haben, bisschen tanzen, bisschen quatschen, aber er schien Arbeit und Privates gut trennen zu können. Oder gab es gar nichts Privates? Sie wurde einfach nicht schlau aus dem Kerl. Einmal suchte er ihre Nähe, dann distanzierte er sich wieder. Von der Magie, die sonst immer zwischen ihnen herrschte, war gerade nichts zu spüren. Klar, es war helllichter Tag, und sie befanden sich in einer leer stehenden Halle auf einer stillgelegten Zeche, und die Musik kam von einer Kassette aus einem Ghettoblaster, die ständig zurückgespult werden musste – aber trotzdem. Natürlich konnte sie Robert nichts vorwerfen, er hatte von Anfang klargemacht, dass der Wettbewerb, oder, besser gesagt, das Preisgeld, wichtig für ihn sei, also nahm er das Üben natürlich ernst. Aber insgeheim hatte Doro sich gewünscht, dass das Zusammensein mit ihr, die Möglichkeit, sich näherzukommen, ihm wichtiger sei als der Wettbewerb. War es aber offensichtlich nicht. Vielleicht war das ja gut so, denn Doro ging es schließlich auch ums Tanzen, und vielleicht war sie hier diejenige, die versuchte, zwei Fliegen mit einer Klappe zu schlagen, und Gefahr lief, keine der beiden zu erwischen. Sie seufzte. Dann würde sie sich jetzt mal besser aufs Tanzen konzentrieren.

Es war warm draußen heute, doch die Halle spendete Kühle und Schatten. Alle Türen standen weit offen, ein paar Tauben und Spatzen flogen rein und raus. Anscheinend nisteten sie auf den Stahlbalken und Rohren, die sich unter der Decke entlangzogen. Es war ein bizarres Ambiente, die Zeche Hannover. Vor drei Jahren war sie stillgelegt worden, als letzte Zeche in Bochum, die Schächte waren bereits zubetoniert, aber die Gebäude und Türme noch nicht gesprengt worden, wie es bei den meisten anderen ehemaligen Zechen der Fall war. Bei Sprengungen zuzuschauen, war für sie früher immer ein Ereignis gewesen: Türme fielen zusammen, als bestünden sie aus Bauklötzen, Fördertürme knickten ein, als wären sie nicht aus Stahl, sondern aus Holz. Doro wusste, dass es nicht rechtens war, hier zu sein, dass Robert einen geheimen Zugang genutzt hatte, aber es war der ideale Ort zum Proben, denn er bot viel Platz, und die laute Musik störte niemanden.

»Kommst du öfter hierher?«, fragte Doro, nachdem sie die synchrone Schrittfolge ohne Fehler absolviert hatte.

»Nicht auf die Füße schauen«, mahnte Robert aber nur. »Sieh nach vorne. Oder mir in die Augen.«

Doro lächelte und verkniff sich einen anzüglichen Kommentar. Robert hatte das Hemd ausgezogen und tanzte in

Stoffhose und Feinripp-Shirt. Seine Haut glänzte unter einem leichten Schweißfilm. Sie selbst trug lediglich ein braunes Trägerhemd, dazu eine Jeans-Schlaghose, die eigentlich zu warm war, aber die sie neu gekauft hatte und in der sie sich ziemlich sexy vorkam. Und das, obwohl sie gerade ihre Periode hatte und ihr Bauch dadurch etwas rundlicher war als sonst. Überhaupt hatte sie Glück, denn im Gegensatz zu Johanna konnte sie sich kaum über Schmerzen während ihrer Tage beschweren. Im Gegenteil, sie fühlte sich sogar schön und weiblich, und auch ihre Brüste erschienen ihr praller als sonst.

»Was macht man eigentlich beruflich so, wenn man Tänzer ist?«, versuchte sie abermals, ein Gespräch zu beginnen, das ihr Einblicke in Roberts Leben geben könnte.

»Kinn nach oben«, antwortete er nur, und Doro tat, was er sagte.

»Hast du überhaupt Zeit für ein Privatleben?« Sie wollte so gerne mehr über ihn wissen und dachte nicht daran, sich durch seine Einsilbigkeit vom Fragen abhalten zu lassen.

Robert ließ sie jetzt los und ging ein paar Schritte zurück. »Als Nächstes käme dann eigentlich die Hebefigur ...«, erklärte er. Bevor er weitersprechen konnte, war Doro auch schon losgerannt und wollte direkt vor ihm abspringen, so, wie sie es bei Elli gesehen hatte. Aber Robert ließ es gar nicht so weit kommen. Er hob sie nicht hoch, sondern setzte sie sanft auf dem Boden ab und schob sie ein Stück von sich weg.

»Hey, hey, hey, das ist nichts für schwangere Frauen«, erklärte er. »Hier müssen wir uns was anderes überlegen.« Damit ging er zu seiner Tasche und kramte darin herum.

Irgendwie hatte Doro gehofft, er hätte ihre vermeintliche Schwangerschaft vergessen – aber wieso sollte er? Alle hatten ihre anderen Umstände im Kopf, nur sie nicht. Kein Wunder, dass Robert sich so verhielt … so professionell, distanziert, sachlich. Eigentlich wäre es ein Leichtes gewesen, ihm die Wahrheit zu sagen, denn es gab keinerlei Berührungspunkte zwischen ihren Leben. Zu ihrer eigenen Überraschung zog Doro an der Stelle aber die moralische Grenze: Wenn Robert vor Matthias wüsste, dass sie nicht schwanger war, würde sich das für sie wie richtig schlimmer Betrug anfühlen. Sie musste es erst Matthias sagen, danach wäre Robert an der Reihe. Alles andere konnte sie irgendwie nicht mit ihrem Gewissen vereinbaren.

Jetzt steckte er sich eine Kippe zwischen die Lippen und hielt Doro das offene Päckchen hin.

»Rauchst du?« Er stand auf und ging auf sie zu.

»Na klar«, sagte sie, vor allem, um cool zu sein, aber auch, damit sie eine Gemeinsamkeit hatten. Außerdem mochte sie diesen Moment, in dem der Mann der Frau Feuer gab. Das kurz erleuchtete Gesicht, die temporäre Nähe. Es war sexy.

Robert lächelte sie an, während sie zog, um die Zigarette zum Glühen zu bringen. Dann steckte er sich seine an. Doro lächelte auch. Und merkte, dass sie zu tief gezogen hatte. Der Rauch kratzte in ihrer Lunge. Sie stieß ihn aus und hustete. Ein Reflex, den sie nach wie vor nicht unterdrücken konnte. Robert sah sie an und lachte, was Doro sofort damit quittierte, dass sie ihm gegen den Oberarm boxte, so wie sie es gerne mit ihren Brüdern tat, wenn die sich über sie lustig machten.

»Lachst du gerade, oder was?!«, sagte sie dabei gespielt sauer, und er lachte noch mehr. »Hey«, entfuhr es ihr, und sie kitzelte ihn am Bauch. So, wie sie es immer mit ihrer Schwester tat, wenn die ihr etwas nicht verraten wollte. Sofort kitzelte Robert zurück. Doro musste kichern. Und spürte leichten Schwindel und ein flaues Gefühl im Magen, während ihr Körper schwerelos wurde. Da war sie wieder, die Magie zwischen ihnen.

Jetzt hatte Robert Doro fest am Arm gepackt, während er sie kitzelte, und sie merkte, wie viel Kraft er hatte. Dennoch gelang es ihr, sich aus seinem Griff zu winden, um ihn zurückzukitzeln.

»Und das ist okay für schwangere Frauen, oder was?«, sagte sie provozierend und bereute es im selben Moment. Wie dumm konnte man eigentlich sein? Er ließ tatsächlich von ihr ab. Scheiße. »Ich meine, also, das ist kein Problem mit der Hebefigur, echt«, sagte sie lachend, damit ja nicht wieder diese Ernsthaftigkeit einkehrte, aber es war zu spät, sie hatte den Moment kaputt gemacht.

»Keine Hebefigur«, erklärte Robert und steckte sich die Zigarette zwischen die Lippen. »Am besten, du kommst auf mich zu, alle denken, du springst ab, und ich stemme dich hoch, aber dann rutsche ich durch deine Beine hindurch.« Doro sah ihn skeptisch an. »Glaub mir, so ein Überraschungseffekt kommt immer gut an«, fügte er hinzu und demonstrierte, wie er rutschen würde. Es sah ziemlich lässig aus mit der Kippe im Mund. Doro sprang in die Luft, spreizte die Beine, und er schlitterte hindurch.

»Und was mach ich dann, außer doof rumzustehen?«, wollte sie wissen. Er überlegte nicht lange.

»Irgendeine Pose. Oder du stützt die Hände ins Becken und schaust genervt. Das kannste doch gut.« Er zwinkerte ihr zu, und sie war sich nicht sicher, ob das jetzt eine Beleidigung oder ein Kompliment gewesen war. Dann ging er zum Ghettoblaster, spulte die Kassette ganz zurück und drückte auf *Play*. »Lass uns die Choreo noch ein paarmal von Anfang an durchmachen. Fünf, sechs, sieben, acht!«

Schneller, als Doro denken konnte, kam schon wieder der Einsatz. Sie hatte ihre Zigarette noch gar nicht aufgeraucht und er auch nicht, und jetzt tanzten sie synchron ihre Schritte und rauchten dabei. Das gab dem Ganzen eine neue Dimension der Lässigkeit. Und es war eine weitere Herausforderung für Doro. Sich zu konzentrieren und dabei so auszusehen, als würde man sich nicht konzentrieren, forderte ihr einiges ab. Aber es war wirklich so: Je öfter sie die Choreografie tanzten, umso sicherer wurde sie und umso weniger musste sie sich darauf fokussieren. Und umso mehr Spaß hatte sie am Tanzen.

»Also dann.«

»Also dann.«

Es schien, als wüssten sie beide nicht so recht, wie sie diesen Nachmittag beenden sollten. Doro hatte eher widerwillig den Platz hinter Robert auf dem Moped verlassen, als er vor der Ecke anhielt und den Motor abstellte. Die Fahrt durch die Straßen an diesem Sommernachmittag – an ihn geschmiegt, Wind im Haar – war so schön gewesen, dass sie am liebsten noch Stunden herumgekurvt wäre. Der Weg von der Zeche zur Ecke hatte jedoch nicht mal zehn Minuten gedauert. Eigentlich hätte sie auch laufen können, aber natürlich hatte sie sein Angebot, sie mitzunehmen, gerne angenommen. Jetzt standen sie da und schauten sich etwas verlegen an.

»Aufgeregt?«, fragte Robert.

»Ja«, sagte Doro impulsiv. Nur, um sich sofort zu korrigieren. »Nein. Null. Gar nicht.« Sie schüttelte etwas zu heftig den Kopf. »Das mache ich doch mit links.« Robert sah sie grinsend an.

»Rechts. Immer den rechten Fuß zuerst, Doro«, zwinkerte er, drehte sich um und ging auf sein Moped zu. Aber Doro wollte nicht, dass das hier schon endete.

»Vielleicht wäre es besser, wenn wir die Woche noch mal üben?!«, meinte sie schulterzuckend, während er bereits auf sein Moped stieg.

»Das wird zeitlich knapp bei mir«, erklärte er und versuchte, den Motor zum Laufen zu bringen. »Ich hole dich am Donnerstag um halb acht hier ab und wir fahren zusammen ins Panoptikum, ja?! Sei pünktlich!« Im nächsten Moment ratterte es laut, er zog die Füße nach oben, und schon fuhr er los. Doro stand da und sah zu, wie er die Straße entlangknatterte und immer kleiner wurde. Die Kirchturmglocke begann zu läuten, es musste kurz vor sechs sein. Normalerweise würde sie jetzt langsam den Abendbrottisch decken, aber irgendwie hatte sie keine Lust, sich zu beeilen. Viel mehr genoss sie es, durch die milde Abendluft zu schlendern. Sie kam an ein paar Kindern vorbei, die Eis schleckten. Wahrscheinlich hatten sie es sich gerade für ein paar Groschen vom Eiswagen geholt, der zu dieser Jahreszeit gerne durch die Straßen kurvte. Doro erinnerte sich, dass sie als Kinder immer sofort losgestürmt waren, wenn sie die Glocke des Eiswagens gehört hatten, und manchmal tief enttäuscht gewesen waren, wenn es nur der Kartoffelwagen gewesen war. Die vier Krämer-Kinder hatten schon damals alle jeweils eine andere Lieblingseissorte – und Doro wusste nicht, ob das an ihrer Unterschiedlichkeit lag oder daran, dass man einfach nicht dasselbe Lieblingseis haben durfte. Frank mochte Schokolade, Georg hatte die Sorte Erdbeere auserkoren, Johanna liebte Stracciatella und Doro Vanille-eis. Vielleicht war das aber auch die einzige Sorte, die noch übrig geblieben war. Eigentlich egal, denn Doro mochte Vanille wirklich. Ob als Kugel in der Waffel, als Milchshake im Glas oder zu Spaghetti geformt im Becher mit heißer Himbeersoße – Vanilleeis ging immer und mit allem. Warum wurde es so unterschätzt?

Nachdenklich betrachtete sie die Kinder, sah bunt verschmierte Münder und hörte genüssliches Schmatzen. Sie lächelte die Kinder an, aber die Eisesser waren zu sehr damit beschäftigt, zu schlecken, zu beißen, zu schlürfen – jedes auf seine Weise –, als wäre es eine Kunstform für sich.

Zucker-Trance, dachte Doro nur und erinnerte sich daran, wie still die Kinder im Kindergarten immer geworden waren, wenn es Kuchen oder Eis gegeben hatte, und umso lauter und aufgedrehter danach. Kurz vermisste sie die Rasselbande, aber nur kurz, denn ihr neuer »Kindergarten« war ihr viel lieber. Alkohol statt Zucker, Diskomusik statt Kinderlieder, Schwarzlicht statt Tageslicht. Ja, sie konnte nicht leugnen, dass sie eine Parallelexistenz führte, eine Art Doppelleben. Tagsüber mimte sie die brave Ehefrau, die kochte, backte und den Haushalt machte. Heute Mittag beispielsweise hatte sie Matthias Schweinshaxe mit Bratkartoffeln und grünen Bohnen serviert, eigens zubereitet von Jochen. Sogar einen Vanillepudding hatte der Gute kredenzt und ihr mitgegeben. Das war richtig lecker gewesen. Allerdings war Doro wegen der bevorstehenden Tanzprobe mit Robert so aufgeregt gewesen, dass sie nicht viel runterbekommen hatte. Aber Matthias war das nicht aufgefallen, denn seitdem sie schwanger war, hatte sie für ihn sowieso ein unberechenbares Essverhalten entwickelt, deshalb freute er sich, wenn mehr für ihn blieb.

Und nachts, ja, nachts wurde Doro dann zur Disko-Queen. Na ja, das war etwas übertrieben, aber zumindest einmal in der Woche, am Samstagabend, verwandelte sie sich in ein halb nacktes, glitzerndes Wesen, das von der Musik getragen wurde und voll übermenschlicher Energie war. Auch jetzt fühlte sie sich einfach nur frei auf ihrem Trödelspaziergang durch die Straßen Bochums. Aus einer Laune heraus holte sie sich am nächsten Kiosk ein Eis. Brauner Bär – Karamelleis, Schoko-Überzug und kein bisschen Vanille.

Vanille ist trotzdem leckerer, dachte sie, als sie die Straße entlangspazierte. Manchmal war Erwachsensein gar nicht besser als Kindsein.

Obwohl es erst wenige Monate her war, dass die letzte Zeche stillgelegt worden war, hatte sie sich schon daran gewöhnt, dass die Schornsteine, die nach wie vor das Stadtbild prägten, nicht mehr rauchten. Es hatte zwar auch etwas Beruhigendes gehabt, wenn Tag und Nacht Rauch in den Himmel gestiegen war, aber so wirkte die ganze Stadt tatsächlich heller, als hätte man die Fenster geputzt. Doro konnte sich an Tage in ihrer Kindheit erinnern, als man nur fünf Meter weit hatte schauen können vor lauter Staub,

Asche, Ruß und Schwefeldioxid, das die Industrie in die Luft geblasen hatte. Damals hatte sie wirklich wie Aschenputtel ausgesehen. Wäsche hatte man kaum nach draußen hängen können, es sei denn, der Wind hatte günstig gestanden, erinnerte sich Doro, als sie an einer Frau vorbeilief, die im Vorgarten Wäsche auf eine Leine hängte und jedes Kleidungsstück feinsäuberlich mit einer Klammer feststeckte. Wie sehr sie die Abdrücke der Klammern hasste, die sich nur mühselig wegbügeln ließen!

Sie musste an den Alarm denken, den ihre Mutter immer geschlagen hatte, wenn der Wind unerwartet gedreht und den Qualm der Zechenschornsteine in Richtung ihrer im Garten trocknenden Wäsche geweht hatte. Dann hatten Johanna und Doro alles stehen und liegen lassen und helfen müssen, die Wäsche abzuhängen, ins Haus zu tragen und im Keller wieder aufzuhängen. Wenn das nicht schnell genug gegangen war, hatten sie am nächsten Tag graue statt weiße Söckchen oder eine schwarze statt beigefarbene Bluse an. Zum Glück waren diese Zeiten vorbei.

Siedend heiß fiel Doro ein, dass sie heute Mittag auch eine Fuhre Wäsche in die Waschmaschine im Keller gesteckt, aber nicht wieder herausgeholt und aufgehängt hatte. Mist. Jetzt musste sie am Ende alles ein zweites Mal waschen!

Sie versuchte in ihrem Kopf zu manifestieren, dass sie nach der Wäsche schaute, allerdings kam dann der Ohrwurm zurück, den sie seit der Tanzprobe hatte. Nicht nur die Schrittfolge hatte sich in ihr Gedächtnis eingebrannt, auch das Lied, zu dem sie getanzt hatten. Sie wusste nicht, wie es hieß, da würde sie Jochen fragen müssen, aber was sie verstanden hatte, war, worum es ging: *Fifty ways to leave your lover.* Ironisch irgendwie. Sie hatte noch nie darüber nachgedacht, Matthias zu verlassen. Sie wusste nicht mal, ob das überhaupt möglich war. Im Grunde kannte sie niemanden in ihrem Umfeld, der sich hatte scheiden lassen. Aber so weit wollte sie auch gar nicht denken. Im Augenblick hatte sie ihr Doppelleben gut im Griff.

Genüsslich ließ sie den Karamell- und Schokoladengeschmack auf ihrer Zunge zerfließen. In ihrem Kopf dudelte es, als wäre dort ein Radio installiert: *You just slip out the back, Jack. Make a new plan, Stan. You don't need to be coy, Roy. Just get yourself free.* Ja, wenn es doch so leicht wäre, jemanden zu verlassen. War es für Männer einfacher als für Frauen? Musste es nicht irgendeinen Scheidungsgrund geben? Oder war es genauso einfach oder schwierig, wie man es sich machte? Doro hatte keine Ahnung – sie hatte beim Heiraten nicht darüber nachgedacht.

Die Sonne stand jetzt schon direkt über den Häuserdächern. Bald würde sie von Dunkelgelb zu Orange und weiter zu Rot wechseln und den Himmel rosa färben. Doro begann jetzt zur Melodie in ihrem Kopf mitzusingen, während sie fast hopsenden Schrittes nach Hause lief. *Hop on the bus, Gus. You don't need to discuss much. Just drop off the key, Lee. And get yourself free.*

Drei Scheiben Rindersalami, zwei Scheiben Butterkäse, eine halbe Fleischwurst, fünf Essiggurken, eine aufgerollte Tube Senf – mehr konnte Doro dem Kühlschrank nicht abverlangen. Sie platzierte die potenziellen Brotbeläge auf dem Küchentisch, zwischen die Teller und das Besteck, das sie bereits für sich und Matthias aufgedeckt hatte. Sie wusste, dass sie eigentlich hätte einkaufen gehen müssen, aber dass nur noch so wenig fürs Abendbrot im Kühlschrank war, hatte sie nicht erwartet. Unzufrieden kaute sie auf dem Holzstiel des fertig verzehrten Eises herum und betrachtete den spärlich gedeckten Tisch. Zumindest sollte Matthias davon satt werden, wenn sie sich zurückhielt. Sie hatte im Brotkasten noch ein Drittel Roggenmischbrot vorgefunden und die Scheiben extra etwas dünner geschnitten, damit es nach mehr aussah, was sich jetzt aber als kontraproduktiv herausstellte, weil es ja gar nicht mehr so viel Belag gab. Doro überlegte kurz und sah dann auf die Uhr. Es war Viertel vor sieben, eine ungewöhnlich späte Feierabendzeit für Matthias, jedoch kam immer mal wieder ein unvorhersehbarer Wasserschaden dazwischen, und da es ja sein eigener Betrieb war, war er eigentlich immer im Dienst. Gut, dass sie sich nicht extra beeilt hatte. Wie manchmal, wenn Matthias sich verspätete, schmierte sie ihm einfach ein paar Stullen – etwas, was ihr wegen des mangelnden Angebots heute besonders sinnvoll erschien. So hatte sie die Herrschaft über die Brotgestaltung und konnte das meiste aus dem wenigen machen. Sie schmierte, schnitt und stapelte halbe Brote, die dick mit Butter bestrichen, aber dünn belegt waren und durch ein paar dazwischengeschobene Gürkchen gehaltvoller aussahen. Zufrieden betrachtete sie ihr Werk und aß die letzte Essiggurke. Na, geht doch, dachte sie. Just in dem Moment hörte sie den Schlüssel in der Tür klimpern, dann Schritte poltern, ein Türenschließen, ein Tasche-Abstellen. Sie trat in den Flur.

»Da bist du ja.« Lächelnd sah sie zu, wie Matthias einen Schuh mit dem anderen abstreifte. »Ich hab schon was ohne dich gegessen. Gab's einen Notfall?« Sie konnte noch nicht deuten, ob er einfach müde und abgearbeitet war, sie konnte nur spüren, dass er keine gute Laune hatte.

»Wasserrohrbruch«, murmelte er mehr aus Höflichkeit und folgte Doro in die Küche, wo sie ihm den Stullenberg auf einem Holzbrettchen präsentierte. Sie setzte sich, schenkte Selters ein und wartete, dass er sich auch setzen würde. Stattdessen wühlte er mit einer Hand in der Hosentasche und zog einen Zettel heraus, den er demonstrativ auf den Tisch knallte. Es war ein Flyer der Disko Bochum. Doro biss so fest auf den Holzstiel, dass er durchbrach. Verdammt. Diese Unglück bringenden Flyer! Wer hätte gedacht, dass sie so eine große Reichweite haben würden!

»Das ist doch die Adresse von der Ecke«, sagte Matthias aufgebracht. »Warum steht da Disko?«

Doro starrte auf den Flyer, als würde dort eine schlaue Antwort stehen, die sie aus der Bredouille brachte. Da die Disko sowieso ein offenes Geheimnis war, konnte sie deren Existenz schwer leugnen.

»Na ja, also Georg dachte halt, dass die Kneipe allein nicht ausreicht, um genug …«

Matthias unterbrach sie jetzt einfach. »Und das bist doch du hier auf dem Foto, oder?!« Seine Stimme bebte. Doro stockte der Atem. Hier war jetzt erst mal Leugnen angesagt. Sie nahm den Flyer und lachte künstlich.

»Was? Im Ernst?! Ich?! Die hat doch einen total flachen Po, und vorne ist die doch eher wie so ein Brett mit Erbsen.«

Matthias sah Doro verwirrt an, sie hörte auf zu lachen. Stirnrunzelnd starrte er auf den Flyer.

»Ganz ehrlich, ich finde, sie sieht perfekt aus«, sagte er dann leise. Das verschlug Doro die Sprache. Mit dieser Reaktion hatte sie nicht gerechnet. Matthias war wirklich süß. Sie war direkt ein bisschen gerührt. Schnell riss sie sich wieder zusammen und wechselte zu einem vorwurfsvollen Blick.

»Ach ja?!«, sagte sie gespielt eingeschnappt. Matthias errötete und versuchte hastig, sich zu korrigieren. »Was? Nein. Also du natürlich!« Er sah sie ängstlich an. »Also auch, wenn du das nicht bist, bist du … perfekt.« Er versuchte, in ihren Augen zu lesen, ob er das Ruder noch hatte rumreißen können.

Doro musste lächeln. Das war ein schönes Kompliment. Aber irgendwie sah er sie ganz anders, als sie sich sah. Die Zeiten, in denen er sie besser gekannt hatte als sie sich selbst, schienen vorbei. Er hatte ein Bild von ihr konserviert, das mit der gegenwärtigen Realität nichts mehr zu tun hatte. Klar, ihr Körper war derselbe, aber sonst war sie nun wirklich alles andere als perfekt. Aber wie sollte er das auch wissen, wenn sie ihm ständig eine in seinen Augen perfekte Version vorspielte? Sie gab ihm ja gar keine Chance, zu sehen, wer sie geworden war. Andererseits hatte Matthias nicht mal die Version von ihr gemocht, die im Kindergarten arbeitete, und die war wirklich harmlos gewesen. Das Schlimmste war eigentlich, dass er überhaupt nicht versuchte, sie zu verstehen. Er kam ihr keinen Schritt entgegen, war nicht im Geringsten kompromissbereit. Oder war sie es, die nicht kompromissbereit war?

»Niemand ist perfekt«, sagte sie jetzt und blickte zu Boden. »Und ich schon mal gar nicht.« Matthias sah sie an und wusste jetzt gar nicht mehr, worüber überhaupt gesprochen wurde. Er tat ihr leid, das hatte er nicht verdient. »Du hast recht«, erklärte sie deshalb. »Das bin ich auf dem Flyer. Aber das weiß nur Georg, sonst keiner. Außer dir. Weil ja nur du mich nackt kennst.«

Matthias vertiefte sich jetzt wieder in den Flyer. Er schien alles glauben zu wollen, was sie ihm weismachte, aber erfreut wirkte er keineswegs, dass seine Frau nackt auf einem Flyer abgebildet war. Selbst wenn niemand wusste, dass das seine Frau war.

»Ich wollte Georg helfen, damit mehr Leute in seinen Laden kommen«, fuhr Doro fort. »Und es läuft echt super und bringt eine Menge Kohle rein.« Während sie ihre Begeisterung nicht verbergen konnte, schien Matthias sich immer noch nicht sicher, wie er all das einordnen sollte.

»Nur ich weiß, dass du das auf dem Bild bist?«, versicherte er sich jetzt noch einmal.

»Nur du.« Doro nickte und lächelte.

Matthias hob den Blick. »Du machst vielleicht Sachen!« Lächelnd schüttelte er den Kopf. Langsam schien ihm der Gedanke wohl zu gefallen, dass nur sie beide dieses Wissen teilten. Und ein bisschen stolz sah er auch aus.

»Tut mir leid, dass du es so erfahren musstest.« Doro nahm seine Hand. »Aber ich fand's halt keine große Sache.«

Matthias nickte, er schien beruhigt. Endlich setzte er sich an den Tisch, trank das Wasserglas in einem Zug aus, rieb die Handflächen und nahm sich dann eines der Schnittchen. Keine große Sache, dachte Doro, während sie dem genüsslich kauenden Matthias zusah, das war eine mächtige Untertreibung. Die Disko Bochum war das Größte, was sie jemals gemacht hatte. O Mann, wenn er wüsste, was für eine riesige Riesensache das für sie war!

13

Als Doro am Dienstag in der Ecke eintraf, herrschte beim Disko-Team überaus gute Laune. Das lag nicht nur am Erfolg der Schwarzlicht-Party, sondern auch an Georgs Hormonhaushalt. Er stritt zwar ab, verknallt zu sein, aber dass sich sein Gemütszustand geändert hatte, hing ganz offensichtlich mit seinem Tête-à-Tête mit Elli zusammen. Natürlich fragte ihn Doro sofort nach ihrer Ankunft wegen des nächtlichen Kusses aus und erntete als Antwort ein noch breiteres Grinsen, als Georg es sowieso schon im Gesicht getragen hatte.

»Elli ist klasse. Mit ihr ist alles so leicht, so unkompliziert«, schwärmte er.

Insgeheim wunderte Doro sich schon ein bisschen, dass ein übersinnliches Wesen wie Elli sich zu hageren Schlabberlook-Typen wie ihrem Bruder hingezogen fühlte, aber vielleicht sah sie ja etwas in ihm, was ihr bisher verborgen geblieben war. Nicht, dass Georg ein schlechter Kerl wäre, im Gegenteil, aber er war halt zuallererst mal Georg. Und deshalb musste man ihm auch alles aus der Nase ziehen.

»Erzähl von vorne!«, forderte Doro genervt. »Wie ist es überhaupt zu dem Kuss gekommen?«

Georg genoss es sichtlich, dass sie so neugierig war. Überhaupt stand er gerader da als sonst und schulterte das Geschirrtuch mittlerweile so gekonnt, dass es nicht gleich wieder von seiner Schulter rutschte. Jochen hatte in der Küche Gesprächsfetzen vernommen und sich unauffällig zu den beiden Krämer-Geschwistern gesellt. Zum Glück war er genauso neugierig wie Doro und ebenso leicht für Klatsch und Tratsch zu begeistern. Immerhin ließ Georg sich nicht zweimal bitten.

»Na ja, sie kam an die Bar und wollte wissen, ob das mein Laden wäre, und ich dann so, ja, ist meiner, und sie dann so, es fehlt was.« Doro fiel mal wieder auf, dass Georg wirklich schlecht im Geschichtenerzählen war. Früher schon hatte er bei Witzen immer die Pointe zerstört, weil er irgendein wichtiges Detail vergessen hatte zu erwähnen. »Ich meinte dann, was denn fehlen würde, und sie sagte, Klopapier.« Während Georg und Jochen über den coolen Spruch lachten, sah Doro den Fehler gleich bei sich, denn sie konnte nicht ausschließen, dass sie irgendwann aufgehört hatte, das Klopapier nachzufüllen. Georg machte aber keine Schuldzuweisungen, sondern erzählte munter weiter.

»Fehlt doch immer was, habe ich dann gesagt, und dann hat sie gesagt, sie hätte alles, was ich bräuchte. Und dann haben wir zusammen eine Line Koks gezogen.« Dieser Twist kam überraschend. Jochen schlug Georg anerkennend auf die Schulter, aber das Geschirrtuch hielt. Dass der gerne ein paar seiner Breitmacher hinzuzog, um sich die Nacht zu versüßen, wusste Doro bereits. Aber Georg? Sie kannte sich mit diesen ganzen Substanzen überhaupt nicht aus, wusste aber, dass es Leute gab, die damit klarkamen, und Leute, die es ins Verderben stürzte. Auf den ersten Blick schien ihr Bruder zu letzterer Kategorie zu gehören.

Als hätte er die Zweifel in ihren Augen sehen können, erklärte er: »Elli meinte, wenn ich ein richtiger Diskobesitzer sein will, dann soll ich mich auch wie einer benehmen. Und sie hat ja recht. So 'ne Nacht ist ziemlich lang. Schließlich kann ich nicht um ein Uhr gehen und muss außerdem danach noch aufräumen.« Doro hörte den versteckten Vorwurf, ignorierte ihn aber, denn es amüsierte sie viel zu sehr, wie Georg die Sache mit Elli und dem Koks vor sich selbst zu rechtfertigen versuchte – anscheinend konnte er sich diese draufgängerische Art noch nicht ganz zugestehen. Einerseits freute sie sich über seine neu erwachte Abenteuerlust, andererseits hatte sie Sorge, dass Georgs Verantwortungsbewusstsein darunter leiden könnte. »Später haben wir dann auf der Tanzfläche geknutscht. Und noch später waren wir im Stadion an der Castroper«, leierte er runter und brachte Jochen zum Stutzen.

»Moment mal, spielen die Jungs da etwa wieder?«, wunderte er sich. Seitdem der VfL nämlich '71/'72 in die Erste Bundesliga aufgestiegen und ein neues Stadion nicht genehmigt worden war, wurde das alte nach und nach umgebaut. Deshalb war der Rasen seit März nicht bespielbar, und sämtliche Heimspiele fanden in Herne statt.

»Nee, aber ist doch eh gerade keine Saison mehr.« Georg wunderte sich sichtlich über Jochens Unwissen. »Bist du denn kein Fan?« Er fragte es so, als wäre die falsche Antwort ein Kündigungsgrund.

»Ich steh voll hinter den Jungs, aber die Spiele schaue ich mir nicht an«, sagte Jochen mit einem Schulterzucken.

Georgs Gesichtsausdruck spiegelte völliges Unverständnis. Was den VfL anging, verstand er keinen Spaß. Ein echter

Bochumer musste Fan sein, sonst stimmte etwas nicht mit ihm. Er selbst jedenfalls war Fan der ersten Stunde – seiner ersten Stunde – und bei jedem Spiel dabei, früher oft begleitet von Alex, die ein ebenso großer Fan war.

»Ich bin nicht hier geboren«, erklärte Jochen, womit Georg dann wohl auch gut leben konnte: Ah, klar, deshalb!

Auch wenn es Doro brennend interessierte, woher Jochen eigentlich kam, so interessierte es sie noch viel mehr, was genau sich zwischen Georg und Elli abgespielt hatte. Zumal sie befürchtete, dass ihr Bruder ihnen die schlüpfrigen Stellen vorenthielt.

»Moment mal! Was war denn zwischen dem Knutschen und dem VfL-Spiel am Sonntagnachmittag los?«, warf sie schnell ein – und erntete verwirrte Blicke von Georg und Jochen.

»Es war doch gar kein Spiel«, sagte ihr Bruder genervt. Schließlich erklärte er: »Wir waren nachts im Stadion, oder besser gesagt, frühmorgens. Sind übern Zaun geklettert.« Schon wieder so eine unerwartete Wendung. Jochen pfiff durch die Zähne. Doro erinnerte sich, dass sie als Jugendliche einmal nachts heimlich ins Freibad eingestiegen waren, zumindest sie und Johanna, denn Georg hatte nur Wache stehen wollen. Eine derart gewagte Aktion passte so gar nicht zu ihm. War seine neue Risikobereitschaft Ellis Einfluss oder dem des Kokains geschuldet?

»Der Hausmeister hätte uns fast erwischt, als wir … na ja, ihr wisst schon. Aber wir waren schneller als er.« Die Erinnerung zauberte Georg wieder ein breites Grinsen ins Gesicht. »O Mann, das hat voll Spaß gemacht. Elli lässt echt nichts anbrennen.«

Doro und Jochen wechselten amüsierte Blicke. Es war doch noch eine gute Geschichte geworden, wenn auch eher fragmentarisch und nicht sehr detailreich. Vielleicht war Georg aber einfach nur ein Gentleman, der schwieg und genoss. Den Rest konnte Doro sich lebhaft vorstellen, denn zweifelsfrei nahm Elli sich, was sie wollte. Sie beneidete sie um dieses freie Leben als Wesen der Nacht, bei dem man nicht an morgen denken musste, sondern einfach den Moment lebte. Ein Leben voller Leichtigkeit.

»Sie ist mehr als eine schöne Tänzerin«, sagte Georg nachdenklich. »Da ist noch irgendwas Tiefes, Trauriges in ihr. Aber so ganz kann ich das nicht greifen.«

Doro dachte über seine Worte nach, denn sie wusste genau, was ihr Bruder meinte. Ein ganz ähnliches Gefühl hatte sie bei Robert auch. Dass es da noch etwas anderes gab neben der perfekten Tanzkunst und dem schelmischen Grinsen, etwas Dunkles, etwas Abgründiges, etwas, was er vor anderen Menschen verbarg.

Vielleicht würde der gemeinsame Tanz ihr endlich die Gelegenheit geben, ihn näher kennenzulernen. Miteinander einen Wettbewerb zu tanzen, das musste doch zusammenschweißen! Oder war es genau andersherum? Machte es sie zu Profis mit einem rein kollegialen Verhältnis?

In solchen Momenten merkte Doro, wie sehr ihr Johanna fehlte. Sie wünschte, sie könnte wenigstens ab und zu mit ihr telefonieren. Nur zu gerne wollte sie ihre Vorfreude teilen, aber sie wusste nicht, in welchen Städten oder Hotels ihre Schwester sich befand, und um sich bei Doro zu melden, war Johanna wahrscheinlich zu abgelenkt oder zu müde oder zu zeitverschoben. Immerhin, die Vorfreude auf den

Tanzwettbewerb mit Robert gab ihr haufenweise Energie, um die Motto-Party am kommenden Samstag vorzubereiten. Und das war mühseliger als gedacht.

***

»Scheiße!« Schon wieder war Doro einer der Ballons vom Wasserhahn geglitten und entleerte sich ins Waschbecken. Ihre Bluse war nass und die zerrissene Ballonhülle unbrauchbar. Sie seufzte. Dieses Wasserbombenfüllen war die reinste Qual. Aber da musste sie wohl durch, schließlich war die Wasserbomben-Party ihre Idee gewesen – inspiriert vom jährlichen Kindergarten-Sommerfest. Während sie dafür zuständig war, mehrere Hundert Wasserbomben herzustellen, hatte Georg sich bereit erklärt, die Ponchos zu besorgen.

Es war Donnerstag, das hieß, Doro hatte schon eine ganze Weile mit dieser Tätigkeit verbracht. Überhaupt waren die letzten Tage wie im Flug vergangen und einem immer gleichen Ablauf gefolgt: Vormittags hatte Doro mit Georg die Party am Samstag vorbereitet, mittags hatte sie Matthias Jochens Essen als eine von ihr selbst gemachte Köstlichkeit serviert, nachmittags hatte sie die Tanzschritte im Hof geübt und abends mit Matthias Fernsehen geschaut.

Eigentlich hatte sie gedacht, dass es einfacher wäre, Ballons mit Wasser aufzufüllen, als sie aufzupusten, und vielleicht war es auch tatsächlich mit weniger Anstrengung verbunden, dafür allerdings mit mehr Frust, weil die Gummiballons, die man um Wasserhähne spannen und dann volllaufen lassen musste, häufig rissen oder platzten.

»Bisschen Schwund ist immer«, sagte Jochen nur schulterzuckend. Georg war heute ungewohnt still und in sich gekehrt. Wo war sein Grinsen hin? Hatte die Verknalltheit sich schon wieder erledigt? Nach mehrmaligem Nachfragen erfuhr Doro immerhin, dass er sich mit Alex gestritten hatte. O Mann, wieder musste sie ihm alles aus der Nase ziehen!

»Sie hat was Doofes zu mir gesagt, und ich habe was Doofes zu ihr gesagt«, war alles, was Doro ihrem Bruder entlocken konnte. Jaja, wie ein altes Ehepaar, dachte sie schmunzelnd. Laut sagte sie: »Klingt wie im Kindergarten.«

»Ist aber kein Kindergarten.«

»Pack schlägt sich, Pack verträgt sich.«

»Du redest wie Vater!«

Da Doro merkte, wie sehr Georg unter dem Streit mit Alex litt, ignorierte sie seine Beleidigung. »Jetzt erzähl mal richtig, worum es ging«, bat sie ihn. Georg druckste kurz herum, dann erklärte er: »Sie denkt, Elli sei nicht gut für mich, sondern eine Borderlinerin, und ich würde mich da viel zu schnell Hals über Kopf hineinstürzen.«

Doro ignorierte den ihr unbekannten Begriff.

»Kann ihr doch egal sein.«

»Sie sagt, sie will mich schützen.«

»Und was hast du gesagt?«

»Dass Manni ein Pseudo-Revoluzzer ist und dass sie sich ein Kind hat anhängen lassen.«

Manni war anscheinend anlässlich streng geheimer Klassenkämpfe zurück nach Frankfurt gegangen und mit seinem permanenten Weltrettungsaktivismus auch sonst nicht die Art von werdendem Vater, auf die man sich verlassen konnte. Trotzdem heftig.

»Aber vorher hat sie zu mir gesagt, ich wäre wie ein Kind.«
Georg verschränkte die Arme vor der Brust und sah tatsächlich gerade wie ein trotziger Fünfjähriger aus. »Bin ich wie
ein Kind?«, fragte er dann auch noch. Doro zuckte mit den
Schultern. »Du übernimmst doch Verantwortung für sie
und das Kind – im Gegensatz zu Manni.« Georg stellte sich
jetzt aufrecht hin. »Eben! Warum sieht sie das nicht?« Er
ging genervt auf und ab, und Doro musste sich ein Lachen
verkneifen.

»Ich glaube, ihr seid beide ein bisschen eifersüchtig. Kann
das sein?« Georg dachte darüber nach. Dann schüttelte er
den Kopf.

»Nein, wir sind nur Freunde, Doro.« Er sagte das wieder
so bestimmt, dass es eher so klang, als wollte er sich selbst
davon überzeugen. Doro nickte deshalb nur. Sie hatte keinerlei Absicht, sich in das Liebesleben ihres Bruders einzumischen.

»Wenn ihr so gute Freunde seid, dann könnt ihr das bestimmt ganz schnell klären«, beruhigte sie ihn. »Es muss nur
einer den ersten Schritt tun.« Sie sah ihn bedeutungsvoll an.
»Ich freue mich übrigens, wenn du und Elli eine gute Zeit
habt«, fügte sie hinzu, um ihn auf andere Gedanken zu bringen. Georg sah sie an, als wüsste er kurz nicht, wovon seine
Schwester sprach.

»Sie ist eine tolle Frau«, sagte er dann, wirkte jedoch abwesend. Dachte er immer noch über die Alex-Sache nach?
Doro hatte ein bisschen das Gefühl, als wäre er gar nicht
richtig offen für andere Frauen.

»Ja«, bestätigte sie deshalb noch mal. »Du kannst dich
echt glücklich schätzen.« Aber Georg nickte wieder nur vor

sich hin. Vielleicht war er ja auch überfordert, *weil* sie so eine tolle Frau war, so lässig und so schön und so eine fantastische Tänzerin? »Genieß es einfach, und lass dir da nicht reinreden«, sagte Doro mit Nachdruck. Und weil ihr schon wieder eine Wasserbombe vom Hahn rutschte und ins Waschbecken platschte, beschloss sie, für heute Wasserbomben Wasserbomben sein zu lassen. Bis Samstag waren es ja noch zwei Tage, und viel wichtiger war, dass sie noch ein letztes Mal die Tanzschritte für den Abend übte. Denn wenn sie sich blamierte, war das eine Sache – aber wenn sie Robert blamierte, dann würde sie sich das nur schwer verzeihen können.

Im Innenhof vor dem Eingang der Disko Bochum hatte Doro in den vergangenen Tagen nicht nur die Schritte, sondern auch die Hebefigur geübt. Weil sie nämlich das untrügliche Gefühl ereilt hatte, dass sie nur damit überhaupt eine Chance hätten, zu gewinnen. Auch wenn Robert sich eine Alternative überlegt hatte, wollte Doro die Hebefigur machen – teils war das der Krämerische Sturkopf, teils ihre tänzerische Ambition. Oder vielleicht sogar ihre turnerische Ambition, denn im Prinzip handelte es sich bei der Hebefigur um eine akrobatische Pose, bei der Robert sie am Becken greifen und über seinen Kopf hieven musste, wo sie dann mit gestrecktem Körper und ausgebreiteten Armen schwebte. Doro hatte Elli schon einmal die Hebefigur machen sehen, und ihres Erachtens erforderte die Position vom Mann viel Kraft und von der Frau viel Körperspannung, damit die Balance gehalten werden konnte. Zugegeben, akrobatisches Bodenturnen, elegantes Schwebebalkenstolzieren oder kontrolliertes Stufenbarrenschwingen waren nie ihre Stärke gewesen, aber immerhin war sie in der Grundschule mal ganz gut im Bockspringen gewesen – vielleicht war das ja hilfreich.

Um das Halten der Körperspannung zu üben, hatte Doro eine Mülltonne in die Mitte des Hofes gestellt. Ein Tanzpartner auf meinem Niveau, dachte sie jedes Mal schmunzelnd, wenn sie das schwere Teil von seinem Platz zwischen den anderen Tonnen hievte. Nur blöd, dass die Blechtonne sich mehr und mehr zum Gegner als zum Partner mauserte. Sie stand einfach nur stoisch da, während Doro Misserfolg um Misserfolg verbuchte. Mal war ihr Anlauf zu schnell, mal sprang sie zu dicht, mal zu weit vor der Tonne ab, mal rannte sie die Tonne um. Die Tonne machte alles mit wie ein altes Pferd, das bewegungslos einen Reitanfänger ertrug und nicht mal was tun musste, damit er hinunterfiel, dafür sorgte der schon selbst. Das ließ Doro so sauer werden, dass sie nicht selten gegen die Tonne trat, wodurch die mit lautem Geschepper umfiel und die Hälfte des Mülls sich auf den Hof ergoss. Dann musste Doro alles wieder einsammeln und die Tonne schließen, aber das war der Wutausbruch ihr wert. Eigentlich lag es einzig und allein an ihrer Körperspannung. Sie musste mit dem Bauch auf dem Deckel landen, dann schnell Arme und Beine ausstrecken und das Gleichgewicht halten. Bis in die Fingerspitzen, die Fußspitzen, die Haarspitzen. So lautete die Theorie. In der Praxis aber landete sie entweder zu weit oben oder zu weit unten auf der Tonne, zog die Arme nicht schnell genug weg oder spannte den Körper nicht genug an. Es war zum Aus-der-Haut-Fahren. Nach einem weiteren ungünstigen Zusammenstoß mit ihrem Blechtanzpartner wollte Doro gerade wieder wütend gegen die Tonne treten, als die Hintertür aufging und Jochen mit einem Teller voller Kartoffel- und Zwiebelschalen durch den Hof gelaufen kam. Er grinste breit.

»Na, die Tonne kann auch nix dafür, wenn du zwei linke Beine hast.« Doro seufzte und lehnte sich erschöpft auf die Tonne.

»Hätte nicht gedacht, dass das so schwer ist«, gab sie zu. Vielleicht sollte sie ihre Grenzen akzeptieren.

»Am wichtigsten ist, dass du was Ordentliches im Magen hast – woher sollen sonst die Kraft und Ausdauer kommen?!«, sagte Jochen in Krankenschwester-Manier, während er Doro von der Tonne wegschob, um den Deckel zu öffnen und den Abfall darin zu versenken.

»Ich bin zu aufgeregt«, gab sie zu. »Außerdem lande ich ständig auf meinem Magen.« Jochen verschloss die Tonne wieder und sah sie amüsiert an.

»Vielleicht was Leichtes, ein paar Kartoffeln mit Kräuterquark?«

Doro schüttelte den Kopf. »Aber danke.« Jochen sah sie liebevoll an.

»Hals- und Beinbruch«, sagte er dann und gab ihr einen Kuss. Er roch nach rohen Zwiebeln und Bratenfett. Sein Schnurrbart kitzelte. »Schaffste schon.« Doro lächelte ihn an. Seine Worte, seine Gesten, die gaben ihr mehr Kraft, als jede Mahlzeit es gekonnt hätte. Er hatte sich schon wieder zum Gehen gewendet, als er sich doch noch mal umdrehte. »Weißt du, was meine Oma immer gesagt hat?!« Er hob jetzt bedeutungsvoll einen Zeigefinger in die Luft. »Was de nich inne Beine hast, musste inne Birne ham.«

Doro sah zu, wie er durch die knarzende Hintertür ging, und dachte über den Satz nach. War das alles Kopfsache? War ihre Motorik so schlecht, weil sie nicht zwei linke Beine, sondern zwei linke Gehirnhälften hatte? Nein, das war Quatsch. Aber vielleicht sollte sie ihre Kreativität bemühen! Wenn sie die Hebefigur nicht hinbekam, dann musste sie halt etwas Neues bieten. Etwas noch Überraschenderes als Roberts Vorschlag mit dem »Durch-die-Beine-rutschen«. Kurz überlegte sie, dann kam ihr auch schon eine Idee. Sie könnte einen Outfit-Wechsel machen! Ja, das war's doch. Unter ihre Bluse und den Rock konnte sie einfach ein knappes Kleid anziehen und sich irgendwann ausziehen. So wie sie es früher immer gemacht hatte, damit ihr Vater nicht mitkriegte, dass sie einen Mini-Rock trug! Ihre Idee brachte Doro zum Schmunzeln, denn sie konnte sich Roberts Blick lebhaft vorstellen. Ihr wurde warm bei dem Gedanken, wie er sie mit seinen wachen Augen mustern würde. Gut, das war also ihr Plan B. Schon gleich fühlte sie sich sicherer. Aber trotzdem würde sie ein letztes Mal die Hebefigur versuchen, eine Chance musste sie der Sache noch geben. Also entfernte sie sich wieder ein paar Schritte von der Tonne, atmete tief durch und rannte los. Dann sprang sie ab, landete mit den Beckenknochen auf dem Deckel, zog die Arme weg, hob die Beine hoch, streckte alles aus, spannte alles an – und schwebte auf der Tonne. Verdammte Axt, sie hatte es geschafft! Da war sie, die Hebefigur. Was für ein Erfolg! Erst da merkte sie, dass sie die Luft anhielt. Vorsichtig versuchte sie zu atmen und die Position dennoch zu halten. Auch das klappte. Zumindest, bis sie vor Freude kichern musste und schließlich nur noch wie ein nasser Sack auf der Tonne lag.

Aber das war egal, es änderte nichts daran, dass sie jetzt wusste, sie konnte es schaffen. Die Hebefigur war möglich! Und das hieß auch: Ein Sieg war möglich!

***

Vollgepumpt mit Glückshormonen, stapfte Doro am frühen Abend vor sich hin summend das Treppenhaus hoch. Der Ohrwurm des Probesongs hatte in ihrem Kopf eine neue Heimat gefunden. *You just slip out the back, Jack. Make a new plan, Stan. You don't need to be coy, Roy. Just get yourself free.* Sie konnte den Wettbewerb kaum erwarten. Robert würde Augen machen, wenn sie die Hebefigur schaffte, oder er würde Augen machen, wenn sie ihr Outfit wechselte – eins von beiden würde auf jeden Fall funktionieren.

Die Wohnungstür war nicht abgeschlossen, was entweder hieß, dass sie es mal wieder vergessen hatte oder dass Matthias schon da war. Tatsächlich gab es Tage, an denen nicht so viel repariert werden musste, vor allem in der Urlaubszeit, und das bedeutete dann einen frühzeitigen Feierabend für ihn.

»Matthias?«, rief sie schon an der Tür, aber bekam keine Antwort. Dabei standen seine Schuhe im Flur. Vielleicht hatte er sich hingelegt. Sie warf ihren Schlüssel auf die Ablage und lächelte sich kurz im Spiegel an. Sie sah gut aus, sehr gut. Voller Elan, voller Energie. Zufrieden lief sie in die Küche – und hielt in der Tür inne. Matthias saß am Küchentisch, auf dem eine Vase mit roten Nelken und etwas Schleierkraut stand. Er hatte den Kopf auf die Hände gestützt und sah aus wie ein einziges Häufchen Elend. Gab es einen Zusammenhang zwischen den mitgebrachten Blumen und seiner Stimmung? Er brachte ihr ab und zu Blumen mit, meistens Nelken, das war also erst mal nichts Ungewöhnliches. Doch dann entdeckte Doro noch etwas anderes auf dem Küchentisch. Dort, neben seinem Ellbogen, lag etwas, was sie bei näherem Herangehen als einen benutzten Tampon identifizierte.

Sie blieb stehen. War das ihr Tampon? Warum lag er da? Hatte Matthias ihn gefunden und eins und eins zusammengezählt? Seit wann schaute er denn in den Badmülleimer? Jetzt richtete Matthias sich auf. Seine Augen waren ein bisschen glasig, sein Blick voller Schmerz.

»Ist dem Kind was passiert?«, fragte er mit gebrochener Stimme.

Doro stand da und wusste nicht, was sie sagen sollte. Nur das Ticken der Uhr war zu hören, die Sekunden, die vergingen, während sie nicht antwortete. Sie suchte in ihrem Kopf nach einer plausiblen Erklärung, nach einer neuen, besseren Lüge, die sie entschuldigen, freisprechen würde. Aber dann wurde ihr klar, dass Matthias das nicht verdient hatte. Und sie auch nicht.

»Ich war nie schwanger.« Jetzt war es raus. Die Wahrheit.

»Du warst nie schwanger.« Matthias wiederholte den Satz, aber er sah nicht so aus, als verstünde er den Inhalt, eher so, als wäre er ein Gegenstand, den er von allen Seiten betrachtete und der dennoch keinen Sinn ergab. Doro zog den Stuhl zurück und setzte sich ihm gegenüber. Sie legte eine Hand auf seine.

»Ich habe nur behauptet, schwanger zu sein«, erklärte sie kleinlaut und suchte Matthias' Blick, aber der schaute so hilflos auf die Tischplatte wie ein Kind, dem man mitgeteilt hatte, dass sein Kaninchen nicht ausgebüxt war und jetzt in Freiheit lebte, sondern vom Fuchs gerissen worden war. Er atmete tief ein und aus. Langsam schien er zu begreifen.

»Du hast mich angelogen?« Matthias sah Doro jetzt direkt in die Augen. Ruckartig zog er seine Hand unter ihrer weg und verschränkte die Arme, als müsste er sich vor ihr, vor der Wahrheit schützen. Doro schluckte.

»Du hast dir das so gewünscht. Aber ich war nicht bereit.« Sie atmete tief durch. »Ich bin nicht bereit.« Wieder suchte sie nach Begreifen in Matthias' Augen, aber er sah sie nur irritiert an.

»Ich dachte, wir wollten eine Familie. Deshalb haben wir doch geheiratet.« Seine Stimme klang fast verzweifelt. Er tat Doro leid. Sie wusste, wie sehr er sich über ihre Schwangerschaft gefreut hatte, und konnte an seinen geröteten Augen erkennen, dass für ihn gerade eine Welt zusammenbrach. Liebevoll sah sie ihn an.

»Also, ich habe dich vor allem geheiratet, weil ich dich geliebt habe«, erklärte sie aufrichtig.

»Geliebt habe? Liebst du mich noch?« Jetzt kam wieder etwas Leben in Matthias. Er richtete sich auf. Eine Hiobsbotschaft nach der anderen erzeugte dann doch Gegenwehr. Doro sah ihn ernst an.

»Liebst du mich denn noch?« Zu ihrer Überraschung antwortete Matthias wie aus der Pistole geschossen.

»Ja, natürlich.«

Doro senkte den Blick, ließ ihn wandern. Sie sah auf die Tischplatte mit der Politur, die man so gut abwischen konnte. Auf Matthias' große, starke Hände, die rissig waren von der Arbeit. Auf den vollgesogenen Tampon, der Schlieren auf dem Tisch gezogen hatte. Das konnte doch nicht sein, dachte sie, dass ihre Beziehung mit einem Tampon begann und mit einem Tampon endete?

»Ich würde nur gerne die Frau wiederhaben, die ich geheiratet habe«, erklärte Matthias jetzt halb traurig, halb wütend. Aber Doro wollte nichts mehr schönreden. Jetzt sollte alles raus. Tabula rasa.

»Und welche Frau soll das sein?«, fragte sie. »Das hier, das bin ich! Ich glaube, ich war noch nie so sehr ich wie jetzt!« Sie suchte in seinen Augen nach Verständnis. Sie wünschte, er könnte sie sehen. Aber sein Blick huschte hin und her, seine Augenbrauen zogen sich zusammen. Genervt erhob er sich vom Tisch. »Ich mache uns einen Tee. Wir kriegen das alles wieder hin.«

Das war so typisch er. Schnell wieder ins Tun kommen, schnell wieder Normalität herstellen. Sein ignorantes Verhalten machte Doro wütend.

»Hast du denn überhaupt nichts verstanden?« Abrupt stand auch sie auf.

»Was gibt es denn da zu verstehen?« Matthias füllte den Kessel mit Wasser. »Ich bin dein Ehemann, Doro! Das musst *du* mal verstehen. In einer Ehe gibt es klare Rollen. Und der Mann hat das Sagen!«

Ach Gott, jetzt kam wieder dieses nachgeplapperte Zeug, dieses kleinkarierte, konventionelle Denken – es schien Doro wie eine Epidemie, die Matthias erwischt hatte.

»Wer sagt das? Die Kirche? Der Staat? Das Ehebuch?«, erwiderte sie sauer. »Können wir nicht so leben, wie wir leben wollen?«

Matthias stellte das Wasser ab und drehte sich zu ihr um.

»Ich will genauso leben«, sagte er ernst. »Und du doch auch. Du bist nur nicht ganz bei dir wegen deiner Tage.«

Bitte was?! Fassungslos stand Doro da und sah zu, wie er den Kessel auf dem Herd platzierte. Jetzt erklärte er sie für unzurechnungsfähig? Für unmündig? Ihr fiel ein, dass sie im Kindergarten mal eine Kollegin gehabt hatte, die von ihrem Ehemann als hysterisch befunden worden war, und dann hatte sie in der Klinik Elektroschocks verabreicht bekommen, damit sie wieder »funktionierte«. Sie spürte, dass jede Diskussion hier vergeblich war. Sie könnte genauso gut mit ihrer Hand reden. Sie wollte weg, einfach raus hier. Außerdem wurde es Zeit, zur Ecke zu gehen, wo Robert sie mit dem Moped nach Dortmund mitnehmen würde. Die Küchenuhr zeigte bereits kurz vor halb acht an. Sie musste sich sputen, wenn sie ihn nicht warten lassen wollte.

»Ich muss jetzt los.« Sie sah Matthias nicht an und ging zur Tür. Unerwartet stellte er sich ihr in den Weg.

»Zur Muttergruppe, ja?!« Seine Augen funkelten Doro herausfordernd an. Er wirkte plötzlich größer, stämmiger als sonst. Aber diese bestimmende Art machte Doro nur noch entschlossener.

»Und wenn es die Scheidungsgruppe ist – es geht dich gar nichts an!« Sie versuchte, an ihm vorbeizukommen, aber er füllte jetzt den ganzen Türrahmen aus.

»O doch, Frau Walter!« Seine Stimme klang mit einem Mal bedrohlich. »Mir reicht es nämlich langsam! Du gehst nirgendwohin. Wir klären das jetzt.« Diesen Ton hatte Doro noch nie bei Matthias gehört. Er hatte eine Schärfe wie ein frisch geschliffenes Messer, das lautlos durch ein Stück

Fleisch glitt und tiefe Verletzungen erzeugte. Starr und hart ruhte sein Blick auf ihr. Er schien entschlossen, sie nicht gehen zu lassen. Doro fühlte sich hilflos und gefangen.

»Lass mich vorbei, verdammt noch mal!« Ihr Versuch, ihn zur Seite zu schieben, wurde im Keim erstickt, denn Matthias griff ihre Unterarme und hielt sie fest. Sie spürte seine Stärke. Ihre Handgelenke brannten. Doro versuchte sich herauszuwinden, drückte ihren Körper mit aller Kraft gegen seinen, strengte sich an, ihre Arme aus seinen Händen zu ziehen. Aber er war so viel stärker als sie, das war ihr nie bewusst gewesen. Sie trat nach ihm, traf jedoch nur den Türrahmen. Sie versuchte, ihm in die Hand zu beißen, aber kam nicht ran.

»Lass mich los!«, schrie sie ihn schließlich direkt an. Und da löste er tatsächlich den Griff. Doros Arme waren plötzlich wieder frei, sie brauchte kurz, um es zu realisieren, aber dann hörte sie auch schon das Klatschen und spürte den brennenden Schmerz und die Wucht, die sie rückwärts gegen den Küchentisch stolpern ließ. Dessen Kante bohrte sich hart in ihren Rücken, woraufhin sie zu Boden ging. Ein dumpfes Rumpeln, ein lautes Klirren, als auch die Vase hinunterfiel, dann Stille. Bis auf das Uhrenticken. Doro spürte Nässe, sah Scherben um sich herum, eine rote Nelke lag in einer Pfütze. Dann kam der Schmerz. Kurz wusste sie nicht mehr, wo oben und unten war, wusste nicht, wie lange sie schon auf dem Boden lag. Sekunden? Minuten? Der Schock war so groß, größer als der Schmerz. Ihr Blick ging zu Matthias, der immer noch im Türrahmen stand. Auch er sah geschockt aus, konnte es selbst nicht glauben, genauso wie Doro. Er hatte sie tatsächlich geschlagen. Ins Gesicht. Mit dem Handrücken. Mit voller Wucht.

Noch heftiger als der Schlag traf Doro die Erkenntnis, dass ihre Verbindung nie mehr die gleiche sein würde. Die Schwangerschaftslüge hatte alles verändert. Nie hätte Doro gedacht, dass Matthias sie schlagen könnte. Wahrscheinlich hatte er es auch nicht gedacht, aber Fakt war, dass er es getan hatte. Und das machte ihr Angst. Wie lange sie beide in der Schockstarre verharrten, konnte sie nicht ausmachen, wahrscheinlich nur wenige Sekunden, aber es kam ihr ewig vor. Schnell rappelte sie sich auf, rannte ins Badezimmer und schloss die Tür hinter sich ab. Sie hörte Matthias' Schritte, seine Stimme auf der anderen Seite der Tür.

»Das wollte ich nicht«, erklärte er kleinlaut. »Es tut mir leid, Doro. Bitte komm raus.« Aber Doro dachte nicht daran. Sie hatte Angst vor ihm, er schien ihr unberechenbar, wie ein bedrohtes Tier, das mit allen Mitteln um sein Leben kämpfte. Ihr Blick fiel in den Spiegel. Blut rann über ihr Kinn, die Lippe war aufgeplatzt. Nasse Haare klebten an ihrer Wange. Ihre Augen waren weit aufgerissen. Sie erschrak bei dem Anblick. Wie waren sie nur an diesen Punkt gekommen? Was sollte sie jetzt tun? Machtlos ließ Doro sich auf den Toilettendeckel sinken. »Bitte, Doro, lass uns über alles reden«, hörte sie Matthias' Stimme ins Bad dringen. Sie war jetzt fast schon flehend, verzweifelt.

Doros Gedanken gingen rasend schnell. Was hatte sie erwartet, wie lange man ein Doppelleben führen konnte? War ja klar, dass irgendwann der Moment kommen musste, an dem ihr alles um die Ohren flog. Sie war schuld an der ganzen Situation. Sie hatte aus Matthias ein wütendes Tier gemacht und saß jetzt in ihrer selbst gebauten Falle. Wenn man Sowohl-als-auch statt Entweder-oder wollte, hatte man am Schluss gar nichts, das wusste doch jedes Kindergarten-kind. Und da wurde ihr endgültig klar: Wenn zwei Welten kollidierten, dann musste man sich entscheiden, welche man retten, in welcher man leben wollte. Und die Entscheidung für die eine Welt war automatisch die Entscheidung gegen die andere Welt. Sollte sie also ihr Eheversprechen halten und zusammen mit Matthias durch gute und schlechte Zei-ten gehen? Oder sollte sie ihr Versprechen gegenüber Robert halten, mit ihm beim Wettbewerb zu tanzen? Doro musste sich hier und jetzt entscheiden. Matthias wartete. Robert wartete. Kurz schien sie darüber zu verzweifeln, aber dann riss sie sich zusammen. Sie konnte sich in Selbstmitleid ver-lieren – oder sie konnte etwas dafür tun, wenigstens eine der beiden Welten zu retten.

14

Ein schrilles Geräusch drang durch die Wohnung, es klang wie der höchste Ton einer Blockflöte, nur lauter und länger. Bis ins Bad konnte Doro das penetrante Pfeifen des Kessels auf dem Herd hören. Das Wasser kochte. Das Wasser für den Tee, der Doro beruhigen sollte. Sie hörte, wie Matthias sich von der Badtür wegbewegte, wie seine Schritte sich entfernten auf dem Weg in die Küche. Ihre Gedanken überstürzten sich. Das war die Gelegenheit, der Badfalle zu entkommen! Sie kannte Matthias gut genug, um zu wissen, dass er den Kessel nicht einfach nur von der Platte nehmen würde, sondern zwei Tassen aus dem Schrank holen, jeweils einen Teebeutel ihres Lieblingstees (Pfefferminze) und einen Teebeutel seines Lieblingstees (Earl Grey) mit kochendem Wasser übergießen und dann auch noch den Zeitmesser auf sechs Minuten stellen würde. Ihr blieben also bestimmt dreißig Sekunden. Doro atmete tief durch. Sie musste diese Chance nutzen!

So geräuschlos wie möglich drehte sie den Schlüssel im Türschloss um und huschte ins Schlafzimmer. Gezielt griff sie nach den benötigten Sachen und hielt dann den Atem an. Es galt, schnell an der offenen Küchentür vorbei durch den Flur und hinaus zu gelangen. Sie dachte nicht lange nach und rannte los, ohne in die Küche zu schauen, öffnete hastig die Wohnungstür, trat hindurch, schloss sie nicht hinter sich, sondern rannte einfach weiter, sobald sie im Treppenhaus war. Ohne sich einmal umzudrehen, lief sie die Treppe hinunter, zur Haustür hinaus und die Straße entlang. Sie rannte und rannte, bis sie um die Ecke und außer Sichtweite war.

Ein Gassigeher sah sie abschätzig an, als sie sich nach Luft ringend an einen Gartenzaun lehnte. Doro gab wohl ein verstörendes Bild ab mit ihrer blutenden Lippe, den nassen Haaren, der halb offenen Tasche über der Schulter und dem Kleid unter dem Arm. Sie warf einen Blick auf ihre Armbanduhr und sah, dass das Glas zersprungen war, wahrscheinlich von ihrem Sturz. Sie horchte am Gehäuse, die Uhr tickte nicht mehr. Die Zeiger waren bei 19:25 Uhr stehen geblieben. Wow, dachte sie, jetzt weiß ich für immer die Uhrzeit des Endes meiner Ehe. Ihr entfuhr ein kurzes Lachen, was dazu führte, dass der Blick des Mannes ein bisschen ängstlich wurde. Ja, sie wirkte sicher wie eine Irre. Und vielleicht war sie auch irre. Denn sie hatte eine Entscheidung getroffen, von der es kein Zurück mehr gab. Sie hatte auf ihr Herz gehört und ihr altes Leben hinter sich gelassen, hatte es abgestreift wie eine Schlange ihre Haut. Matthias hatte sie bereits enttäuscht, jetzt wollte sie Robert nicht auch noch enttäuschen.

»Wie spät ist es denn?«, fragte sie deshalb den Mann mit dem niedlichen Rauhaardackel, der gerade gegen eine Straßenlaterne pinkelte. Sie sah ihm an, dass er sich am liebsten einfach wegdrehen würde, aber dann schaute er doch auf seine Armbanduhr und teilte ihr mit, dass es 19:45 Uhr sei. Nachdem er den Hund von der Laterne weggezogen hatte, ging er schnellen Schrittes in die entgegengesetzte Richtung weiter. »Danke«, rief Doro ihm hinterher, dann spurtete sie los, die Straße hinunter, Richtung Ecke. Halb acht vor der Ecke, das war Roberts Ansage gewesen, aber vielleicht war es ja noch nicht zu spät, vielleicht wartete er auf sie. Aber Doro sah es schon von Weitem. Niemand und nichts stand vor der Ecke. Kein Moped, kein Robert.

Obwohl sie völlig außer Atem war, versuchte sie, scharf nachzudenken. Gab es Möglichkeiten, wie sie dennoch ins Panoptikum kommen könnte? Busse fuhren nicht bis nach Dortmund. Züge ja, aber nur alle zwei Stunden. Das würde zeitlich nicht hinhauen. Verdammt. Ihr schossen die Tränen in die Augen. Sie hatte ihre Entscheidung getroffen, und jetzt das. Die ganze Woche hatte sie sich auf den Tanz gefreut, hatte geübt, hatte die Hebefigur geschafft – für nichts und wieder nichts. Sie schluchzte. Tränen rannen ihre Wangen hinunter und liefen in ihren Mund. Die Umgebung verschwamm. Sie fühlte sich plötzlich völlig alleine. Die ganze Welt schien gegen sie zu sein. Was für eine große Scheiße, dachte sie enttäuscht und zugleich ernüchtert. Scheiße, Scheiße, Scheiße. Doch dann sah sie durch ihren Tränenschleier hindurch Helmuts Wagen an der Straße stehen. Es war ein brauner Opel Kadett, sein Heiligtum. Erst hatte Tante Bertha »die olle Schüssel« verkaufen wollen, aber dann hatte sie sich darauf besonnen, dass sie ja eigentlich Auto fahren konnte, nur jahrelang keine Gelegenheit gehabt hatte, weil Helmut immer fuhr und niemand anderen ans Steuer seines Opels ließ. Seiner Frau ein eigenes Auto zu kaufen, hatte der Geizhals nicht für nötig befunden. Jetzt, als Witwe, empfand es Bertha als sehr praktisch, den Opel zu haben. Und irgendwie auch als Genugtuung.

Doro wischte sich die Tränen von der Wange. Bertha, das war überhaupt die Idee! Hoffentlich war sie zu Hause! Doro schaute zu den Fenstern im Haus neben der Ecke, wo sich die Wohnung ihrer Tante befand, und glaubte, Lichtschein zu sehen. Nachdem sie zur Tür gelaufen war, klingelte sie bei *Krämer* im ersten Stock. Sie selbst hatte noch keinen Führerschein gemacht, denn erst hatte sie sich von Johanna, dann von Matthias rumkutschieren lassen. Jetzt bereute sie diese Entscheidung. Keinen Führerschein zu haben, machte unfrei und abhängig.

»Ja, bitte?« Endlich war Berthas Stimme zu hören. Es hatte eine kleine Ewigkeit gedauert. Vor lauter Erleichterung konnte Doro gar nichts sagen. Glück im Unglück mal wieder – das war irgendwie ihr Ding.

»Ich bin's, Doro«, rief sie schließlich in die Sprechanlage hinein. »Magst du tanzen gehen?«

Bertha hatte sich nicht zweimal bitten lassen. Kurz darauf saß sie hinterm Steuer des braunen Opels. Um sich während der Fahrt umzuziehen und zu schminken, hatte Doro auf der Rückbank Platz genommen. Von Bochum bis nach Dortmund dauerte die Fahrt mit dem Auto normalerweise eine halbe Stunde, allerdings hatte Berthas Fahrpraxis doch sehr gelitten, und sie traute sich nicht so richtig, Gas zu geben. Meistens hielt sie sich auf der rechten Spur und fuhr um die achtzig Stundenkilometer. Sie rechtfertigte ihre Fahrweise damit, dass Doro sich doch schminken müsse, aber das schien wohl eine Ausrede zu sein.

Doro konnte es ihr nicht verübeln. Sie war heilfroh, dass Bertha überhaupt so spontan zugestimmt hatte, mit ihr nach Dortmund zu fahren. Außerdem war Roberts Moped bestimmt auch nicht schneller, also waren sie mit einem Auto schon mal gut bedient.

Trotz einer dicken Schicht Puder, der falschen Wimpern und des knallroten Lippenstifts gelang es Doro nicht, die aufgeplatzte Lippe komplett zu kaschieren. Sie blutete zwar nicht mehr, war aber geschwollen und krustig. Egal, dachte sie, immer noch besser als ein demoliertes Knie oder ein geprellter Arm, das hätte ihr nämlich beim Tanzen ernsthafte Schwierigkeiten bereitet. Langsam spürte sie Aufregung in sich aufsteigen, jetzt, wo ihr Kopf wieder etwas freier wurde. Beim Gedanken an die vielen Leute, die ihrem Tanz mit Robert zuschauen würden, wurde ihr doch etwas anders – schließlich war es nicht dasselbe, ob man nur zu zweit für sich oder vor Publikum tanzte. Zum Glück war Doro es aus dem Kindergarten gewohnt, öfter mal die Alleinunterhalterin zu sein, und das vor besonders kritischen Zuschauern und Zuhörern, denn mit ihrer kurzen Aufmerksamkeitsspanne gaben Kinder das authentischste Feedback. Um sie bei der Stange zu halten, musste man echt was bieten. Außerdem wusste Doro ja, dass sie keine begnadete Tänzerin war – warum also so tun als ob? Sie würde eben tun, was sie konnte, und zwar so gut, wie es ging. Und mal ehrlich, was sie in den letzten Wochen alles geschafft hatte, war auch nicht zu verachten: Sie hatte vor den Leuten in der Army Base gesprochen, sie hatte Disko-Abende moderiert … Sie war so oft über ihren Schatten gesprungen, dass es sie immer weniger Kraft und Überwindung kostete. Sie musste einfach nur an sich glauben.

»Fertig?«, fragte Bertha in ihre Gedanken hinein. Im Rückspiegel begegnete Doro ihrem fürsorglichen Blick und nickte lächelnd. Sie hatte das Mini-Kleid – einen knappen glitzern-den Stofffetzen, den sie mal für das Feenfest im Kindergar-ten genäht hatte – unter Rock und Bluse gezogen und ihre fast trockenen Haare ordentlich durchgekämmt. Jetzt fielen sie wieder seidig-lockig über ihre Schultern. Sie war bereit.

»Na dann«, sagte Bertha und lächelte sie über den Rück-spiegel an. »Dann kannst du ja jetzt mal erzählen, was pas-siert ist.« Und das tat Doro. Schließlich hatten sie noch ein ganzes Stück Fahrt vor sich.

»Dieses Tanzpaar hat für den heutigen Wettbewerb einen echten Hit ausgesucht. Heißt sie herzlich willkommen, Ingo und Steffi aus Essen-Katernberg!« Auf die Stimme des DJs folgte der Jubel des Publikums. Dann setzte laut die Musik ein. *Gitchie, gitchie, ya-ya, da-da. Gitchie, gitchie, ya-ya, here. Mocha Chocolata, ya-ya. Creole Lady Marmalade.*

Doro sah nichts von dem Tanz, zu beschäftigt war sie damit, sich so schnell wie möglich durch die Massen an Menschen im Panoptikum zu schieben, deren Blicke auf die Tanzfläche gerichtet waren. »Entschuldigung, darf ich mal?« Sie lächelte herzallerliebst. »Sorry, ich muss kurz durch.« Steffi und Ingo schienen das erste Paar des Wett-bewerbs zu sein, also war es noch nicht zu spät. Sie würde es rechtzeitig zum Tanz schaffen – jetzt musste sie bloß Robert finden. Hoffentlich war er überhaupt ins Panoptikum ge-fahren, nachdem sie nicht zur verabredeten Uhrzeit am Treffpunkt erschienen war. Das Publikum jubelte laut, an-scheinend wurde ihnen eine gute Show geboten. Allerdings nahm Doro die Atmosphäre nur unterbewusst wahr, wäh-rend ihre Augen jeden Winkel nach Robert absuchten. Sie arbeitete sich die Treppenstufen hoch auf die Empore, schob sich an der Bar vorbei und hatte den langen Gang mit den Toiletten fast erreicht, als sie ihn endlich sah. Er stand dort an die Wand gelehnt und rauchte. Gott sei Dank! Sie winkte mit beiden Armen und strahlte freudig, während sie auf ihn zuging. Aber als er sie entdeckte, blieb sein Blick ernst, er schien ihre Freude nicht zu teilen, und auch, als sie endlich vor ihm stand, sah er sie nur kühl an.

»Ich dachte, ich kann mich auf dich verlassen.« Seine Stimme klang nicht vorwurfsvoll, nicht wütend, einfach nur ernüchtert. Mit solch einem Empfang hatte Doro nicht gerechnet. Nach der ganzen Odyssee war sie einfach froh, rechtzeitig hergekommen zu sein und Robert zu sehen. Sie hätte ihm erzählen können, was vorgefallen war, warum sie sich verspätet hatte, aber das interessierte ihn jetzt wahrscheinlich nicht.

»Tut mir leid«, sagte sie deshalb nur und sah ihn entschuldigend an. »Jetzt bin ich ja da.«

Er kniff die Augen zusammen und zog seine Zigarette bis auf den Filter runter, dann drückte er sie in einem der Standaschenbecher aus, von denen mehrere den Flur flankierten. Eine Standaschenbecher-Allee, dachte Doro kurz, aber es schien ihr nicht angebracht, es laut zu sagen. Die Stimmung war seltsam. Doro konnte Roberts Schweigen nicht deuten. Sie wollte ihm eigentlich so viel sagen – wie sehr sie sich auf den Tanz freute und dass sie die Hebefigur geschafft hatte, zum Beispiel.

»Elli ist doch gekommen«, erklärte Robert jetzt in ihre Gedanken hinein. Doro verstand nicht. Wie, wo, was, hierher? Robert nickte mit dem Kopf in Richtung der Toiletten, und Doro folgte seinem Blick. Da stand sie tatsächlich und redete gerade mit ein paar Männern. Elli, strahlend und sexy wie immer. Als sie Doros Blick auffing, winkte sie ihr lächelnd zu. Doro winkte zurück, aber lächeln konnte sie nicht. Was hatte das zu bedeuten, dass Elli auch hier war? Robert schien ihre Gedanken lesen zu können und erklärte: »Ich kann das Preisgeld echt gut gebrauchen. Und mit Elli kann ich gewinnen.«

Sein Blick war entschlossen. Doro begriff nicht, was mit ihm los war, warum er so hart reagierte, schließlich hatte sie sich den Arsch aufgerissen für ihn. Sie hätte darauf bestehen können, tanzen zu wollen, aber mehr als »Ich bin doch jetzt da« bekam sie nicht heraus. Vielleicht hatte Robert ja recht. Mit ihr konnte man nicht gewinnen. Keine Ehe, keinen Tanz. Sie brachte allen nur Unglück. Es war besser, wenn er mit Elli tanzte. Wer gewinnen wollte, sollte nicht mit ihr tanzen. Sie war kein Gewinnertyp. Nicht auf der Tanzfläche, nicht im Leben.

Plötzlich wollte Doro einfach nur allein sein. Ihr war kotzübel. Sie hatte das Gefühl, alles falsch gemacht zu haben, nicht hierher zu gehören, nirgends hinzugehören.

»Was ist da passiert?« Robert nahm ihr Kinn in die Hand und betrachtete die geschwollene Lippe. »Geht's dir gut?«

Sie wich einen Schritt zurück, sodass seine Hand nicht länger ihr Kinn berührte. »Ist egal. Nicht so schlimm.«

Sie wollte keine Almosen von ihm. Die Enttäuschung über ihn, über sich, über alles schnürte ihr die Kehle zu. Weg, einfach schnell weg von hier, dachte sie nur. »Viel Erfolg dann«, murmelte sie noch, ohne ihm in die Augen zu sehen, und ging schnellen Schrittes Richtung Treppe.

Ohne ihre Brille gestaltete es sich nicht so einfach, von der Empore aus in der Menge jemanden zu erkennen, aber dann entdeckte Doro ihre Tante vorne in der ersten Reihe. Bertha war schon wieder ganz in ihrem Element und jubelte dem nächsten Tanzpaar zu. Doro hoffte inständig, dass sie ihre Tante dazu bewegen konnte, gleich zurück nach Bochum zu fahren. Außerdem würde sie Bertha darum bitten, bei ihr schlafen zu dürfen. In der Wohnung war ausreichend Platz, und Doro wusste nicht, wo sie sonst hinsollte. Zu ihren Eltern oder in Georgs Kommune wollte sie nicht, von Bertha fühlte sie sich verstanden.

Völlig energielos stapfte sie die Treppe hinunter und bahnte sich den Weg durch die Leute hindurch zu ihrer Tante. Das nächste Tanzpaar hatte soeben die Darbietung beendet, und alle klatschten begeistert, während Bertha von einem Fuß auf den anderen steppte und dabei einen bunten Drink schlürfte. Gerade als Doro sich zu ihr beugen und die Situation erklären wollte, wurde sie von der Mikrofon-verstärkten Stimme des DJs übertönt.

»Und jetzt kommt ein Paar, das keine Ankündigung braucht. Ein Paar, das die letzten beiden Wettbewerbe gewonnen hat. Mal sehen, ob sie heute ihren Titel verteidigen können. Hier ist unser Traumtanzpaar aus Bochum!«

Die Menge jubelte, während Robert erhaben lächelnd in die Mitte der Tanzfläche schritt und sich dort positionierte. Ein ungünstiger Zeitpunkt, um Bertha ihr Anliegen zu schildern, das wusste Doro. Aber wollte sie sich wirklich den Tanz ansehen? Und das auch noch aus der ersten Reihe? In seiner typischen Stierkämpferhaltung stand Robert jetzt da und streckte den rechten Arm, die rechte Hand aus. Das war das Zeichen für Elli, ihrerseits die Tanzfläche zu betreten und ihre Hand in seine zu legen. Doro kannte den Ablauf. Erst dann würde die Musik einsetzen, und nach zwei Takten würden die gemeinsamen Schritte beginnen. Aber nichts geschah. Keine Elli, keine Musik. Robert bemühte sich, weiterhin stolz und aufrecht dazustehen, aber Doro sah an seinen Augen, dass er ein wenig irritiert war. Auch die Menge wurde langsam unruhig. Als Doro sich umblickte, entdeckte sie Elli auf der gegenüberliegenden Seite der Tanzfläche. Sie sah Doro direkt an. Hatte die Arme vor der Brust verschränkt, lächelte, zwinkerte ihr zu. Dann machte sie eine einladende Kopfbewegung Richtung Robert.

Moment mal – wie bitte?! Doro konnte nicht glauben, was gerade passierte. Ließ Elli ihr etwa den Vortritt? Wollte Elli, dass sie an ihrer statt mit Robert tanzte?

Doros Gedanken rasten wie Spielzeugautos auf einer Carrera-Bahn. Das war ihre Chance, doch mit ihm zu tanzen. Aber wenn sie das hier wirklich für ihn tat und sich wünschte, dass er seinen Sieg bekam, sollte sie dann nicht besser Elli den Vortritt lassen? Hatte er überhaupt eine Chance, mit ihr zu gewinnen? War es egoistisch von ihr, mit ihm tanzen zu wollen, auch wenn sie dann nicht gewinnen würden? Kurz überlegte sie, wie sauer er sein würde, wenn er kein Preisgeld bekäme, aber schließlich sagte sie sich, dass ihr das im Grunde egal sein konnte. Denn eines wusste sie ganz sicher: Sie wollte tanzen. Für sich, nicht für ihn. Nochmals sah sie in Ellis aufmunterndes Gesicht. »Nun mach schon«, sagte deren Blick. Sie schien an Doro zu glauben, also musste Doro jetzt auch an sich glauben, musste endlich mal für sich einstehen, sich trauen, Raum einzunehmen. Sie atmete tief ein und aus. Dann trat sie auf die Tanzfläche und ergriff Roberts Hand. Die Menge jubelte – endlich ging es los! Robert allerdings sah sie erschrocken an.

»Was soll das?! Was tust du da?«, sagte sein Blick. Aber da setzte auch schon die Musik ein, der Song begann. Doch es war nicht ihr Lied, es war eines, das sie noch nie gehört hatte. *Sunny, yesterday my life was filled with rain. Sunny, you smiled at me and really eased the pain.* Scheiße, dachte Doro kurz. Aber egal. Es gab kein Zurück. »Wir machen mit Hebefigur«, raunte sie Robert noch schnell zu – und ignorierte sein angedeutetes Kopfschütteln. Stattdessen lächelte sie gewinnend in die Menge. Attitüde ist das halbe Können, erinnerte sie sich. Was sie nicht in den Beinen hatte, musste sie mit ihrer Persönlichkeit ausgleichen.

Und schon ging es los. Robert zog sie an sich, und sie drehte sich wieder aus seinen Armen heraus. Synchron tanzten sie die einstudierte Schrittfolge. Zwei Steps nach rechts und das Becken dabei vorschieben, zwei Steps nach links und das Becken vorschieben, dann zueinanderdrehen, über die Schulter nach vorne schauen und gleichzeitig den Oberkörper hin und her bewegen. Doro wusste, dass Robert nicht glücklich mit der Situation war, aber er war Profi genug, um schnell umzuschalten und zu versuchen, das Beste aus der Sache zu machen. Und das tat er. Sein Lächeln schien echt, seine Freude an den Bewegungen auch. Und Doro ließ sich einfach komplett fallen, indem sie ihm vertraute – und vor allem, sich selbst vertraute. Ihr exzessives Üben hatte dazu geführt, dass sie die Schritte im Schlaf konnte, was es ihr jetzt ermöglichte, wirklich Spaß beim Tanzen zu haben und es zu genießen, dass aller Augen auf sie gerichtet waren. Und sie merkte, wie ihre Freude auf die Zuschauer überging, was ihr wiederum noch mehr Energie und Enthusiasmus verlieh. Es gab ihr außerdem eine Sicherheit, aus der heraus sie sich traute, lässig zu sein. Auch Robert schien schnell zu spüren, dass Doro die Schritte gut draufhatte und er sich auf sie verlassen konnte. Hin und wieder baute er neue, verspielte Elemente ein, wie eine Drehung um sich selbst oder einen Klaps auf ihren Po, was Doro die Möglichkeit gab, darauf mimisch zu reagieren. So bekam der Tanz etwas Situatives, Einmaliges, Ungeprobtes, denn sie gingen aufeinander ein, statt nur ihrer geprobten Choreografie zu folgen. Einmal griff Robert einfach Doros Handgelenke und ließ sie durch seine gegrätschten Beine hindurchrutschen, obwohl sie das nie geprobt hatten. Ein andermal schubste sie ihn mit einem leichten Stoß gegen die Brust weg, woraufhin er sich fallen ließ und ein Stück auf dem Po rutschte, um dann mit einer Rückwärtsrolle zum Stehen zu kommen. Das alles funktionierte problemlos, denn sie war wieder da, die Anziehung zwischen ihnen, das Vertrauen, und beides war größer denn je. Sie waren ganz beieinander und miteinander und füreinander. Doro bekam gar nicht mehr allzu viel aus dem Publikum mit, nur einmal sah sie Bertha jubeln, einmal Elli lachen. Sie hörte bloß Fetzen des Songs, aber die machten richtig Spaß: *The dark days are gone and the bright days are here. My sunny one shines so sincere. Sunny, one so true, I love you.* Ansonsten ging alles so schnell, dass sie später Schwierigkeiten hatte, sich an einzelne Momente zu erinnern. Nur einer sollte ihr klar im Gedächtnis bleiben. Der Überraschungsmoment, in dem sie die Druckknöpfe der Bluse aufriss und das Kleidungsstück auf den Boden warf, dann dasselbe mit ihrem Rock tat und nur noch in dem Glitzerfummel dastand. Ein Raunen ging durch die Menge, und Roberts Mund verzog sich zu einem breiten Grinsen. Das verging ihm allerdings schnell, als er registrierte, dass Doro losrannte. Sie sah die Skepsis in seinen Augen, sah, dass er lieber die abgesprochene Durchrutschaktion machen wollte, aber das Tempo und die Entschlossenheit, mit der sie auf ihn zuhielt, ließen ihm keine andere Wahl, als sie am Becken zu packen, ihren Schwung mitzunehmen und sie hochzuhieven. Aber da ihr Absprungzeitpunkt wieder nicht ideal gewesen war, fehlte ihr etwas Schwung, aber er schaffte es, sie wenigstens bis auf die Schulter zu heben. Alles anspannen, sagte Doro sich immer wieder, anspannen, anspannen, und auf keinen Fall atmen. Und dann schwebte sie da oben neben Roberts Kopf, und er drehte sich mit ihr auf der Schulter im Kreis. Doro vernahm Begeisterungsschreie. Auf das Publikum schien es so zu wirken, als wäre alles genauso geplant gewesen. Was für ein erhebender Moment – im doppelten Sinne des Wortes. Sie schwebte. Sie war leicht. Sie hatte es geschafft, zumindest einigermaßen. Jetzt konnte sie entspannen – und das tat sie auch. Langsam ließ sie sich an Roberts Körper hinuntergleiten, bis ihre Füße wieder den Boden berührten. Sie spürte seine Hände an ihren Hüften. Ihr Gesicht war seinem jetzt ganz nah. Sein Blick war weich, warm, zugewandt, stolz. Sie schauten sich lächelnd an, außer Atem, voller Adrenalin. Und dann stoppte die Musik, und der Applaus prasselte auf sie nieder wie der lang ersehnte Regenschauer nach Tagen schwül-heißen Wetters.

***

»Von wegen, mit mir kann man nicht gewinnen.« Als sie später draußen vor dem Panoptikum standen, zog Doro an der Zigarette, die Robert ihr angesteckt hatte, und versuchte, den Hustenreiz zu unterdrücken. Sie hatte Bluse und Rock wieder übergezogen, aber das Adrenalin trat ihr immer noch aus sämtlichen Poren. Nicht nur hatte sie den Auftritt gemeistert – sie hatten tatsächlich den Wettbewerb gewonnen und damit hundert D-Mark für Robert einkassiert. Anscheinend honorierte das Publikum Natürlichkeit und Originalität. Oder es war das Knistern zwischen den Tanzenden gewesen, was überzeugt hatte. Denn zwischen ihr und Robert hatte es geknistert, in Chipstüten-Lautstärke. Doro hatte immer noch den Geruch seines Aftershaves in der Nase, spürte seine starken Arme, sah die blendenden Lichter vor ihrem inneren Auge. Sie musste sich unbedingt bei Elli dafür bedanken, dass die ihr den Vortritt gelassen hatte, aber die Übermenschliche war wie vom Erdboden verschluckt, nach dem Tanz hatten Doro und Robert sie nicht finden können. Musste ihre Superkraft sein, plötzlich zu verschwinden und irgendwann wiederaufzutauchen.

»Du hast großartig getanzt«, sagte Robert anerkennend und sah sie wohlwollend an. »Die Idee mit dem Kleid war genial. Und wie hast du dir überhaupt die Hebefigur beigebracht?«

Doro schmunzelte und schwieg. Die Mülltonnenaktion war ihr Geheimnis. Warum sollte nur immer er mysteriös sein? Sie wusste wirklich nichts von ihm, nicht mal, wofür er das Geld eigentlich brauchte. Immer, wenn sie Fragen in eine zu persönliche Richtung gestellt hatte, war er ausgewichen. Allerdings fiel es ihr schwer, die Geheimnisvolle zu spielen. Es lag einfach nicht in ihrem Naturell. Dennoch widerstand sie dem Drang, Robert ihre Trainingsmethoden haarklein darzulegen. Stattdessen sagte sie in leicht strengem Ton: »Unterschätze mich nie wieder!«

Ein bisschen war diese Aufforderung an sie selbst gerichtet, denn schließlich hatte sie sich auch kurz einschüchtern und überzeugen lassen, dass man mit ihr nicht gewinnen könne. Selbstbewusstsein war etwas anderes.

Robert grinste sie jetzt an, und sie grinste zurück, und so standen sie in der milden Nachtluft und rauchten. Hinter ihnen stolperten laut lachend Leute aus der Tür. Ein paar andere standen an, um ins Panoptikum reinzukommen. Und Doro fühlte sich frei wie lange nicht. Denn so dramatisch die Situation mit Matthias auch gewesen war, sie hatte nicht mehr die Lüge im Nacken. Die Wahrheit war raus, und Erleichterung machte sich in ihr breit. Sie musste nicht um ein Uhr zu Hause sein, damit er nichts merkte. Sie musste nicht Mittagessen in Tupperdosen durch die halbe Stadt transportieren. Sie musste gar nichts. Nicht mal sich um Bertha kümmern, weil die ja sowieso alleine klarkam. Sie fühlte Helmuts Wohnungsschlüssel in der Jackentasche, den ihre Tante ihr gegeben hatte, damit sie erst mal nicht zu Matthias zurückkehren musste. So hatte sie Zugang zu Berthas Wohnung neben der Ecke, die mit einem geräumigen Gästezimmer ausgestattet war, konnte also tatsächlich tun und lassen, was sie wollte.

Jetzt sah Robert sie schon wieder so an, mit diesem Blick, der etwas Sehnsüchtiges und etwas Provozierendes hatte und der Doro signalisierte, dass sie nicht die Einzige war, die sich einen Kuss wünschte. War also endlich der Moment gekommen?

»Mit dir hab ich noch ein Hühnchen zu rupfen.«

Wie aus dem Nichts stand dieser A.K. neben ihnen und schaute Robert herausfordernd an. Wenn Blicke töten könnten, dachte Doro nur. Was saß denn dem wieder quer?

»Ich unterhalte mich hier gerade«, entgegnete Robert kühl. Dennoch registrierte Doro, dass er einen Schritt zurückging. A.K. grinste jetzt abschätzig, zuckte mit den Schultern und erklärte:

»Gut, du hast es nicht anders gewollt.« Und dann schlug er zu. Er rammte die Faust in Roberts Magen, sodass der sich krümmte und nach hinten stolperte. Schnell fing er sich wieder, aber A.K. schlug noch mal zu. Robert taumelte zu Boden, während Doro in Schockstarre danebenstand. Sie spürte plötzlich wieder den Schmerz von Matthias' Hand in ihrem Gesicht, die Tischkante in ihrem Rücken. Alles war so schnell gegangen, sie hatte es nicht kommen sehen, wie jetzt, und das Überraschungsmoment versetzte sie erneut in eine Schockstarre, als wäre sie gelähmt. Sie konnte nur danebenstehen und zusehen, wie A.K. auf Robert einprügelte – und wie der es einfach geschehen ließ, ohne sich zu wehren.

15

Das Gelände war dunkel und der Boden uneben, sodass Doro nur erahnen konnte, wo sie gerade ihre Füße hinsetzte. Erst Kies, dann Stahlplatten, schließlich Holzstufen. Irgendwann ging es auf Bahnschienen weiter. Tagsüber war die Begehung der Zeche Hannover kein Problem gewesen, nachts entpuppte sich jede Kleinigkeit als reinste Stolperfalle. Doro knickte ständig mit ihren Stiefeln um, während Robert zügig vorausging. Regelmäßig drehte er sich um und stellte sicher, dass sie noch hinter ihm war.

Irgendwann nahm er einfach ihre Hand. Dann ging es weiter, eine Treppe hoch, durch eine Halle, einen Gang entlang, noch einen, wieder eine Treppe – Doro hatte längst die Orientierung verloren. Bei der Tanzprobe hatte sie wohl nur einen Bruchteil des Geländes kennengelernt, erst jetzt wurden ihr die Dimensionen der stillgelegten Zeche bewusst. Alles war weitläufig und mit riesigen Gebäudekomplexen bestückt. Aber an Roberts Hand fühlte sie sich sicher und ihm nah. Es war ein gutes Gefühl. Sie kam sich ein bisschen so vor wie der Teenager, der sie nie gewesen war, der endlich mit seinem Schwarm an einem verbotenen Ort allein war. Einem Schwarm, dem sie komplett vertrauen musste, weil nur er sich hier auskannte. Es war aufregend, und sie fühlte sich leicht.

Wenn es nach ihr gegangen wäre, hätten sie noch stundenlang über das Zechengelände laufen können, aber dann blieb Robert stehen, ein Schlüssel klimperte, und eine Tür wurde geöffnet.

»Hier sind wir. Hier wohne ich.« Er zog Doro an der Hand in einen Raum und ließ dann los. »Willkommen in meinem Palast«.

Sie blieb stehen, während er ein paar kleine Lampen anknipste. Der Raum war spärlich eingerichtet, ein Bett, ein Nachttisch mit Lampe, ein kleiner Esstisch mit zwei Stühlen, ein Kleiderschrank, ein Kühlschrank, zwei Herdplatten. Trotzdem war es irgendwie gemütlich. Bücher lagen herum. Klamotten hingen über einem Stuhl, ein paar waren auf dem Bett verteilt. Wahrscheinlich hatte Robert schnell was Passendes zum Anziehen herausgesucht und dann alles stehen und liegen lassen, als er zum Wettbewerb gefahren war. »Ich hab zwar kein warmes Wasser, aber für mich reicht's«, erklärte er und zuckte mit den Schultern. Doro war sich nicht sicher, ob das ein Raum war, den man mieten konnte, oder ob er hier unerlaubt wohnte, sich die Möbel zusammengesucht und die Tür samt Schloss selbst gezimmert hatte. Ganz schön beeindruckend eigentlich. Sie fragte sich, wem er dieses Kabuff sonst noch gezeigt hatte oder ob sie die Einzige war.

»Also, ich finde es Bombe«, sagte sie aufrichtig. »Klein, aber dein.« Sie blickte sich um, während Robert sein Gesicht im Spiegel am Kleiderschrank betrachtete. Außer einer kleinen Platzwunde über dem rechten Auge sah es unversehrt aus. Kein Wunder, denn er hatte den Kopf mit den Armen geschützt, und A.K.s gezielte Schläge hatten es vor allem auf Bauch und Rippen abgesehen. Falls Robert Schmerzen hatte, verbarg er sie ziemlich gut.

»Zwei Lädierte, na toll«, kommentierte Doro, um dem Thema etwas Leichtigkeit zu verleihen. Bisher hatten sie nicht über den Vorfall gesprochen, weder über ihren noch über seinen. Vielleicht war jetzt ein guter Zeitpunkt.

»Sag mal, warum hat der Typ dich eigentlich verprügelt?« Doro sagte die Worte wie nebenbei, wollte nicht neugierig, nicht aufdringlich klingen. Andererseits … hatte sie nicht das Recht, wenigstens das zu erfahren?

Robert sah sich weiterhin im Spiegel an, sein Ton war gleichgültig: »Ich hab da noch 'ne Rechnung offen. Aber das sollte sich bald erledigt haben.«

Jetzt war Doro fast genauso schlau wie vorher. Was sollte das heißen? Dass er A.K. Geld schuldete? Hatte er deshalb nicht zurückgeschlagen, sich nicht gewehrt? Gut, was hatte sie erwartet, nachdem Robert bis jetzt jeder Frage ausgewichen war, deren Antwort ihr irgendeinen Einblick in sein Leben oder in seine Vergangenheit hätte geben können? Es war sinnlos, weiterzufragen, das merkte Doro sofort. Robert würde sowieso nichts Genaues erzählen. Vielleicht musste sie ihn so behandeln wie die Dreijährigen im Kindergarten in der Eingewöhnungszeit, die sich erst mal scheu in eine Ecke verkrochen. Nicht mit tausend Fragen bombardieren, sondern in Ruhe lassen und abwarten, bis sie von sich aus kamen, auf ihren Schoß kletterten und sich an sie kuschelten und erzählten.

Nach ein paar weiteren Schlägen hatte A.K. von Robert abgelassen und war hoch erhobenen Hauptes zurück ins Panoptikum gestapft, woraufhin Doro zu Robert gerannt war, der immer noch am Boden gelegen hatte.

»Alles gut, nichts passiert«, war seine Antwort auf ihre geschockte Miene gewesen. »Ich bin Tänzer, ich bin Schmerzen gewohnt.« Damit hatte er sich aufgerappelt und mit den Händen den Straßendreck von Hose und Hemd gestrichen. »Lass uns hier abhauen«, hatte er gesagt und war zügig zu seinem Moped gegangen. Doro hatte hinter ihm Platz genommen und vorsichtig die Arme um seinen Bauch gelegt. Nachdem sie kurz geglaubt hatte, er sei zusammengezuckt, hatte Robert ihre Arme noch fester um sich gezogen – und schon waren sie aus Dortmund rausgedüst. Der milde Fahrtwind hatte ihre Haare schweben lassen, und es hatte sich ein bisschen wie Fliegen angefühlt. Die Häuser waren vorbeigezogen, als wären sie eine Kulisse aus Pappe. Doro hatte entschieden, einfach die Nähe zu Robert zu genießen, hatte die Augen geschlossen, verschlossen vor allem, was sie von ihm wegtreiben könnte. Als sie die Augen wieder geöffnet hatte, hatten sie Bochum fast erreicht, wo die Schornsteine unverwüstlich in den dunklen Himmel ragten wie astlose Bäume.

Um schärfer sehen zu können, kniff Doro jetzt die Augen zusammen. Die spärliche Beleuchtung in Roberts Kabuff erschwerte ihr die Sicht zusätzlich. Eigentlich könnte sie ihre Brille aus der Handtasche holen und aufsetzen, aber vielleicht reichte es auch, näher ranzugehen. Halb unter Roberts Klamotten auf dem Bett hatte sie nämlich etwas gesehen, was nicht so ganz ins Bild passte. Es war ein Stoffteddy. Er sah alt und abgenutzt aus, aber es schien noch alles dran zu sein. »Wer ist denn der Mitbewohner hier?« Doro setzte sich aufs Bett und zog den Teddy hervor, betrachtete ihn eingängig. Robert sah sie erst über den Spiegel an, dann drehte er sich um.

»Das ist … auch so 'ne Art Trostpreis.« Abrupt setzte er sich zu ihr aufs Bett und griff nach dem Kuscheltier, aber Doro ließ sich schnell auf den Rücken fallen und hielt den Teddy weit von sich weg, sodass Robert nicht drankam.

»Musste dir schon holen. Na, komm!« Sie lachte spielerisch, und er krabbelte tatsächlich über sie und versuchte, nach dem Teddy zu greifen. Sein Gesicht war ihrem ganz nah. Doro spürte leicht seinen Atem. Das war die Gelegenheit. Sie streckt den Kopf nach oben, suchte mit ihrem Mund seinen, aber in dem Moment schnappte er den Teddy und rollte sich von ihr hinunter. Enttäuscht stützte sich Doro auf die Unterarme und sah zu, wie Robert das Stofftier nachdenklich betrachtete. Er war jetzt wieder so ernst, so abgewandt, so in sich gekehrt. Doro wurde klar, dass der Teddy nichts war, worüber man Späße machte.

»Tut mir leid, ich wusste nicht …« Doro rang nach Worten. Gerne hätte sie Robert in den Arm genommen, aber sie hatte Angst, dass er sie wegstoßen und sich noch mehr distanzieren würde. »Was meinst du mit Trostpreis?«, fragte sie dennoch vorsichtig. Sie rechnete schon damit, dass er ihr wieder ausweichen würde, aber zu ihrer Überraschung ließ er sich langsam auf dem Rücken neben ihr nieder. Den Teddy legte er auf seinem Bauch ab, den Blick richtete er an die Decke. Und Doro tat es ihm gleich.

»Wir wollten fliehen. Aus der DDR. Meine Mutter, eine Freundin von ihr und ich. Da war ich acht. Das war so eine neblige Nacht, ideal, um ungesehen durch den Grenzzaun zu kommen. Aber sie haben uns bemerkt.«

Doro hielt den Atem an. Sie kannte viele Geschichten von Fluchtversuchen in den Westen und wusste, dass immer wieder Menschen dabei starben oder erschossen wurden.

»Ich war wie erstarrt. Hatte Riesenangst«, sprach Robert weiter. »Also blieb ich einfach stehen. Stand da mit dem Teddy in der Hand. Meine Mutter und ihre Freundin waren schon am Zaun, sie mussten nur noch durch. Meine Mutter rief nach mir, aber ich konnte mich nicht bewegen. Sie wollte mich holen, aber ihre Freundin flüsterte ihr etwas zu, das ich nicht hören konnte. Dann sind beide durch den Zaun verschwunden. Und die Grenzpolizisten haben mich geschnappt.«

Doro wusste nicht, was sie sagen sollte. Jetzt öffnete Robert sich endlich, und dann war die Geschichte gleich so heftig?! O Gott, der Arme! Was machte das mit einem Kind, wenn die Mutter es einfach im Stich ließ? Kein Wunder, dass er so versteinert gewesen war, als sie nicht wie verabredet zum Treffpunkt gekommen war. Wenn Doros Vertrauen als Kind so gebrochen worden wäre, hätte sie sich wahrscheinlich auch davor gehütet, enge Verbindungen einzugehen, um weitere Enttäuschungen zu vermeiden. Sie sah Robert liebevoll an.

»Das tut mir so leid«, sagte sie ehrlich betroffen. »Du musst ja völlig traumatisiert gewesen sein.«

Robert zuckte mit den Schultern. Es schien, als hätte er die Gefühle, die dieses Ereignis in ihm ausgelöst hatte, schon lange verdrängt. Als machte es ihn nicht länger traurig oder wütend, sondern einfach nur gefühllos. Das konnte Doro gut verstehen. Wahrscheinlich hatte er als Kind niemanden gehabt, mit dem er den Verlust und Verrat seiner Mutter hatte aufarbeiten können. Da schien Verdrängen ein guter Schutzmechanismus.

»Und was war mit deinem Vater?«

»Den hab ich gar nicht gekannt. Bin dann im Heim aufgewachsen.«

»War das nicht schlimm?«

»So lange war ich gar nicht da. Die haben relativ schnell festgestellt, dass ich zur Ballettausbildung getaugt habe.«

Jetzt drehte Robert den Kopf zu Doro und grinste. War das ein Scherz?

»Ballett? Dein Ernst?!« Doro lachte. Die Vorstellung war amüsant. Aber Robert nickte nur.

»Die waren doch immer auf der Suche nach Aushängeschildern für ihr kleines, feines Land«, sagte er eine Spur abfällig. Dann setzte er sich ruckartig aufrecht hin, platzierte den Teddy auf dem Nachttisch und stand vom Bett auf. Er nahm eine kerzengerade Haltung ein, aufrechter Oberkörper, durchgestreckte Beine, die Fersen aneinander, die Fußspitzen zeigten jeweils im Neunzig-Grad-Winkel zur Seite. Seine Arme bildeten vor dem Bauch einen Kreis – und jetzt sprang er mit gestreckten Fußspitzen nach oben, kreuzte die Unterschenkel in der Luft, landete wieder, hob dann ein Bein nach hinten hoch, lehnte sich nach vorne, drehte sich langsam auf dem Standbein. Sein Gesichtsausdruck war erhaben, konzentriert, sein ganzer Körper angespannt. Kein Wunder, dass er immer diese Stierkämpferhaltung einnahm. Ballett also.

»Wow«, sagte Doro. Es sah wirklich beeindruckend aus. »Nicht schlecht«. Robert hatte sich ihr jetzt wieder frontal zugewandt und entspannte seine Glieder. Kurz war sein Gesicht schmerzverzerrt, und er hielt sich die Rippen. Ach ja, da war ja ein kleiner Zwischenfall gewesen. Fast schon vergessen.

»Ey, langsam! Sollen wir das nicht besser kühlen oder so was?« Doro sprang auf und trat zum Kühlschrank, während Robert sich setzte.

»Jedenfalls bin ich dank des Balletts hier.« Er lächelte gezwungen, immer noch eine Hand auf den Rippen.

Der Kühlschrank bot eine enttäuschende Auswahl an einem Glas saurer Gurken, einer fast leeren Flasche Milch und zwei Eiern. Aber das passte zu ihm.

»Wurdest du hier im Westen engagiert?« Doro nahm das Gurkenglas aus dem Kühlschrank und bedeutete Robert, sich auf den Rücken zu legen.

»Ich bin bei einem Auftritt in Helsinki geflohen. Mit der Ostberliner Staatsoper war das.« Er tat, wie ihm geheißen, zog sogar sein Hemd und das Unterhemd aus der Hose und schob beides nach oben. Doro starrte auf seinen Bauch und die unteren Rippen. Alles war bläulich-lila verfärbt. Es sah übel aus. Vorsichtig hielt sie das Saure-Gurken-Glas dran. Ihre Hand zitterte ein wenig.

»Du bist geflohen?« Das war noch krasser als die Hämatome.

Robert nickte und verzog das Gesicht.

»Kalt«, sagte er nur – und lächelte dann. »Aber tut gut.« Dabei legte er seine Hand auf ihre Linke, die sie auf der Bettdecke abgestützt hatte. Doro lächelte zurück. Und dann sahen sie sich einfach nur an. In ihren Blick legte Doro die unmissverständliche Einladung, sie zu küssen. Warum tat er es nicht? Was hielt ihn davon ab? Eigentlich konnte es nur eine Erklärung geben: ihre angebliche Schwangerschaft.

Wurde Zeit, dass sie ihm die Wahrheit sagte, jetzt, wo Matthias eh Bescheid wusste. Sie räusperte sich.

»Du, also, ich bin übrigens gar nicht schwanger.«

»Was?« Seine Augenbrauen zogen sich zusammen.

»Eigentlich war ich nie wirklich schwanger. Nur so halbschwanger quasi.«

»Halbschwanger?«

»Ein bisschen schwanger. Das gibt's manchmal.«

Roberts Stirn schlug jetzt Falten wie das Bettlaken. Doro hoffte inständig, dass sie mit dieser Offenbarung nicht sein neu gewonnenes Vertrauen zunichtegemacht hatte. Aber sie war ja bloß ehrlich. Ehrlichkeit führte doch zu Vertrauen – oder etwa nicht?!

»Aber verheiratet bist du schon?«

Er sah sie prüfend an. Doro schluckte.

»Ja klar, also eigentlich schon. Technisch gesehen. Aber irgendwie auch nicht mehr.«

Wie sollte sie ihre Situation erklären? Sie war ja selbst noch viel zu durcheinander. Reichte es nicht, dass sie beide sich voneinander angezogen fühlten? Und dass diese Anziehung so stark war, dass man ihr nachgehen musste, sonst würde man verrückt werden? So ging es ihr zumindest. Sie hatte wirklich Angst, verrückt zu werden, wenn sich diese Spannung nicht bald mal irgendwie entladen könnte. Zum Beispiel, indem sie sich küssten. Wenn er es nicht tat, dann musste sie es halt tun! »Ach, das ist alles viel zu kompliziert«, schob sie etwas lapidar hinterher und beugte sich über ihn, während sie das Gurkenglas auf dem Nachttisch abstellte, neben dem Teddy. Auf beide Hände gestützt, befand sich ihr Gesicht jetzt direkt über seinem. »Sag mal, können wir uns nicht einfach küssen … jetzt?«, flüsterte sie, ihr Mund nur wenige Zentimeter von seinem entfernt. Aber er zog seine Hand von ihrer, griff sie am Becken und hievte sie von sich weg auf die andere Seite des Bettes, und schneller, als sie reagieren konnte, war er aufgestanden.

»Ich glaub, ich fahr dich besser mal nach Hause.«

Doro sah ihn enttäuscht an. Einerseits war es ja ehrenvoll, dass er sich nicht mit einer verheirateten Frau einlassen wollte, andererseits war es unerträglich. Auch wenn sie immer so locker tat, war es für sie schon lange kein Spiel mehr. Ihre Gefühle für Robert waren echt, und jede Zurückweisung bedeutete eine kleine Verletzung. Aber sie konnte ihm auch nicht sagen, was sie für ihn empfand. Ihre Angst, er könnte sich distanzieren, war zu groß. Und solange er sie zurückwies, wenn alles noch locker und spaßig schien, tat es nicht ganz so weh, wie es das würde, wenn sie ihm erst mal ihre Gefühle offenbart hätte.

»Verstehe«, sagte sie also nur und stand seufzend auf. Sie musste wohl akzeptieren, dass hier wieder eine Chance ungenutzt verstreichen würde. Na gut.

»Weißt du, Doro, ich glaube, es ist besser, wenn wir nicht …« Er sah sie an und suchte in ihren Augen nach Verständnis. Andererseits konnte sie deutlich erkennen, dass er gegen seinen Willen ankämpfte. Sein Blick war voller Verlangen, die Gestik unentschlossen. Sie spürte, dass er ihr genauso gerne nah sein wollte wie sie ihm. Ganz nah. Mehr als nah. Vielleicht war die Chance ja doch noch nicht verstrichen.

»Ja, wir sollten das besser nicht …«

Sie verfiel jetzt ebenfalls in diese Rhetorik aus Halbausgesprochenem. Aber was man sagte, war das eine, und was man tat, das andere. Deshalb zog Doro nicht ihre Jacke an, sondern begann ihre Bluse aufzuknöpfen. Dabei sah sie Robert herausfordernd an. Er stand ihr jetzt gegenüber, nur ein paar Schritte entfernt. Er grinste. Und ergab sich.

»Dann fahre ich dich jetzt.«

Er streifte die Schuhe von den Füßen, ohne die Hände zu benutzen.

»Ja, ich muss auch echt los.«

Sie ließ die Bluse einfach auf den Boden gleiten. Genauso den Rock. Blöderweise stand sie jetzt aber nicht in Unterwäsche da, sondern in dem Glitzerkleid.

»Ist ja auch schon ganz schön spät.«

Robert öffnete seinen Gürtel, stieg aus der Stoffhose. Er trug jetzt nur noch ein Rippshirt und seine Unterhose.

»Superspät. So spät, dass es schon wieder früh ist.«

Doro zog sich das Glitzerkleid über den Kopf. Jetzt hatte sie nur noch ihre weiße Unterwäsche an. Robert lächelte.

»Also fahren wir jetzt?«

»Ja, wir sollten echt mal los.«

Und dann zogen sie alles aus, was sich noch an ihren Körpern befand. Splitterfasernackt standen sie sich gegenüber. Endlich.

»Na dann.«

»Na dann.«

Sie schritten langsam aufeinander zu. Ihre Hände legten sich ineinander. Ihre Münder fanden sich. Sanft drückten sie die Lippen aufeinander. Ein inniger Kuss. Ein Näher-Ziehen. Ein Herzschlag-Hören. Es fühlte sich unglaublich gut an, Robert so nah zu sein. Doro schlang die Arme um seinen Oberkörper. Ihre nackten Brüste pressten sich gegen seine Brust. Sie spürte die wenigen Härchen, seine weiche, glatte Haut. Wieder küssen. Endlich küssen. Ewig küssen. Auch wenn ihre Lippe noch schmerzte, wollte sie nie wieder damit aufhören.

An ihrem Bauch spürte sie seine Erektion, warm und hart. Seine Hände streichelten ihren Körper entlang. Seine Zunge tanzte mit ihrer Zunge. Ihr wurde ein bisschen übel, ein bisschen schwindelig, aber auf eine gute Art und Weise. Ihr Körper reagierte anders auf Robert als auf Matthias. So was hatte sie noch nie erlebt. Es hatte eine Leichtigkeit, eine Natürlichkeit, mit der Robert sie anfasste und mit der ihre Körper sich verständigten und harmonierten. Es war vertraut und gleichzeitig aufregend. Vanilleeis und Karamell, dachte Doro wieder. Ihre Hände wanderten seinen Rücken hinunter und fuhren über seinen Po. Sie spürte, wie sich die kleinen Härchen auf seiner Haut unter ihrer Berührung aufstellten.

Jetzt schob er sie zum Bett, sie landeten in der Horizontalen, ohne dass ihre Lippen sich voneinander lösten. Roberts Griffe waren sanft und gezielt, wie beim Tanzen. Er fasste sie bestimmt an, drückte sie in die Matratze, hielt ihre Arme fest, ohne ihr dabei wehzutun. Er wusste, was er tat, und fragte nicht, ob ihr etwas gefiel, wie Matthias es zu tun pflegte. Und das entspannte Doro komplett. Sie konnte ihm vertrauen. Sie konnte sich fallen lassen. Und dann tat Robert etwas, was Matthias noch nie getan hatte: Er küsste sie zwischen den Beinen. Auf dem Bauch liegend, schob er ihre Oberschenkel auseinander – und sie spürte seine Lippen, seine Zunge. Doro wusste nicht, ob sie so etwas Intensives schon mal empfunden hatte. Es fühlte sich an wie viele kleine Mini-Explosionen überall in ihrem Körper. Und es wurde noch besser, als er dabei mit den Händen ihre Brustwarzen berührte. Was, zum Teufel, passierte hier? Doro wusste gar nicht mehr, wie es um sie geschah, und erlag komplett diesem gigantischen Gefühl, das sich langsam aufbaute und größer wurde, wie eine Welle am Atlantik, die sich höher und höher aufbäumte, schließlich den höchsten Punkt erreichte, dann brach und sich weit über den Strand ergoss. Doro entfuhr ein lang gezogener Ton. Sie hatte vorher schon schwer atmen müssen, kleine Seufzer waren ihr unkontrolliert entfahren, doch die Entladung der Welle in ihrem ganzen Körper übermannte sie so sehr, dass sie jegliche Kontrolle verlor. Das Gefühl war so seltsam, dass sie nicht wusste, ob sie lachen oder weinen sollte. Sie fühlte sich klein und ausgeliefert und gleichzeitig verbunden mit dem ganzen Universum und genau richtig dort, wo sie war.

Jetzt stützte sich Robert auf die Arme und sah sie an. Sein Lächeln zeigte Zufriedenheit mit ihrem Gesichtsausdruck. Dann krabbelte er ein Stückchen höher und küsste sie. Seine Lippen schmeckten etwas anders als vorher, das musste von da unten kommen. Nicht komisch, einfach nur süßlicher. Doro küsste Robert innig, und dann spürte sie ihn voll und ganz. Sein hartes Glied glitt einfach in sie hinein. Wieder entfuhr ihr ein Stöhnen. Sie spürte die Wärme, die Härte. Es fühlte sich unheimlich gut an. Und so nah. Näher ging es nicht. Sie sah ihm in die Augen. Sein Blick war ein bisschen entrückt, gleichzeitig konzentriert. Schließlich begann er sich zu bewegen, erst langsam und vorsichtig, während er die ganze Zeit Augenkontakt hielt, dann kurz schneller, fester, bis er innehielt und aus ihr glitt, ein leichtes Stöhnen von sich gab und auf ihren Bauch kam.

16

Eine Gruppe von Palmen an einem Sandstrand. Dahinter das glatte türkisfarbene Meer. Am Horizont der azurblaue Himmel, wolkenlos und unendlich.

Die Fototapete war das Erste, was Doro sah, als sie die Augen aufschlug. Die exotische Strandidylle passte überhaupt nicht zum restlichen, eher antiken Inventar der Wohnung ihrer Tante. Und wahrscheinlich hatte es sie vor Helmuts Tod auch noch nicht gegeben. Jetzt, wo Bertha die Gelegenheit hatte, alles so einzurichten, wie sie wollte, tat sie das anscheinend. Verschlafen betrachtete Doro den Fotostrand und musste an den »Azzurro«-Song von Adriano Celentano denken. Und an Robert. Sie konnte sowieso nicht mehr an irgendwas anderes denken. Sofort war er in ihrem Kopf, in ihrem Körper. Und das erzeugte in ihr den unbändigen Drang, sich anzufassen, da, wo er sie angefasst, wo er sie geküsst hatte. Sie ließ die Hand in ihren Schlüpfer gleiten und schloss die Augen. Sie dachte an seine Hand auf ihrer Brust. Seinen Kopf in ihrem Schoß. Sie beide aufeinander, ineinander, miteinander. Die warmen Küsse. Die heißen Blicke. Ihr wurde ganz anders. Ihren Körper durchströmte ein undefinierbares Gefühl, dem sie ausgeliefert schien. Es war schön, ausgeliefert zu sein, sich hinzugeben. Bittersüß irgendwie.

»Ich dachte, nur ich schlafe bis in die Puppen.«

Doro schlug die Augen auf und sah, dass Bertha sich ins Zimmer schob, einen Wäschekorb unterm Arm. Mist, ganz schlechter Zeitpunkt. Doro zog die Hand aus dem Schlüpfer.

»Ja, war eine lange Nacht gestern.«

»Hab ich gemerkt.«

Bertha platzierte jetzt den Wäschekorb am unteren Ende des Bettes und sah Doro liebevoll an.

»Siehst immer noch ganz schön lädiert aus. Aber wird schon wieder. Heilt alles schnell, wenn man jung ist.«

Doro fasste sich an die Lippe. Die kleine Kruste hatte bestimmt nicht die Macht, sie lädiert aussehen zu lassen, wahrscheinlich sah man ihr vor allem an, dass sie übernächtigt und derangiert war.

Sie hatte neben Robert kaum geschlafen, dafür war sie viel zu aufgeregt gewesen. Außerdem war erschwerend hinzugekommen, dass sie dringend mal für kleine Mädchen gemusst und keine Ahnung gehabt hatte, wo sich die Toilette befand. In seinem Kabuff jedenfalls nicht, da hatte es ja nur ein Waschbecken mit kaltem Wasser gegeben. Robert war eingeschlafen, und sie hatte ihn nicht wecken wollen, also hatte sie beschlossen, den Heimweg anzutreten. Natürlich erst, nachdem sie ihm einen Zettel geschrieben hatte.

Musste los. Hoffe, wir sehen uns am Samstag in der Ecke.
War schön gewesen mit dir. Doro
PS: Unterschätze mich nie wieder!

Den Fetzen Papier, den sie aus ihrer Handtasche gekramt hatte, hatte sie ein Stück entfernt von Robert auf das Bettlaken gelegt. Dann hatte sie ihn betrachtet. Er hatte auf dem Rücken gelegen, die Arme zur Seite ausgestreckt. Ein bisschen wie ein Baby, nur, dass sein Mund etwas offen gestanden und er leicht geschnarcht hatte. Babys schnarchten nicht, oder? Zumindest hatte Doro noch nie von einem Schnarchbaby gehört. Bei seinem Anblick hatte sie schmunzeln müssen. Ein weiteres Mal war sie verblüfft darüber gewesen, wie sich in Robert verspielte Jungenhaftigkeit mit ernster Männlichkeit vereinten. Doch schließlich hatte ihre volle Blase sie dazu genötigt, den Blick von ihm zu lösen. Leise hatte sie die Tür hinter sich geschlossen, dann ihre Brille aufgesetzt und versucht, einen Weg hinauszufinden. Zum Glück war eine Treppe, die nach unten führte, in Sichtweite gewesen, sodass sie sich bald ebenerdig befunden hatte und schneller als gedacht durch eine Tür nach draußen gedrängt worden war. Das war ihr viel unkomplizierter vorgekommen als der Weg, den Robert am vergangenen Abend gewählt hatte. Na ja, vielleicht war es der abenteuerlichere Weg gewesen, und der war ja bekanntlich immer spannender als der direkte Weg.

Die Sonne hatte sich langsam über den Horizont geschoben. Vögel hatten unverschämt laut gezwitschert. Aber Doro hatte nur das dichte Gebüsch zu ihrer Rechten interessiert. Schnell hatte sie die Zweige zur Seite geschoben, war ein paar Schritte hineingegangen, und hatte dann den Schlüpfer runtergezogen. O Mann, war das eine Erleichterung gewesen!

Bertha öffnete jetzt den Kleiderschrank und begann, Hemden und Hosen in den Wäschekorb zu räumen. Doro fiel auf, dass ihre Tante in letzter Zeit richtig beschwingt war. Dazu die pinken Lippen, die frische brünette Dauerwelle, lang herunterhängende silberne Klimperohrringe und das gelb-grüne Gewand – aus der düsteren Krähe war ein farbenfroher Kakadu geworden. Doro musste an Roberts Spruch denken: *Man weiß erst, was es wird, wenn das Ei aufbricht.* Und sie fragte sich, ob das bei den einen früher, bei den anderen später und bei vielen gar nicht passierte. Der Bertha-Kakadu flog jetzt am Fototapetenmeer vorbei, schob die Vorhänge zur Seite, und flog dann zurück zum Kleiderschrank. Im Wäschekorb stapelten sich bereits die Hemden.

»Helmut hat jeden Tag ein frisches Hemd angezogen, weil er immer so schwitzte. Oder sich Bier darüberkippte. Sein Markenzeichen waren aber Bratensoßenflecken«, erklärte Bertha. »Ich hatte keine Lust, alle drei Tage zu waschen. Bügeln war schon nervig genug.« Als ob diese Erinnerung sie erschöpfte, ließ sie sich neben Doro aufs Bett fallen und holte eine Schachtel Zigaretten aus der Tasche ihres Kleides. »Das geb ich alles weg, zur Diakonie, den ganzen Kram.« Sie sah Doro schulterzuckend an, während sie ihr die halb volle Schachtel hinhielt. Doro nahm eine Zigarette heraus und zündete sie sich mit Berthas Feuerzeug an. Nach ihrem obligatorischen Husten rauchten beide schweigend im Bett und schauten dabei auf die Fototapete.

»Da will ich schon immer mal hin, weißt du.«

Bertha wackelte mit den Zehenspitzen ihrer nackten Füße.

»Hawaii.«

Doro lächelte. Irgendwie konnte sie sich Bertha gut auf Hawaii vorstellen. Sie wusste nichts über die Insel und die Kultur, aber dass es bunt und wild war, das konnte sie sich denken. Bestimmt gab es dort auch Kakadus.

»Danke übrigens, dass ich hier wohnen darf.« Doro legte den Kopf auf Berthas Schulter ab. »Und danke, dass du uns so vertraust mit der Ecke.«

Bertha lehnte den Kopf gegen Doros Kopf, beider Blick immer noch am Foto-Horizont von Hawaii klebend.

»Ach, Kinners. Ihr macht mein Leben so viel reicher. Außerdem finde ich das klasse, wie Georg und du zusammen die Ecke wuppt. Als ich noch da war, hatte ich all die Arbeit.«

»Du? Echt?«

»Helmut war vielleicht ein guter Gastgeber, weil er mit allen gesoffen hat, aber Buchhaltung, Einkäufe, Personal, Sauberkeit, das war alles mein Verdienst. Dein Onkel hat mir nicht mal ein Gehalt gezahlt!«

Während Bertha an ihrer Zigarette zog, hob Doro den Kopf von ihrer Schulter. Plötzlich war sie hellwach. Georg zahlte ihr auch kein Gehalt! Gut, sie hatte nie danach gefragt. Aber wieso eigentlich nicht? Schließlich hängte sie sich genauso in die Disko Bochum rein wie er. Hilfe, ich bin Bertha, dachte sie erschrocken. Und das, obwohl Georg auf keinen Fall Helmut war. Doro musste unbedingt mit ihm reden, schließlich galt es, sich ein neues, eigenes Leben aufzubauen und nicht mehr abhängig von anderen zu sein, wie momentan von der Gunst ihrer Tante.

»Kann ich hierbleiben, bis ich was gefunden habe?« Doro hob den Kopf und sah Bertha bittend an. Ihre Tante verdrehte genervt die Augen, weil sie das ja schon längst besprochen hatten.

»Wenn du nicht zu Matthias zurückwillst, dann unterstütze ich dich gerne.« Bertha drückte ihre Zigarette in einer leeren Kaffeetasse auf dem Nachttisch aus. »Ich wünschte auch, ich hätte es geschafft, mich von Helmut zu trennen.« Sie seufzte und schob sich vom Bett Richtung Wäschekorb.

Nachdenklich zog Doro an der Zigarette, die erst zur Hälfte abgebrannt war. Wie konnte Bertha nur so schnell rauchen?

»Ich muss erst mal rausfinden, wie das mit dem Trennen überhaupt geht«, erklärte sie.

»Lass dir Zeit.«

Bertha setzte jetzt ihre Arbeit fort, während Doro einfiel, dass sie die Scheidung ihren Eltern würde beibringen müssen und dass sie keine Ahnung hatte, wie sie das überleben sollte, aber dann wurde diese Sorge auch schon wieder von einem Gedanken an Robert verdrängt. Die Bilder der letzten Nacht fabrizierten eine wilde Diashow vor ihrem inneren Auge. Sie konnte es kaum erwarten, ihn wiederzusehen. Ihn anzufassen. Von ihm angefasst zu werden. Debil lächelnd rauchte Doro ihre Zigarette zu Ende – und während der Kleiderschrank sich langsam leerte, füllte sich ihr Körper immer mehr mit Verlangen. Zum Glück hatte sie am heutigen Freitag noch einiges zu tun, denn es galt, die Party für morgen vorzubereiten – eine willkommene Ablenkung von ihren sehnsuchtsvollen Gedanken. Also raus aus den Federn und ab in die Ecke!

»Und weißt du, was Alex dann gemacht hat?« Georg sah Doro aufgeregt an. Er konnte es kaum erwarten, weiterzuerzählen. Seitdem Doro in der Ecke angekommen war, ging das so. Nicht mal setzen hatte sie sich bisher können.

»Dann hat sie Mannis Klamotten einfach aus dem Fenster geworfen. Allesamt. Und er ist nackt rausgerannt.«

Georg lachte schadenfroh, und Doro musste schmunzeln. Klar, für ihn war es eine Genugtuung, dass Alex Manni aus der Kommune geworfen hatte, weil ihr wohl klar geworden war, dass er als Vater nicht taugen würde. Und als Partner auch nicht. Laut Georgs Bericht war diese Entscheidung eine Folge der Ereignisse von vergangener Nacht: Nachdem Manni nämlich unangekündigt von seinen streng geheimen Klassenkämpfen aus Frankfurt zurückgekehrt war, war Alex mitten in der Nacht aufgewacht, weil sie glaubte, einen Blasensprung zu haben. Sofort hatte sie ins Krankenhaus fahren wollen, aber Manni hatte sich geweigert, mitzukommen, weil er, der bereits mehrere Hausgeburten miterlebt hatte, den Zeitpunkt als zu früh erachtet hatte. Schließlich war es Georg gewesen, der Alex ins Krankenhaus begleitet hatte, wo sich herausstellte, dass es tatsächlich Fehlalarm gewesen war. Nämlich Urin statt Fruchtwasser. Insofern hatte Manni zwar recht gehabt, sich aber dennoch wie ein Arschloch verhalten, auf das Alex sich nicht verlassen konnte. Und das nicht zum ersten Mal. Deshalb war dann der Rausschmiss aus der Kommune erfolgt.

Doro hatte genickt und gelächelt und sich mit ihrem Bruder gefreut, aber eigentlich darauf gewartet, dass die Geschichte ein Ende nahm, damit sie Georg auf ihre Rolle bei der Disko Bochum und die ihr zustehende Bezahlung ansprechen könnte. Doch er ging nahtlos zum nächsten Thema über.

»Ich fahre mal die Ponchos für deine Wasserschlacht abholen. Hältst du hier die Stellung? Jochen ist auch da.« Damit huschte er aus der Ecke und ließ Doro perplex zurück. Sein Elan beunruhigte sie etwas. So enthusiastisch kannte sie ihren Bruder gar nicht. Hoffentlich nahm er nicht die ganze Zeit Kokain. Vielleicht wurde man ja sofort davon abhängig. Wer wusste das schon? Sie jedenfalls nicht.

In der Küche hörte sie Jochen klappern und pfeifen. Dann zischte es. Ihn dort zu wissen, war wiederum beruhigend. Vielleicht sollte sie ihm mal sagen, dass er für sie kein Mittagessen zu kochen brauchte – also für sie schon, aber nicht für Matthias. Es roch gut nach angebratenen Zwiebeln und gekochtem Fleisch, was ihr Magen sofort mit einem Knurren kommentierte. Sie würde einfach die Portion für Matthias mitessen, solch einen Hunger hatte sie.

»Hallo?!«

Eine tiefe Männerstimme ließ sie zusammenzucken. Beim Umdrehen sah Doro zwei uniformierte Militärpersonen in den Gastraum kommen und zögerlich neben dem Tresen stehen bleiben.

»Guten Tag.« Doro ging ein paar Schritte auf die beiden Herren zu, deren Dienstgrad sie allerdings trotz der Abzeichen nicht zuordnen konnte. Gefreiter, Fähnrich, Leutnant, Oberst – sie hatte keine Ahnung, wie die alle hießen und wo sie in der Rangordnung standen. Alles, was sie einordnen konnte, waren die finsteren Blicke und die akkurate Körperhaltung, die unnatürlich und bedrohlich wirkte. Beide hatten die Daumen in ihre Gürtelschlaufen gesteckt und musterten Doro synchron von oben bis unten. Als wären auch ihre Gesten uniformiert.

»Kann ich Ihnen helfen?« Doro lächelte sie freundlich an. Das schadete ja nie.

»Wir suchen nach Georg Krämer. Er hat sich unerlaubt von der Truppe entfernt.«

Doro runzelte die Stirn. Unerlaubt von der Truppe entfernt, was sollte das denn heißen? Und wie sollte sie darauf reagieren? Sie sagte erst mal gar nichts, sondern wartete auf weitere Informationen.

»Wissen Sie, wo er sich aufhält?«

Die beiden Militärmenschen bedachten sie mit einem strengen Blick. Doros Gedanken gingen jetzt blitzschnell. Hatte Georg etwa gar keine Arbeitserlaubnis bekommen, sondern war einfach nicht mehr zum Bund zurückgekehrt, ohne seinen Aufenthaltsort zu nennen? Doro konnte nicht einordnen, ob das schlimm war oder nicht, hatte aber das Gefühl, es wäre besser, wenn sie weder wüsste, wo Georg sich aufhielt, noch dass er nicht zum Bund zurückgekehrt war. Es war wie bei einem Verhör. Je weniger man sagte, desto besser. Das hatten die Zeugen und Verdächtigen bei *Derrick* auch immer gemacht, wenn sie sich nicht selbst belasten wollten oder versuchten, jemanden zu decken.

»Ich habe keinen Schimmer, wo er sich aufhält.« Doro zog die Schultern hoch und setzte eine Unschuldsmiene auf. Die finsteren Blicke der beiden Uniformierten durchbohrten sie.

»Wir haben einen Hinweis bekommen, dass er hier die Kneipe führt.«

Doro nahm ihre Brille ab und putzte die Gläser mit dem Blusenärmel, rieb langsam und bedacht, so, als wäre sie komplett entspannt. Wie gut, die Brille zu haben!

»Hinweis? Von wem?«

»Das tut nichts zur Sache. Wem gehört denn der Laden hier?«

Der rigorose Ton sollte wohl einschüchternd sein, also konzentrierte Doro sich darauf, glaubhaft zu wirken, und setzte die Brille wieder auf. Brille sieht unschuldig aus, dachte sie, solange es keine Sonnenbrille ist.

»Die Ecke gehört meiner Tante. Aber ich bewirtschafte sie.«

»Und Sie sind …?«

»Ähm, Dorothee Walter. Georgs Schwester.«

»Wann haben Sie Ihren Bruder das letzte Mal gesehen?«

»Am Geburtstag meiner Mutter. Da war er hier. Aber dann wollte er zurück zur Truppe. Ihm ist doch nichts passiert, oder?! Wo kann er denn sein?«

Doro blickte die Militärmenschen ängstlich an. Schließlich ging es ja um ihren Bruder, der einfach verschwunden war, da sollte sie sich schon mal Sorgen machen.

»Ihr Bruder, liebes Fräulein Krämer, begeht Fahnenflucht.«

»Frau Walter.«

»Hmm?«

»Ich heiße Frau Walter.«

»Ah ja. Jedenfalls, Frau Walter, Fahnenflucht wird mit Freiheitsstrafe geahndet. Wenn Sie mit Ihrem Bruder sprechen, sagen Sie ihm, dass er sich zurückmelden muss. Und zwar umgehend.«

Okay, das klang jetzt doch ernst. Richtig ernst. Sie hatten es geschafft, Doro einzuschüchtern. Mit einem Mal bekam sie wirklich Angst und nickte nur noch brav.

»Haben Sie das begriffen?«

Doro räusperte sich. Versuchte, laut und deutlich zu sprechen. »Jawohl.« Vielleicht verstanden sie nur Militärisch. »Sie auch!«

»Was?«

Die beiden Militärmenschen sahen Doro an, als hätte sie etwas Freches, Unverschämtes gesagt. Dabei wollte sie doch nur wieder ihre Sorge ausdrücken.

»Ähm, ich meine, sagen Sie auch Bescheid, wenn er sich bei Ihnen meldet. Bitte.«

Doro setzte noch mal ihren Besorgte-Schwester-Blick auf. Für die Soldaten oder Offiziere oder Leutnants schien das Gespräch aber beendet, denn sie drehten ihr die Rücken zu und gingen erhobenen Hauptes nach draußen, nachdem sie emotionslos einen guten Tag gewünscht hatten.

Doro schaute ihnen nachdenklich hinterher. Merkte, dass sie ein bisschen zitterte, und traute sich jetzt erst, durchzuatmen. Fahnenflucht, Freiheitsstrafe – das klang gar nicht gut. Was hatte Georg sich da nur eingebrockt? Sie würde sofort mit ihm reden müssen, wenn er zurückkam!

Dann erst vernahm sie wieder das Pfeifen und das Töpfeklappern und das Fettzischen. Jochens Anwesenheit hatte sie komplett ausgeblendet. Er schien nichts von dem Besuch mitbekommen zu haben, denn während sie sinnierend dastand, lugte er unbedarft aus der Küche.

»Na, Hunger? Gibt Rippchen mit Kraut und Kartoffelbrei.«

Doro drehte sich um und lächelte Jochen an. Denn das klang irgendwie nach Zuhause und heiler Welt. Ein Essen wie eine Umarmung. Das war es, was sie jetzt brauchte. Wie zur Bestätigung knurrte ihr Magen wieder, nicht tief und grummelig, sondern fast fröhlich, so wie ein Hund, der wusste, dass er gleich einen riesigen Knochen bekam.

Als Georg mit vier Kartons auf dem Arm in die Ecke zurückkehrte und sie auf einem der Tische abstellte, hatte sich an seiner guten Laune nichts geändert. Er holte ein Messer aus der Küche, schnitt damit das Klebeband auf, öffnete den Karton und hielt freudig einen Poncho zur Ansicht hoch. Doro nickte zufrieden. Genauso hatte sie sich die transparent-orangenen Folien-Regenmäntel vorgestellt, von denen sie einfach mal zweihundert Stück bestellt hatten.

»Wer keinen abbekommt, kriegt halt nasse Klamotten«, sagte Georg nur schulterzuckend.

Und Jochen meinte: »Oder er muss halt nackig gehen.« Pfeifend marschierte er zurück in die Küche. Es wirkte fast so, als ob er das mit dem Nackig-Sein gar nicht so schlecht fände – sowohl bei den anderen als auch bei sich. Dieser Typ war echt ein Unikat, Doro konnte sich nur immer wieder über ihn freuen. Über die Ponchos freute sie sich natürlich auch, allerdings hatte sie trotz vollen Magens gerade nicht die Nerven, sich lange damit aufzuhalten.

»Vorhin waren zwei Männer vom Militär da. Die haben dich gesucht«, sagte sie halb vorwurfsvoll, halb besorgt zu Georg. »Die meinten, dass du ins Gefängnis musst. In den Knast! Stimmt das?«

Georg hielt beim Zusammenrollen des Ponchos inne, zog die Augenbrauen zusammen und kaute auf seiner Lippe herum. Dann seufzte er eher genervt als erschrocken.

»Im Feinkostladen haben die auch schon nach mir gesucht. Hat Mama erzählt. Scheiß-Feldjäger.«

»Ah, Feldjäger sind das also.«

»Du hast denen doch nichts gesagt, oder?!«

Doro schüttelte den Kopf und sah Georg ernst an.

»Aber die haben gesagt, sie hätten einen Hinweis auf die Ecke bekommen. Von wem kann der denn sein?«

Georg überlegte kurz. »Als sie im Laden aufgekreuzt sind, war wohl nur Mama da. Und die erzählt niemandem was weiter.« Nachdenklich packte er den Poncho zurück in den Karton. Offensichtlich wollte er nicht länger über das Thema reden, aber in Doros Kopf klangen noch die Worte Fahnenflucht und Freiheitsstrafe nach. Und die machten ihr wirklich Angst.

»Sag mal, bist du echt da abgehauen?« Sie hatte sich entschieden, direkt zu fragen, und suchte Georgs Blick, obwohl er sich bemühte, ihr auszuweichen, indem er sich intensiv mit dem Karton beschäftigte.

»Wenn ich dich decken soll, dann will ich auch verstehen, warum«, fügte sie hinzu, bekam jedoch immer noch keine Reaktion. Langsam wurde sie echt sauer.

»Mann, Georg! Du riskierst es, ins Gefängnis zu kommen? Und das nur, damit du die Ecke machen kannst? Ist das nicht ein bisschen verrückt?«

Doro sah ihren Bruder eindringlich an. Er hörte kurz auf, am Klebeband des Kartons herumzudoktern, schaute jedoch immer noch nicht auf.

»Das ist doch alles Angstmache, Doro«, erklärte er. »Die dürfen mich einfach nicht finden. Dann passiert auch nichts.«

Das war keine beruhigende Aussage, zumindest nicht für Doro. »Ja, aber es ist doch ziemlich wahrscheinlich, dass sie dich finden, oder?!«

»Wenn mich keiner verpfeift, dann nicht. Sie haben ja jetzt alles abgeklappert, wo ich sein könnte.«

Georg begann unnötigerweise, die Ponchos nachzuzählen, während Doro nicht das Gefühl hatte, dass sie bereits zu einer Lösung für seine Situation gekommen wären.

»Und wenn du dich stellst?«, schlug sie vor. »Dann bekommst du vielleicht keine Gefängnisstrafe.«

Darauf reagierte Georg nicht, wandte sich aber schließlich vom Karton ab und ließ sich auf einen der Stühle sinken.

Seine Augen waren starr nach vorne gerichtet, leer, trübe, sein Körper hing im Stuhl wie ein Schlauchboot, aus dem man die Luft rausgelassen hatte. Dann fing er zu sprechen an.

»Ich musste da weg, Doro. Du kannst dir das nicht vorstellen. Nichts ist schlimmer als der Bund.«

Seine Stimme klang anders als sonst, so, wie Doro sie noch nie gehört hatte. Wie die Stimme von einem Zeugen in einem Horrorfilm, der das Böse höchstselbst gesehen und nur durch einen glücklichen Zufall das Grauen überlebt hatte.

»Die nehmen dich und drehen dich so lange durch die Mangel, bis du leer bist. Bis du nur noch aus *Jawoll, Herr Hauptmann, jawoll, Herr Hauptmann, jawoll, Herr Hauptmann* bestehst.«

Jetzt stand er langsam wieder auf, schleppte sich zum Tresen und griff nach einer Flasche Wodka. Er öffnete sie und trank ein paar Schlucke daraus. Doro sah ihn etwas befremdet an und wartete geduldig, bis er weitersprach.

»Das packt nicht jeder, weißt du. Bei uns auf der Stube, da gab es einen Typen, der hat jedes Mal gesagt: *Ja hol, Herr Waumann, ja hol, Herr Waumann,* und jedes Mal hat der

gelacht. Egal, wie fertig sie ihn machten, der blieb dabei.«
Georg schüttelte den Kopf und trank wieder einen großen
Schluck. »Diese Hartnäckigkeit, die hat mich beeindruckt.
Ich dachte, der hört nie auf damit. Doch es hörte auf.« Jetzt
schwieg Georg und starrte ins Leere. Doro sah ihn erschro-
cken an. Was meinte er damit, dass es aufhörte?

»Der hat's nicht gepackt, der Konrad«, fuhr Georg fort.
»Für den gab's nur den einen Ausweg.« Doro schluckte.

»Er hat sich das Leben genommen?« Sie merkte, wie sich
ihr Hals zuschnürte, während Georgs Augen sich mit Tränen füllten. Das letzte Mal, als sie ihren Bruder hatte weinen
sehen, war sie vielleicht acht Jahre alt gewesen, und der VfL
hatte ein wichtiges Spiel verloren.

»Wusstest du, dass man sich einnässt, nachdem man gestorben ist?« Georg sah Doro jetzt direkt an. Wieder trank
er einen großen Schluck aus der Flasche. »Ob Konrad das
wusste, bevor er sich das Leben nahm?«

Jetzt schwankte Georg ein wenig, drohte das Gleichgewicht zu verlieren, aber konnte sich an der Theke festhalten. Schnell machte Doro die paar Schritte auf ihn zu und
nahm ihm die Flasche aus der Hand. Zumindest versuchte
sie es. Aber er hielt sie fest.

»Ich lag unter ihm im Bett, Doro. Und dann hat es irgendwann getropft. Tropf, tropf, tropf. Das war sein Urin.
Er hat's nicht gepackt.« Georg schüttelte wieder den Kopf,
als wollte er nicht wahrhaben, was passiert war. Doro versuchte gar nicht mehr, ihm die Flasche zu entwenden, sondern nahm ihn einfach in den Arm. Ganz fest hielt sie ihn,
richtig fest, und dann spürte sie, wie sein Körper bebte,
hörte sein Schluchzen.

»Ich musste da weg, Doro. Ich konnte nicht mehr.«

Da sie nicht wusste, was sie darauf sagen sollte, umarmte Doro ihren Bruder einfach weiterhin, strich ihm über den Rücken, hörte ihm zu.

»Ich kann da nicht wieder hin.« Jetzt brach ein Tränenschwall aus Georg heraus. Er drückte sich fest an Doro, als wäre er ein Schiffbrüchiger und sie ein rettender Ast.

»Alles gut, alles gut«, sagte sie in Kindergärtnerinnen-Manier, obwohl sie wusste, dass gar nichts gut war. »Du musst da nicht wieder hin. Nie wieder. Okay?!« O Gott, was versprach sie ihm denn da? Sie hatte doch gar keine Ahnung, was Georg musste und was nicht. Aber in der Ecke schien er tatsächlich einigermaßen sicher zu sein, wenn sie seine Anwesenheit leugneten, und dass er in der Kommune wohnte, wusste ja niemand. »Die werden dich nicht finden.« Doro sagte das halb zu Georg, halb zu sich. Es schien ja wirklich so, als könnte man diese Feldjäger schnell loswerden, wenn man sich dumm stellte. O Mann, das war vielleicht eine beschissene Situation!

Doro griff wieder nach der Flasche in Georgs Hand, und diesmal ließ er sie los. Hatte sie anfänglich sein Trinken unterbinden wollen, konnte sie jetzt selbst einen Schluck Wodka brauchen. Sie nahm zwei Schnapsgläser und schenkte eins für sich und eins für Georg ein. Dann kippten sie den Schnaps hinunter. Und lächelten sich an.

»Danke«, sagte Georg ehrlich, und es schien ihm schon besser zu gehen.

»Immer«, meinte Doro und überlegte kurz, ob das der passende Zeitpunkt wäre, um ihr Gehalt anzusprechen, entschied sich dann aber dagegen. Georg drohte vielleicht eine

Freiheitsstrafe, und sie dachte an Geld – was war sie denn für ein Mensch?

»Aha, ihr haut euch wieder schön Wasser rein, was?!«

Jochen tappte durch den Vorhang aus der Küche in den Gastraum und grinste. Da mussten Doro und Georg auch grinsen.

»Diesmal ist es nicht nur Wasser«, erklärte ihr Bruder und drehte ein weiteres Schnapsglas um. Doro schenkte für alle drei Wodka ein. Warum nicht am helllichten Tag trinken? Sie konnte tun und lassen, was sie wollte. Sie war frei von jeglichen ehelichen Pflichten. An diesen Umstand und das damit verbundene Gefühl musste sie sich erst noch gewöhnen. Und damit würde sie genau jetzt anfangen.

17

»Wenn der Prophet nicht zum Berg kommt, dann kommt der Berg zum Propheten?« Johanna sah Doro vorwurfsvoll an. »Was, zur Hölle, hast du Jack da für einen Floh ins Hirn gesetzt?«

So kannte Doro ihre Schwester gar nicht. Endlich war Johanna mal für ein paar Stunden in der Stadt, und das Erste, was sie tat, nachdem sie sich an diesem Freitagnachmittag auf dem Spielplatz getroffen hatten, war, sie anzupflaumen? Doro hatte sich wirklich gefreut, sie zu sehen und ihr von all dem, was passiert war, zu erzählen – vor allem jetzt, wo sie leicht einen im Tee hatte von den Schnäpsen, die sie mit Georg und Jochen gekippt hatte. Wer, wenn nicht Johanna, wäre stolz darauf, was sie in den letzten Tagen alles geschafft hatte? Sie hatte einen Tanzwettbewerb gewonnen, eine Ehe beendet und einen Liebhaber verführt. Oder war sie verführt worden? Es war Jacke wie Hose, gehüpft wie gesprungen, denn alles, was zählte, war, dass sie beide es gewollt und getan hatten und dass es sich bombastisch angefühlt hatte. Und jetzt eröffnete Johanna das Gespräch damit, ihr vorzuwerfen, dass sie Jack ermutigt habe, sie am Flughafen zu überraschen?

»Ich dachte halt, du freust dich, wenn er mal zu dir kommt und du nicht immer zu ihm fahren musst, wo du doch eh so viel unterwegs bist«, erklärte Doro zu ihrer Verteidigung. Sie verstand überhaupt nicht, wieso ihre Schwester sich dermaßen aufregte. Johanna machte nicht mal Anstalten, das Karussell zu drehen, sie saß nur mit verschränkten Armen da und schaute grummelig. Dabei bearbeitete sie einen Kaugummi mit den Backenzähnen, als knetete sie einen widerspenstigen Mürbeteig. Zum Glück war der Spielplatz an diesem bewölkten Spätsommertag schlecht besucht, sodass niemand ihnen den Platz auf dem Drehkarussell streitig zu machen drohte.

»Weißt du, ich komme mit Kollegen von einem Flug, und dann steht der einfach da, am Flughafen, mit Blumen und mit einem Schild in Herzform.« Wieder dieser vorwurfsvolle Blick. »Kannst du dir vorstellen, wie unangenehm mir was war?« Johanna sah ihre Schwester eindringlich an, suchte nach Verständnis in ihren Augen, aber Doro konnte weiß Gott keins aufbringen.

»Was ist denn daran unangenehm? Ist doch total süß!«

»Nicht in meiner Welt.«

»Deine Welt?«

»Die Welt dort.«

»Dann scheiß auf die Welt dort.«

»Ich arbeite und lebe in der Welt dort. Ich mag diese Welt.«

Doro war verwirrt. Sie hatte immer gedacht, Johanna würde das Stewardessendasein verachten und nur mitspielen, um einen Fuß in die Tür zum Pilotendasein zu kriegen.

»Na ja, und ich hab da jemanden kennengelernt.« Johanna sah etwas kleinlaut zu Boden. »Einen Piloten.«

Natürlich, einen Piloten, war ja klar, dass es wieder ums Fliegen ging, dachte Doro etwas enttäuscht. Aber sie biss sich auf die Lippe und sagte nichts dazu.

»Dieses Jetset-Leben mit Immer-unterwegs-Sein und Ständig-woanders-Schlafen, das verstehen nur Leute, die auch so leben. Als Stewardess bin ich frei, kann mich in jeder Stadt neu erfinden und hab trotzdem meine Crew, meine Herde.« Johanna hob den Blick und sah in die Ferne. »Hier in Bochum, das ist so eine Bodenpersonalwelt mit immer denselben Arbeitszeiten und immer derselben Umgebung. Da bin ich sicher und fühle mich wohl und kenn mich aus, aber da passiert nicht viel, da bin ich immer dieselbe.« Sie drehte sich jetzt zu Doro und sah sie direkt an. »Weißt du, ich kann irgendwie nicht in zwei Welten gleichzeitig leben. Ich hab's versucht. Aber ich kann's nicht. Bin wohl mehr der Ganz-oder-gar-nicht-Typ.«

In ihren Augen glaubte Doro einen traurigen Schimmer zu erkennen. War wohl alles doch nicht so *easy peasy,* wie es bei ihrer Schwester immer wirkte. Es schien, als hätte sie ebenfalls unter dem Problem gelitten, in zwei Welten zu leben. Durch Jacks Auftauchen war es wahrscheinlich zur Kollision gekommen, und Johanna hatte sich für eine Welt entscheiden müssen. Doro konnte das alles nur zu gut nachvollziehen, schließlich hatte sie es selbst erlebt. Dennoch fiel es ihr schwer, sich damit zu arrangieren, dass Johanna Jack abserviert hatte – egal, wie toll der Piloten-Typ war, den sie kennengelernt hatte. Den romantischen, lustigen GI hatte sie nun mal ins Herz geschlossen.

»Das heißt, mit Jack und dir, das ist jetzt …?« Doro sah ihre Schwester fragend an.

»Es funktioniert einfach nicht mehr«, erklärte Johanna relativ sachlich, während sie in ihre Hosentasche griff und ein Zigarettenpäckchen herauszog. »Ich bin ja immer weg.«

Sie holte eine Zigarette und das Feuerzeug aus dem Päckchen. »Oft weiß ich gar nicht, wann ich wieder hier bin, und wenn, dann ja nur für wenige Stunden. Wie jetzt.« Sie zündete sich eine Zigarette an und zog fest daran, stieß dann langsam den Rauch aus. Auf Doro wirkte sie ziemlich gefasst. Als hätte sie schon länger gewusst, dass es zu Ende gehen würde, und sich bereits darauf eingestellt – aber ohne das mit irgendjemandem zu besprechen, weder mit Jack noch mit ihr.

»Bringt doch so nix. Ist besser für uns beide.«

Johanna zuckte mit den Schultern, und Doro kam es jetzt mehr so vor, als müsste ihre Schwester sich selbst davon überzeugen, dass es so besser wäre. Doro jedenfalls nahm ihr das nicht ganz ab.

»Und mit dem Piloten, das …«

»Ist auch nix Ernstes. Aber es macht Spaß. Und er lässt mich ab und zu ins Cockpit.« Wieder Schulterzucken, dann langsames Rauchausstoßen. Der traurige Glanz in Johannas Augen wich dem üblichen lebensfrohen Glitzern. So ganz wurde Doro nicht schlau aus ihrer Schwester: Benutzte sie die Männer nur zu ihren Zwecken und tauschte sie aus, wenn sie ihr nicht mehr dienlich waren, was das Fliegenlernen anging? Oder war sie einfach gut im Loslassen und Nach-vorne-Schauen? Schließlich würde Jack bald in die USA zurückkehren, hatte ihre Schwester mal erwähnt. Auch fand Doro es bewundernswert, dass Johanna egoistisch genug war, um immer erst an sich selbst zu denken und komplett im Hier und Jetzt zu leben. Solange es ihr dabei gut ging, hatten diese Entscheidungen wohl schon ihre Richtigkeit. Außerdem befand Doro sich ja gerade selbst in einer

Umbruchphase – wie also könnte sie ihre Schwester dafür kritisieren, dass sie einen Mann gegen einen anderen austauschte? Vielleicht brauchte man für verschiedene Lebensabschnitte und Lebensformen halt verschiedene Männer. Vielleicht waren sie beide sich doch ähnlicher, als sie gedacht hätte.

»Wie ist sie denn so, die Welt dort? Scheint ja doch ganz okay zu sein als Stewardess ...«

Doros Neugier überstrahlte die Trauer um Jack. Und es war schön, die Augen ihrer Schwester wieder leuchten zu sehen.

»Man ist echt die ganze Zeit am Hin-und-her-Rennen«, begann Johanna sofort zu erzählen. »Neulich hat einer während des Fluges nach Palma sieben Whiskey bestellt. Sieben! Ich meine, der Flug dauert gerade mal zwei Stunden ...« Sie lachte. Und Doro lachte mit. Sie liebte solche Geschichten. Weiter, bitte!

»Manchmal tut mein Gesicht abends weh vom Lächeln. Kein Witz. Petra sagt dann immer, viel Lächeln strafft die Haut. Die spinnen echt alle mit ihrem Schönheits-Scheiß, aber sonst sind sie echt nette Kolleginnen.«

Tatsächlich sah Johanna ein bisschen akkurater aus, als es früher der Fall gewesen war. Das musste an dem zartrosa Lippenstift liegen, den Doro noch nie an ihr bemerkt hatte und der perfekt zu der Farbe ihrer Fingernägel passte. Ihre kurzen Haare lagen ordentlich am Kopf an, was wahrscheinlich auf die Wirkung eines Gels zurückzuführen war. Und ihre Wangenknochen stachen erstaunlich deutlich hervor – hier tippte Doro darauf, dass die unterschiedlich nuancierten Puderschichten diesen Effekt erzielten. Johanna hatte sich offensichtlich an ihre Umgebung angepasst, sie war kein Eindringling mehr, keine Spionin, sondern ein Bestandteil dieser Welt geworden.

Doro wusste nicht, wie sie das finden sollte. War Johanna noch Johanna? Oder war die neue Johanna die eigentliche Johanna?

Jetzt drückte ihre Schwester die Zigarette am Rand des Karussells aus und schnippte die Kippe gekonnt in hohem Bogen auf den ein Stück entfernten Gehweg. Dann legte sie den Kopf auf Doros Schoß und schaute sehnsüchtig in den Himmel.

»Weißt du, was *landing lips* sind? Das heißt, dass wir uns noch mal frisch und schön machen müssen für die Verabschiedung der Fluggäste nach der Landung.«

An Johannas Lachen merkte Doro dann doch, wie albern sie das fand, und war erleichtert, dass ihre Schwester sich etwas Distanz bewahrte, auch wenn sie sich an die Gepflogenheiten ihrer neuen Welt angepasst hatte.

»Man ist echt krass ein Püppchen in der Luft, ich sag's dir«, sprach sie weiter. Ihr Blick verlor sich im wolkenreichen Himmel, während Doro ihr ebenmäßiges Gesicht betrachtete. Sie hatte Johanna immer um ihre Grübchen beneidet, die sich auch jetzt wieder deutlich zeigten, wenn sie lachte. »Wenigstens müssen wir die hohen Schuhe nur beim Boarding und dann wieder nach der Landung tragen, nicht während des Fluges.«

Doro schmunzelte. Das war wirklich eine ganz eigene Welt. Kein Wunder, dass all die Regeln und Rituale und Ausdrücke nur die Leute verstanden, die sich auch in dieser Welt befanden.

»Na ja, und dass man immer mal wieder eine Männerhand auf dem Po hat, das gehört leider auch dazu. Ludwig nimmt mich jetzt manchmal zu Privatflügen mit, da ist es sogar noch schlimmer. Die denken, sie können sich alles erlauben.«

»Ludwig ist der Pilot?«

»Ja, genau.« Johannas Blick war immer noch in den Himmel gerichtet. »Weißt du, neulich hat so 'ne Tussi auf dem Privatflug echt mit mir verhandeln wollen, wie viele Scheiben Zitrone in eine *Kalte Ente* reindürfen. Da hab ich vor ihren Augen eine rausgefischt und gegessen – so 'ne blöde Kuh.«

Johanna lachte wieder, und Doro stimmte mit ein. Sie versuchte sich vorzustellen, wie ihre Schwester so als Stewardess war. Oder wie es überhaupt sein würde, mit einem Flugzeug zu fliegen, denn das hatte sie noch nie getan. Als könnte ihre Schwester diesen Blick deuten, stand sie ruckartig auf.

»Schieb mal an«, befahl sie und balancierte ihren Stand aus, während Doro das Rad drehte und das Karussell in Bewegung kam.

»Meine Damen und Herren, wir befinden uns etwa dreitausendsiebenhundert Kilometer südlich des Äquators, vierunddreißig Grad Süd und einhunderteinundfünfzig Grad Ost. Kurz gesagt, in Sydney«, erklärte sie in äußerst professionellem Ton, der eher eine Art Singsang war. »In wenigen Minuten werden wir mit der Landung beginnen, also schnallen Sie sich bitte an, klappen Sie den Tisch vor sich hoch, und nehmen Sie die Hände von meinem Po. Vielen Dank.«

Doro musste kichern. Johanna stand da wie ein posierendes Mannequin, ein Bein nach außen gestellt und das Becken nach vorne geschoben. Es war beeindruckend, aber auch sehr ungewohnt.

»Entschuldigung, Fräulein Flugbegleiterin, haben Sie meine Schwester gesehen?«, fragte Doro deshalb gespielt besorgt, woraufhin Johanna sich lachend neben sie fallen ließ. Sie wirkte etwas außer Atem.

»Voll anstrengend, dieses Baucheinziehen«, erklärte sie und verdrehte die Augen. »Aber weißt du, in der Luft sind wir echt so kleine Stars. Gleichzeitig aber auch Muttis für alles. Babys schuckeln, Decken bringen, Kotze wegwischen. Zigarettenstangen und Parfüm verkaufen. Notausgänge mit den richtigen Leuten besetzen. Heiratsanträge ablehnen. Passagiere mit Flugangst beruhigen – am besten mit Cognac.«

Fasziniert hörte sich Doro all diese Schilderungen an. Doch eigentlich interessierte sie vor allem eine Sache brennend.

»Und dieser Ludwig, wie ist der so?«

Johanna überlegte nicht lange, sondern antwortete prompt.

»Zuerst dachte ich, der ist so 'n richtiger Schnösel, der mit jeder flirtet, aber dann hab ich gemerkt, dass er nur mich ins Cockpit lässt.« Johanna schaute jetzt nachdenklich in den Himmel, während Doro überlegte, ob Cockpit wörtlich zu nehmen oder doch eher ein Synonym war.

»Kuck mal, die Wolke da sieht aus wie ein Kranich. Oder nee, wie ein Drache.«

Jetzt wandte Doro den Blick auch nach oben, wo sich eine vielfach interpretierbare Wolkenformation befand.

»Also, ich finde, die sieht eher wie 'ne Socke aus«, war ihre erste Assoziation. Johanna lachte auf.

»Pfff, das sieht doch nicht aus wie 'ne Socke. Eher wie …
wie 'n Pimmel.«

Doro fiel in das Lachen ein. Ja, mit einiger Fantasie
konnte das Gebilde als Pimmel durchgehen, wenn auch als
etwas krummer und schiefer Pimmel. Unweigerlich musste
sie an Robert denken und an sein bestes Stück. So richtig
hatte sie es gar nicht angeschaut. Sie wusste nur, dass er einfach in sie reingeglitten war und sie perfekt ausgefüllt hatte.
Und dann wagte sie die Frage zu stellen, die sie seit der
Nacht beschäftigte, denn Johanna schien ihr die Einzige zu
sein, die sie dazu befragen konnte und die ihr eine ehrliche
Antwort geben würde.

»Hat Jack dich eigentlich mal … hat er dich mal unten
geküsst? Also, da unten, du weißt schon …«

Nun war es Johanna, die ihren Blick suchte, um in ihren
Augen zu lesen, worauf sie hinauswollte, aber Doro schaute
zum Himmel, so, als wäre die Frage eher nebensächlich.

»Ja, hat er. Wieso?«

»Mit Zunge?«.

»Er hat mich da unten geleckt, ja.«

»Und? Findest du nicht auch, dass das der Hammer ist?!«

Die Begeisterung war so sehr aus ihrem tiefsten Herzen
gekommen, dass Johanna unweigerlich lachen musste.

»Uh, hat meine kleine Schwester etwa den Oralverkehr
entdeckt?« Johanna zwickte Doro in den Oberarm. An deren Blick erkannte sie allerdings, dass sie diesen Begriff noch
nie gehört hatte.

»Das heißt, mit dem Mund befriedigt werden. Jemanden
lecken. Jemandem einen blasen.«

»Ich weiß, was oral heißt.«

»Hätte gar nicht gedacht, dass Matthias auf solche Ideen kommt.« Johanna sah Doro amüsiert an. Die verzog ertappt das Gesicht.

»Tut er auch nicht.«

Diese Antwort brachte ihre Schwester endgültig dazu, sich aufzurichten und ihren Na-da-bin-ich-aber-mal-gespannt-Blick aufzusetzen. Endlich! Endlich war es so weit, dass Doro ihr alles erzählen konnte. Wie Matthias den Flyer und dann den Tampon gefunden hatte. Wie Doro fast zu spät zum Tanzwettbewerb gekommen war und Elli ihr den Vortritt gelassen hatte. Wie Robert verprügelt worden war und sie dann zusammen in sein Kabuff gegangen waren. Sie erzählte und erzählte, und Johanna hörte mit offenem Mund und staunenden Augen zu.

»Es ist wie so 'ne kosmische Verbindung«, erklärte Doro ihre Gefühle für Robert. »Ich hatte so was noch nie. Weißt du, ich werde immer ganz nervös, wenn ich ihn sehe. Mein Herz schlägt dann superschnell. Und ich hab totale Angst, zu stolpern.« Das klang alles wirklich albern, als wäre sie nicht mehr ganz dicht, aber es war das schönste Nicht-mehr-ganz-dicht-Sein, was sie jemals erlebt hatte. Und sie war sich sicher, dass Johanna stolz auf sie sein würde, weil Doro sich von Matthias gelöst und ihre wilde Seite entdeckt hatte. Aber als sie am Ende ihrer Erzählung angekommen war, fragte ihre Schwester nur: »Wissen Mama und Papa, dass du nicht schwanger bist und dich von Matthias trennen willst?«

Irritiert sah Doro sie an. »Echt jetzt? Das ist dein Kommentar?« Sonst war Johanna doch immer so sorglos und unbeschwert. Wo war ihre ganze Geht-nicht-gibt's-nicht-Mentalität hin?

»Jetzt bin ich einmal im Leben die Draufgängerin, und du mutierst zur Anstandsdame, oder was?« Doro konnte Johannas Reaktion gar nicht fassen. Wo war der erwartete Stolz? Sie schüttelte den Kopf. »Nein, ich hab unseren Eltern noch nichts von der hinfälligen Schwangerschaft und auch nicht von der beabsichtigten Trennung gesagt«, erklärte Doro enttäuscht und stellte klar: »Weil das alles erst gestern Abend und gestern Nacht passiert ist. Gib mir 'n bisschen Zeit, ja?!«

Doch Johannas Blick war ernst, ihre Augenbrauen zusammengezogen. Sie sah Doro einfach nur an. Nachdenklich, streng, sorgenvoll, als hätte sie ihr gerade erzählt, dass sie eine tödliche Krankheit hätte.

Aber dann brach sie in Gelächter aus. Sie lachte so laut, dass es von den umstehenden Häusern widerhallte. Ihr ganzer Körper schüttelte sich. Tränen sammelten sich in ihren Augen. Sie kippte zur Seite weg und hielt sich den Bauch. Und da musste Doro auch lachen. So doll wie schon lange nicht mehr. Solche Lachanfälle hatte sie das letzte Mal als Teenager erlebt. Sie übermannten sie geradezu. Immer, wenn sie glaubte, sie hätte sich ausgelacht, hätte sich wieder eingekriegt, unter Kontrolle, brach sie erneut in Gelächter aus, weil sie wieder an den Auslöser denken musste. Oder in Johannas Gesicht sah, während sie krampfhaft versuchte, sich zusammenzureißen. Die Ereignisse der letzten vierundzwanzig Stunden waren auch wirklich viel zu absurd gewesen. Doro hatte tatsächlich keine Ahnung, wie sie ihren Eltern alles erklären sollte. Deshalb war ihre Strategie gewesen, erst mal nicht darüber nachzudenken. *Kommt Zeit, kommt Rat* – ihr neues Credo. Warum nicht einfach mal darauf vertrauen, dass sich alles schon regeln würde? Manche Dinge konnte man doch aussitzen, und sie lösten sich von selbst.

Das Lachen tat gut, brachte Unbeschwertheit in die Situation, die einfach nicht schönzureden war, egal, wie man alles drehte und wendete. Erschöpft hielt sich Johanna den schmerzenden Bauch, stöhnte und schaute in den Himmel. Auch Doro stellte erleichtert fest, dass sie ihre Schwester wieder ansehen konnte, ohne loszuprusten. Kurz waren nur Vogelgezwitscher und ihr schweres Atmen zu hören. Die Stille nach dem Lachen.

»Kuck mal«, sagte Johanna dann. »Da ist die Wolke sieben.« Doro folgte der Richtung ihres Zeigefingers und sah zwei Wolken am Himmel. Keine davon hätte sie als Wolke sieben betitelt. Johanna wollte sie doch wieder nur ärgern!

»Haha, du bist so 'n Doofpott«, entgegnete sie. »Welche von beiden soll das denn sein?«

Johanna überlegte grinsend. »Na, die mit dem dicken, fetten … Hintern.«

Da konnte Doro nicht mehr an sich halten und prustete wieder los. Johanna setzte mit ein, und die ganzen Lachtiraden begannen von vorne – dabei tat ihr Bauch doch schon so weh. Als sie sich endlich ausgelacht hatten und schlapp im Drehkarussell hingen, fing Doro einen liebevollen Blick von ihrer Schwester auf.

»Ich bin immer für dich da – das weißt du, oder?!«

Doro nickte froh – das war es, was sie von ihr hören wollte.

»Egal, was für'n Bockmist du baust. Auch wenn du versehentlich jemanden umbringst, helfe ich dir bei der Leichenbeseitigung. Kapiert?!« Johannas mütterliches Lächeln wurde zu einem diebischen Grinsen. Der Gedanke schien ihr zu gefallen. Amüsiert sah Doro sie an.

»Auch, wenn du gerade in Tokio bist? Oder in New York? Oder in Sydney?«

»Klar, die Leiche im Ausland verschwinden zu lassen, ist sowieso sinnvoll.«

»Und wie genau erreiche ich dich noch mal telefonisch, wenn du jeden Tag woanders bist?«

»Gar nicht.«

»Eben.«

»Wir haben doch Telepathie.«

Fast musste Doro schon wieder loslachen, weil Johanna das so selbstverständlich sagte, als hätten sie diese Fähigkeit tatsächlich im Kleinkindalter entdeckt. Herausfordernd sah sie ihre Schwester an.

»Okay, woran denke ich gerade?«

Johanna überlegte nicht lange und zuckte mit den Schultern.

»Na ja, an diesen Robert halt. Und wie du ihm einen bläst.«

Während Johanna lachte, spürte Doro, wie ihr Gesicht rot wurde. Frech war das! Ihre Schwester kannte sie wirklich viel zu gut.

»Haha. Sehr witzig.«

»Stimmt's oder hab ich recht?«

»Das war zu einfach, das gilt nicht.«

Gespielt vorwurfsvoll sah Doro Johanna an, die jetzt Anstalten machte, aufzustehen.

»Das war astreine Telepathie«, erklärte sie. »Und jetzt muss ich los, sonst verpasse ich den Flieger nach Moskau.«

Damit gab sie Doro einen Kuss auf die Wange und schwang sich über das Geländer des Drehkarussells. »Viel Spaß beim Rumfortessen«, rief sie noch. »Und grüß die Eltern von mir.«

Perplex blieb Doro sitzen, denn sie hatte komplett vergessen, dass das Resteessen wegen der Vorbereitungen auf die Jubiläumsfeier von Feinkost Krämer bereits am heutigen Freitag stattfand. Um nicht daran teilzunehmen, brauchte man einen wirklich guten Grund, wie zum Beispiel einen Flug nach Moskau. Oder eine schlimme Grippe. Oder Schlappheit aufgrund einer Schwangerschaft. Ja, das könnte doch klappen. Doro lächelte zufrieden. Und war sich ziemlich sicher, dass sie einen zartrosa Kussmund auf der rechten Wange hatte.

Später am Telefon erklärte Doro ihrer Mutter, dass sie sich nicht gut fühlen würde. Dabei wickelte sie nervös die geringelte Telefonschnur um ihren Zeigefinger und betrachtete sich im Spiegel über dem Schränkchen in Berthas kleinem Flur. Sie sah rosig aus – wahrscheinlich gut durchblutet von der Lacherei – war aber tatsächlich von einer enormen Erschöpfung übermannt worden, nachdem sie den Spielplatz verlassen hatten. Sie wollte nur noch ins Bett und schlafen. Dem Resteessen beizuwohnen, schien ihr unmöglich, vor allem, weil sie Matthias nicht begegnen wollte, denn das Letzte, was sie gerade gebrauchen konnte, waren unangenehme Gespräche. Sie würde früher oder später mit ihm reden müssen, das war klar, aber noch war zu wenig Zeit vergangen, noch wollte sie die Verdrängungsstrategie fahren. Einerseits konnte Doro sich vorstellen, dass er genauso dachte, andererseits war es durchaus möglich, dass er beim Rumfortessen aufschlagen würde, um sie dort anzutreffen, oder einfach nur, weil es ein Familien-Pflichttermin war. Sollte Letzteres der Fall sein, war sich Doro sicher, dass er ihren Eltern nichts von dem Streit erzählen würde, schon deshalb, weil er sich schämte und weil er ihre Beziehungsprobleme noch nie nach außen getragen hatte. Immer nur die guten Neuigkeiten, ja nicht die schlechten. Obwohl es schlechte eigentlich kaum gegeben hatte.

»Ist dir übel?«, fragte ihre Mutter besorgt, und Doro erklärte ihr, dass sie einfach sehr müde sei, komplett erschlagen, und das war ja nicht mal gelogen, nur dass die Ursache nicht ihre vermeintliche Schwangerschaft war. Im Hintergrund konnte sie ihren Vater und Frank streiten hören.

»Alles okay bei euch?«

»Na klar, alles wie immer.«

Doro glaubte ihrer Mutter kein Wort, aber sie hakte nicht weiter nach. Sie bekam mit, dass der Streit um einen Auftrag ging, der wohl abgesagt worden war, weil besagtes Hotel sich für einen günstigeren Lieferanten entschieden hatte.

»Qualität setzt sich immer durch«, hörte Doro ihren Vater rufen. »Wann kapierst du das endlich?«

Und dann vernahm sie Franks Stimme, ein bisschen aufmüpfiger und lauter als sonst: »Du musst mit der Zeit gehen, sonst gehst du mit der Zeit.«

Doro musste fast darüber grinsen, wie die beiden sich Plattitüden um die Ohren hauten, als gälte eine Meinung mehr, wenn sie von einem allgemeingültigen Sinnspruch untermauert wurde.

»Kommt Matthias denn?« Die Stimme ihrer Mutter klang hoffnungsvoll, denn wahrscheinlich hatte sie viel gekocht, und Matthias war ein verlässlicher Esser.

»Schwer zu sagen. Kann halt immer was dazwischenkommen bei seiner Arbeit. Unverhofft kommt oft.«

O Gott, jetzt fing sie auch schon an, solche dämlichen Sprüche aufzusagen! Sie hörte ihre Mutter seufzen.

»Schon dich mal, meine Kleine«, riet Barbara ihr liebevoll, und Doro bestätigte, dass sie das tun würde, obwohl ihr ihre Mutter längst leidtat wegen ihrer ganzen Lügerei und weil alle sie im Stich zu lassen schienen.

»Schönen Abend euch«, sagte Doro schnell und legte auf. Nachdenklich blickte sie ihr Spiegelbild an. An ihrer Lippe hatte sich eine Kruste gebildet, und sie konnte nicht umhin, daran zu kratzen.

»Lass das lieber in Ruhe, sonst machste es nur schlimmer!«

Im Spiegel sah Doro ihre Tante hinter sich auftauchen. Sie legte einen Arm um ihre Schulter, und beide betrachteten sich im Spiegel.

»Keine Lust auf Familie?«, fragte Bertha, und Doro schüttelte den Kopf. Ihre Tante lächelte verständnisvoll. »Lust auf Kino?«

Da konnte Doro nicht Nein sagen. Zum einen schuldete sie Bertha ein Dankeschön für das Asyl, zum anderen liebte sie Kino. Im dunklen, großen Saal des Unions-Kinos zu sitzen und auf die erleuchtete Leinwand zu schauen, war einfach wunderbar und magisch und ganz anders, als zu Hause auf der Couch in den kleinen Schwarz-Weiß-Fernseher zu starren. Zusammen mit Matthias hatte sie seit der Hochzeit auf einen Farbfernseher gespart, aber der kostete mindestens eintausendzweihundert Mark, während der Schwarz-Weiß-Fernseher nur vierhundert gekostet hatte. Außerdem stellte Doro sich einen Kinobesuch mit Bertha sehr entspannt vor – sie beide und eine Tüte Popcorn –, deshalb machten sie sich alsbald auf den Weg in die Kortumstraße.

An diesem Abend lief *Zwei Profis schlagen zu* mit Adriano Celentano und Anthony Quinn, was Bertha dazu bewog, vorfreudig die Handflächen aneinanderzureiben, denn sie liebte Gangsterkomödien. Und sie liebte Adriano Celentano. Während der Werbung für die Tanzschule Bobby Linden, die Pizzeria Vesuvio und Wurstwaren Krümmel war alles genau so, wie Doro es sich vorgestellt hatte: Bertha und sie ließen sich in die Sitze geflätzt ins Popcornkoma fallen. Doch kurz nach Beginn des Films begann ihre Tante immer mal wieder laut zu kommentieren. Als der Polizist im Gefängnis auf Anthony Quinns Kartentrick hereinfiel, sagte sie so laut, dass der ganze Saal es hört: »Was für ein Depp!« Und immer, wenn Adriano Celentano rauchte, erklärte sie schmachtend: »Ich will seine Zigarette sein.«

Berthas unmittelbare Art war teils belustigend, teils beschämend für Doro, milderte aber zu keinem Zeitpunkt den Spaß am Film. Adriano Celentano und Anthony Quinn spielten zwei Trickdiebe, die miteinander verwechselt wurden und sich ständig aus misslichen Situationen retten mussten – sehr gut mitfühlbar für Doro. »Ich finde ja, er kann besser singen als schauspielern«, meinte sie auf dem Nachhauseweg, aber für Bertha war es egal, was Adriano Celentano tat, sie hatte einen unumstößlichen Narren an ihm gefressen.

Als Doro im Bett lag, musste sie an Robert denken, ließ die Bilder von ihrer gemeinsamen Nacht in ihrer Vorstellung entstehen, als sähe sie das Fotoalbum ihrer Lieblingsreise an, deren Schnappschüsse sie in- und auswendig kannte. Sein Kopf zwischen ihren Beinen. Ihre Lippen aufeinander, ihre Zungen miteinander verschlungen. Seine sanften, aber bestimmten Griffe. Das Verlangen in seinen Augen. Das Gurkenglas an seinen Rippen. Der Teddy auf dem Nachttisch. Doro wurde angenehm warm, und das lang nicht an der unsommerlichen Daunendecke von Tante Bertha.

Abermals musste sie über diese Oralsache nachdenken. Wie konnte es sein, dass sie davon nie wirklich gehört hatte, und wie konnte es sein, dass sie nicht auf die Idee gekommen war, dass diese Praktik derart angenehme Gefühle hervorrufen würde? Lag wohl daran, dass sie Matthias vertraut hatte, der älter und erfahrener war als sie. Tatsächlich wusste sie gar nicht, ob er erfahrener war als sie. Darüber hatten sie nie wirklich gesprochen, sie war einfach davon ausgegangen. Dann grübelte Doro darüber nach, wie man einen Mann mit dem Mund befriedigen könnte. Alles, was ihr in den Sinn kam, war ein Eis am Stiel. Das leckte man ab und schob es in den Rachen und saugte den Geschmack raus. Doro wurde ein bisschen heiß bei dem Gedanken daran. Ausprobieren würde sie es ja schon mal gerne. Nur zu blöd, dass sie so gar keine Ahnung hatte, was die beste Technik war. Um Johanna zu fragen, war es zu spät – oder sie müsste bis zum nächsten Treffen warten. Ihre Schwester hatte nämlich welche von diesen *Schulmädchen-Report*-Filmen im Kino gesehen, die Doro, damals noch minderjährig, nicht hatte schauen dürfen. Und kurz nach ihrem achtzehnten

Geburtstag war sie ja auch schon mit Matthias zusammen gewesen, und der hatte diese Filme für »journalistischen Schund« gehalten, wie ihr Vater. Verdammt, wen könnte sie bloß fragen? Bei wem wäre es ihr nicht unangenehm? Der Einzige, der ihr einfiel, war Jochen. Den könnte sie gleich morgen fragen, bevor die Party losging.

Doro freute sich schon die ganze Woche auf die Wasserbombenschlacht in der Disko Bochum – und noch mehr freute sie sich, Robert wiederzusehen. Sie war sich sicher, dass er kommen würde, sie fühlte es einfach im Bauch. Bestimmt war das auch eine Art von Telepathie.

***

Als Doro Georg am nächsten Tag zum Familienessen befragte, berichtete er nur, dass das einzige Gesprächsthema der Allkauf mit seinen grotesk günstigen Preisen und der selten hässlichen Ausstattung gewesen sei. Es habe sich dabei um einen Dialog zwischen Frank und Gerhard gehandelt, eine Pro-und-kontra-Diskussion, die sich allerdings im Kreis gedreht hatte, weil niemand sonst es gewagt hätte, Partei zu ergreifen. So stand es Aussage gegen Aussage, und am Schluss hatte sowieso ihr Vater immer das letzte Wort.

Georg war anscheinend mit Alex zum *Rumfort*-Essen gekommen, eine Idee ihrer Mutter, die gerne eine neutrale Person dabeihatte, die nicht zur Familie gehörte, damit Gerhard sich in Sachen Schimpfton wenigstens ein bisschen am Riemen reißen würde. Da Johanna durch ihren Stewardessenjob mit Abwesenheit glänzte, gab es ja auch keinen Heiratskandidaten mehr am Tisch, vor dem Contenance bewahrt werden musste. Alex war zwar keine Fremde und hatte früher fast zur Familie gehört, aber ihre Anwesenheit reichte zumindest, damit die Diskussionen nicht in Streit ausarteten. Außerdem musste Alex ja »für zwei essen« – also eine Win-win-Situation.

Vor allem wollte Doro natürlich wissen, ob Matthias da gewesen war. Zwar hatte sie Georg von ihrer temporären Wohnsituation bei Bertha erzählt, nicht aber den Grund genannt. Er zuckte mit den Schultern. »Der hatte wohl einen Gas-Wasser-Scheiße-Notfall.« Matthias war also nicht da gewesen – ob mit Absicht oder wegen der Arbeit, war jedoch nicht klar. Praktischerweise hatte er ja immer diese Ausrede parat, wie einen Joker, den man ständig in der Tasche hatte und jederzeit ziehen konnte. Tatsächlich hatte Doro aber kein einziges Mal erlebt, dass Matthias diesen Joker gezogen hätte, denn dafür war er eine viel zu ehrliche Haut.

Unweigerlich musste sie an den Beginn ihrer Beziehung denken, an ihr erstes Rendezvous vor gut einem Jahr, das Matthias kurzfristig abgesagt hatte, weil es einen sanitären Notfall gegeben hatte. Damals hatte sich das für Doro schwer danach angehört, als hätte er kalte Füße bekommen und einen Rückzieher gemacht. Sie erinnerte sich noch genau, wie sie den ganzen Nachmittag vor dem Rendezvous damit verbracht hatte, toll auszusehen. Sie hatte ihre neuesten Klamotten angezogen, dann wieder ausgezogen, um die zweitneuesten Klamotten anzuziehen, wieder auszuziehen, um neueste und zweitneueste Klamotten miteinander zu kombinieren, dann alles wieder zu verwerfen und sich was zum Anziehen von Johanna zu leihen. Trotz ihrer Enttäuschung und des Verdachts auf eine Ausrede hatte Doro zugeben müssen, dass Matthias ihr durch sein Pflichtbewusstsein noch sympathischer geworden war. Jemand, der sich verantwortlich fühlte – war das nicht fast das Attraktivste, was man in einem Mann finden konnte? Natürlich war es ihr damals nicht in den Sinn gekommen, dass sich diese gute Eigenschaft während der Ehe in Bevormundung wandeln könnte …

Nach Matthias' Absage des Rendezvous war Doro nichts anderes übrig geblieben, als sich genervt abzuschminken, in ihren Hausanzug zu schlüpfen und dann neben ihren Eltern auf dem Sofa Platz zu nehmen und die samstagabendliche Spielshow zu schauen: *Am laufenden Band*, heiß geliebt von ihrer Mutter, vor allem wegen Rudi Carrell mit seinem lustigen holländischen Akzent. Während ihr Vater wie immer nach einer halben Stunde eingeschlafen war, hatte sich Frank über die Kandidaten lustig gemacht. Doro hatte sich jedes Mal ausgemalt, wie es wäre, dort auf der Showbühne neben Rudi Carrell zu stehen und all die Haushaltsgegenstände an sich vorbeiziehen zu sehen, vierzig Stück an der Zahl, und sich so viele merken zu können wie sonst noch niemand vor ihr.

Jedenfalls hatte sie dem Finale der Show entgegengefiebert, als um kurz nach neun Uhr das Telefon geklingelt und Matthias gefragt hatte, ob sie doch noch Zeit hätte, sich mit ihm zu treffen. Doros erster Impuls war gewesen, Nein zu sagen, aus Prinzip und aus Stolz, aber dann war ihr bewusst geworden, dass sie sich damit ins eigene Fleisch schneiden würde, denn sie hatte ebenfalls große Lust gehabt, ihn zu sehen. Beim Versuch, sich in fünf Minuten wieder so herzurichten wie vorher, hatte sie aber schnell gemerkt, dass das viel zu aufwendig war, und dann nur das Nötigste gemacht: die Wimpern schwarz tuschen, etwas Make-up über unreine Hautstellen auftragen, Haare grob bürsten und durch eine in die Luft gesprühte Parfümwolke laufen. Als sie sich kurz darauf auf den Beifahrersitz von Matthias' Citroën gesetzt hatte, war ihr sofort aufgefallen, dass er sein Hemd falsch ge-knöpft und sich eine Spinnwebe in seinem lockigen Haar verfangen hatte. In Kombination mit dem Werkzeugkasten und dem schlecht zusammengefalteten blauen Overall auf der Rückbank hatte sie sich leicht zusammenreimen kön-nen, dass er sich auch schnell umgezogen hatte. Irgendwie süß! Natürlich hatte sie nicht ahnen können, dass der Abend Matthias perfekt repräsentiert hatte: stets auf Abruf und mit seiner Arbeit verheiratet. In dem Moment aber hatte er läs-sig gewirkt, wie ein Superheld, der schnell aus seiner Hel-denidentität in seine Alltagsidentität geschlüpft war. Aber da hatte Doro noch nicht gewusst, dass Matthias keine zwei Identitäten hatte, sondern nur einen Overall, der seine Klei-dung vor Öl, Wasser und Schmutz schützte. Er rettete auch keine Menschenleben, allerhöchstens mal einen ins Klo ge-worfenen Goldfisch.

Das alles ging Doro durch den Kopf, nachdem Georg ihr von Matthias' Ausrede – oder Nicht-Ausrede – für das gestrige *Rumfort*-Essen erzählt hatte. Aber es machte sie nicht weh-mütig. Es löste in ihr nicht den Impuls aus, ihn anzurufen oder in der Wohnung aufzukreuzen. Sie konnte ihre gemein-same Geschichte mittlerweile von außen betrachten, so, als wäre sie gar nicht beteiligt gewesen, sondern eine andere Person. Und irgendwie war sie ja auch nicht mehr dieselbe

Doro wie diejenige, die Matthias geheiratet hatte. Sie war jetzt die Doro, die gerade einen Disko-Abend vorbereitete, der in wenigen Stunden eine nicht eben geringe Anzahl von Menschen sehr glücklich machen würde, und sie freute sich wie ein kleines Kind auf das Spektakel. Außerdem konnte sie es kaum erwarten, Robert wiederzusehen – aber darauf freute sie sich nicht wie ein kleines Kind, sondern wie eine erwachsene Frau.

18

Die Wasserbomben gingen weg wie warme Semmeln an einem Sonntagmorgen. Sie hatten beschlossen, die Wasserbomben für einen Groschen pro Stück zu verkaufen, dennoch schien die Nachfrage jetzt schon das Angebot zu übersteigen, obwohl Doro zehn riesige Kochtöpfe damit gefüllt hatte. Dabei war es gerade mal halb zehn an diesem Samstagabend. Doch die Bude war wieder proppenvoll, und statt einer oder zwei Wasserbomben kauften die meisten gleich fünf oder zehn Stück – die Töpfe leerten sich einer nach dem anderen.

Platsch. Eine Wasserbombe zerplatzte an Doros Schulter. Sie spürte kleine Wasserspritzer ihre Wange kitzeln, obwohl sie die Kapuze aufgezogen hatte. Blitzschnell drehte sie sich um. Wer war der Übeltäter? Vielleicht Robert? Mit Adlerblick suchte sie den Raum ab.

Auf der Tanzfläche tummelte sich eine orangefarbene Meute, fast alle hatten die Ponchos über ihre Kleidung gezogen und die Kapuzen aufgesetzt, es wurde getanzt und geworfen. Immer wieder flogen Wasserbomben und zerplatzten an Körperteilen oder an der Kachelwand. Immer wieder waren spitze Schreie zu vernehmen. Der Boden war voller Pfützen. Je wilder die Leute tanzten und hüpften und warfen, desto mehr spritzte das Wasser auch von unten. Im flackernden Licht, das die an- und ausgeschalteten Glühbirnen erzeugten, leuchteten die Ponchos wie orangefarbene Lava, und die Wassertropfen in der Luft glitzerten wie Eiskristalle. Es sah gaga und magisch zugleich aus. Beim Farb-konzept hatte Doro sich für Orange entschieden, weil ihr bunt doch zu kindergeburtstagsmäßig erschienen war, des-halb gab es Wasserbomben und Ponchos nur in Orange. Die uniforme Kostümierung erschwerte es allerdings, jemanden schnell ausfindig zu machen oder zu erkennen. Da aber sah sie Georgs diebisches Grinsen unter einer Kapuze, auf dem Arm balancierte er mehrere Wasserbomben. Na warte! Doro wollte eigentlich sofort zurückschlagen, aber weil sie unbe-waffnet war, hatte Georg einen Vorsprung, den sie sowieso nicht würde aufholen können. Besser zu einem späteren Zeit-punkt hinterrücks anschleichen, wenn er nicht daran dachte, plante sie insgeheim und machte sich auf den Weg zu den Wasserbomben-Töpfen. Wenn sie mit Munition ausgestattet war, würde es eine feucht-fröhliche Racheaktion geben! Ha!

She's a dance, dance, dance, dance, dancing machine.
Watch her get down, watch her get down.
As she do, do, do her thing
Right on the scene.

Jedes Mal, wenn sie die Jackson Five hörte, freute Doro sich. Nicht nur, weil sie die Songs mochte, sondern weil sie wusste, dass Jochen die Band liebte und immer besonders wild hinter seinem Plattenpult tanzte. Sie schaute zu ihm hinüber und nahm erstaunt wahr, dass er sich, statt zu tan-zen, mit jemandem unterhielt, den sie wegen der Entfer-nung und der Kapuze jedoch nicht erkannte. Ein Schmun-zeln huschte über ihr Gesicht, als sie an das frühabendliche Gespräch mit ihm dachte. Sie hatte sich ja vorgenommen, das Oralsexthema anzusprechen, weil sie bisher eigentlich über alles mit ihm hatte reden können. Schließlich war Jochen locker und ehrlich – doch dass er dann *so* ehrlich sein würde, hätte Doro nicht gedacht. Denn nachdem sie ihn gefragt hatte, ob er es eigentlich mochte, wenn eine Frau an seinem besten Stück lutschte, sagte er mit großer Entschlossenheit: »Nein!« Das hatte Doro sowohl verwirrt als auch erschrocken. Es ergab für sie einfach keinen Sinn. Mochten Männer das allgemein nicht, oder ging es nur Jochen so? Er hatte ihren ratlosen Blick bemerkt und lachen müssen.

»Ich mag nicht, wenn eine Frau das macht«, wiederholte er. »Weil ich auf Männer stehe.« Dann lachte er noch mehr, weil sich in Doros Blick mit einem Mal eine seltsame Mischung aus Überraschung und Erkenntnis vereinte. Jochen stand auf Männer, natürlich! Von allein wäre sie da wohl nie draufgekommen, einfach, weil sie so etwas irgendwie gar nicht in Erwägung zog – was natürlich ihr Fehler war, denn wieso sollten alle Männer automatisch auf Frauen stehen? Obwohl, die meisten taten es ja, und in der Öffentlichkeit sah man keine gleichgeschlechtlichen Paare. Das erste Mal, dass sie knutschende Männer gesehen hatte, war im Panoptikum gewesen, danach ein paarmal in der Disko Bochum, und immer hatte es sie froh gemacht, einen sicheren Raum für solche Begegnungen bieten zu können, die sonst eher skeptisch beäugt wurden. Viel darüber nachgedacht hatte sie aber nicht. Sie kannte niemanden, der schwul war – zumindest bis jetzt. Bei Jochen schien das Wissen um seine Sexualität das fehlende Puzzleteil für seine Persönlichkeit zu sein. Die Musik-Affinität, das exzessive Tanzen, die glamourösen Klamotten, die Küsse auf ihren Mund – eigentlich hatte

Doro ja die ganze Zeit gemerkt, dass er anders als andere Männer war. Jetzt ergab alles ein stimmiges Bild. Blöderweise hatte sie vor lauter Erkenntnis vergessen zu fragen, wie die Männer das untereinander machten mit dem Liebkosen ihrer besten Stücke. Na ja, es würde sich bestimmt wieder eine Gelegenheit ergeben. Liebevoll sah sie Jochen an. Wie er im Gespräch noch das Becken wiegte. Wie er schon die nächste Platte in der Hand hielt. Wie er nie gestresst wirkte, sondern sogar aufblühte, wenn er viele Dinge auf einmal machen musste. Aber er war ja nicht der Einzige, dem die Disko Bochum übermenschliche Energie verlieh – auf sie und Georg hatte dieser Ort eine ganz ähnliche Wirkung.

Nachdem Doro ihren Weg durch die Ponchoträger fortgesetzt hatte, war sie endlich an den Töpfen angelangt. Zwei waren noch voll, immerhin. Mit einer Hand hielt sie den Latz ihres Ponchos und lud zwei Wasserbomben hinein, eine dritte nahm sie in die andere Hand. So, jetzt würde sie es Georg zeigen – sie musste ihn nur noch finden.

Yeah, yeah music is her lover – disco queen, disco queen. Music turns her on and on. Es war schwierig, bei der guten Musik nicht zu tanzen, aber Doro war einfach zu sehr beladen. Sie versuchte, an der Wand entlangzugehen statt mitten durch die Menschenmenge, aber auch das stellte sich als gar nicht so einfach heraus, denn hier lehnten oder saßen die Leute und quatschten, tranken, flirteten, wenn sie nicht gerade tanzten oder Wasserbomben schmissen. *No point in talkin', you're talkin' to yourself. The disco queen is away somewhere else.* Von außen sah die Tanzfläche nicht mehr ganz so aus wie ein Schlachtfeld, sondern mehr wie ein Organismus, der vor sich hin waberte. Alle wiegten sich zu dem unwiderstehlichen Groove des Songs. *You think your bumpin' and you're bumpin' with yourself. Disco queen is high – high high high high high.* Auch die Stimmung war mal wieder fantastisch. Doro konnte nur strahlen, während sie sich ihren Weg bahnte – und plötzlich Alex an der Wand stehen sah. Instinktiv wollte sie die Schwangere freudig begrüßen, als sie ihren starren Blick bemerkte. Alex trank nichts, und sie redete mit niemandem, sie stand nur da und sah in die Menge. Alles an ihr wirkte traurig und nachdenklich, einsam und verletzt. Überfordert von dieser unerwarteten Stimmung, hielt Doro inne und folgte ihrem Blick. Dort auf der Tanzfläche standen zwei Leute unter einem Poncho und knutschten heftig herum, während ihre Körper sich aneinander rieben, ihre Hände sich gegenseitig streichelten. Alleine geriet man unter der durchsichtigen Plastikfolie des Ponchos schon genug ins Schwitzen, wie eng und warm musste es dann erst zu zweit sein? Beim längeren Hinschauen wurde ihr klar, dass wahrscheinlich genau das den Reiz ausmachte. Sie musste die Augen zusammenkneifen, um die Hosen und die Schuhe der Knutschenden besser erkennen zu können. Es waren ausgelatschte Ledertreter, die unter einer Stoffhose hervorragten, und Riemchen-Stöckelschuhe unter einer Glitzerschlaghose. Sie wusste sofort, wer das war: Georg und Elli. Die beiden hatten also wieder zusammengefunden. Doro musste lächeln beim Anblick dieses wilden Rumgemaches in der Enge des Ponchos. Es sah ein bisschen so aus, als ob die zwei in einem riesigen Kondom steckten. Abgesehen davon, wirkte es sehr innig und ziemlich sexy. Allerdings befand sich Doro jetzt in einem

Dilemma: Sollte sie erst mit Alex reden, oder sollte sie Georg mit den Wasserbomben attackieren? Da sie das Gefühl hatte, Alex könnte es auch lustig finden, wenn sie die Knutschenden bombardierte, entschied sie sich, ihre Mission zu vollenden. Und die hieß: *Schwester schlägt zurück.* Schon zerplatzte die erste Wasserbombe auf Georgs Rücken. Oder war das Ellis? Egal, Treffer war Treffer bei diesem symbiotischen Klumpen! Doro zielte beim nächsten Wurf auf die Köpfe, aber die Wasserbombe prallte nur ab, fiel zu Boden und zerplatzte da. Mist, von wegen Krämer'scher Dickschädel! Okay, eine hatte sie noch, und die warf sie jetzt mit noch mehr Karacho. Platsch! Der Ballon entlud seine Flüssigkeit über die Schultern der beiden. Aber all das schien sie nicht in ihrer Aktivität zu stören. Sie knutschten einfach weiter rum. Hatten sie die Wasserbomben-Attacke am Ende gar nicht bemerkt? Doro schüttelte den Kopf und drehte sich lachend zu Alex – allerdings nur um zu sehen, dass sie nicht mehr an der Wand lehnte. War sie gegangen? Sie hatte echt nicht gut ausgesehen. War sie etwa doch eifersüchtig? Zugegeben, der Anblick von Georg und Elli, die wohl die Welt um sich herum vergessen hatten und gar nicht genug voneinander kriegen konnten, war ziemlich schön. Doro selbst wurde ein bisschen neidisch. Robert war immer noch nicht gekommen, dabei würde er mit dem Poncho bestimmt toll aussehen. Wie ein Superheld. Doro konnte es kaum erwarten, ihm wieder zu begegnen, und sie war sich sicher, dass er früher oder später aufkreuzen würde.

Der Song lief aus, und der Plattenspieler wurde gestoppt. Die Leute stellten kurz das Tanzen ein, klatschten und riefen vorfreudige »Wuhs« in Richtung DJ-Pult. Nur Georg und

Elli waren immer noch in ihrem Poncho-Kondom zugange. Und da erklang auch schon der nächste Song. Eine bekannte Melodie, zu der sich die Leute sofort wieder im Takt wiegten, um dann aber doch verwirrt aufzuschauen. Und auch Doro wunderte sich, denn statt des Sängers war eine weibliche Stimme zu hören, laut und voluminös. *Don't leave me this way. I can't survive I can't stay alive, without your love.* Alle Köpfe wandten sich zum DJ-Pult, und Doro sah, dass dort Alex stand. Mit einem Mikro. Und sie sang. Sie sang gut. *Don't leave me this way. No I can't exist, I'll surely miss your tender kiss.* Es war nicht nur ihre toll klingende Stimme, die den Raum erfüllte, es war auch die Ehrlichkeit, mit der sie sang. Verzweiflung, Liebe, Sehnsucht, Hilflosigkeit, Mut – all das schwang mit und machte ihre Darbietung so berührend. Sofort änderte sich die Stimmung im Raum. Und das entging auch Georg nicht. Er schlüpfte aus dem Poncho und sah sich irritiert um, folgte den Blicken der anderen – und bemerkte Alex. Auch Elli hatte ihre Kapuze abgenommen und schaute zum DJ-Pult. In Georgs Augen sah Doro Verwunderung, gepaart mit Rührung. Er starrte Alex an. Und sie sah ihn an. Liebevoll. Allen im Raum war sofort klar, dass es sich um eine Liebeserklärung handeln musste, die an eine bestimmte Person adressiert war. Und nicht nur Georg schien zu verstehen, dass er gemeint war, auch Elli konnte eins und eins zusammenzählen. Sie sah Georg an, der nurAugen für Alex hatte, und tat das, was wohl jeder getan hätte: Sie ging. Sie bewegte sich einfach von der Tanzfläche Richtung Ausgang, und Georg bemerkte es nicht mal. Er starrte immer noch die singende Alex an, die gerade den langsamen Part des Songs beendete.

Jetzt kam der Beat dazu, und alle stimmten mit ein: *Ahhh, baby! My heart is full of love and desire for you. Now com'on down and do what you gotta do.* Nur Georg stand da, als hätte er Wurzeln geschlagen. Doro konnte die Überforderung deutlich an seinem Gesicht ablesen. Dann verklang das Lied, und im selben Moment legte Alex das Mikro hin und verließ den Platz neben dem DJ-Pult, begleitet von Jochens perplexem Blick, denn anscheinend hatte er gedacht, dass sie noch etwas sagen würde. Schnell platzierte er die nächste Platte auf dem Teller und ließ den Tonarm herabsinken. *Get down, get down. It's the boogie. Get down, get down.* Der funky Beat erfüllte den Raum, und während Alex nicht mehr zu sehen war, stand Georg immer noch überfordert da. Irgendwie fand Doro es nicht okay von Alex, dass sie Georgs sich anbahnende Liebelei störte. Fiel ihr jetzt erst ein, was er ihr bedeutete, als sie ihn zu verlieren drohte? Gut, vielleicht war das gar nicht so ungewöhnlich, vielleicht brauchte es manchmal die Angst, jemanden zu verlieren, um den Mut zu haben, der Person seine Gefühle zu gestehen. Das verstand sie, auch wenn sie merkte, dass es ihr mit Matthias gar nicht so ging. Vielleicht, weil sie sich bereits verloren hatten. Und weil der Verlust einen Gewinn bedeutete, für sie beide.

Verwirrt schaute Georg sich um. Er schien endlich zu bemerken, dass Elli nicht mehr neben ihm stand, und entdeckte dann Doro.

»Was war das denn?«, fragte er überfordert.

»Sag du's mir«, entgegnete Doro und erfreute sich an Georgs Hilflosigkeit. Zwei Frauen, die um ihn buhlten, das hatte er wohl noch nie gehabt.

»Ich such sie mal.«

»Wen?«

»Hmm?«

»Elli oder Alex?«

Georg zuckte überfordert mit den Schultern.

»Früher oder später solltest du dich entscheiden«, erklärte Doro, als wäre sie die große Schwester und er der kleine Bruder. »Sonst verlierst du beide.«

Georg sah ihr in die Augen, als suchte er dort nach einem Hinweis auf Ironie oder nach einer Entscheidungshilfe. Schließlich wandte er sich enttäuscht ab und schlängelte sich durch die Menge. Mitleidig und amüsiert zugleich sah Doro ihm hinterher. Da fiel ihr ein, dass sie jetzt alleine für die Bar zuständig war. Na toll.

Mit einer Hand spülte sie die benutzten Gläser, während sie mit der anderen Hand Bier aus dem Zapfhahn in unbenutzte Gläser laufen ließ. Dabei versuchte sie, die Bestellungen, die ihr über den Tresen zugerufen wurden, zu verstehen, zu erfüllen und abzukassieren. Multitasking deluxe. Dazu kam die enorme Geräuschkulisse, die den Lärmpegel im Kindergarten noch um einiges toppte.

»Zwei Sonnenschein, bitte!«

»Zweimal Wein?«

»Sonnenschein.«

»Tonnenwein?«

»SONNEN-SCHEIN.«

»Ah, Sonnenschein! Was ist das noch mal?«

»Orangenlimo mit Eierlikör.«

»Klar, kommt sofort.«

Viele Getränke kannte Doro weder namentlich noch geschmacklich. Das war alles Georgs Metier, und sie hatte keinerlei Ambitionen, Expertin auf dem Gebiet der alkoholischen Mischgetränke zu werden. Wenn sie die Bar machte, ging alles etwas langsamer, und sie versuchte bewusst, sich nicht stressen zu lassen. Vom Kindergarten her war sie es gewohnt, dass fünf Menschen auf einmal etwas von ihr wollten, und hatte sich ein strukturiertes Abarbeiten angewöhnt. »Einer nach dem anderen, jeder kommt dran, immer der Reihe nach.« Diese Fähigkeit, nur die nächste Stufe und nicht gleich die ganze Treppe zu sehen, kam ihr jetzt zugute.

»Ein Pils und eine Cola.«

»Dreimal Saurer Fritz auf Eis.«

»Ein Batida-Kirsch, eine Grüne Wiese, einen Kullerpfirsich und eine Kalte Muschi.«

Bestellungen wurden ihr entgegengeschleudert. Gläser wurden mit Flüssigkeiten gefüllt. Geldscheine wurden über den Tresen gereicht. Doro war so konzentriert, dass sie erst nach einer ganzen Weile bemerkte, dass am anderen Ende der Theke A.K. saß. Was hatte der denn hier zu suchen? Sein Anblick ließ sie kurz zusammenzucken. Die düstere Miene, die bedrohliche Aura – er erinnerte sie irgendwie an Graf Zahl aus der *Sesamstraße*. Vor allem die Hakennase, die jetzt im Zigarettenrauch verschwand, wirkte wie eine Bergspitze im Nebel. Doro überlegte, ob sie ihn jemals nicht rauchend gesehen hatte. Immer zog er an einer Zigarette, als brauchte er die zum Überleben wie die Grauen Herren bei *Momo*. Das Buch hatte sie gerade erst den Vorschulkindern im Kindergarten vorgelesen, obwohl ihre Chefin es als zu gruselig und nicht altersgerecht empfunden hatte.

Wahrscheinlich hatte A.K. sogar eine Zigarette zwischen den Lippen gehabt, als er Robert verprügelt hatte. Der Gedanke daran machte sie wütend. Mit brutaler Härte hatte er zugeschlagen, treffsicher, erbarmungslos. Beängstigend war das gewesen. Sie fühlte sich unwohl, wenn er im Raum war. Sie wollte ihn hier nicht haben. Und da Angriff die beste Verteidigung war, nahm sie all ihren Mut zusammen und ging direkt auf ihn zu.

»Was hast du hier zu suchen?«

Absichtlich groß baute sie sich vor ihm auf und sprach in harschem Ton. Sie befürchtete trotzdem, er könnte sehen, wie ihre Beine zitterten. Aber er blickte ihr nur direkt in die Augen, zog an seiner Zigarette und grinste überheblich.

»Ich dachte, ich schaue mir mal ein bisschen die Konkurrenz an. Wo sind bei euch eigentlich die Notausgänge?«

Doro sah A.K. verwirrt an. Was sollte das denn jetzt schon wieder für ein Spiel sein? Sie versuchte, sich nicht verunsichern zu lassen.

»Das geht dich nichts an.«

»Ich mache mir ja nur Sorgen. Falls mal was passiert.«

»Wusste nicht, dass du jetzt beim Ordnungsamt arbeitest ...«

»Es kann echt schnell was passieren«, fuhr er fort. »Jemand wirft sein brennendes Streichholz an die falsche Stelle – und puff, der Laden geht in Flammen auf.«

Der Zigarettenrauch nebelte ihn wieder ein. Doro bemühte sich, nicht zu husten. Das Einzige, das sie interessierte, war, wieso er Robert verprügelt hatte. Streng sah sie ihn an.

»Okay, jetzt mal Klartext – wie hoch sind die Schulden?«

»Welche Schulden?«

Amüsiert zog A.K. die Augenbrauen zusammen. Der Rauch seiner Zigarette, die er zwischen Mittel- und Ringfinger hielt, kringelte sich Richtung Decke. Aber Doro wollte sich nicht verunsichern lassen.

»Na ja, die offene Rechnung, die du mit Robert hast?«

»Ich weiß nicht, was der Typ dir erzählt hat, aber da geht's um ganz andere Sachen.«

Er lachte und nahm sich die Zeit, lange an seiner Zigarette zu ziehen. Doro widerstand dem Impuls, ihm einen Aschenbecher hinzuschieben. Er lachte wieder, und jetzt rieselte die Asche auf den Tresen. Doro setzte ihr Pokerface auf.

»Was für Sachen?«, wollte sie wissen.

A.K.s Blick wurde finster, der Ton seiner Stimme scharf.

»Halt dich da mal lieber raus, Mädchen.«

Wieder zog er lang an der Zigarette, als wäre sie ein Asthmaspray, dann drückte er sie auf dem Tresen aus, während er sich vom Barhocker gleiten ließ.

»Viel Spaß noch mit dem Geplansche.«

Er lächelte ihr abfällig zu, dann verschwand er in der Menge. In ihrem Poncho stand Doro da wie Rotkäppchen, das den bösen Wolf getroffen hatte. Sie wollte keine Angst haben, sie wollte sich keine Angst machen lassen, sie wollte ihm sagen, dass er in der Disko Bochum nichts zu suchen und ab heute Hausverbot hätte. Also schnell hinterher!

»Ey, weißt du, wer mir gerade entgegenkam?« Georg stand plötzlich neben ihr, wie gerufen. »Der arschige Typ aus dem Panoptikum.« Doro nickte und drückte ihm das

Geschirrtuch in die Hand. »Dem hab ich noch was zu sagen«, erklärte sie und ließ den verdutzten Georg einfach stehen. Zügig bahnte sie sich ihren Weg durch die tanzende Menge, dort, wo sie A.K. hatte verschwinden sehen. Immer noch flogen ein paar Wasserbomben. Der Boden war mittlerweile eine einzige große Pfütze. Am Einlass kassierte heute Bertha, und als Doro sie passierte, hoffte sie, nicht von ihr gesehen zu werden, denn eigentlich hätte sie ihre Tante längst ablösen müssen. Endlich schob sie sich durch die Tür in den Hof und blickte sich um. Weit und breit war nichts mehr von A.K. zu sehen. Als könnte er sich in Luft auflösen. Wie die grauen Herren bei *Momo,* sag ich doch, dachte Doro verärgert. Dabei hatte sie gedanklich so eine gute Standpauke vorbereitet, von wegen freie Marktwirtschaft und so. Die Situation erinnerte sie nämlich an die Konkurrenz zwischen dem Krämer'schen Feinkostladen und dem Allkauf-Supermarkt, und wie sie es aus den Gesprächen zwischen ihrem Vater und Frank mitbekommen hatte, konnte jeder mit seinem Angebot um Kunden werben, so viel er wollte. Und was die Disko Bochum und das Panoptikum anging, so befanden sie sich ja nicht mal in derselben Stadt! Doro konnte sich nicht vorstellen, dass ihre Existenz eine große Auswirkung auf das Panoptikum haben könnte. Ein bisschen schmeichelhaft war es aber schon, dass A.K. sie als Konkurrenz wahrnahm, auch wenn alles, was er sagte, irgendwie bedrohlich schien. Seine Anwesenheit war ein Beweis dafür, dass sie irgendetwas richtiggemacht hatten.

Doros Wut auf den Typen wich langsam der Genugtuung. Dass die Disko Bochum Erfolg hatte, war wahrscheinlich die viel größere Watsche für ihn, als wenn Doro ihm Hausverbot erteilt hätte. Außerdem konnte sie das bei der nächsten Gelegenheit immer noch machen. Zufrieden lächelnd ließ sie den Gedanken los und bemerkte mit einem Mal, wie gut sich die milde Luft anfühlte. Wie ein Wattebausch auf ihren Wangen. Sie zog die Kapuze vom Kopf, schloss die Augen und atmete tief ein und aus. Was für eine schöne Spätsommernacht! Bestimmt würde Robert bald kommen. Sie konnte es gar nicht erwarten, ihn zu fühlen. Seine Lippen auf ihren. Ihre Körper eng aneinander. Sein Geruch. Sein Lächeln. Seine Stimme. Sein Blick.

Ein Schniefen holte sie aus ihren Gedanken. Es klang so, als würde jemand weinen. Wo kam das her? Doro ging ein paar Schritte an den Mülltonnen vorbei und sah Elli auf dem Bordstein sitzen. Ihr Kopf war nach vorne gebeugt. Jetzt schniefte sie wieder.

»Elli? Alles okay?«

Nachdem sie näher getreten war, ging Doro in die Knie und hockte sich neben Elli. Anscheinend hatten Alex' Gesang und Georgs verzückte Reaktion darauf sie doch mitgenommen. Verständlich. Sanft legte Doro ihr eine Hand auf die Schulter, als Elli ruckartig den Kopf hob, noch mal schniefte und sich dann die Nase rieb. Da waren keine Tränen in ihren Augen oder auf ihren Wangen. Nur weißes Pulver an ihren Nasenlöchern und weiteres auf dem Disko-Bochum-Flyer, der in ihrem Schoß lag. Jetzt schüttete sie den Rest wieder in ein kleines Beutelchen, packte es in ihre Handtasche und sah Doro mit großen Augen an.

»Ach so, ich dachte, dass du …«, begann Doro, wurde aber von Elli unterbrochen.

»Ich verstehe euch nicht. Ich verstehe euch einfach nicht.«
Sie schüttelte jetzt den Kopf und lachte laut. Doro sah sie verständnislos an. Wovon sprach sie? Vielleicht sollte sie nicht so viel von dem Kokain nehmen, das konnte ja nicht gut sein.

»Immer klammert ihr euch daran, dass ihr was Besonderes füreinander seid«, führte sie jetzt weiter aus. »Aber weißt du was? Das seid ihr gar nicht, denn niemand ist was Besonderes für irgendwen. Alex nicht für Georg und du auch nicht für Robert.«

Wieder lachte sie. Es war ein seltsames Lachen, ein bisschen befremdlich. Doro wurde nicht schlau aus ihr.

»Was meinst du?«

»Na, weil er mich fickt.«

»Robert?«

»Georg!«

»Ach so …«

Doro war ein bisschen erleichtert, auch wenn die Konversation ihr nach wie vor ein Rätsel war. Worauf wollte Elli hinaus? Oder laberte sie einfach hohles Zeug infolge ihres Kokain-Konsums?

»Und ihr schmachtet und singt euch Lieder und säuselt euch eure Gefühle um die Ohren. Und am Ende des Tages wird eh das gevögelt, was sich ins Bett verirrt hat.«

Sie zog an ihrer Zigarette, die sie irgendwo neben sich abgelegt und wieder aufgenommen haben musste, und sah Doro mit süffisanter Miene an. Die glaubte, Ellis Augen im Dunkeln leuchten zu sehen, wie die einer Katze. Nachtaktiv, erhaben, über den Dingen stehend, nicht von dieser Welt, dachte Doro. Dennoch versuchte sie, Ellis Ausführungen zu folgen.

»Und ich versteh's ja. Ich mach's doch genauso. Macht halt Spaß. Aber weißt du, was ich nicht verstehe? Warum dann diese ganze lächerliche Show?«

Und wieder war Doro überfordert von Ellis Gedankengängen und hatte keine Ahnung, was sie meinte.

»Was für eine Show? Also, ich spiele nicht, jedenfalls nicht mit Robert.«

»Ja, du vielleicht nicht mit ihm.«

»Was meinst du damit?«

»Ach, Hase, du glaubst doch nicht wirklich, dass du die Einzige bist, die mit Robert fickt, oder?! Da gibt es noch genügend andere …«

Jetzt hievte sie sich langsam in den Stand, die brennende Kippe zwischen den Lippen. Dann schob sie ein paar Haarsträhnen, die sich in ihren langen Wimpern verfangen hatten, hinter die Ohren. Mit einem leicht mitleidigen Lächeln ging sie an Doro vorbei auf die Straße, wo ein Taxi wartete. Doro hatte es nicht kommen hören. Kein Wunder, sie war viel zu beschäftigt gewesen, zu verstehen, was Elli meinte, und auch jetzt, als das Klackern ihrer Stöckelschuhe immer leiser wurde, war der Schlag in die Magengrube, den Ellis letzter Satz bei ihr verursacht hatte, deutlich zu spüren. *Da gibt es noch genügend andere …*

Doro wusste nicht, was ihr mehr zusetzte: der Gedanke, dass Robert noch mit anderen Frauen schlafen könnte, oder der Gedanke, dass sie dachte, er würde nur mit ihr schlafen. Warum war sie davon ausgegangen? War das wieder ihre naive, kleinbürgerliche Denke, die sie auch nicht hatte erkennen lassen, dass Jochen schwul war? Und dass man Penisse in den Mund nehmen konnte? Da war es wieder, das kleine

313

Mädchen, das Robert nicht im Geringsten gewachsen schien, das keine Ahnung von der Welt hatte.

Andererseits hatte Doro sich bis jetzt immer auf ihr Gefühl verlassen können, und dieses Gefühl hatte ihr gesagt, dass das etwas Kosmisches war zwischen ihr und Robert. Dass sie sich zwar foppten und piesackten und verarschten, aber keine Spielchen spielten, was ihre Gefühle oder ihre Zuneigung zueinander anging. Oder hatte sie die Realität einfach nicht gesehen vor lauter Verknalltheit? Hatte sie sie nicht sehen wollen? In ihrem Kopf setzte sich ein Gedankenkarussell in Bewegung, das Runde um Runde drehte und immer schneller wurde. Wenn er kam, würde sie ihn fragen müssen, dachte sie nur. Falls er kam. Vielleicht war er auch gerade bei einer anderen Frau? Noch ein Gedanke für die Fahrt auf dem Karussell. Juhuu. Langsam wurde ihr echt schwindelig. Bewusst zwang sie sich, nicht mehr darüber nachzudenken, so wie man sich zwang, aus einem Traum aufzuwachen.

Am besten ging sie wieder rein und lenkte sich ab – außerdem musste sie unbedingt mal Bertha am Einlass ablösen! Als sie sich gerade erheben wollte, sah sie neben sich Ellis Handtasche liegen. Sie bestand aus lauter lila Pailletten und klimperte etwas, als Doro sie hochnahm, um hineinzusehen. Portemonnaie, Kokspäckchen, Zigaretten, Lippenstift und die Anti-Baby-Pille konnte sie beim Rumkramen identifizieren. Weiter kam sie nicht, denn sie vernahm ein bekanntes Geräusch. Der Motor eines Mopeds. Roberts Moped. Einerseits konnte Doro ihre Freude darüber, dass er endlich kam, nicht leugnen, andererseits hatte die Information über Roberts breit gefächertes Liebesleben ihre Euphorie stark gebremst. Sie war einfach tief enttäuscht. Von ihm, aber auch von sich, von ihrer Naivität.

»Doro? Bist du das?«

Er hatte das Moped abgestellt, der Motor war nicht mehr zu hören. Dafür Schritte auf dem Kies. Beim Aufstehen drehte Doro sich um und sah ihn auf sich zukommen. Er strahlte sie an, schien sich bei ihrem Anblick zu freuen. Auch Doro lächelte, denn sie wurde von diesem warmen, schönen Gefühl erfüllt, als sie ihn sah, aber gleichzeitig schnürte die Wehmut ihr die Luft ab. Sie konnte ihm nicht entgegengehen, sie wartete einfach, bis er vor ihr stand. Etwas verunsichert sah er sie an.

»Alles okay? Was machst du hier draußen?« Sein Blick fiel auf die Tasche in Doros Händen. »Gehört die nicht Elli?«

Doro konnte weder nicken noch widersprechen, alles, woran sie denken konnte, war die Frage, die sie ihm stellen musste, und alles, was sie fühlen konnte, war die Angst vor seiner Antwort. Sie sah ihn an. Er wusste längst, dass irgendwas nicht stimmte.

»Sag mal, schläfst du eigentlich mit anderen Frauen?«

Sie hatte es ausgesprochen, und ihre Stimme hatte nicht mal so zittrig geklungen, wie sie es befürchtet hatte.

Er sah sie überrascht an. Sagte nichts. Das war sie, die Antwort. Doro konnte es nicht glauben, schüttelte einfach nur den Kopf. Verdammter Mist.

»Ich schlafe nicht mit anderen Frauen«, sagte Robert dann und blickte ihr dabei direkt in die Augen. »Ich schlafe mit einer anderen Frau.«

Doro wusste nicht, was sie damit anfangen sollte. Sie starrte auf ihre Schuhe auf dem Kopfsteinpflaster, das mit zertretenen Kippen übersät war. War eine Frau besser oder schlechter als viele? Hatte er eine Beziehung, und sie war nur das Abenteuer? Sie kam sich so dumm vor, dass sie mehr erwartet hatte, dass sie gedacht hatte, das mit ihr und ihm sei etwas Besonderes.

»Ist egal«, erklärte sie deshalb. »Was auch immer. Jeder schläft doch mit jedem.« Das waren Ellis Worte gewesen, aber bei ihr hatte es lässiger geklungen, wahrscheinlich, weil sie es auch so gemeint hatte, während Doro den Inhalt der Aussage selbst nicht glaubte. Sie war einfach nicht so cool wie Elli. Also sagte sie schließlich doch, was sie fühlte: »Ich dachte halt einfach, wir wären wenigstens ehrlich.«

Sie suchte in Roberts Blick nach einer Reaktion, aber er schindete Zeit, kramte ein Kippenpäckchen hervor und steckte sich eine Fluppe zwischen die Lippen. Dann nahm er sie wieder zwischen die Finger, ohne sie angezündet zu haben.

»Sie bezahlt mich«, erklärte er und sah Doro dabei in die Augen. Sie merkte, wie er sich zwang, ehrlich zu sein. »Ich brauche das Geld.« Dann steckte er sich die Zigarette zwischen die Lippen und zündete sie an. Perplex sah Doro ihm dabei zu, während die Gedanken in ihrem Gehirn rein und raus fuhren wie die Züge im Bochumer Hauptbahnhof. Okay, also, wenn er für Geld mit ihr schlief, konnte es keine Liebe sein. Erst mal erleichternd. Aber was für eine Frau war das, die ihn für Sex bezahlte? Und wie viel Geld bekam er dafür, damit er das tat? Tat er es gerne? Oder musste er sich überwinden? Mochte er die Frau, aber nahm das Geld trotzdem? Wieder fing das Gedankenkarussell an, sich zu drehen. Weil Doro nichts sagte, redete Robert weiter.

»Wir unternehmen auch Dinge zusammen. Neulich waren wir in Wuppertal beim Tanztheater von Pina Bausch.«

Doro runzelte die Stirn. Wer war Pina Bausch? Und warum erzählte er ihr das? Das einzige Theater, in dem sie jemals gewesen war, war das Bochumer Schauspielhaus.

Als könnte er ihre Gedanken lesen, erklärte er: »Ist im Prinzip nichts anderes als deine Ehe. Bisschen vögeln für 'n Dach überm Kopf.« Er blies jetzt den Rauch aus und sah sie verletzt an, dabei hatte sie gar nichts gesagt. Nur er hatte geredet und geraucht, und sie hatte einfach nur dagestanden und versucht, all diese Informationen zu verarbeiten.

»Du weißt nichts über meine Ehe«, entgegnete sie barsch. Diesen Vergleich zu ziehen, war unfair – was sollte das denn jetzt?

»Und du weißt nichts über mein Leben.« Sein Blick war ebenfalls kalt geworden. Es fühlte sich an, als stünden sie sich plötzlich mit gezückten Schwertern gegenüber, bereit, sich zu verteidigen, bereit, anzugreifen. Warum befanden sie sich auf einmal in einem Kampf, wo sie sich doch eigentlich hätten küssen sollen?

Während Doro immer noch perplex dastand, machte Robert Anstalten, das Schlachtfeld zu verlassen, und ging zu seinem Moped zurück. Wie bitte? Er wollte jetzt einfach so gehen? Schlagartig kam Bewegung in Doro.

»Weißt du, warum ich nichts über dein Leben weiß?«, brüllte sie ihm hinterher. »Weil du nie was erzählst, und wenn du was erzählst, dann nur die halbe Wahrheit.«

Der Kies knirschte, als er sich umdrehte und sie abschätzig anlächelte.

»Und was ist mit dir? Bisschen schwanger, bisschen verheiratet? Du baust dir doch auch deine eigene Märchenwelt
zusammen!« Seine Augen funkelten böse. Doro schluckte.
Es stimmte schon – sie war im Grunde keinen Deut besser
als er. Sie hatte alles so gedreht, dass es ins Bild passte, und
das hieß auch, dass sie hin und wieder nicht ehrlich zu ihm
gewesen war. Aber eine Sache war immer ehrlich gewesen:
ihre Gefühle für ihn.

»Ich hab an uns geglaubt. Im Gegensatz zu dir.« Jetzt war
sie es, die sich wegdrehte, denn die Tränen schossen ihr in
die Augen, und sie wollte nicht, dass er ihre Hilflosigkeit
sah. Es schmerzte sie, dass ihre Verbindung für ihn nicht so
viel zu bedeuten schien wie für sie. Es schmerzte, dass sie
eine Mitschuld an dieser Situation hatte, weil sie ebenso wie
er keine klaren Verhältnisse geschaffen hatte. Um sich nicht
noch schlechter zu fühlen, konnte sie nur gehen, bevor er es
tat. Dabei wollte sie gar nicht weg von ihm. Sie wollte ihm
nah sein. Sie hatten doch gerade erst angefangen, Gefühle
füreinander zuzulassen – und jetzt sollte es schon wieder
vorbei sein?

»Mach dir doch nichts vor«, hörte sie ihn abfällig lachen.
»Ich war für dich doch auch nur Mittel zum Zweck. Bisschen Abwechslung vom Alltag.« Das saß. Als hätte er ihr
von hinten sein Schwert in den Rücken gerammt. Sie könnte
ihre Würde bewahren, indem sie einfach weiterging, als wäre
sie nicht verletzt worden, aber andererseits konnte sie das
nicht so stehen lassen. Also drehte sie sich um und ging
schnellen Schrittes auf ihn zu. Er wich etwas zurück, als befürchtete er einen Angriff, aber sie kam kurz vor ihm zum
Stehen und sah ihn traurig an.

»Keine Abwechslung – ein Anfang«, sagte sie nur, und das fühlte sich so an, als hätte sie ihre Waffe einfach fallen lassen, als überließe sie ihm den Sieg in einem Kampf, in dem es eh nur Verlierer gab. Er schien überfordert, war noch im Angriffsmodus, aber einen Unbewaffneten griff man nicht an. Also stand er einfach nur da, tat nichts, sagte nichts.

Verstand er immer noch nicht, dass Doro ihn gar nicht hatte angreifen wollen? Zu keinem Zeitpunkt? Anscheinend nicht. Dann war's das wohl. Mehr, als ehrlich zu sagen, was sie fühlte, konnte sie nicht tun.

Also drehte Doro sich um und ging auf die Tür der Ecke zu. Sie hoffte, er würde sie aufhalten, mit Worten, mit Taten, aber auch als sie an der Tür angelangt war, kam nichts. Also betrat sie die Disko Bochum und versuchte, ihre Tränen zu unterdrücken, als sich die Tür hinter ihr schloss.

19

Die fantastische Stimmung auf der Tanzfläche passte zwar nicht zu ihrer Gemütslage, aber sie fing Doro so sanft auf wie ein Federbett. Es war dieses Gefühl von Geborgenheit, von In-seinem-Element-Sein. Und die Musik spendete Trost wie ein Kirschlolli nach der Impfung beim Kinderarzt. So schön, dachte sie gerührt und musste durch ihre Tränen hindurch lächeln. Es fühlte sich an wie die Sonne, die nach dem Regen wieder durchkam und einen Regenbogen schuf.

Immerhin fiel ihre verwischte Wimperntusche nicht weiter auf. Alle waren verschwitzt und nass, denn auch wenn die Ponchos die Wasserbombenspritzer abhielten, so förderten sie dafür extrem die Schweißbildung. Schon von Weitem sah Doro, dass die Leute sich um die Bar drängten, als wären sie am Verdursten, und von Georgs nacktem Oberkörper lief der Schweiß hinunter, also beeilte sie sich, ihm unter die Arme zu greifen. Im Akkord zapfte sie Bier, mixte Drinks und zählte Geld, während ihre Gedanken nicht aufhörten, um Robert zu kreisen. Er schlief mit einer Frau für Geld – hieß das, er war ein Gigolo? Brauchte er das Geld so dringend? Er zahlte ja nicht mal Miete! Oder konnte diese Frau ihm mit seiner Tanzkarriere helfen? Wollte er gerne für diese Pina Bausch tanzen? Plötzlich war Robert wieder ein einziges Rätsel, obwohl Doro doch eigentlich gedacht hatte, dass sie genug Puzzleteile beisammenhätte, um sich einigermaßen ein Bild von ihm machen zu können, mit seiner

Flucht aus der DDR und der abwesenden Mutter und der staatlichen Ballettausbildung. Aber auch da war sie wohl wieder zu naiv, zu blauäugig gewesen. Immerhin klang diese Beziehung zu der anderen Frau nicht direkt nach Liebe. Warum bezahlte sie ihn für Sex? War er so gut? Klar, als Tänzer hatte er Körpergefühl, konnte sich bewegen – und im Bett hatte er sehr wohl gewusst, was er zu tun hatte. Plötzlich bekam diese Eigenschaft einen bitteren Beigeschmack. War das alles Technik? Hatte er diese Dinge gelernt und trainiert, so wie Tanzfiguren? Ihr Beisammensein hatte sich echt angefühlt, aber konnte sie ihrem Gefühl und ihrer Wahrnehmung überhaupt noch trauen? Wenn Robert mit Elli tanzte, sah es ja auch so aus, als ob die beiden ein Paar wären, das sich gegenseitig wahnsinnig begehrte. War er also nur ein guter Schauspieler?

Doro ärgerte sich darüber, dass sie an ihrer Wahrnehmung zweifelte. Sie ärgerte sich, dass sie so eifersüchtig war, denn eigentlich hatte sie wirklich kein Recht dazu. Schließlich hatten Robert und sie bisher lediglich eine schöne Nacht verbracht. Aber ihr hatte das halt etwas bedeutet. Und sie hatte das Gefühl gehabt, dass es Robert auch etwas bedeutet hatte. Nur das Wissen um diese andere Frau ließ sie jetzt daran zweifeln. Obwohl die ja erst mal nichts mit den Gefühlen zwischen ihr und Robert zu tun hatte. Warum reagierte sie dann so empfindlich?

Doro musste plötzlich an den Moment in ihrer Kindheit denken, als sie begriffen hatte, dass Alex' Mutter alkoholsüchtig war. Sie hatte beim Mittagessen angesprochen, was Alex doch für eine gute Tochter sei, weil sie alles im Haushalt machte, während die Mutter den ganzen Tag arbeitete,

woraufhin alle anderen am Tisch bedeutungsvolle Blicke ge-
wechselt hatten.

»Wenn man Saufen als Arbeit bezeichnen will, dann arbeitet sie ganz schön viel, ja«, hatte Frank gelacht, und alle
anderen hatten eingestimmt, und das hatte sich angefühlt,
als wäre Doro dumm oder sehr grün hinter den Ohren. Und
das war nicht das einzige Mal gewesen, dass sie die Letzte gewesen war, die etwas kapiert oder mitbekommen hatte.

»Doro lebt in ihrer eigenen Welt«, hatte ihre Mutter gerne
gesagt, aber das war nur die halbe Wahrheit, denn dazu war
gekommen, dass sie dauernd geschützt worden war und niemand ihr etwas zugetraut hatte. Zum Glück hatte sich
das mittlerweile etwas geändert, aber Robert hatte dieses
Gefühl wieder in ihr wachgerufen. Und sie hasste das. Sie
wollte, dass es wegging. Doch für betäubenden Alkoholkonsum ließ der rege Andrang am Tresen keine Zeit, also
konzentrierte sie sich auf die Arbeit und schuftete, als gälte
es, in der heutigen Nacht, den Umsatz des Jahrhunderts zu
machen.

Nachdem die letzten Gäste nach Hause gegangen waren,
ließ Georg sich hinter der Bar erschöpft auf den einzigen
Stuhl fallen. Die Ereignisse der vergangenen Stunden waren
emotional wohl ganz schön überfordernd für ihn gewesen.
Anscheinend hatte er weder mit Alex noch mit Elli reden
können, da sie beide »wie vom Erdboden verschluckt« gewesen seien, nachdem er aus der Ecke getreten sei.

Wer sich nicht entscheidet, hat gar nichts, dachte Doro
wieder, aber nicht mit Genugtuung, sondern mit Wehmut.
Georg tat ihr leid. Sein Gefühlswirrwarr stand ihm ins Ge-

sicht geschrieben und steckte ihm wohl auch in den Knochen.

»Geht gleich wieder«, sagte er und zog aus seiner Hosentasche ein Beutelchen mit weißem Pulver. Das war nun auch keine Lösung, fand Doro.

»Ich mach das schon«, sagte sie deshalb schnell. »Geh du mal ins Bett. Jetzt. Ohne das.« Sie warf ihm einen mütterlich-besorgten Blick zu und wartete geduldig, bis er das Päckchen wieder in seiner Hosentasche verstaut hatte. Dann starrte er kurz vor sich hin, so, als fiele ihm gerade erst ein, dass Ins-Bett-Gehen auch bedeutete, neben Alex zu liegen.

»Ich wusste gar nicht, dass sie so gut singen kann, weißt du. Dabei sind wir doch schon so lange befreundet.«

Er starrte immer noch vor sich hin, während Doro benutzte Gläser in Wasser tunkte und ausgelutschte Obststücke in den Müll warf.

»Was ist wertvoller – Freundschaft oder Liebe?«

Jetzt sah Georg sie direkt an, und Doro wusste sofort, wovon er sprach. Es war ein Risiko, die Freundschaft mit Alex in eine Liebesbeziehung zu verwandeln, denn Liebesbeziehungen endeten meistens irgendwann, und dann konnte man nicht einfach wieder zurück in den Freundschaftsmodus. Als Antwort zuckte Doro also nur mit den Schultern. Das übergeordnete Ziel des Lebens schien die ewige Liebe, in guten wie in schlechten Zeiten, aber gab es die überhaupt? Gab es nicht eher ewige Freundschaft, während Liebe temporär war?

»Ich glaube, Freundschaft ist wertvoller«, sagte sie dann doch. Und Georg nickte zustimmend. Anscheinend war er bereits zu demselben Ergebnis gekommen und fühlte sich bestätigt. Dann erhob er sich, und im Vorbeigehen legte er eine Hand auf Doros Arm.

»Danke«, flüsterte er. Sie wusste zwar nicht, ob fürs Zuhören oder fürs Aufräumen, aber sie nickte – und erkannte die Gunst der Stunde für ihr Anliegen, das sie in den vergangenen Tagen immer wieder aufgeschoben hatte.

»Ähm, Georg, also, ich helfe ja jetzt hier voll mit, deshalb finde ich, wir sollten gleichberechtigte Partner sein.«

Während Doro das Geschirrtuch über ihre Schulter warf und einen Arm in die Hüfte stemmte, sah Georg sie verwirrt an.

»Ich dachte, du hilfst mir gerne. Wir sind ja Familie.«

Was sollte das denn heißen? Alles, was Frauen für die Familie taten, fiel automatisch unter Ehrenamt? War das wirklich Georgs Weltbild, oder wollte er ihr einfach nichts zahlen? Wie dem auch sei – Doro war bereit, den Spieß umzudrehen.

»Eben. Familien teilen doch alles. Also sollten sie zumindest«, erklärte sie. »Ich finde, mir stehen fünfzig Prozent der Einnahmen zu. Ich will ja auch nicht ewig in Berthas Bett pennen.«

»Matthias ist keine Option mehr, oder was?«

Doro schüttelte den Kopf. Vielleicht war das ein guter Zeitpunkt, um Georg in dieser Hinsicht die Wahrheit zu sagen.

»Ich glaube, zwischen mir und Matthias wird es nicht wieder gut. Und das mit der Schwangerschaft hat sich auch erledigt …«

Erschrocken sah Georg sie an. »Du hast es verloren?«

»Ich war gar nicht schwanger«, beeilte sich Doro, ihre Aussage abzumildern.

»Ach so, du dachtest nur, dass du schwanger wärst?!«

Jetzt nickte sie einfach, denn sie wollte so schnell wie möglich wieder zum Thema zurück.

»Was ist jetzt mit meiner Bezahlung?« Erwartungsvoll sah sie Georg an. Der seufzte. »Okay, siebzig – dreißig.« Müde streckte er die Hand aus, damit Doro einschlagen konnte. Aber so wollte sie sich nicht abspeisen lassen.

»Dein Ernst? Ich hatte all die Party-Ideen. Schwarzlichtparty, Wasserbomben-Party – ohne mich wäre die Disko Bochum nie die Disko Bochum geworden. Fifty-fifty!« Jetzt war sie es, die ihre Hand zum Einschlagen hinstreckte, und zum Glück war Georg zu kaputt, um zu diskutieren. Er sah sie nur leicht genervt an und schlug dann ein, bevor er den Gang nach draußen antrat. Triumphierend schaute Doro ihm hinterher. War doch gar nicht so schwierig gewesen! Manchmal musste man einfach nur den richtigen Zeitpunkt abwarten. Als Georg schon fast durch die Tür war, drehte er sich jedoch noch einmal um. Hatte Doro sich zu früh gefreut? Kam jetzt das Nachspiel? Aber er grinste nur diebisch, und seine Augen leuchteten: »Weißt du, mit wem Jochen heute nach Hause gegangen ist?«

An seinem Tonfall war nicht eindeutig zu erkennen, ob er die Antwort von ihr erwartete oder sie selbst geben wollte.

»Joachim Gruber!«, sagte er dann begeistert und rollte mit den Augen, als Doro nur ratlos mit den Schultern zuckte. Sie hatte den Namen schon mal gehört, aber konnte keinen Bezug herstellen.

»Na, der war doch mal beim Resteessen, wegen Johanna«, klärte Georg sie auf, und dann fiel es Doro wieder ein: Natürlich, der sympathische Kerl mit der Flugangst, dem sie noch einen Flyer zugesteckt hatte. Aber Moment mal, Joachim und Jochen, zusammen?

»Kein Wunder, dass es mit Johanna nicht geklappt hat«, lachte Georg, als könnte er ihre Gedanken lesen, und verschwand dann endgültig durch die Tür, obwohl Doro noch tausend Fragen hatte. Warum war Joachim Gruber beim Essen gewesen, wenn er doch auf Männer stand? Hatten er und Jochen sich hier kennengelernt, oder kannten sie sich schon vorher? Woher wusste Georg, dass Jochen schwul war? O Mann, war das aufregend. Für einen Moment hatte sie richtig gute Laune, dann kehrten ihre Gedanken an Robert mit voller Wucht zurück, jetzt, wo sie alleine in dem zerfeierten Raum stand, in dem nicht mal mehr ein Uhrenticken zu hören war. Der Boden nass, Wasserbomben-Fetzen überall, leere Gläser, wohin das Auge reichte, halbe Zitronenscheiben, Strohhalme, Zigarettenkippen. Dieses Chaos sah Doro zum ersten Mal, schließlich hatte sie ja bis dato immer ihren Aschenputtel-Abgang machen müssen. Es war ein bisschen entzaubernd, das musste sie zugeben, andererseits hatte die Ruhe nach dem Sturm einen ganz eigenen Charme.

Doro beschloss, sich das Saubermachen etwas zu versüßen, und zwar mit Musik. Beim Blättern durch Jochens Schallplatten stieß sie auf ein Cover, auf dem in Schnörkelschrift *ABBA* stand. Die vier Bandmitglieder saßen auf dem Rücksitz eines Autos und waren sehr adrett gekleidet. Sie drehte die Platte um und ging die Songtitel durch. Juchu, »SOS« war auch dabei! Nachdem sie den Plattenspieler eingeschaltet hatte, legte sie den Arm auf die Rille, wo sie den vierten Song auf der ersten Seite vermutete. Natürlich traf sie nicht richtig und die letzten Töne eines Songs, der »Tropical Loveland« hieß, erklangen. Sofort musste sie an Berthas Fototapete denken und schmunzeln. Dann folgte nach kurzer Stille aber die wohlbekannte Melodie. Und der tolle Refrain. *So when you're near me, darling, can't you hear me, S.O.S.? The love you gave me, nothing else can save me, S.O.S.* Ja, das war das Richtige zum Aufräumen! Pathetisch und dramatisch!

Laut sang Doro mit, während sie Gläser einsammelte und den Boden fegte. Immer, wenn der Song zu Ende war, rannte sie schnell zum Plattenspieler und legte den Arm wieder an den Anfang des Songs. Sie wurde jedes Mal besser und traf schließlich genau die richtige Rille. *When you're gone, how can I even try to go on? When you're gone, though I try, how can I carry on?*

»Wir haben eigentlich schon Feierabend.« Doro sah die beiden Polizisten, die an einem Tisch im Gastraum der Ecke Platz genommen hatten, genervt an. Es war fünf Uhr morgens. Gerade hatte sie Besen und Handfeger in den Schränken hinter dem Tresen verstaut. Die späte – oder frühe – Uhrzeit erklärte allerdings auch, warum die beiden Beamten keine andere Kneipe in der Innenstadt gefunden hatten, wo sie hätten einkehren können. Anscheinend gab es auch keine besonderen Vorkommnisse auf Bochums Straßen, die ihre Anwesenheit erforderten.

Na toll, dachte Doro. Hörte der heutige Tag denn nie auf? Eigentlich wollte sie nur ins Bett und schlafen und vergessen, nachdem sie überall durchgefegt hatte.

»Ein Käffchen für die Nachtstreife wird ja wohl drin sein, oder?!«

Die Polizisten nahmen ihre Mützen ab und lehnten sich entspannt auf den Stühlen zurück. Kurz überlegte Doro, ob sie diskutieren sollte, dass es fast fünf Uhr morgens war. Sie hatte aber keine Kraft mehr dafür, sodass sie einfach seufzend hinter den Tresen latschte, die Kaffeemaschine wieder einstöpselte, einen frischen Filter einlegte und Pulver hineinlöffelte. Zum Glück wurde die Maschine schnell heiß, und sobald ein paar Zentimeter Kaffee in der Kanne standen, goss sie zwei Tassen voll.

»So, bitte schön.« Absichtlich lieblos stellte sie die Tassen vor den Polizisten ab und fragte nicht mal, ob sie Zucker oder Milch haben wollten. Das schien die Herren aber nicht zu stören, denn sie hatten einen ganz anderen Wunsch.

»Hör ma, stellst du uns nicht noch 'n Snäpskins dazu?« Doro konnte es nicht glauben. Jetzt wollten sie auch noch einen Schnaps. Diese ungebetenen Gäste legten vielleicht eine Dreistigkeit an den Tag, oder besser gesagt, an die Nacht! »Dann komm wa später besser inne Pofe«, ergänzte der Kollege auf ihren genervten Blick hin, und Doro dachte wieder nur, dass sie da schon längst sein wollte, in der *Pofe*.

»Wir haben eigentlich schon geschlossen.« Sie sah die beiden freundlich, aber bestimmt an – erntete aber lediglich dasselbe süffisante Grinsen in zwei unterschiedlichen Gesichtern.

»Ich sach ma so: Drücken Se 'n Auge zu – und dann wolln wa auch ma nicht so sein.« Einer der Polizisten zwinkerte ihr zu, während der andere lachte. Doro stand auf dem Schlauch.

»Wie meinen Sie das?«

»Also, das wär mir neu, dass so ein junges Fräulein um diese Uhrzeit noch malochen darf.«

Aha, daher wehte der Wind. Das leidige Thema! Innerlich verdrehte Doro die Augen.

»Also, soviel ich weiß, darf man das mit Erlaubnis des Ehemanns schon!« Demonstrativ stellte Doro einen Aschenbecher auf den Tisch der Polizisten und versuchte, sich keine Unsicherheit anmerken zu lassen.

»Na, dann zeigen Sie mal die Erlaubnis – oder den Ehemann!«

Die Polizisten lachten schon wieder, schienen sich prächtig auf ihre Kosten zu amüsieren. Doro saß in der Falle, denn sie konnte weder das eine noch das andere präsentieren. Verdammt.

»Ein letzter Absacker – aber dann muss ich wirklich Feierabend machen.« Seufzend holte sie die Schnapsflasche vom Tresen und schenkte den Beamten ein. »Zum Wohl.«

Als sie sich gerade wegdrehen wollte, griff einer der beiden nach der Flasche und entwendete sie ihr.

»Dat könn Se ruhig hier stehen lassen, Schätzken.« Wieder so doofes Gelache. Doro atmete tief durch. Das würde ja wohl möglich sein, dass sie sich hier durchsetzte!

»Ich glaube nicht, dass mein Mann das so gut findet, wenn Sie hier alleine weiter trinken«, sagte sie mit Nachdruck, aber die Polizisten wussten einfach, dass sie am längeren Hebel saßen und sie keine Chance hatte.

»Den hamm Se aber gut versteckt, Ihren Ömmes.« Während die beiden immer lauter lachten, fühlte Doro sich hilflos und gedemütigt. *SOS*, dachte sie nur und fragte sich, ob man eigentlich die Polizei wegen der Polizei rufen konnte.

»Ja, wo is denn der Göttergatte, Schätzelein?«

Nein, sie konnte nur dastehen und zusehen, wie die Uniformierten sich erneut Schnaps einschenkten und hinter die Binde kippten. Ohne Ehemann war sie machtlos.

»Na, Mäusezähnchen – immer noch nicht fertig?«

Hinter Doro erklang eine Stimme, und als die Polizisten und sie die Köpfe zur Tür wandten, stand da zu aller Erstaunen Robert und lächelte freundlich. Es war nicht klar, wie lange er schon mitgehört hatte, aber er schien begriffen zu haben, was ihr Problem war, denn nachdem er in Richtung der Polizisten gegrüßt hatte, ging er schnurstracks auf Doro zu, küsste sie auf den Mund und legte einen Arm um ihre Schulter. Ihr blieb nichts anderes übrig, als es zuzulassen, obwohl Robert der Letzte war, von dem sie gerettet werden wollte. Sie schluckte ihren Stolz hinunter und spielte mit.

»Ah, der Herr des Hauses«, kommentierte einer der Polizisten anerkennend.

»Da isser ja«, ergänzte der andere.

»Einen kleinen Schawau, um ruhiger durch die Nacht zu kommen, was?!«, stellte Robert souverän lachend fest. Doro sah ihn verblüfft an. Er spielte seine Rolle wirklich glaubhaft. Doch auch wenn ihr das gerade zugutekam, verunsicherte es sie. Hatte er seine Gefühle auch nur gespielt? Er schien ja gut im Lügen, gut im Vorgeben, gut im Darstellen zu sein. Und was wollte er überhaupt hier? Seinen Standpunkt klarmachen? Sich entschuldigen? Sie wieder bezirzen? Doro konnte den Typen einfach nicht einschätzen. Mal stieß er sie weg, mal suchte er ihre Nähe. Wusste er vielleicht selbst gar nicht, was er wollte? Damit war er das Gegenteil von Matthias, der sich seiner Gefühle für sie immer sicher gewesen war. Bei dem sie sich nie unsicher gefühlt hatte. Dennoch – oder deshalb – waren die Momente umso schöner, umso intensiver, wenn Robert ihr endlich nah war. So wie jetzt, als sie Arm in Arm, Becken an Becken in der Ecke standen. Herr und Frau Gastwirt. Doch dann löste er den Arm von ihrer Schulter, griff die Flasche und schenkte den Polizisten noch mal nach mit den Worten: »Gut, einen noch, und dann ist Schicht im Schacht, ja?! Wir wollen ja auch mal Feierabend machen.« Die Polizisten nickten verständnisvoll und hoben ihre Gläser zum Prosten, während Doro demonstrativ begann, die Stühle hochzustellen. Absurd, dass das Machtwort eines vermeintlichen Ehemanns sofort erhört wurde, während ihr Durchsetzungsvermögen gegen null ging.

»Lass mich dir helfen, Schatz.«

Robert begann sie beim Stühlehochstellen zu unterstützen, als ob sie nicht mal das alleine schaffen würde. Böse sah sie ihn an.

»Nicht nötig, Schatz«, sagte sie giftig. Die Polizisten beobachteten die beiden, als würden sie ein Fernsehprogramm schauen.

»Da hamm Se schon 'nen Mann, der kräftig mit anpacken tut, und dann wolln Se das auch nicht«, amüsierte sich der eine.

Doro war zwar in das Spiel mit eingestiegen, verletzt war sie aber immer noch.

»Ja, mein Mann packt viel an, überall«, sagte sie spitz in Roberts Richtung. Während der in sich hineingrinste, konnten die Polizisten nicht umhin, alles zu kommentieren.

»Hör ma, Sie lassen sich ja was auf der Nase rumtanzen«, warf jetzt der andere ein.

»Meine Frau hat ihren eigenen Kopf«, sagte Robert fast ein bisschen stolz. »Aber gerade das gefällt mir so an ihr.«

Jetzt war es Doro, die laut lachen musste, denn das hatte ja wohl vorhin ganz anders geklungen. Spöttisch sah sie ihn an, aber sein Blick blieb ernst. War das jetzt Spiel oder Realität? Sie wusste es nicht. Erleichtert stellte sie fest, dass die beiden Polizisten sich langsam erhoben und ihre Mützen aufsetzten. Na endlich!

»Dat wär geschafft. Danke fürn Kaffee.«

»Schönen Feierabend auch. Tschüskes.«

Bester Laune bewegten die beiden sich Richtung Tür. »Geht aufs Haus«, rief ihnen Robert noch unnötigerweise hinterher, dann waren sie weg. Und Doro mit ihm allein. Und dem Wanduhrticken. Sie atmete tief ein und langsam aus. Da war er also, der Moment, an dem sie an ihr Gespräch von vor ein paar Stunden anknüpfen konnten. Sie sah ihn an. In seinen Augen lagen Wohlwollen, Zärtlichkeit und ein bisschen Angst. Doro wusste nicht, was in ihren Augen zu lesen war, aber sie war gerade einfach nur erschöpft. Und froh, dieses unangenehme Gefühl von vorhin erfolgreich verdrängt zu haben. Alles, was sie gerade wollte, war ein Waffenstillstand. Ein bisschen heile Welt. Und es schien so, als ginge es Robert nicht anders.

»Na, mein holdes Eheweib, trinken wir noch 'n Absacker?« Er lächelte keck – anscheinend schwebte ihm eher das Verweilen in seiner Rolle als ihr Ehemann vor. In dieser Konstellation gab es wenigstens geklärte Verhältnisse.

»Klar. Wenn du danach die Gläser spülst – Mäusezähnchen.«

Herausfordernd sah Doro ihn an. Robert machte ein wenig begeistertes Gesicht, was sie zum Schmunzeln brachte.

»War nur 'n Scherz. Lass uns von hier verschwinden.«

Ihr Blick war sehnsüchtig. Robert sah sie nachdenklich an.

»Wir könnten nach Frankreich durchbrennen.«

Doro lächelte. Was für eine schöne Vorstellung!

»Ja, wir könnten an der Côte d'Azur leben«, führte sie das Gedankenspiel weiter. »Dann sollten wir unsere Namen aber in was typisch Französisches ändern …«

»Ah oui, gute Idee. Je m'appelle Jean-Paul Delon.«

Roberts Augen glänzten jetzt, und auch Doro erschien das Annehmen einer neuen Identität sehr attraktiv.

»Moi, je m'appelle Brigitte Baguette. Oder … Dorothé Liberté!«

Sie lächelten sich zufrieden an. Schienen sich wohl mal einig zu sein. Ihr Zukunftsplan wäre also geschmiedet. Jetzt fehlte nur noch eine Flasche Chardonnay von der Bar, und los ging's.

Die Mopedfahrt durch die spätsommerliche Morgenluft führte sie natürlich nicht nach Frankreich, sondern auf die Zeche Hannover und in Roberts Kabuff. Allerdings wurde der letzte Streckenabschnitt mehrmals davon unterbrochen, dass sie die Finger nicht voneinander lassen konnten. Schon nachdem sie durch das Loch im Zaun geschlüpft waren, hatten sie sich geküsst, dann wieder auf der Stahltreppe, ein weiteres Mal gegen eine Backsteinwand gepresst, schließlich beim Türaufschließen. Dementsprechend fielen sie fast in das Kabuff hinein, und sobald sich die Tür hinter ihnen geschlossen hatte, begann Robert ungeduldig, sein Hemd aufzuknöpfen, entschied sich dann aber doch, es über den Kopf zu ziehen, und stand mit nacktem Oberkörper vor Doro. Nachdem sie ihre Bluse hatte zu Boden gleiten lassen, öffnete Robert ihren BH, dem daraufhin das gleiche Schicksal wie der Bluse widerfuhr, und schon waren ihre Körper wieder verschlungen und ihre Lippen aufeinandergepresst.

Ihm nah sein zu können, war wie Kaltes-Wasser-Trinken an einem heißen Sommertag oder ein warmer Kakao, wenn man durchgefroren war. Doro wollte nicht mehr denken, nur noch fühlen, aber dann erinnerte sie ihr Gehirn daran, dass es vielleicht doch wichtig wäre, vorher noch mal das Gespräch mit ihm zu suchen.

»Sag mal, ist Robert eigentlich dein echter Name, oder hast du den auch geändert, nachdem du …« Mitten im Satz wurde Doro dadurch unterbrochen, dass Robert sie hochhob und Richtung Bett trug.

»Lass uns doch noch ein bisschen an der Côte d'Azur bleiben, ja?!«, flüsterte er dabei in ihr Ohr, und schon spürte Doro wieder seine Lippen auf ihren, während er sie sanft mit dem Rücken auf der weichen Matratze ablegte. Widerstand war zwecklos und eigentlich auch nicht gewollt, also öffnete sie seinen Gürtel und begann ihm die Hose auszuziehen. Den Rest streifte er mit den Füßen ab, während sie sich sämtlicher Ober- und Unterhosen entledigte.

»Ich hab übrigens die Pille genommen«, flüsterte Doro, als sie nackt aufeinanderlagen. Denn tatsächlich hatte sie eins der kleinen grünen Kügelchen stibitzt, bevor sie Ellis Tasche in einem Schrank der Ecke verstaut hatte. Sie wusste nicht viel über die Dinger, nur, dass sie einen davor bewahrten, schwanger zu werden. Robert hielt inne und sah sie stutzig an.

»Wie meinst du das?«, fragte er irritiert.

»Na ja, ich hab so eine Anti-Baby-Pille genommen. Präventiv. Wir müssen also keine Angst haben, dass ... du weißt schon.«

Ein wenig stolz sah sie Robert an.

»Ach so, ich dachte kurz, du hättest nur *eine* Pille genommen.« Er lachte erleichtert. Jetzt war es an Doro, zu stutzen.

»Eine reicht nicht?«

»Du hast also doch nur eine genommen?«

»Ich dachte halt, dass ...«

»Das ist nichts, was sofort wirkt.«

»Nicht?«

»Glaube nicht.«

Amüsiert sah Robert Doro an, die ziemlich enttäuscht war, hatte sie sich doch so selbstbestimmt gefühlt, indem sie die Pille genommen hatte. Und wieso, zur Hölle, kannte er sich so gut damit aus?

»Ich passe auf, ja?!«, sagte er liebevoll, und es fiel ihr nicht schwer, ihm zu vertrauen. Sie wusste ja bereits, dass er sich gut steuern konnte. Ob er das bei der anderen Frau auch tat? Und hatte die ihn schon mal unten geküsst? Doro wollte unbedingt wissen, wie sich das anfühlte, also schlang sie die Beine um Roberts Becken und stemmte sich mit ihrem Körper so fest gegen seinen, dass sie ihn erst auf die Seite und dann auf den Rücken schieben und schließlich auf ihm zum Sitzen kommen konnte. Er war so überrascht, dass er es geschehen ließ, und sein Blick signalisierte ihr Zustimmung. Als sie begann, ihn auf die Brust zu küssen und dann langsam mit dem Mund unter seinen Bauchnabel zu wandern, schien er jedoch etwas überfordert.

»Was wird das denn?«, fragte er vorsichtig.

»Ich wollte ... ich dachte ...« Es fiel Doro schwer, ihr Vorhaben in Worte zu fassen, irgendwie fehlte ihr das erotische Vokabular.

»Na ja, du hast ja bei mir ... und vielleicht fühlt es sich ja gut an, wenn ich das auch bei dir mache ...«

Das war jetzt eher ein vages Umschreiben, so, als spielten sie ein Spiel, bei dem man einen Begriff oder eine Tätigkeit erklären musste, aber die naheliegenden Worte nicht nennen durfte. Robert lächelte sie jedoch so an, als ob er verstanden hätte.

»Nur weil ich das bei dir gemacht habe, musst du das nicht bei mir machen.«

»Willst du, dass ich es bei dir mache?«

»Willst du es bei mir machen?«

Doro nickte. Und dann tat sie es einfach. Und es fühlte sich warm und weich an, trotz der Härte. Außerdem genoss sie es, die Kontrolle zu haben. Und seinem Stöhnen nach zu urteilen, schien es Robert zu gefallen. Irgendwann richtete er sich jedoch auf, zog sie zu sich nach oben, küsste sie innig, und schwupps, lag sie wieder auf dem Rücken und er über ihr. Ihre Gesichter nebeneinander, ihre Körper ineinander, sein Atem, ihr Atem und die immer größer werdende Nähe, bis sie schließlich für einen Moment lang wie ein einziger Körper waren.

Ungläubig sah Doro auf den Wecker neben Roberts Bett. Er zeigte fünf vor zwei an. Dass sie so lange schlafen würde, hätte sie nicht gedacht, vor allem bei dem grellen Sonnenlicht, das durch die großen Fabrikfenster in den Raum fiel. Besser als fünf vor zwölf, dachte sie nur schmunzelnd, aber tatsächlich wäre ihr die vormittägliche Zeit lieber gewesen. Warum eigentlich? Sie hatte ja keine Verpflichtungen. Sie musste nichts tun. Wenn sie wollte, konnte sie hier einfach den ganzen Tag mit Robert im Bett liegen. Vielleicht würden sie dann endlich mal über ihre Beziehung zueinander sprechen, was unabdinglich schien, auch wenn Doro merkte, dass sie Angst davor hatte. Angst, der Wahrheit ins Auge zu blicken. Angst, dass sie für Robert nur eine Nebenfrau war, dass sie beide nicht dasselbe wollten oder fühlten.

Aber was wollte *sie* eigentlich? Was fühlte *sie*? Waren diese ganzen aufgeregten Emotionen überhaupt nachhaltig oder dem Adrenalin des Umbruchs geschuldet? Vielleicht war es gar kein guter Zeitpunkt, um die Beziehung zueinander zu beurteilen und zu definieren. Also, warum nicht noch ein bisschen die Augen schließen, auch vor der Realität? Doch dann fiel ihr Blick auf eine Kiste, die halb unter dem Bett hervorschaute. Der Deckel war verrutscht, und Doro konnte sehen, dass sich darin Fotos und Zeitungsausschnitte befanden. Waren das etwa Relikte aus Roberts Vergangenheit? Leider war sie viel zu neugierig, um sich solch eine Gelegenheit entgehen zu lassen. Diese Art von Realität interessierte sie dann doch mehr als ihre Traumwelt. Also beugte sie sich über die Bettkante und sah sich den Kram genauer an. Obenauf lag die Todesanzeige einer Frau, die Vera Kessler hieß. Dann kam ein Foto aus einer Zeitung, auf dem eindeutig A.K. und neben ihm eine etwas ältere Frau zu sehen waren. »Anton Kallwich und Eva Kallwich«, stand darunter geschrieben. Doro musste fast losprusten: Was, A.K. hieß eigentlich Anton Kallwich? Das klang gleich zehnmal ungefährlicher als A.K.! Bei genauerem Hinsehen standen die beiden im Panoptikum vor der Bar. Moment, war Robert etwa ein ostdeutscher Spitzel, der das Panoptikum ausspionierte? Zumindest hatte sie ihn dort ja schon mal beim Rumschnüffeln ertappt. Drehte A.K. etwa krumme Dinger, und Robert war ihm auf die Schliche gekommen? War er ein Privatdetektiv oder so was? Irgendwie aufregend, fand Doro, auch wenn sie sich nicht so richtig einen Reim auf all das machen konnte.

Als Nächstes stieß sie auf eine Schwarz-Weiß-Fotografie, schon etwas vergilbt, auf der ein kleiner Junge und eine junge Frau zu sehen waren. An dem schelmischen Blick konnte sie eindeutig Robert erkennen. Er hatte den Kopf auf die Schulter der Frau gelegt, und gemeinsam lachten sie in die Kamera. War das seine Mutter? Die beiden hatten dasselbe Lachen. War seine Mutter diese Vera Kessler und somit vor ein paar Jahren verstorben? Ihr Anblick rührte Doro, die Unbeschwertheit der beiden hatte eine tiefe Tragik, wenn man wusste, was auf ihrer Flucht aus der DDR geschehen und dass Robert von ihr zurückgelassen worden war.

»Was machst du da? Das ist mein Privatkram!«

Erschrocken zuckte Doro zusammen, als sie Roberts Stimme hörte. Er hatte sich hinter ihr aufgerichtet und nahm ihr grob die Bilder aus der Hand.

»Ist das deine Mutter? Vera Kessler?« Mitfühlend wandte sich Doro ihm zu, aber er war plötzlich wie ausgewechselt.

»Warum schnüffelst du in meinen Sachen herum?« Verärgert sprang er aus dem Bett.

»Das lag da rum«, rechtfertigte Doro sich. Warum reagierte er immer so extrem, wenn es um seine Vergangenheit ging? Oder wollte er sie schützen, indem er ihr nichts von seinen geheimen Missionen erzählte?

Zügig packte er jetzt die Bilder in den Karton, klatschte den Deckel drauf und schob alles zurück unters Bett, als ob dort die Vergangenheit gut vor der Gegenwart versteckt wäre. Dann stapfte er zurück zu seiner Bettseite und legte sich wieder hin, ohne Doro auch nur versehentlich zu berühren.

»Du vertraust mir nicht – offensichtlich.« Er sah sie an, als hätte sie eine Prüfung nicht bestanden, was ihm bereits vorher klar gewesen war. Das tat weh. Doro konnte nicht glauben, wie er die Dinge sah, wie er *sie* sah.

»*Du* vertraust *mir* nicht – offensichtlich!«, konterte sie, denn ihres Erachtens war sein Verhalten unangebracht und übertrieben, nicht ihres. Als ob sie all diese Informationen irgendwie gegen ihn verwenden wollte oder könnte! Was dachte er eigentlich von ihr? Verletzt sah sie ihn an, aber in seinen Augen schimmerten nur Unverständnis und Gekränktheit.

»Ja, Vera Kessler ist meine Mutter«, erklärte er jetzt trotzig. »Und sie ist verstorben, bevor ich sie finden konnte. Zufrieden?« Vorwurfsvoll sah er Doro an, als ob das alles ihre Schuld sei.

»Tut mir leid.« Doro versuchte, wieder Nähe zwischen ihnen herzustellen, indem sie eine Hand auf seine legte, aber Robert zog sie weg. Er war gerade meilenweit entfernt.

»Ja, mir auch«, sagte er emotionslos. »Und jetzt wäre ich gerne allein.«

Er drehte sich weg von ihr, sodass sie nur noch seinen Rücken sah, eine Schutzmauer aus Haut, Muskeln, ein paar Hämatomen und jeder Menge Leberflecken.

War das sein Ernst? Doro merkte, wie ihr der Boden unter den Füßen weggezogen wurde. Wie ihr die Luft wegblieb. Gerade waren sie sich noch so nah gewesen, und jetzt stieß er sie von sich, ließ keine Entschuldigung, keine Erklärung zu?

Sie interessierte sich für sein Leben, für seine Gefühle, aber er igelte sich ein und machte alles mit sich selbst aus. Das war unfair – und es tat verdammt weh. Sie fühlte sich hilflos und ohnmächtig und nicht gesehen. Wieso hatte er die alleinige Macht über Nähe und Distanz zwischen ihnen? Immer zwei Schritte vor, einer zurück – was war das für ein beschissener Tanz? Und warum überließ sie ihm die Führung? So ein Egozentriker!

Entschlossen stieg sie aus dem Bett und sammelte ihre Klamotten ein. Er wollte allein sein? Gut, sie drängte ihre Gesellschaft bestimmt niemandem auf! Als sie ihre Jacke überzog und in der rechten Tasche gewohnheitsmäßig nach dem Türschlüssel fühlte, waren da auch ein paar Scheine, die sie sich aus der Kasse genommen hatte, sozusagen rückwirkend für ihre Dienste in der Disko Bochum. Sie friemelte einen Zwanzigmarkschein heraus.

»Danke für gestern Nacht«, sagte sie laut und warf das zerknitterte Geld überraschend zielsicher auf Roberts Rücken. »Ich empfehle dich weiter.«

Ja, das war hart, und vielleicht reagierte sie auch über, aber so konnte er mal sehen, wie sich das anfühlte, verletzt zu werden. Und so konnte sie zumindest die Kontrolle, die

Macht über die Situation zurückerlangen und sich nicht mehr ganz so ausgeliefert fühlen. Sie drehte sich um und marschierte zur Tür hinaus. Kurz glaubte sie zu hören, dass Robert sich aufgerichtet hatte, aber sie versuchte sich einzureden, dass ihr das egal sei.

20

Schon beim Öffnen des kleinen Tors stieg in Doro Ehrfurcht auf. Das Haus, in dem Elli wohnte, stand nicht direkt an der Straße, sondern hatte einen Vorgarten mit gestutzten Grasflächen und akkurat geschnittenen Hecken. Rosenstöcke und gepflegte Blumenbeete säumten den Steinplattenweg zur Treppe, deren Stufen bis vor die Haustür führten.

Nachdem sie die Zeche samt Robert verlassen hatte, war Doro von einer Art Aufräumimpuls erfasst worden und hatte beschlossen, ihr Leben zu ordnen – und als erste Amtshandlung hatte sie Elli ihre Handtasche zurückbringen wollen, die sie in einem Schrank in der Ecke verstaut hatte. Schließlich bestand der Inhalt aus ein paar nützlichen Utensilien, die Elli sicher vermisste. Ein Haustürschlüssel war nicht darin gewesen, allerdings ein Portemonnaie, in dem sich auch ihr Führerschein befand, und auf dem stand die Adresse. Doro hatte nicht schlecht gestaunt, als sie »Kurfürstenstraße« las, denn direkt am Stadtpark reihte sich eine herrschaftliche Villa an die nächste. Um dort zu wohnen, brauchte es eine wohlhabende Familie mit Stammbaum. Und tatsächlich, Ellis voller Name hatte einiges offenbart: Elisabeth Wilhelmine Kessrik von Arnheim. Wow, wie majestätisch, hatte Doro nur gedacht. Das verruchte Wesen der Nacht stammte aus einer adeligen Familie! Wieder übermenschlich – oder zumindest überbürgerlich.

Jetzt fühlte sie sich wie ein Eindringling, als sie zwischen den beiden Säulen stand, die ein Dach über der Haustür stützten, und auf die Klingel drückte. Sie wagte kaum zu atmen. War überhaupt jemand zu Hause? Doch dann bewegte sich ein Schatten hinter dem Fenster in der Tür, eine Kette wurde entriegelt und die Tür geöffnet. Es war nicht ganz klar, wer wen erstaunter ansah, Doro Elli oder Elli Doro.

»Was, zum Teufel, machst du hier?« Elli verschränkte leicht verärgert die Arme vor der Brust. Ihr Aufzug verblüffte Doro, denn von dem sexy Glamour, den sie sonst verkörperte, war gerade nichts zu sehen. Stattdessen trug Elli eine elegante lange Hose und eine Bluse, die bis zum Hals zugeknöpft war. Die vollen Wimpern, der pinke Lippenstift und der glitzernde Lidschatten fehlten komplett – sie war dezent in beige-braunen Tönen geschminkt. Doro konnte nicht anders, als sie einfach nur anzustarren.

»Mit offenem Mund starren schickt sich nicht«, sagte Elli, obwohl ihr klar sein musste, dass ihre Typveränderung für Doro überraschend kam. Noch jemand, der ein Doppelleben führte. Verrückt.

»Die hast du vergessen.« Doro hob demonstrativ die klimpernde Paillettentasche hoch, und Elli nahm sie ihr mit einem schlichten »Danke« aus der Hand. Dann warf sie Doro wieder einen fragenden Blick zu, denn die machte keine Anstalten, zu gehen.

»Willst du 'n Finderlohn oder was?«

Doro schüttelte den Kopf, konnte sich jedoch immer noch nicht dazu durchringen, diesen Ort zu verlassen. Elli seufzte.

»Du musst Durst haben vor lauter Mit-offenem-Mund-Starren. Willst du was trinken?«

Alles war so vornehm, dass Doro sich kaum zu atmen traute. Die Räume hatten eine imposante Deckenhöhe, und auch die Einrichtung wies eine deutlich adelige Handschrift auf: Schwere handgeknüpfte Teppiche aus dem Orient bedeckten den Parkettboden, der unter ihren vorsichtigen Schritten leicht knarzte. Die Regale aus Mahagoniholz ragten bis unter die Decke und waren voller dicker Bücher. Ausladende Sessel mit Samtüberzug flankierten ein dazu passendes Sofa, vor dem sich ein langer gläserner Tisch erstreckte. Darauf stand eine bauchige Vase, die unter dem üppigen Strauß weißer Lilien fast verschwand. Große Gemälde mit schweren goldenen Rahmen zierten die Wände, wobei sich Landschaftsmotive und Ahnenporträts die Waage hielten. In der Luft lag der Geruch einer anderen Zeit, nicht moderig, nicht staubig, einfach die Ausdünstungen des antiken Mobiliars, ergänzt durch den etwas penetranten Blumenduft. Obwohl einiges an Sonnenlicht durch die großen Fenster fiel, wirkte alles düster und mit einer Schwere behaftet. Elli ging zügig zur Hausbar, ihre klackernden Schritte hallten durch den Raum, der ansonsten von einer intensiven Stille dominiert wurde. Dann erst sah Doro den Rollstuhl, der zum Fenster gedreht war und in dem ein alter Mann saß, zusammengesunken, regungslos.

»Guten Tag«, sagte Doro hastig, auch, um ihre Irritation zu überspielen. Elli, die gerade eine goldene Flüssigkeit aus einer Glaskaraffe in zwei Gläser goss, sah kurz auf.

»Er hört dich nicht.«

Dann nahm sie die beiden Gläser, stellte sie auf dem Sofatisch ab, ließ sich auf dem Sessel nieder und schlug die Beine übereinander. »Setz dich doch.«

Nachdem Doro auf dem Sofa Platz genommen hatte, trank sie einen großen Schluck aus dem Glas und konnte nicht umhin, das Gesicht zu verziehen. Der rauchige Geschmack kratzte im Hals und kitzelte in der Nase. Gleichzeitig nahm sie wahr, dass Elli nur an dem Whisky nippte. Kein Wunder, das war wahrscheinlich richtig teures Zeug. Doro schämte sich kurz, schob ihr Verhalten dann aber auf ihre Überforderung wegen des Ambientes.

»Wer ist das?«, fragte sie fast flüsternd.

»Das ist Opa«, erklärte Elli in normaler Lautstärke, und wie auf Kommando kam aus der Richtung des Fensters ein gurgelndes Geräusch, so, als zöge jemand Spucke durch die Zähne.

»Tut mir leid. Was fehlt ihm denn?« Ohne die Miene zu verziehen, stand Elli wieder auf und schritt zum Rollstuhl, um mit einer routinierten Geste dem Alten den Speichel aus dem Gesicht zu wischen. Dann legte sie das Tuch neben den Rollstuhl.

»Alles okay, wir brauchen kein Mitleid. Es ist besser, dass er nichts mehr mitkriegt. Ist vielleicht auch Karma.« Sie kam zurückgeklackert, schnappte sich ihr Whiskyglas und ließ sich wieder in dem Sessel nieder, der sie fast zu verschlucken schien – oder zu umarmen, wie man's nahm. Als sie Doros leicht geschockten Blick bemerkte, lachte sie kurz trocken.

»Der hat ein Riesenvermögen damit verdient, dass er im Dritten Reich Zwangsarbeiter ausgebeutet hat«, erklärte sie schulterzuckend. »Und jetzt sitzt er in seiner Luxusvilla und hat null Komma nix davon. Ab und zu muss er zu 'nem teuren Arzt in Westberlin, sonst ist er eigentlich nur hier. Aber was soll's, er ist meine ganze Familie.« Sie trank den letzten Schluck Whisky aus und sah Doro erwartungsvoll an. Die wusste nicht, ob das jetzt das Ende oder der Anfang des Gesprächs sein sollte.

»Mein Opa ist gestorben, als ich fünf war«, sagte sie dann. »Ich hab ihn kaum gekannt«. Doro wusste selbst nicht, ob das ein Trost war, aber eigentlich wollte sie einfach nur irgendwas sagen. »Aber ich weiß noch, wie er roch, weil er immer Pfeife geraucht hat. Und er hat mir bei jedem Besuch etwas von Erich Kästner vorgelesen. *Das doppelte Lottchen* mochte ich am liebsten.« Doro merkte, dass sie ins Plappern gekommen war, und sah Elli entschuldigend an, aber die hörte ihr erstaunlich aufmerksam zu.

»Ich wollte auch immer ins Ferienlager nach Seebühl am Bühlsee, wo Charly und Lotte sich treffen«, sagte sie lächelnd.

»Echt? Ich auch!« Doro konnte es gar nicht glauben, dass sie und Elli sich als kleine Mädchen so ähnlich gewesen waren. Plötzlich kam sie ihr gar nicht mehr so übermenschlich vor.

»Aber leider gibt's das ja nicht.«

»Seebühl am Bühlsee gibt es nicht?«

»Nö. Ist erfunden.«

»Ich dachte immer, das ist in Österreich oder so.« Doro war richtig enttäuscht, obwohl sie sich das bei dem Namen ja hätte denken können.

»Woran ist dein Opa denn gestorben?«, wollte Elli wissen, aber Doro zuckte mit den Schultern.

»Keine Ahnung«, musste sie zugeben. »Entweder hab ich's vergessen, oder es wurde mir nie gesagt. Und mir wurde einiges nie gesagt, weil ich die Jüngste war.« Doro verdrehte die Augen und brachte Elli damit zum Lachen.

»Aber ist es nicht schön, so viele Geschwister zu haben?«

»Na ja, eher so was wie Fluch und Segen.«

»Einzelkind sein auch. Aber ich will mal viele Kinder haben.«

Verblüfft sah Doro Elli an. Das waren ja unerwartete Töne!

»Nicht jetzt«, sagte sie auf Doros Blick hin. »Später. In zehn Jahren oder so.« Doro nickte und dachte, dass das Haus wirklich genug Platz bot. Bestimmt könnte hier jedes Kind ein eigenes Zimmer haben und nicht immer zwei Geschwister eins, so wie es bei den Krämers der Fall gewesen war. Am liebsten wollte Doro ja wissen, wie es war, so reich zu sein – aber sie traute sich nicht, zu fragen. Offensichtlich konnte man sich jede Menge Kokain leisten und sich die Nächte um die Ohren schlagen. Oder saß Elli in einem goldenen Käfig mit einem Pflegefall? Als ob sie Gedanken lesen könnte, sprach Elli weiter, nachdem sie sich eine Zigarette angesteckt hatte.

»Geld haben macht frei, weißt du«, sagte sie. »Ich muss nichts tun, was ich nicht will. Und ich kann alles machen, was ich will.«

Doro nickte. Das leuchtete ein, und es war offensichtlich, dass Elli tat, worauf sie Lust hatte.

»Neulich hab ich in einem Sexfilm mitgespielt. Das war vielleicht ein Skandal!« Sie lachte, während sie in einer Rauchwolke verschwand. Doro wusste gar nicht, was sie dazu sagen sollte. Diese Frau war irgendwie ein anderes Level von Mensch. »Ich muss einfach alles mal gemacht haben«, ergänzte Elli schulterzuckend. »Dafür ist das Leben doch da, oder?!« Wieder ertönte das Spuckezischen aus Richtung des Rollstuhls, aber jetzt bemühte Elli sich nicht, aufzustehen. Stattdessen kramte sie aus ihrer Tasche das Kokainpäckchen hervor, was in Doro eine Erinnerung hervorrief.

»Ach so, ich hab mir eine Pille genommen. Hoffe, das ist okay.«

»Von den Anti-Baby-Pillen?« Elli sah sie stirnrunzelnd an. Doro nickte.

»Eine?«

»Ja, nur eine.«

Ellis ungläubige Miene wich jetzt ihrem Gelächter.

»Man kann nicht nur eine nehmen. Das ist keine Kopfschmerztablette.«

»Oh.«

Anscheinend hatte Robert recht gehabt. Mist. Elli hörte auf zu lachen und sah Doro verwirrt an.

»Moment mal, ich dachte, du bist schwanger!«

»Ja, nee. Bin ich nicht. War ich auch nicht wirklich.«

Doros gesenkter Blick war anscheinend Antwort genug für Elli. Es war immer wieder erstaunlich, dass sie kaum nachfragte. Entweder interessierte es sie einfach nicht, oder sie war diskret. Doro selbst hätte nie so viel Disziplin aufbringen können – ihre Neugier gewann einfach immer.

Jetzt kramte Elli das Anti-Baby-Pillenpäckchen aus der Tasche und legte es vor Doro auf den Tisch.

»Schenke ich dir. Als Finderlohn. Aber du musst sie jeden Tag zur selben Uhrzeit nehmen. Kapiert?!«

Doro nickte und griff nach der grün-weißen Packung, auf der fett Anvolar 21 stand. Dann drückte sie eines der grünen Kügelchen aus der Perforation und schluckte sie mithilfe des Whiskys runter. Zwar hatte sie nicht vor, mit jemandem Sex zu haben, aber es fühlte sich cool an. Als ob ihr nichts passieren könnte. Ein bisschen, wie unsterblich zu sein. Ein Lächeln machte sich auf ihrem Gesicht breit trotz des rauchigen Kratzens im Hals. Als sie gerade das Gefühl hatte, sich etwas entspannen zu können, stand Elli demonstrativ auf.

»Gleich vier Uhr. Damit wäre die Besuchszeit dann aber auch beendet für heute«, erklärte sie und nahm die beiden leeren Gläser an sich. Der Opa im Rollstuhl sog wieder die Spucke durch die Zähne.

»Ja, klar.« Schnell erhob Doro sich. Ihr war leicht schwindelig von dem Whisky, aber auch angenehm warm im Magen. Sie fühlte sich gewappnet für die Welt, stark und frei. Dieser Moment des Mutes durfte nicht verstreichen, ohne dass er genutzt wurde, deshalb atmete Doro tief durch und fragte dann: »Sag mal, könnte ich vielleicht ganz kurz telefonieren?«

Seit einer Stunde saß Doro jetzt auf der Parkbank, und in dieser Zeit hatte sie bestimmt schon zum zehnten Mal ihre Brille geputzt. Sie wünschte sich die Gelassenheit einer Johanna oder den Optimismus eines Georg, dabei war Nervosität eigentlich eine angebrachte Emotion in Hinblick auf das Gespräch mit Matthias, das ihr bevorstand. Doro war nämlich klar geworden, dass es eher Dummheit als Freiheit wäre, von einem Mann zum nächsten zu gehen, und dass sie erst mal alle Stricke, die sie noch mit irgendwem verbanden, lösen musste, um die nächsten Schritte tun zu können. Eine weitere Maßnahme, um ihr Leben endlich selbst in die Hand zu nehmen. Eigentlich konnte sie stolz auf sich sein, dass sie sich der Konfrontation mit Matthias stellte. Aus der Einsicht heraus, dass sie erwachsene Menschen seien, die miteinander reden sollten, hatte sie sogar die Initiative für das Treffen ergriffen. Schließlich hatten sie sich ein Versprechen gegeben, in guten wie in schlechten Zeiten. Also hatte sie Matthias spontan von Elli aus angerufen und ihn gebeten, sich mit ihr im Park zu treffen. Er hatte sich über ein Lebenszeichen von ihr gefreut und verstand auch, dass sie ungern in die gemeinsame Wohnung kommen wollte. Eine Zusammenkunft an einem öffentlichen Ort hatte er ebenfalls als angebracht empfunden. Vielleicht, weil ihn das davor schützen würde, dass ihm die Hand ausrutschte?

Kurz musste Doro an diesen Schockmoment in der Küche zurückdenken, aber so wollte sie Matthias nicht in Erinnerung behalten, das war er nicht, die kurzzeitige Wesensveränderung war der Situation geschuldet gewesen. Dennoch musste sie ihm klarmachen, dass ihre Ehe gescheitert war, aus Gründen, die sie »unterschiedliche Vorstellungen vom Leben« nennen würde. Scheitern war kein gutes Wort, fiel ihr auf, das sollte sie nicht verwenden, es klang, als wären sie komplette Versager, dabei waren sie nur Opfer von gesellschaftlichen Normen. O ja, das klang gut, *Opfer von gesellschaftlichen Normen,* das würde sie sagen. Sie brauchte ein überzeugendes Plädoyer, das wenig Raum zum Gegenargumentieren ließ; am besten wäre sowieso, wenn sie alle Schuld auf sich nahm, aber dennoch ihren Standpunkt klarmachte. Puh, sie musste stark bleiben, sie durfte sich nicht einlullen lassen von seinem Dackelblick und dem vertrauten Geruch. Wenn er sie bitten würde, zurückzukommen, es noch mal zu versuchen, dann durfte sie nicht schwach werden.

Doro atmete tief ein und aus. Wo blieb er eigentlich? Warum brauchte er so lange?

Das VfL-Spiel schien zu Ende zu sein, denn die ersten Fans liefen jetzt an der Bank vorbei. Sie waren alle leicht zu erkennen an ihren blau-weißen T-Shirts oder dem VfL-Bochum-Schal. Und der Weg vom Stadion in der Castroper Straße führte für viele durch den Park zurück zum Westring.

Doro hatte Georg immer ein bisschen um sein Fansein beneidet, weil er dadurch etwas hatte, worauf er sich jede Woche freuen konnte, nämlich das Bundesligaspiel. Aber bei den wenigen Malen, an denen sie mit im Stadion gewesen war, hatte sie das Rumgekicke nach einer Viertelstunde weder auf der emotionalen noch auf der technischen Ebene weiter interessiert, und sie hatte sich woandershin geträumt. Jetzt versuchte sie, an der Laune der VfL-Fans den Ausgang des Spiels zu erkennen. Der schlendernde Gang der kleinen Gruppe könnte dem konsumierten Bier oder einer Niederlage geschuldet sein, das war nicht eindeutig ersichtlich. Doro wusste nicht mal, gegen wen die Jungs heute gespielt hatten. Sie wusste nur, *dass* sie gespielt hatten, und zwar wieder im Heimstadion, welches ja eine Weile nicht benutzbar gewesen war. Jetzt kam ein weiterer Fan hinter einem Baum hervor und gesellte sich zu der Gruppe, was Doro zum Schmunzeln brachte. Ach ja, richtig, nach den Spielen mutierte der Park immer zur öffentlichen Toilette. Sie selbst hatte auch das Gefühl, urinieren zu müssen, es schien ihr aber eher ein Phantom-Harndrang zu sein, der der ganzen

Aufregung geschuldet war. Einerseits fürchtete sie das Gespräch mit Matthias, andererseits wünschte sie es herbei, um es endlich hinter sich zu bringen. Und dann stand Matthias tatsächlich neben der Bank, leicht außer Atem, leicht verschwitzt, in seinem Sonntagsanzug, den er eigentlich immer nur in die Kirche angezogen hatte, als sie noch regelmäßig hingegangen waren.

»Hallo«, sagte er und setzte sich etwas entfernt von Doro auf die Bank. Kein Schnübbelsken, keine Umarmung, immerhin. Er schien nervös, hatte sich aufgerichtet und wirkte angespannt.

Auch Doro hatte sich jetzt gerader hingesetzt, wie ein wachsamer Hund, der genau beobachtete und allzeit bereit war, sein Revier zu verteidigen. Allerdings fehlten ihr plötzlich die Worte. Sie, die sich immer um Kopf und Kragen redete, wenn es unangenehm wurde, die ein Plädoyer vorbereitet hatte, war plötzlich erfüllt von Demut und Trauer. Erst jetzt wurde ihr bewusst, dass dies ein endgültiger Abschied war. Vor lauter Fokus auf das Starkbleiben und Bewahren ihres Standpunkts hatte sie all die anderen Gefühle komplett verdrängt. Jetzt saß sie Matthias gegenüber und spürte, wie sich Tränen in ihren Augen sammelten, wie langsam, aber sicher Bäche ihre Wangen hinunterliefen, bevor sie auch nur im Geringsten dagegen ankämpfen konnte. Matthias entging das natürlich nicht – und er tat das, was er immer tat, nämlich, sie in den Arm zu nehmen.

»Ach, Schnübbelsken«, sagte er jetzt doch, zog sie fest an sich, und das brachte Doro dazu, auch noch laut zu schluchzen. Die Umarmung fühlte sich so gut an, so vertraut, dass sie all ihre Argumente vergaß und sich wehrlos ergab.

Matthias roch nach seinem Aftershave und ihrem Waschmittel und ein bisschen nach Schweiß. Diese vertraute Mischung brachte sie schon wieder zum Weinen.

»Nehmt's nicht so schwer, Kinners.« Ein VfL-Fan war zu ihnen getreten und hatte sowohl Doro als auch Matthias eine Hand auf die Schulter gelegt. »Nach dem Spiel ist vor dem Spiel.« Er lächelte aufmunternd, dann lief er seiner Gruppe hinterher. Das brachte Doro und Matthias gezwungenermaßen zum Lachen, und ihre Umarmung löste sich auf. Obwohl er selbst ganz glasige Augen hatte, reichte Matthias Doro das karierte Stofftuch aus seiner Brusttasche. Dankbar tupfte sie sich die Wangen trocken.

»Ich wollte mich noch mal entschuldigen«, sagte er dann wieder ernst. »Ich wollte dich nicht schlagen. Nie und nimmer.«

Doro nickte wissend, wollte ihm beipflichten, dass ihr das sehr bewusst sei, aber Matthias sprach weiter.

»Ich habe Pfarrer Krüger um Vergebung gebeten. Ich hoffe, du verzeihst mir auch.« Er sah sie hoffnungsvoll an, und Doro nickte, während sie sich wunderte, dass Matthias anscheinend seit Monaten mal wieder beim Sonntagsgottesdienst und bei der Beichte gewesen war.

»Als ich ihm von unseren Eheproblemen berichtet habe, war er allerdings nicht so voller Vergebung«, fuhr Matthias fort. »Was Gott zusammengefügt hat, soll der Mensch nicht scheiden, hat er gesagt. Und das sehe ich ja auch so. Aber in unserem Fall, da haben wir zu unterschiedliche Vorstellungen davon, wie wir leben wollen. Du willst noch keine Mutter sein, ich kann's kaum abwarten, meine eigene Familie zu haben.« Er sah sie traurig, aber gefasst an. »Vielleicht war das doch zu schnell mit der Heirat. Du bist gerade neunzehn geworden, und ich werde bald dreiundzwanzig. Ich dachte immer, Liebe schafft alles, aber wie wir uns gegenseitig behandelt haben, das kriege ich irgendwie nicht mehr aus dem Kopf raus.«

Matthias seufzte und sah kurz sehr unglücklich aus, aber bevor Doro irgendetwas tun oder sagen konnte, sprach er schon weiter.

»Er hat mir angeboten, mit uns eine Eheberatung zu machen. Ich denke aber, das nutzt bei unserer Art von Problemen nichts. Außerdem wollen wir beide die Trennung. Oder?«

Überrascht sah Doro Matthias an. In seinen Augen konnte sie eine Mischung aus Hoffnung und Angst sehen. Würde er es noch mal versuchen wollen, falls sie es noch mal versuchen wollte? Oder wollte er mittlerweile die Trennung und hoffte, sie wollte das auch? Kaum sichtbar nickte sie jetzt. Er schluckte und nickte ebenfalls.

»Das dachte ich mir. Aber auch wenn keinen von uns Schuld trifft, fürchte ich, die Ehe kirchlich zu annullieren, ist gar nicht so einfach. Der Staat ist da lockerer geworden. Ich hab mich informiert – es sind neue Gesetze beschlossen worden, die nächstes Jahr in Kraft treten. Wusstest du das?«

Er sah Doro fragend an, aber die konnte nur fassungslos den Kopf schütteln. Während sie sich abgelenkt hatte, nur an sich gedacht, ein egoistisches Plädoyer vorbereitet hatte, war Matthias in sich gegangen und hatte sich informiert. Genauso schnell, wie er bei der Ehe Nägel mit Köpfen gemacht hatte, agierte er jetzt bei der Scheidung. Es ist wie ein göttliches Wunder, dachte sie nur, auch wenn das pathetisch klang, aber schließlich wurden hier bereits Bibelverse zitiert. Ganz kurz war Doro etwas gekränkt, dass Matthias nicht mal um sie kämpfen wollte, aber dann war sie nur noch dankbar für sein Entgegenkommen. Jetzt zog er einen Zettel aus der Hosentasche, auf dem handschriftliche Notizen standen.

»Erst mal kommt das Trennungsjahr«, las er vor. »Dann ist die Scheidung möglich. Das geht dann neuerdings nicht mehr nach dem Schuldprinzip, sondern nach dem Zerrüttungsprinzip.« Matthias zuckte mit den Schultern, während Doro gar nicht mehr richtig zuhörte. Das Prinzip war ihr egal, wichtig war doch, dass sie beide an einem Strang zogen.

»Nur eine Bitte habe ich noch«, begann er, während er den Zettel wieder in seiner Hosentasche verstaute. »Sag du's deinen Eltern. Das bringe ich nicht übers Herz.«

O Gott, ja, das ist wirklich fast das Schwierigste an der ganzen Sache, dachte Doro. Der Staat, die Kirche, das bedeutete zwar viel unangenehme Bürokratie, aber ihre Eltern, das bedeutete Vorwürfe und Schuldzuweisungen, väterliches Rumgebrülle und mütterliche Tränen. Es war das erste Mal, dass Doro Matthias darum beneidete, keine Eltern mehr zu haben, das erste Mal, dass ihr klar wurde, dass ihre Ehe nicht nur sie beide betraf. Was würden ihre Eltern sagen? Sie würden nach einem Schuldigen suchen, und wer eignete sich dazu besser als sie? »Was musst du auch so jung heiraten?!«, hörte Doro die Stimme ihres Vaters im Hinterkopf. »Wie soll ich das bloß den Nachbarn erklären?«, ertönte die Stimme ihrer Mutter. Doro war klar: Auch wenn es demnächst ein Zerrüttungsprinzip gab, ihre Eltern würden beim Schuldprinzip bleiben.

»Weißt du, deine Familie war irgendwie auch meine Familie.« Matthias sah Doro traurig an. »Es tut echt weh, das zu verlieren.« Wieder wurden seine Augen glasig, seine Stimme brüchig. Doro schluckte. Er hatte recht. Er gehörte zur Familie, und das wollte sie ihm nicht nehmen – jedoch würde es erst mal schmerzfreier für sie beide sein, wenn sie keinen Kontakt hätten.

»Du wirst immer zur Familie gehören.« Doro nahm seine Hand. »Meine Eltern werden eh mir die Schuld geben, nicht dir.« Sie zuckte mit den Schultern. In den letzten Wochen hatte sie sich fast daran gewöhnt, der Buhmann zu sein. Vielleicht konnte man sich gar nicht verändern, ohne bei einigen Menschen in Missgunst zu geraten. Sie hatte gelernt, das auszuhalten.

»Na ja, sie wissen ja, wie ich dir gegenüber war ...«

»Wissen sie nicht.«

»Nein?«

»Und müssen sie auch nicht erfahren.«

Matthias lächelte erleichtert. Ihm schien tatsächlich ein großer Stein vom Herzen zu fallen. Es rührte Doro ein bisschen, wie wichtig ihm das alles war.

»Wenn du magst, kann ich das Trennungsjahr beantragen«, erklärte er dann. »Also, mich drum kümmern. Die ganze Bürokratie, meine ich.«

Doro nickte. Das klang sinnvoll, denn sie hatte es nicht so mit Papierkram und Fristen und Amtssprache. Jetzt löste sie den Wohnungsschlüssel von ihrem Bund, um ihn Matthias zu geben.

»Ist komisch, wenn ich den noch habe«, erklärte sie. »Wenn ich meine Klamotten hole, rufe ich einfach vorher an.«

Er zögerte erst, nahm dann aber den Schlüssel und drehte ihn kurz in seiner Hand, schließlich steckte er ihn in die Jackentasche. Doro musste schon wieder schlucken. Es war ein seltsamer Moment. Als würde sie ihm ihren Ehering zurückgeben. Matthias trug seinen immer noch, so korrekt war er natürlich. Sie fragte sich, ob er das auch noch das ganze Trennungsjahr über machen würde, aber das war bestimmt nicht Sinn der Sache, oder?! Ihr Ehering lag bei Bertha auf dem Nachttisch; an ihrem Ringfinger war der helle Hautstreifen noch deutlich zu erkennen. Wie lange dauerte es wohl, bis die Fingerhaut den Teint der restlichen Hand annahm? Ein Trennungsjahr lang?

Ihre Gedanken und die unangenehme Situation wurden jetzt zum Glück durch lautes Gegröle gestört – der typische Fan-Gesang, von dem kein Wort zu verstehen war, weil die vorbeiziehende Gruppe schon arg einen im Tee hatte.

»Wie war denn der Endstand?«, fragte Matthias die Fans. Ein Ablenkungsmanöver von ihren eigenen Problemen, für das Doro ihm dankbar war. Die Jungs brauchten einen Moment, um zu registrieren, dass sie angesprochen wurden, dann einen weiteren Moment, um alle mit dem Singen aufzuhören und sich um die Bank zu scharen, auf der Doro und Matthias saßen.

»Sechs zu fünf für Bayern.«

»Aber erst haben wir vier zu null geführt. Vier zu null!«

»Und dann holen die das auf. Gibt's doch nicht!«

»Dieser Hoeneß, der Sack. Schießt die Bayern zum Sieg!«

»Von vier zu null auf fünf zu sechs. Mann, Mann, Mann.«

Die Fans konnten nicht genug davon bekommen, sich über diesen absurden Umschwung zu echauffieren.

»Klingt trotzdem nach 'nem guten Spiel«, sagte Matthias in eine Gesprächslücke hinein. Die Jungs sahen ihn kurz an, als wäre er nicht ganz bei Sinnen, denn wie konnte ein Spiel gut gewesen sein, wenn der VfL nicht gewonnen hatte? Aber dann murrten sie zustimmend und wogen die Köpfe.

»Spannend war's schon.«

»Der reinste Krimi.«

»Klar, auch wenn man als Verlierer rausgeht, kann's ein gutes Spiel gewesen sein.«

»Ein Wahnsinnsspiel ist das gewesen!«

Schmunzelnd sahen Doro und Matthias sich an. Die Jungs begannen jetzt wieder, innerhalb der Gruppe zu diskutieren, und zogen langsam weiter, denn ihre Biervorräte schienen zur Neige zu gehen, was sich daran erkennen ließ, dass sie die leeren Flaschen vor der Bank aufstellten, als wären es aus dem Spiel geflogene Schachfiguren.

»Es war ein gutes Spiel«, sagte Doro und sah Matthias bedeutungsvoll an. »Auch ohne Sieg.« Matthias verstand und nickte.

»Ja, das war es«, sagte er. Und dann saßen sie noch eine Weile einfach so nebeneinander da und schauten dem bunten Treiben im Park zu.

***

Die kommende Woche verlief anders als geplant. Jeden einzelnen Tag nahm Doro sich vor, mit ihren Eltern zu reden. Jeden Morgen wachte sie bei Bertha mit dem Gedanken auf, dass sie es heute tun würde, heute würde der Tag sein, an dem es endlich so weit war. Aber dann fühlte sie sich erschöpft, blieb den ganzen Tag im Bett und las Bücher, die sie wahllos Berthas Bibliothek entnommen hatte, eins nach dem anderen. Sie las so, wie andere Kette rauchten: War der letzte Satz eines Romans gelesen, begann sie nahtlos mit dem ersten Satz eines anderen. Morgens ging dann alles von vorne los.

Bertha beobachtete das vier Tage lang und schlug schließlich vor, dass Doro doch einen Brief schreiben könnte, um zu vermeiden, dass sie die Wut ihres Vaters und die Enttäuschung ihrer Mutter direkt abbekäme. Das war keine schlechte Idee, führte aber dazu, dass es weitere zwei Tage und etliche Zettel brauchte, bis Doro mit ihrer Darstellung des Sachverhalts und ihren Formulierungen zufrieden war. »Denk dran, du schreibst keine Doktorarbeit«, hatte Bertha nicht nur einmal gesagt, und tatsächlich gab Doro irgendwann alle Erklärungsversuche und Rechtfertigungen auf. Die Endversion des Briefes enthielt recht wenig Text. Alles, was dort stand, war:

Liebe Mama, lieber Papa,
hiermit möchte ich Euch darüber informieren, dass
Matthias und ich unsere Ehe nicht weiterführen werden
und ab sofort in ein Trennungsjahr gehen. Diese
Entscheidung ist endgültig und beidseitig. Niemand hat
Schuld. Wir haben einfach zu unterschiedliche
Lebensvorstellungen. Bitte akzeptiert unsere
Entscheidung.
Liebst, Eure Doro

Fast hätte Doro *Hochachtungsvoll* geschrieben, so förmlich klang ihr Brief, als käme er von einem Amt, nicht von einem

Menschen. Aber ihr schien diese Klarheit angebracht, da jede Emotion sie zu angreifbar machte. Auch Bertha nickte anerkennend, als Doro ihr den finalen Text zum Durchlesen reichte. Sie nickte und zog an ihrer Zigarette und nickte und zog an ihrer Zigarette.

»Gefällt mir gut, Kindchen«, sagte sie. »Ist alles drin. Bis auf eins.« Verwundert sah Doro sie an.

»Wieso, was denn?«

»Vielleicht solltest du noch erwähnen, dass du nicht schwanger bist?«

»Oh. Ja. Guter Punkt.«

Doro nahm den schwarzen Füller und schrieb an den unteren Rand des Blattes:

PS: Ich bin nicht schwanger. Tut mir leid.

Dann starrten sie und Bertha auf den Brief. Keine Ehe und keine Schwangerschaft, das war wirklich einiges zu verdauen für ihre Eltern.

»Sie werden schon drüber hinwegkommen.« Nachdem Bertha ihre Zigarette im Aschenbecher auf Helmuts Schreibtisch ausgedrückt hatte, holte sie aus einer Schublade ein Kuvert.

»Ich werfe den Brief für dich ein«, erklärte sie, und Doro nickte. Bertha spazierte zurzeit fast jeden Abend in die Kommune, weil sie dort einen Liebhaber hatte. Vielleicht waren es auch zwei oder drei, so genau wurde das dort ja nicht genommen. Anscheinend holte Bertha alles nach, was sie in den Jahren mit Helmut verpasst hatte, und zwar im Schweinsgalopp. Wer sollte es ihr verübeln?

Erstaunlicherweise befreite das »Abschicken« des Briefes Doro augenblicklich von ihrer Lethargie. Plötzlich fühlte sie sich wieder leicht und voller Energie, auch wenn das unschöne Auseinandergehen mit Robert ihre Stimmung nachhaltig dämpfte. Aber zum Glück hatte sie ja das beste Gegenmittel für Kummer selbst erschaffen: die Disko Bochum. Es war Freitagmittag, als sie nach den Betttagen endlich wieder in der Ecke auftauchte und sich in die Vorbereitungen stürzte. Vorher aber wollte sie von Jochen alles über dessen Verhältnis zu Joachim Gruber wissen. Und im Gegensatz zu Georg musste man den nicht lange bitten.

Jochen präsentierte ihr liebend gerne alles haarklein auf dem Silbertablett. Er habe Joachim Gruber in der Disko Bochum kennengelernt, als der sich einen Song gewünscht hatte, der auch sein momentaner Lieblingssong sei, nämlich *Love Hangover* von Diana Ross. Und seitdem hätten sie sich endlos über Musik und Platten und Bands und Plattenläden unterhalten, bis Joachim ihn irgendwann zu einem Pokerabend ins Studentenheim eingeladen hätte.

»Und dann?«

»Haben wir uns geküsst.«

»Und dann?«

»Haben wir rumgemacht.«

Jochens Augen bekamen einen leuchtenden Glanz, was Doro zum Schmunzeln brachte.

»Bis du verknallt?«

»Ein bisschen. Er ist echt süß. Und lustig. Und schlau. Studiert Medizin.«

»Gute Partie.«

Beide lachten. Doro freute sich für Jochen, schließlich wusste sie ja, dass Joachim Gruber ein netter Kerl war.

»Ich kann dir was verraten«, sagte sie geheimnisvoll. »Er hat Flugangst.«

»Weiß ich längst«, lachte Jochen. »Das hat ihn auch davon abgehalten, im Ausland zu studieren. Zum Glück.«

»Was ist falsch an der Ruhrpott-Uni?«

»Ich glaube, er wollte einfach mal weg aus der Heimat. Weg von der Familie.«

Das war etwas, was Doro gut verstehen konnte. Aber immerhin wohnte Joachim im Studentenwohnheim, das war ja schon mal ein guter Schritt.

»Kommt er morgen Abend?«

»Hat das ganze Wochenende Notdienst im Krankenhaus.«

Schade, denn sie hätte die beiden Turteltäubchen gerne mal in Aktion gesehen, dachte Doro, als Georg in den Gastraum gestapft kam. Er sah verschwitzt aus. Kein Wunder, er hatte gerade die vielen Kästen von der Getränkelieferung hinter die Bar geschleppt.

»So, jetzt sind wir wieder gut versorgt mit Sprit«, freute er sich. Schon die ganze Zeit hatte Doro darauf gewartet, ihm von ihrem Besuch bei Elli zu erzählen, die sich als reiche Adelige entpuppt hatte, und legte los. Doch während Jochen ihre detailreichen Schilderungen mit »Ahs« und »Ohs« kommentierte, hörte Georg sich alles an und erklärte dann nur: »Daher kommt also ihre innere Traurigkeit. Muss echt einsam sein mit dem Opa, der nichts hört.«

Dem konnte Doro zwar nur zustimmen, aber der Fokus der Geschichte hatte doch auf dem irren Wohlstand und den prunkvollen Besitztümern gelegen, die Elli besaß. Georg jedoch schien das wenig zu beeindrucken.

»Ich mochte an ihr, dass sie ehrlich ist. Und dass sie keine Gefühlsduseleien erwartet. Aber dann habe ich gemerkt, dass ich eigentlich ein Romantiker bin«, sagte er abgeklärt, woraufhin sich Doro und Jochen verwirrt ansahen, was Georg den Hinweis gab, seinen Gedankengang weiter auszuführen.

»Ich meine, Elli ist locker und lässig, aber das ist irgendwie auch so ein Schutzmantel, unter dem sie ihre Gefühle versteckt. Ich glaube, sie fühlt mehr, als sie denkt. Aber sie lässt es nicht zu.«

Während Georg eine Wasserflasche öffnete, starrten Doro und Jochen ihn nur ungläubig an. Das alles hatte er sich zusammenanalysiert? Die ganzen Gedanken hatte er sich gemacht und dann diese Schlüsse gezogen?

»Zumindest meinte Alex das, aus psychologischer Sicht«, fuhr Georg fort. »Nennt man Borderline oder so.« Sein Kehlkopf hüpfte bei jedem weiteren Schluck.

»Und was ist mit dir und der romantischen Minnesängerin?«, fragte jetzt Jochen und musste bei der Erinnerung an Alex' Gesangseinlage neulich bei der Party ein Lachen unterdrücken. »Nee, war doch süß«, schob er hinterher, als er von Georg einen bösen Blick erntete.

»Wir sind und bleiben Freunde. Ist einfacher für alle«, erklärte er ein weiteres Mal, zuckte mit den Schultern und drehte ihnen den Rücken zu, als ob das Gespräch damit beendet wäre.

»Sehr romantisch«, kommentierte Jochen und wechselte mit Doro einen amüsierten Blick. Sie bemühten sich, nicht laut loszuprusten. Denn beiden war klar, dass da das letzte Wort bestimmt noch nicht gesprochen war.

21

»Michael Jackson?«

»Japp.«

»*Der* Michael Jackson?«

»Ja – und die anderen von den Jackson Five.«

»In deinem Flugzeug?«

»In meinem Flugzeug.«

Johanna grinste Jochen schulterzuckend an. Der schaute abwechselnd von dem Autogramm, das er in der Hand hielt, zu Johanna und wieder zurück. Sein Gesichtsausdruck glich jemandem, der vor einer Mathematikgleichung mit zu vielen Unbekannten saß.

»In dem Privatjet, in dem du als Stewardess gearbeitet hast, saß Michael Jackson und hat dir ein Autogramm gegeben?«, wiederholte er langsam und deutlich, weil dieser Umstand anscheinend nicht von seinem Gehirn verarbeitet werden konnte.

»Und die Jackson Five«, lachten Georg und Doro synchron, denn das hatte Johanna jetzt schon zweimal erzählt. Jochens Fassungslosigkeit war einfach zu komisch. Und die Tatsache, dass Johanna mitten an einem Samstag in die Ecke reingeschneit war, noch in voller Stewardessen-Montur und mit ihrem Rollkoffer, hatte sowieso schon für Stimmung gesorgt. Sie hatte angeordnet, am vordersten Tisch Platz zu nehmen, und dann hatte sie aufgeregt mit dem Autogramm gewedelt, um es feierlich Jochen zu übergeben.

»Ich kann nicht glauben, dass das seine Handschrift ist.« Jochen fuhr die dünne schwarze Linie nach, die sich halb über das Foto von Michael Jackson erstreckte. Seine Augen glänzten wie die eines Achtjährigen, der nach jahrelangem Betteln endlich einen Hund geschenkt bekommen hatte. Noch mehr aber strahlte Johanna, sie war umgeben von einer seltsamen Aura, die Doro nicht einordnen konnte. Sie schien wacher als sonst, aufgedrehter, ihr Lächeln gar nicht mehr aus dem Gesicht wegzubekommen, ihre Haltung aufrecht und stolz. Doro vermutete, dass die Begegnung mit Michael Jackson nicht das einzige Highlight ihres Tages gewesen war – und sie behielt recht.

»Leute, es kommt noch besser. Schnallt euch an!« Jetzt rückte Johanna mit ihrem Stuhl ein bisschen nach hinten, und in Doro machte sich die Vorfreude auf eine ihrer typischen Darbietungen breit. Wen würde ihre Schwester heute nachahmen?

»Okay, das hier ist das Cockpit«, erklärte Johanna, drehte den Stuhl rum und hockte sich rittlings darauf, die Lehne zwischen den Beinen. Dann wurde ihr Ton dramatisch. »Ich sitze auf dem Platz des Copiloten, denn der befindet sich kotzend auf der Toilette. Neben mir liegt Ludwig, der Pilot, auf dem Boden. Auch er hat sich den Magen verdorben. Und ich, ich muss den Jet steuern.«

Doro fing Georgs fragenden Blick auf, konnte jedoch nur mit den Schultern zucken. Jochen hatte das Autogramm vor sich auf den Tisch gelegt und starrte Johanna verwirrt an.

»Reden wir jetzt immer noch über das Flugzeug mit den Jackson Five?«

»Genau, der Privatjet. Wir sind acht Leute an Bord. Die Jacksons, der Pilot Ludwig, der Co-Pilot Peter und ich. Und ein Hund. Keine Ahnung, wem der gehörte.« Alle nickten, um zu bestätigen, dass sie das verstanden hatten. Dann nahm Johannas Erzählung wieder Fahrt auf.

»Beide Piloten sind also nicht fähig, den Jet zu fliegen und zu landen. Wegen diesem verdammten Krabbensalat. Wer isst auch so was? Die Jacksons jedenfalls nicht, die wollten Burger. Aber Peter und Ludwig, denen kannste echt alles vorsetzen.«

Johanna verdrehte die Augen, während Doro, Georg und Jochen an ihren Lippen hingen. Was, zur Hölle, war das denn jetzt schon für eine krasse Geschichte?

»*Du musst melden, du musst melden,* hat Ludwig dann zu mir gesagt, und das war noch das Einfachste, denn das Funkgerät ist leicht zu erkennen.« Johanna stand jetzt auf, griff sich den Pfefferstreuer, der auf dem Tisch stand, und redete mit aufgeregter Stimme hinein.

»Mayday, Mayday, Mayday! Delta, Bravo, Foxtrott, Lima, Tango! Wir haben einen Pilotenausfall. Ich übernehme die Kontrolle.«

Rasch stellte sie den Pfefferstreuer zur Seite und schnappte sich das Serviertablett vom Tresen. Zurück auf dem Stuhl, hielt sie das runde Metallding wie ein Steuer zwischen den Händen.

»Ich saß da und dachte, das kann nicht sein. So eine Chance hatte ich mir lange gewünscht. Aber dann, dann hatte ich einfach nur Angst. Weil ich an die Menschenleben gedacht habe, wisst ihr?!«

Johanna blickte in die drei aufgerissenen Augenpaare, die

sie ängstlich anstarrten und ehrfürchtig nickten. Zumindest saß Johanna hier, lebend und an einem Stück, also musste ja alles gut gegangen sein. Dennoch klang ihre Schilderung nach einer Situation, die genauso gut hätte schiefgehen können.

»Ich hab dann an Jacks Worte gedacht«, erzählte Johanna weiter. »*Just watch your instruments – don't trust your senses*, hat er immer gesagt. Das ist so wahr. Die Maschine lenkt sich ja von alleine, wenn man die richtigen Knöpfe drückt. Aber ich kenne nur die Knöpfe in einer Cessna, bei größeren Maschinen muss ich mich erst mal orientieren, da gibt's nämlich einige Knöpfe mehr. Aber darauf habe ich mich dann konzentriert – und die Angst ging weg.«

Sie saß jetzt ganz aufrecht auf dem Stuhl, das Tablett in der Hand, völlig konzentriert. All das übertrug sich auf ihre Zuhörer und Zuschauer. Doro bemerkte, wie Jochen neben ihr an seinem Daumennagel kaute und wie Georg mit dem rechten Fuß wippte. Auch sie rieb schon wieder an ihren Brillengläsern herum.

»Die Landung war nicht ohne, Leute, ich sag's euch«, fuhr Johanna fort. »Ich dachte, ich krieg das Teil da nie runter. Ist mir ständig zur Seite weggekippt. Echt nicht so einfach mit dem Ruder bei so 'ner Riesenmaschine. Dann haben die uns auch noch die letzte Landebahn gegeben, und wir sind wie ein angeschossener Hase da entlanggehoppelt.« Jetzt hob sie den Stuhl ein bisschen an und polterte mit ihm auf dem Holzboden, ein-, zwei-, dreimal. »Die Feuerwehr war da und ein Notarztwagen … O Mann, kein Schwein hätte gedacht, dass ich das schaffe.«

Johanna schaute kopfschüttelnd vor sich auf den Boden, ihr Atem war zu hören, ansonsten nur das Wanduhrenticken. Anscheinend konnte sie selbst noch nicht so richtig glauben, dass ihr die Landung geglückt war.

»Aber du hast es geschafft«, brach Georg das Schweigen. Johanna sah auf und lächelte.

»Ja, das habe ich«, sagte sie. »Ich hab's geschafft.«

Und dann jubelten alle. Georg klopfte auf den Tisch, Doro klatschte in die Hände, Jochen sprang auf und streckte die Arme in die Höhe. Als ob das nicht schon genug wäre, stürmten alle auf Johanna zu und umarmten sie, was darin mündete, dass sie zu dritt ihren Stuhl hochhoben, so wie sie es früher immer an Kindergeburtstagen getan hatten: »Hoch soll sie leben, hoch soll sie leben, drei Mal hoch.« Dann wurde der Stuhl mit dem Geburtstagskind dreimal in die Luft gehievt, was zur Hälfte ein tolles Gefühl, zur anderen Hälfte ein unangenehmes, weil sehr wackliges Gefühl war.

Doro musste daran denken, dass sie immer »Hoch sollst du leben, an der Decke kleben« gesungen hatten – oder waren das die Kindergartenkinder gewesen? Jedenfalls setzten sie Johanna schließlich wieder sanft auf dem Boden ab, denn eine holprige Landung hatte sie ja heute schon gehabt.

»Und wisst ihr, was das Beste ist?!« Johanna sah einen nach dem anderen grinsend an. »Ich hab 'ne Einladung ins Chefbüro.« Ihre Stimme klang jetzt triumphierend. »Das heißt, die von der Fluggesellschaft, die können gar nicht anders, die müssen mich jetzt zur Pilotenausbildung zulassen.« Sie strahlte in die Runde. Wieder brach Jubel aus.

»Die wären bescheuert, wenn sie dich nicht nehmen«, sagte Doro glücklich und umarmte Johanna noch mal innig. Wie lange hatte sie das nicht mehr getan! Es war so schön, dass ihre Schwester da war!

»Leute, wenn das kein Anlass zum Trinken ist, dann weiß ich auch nicht.« Georg präsentierte vier volle Schnapsgläser auf dem Tablett, das eben noch Johannas Steuer gewesen war. Und er hatte recht – Doro konnte sich keinen schöneren Anlass vorstellen. Die Gläser klirrten aneinander. Auf Johanna, auf acht Menschen plus einen Hund, auf das Leben! Und auf die Disko Bochum, die in wenigen Stunden wieder ihre Pforte öffnen würde.

Doro liebte diesen Moment, wenn um zwanzig Uhr die Lichter und die Musik in der Disko Bochum angingen und ihr gekachelter Raum seine Magie verbreitete. Wenn die Leute nach und nach eintrudelten und sich zur Musik wogen. Wenn der Alkohol langsam in die Blutbahn geriet und wildes Tanzen entstand. Wenn die Tanzfläche irgendwann voll, der Raum erhitzt, die Stimmung am Siedepunkt war. Auch an diesem Samstagabend faszinierte es Doro mal wieder, wer alles den Weg hierher gefunden hatte. Es waren die unterschiedlichsten Leute, jung, alt, weiß, schwarz, Freunde, Paare, Gruppen. Kurz fragte Doro sich, was jede Einzelne wohl im »echten« Leben machte, aber dann fand sie es viel schöner, es nicht zu wissen, sondern jeden nur als das zu sehen, was er hier und jetzt darstellte. Wie schon so oft war sie stolz darauf, einen Ort für jeden geschaffen zu haben, der bereit war, sich der Magie der Disko zu öffnen.

Mittlerweile war der Laden gut gefüllt, und Doro hatte gerade ein paar Gläser gespült, als sie jemanden sah, von dem sie tatsächlich nicht gedacht hätte, dass er hier aufkreuzen würde, schon aus Prinzip nicht: ihr Bruder Frank. Dass er gelegentlich eine Stippvisite in der Ecke gemacht hatte, um Georg ein paar Sprüche reinzudrücken, lag nahe, aber dass er in der Disko Bochum auftauchte, und das auch noch nach zweiundzwanzig Uhr, fand Doro doch bemerkenswert.

Frank bewegte sich sehr vorsichtig vorwärts, ein bisschen wie ein Tier, das in Gefangenschaft aufgewachsen war und nun erstmals die freie Wildnis sah. Seine Blicke huschten skeptisch umher, als er sich den Weg zur Bar bahnte und dabei versuchte, keine anderen Personen zu streifen.

Eigentlich wollte Doro Georg warnen, aber der kam gerade erst mit einem Tablett voller benutzter Gläser wieder, die er auf dem Tresen abstellte.

»Achtung«, konnte sie nur sagen, aber da hatte ihm Frank auch schon von hinten die Hand auf die Schulter gelegt.

»Erwischt, Kamerad«, sagt er streng, und in Georgs Augen konnte Doro puren Schrecken sehen. Er dachte wohl, es seien die Feldjäger, denn er wurde stocksteif und wollte gerade defensiv die Arme in die Höhe heben, als Doro Entwarnung hab.

»Ist nur Frank, der Depp«, rief sie durch das allgemeine Stimmengewirr. »Alles gut.«

Blitzschnell drehte Georg sich um und stand einem lachenden Frank gegenüber.

»Kleiner Scherz am Rande!«, grinste er breit. »Schreckhaft wie ein Mädchen, mein Brüderchen«, trat er noch mal nach.

Georg atmete sichtlich durch. Er wirkte zwar erleichtert, dass es nicht die Feldjäger waren, sondern nur ihr ältester Bruder, aber der war dennoch ein Ärgernis – und ein Arschloch dazu.

»Wie hast *du* dich denn hierher verirrt?«, fragte Georg deshalb wenig begeistert und klang ein bisschen abschätzig.

»Dachte, ich krieg 'n Bierchen. Gefällt dir doch sicher, einen auf dicke Hose zu machen.« Frank lachte wieder über seinen eigenen Spruch, und Georg verdrehte die Augen. Schnell stellte Doro ihm ein Bier hin, denn sie fürchtete bereits eine körperliche Auseinandersetzung der Brüder – aus dem Alter würden sie wohl nie rauskommen. Im Sinne der Disko Bochum würde sie ihren ältesten Bruder genauso willkommen heißen und behandeln wie alle anderen Gäste auch – Idiot hin oder her. Aber Frank konnte es nicht lassen, Georg zu provozieren.

»Hör mal, ich versteh schon, ist 'ne geile Fleischbeschau hier«, säuselte er weiter. »Und die lassen dich alle an ihr Höschen?« Damit zog er spaßeshalber an Georgs Hosenbund, woraufhin sein Bruder ihn wegschubste.

»Sag mal, was soll das eigentlich? Diese ständigen Anspielungen?«, entgegnete Georg genervt. »Klar, ich hab's verstanden, als du vierzehn warst, da hatte man noch kein Sex und da musste man reden, weil man noch nicht richtig …« Mitten im Satz hörte er auf und starrte Frank an. Und auch Doro wurde mit einem Mal klar, warum der älteste Bruder so war, wie er war: Mit seinen bescheuerten Sprüchen und seinem sexistischen Getue überspielte Frank einfach nur seine Unsicherheit. Dieselbe Unsicherheit, die er mit vierzehn gehabt hatte, obwohl er jetzt vierundzwanzig war. Genau genommen hatte sie ihn noch nie mit einer Frau gesehen. War er etwa noch Jungfrau? Hatte er überhaupt schon mal geküsst? Stand er auf Frauen oder auf Männer? Doro bemerkte, dass sie darüber noch nie wirklich nachgedacht hatte, so egal war ihr Frank. Aber es schien ihr die einzig plausible Erklärung für sein pubertäres Verhalten zu sein, dass er bis jetzt noch keinerlei sexuelle Erfahrungen gesammelt hatte. Plötzlich tat er ihr leid. Mit einem Mal wirkte er nur noch wie eine Karikatur von sich selbst.

Georg schien dieselben Gedankengänge wie Doro gehabt zu haben. »Hast du etwa noch nie …?«, fragte er, und Doro konnte sehen, wie Frank schluckte. Kurz blickten die beiden Brüder sich schweigend an. Dann lachte Frank.

»Was? Pfff. Die Mädels stehen Schlange!«, sagte er schließlich, aber seinen Geschwistern war sofort klar, dass das eine Lüge war. Dieser Moment war so peinlich und traurig für Frank, dass Georg sein neues Wissen nicht mal nutzte, um dem Bruder eine Retourkutsche zu geben. Er ging einfach hinter die Bar und bediente wieder die Leute. Damit stand jetzt nur noch Doro Frank gegenüber. Die beiden sahen sich an, und Doro brachte ein aufmunterndes Lächeln hervor. Und da Frank der Meister der Ablenkung war, fiel ihm beim Anblick seiner Schwester sofort was Neues ein.

»Das mit dem Brief war ja 'ne ganz schön feige Nummer.«

Doro zog die Augenbrauen zusammen und sah Frank missmutig an. »Hast du ihn auch gelesen?«

»Klar, der hängt jetzt im Bilderrahmen an der Wand im Feinkostladen«, lachte Frank. »Die ganze Kundschaft kennt den.«

Irritiert sah Doro ihn an. Was?!

»Natürlich nicht. Aber ich hab die Gespräche darüber gehört.« Frank wischte den Schaum vom Bier und trank ab. Doro wurde ein bisschen mulmig, aber sie musste einfach fragen.

»Wie haben sie es aufgenommen?«

»Kannst froh sein, dass sie gerade mit der Jubiläumsfeier beschäftigt sind. Der Laden ist wichtiger als deine Ehe – wer hätt's gedacht?!«

Was sollte das denn heißen? Dass der Ärger noch kommen würde? Ihre Mutter hatte ihr nur über Bertha mitteilen lassen, dass sie morgen als helfende Hand bei der Jubiläumsfeier gebraucht würde – zu dem Brief hatte sie nichts gesagt. Vielleicht hatten ihre Eltern ja wirklich so viel mit den Vorbereitungen zu tun, dass sie alles andere auf nach der Feier verschoben. Na, da konnte sich Doro ja noch auf was gefasst machen.

»Morgen gilt es zumindest, ein intaktes Bild der Familie abzugeben. Schließlich sind wir alle Feinkost Krämer!« Er lachte abschätzig. »Der eine mehr, der andere weniger.«

Da war er wieder, der Sprüche klopfende Frank! War das jetzt beruhigend oder eher beunruhigend? Zum ersten Mal überlegte Doro, wie es Frank eigentlich an der Seite ihres Vaters ging, wenn der seine innovativen Vorschläge abtat. Vielleicht hatte ihr ältester Bruder sich ja auch was anderes als den Feinkostladen für sein Leben vorgestellt, zumal er nicht mal die nötige Anerkennung ihres Vaters bekam. Aber die schien für ihn immer noch das Wichtigste überhaupt zu sein – er war irgendwie in der Kindheit hängen geblieben.

»Also nicht verkatert kommen und keine Verwandtschaft umbringen!« Frank zwinkerte ihr zu, trank das Bierglas in einem Zug leer und wandte sich zum Gehen.

Kurz musste Doro an den Geburtstag ihrer Mutter denken, an den Tanz mit Helmut. Das alles schien ihr ewig her, dabei waren gerade mal zwei Monate vergangen. Nachdenklich schaute sie ihrem Bruder nach, wie er in geschicktem

Slalom um die Menschen herumlief, als wäre das ein Spiel, und er würde disqualifiziert werden, wenn er jemanden berührte. Während sie sein Glas direkt spülte, ließ sie den Blick über die Menge gleiten. Ganz hinten an der Wand sah sie Johanna stehen, immer noch in ihrer Stewardessenkluft, denn sie hatte behauptet, alle Klamotten in ihrem Koffer müssten gewaschen werden. Vielleicht wollte sie ihre Heldenuniform aber einfach noch nicht ablegen. Auch Doro trug ihr Outfit von letztem Samstag, denn sie war die ganze Woche nicht fähig gewesen, ihr Zeug bei Matthias abzuholen – zumindest waren ihre Klamotten aber von Bertha gewaschen worden.

Ihr fiel auf, dass Johannas Aura nicht mehr ganz so stark leuchtete wie am Nachmittag, sie wirkte ein wenig verloren, als sie sich eine Zigarette zwischen die Lippen schob. Jetzt sah Doro ein Feuerzeug aufleuchten, das ein Mann ihr hinhielt, und obwohl sie keine Brille aufhatte, glaubte Doro, A.K. zu erkennen. Oder besser gesagt, Anton. Anton Kallwich. Sie musste wieder kurz schmunzeln bei dem Namen, verspürte dann aber dieses bedrohliche Gefühl, das seine Anwesenheit immer in ihr hervorrief. Diesmal musste sie ihm die Meinung sagen. Dass er sich gefälligst um seinen eigenen Laden kümmern sollte. Dass sie ihn hier nicht rumlungern haben wollte. Als Herrin des Hauses hatte sie das Recht, ihn rauszuwerfen, und das wollte sie auch gleich mal tun. Entschlossen bahnte sie sich den Weg um die Tanzenden herum, der zwar länger war, als direkt über die Tanzfläche zu laufen, ihr allerdings weniger hindernisreich erschien. Dennoch, als sie endlich neben der rauchenden Johanna stand, war von A.K. keine Spur mehr zu sehen. Gespenstisch irgendwie. Johanna hatte die Schwester noch nicht bemerkt, sondern starrte vor sich hin, und als Doro ihrem Blick folgte, erkannte sie Jack auf der Tanzfläche. Ein paarmal hatte sie ihn seit der Trennung in der Disko Bochum gesehen, sie hatten sich gegrüßt, aber nicht miteinander gesprochen. Tatsächlich wusste Doro nicht genau, was sie sagen sollte, und Jack schien die Situation auch unangenehm zu sein. Jetzt tanzte er eng mit einer Frau, die Doro nicht kannte, die aber hübsch und sympathisch wirkte. Die beiden hatten offensichtlich nur Augen füreinander und küssten sich auch leidenschaftlich. An ihrem Blick und dem hektischen Ziehen an der Zigarette konnte Doro erkennen, dass Johanna gegen ihre Tränen ankämpfte. Tröstend legte sie einen Arm um die Schulter ihrer Schwester und drückte sie liebevoll an sich. Sofort lehnte Johanna den Kopf an ihre Schulter.

»Weißt du, ich wollte ihn sofort anrufen. Nach der Landung. Er war der Erste, dem ich alles erzählen wollte.«

Doro spürte, wie Johanna tief ein- und ausatmete.

»Mach's doch jetzt«, schlug sie vor, aber Johanna schüttelte nur sanft den Kopf.

»Das wäre nicht fair. Ich muss zu meiner Entscheidung stehen. Und er scheint ja über mich hinweg.«

»Eben. Vielleicht könnt ihr Freunde sein.«

»Ich weiß nicht, ob ich das will.«

Doro nickte verständnisvoll und streichelte Johannas Arm.

»Tja, so ist das harte Leben einer Luftpiratin«, lachte ihre Schwester dann, löste sie sich aus der Umarmung und wischte sich ein paar Tränen aus den Augen.

»Lass uns Spaß haben, ja?!«

Doro lächelte Johanna an und nickte. Ihre Wehmut hatte sie an Robert denken lassen, hatte dieses stechende Ziehen im Magen erzeugt, das wie ein schwarzes Loch alle Energie aufsog und verschluckte – und das durfte sie nicht zulassen, dagegen musste sie ankämpfen, diese Macht wollte sie ihm nicht geben. Also Spaß haben, jetzt, ja! Sie streckte die Arme in die Luft und ließ ihren Körper schlangenhafte Bewegungen machen, während Johanna langsam begann, Schultern und Becken hin und her zu schieben.

»Hey, Jo!«

Eine Männerstimme hinter ihnen brachte die Schwestern dazu, sich umzudrehen. Und was Doro dann sah, ließ sie schlagartig innehalten. Sie verharrte mit offenem Mund und wusste nicht, ob sie wach war oder träumte. Denn da standen die Jackson Five. Mitten in der Disko Bochum. Doro erkannte die Jungs sofort, schließlich hatte sie das Plattencover tausendmal gesehen. Alle hatten die gleiche runde Afro-Frisur, trugen lässige Cordanzüge, unter deren Jacketts Satinhemden mit bunten Mustern hervorlugten, und sahen sich interessiert um. Doros Blick ging sofort zu Jochen, der gerade mit dem Durchschauen seiner Platten beschäftigt war. Sie wollte ihm winken, seine Aufmerksamkeit hierherlenken, aber sie war selbst zu perplex, als dass sie den Blick lange von den Jungs hätte abwenden konnte.

Ganz vorne stand Michael Jackson und grinste die erstaunte Johanna freudig an. An ihrem verblüfften Blick war zu erkennen, dass sie es auch nicht fassen konnte, ihn hier wiederzusehen. Aber im Gegensatz zu Doro fand sie schnell ihre Sprache wieder.

»Michael! You actually came!«

»Are you crying?«

Johanna hatte es noch nicht geschafft, die Tränenspuren vollständig aus ihrem Gesicht zu wischen.

»I'm just so happy to see you«, scherzte sie und strahlte jetzt übers ganze Gesicht. »That's my sister Doro. It's her and my brother's place.«

Immer noch völlig baff starrte Doro Michael Jackson an, der anerkennend nickte.

»It's actually really nice here.«

Sein Lächeln war einnehmend und ehrlich. Und: Was für ein Kompliment!

»Thank you.« Doro wusste nicht, was sie sagen sollte. »Thank you so much for coming!«

Langsam wurde ihr bewusst, wie unglaublich toll das war, was gerade passierte. Die Jackson Five in der Disko Bochum! Sie war einfach nur unendlich dankbar, dass sie das gerade erleben durfte. Leider war sie unfähig, ein Gespräch mit den Stars zu führen. Michael Jackson war einfach so großartig und Doro so eingeschüchtert von seiner Präsenz, dass sie Angst hatte, etwas Dummes zu sagen. Denn die Erfahrung hatte sie gelehrt, dass es besser war, die Klappe zu halten, wenn sie nervös war – schließlich wollte sie die prominenten Gäste nicht vergraulen. Zum Glück gab es die lässige Johanna, die in Extremsituationen einen kühlen Kopf bewahrte und wusste, was zu tun war.

»Let's get you some drinks!«, strahlte sie die fünf Jackson-Jungs an und dirigierte sie Richtung Bar, während sie Doro hinter sich herzog.

»Drinks. Great idea.«

Doch dann ertönte ein schriller Schrei, so ein Kreischen, wie es Doro von Mädchen aus Videoaufnahmen von *Beatles*-Konzerten kannte. Aber es kam nicht von einem Mädchen, es kam von Jochen. Völlig außer sich stand er jetzt neben ihnen.

»Michael! Oh my god! I love you!« Und damit umarmte er den überforderten Sänger einfach, was die anderen Jacksons etwas kritisch beäugten, aber zuließen, als Johanna erklärte, dass Jochen der DJ und wahrscheinlich ihr größter Fan überhaupt sei.

»I love you guys as well«, strahlte Jochen dann in die Runde – und hatte damit alle Jackson-Brüder für sich gewonnen. »I'm the DJ. I play your songs all the time.«

Der amüsierte Michael ließ seinen Blick von Jochens strahlendem Gesicht zum DJ-Pult wandern und wieder zurück.

»Yo, man, you should use two record players. That's the new shit in NY!«

»Two record players?«

»Exactly. So you can switch and mix the songs without breaks.«

Mit offenem Mund und glänzenden Augen sah Jochen Michael an, und Doro befürchtete, dass er gleich vor Glück losheulen würde.

»I love you, man«, sagte er einfach wieder, als könnte auch er es nicht fassen, und es folgte eine weitere Umarmung. Michael schien sich bereits daran gewöhnt zu haben – Doro wusste, dass das schnell ging.

»Stay right here«, sagte Jochen dann und ging Richtung DJ-Pult. »Don't move. I mean, move. But don't move. But move. You understand?«

Alle mussten lachen. Jochen war auch einfach zu liebens-wert in seiner hektischen Aufgeregtheit. Jetzt zeigte er stolz auf das Autogramm von Michael, das er gerahmt und hinter das DJ-Pult an die Wand gehängt hatte, dann küsste er das Bild. Wieder Lachen. Jetzt ließ er den spielenden Song lang-sam ausklingen, nahm dann blitzschnell die Platte vom Tel-ler und platzierte eine neue darauf.

»This is for our special guests«, sagte er übers Mikro und senkte den Arm ab. »Let's dance!«

Und dann erklangen die mitreißenden Töne von »ABC«. Klar, es musste einfach dieser Klassiker sein, und Doro erin-nerte sich, dass »ABC« der allererste Song gewesen war, den sie bei ihrer allerersten Party in der Ecke gespielt hatten. *A B C, it's easy as 1 2 3, as simple as do re mi, A B C, 1 2 3, baby, you and me, girl.* Und genauso wie damals verfehlte er auch heute nicht seine Wirkung.

Sofort bewegten sich alle. Auch die Leute, die sich ge-rade unterhalten hatten, begannen zu tanzen und mitzu-singen. Georg hinter der Bar schwang die Arme in die Luft. Mittlerweile hatte es sich bis zum Letzten im Raum rum-gesprochen, dass die Jackson Five anwesend waren. Das er-zeugte eine gigantische Euphorie, die Stimmung war am Überkochen. Plötzlich schien alles möglich. Und dann tanzte Michael auch noch. Jochen kam auf die Tanzfläche und forderte ihn auf, seine typischen Steps zu machen, in-dem er selbst funky Schritte tanzte. Zwischen den beiden entwickelte sich eine faszinierende Dynamik, da beide mit derselben Leidenschaft bei der Sache waren. Schnell bildete sich ein Kreis, in dessen Mitte Michael und Jochen per-formten.

Wow, dachte Doro nur, Träume können wahr werden. Und dann ließ sie sich einfach wie alle anderen von der Stimmung anstecken und tanzte mit. *Shake it, shake it baby, come on now. Shake it, shake it baby, oooh, oooh. Shake it, shake it baby, yeah.* Allerdings nur wenige Sekunden, denn dann stand Bertha neben ihr und erklärte, dass es draußen Ärger gebe, wegen des Einlassstopps und weil sich das Gerücht verbreitet hatte, dass Michael Jackson in der Disko Bochum sei.

»Ich kümmere mich drum«, erklärte Doro – und wies Bertha an, statt ihr zu tanzen. Das ließ ihre Tante sich natürlich nicht zweimal sagen, schließlich war sie mal wieder »nur kurz« an der Kasse eingesprungen, obwohl sie eigentlich als Gast gekommen war. Doro dagegen beeilte sich, zur Hintertür zu gelangen, was dank der vielen Tanzenden schnell ging, da der Weg an der Wand entlang jetzt frei war. Als sie den Riegel öffnete, schallte ihr zusammen mit der kühlen Luft ein kollektiv-freudiges »Woooh« entgegen. Bestimmt um die dreißig Leute standen in der Schlange. Doro verstand, dass sie ungeduldig waren und in der Nachtluft froren, aber die Disko Bochum war momentan proppenvoll.

»Stimmt es, dass Michael Jackson da drin ist?«, hörte sie jetzt eine weibliche Stimme rufen.

»Wann können wir endlich rein?«, brüllte ein Mann genervt. Nachdem Doro ein paar Schritte nach draußen gemacht hatte, versuchte sie, sich Gehör zu verschaffen.

»Leute, es tut mir so leid, aber gerade ist kein Platz mehr drinnen«, sagte sie so laut sie konnte. »Sobald jemand geht, können die Nächsten rein, aber das kann bisschen dauern.« Jetzt waren vereinzelte Buh-Rufe zu hören. Jemand beschuldigte seinen Vordermann, sich vorgedrängelt zu haben. Ein Rumgeschubse begann, das Doro im Keim erstickte, indem sie das Gesagte wiederholte. Oder sollte sie besser kommunizieren, dass alle gehen sollten? Dass für heute kompletter Einlassstopp sei? Während sie noch etwas überfordert dastand, tat es plötzlich einen unglaublich lauten Knall, gefolgt von einem noch lauteren Klirren.

Doro drehte sich um, und ihr stockte der Atem: Die Fensterscheiben der Ecke waren rausgeflogen, drinnen loderten Flammen, und alles war mit einem Mal voller Rauch.

22

Die Schlange löste sich blitzartig auf. Menschen rannten in alle Himmelsrichtungen, Schreie drangen durch die Nachtluft. Die hellen Flammen hinter den kaputten Fensterscheiben erleuchteten den Hinterhof, auf den jetzt immer mehr Leute quollen wie ein Hefeteig. Manche stolperten, weil sie es so eilig hatten, rauszukommen, hatten Pullis oder Jacken über die Nase gezogen, einige husteten und blickten sich suchend nach anderen um. Niemand wusste, was geschehen war und was noch geschehen würde. Auch Doro nicht, die immer noch an derselben Stelle stand.

»Was ist passiert?«, fragte sie die Herauskommenden, bekam jedoch keine Antwort. Alle waren zu sehr darauf konzentriert, ins Freie zu gelangen und sich in Sicherheit zu bringen. Endlich sah sie die Jacksons aus der Tür fallen, gefolgt von Jochen, Georg, Johanna und Bertha.

»Was ist passiert?«, fragte Doro noch einmal. Entsetzt starrte sie in bleiche Gesichter. Georg hustete.

»Weiß nicht, da ist irgendwas explodiert«, stammelte er. Wieder ein Husten.

»Ich rufe die Feuerwehr«, erklärte Bertha. Sie wirkte als Einzige relativ gefasst, auch wenn sie jetzt schnellen Schrittes zum Treppenhaus lief.

»Ist das nicht gefährlich in ihrer Wohnung?« Doro wechselte einen ängstlichen Blick mit Jochen. »Ich geh lieber mit ihr mit«, nickte der und rannte hinter Bertha her. Erleichtert registrierte Doro, dass mittlerweile niemand mehr aus der Hintertür kam. Die meisten Leute standen in einiger Entfernung im Hinterhof und versuchten, das Geschehene zu verarbeiten, unterstützen sich gegenseitig, nahmen sich in den Arm. Es schien aber so, als ob alle heil aus der Sache rausgekommen wären und vor allem unter dem Rauch gelitten hatten, nicht unter dem Feuer direkt, denn gehustet wurde immer noch viel. Verwirrt nahm Doro aus dem Augenwinkel wahr, dass Johanna auf die Hintertür zustürmte.

»Hey! Wo willst du hin?«

»Jack ist da drinnen!«

»Was? Sicher?«

»Sein Kumpel hat's mir gesagt.«

»Johanna, du kannst da nicht noch mal reingehen!«

»Er wollte nach mir suchen, Doro! Jack ist noch da drinnen.«

Johanna nahm ihr Stewardessenhalstuch ab, band es sich um Mund und Nase, als wäre sie ein Bandit, und Doro wurde klar, dass sie ihre Schwester nicht davon abhalten konnte, nach Jack zu suchen. Sie konnte sie aber auch nicht alleine da reingehen lassen. Also zog sie ihr Oberteil über die Nase und folgte Johanna in das verrauchte Gebäude. Sofort begannen ihre Augen zu tränen, was die Sicht doppelt erschwerte. Eine Hand hatte sie auf Johannas Rücken gelegt, um sie nicht zu verlieren, mit der anderen sorgte sie dafür, dass ihr Oberteil an Ort und Stelle blieb. Immer wieder drehte sie sich um, aus Angst, etwas könnte zusammenkrachen, ihnen könnte der Rückweg versperrt werden. Die Hitze der kleinen Brandherde überall biss in ihre Haut. Aber Doro tat, was Johanna tat. Während sie sich bemühte, irgendetwas zu erkennen, rief sie nach Jack, was sie jedes Mal wieder zum Husten brachte. Und dann sah sie ihn tatsächlich. Er lag auf dem Boden vor der Bar und bewegte sich nicht. Seine Augen waren geschlossen, der Mund leicht geöffnet. Hatte er sich verletzt? Oder zu viel Rauch eingeatmet?

»Jack! Hörst du mich? Jack!«

Johanna gab ihm hektisch kleine Klapse auf die Wange, aber er reagierte nicht. Doro sah die Panik in ihren Augen.

»Er muss schnell an die Luft«, erklärte sie. »Du unten, ich oben.« Es schien gerade Gold wert, dass Johanna für ihren Stewardessenjob ein Notfalltraining bekommen hatte, sie kam, sah – und machte klare Anweisungen. Ohne Zögern tat Doro, wie ihr geheißen, fasste Jacks Beine und zog, während Johanna unter seine Schultern griff. So sehr sie ihre Kräfte mobilisierten, es fühlte sich an, als wollten sie einen übergroßen Sack Blumenerde bewegen. Jack war unglaublich schwer in seiner Schlaffheit, und die beiden Schwestern waren klein und zierlich. Es schien ein Ding der Unmöglichkeit, ihn von der Stelle zu bewegen.

»Wir müssen das schaffen!« Johanna sah Doro flehend an und drohte jetzt doch, in die Verzweiflung zu kippen. Doro nickte und konzentrierte sich darauf, dass Aufgeben keine Option war. Ja, sie mussten es schaffen. Johanna ging in Position, hob Jacks Schultern an.

»Auf mein Kommando. Eins, zwei, drei!« Mit aller Kraft zogen sie ihn so weit, wie sie durchhielten, um dann kurz loszulassen und ihre Arme zu entlasten. Zwar kamen sie immer nur wenige Meter voran, aber immerhin machten sie Strecke, wenn auch langsam. Die Verzweiflung in Johannas

Augen wich der Hoffnung. Es war nicht mehr unmöglich! Sie konnten es schaffen!

Als die Schwestern zusammen mit dem schlaffen Jack nach draußen stolperten, blinkte ihnen bereits Blaulicht entgegen. Ein Feuerwehrwagen und ein Krankenwagen hatten sich im Hinterhof positioniert, mehrere uniformierte Männer rollten den Schlauch aus, während sich Sanitäter um Bedürftige kümmerten.

»Hierher! Hilfe! Bitte!«, konnte Johanna noch schreien, und dann brach sie neben Jack zusammen. Auch Doro war wahnsinnig erschöpft von diesem Kraftakt. Ihre Arme zitterten, ihre Lunge schien zu zerplatzen, Schweiß rann über ihre Stirn und brannte in den Augen. Es kam ihr so vor, als wäre dies das Anstrengendste gewesen, was sie jemals getan hätte, aber das Adrenalin kursierte in einer so hohen Konzentration in ihren Adern, dass sie gleichzeitig hellwach war und alles überdeutlich wahrnahm: das blinkende Blaulicht, die Rufe der Feuerwehrmänner, ihren eigenen rasselnden Atem. Endlich beugte sich ein Sanitäter über Jack, fühlte seinen Puls und horchte ihn ab.

»Er atmet«, erklärte er. »Hat wahrscheinlich zu viel Rauch abbekommen.« Johanna lächelte erleichtert. Es war schwer zu sagen, ob das Tränen oder Schweiß in ihren Augen waren. »Wir nehmen ihn mit ins Krankenhaus« Der Sanitäter hievte den immer noch bewusstlosen Jack mit seinem Kollegen auf eine Trage. Dann hielt er ihm eine Sauerstoffmaske über Mund und Nase. Mittlerweile waren Bertha und Jochen zu ihnen getreten, genauso wie die Frau, die mit Jack getanzt hatte.

»Ich komme mit. Ich bin seine Freundin«, sagte sie besorgt und schloss sich den Sanitätern an. Doro wechselte einen Blick mit Johanna, aber die zuckte nur mit den Schultern.

»Hauptsache, es geht ihm gut«, lächelte sie. Und fügte hinzu: »Ich dachte schon an Hugo.«

»Welchen Hugo?«

»Human gone«, erklärte sie. »Oder auch: Heute unerwartet gestorbenes Objekt.«

Doro verstand, dass es sich wohl um einen Begriff aus der Stewardessen-Geheimsprache handelte.

»Wasser marsch«, hörten sie jetzt eine Männerstimme rufen, und dann begannen die Feuerwehrmänner damit, durch die kaputten Fensterscheiben hindurch den Flammen mit Wasser entgegenzuwirken. Doros Blick fiel auf die erleuchteten Gesichter von Jochen, Bertha und Johanna, alle geprägt von Fassungslosigkeit. Wahrscheinlich sah sie genauso aus.

»Da ist einmal Michael Jackson in der Disko Bochum, und dann passiert so was …« Jochen schüttelte fassungslos und traurig den Kopf. »Das war ein Once-in-a-lifetime-Ding.«

Doro wusste nicht, was das hieß, aber konnte nur nicken.

»Hat die noch mal jemand gesehen?«, fragte Jochen in die Runde, und Johanna räusperte sich.

»Ich hab drauf geachtet, dass sie so schnell wie möglich rauskamen«, erklärte sie wieder in Stewardessen-Manier. »Denke, die sind dann gleich abgedüst. Hatten bestimmt eine Limousine, die auf sie gewartet hat.« Alle nickten bestätigend, denn so stellten sie sich das Leben von Stars aus den USA vor.

»Wenn ich eine Band gründen würde, dann nur mit vier Leuten.« Jochen sah jetzt nachdenklich vor sich hin. »Damit alle immer in ein Taxi passen, wisst ihr?!«

Irritiert blickte Doro ihn an, aber er hielt es nicht für nötig, auf das Gesagte einzugehen.

»Wo ist eigentlich Georg?« Erst jetzt bemerkte sie die Abwesenheit ihres Bruders.

»Der bringt Alex ins Krankenhaus«, erklärte Jochen.

»O Gott, ist ihr was passiert? Ich wusste gar nicht, dass sie auch da war.«

»Die kam auch erst eben.« Jochen sah Doro bedeutungsvoll an. »Mit starken Wehen. Es ist so weit.«

Stimmt, das Baby, die Geburt! Daran hatte Doro ja gar nicht mehr gedacht, dass es auch noch einen anderen Grund gab, um ins Krankenhaus zu müssen. Und sie erinnerte sich daran, dass Georg Alex versprochen hatte, sie zu begleiten, wenn es so weit wäre, zu jeder Tag- und Nachtzeit und unter allen Umständen.

»Ich hab ihm gesagt, dass er gehen kann.« Bertha zog an ihrer Zigarette. »Wir können hier eh nichts machen. Am besten isses, wenn alle jetzt ein bisschen Schlaf bekommen.«

Obwohl Doro nickte, so war in ihrem Fall an Schlaf nicht zu denken. Sie konnte nicht nichts tun, auch wenn es nichts zu tun gab. Sie brauchte unbedingt wieder ein bisschen Kontrolle, etwas Handlungsspielraum, deshalb kursierten ihre Gedanken um die Ursache des Brandes. Wie hatte das passieren können? Das war die Frage, die über allem schwebte, und ihr fiel nur eine Antwort ein: Brandstiftung. Und bei Brandstiftung wiederum gab es nur eine Person, die ein Motiv hatte und skrupellos genug war, so was zu tun:

A.K. Dieser Hund! Er selbst hatte Doro erzählt, wie schnell ihre Disko in Flammen aufgehen könnte. Ein Streichholz – und puff. Das konnte kein Zufall sein. Und das würde er büßen.

Als Doro das Panoptikum betrat, war die Party noch in vollem Gange. Die ausgelassene Stimmung schaffte es zum ersten Mal nicht, sie einzulullen, die Musik erzeugte keinerlei Resonanz in ihr. Zielstrebig und entschlossen schob sie sich durch die Menge zur Treppe, ihr Gesicht versteinert vor Wut, die sich auf dem Weg nach Dortmund noch vergrößert hatte. Doro war zügig zum Bochumer Hauptbahnhof gelaufen, weil dort die ganze Nacht Taxis standen, und das Geld, das sie zwischendurch aus der überquellenden Kasse am Einlass genommen und eingesteckt hatte, reichte dicke für die Fahrt hin und zurück. Alles, was sie noch wollte, war, den Mistkerl, den sie für den Brand in der Disko Bochum verantwortlich machte, zur Rechenschaft zu ziehen. A.K., der nichts weiter als ein jämmerlicher Anton war, würde ein Donnerwetter erleben. In welcher Form dieses stattfinden sollte, darüber hatte Doro noch nicht nachgedacht, aber sie würde ihm zeigen, dass sie wusste, was er getan hatte, und dass sie sich diese Art der Konkurrenzbeseitigung nicht gefallen ließ. Er sollte sehen, dass er keine Ahnung hatte, mit wem er sich da angelegt hatte.

Entschlossen stapfte sie die Treppe hoch, denn sie vermutete A.K. in dem privaten Hinterzimmer, dort, wo Robert rumgeschnüffelt hatte. Flankiert von den Standaschenbechern, schritt sie den Gang entlang und trat dann durch die Tür, auf der »Nur Personal« stand. Dahinter versperrten ihr

Kästen mit leeren Flaschen die Sicht und den Weg zur nächsten Tür, doch es war ein Leichtes, sie wegzuschieben. Doro hatte heute schon einen schweren Mann aus den Flammen gezogen, da würde sie ja wohl noch ein paar Kästen schaffen, dachte sie zornig. Ohne groß darüber nachzudenken, packte sie eine Wodkaflasche am Hals, schlug sie auf den Rand einer Kiste auf, sodass der Boden abbrach, und hatte damit eine Waffe in der Hand. Sollte Anton mal so richtig Angst bekommen! Sollte er mal schön nach seiner Mama rufen! Der gedankliche Tunnel, indem Doro sich befand, ließ keine andere Genugtuung zu als hasserfüllte Rache. Sie war zu allem bereit, denn sie hatte nichts zu verlieren. Wie eine Löwenmutter, der man durch das Töten ihres Jungen den Sinn des Lebens geraubt hatte. Es war ein unglaubliches Gefühl, denn es machte sie frei – frei von Ängsten, frei von Verletzlichkeit, frei von Rücksicht. Sie hatte eine Mission, sie hatte einen Feind, und jetzt würde sie kämpfen. Leise drückte sie die Klinke hinunter und öffnete die Tür. Der Raum war menschenleer und mutete ein bisschen wie ein Wohnzimmer an, als sie ihn durchquerte. Eine Couch mit zwei Sesseln, ein großes Gemälde an der Wand, das einen Tiger zeigte, eine kleine Bar mit bunten Alkoholika und ein ausladender Perserteppich, der ihre Schritte verschluckte. Vorsichtig bewegte sie sich auf die weitere Tür zu, die zwar geschlossen war, aber ein Fenster hatte. Sie lugte durch die Scheibe – und zog den Kopf sofort wieder zurück. Denn dort waren zwei Leute, mit denen sie nicht gerechnet hatte, in einer Situation, die sie verwirrte. Es waren Robert und eine ältere Frau, die die Dame auf dem Foto mit A.K. sein könnte. Beide saßen mit Drinks auf der Couch, die

Frau hatte ihre Beine auf Roberts Schoß gelegt, und sie schienen sich zu unterhalten. Ansonsten gab es in dem Raum noch einen Schreibtisch, mehr jedenfalls hatte Doro so schnell nicht erkennen können – und sie traute sich nicht, abermals zu schauen. Jedoch konnte sie ihre Stimmen durch die dünne Tür hindurch hören und jedes Wort verstehen, denn glücklicherweise hatte sie bessere Ohren als Augen. In der Hockstellung legte Doro ein Ohr an die Tür und lauschte dem Gespräch, den Hals der zerbrochenen Flasche immer noch fest mit der Hand umklammert.

»Weißt du, ich dachte, du würdest mir irgendwann von selbst die Antworten geben, aber du leugnest ja sogar, jemals in der DDR gewesen zu sein …«, hörte sie Robert sagen.

»Was soll das denn jetzt? Entspann dich doch mal und trink deinen Gin«, entgegnete die Frau etwas schroff.

»Weißt du wirklich nicht, wer ich bin?« Robert klang jetzt vorwurfsvoll und gekränkt.

»Ein Tänzer? Ein Träumer? Ein ganz guter Lover?« Die Stimme der Frau war süffisant, es wirkte nicht so, als nähme sie ihn ernst. War sie etwa die Frau, mit der er schlief? Sie war ein ganzes Stück älter, könnte seine Mutter sein, aber wirkte elegant und war keinesfalls unattraktiv.

»Ja, gut möglich, dass ich das alles bin«, sagte Robert etwas verärgert. »Aber weißt du, was ich noch bin? Ein Waisenkind. Weil meine Mutter und du mich zurückgelassen habt.«

»Was redest du da?«

»Ich will wissen, was du zu ihr gesagt hast!«

Kurze Stille. Doro hielt den Atem an. Das war ja eine richtig brisante Unterhaltung, von der sie gerade Ohrenzeugin wurde. Die Frau schien die Freundin von Roberts Mutter zu sein, mit der sie aus der DDR geflohen war. Ihre Stimme klang jetzt ungläubig, irritiert.

»Du bist ... Veras Robert?!«

Robert ließ ihr nicht lange Zeit, diese Erkenntnis zu verdauen. Er schien auf eine Antwort zu drängen.

»Du hast ihr was ins Ohr geflüstert, und sie hat mich zurückgelassen. Was hast du ihr gesagt?« In Roberts Stimme konnte Doro Angst hören, aber auch Hoffnung.

»Du hast mich die ganze Zeit angelogen.« Die Stimme der Frau war jetzt scharf, der Gedanke gefiel ihr wohl ganz und gar nicht. Aber Robert blieb beharrlich.

»Was hast du ihr gesagt?«

Kurze Stille. Doro hörte sich selbst atmen.

»Ich habe sie was gefragt.«

»Was hast du sie gefragt? Sag mir die Wahrheit, bitte. Jetzt sag schon!«

Aus Roberts Stimme war Verzweiflung zu hören, während die Stimme der Frau ganz ruhig wurde.

»Du oder er?«

»Was?«

»Du oder er? Das hab ich sie gefragt. Und du weißt ja, wofür sie sich entschieden hat.«

Wieder Stille. Es schien, als ob Robert die Worte fehlten, als ob er außer Gefecht gesetzt sei von dieser Antwort. Die Frau hatte ihn entwaffnet.

»Man sollte nie Fragen stellen, wenn man die Antwort nicht aushalten kann«, schob sie gehässig hinterher, als wäre Robert ein kleines, dummes Kind, das noch viel zu lernen hatte. Danach herrschte wieder Stille, nur durchbrochen vom Klacken eines Feuerzeugs. Und dann, ganz plötzlich, Schritte, die auf die Tür zugingen. Ach du Scheiße, dachte Doro nur und krabbelte blitzschnell auf allen vieren hinter das Sofa, wo sie sich kaum mehr traute, zu atmen. Tatsächlich wurde die Tür jetzt ruckartig geöffnet, und jemand trat hindurch. Es musste Robert sein, denn aus dem Raum war wieder die Stimme der Frau zu hören. »Komm mir ja nicht mehr unter die Augen«, rief sie. »Du hast hier Hausverbot.«

Robert machte keinerlei Anstalten, darauf zu reagieren, aber Doro verstand, dass die Frau hier das Sagen hatte, dass ihr das Panoptikum gehören musste und nicht A.K. Jetzt hörte sie, wie Robert mit Karacho die Tür ins Schloss schmiss, dann zügig weiterging, über den Perserteppich und aus dem Raum hinaus, durch die Tür, durch die Doro gekommen war. Sie kauerte hinter dem Sofa und erwartete, dass die Frau ihm folgen würde. Sekunde um Sekunde verging, aber es passierte nichts.

Doro holte tief Luft. Was sollte sie jetzt tun? Sollte sie hinter Robert hergehen und ihn trösten? Oder würde er dann wieder behaupten, sie spioniere ihm nach und mische sich in seinen Kram ein? Auch wenn er das nicht täte – Doro war nicht hier, um Roberts Probleme zu lösen. Das sollte er mal schön selbst tun. Sie hatte ihre eigenen Probleme, und die würde sie auch höchstselbst lösen. Und jetzt galt es, endlich die Person zur Rechenschaft zu ziehen, die für die Zerstörung ihrer Disko verantwortlich war. Wo steckte der Kerl nur? Wo könnte sie denn noch suchen? Auf der Tanzfläche? Auf der Toilette? Während sie noch überlegte, wurde die Tür aufgestoßen, und jemand betrat den Raum. War Robert zurückgekommen? War das

Gespräch doch noch nicht zu Ende? Doro linste vorsichtig hinter dem Sofa hervor und erkannte A.K. In einem engen dunkelblauen Cordanzug stapfte er zu der kleinen Bar, steckte sich seine qualmende Zigarette zwischen die Lippen und begann einen Drink zu mixen. Na endlich! Da war er! Wie auf dem Präsentierteller! Sie könnte sich vorsichtig von hinten an ihn ranschleichen und ihn überraschen, überlegte Doro. Endlich wich ihre Angst wieder der Wut, der überbordenden Wut auf diesen Typen, der es gewagt hatte, ihren Lieblingsort zu zerstören.

Langsam erhob sie sich und ging Schritt für Schritt auf A.K. zu, der gerade mit der rechten Hand die Kippe nahm, um mit der linken Hand das Glas zum Mund zu führen. Die zerbrochene Flasche hielt Doro kampfbereit in der Hand wie ein Schwert.

»Was soll das werden, wenn's fertig ist?«

Die Frage kam von einer weiblichen Stimme, die Doro sofort identifizieren konnte. Blitzschnell drehte sie den Kopf zur Tür, in der die Frau stand, mit der Robert gesprochen hatte. Auch A.K. fuhr herum. Doro umfasste die Flasche jetzt noch fester und funkelte ihn böse an. Aber er grinste nur amüsiert.

»Soll ich den Müll rausschaffen?«, fragte er die Frau und nippte entspannt an seinem Drink.

»Nein, Anton, das erledigt sich von selbst.« Die Frau ging langsam auf Doro zu und sah sie fast mütterlich an.

»Also, das interessiert mich jetzt. Wenn du meinen Sohn getötet hättest, wie wäre dann der weitere Plan gewesen?« Doro wich instinktiv ein Stück zurück, obwohl sie eigentlich demonstrieren wollte, dass sie keine Angst hatte. Die

Frage der Frau konnte sie nicht beantworten, weil sie selbst nicht wusste, was sie als Nächstes getan hätte.

»Dachte ich mir.« Die Frau lächelte amüsiert, dann streckte sie Doro die Hand hin. »Eva Kallwich. Erfreut.« Komplette Verwirrung stellte sich bei Doro ein. Erfreut? Wie konnte sie erfreut sein?

»Wie wär's, wenn du die Flasche ablegst und dich vorstellst, und wir reden wie erwachsene Leute?«

Trotz ihres freundlichen und offenen Blicks misstraute Doro dieser Eva Kallwich und machte erst mal keine Anstalten, die Flasche aus der Hand zu geben.

»Dorothee Walter ... eigentlich Krämer ... noch Walter.« O Mann, jetzt fing das wieder an. »Doro, einfach Doro.«

Eva Kallwich nickte wissend. Vermutlich war das keine neue Information für sie.

»Du hast doch auch eine Disko, oder?!« Entspannt steckte sie sich eine Zigarette an, während Doro immer noch steif die Flasche umklammerte.

»Hatte, ja. Bis Ihr Sohn sie abgefackelt hat.« Sie warf einen bösen Blick auf A.K., aber Eva Kallwich lachte nur.

»Anton? Nein, nein. Der macht nur, was ich sage.«

Ja, das konnte sich Doro lebhaft vorstellen, aber sie glaubte dieser Frau kein Wort. Aus der Nähe war ihr Alter deutlicher zu erkennen, auch das viele Make-up konnte die Falten nicht verdecken. Ihr Körper war wohlgeformt und gut in Schuss, sie trug ein dunkelgrünes Kleid mit tiefem Dekolleté, goldene Ohrringe und eine goldene Halskette. Obwohl sie im gleichen Alter wie ihre Mutter sein musste, war sie im Gegensatz zu Barbara eine Erscheinung, thronte ein bisschen über allem wie eine Königin. Eva Kallwich wirkte erhaben – und gefährlich.

»Schade um den Laden«, sagte sie trocken und stieß langsam Rauch aus. »Deine Disko war nämlich auf dem Weg, was ganz Besonderes zu werden.« Sie wusste also Bescheid über die Disko Bochum, natürlich, sie hatte ja ihren kleinen Spion und Handlanger Anton.

»Ja, sie war vor allem auf dem Weg, echte Konkurrenz für Ihr Panoptikum zu werden«, entgegnete Doro jetzt schnippisch. Sie hatte langsam das Gefühl, in eine Falle getappt, in ein abgekartetes Spiel geraten zu sein.

»Wieso Konkurrenz? Wir hätten Partnerinnen werden können.« Jetzt wischte Eva Kallwich eine Fluse von Doros Bluse und ließ sie zu Boden fallen. Statt zurückzuweichen, versteifte sich ihr Körper. »Aber weißt du was, ich helfe dir. Ich kaufe dir das Ding ab.« Eva Kallwich lächelte sie jetzt aufmunternd an, als wäre sie Mutter Teresa.

»Die abgebrannte Disko?« Doros Stimme war skeptisch, denn das ergab keinen Sinn für sie. Was war das für ein Plan?

»Genau. Die hatte ja einen guten Ruf. Könnte man doch was Neues entstehen lassen – wie Phoenix aus der Asche.«

Doro musste fast lachen bei dem absurden Gedanken. Als ob sie sich von den Kallwichs helfen ließe!

»Vielen Dank, aber ich glaube, ich bin bisher ganz gut alleine klargekommen.« Jetzt war es an ihr, süffisant zu lächeln. »Ich baue den Laden selber wieder auf.« Ein Feuerzeug klackte und flammte auf, A.K. zündete sich die nächste Zigarette an. Dieser miese Brandstifter, dachte Doro nur und wandte sich zum Gehen. Doch Eva Kallwich hielt sie am Arm fest.

»Und wie willst du die Disko aufbauen, so ganz ohne Kapital?« Ihr Blick verlor langsam an Freundlichkeit.

»Keine Sorge, da werde ich mir schon was überlegen.«

Damit riss Doro sich los und trat zur Tür hinaus. Sie bemühte sich, erhobenen Hauptes zu schreiten, den Eindruck von Selbstbewusstsein zu erwecken, doch die Wahrheit war, dass sie keine Ahnung hatte, wie sie die Disko wiederaufbauen sollte. Ihre Hand krallte sich immer noch fest um den Flaschenhals. Als Doro sie endlich löste, schmerzten ihre Finger.

***

Die verkohlte Ecke sah aus wie ein Schlund mit verfaulten Zähnen. Ihr Anblick war niederschmetternd und herzzerreißend. Dennoch verspürte Doro den Drang, hineinzugehen. Sie wollte mit eigenen Augen sehen, was aus der Disko Bochum geworden war, denn so ganz konnte sie deren Ende immer noch nicht glauben.

Auf der Taxifahrt zurück war langsam die Sonne aufgegangen und hatte den fast herbstlichen Nebel über den Äckern und Wiesen mystisch aussehen lassen – dem gelöschten Brand allerdings verlieh das milde Tageslicht einen ernüchternden Realismus. Die Feuerwehr war bereits abgerückt, und so stand sie alleine vor den Trümmern ihres Traums. Eine große Einsamkeit befiel sie, diesen Schmerz mit niemandem teilen zu können. Georg war bestimmt immer noch im Krankenhaus, Johanna wahrscheinlich schon wieder auf dem Weg nach Düsseldorf, Jochen und Bertha schliefen hoffentlich. Nur sie wollte einfach nicht begreifen, dass es vorbei sein sollte, wo es doch gerade erst losgegangen war. Aber vielleicht konnte sie es ja wirklich schaffen, alles wiederaufzubauen, vielleicht gab es Finanzierungsmöglichkeiten oder so was. *Wo ein Wille ist, da ist ein Weg* – oder nicht?!

Trotz des rot-weißen Bandes, das ein »Betreten verboten« überdeutlich machte, ging Doro die Ecke hinein, nachdem sie sich eines der Warnlichter geschnappt hatte. Man kann Angehörige auch nicht davon abhalten, die Leiche eines Familienmitglieds zu sehen, rechtfertigte sie diesen Akt vor sich selbst.

Was sich ihr drinnen bot, ließ ihr jedoch die Tränen in die Augen schießen. Der Gastraum war völlig zerstört, Stühle, Tische waren nicht mehr als solche zu erkennen und teils komplett verbrannt. Wenigstens hatten die Wände und Deckenbalken nur Ruß abbekommen, sodass die Nebengebäude und damit auch Berthas Wohnung intakt geblieben waren. Die Diskoräume aber sahen wüst aus und rochen hauptsächlich nach geschmolzenem Gummi von den ganzen Kabeln. Dazu kamen das zersplitterte Glas der vielen Glühbirnen sowie etliche deformierte schwarze Töpfe – anscheinend hatte nicht mal das Metall der Hitze standgehalten. Die Kacheln waren komplett verrußt, der ganze Raum düster trotz des einfallenden Tageslichts durch die offene Hintertür. Die Bar und das DJ-Pult waren zusammengefallen. Geschmolzene Schallplatten lagen auf dem Boden. Doro erkannt die halbe ABBA-Scheibe und konnte ihre Tränen nicht mehr zurückhalten. Das durfte doch alles nicht wahr sein! Die Disko war ein einziger Haufen Asche. Und kein Phoenix weit und breit. Die Dinge hatten nicht nur großen materiellen, sondern auch emotionalen Wert für sie. Alles, was ihr blieb, war, die Scherben aufzusammeln, im wahrsten Sinne des Wortes. Jetzt fiel ihr Blick auf das gerahmte Michael-Jackson-Autogramm an der Wand. Das Glas war komplett schwarz, und der Rahmen zerfiel fast, als sie es vorsichtig abnahm, aber das Autogramm selbst schien noch heil sein. Während Doro sich an die Arbeit machte, erklangen Schritte, die immer lauter wurden. Und dann eine bekannte Stimme: »Dachte ich mir doch, dass ich dich hier finde, Kindchen!«

In Bademantel und Schlappen bewegte sich Bertha vorsichtig in die Mitte des Raumes. Auch sie schien ergriffen davon, alles so zerstört zu sehen.

»Hier habe ich mein ganzes Leben verbracht«, sagte sie dann nachdenklich. »Also vorne, in der Ecke, meine ich.«

Erst jetzt wurde Doro bewusst, dass der Verlust für ihre Tante ja noch viel gravierender sein musste. Die Ecke war quasi ihr zweites Zuhause, sie war zu Helmuts Lebzeiten fast jeden Tag dort gewesen.

»Ich weiß gar nicht, was ich sagen soll. Es tut mir so leid.« Doro umarmte Bertha fest, vermeintlich, um sie zu stützen, tatsächlich brauchte sie aber selbst eine Stütze. »Ich habe alles kaputt gemacht«, schluchzte sie jetzt und spürte dann, wie Bertha den Kopf schüttelte.

»Manche Dinge müssen kaputtgehen, um neu anfangen zu können«, sagte sie halb zu Doro, halb zu sich selbst. »Das Wichtigste ist, dass man nicht stehen bleibt. Ich bin viel zu lange stehen geblieben.«

Vorsichtig löste Bertha sich aus der Umarmung, was Doro widerwillig geschehen ließ. Dann kam ihr eine Idee, eine plötzliche Eingebung.

»Ich weiß, wie wir weitermachen können«, erklärte Doro ihrer Tante. »Jeder, der in der Disko Bochum Stammgast war, könnte doch ein Erinnerungsstück kaufen.« Sie nahm jetzt eine Platte vom Boden, die nur noch wie ein Stück Boomerang aussah. »Ich meine, diese Platte hatte Michael Jackson bestimmt mindestens zehn Sekunden in der Hand!«, strahlte sie begeistert.

Bertha lachte kurz, wurde dann aber ernst. »Das ist ja 'ne gute Idee, aber damit kommste nicht weit.« Ihr Schulterzucken signalisierte, dass sie dies zu akzeptieren habe. Aber Akzeptanz war gerade das Letzte, wozu Doro fähig war.

»Ich will aber nicht aufgeben«, erklärte sie wie ein kleines trotziges Kind, und schon wieder kamen ihr die Tränen. Da spürte sie Berthas Hand auf ihrer Schulter. »Musste ja auch nicht. Ich trau dir alles zu.« Das war schön zu hören. Doro wischte sich mit dem Ärmel die Wangen trocken, wobei sie wahrscheinlich Ruß in ihrem Gesicht verteilte. Bertha sah sie jetzt liebevoll an. Ihr Blick war warm und ruhig.

»Ich schenke dir meinen Anteil an der Ecke – dann kannst du alles selbst entscheiden.«

Doro glaubte nicht richtig gehört zu haben. Was hatte Bertha da gesagt?

»Ich meine, was soll ich mit dem Laden? Ist doch nur ein Klotz am Bein für mich.«

Ungläubig sah Doro ihre Tante an, aber die schien es ernst zu meinen.

»Bekloppt, ich weiß. Na und? Ich glaube an dich«, fuhr Bertha fort. »Und wenn ihr fertig seid, dann komme ich und verjuble meine ganze Witwenrente bei euch.« Jetzt lachte sie, als bereite ihr diese Vorstellung eine diebische Freude. »Deal?«

Doro betrachtete die Hand, die ihre Tante ihr hinstreckte. Und plötzlich schien alles doch nicht ganz so hoffnungslos. Plötzlich hatte sie wieder Möglichkeiten, konnte etwas tun, auch wenn ihr ein Plan fehlte.

»Deal.« Doro schlug ein, und ein Lächeln breitete sich auf ihrem Gesicht aus, während ihr Körper von Wärme erfüllt wurde. Sie hielt Berthas Hand ein bisschen zu lange fest, denn das hoffnungsvolle Gefühl machte sie so froh.

»Lass uns jetzt erst mal schlafen gehen.« Langsam, aber bestimmt schob Bertha sie Richtung Tür. Doro ließ es geschehen, denn das Adrenalin in ihrem Körper war mit einem Mal aufgebraucht, und sie drohte, einfach zusammenzuklappen. Außerdem waren die Hitze und der Rauch in den Räumen immer noch enorm, und der bestialische Gestank nach verkohltem Holz und geschmolzenem Gummi stach in der Nase. Doro steckte das Michael-Jackson-Autogramm in ihren Hosenbund, trottete hinter Bertha her und versuchte, die unangebracht hellen Sonnenstrahlen dieses Sonntagmorgens zu ignorieren.

23

Kling, kling, kling. Ihr Vater schlug eine Kuchengabel gegen ein halb volles Sektglas, um sich Aufmerksamkeit zu verschaffen. Gemeinsam mit Barbara und Frank stand er vor der Theke in der Mitte des Ladenraumes und wartete geduldig, bis die regen Gespräche der Anwesenden verebbt waren. »Na, dann wollen wir mal«, begann er in feierlichem Ton seine Rede. »Hundert Jahre Feinkost Krämer, das sind hundert Jahre voller Hürden und Mühsal …«

Doro hörte schon längst nicht mehr zu. Es war das übliche Blabla, das man an Jubiläumsfeiern auf die Gäste losließ, die eigentlich nur darauf warteten, dass das Büfett endlich eröffnet würde. Wenigstens hatte jeder bereits ein mehr oder weniger volles Sektglas in der Hand, was zu einer guten Stimmung beitrug. Und glücklicherweise war Doro dafür eingeteilt worden, die Gläser aufzufüllen – damit saß sie sozusagen an der Quelle. Die Strapazen der vergangenen Nacht steckten ihr in den Knochen, außerdem war sie nervös, denn bisher hatten ihre Eltern ihren Brief mit keinem Wort erwähnt, und auch die abgebrannte Ecke war noch nicht Gesprächsthema gewesen. Konsequent zogen sie ihr Programm durch, lächelten und grüßten und schüttelten Hände. Das war nicht verwunderlich, denn als Doro eingetroffen war, waren bereits Gäste da gewesen, und seit jeher war es das höchste Gebot in der Familie Krämer, nach außen hin die Fassade aufrechtzuerhalten. Gerade an einem so

401

großen Tag – das Jubiläum war noch wichtiger als Geburtstage oder Weihnachten – musste alles perfekt sein, keines der Kinder durfte sich streiten oder Probleme haben. Das war Doro und ihren Geschwistern schon früh eingetrichtert worden, und ihre Eltern hatten das Happy-Family-Schmierentheater über die Jahre immer weiter perfektioniert. Ein kleiner Schwips war also das Mindeste, was Doro sich gönnen konnte. Erstens wegen des Donnerwetters, das sie später wohl erwarten würde, zweitens, weil sie selbst etwas zu feiern hatte: Seit wenigen Stunden war sie ja stolze Besitzerin einer Disko, na ja, technisch gesehen eher stolze Besitzerin eines Scherbenhaufens, aus dem wieder eine Disko werden würde. Aber immerhin.

Heute Mittag hatte Bertha gleich Nägel mit Köpfen gemacht und war mit gepackten Koffern in Doros Zimmer aufgeschlagen, als sie noch im Bett gelegen hatte. Sie würde ein paar Tage auf eine Insel fahren, nein, nicht Hawaii, aber Rügen, hatte ihre Tante erklärt und sich mit einem Kuss auf die Stirn verabschiedet, nachdem sie Doro mitgeteilt hatte, dass sie bereits auf der Schreibmaschine einen Vertrag verfasst hätte, der nur noch von ihr unterschrieben werden müsse, siehe Helmuts Schreibtisch. Und bevor Doro gewusst hatte, wie ihr geschah, war Bertha auch schon aus der Tür herausstolziert. Da flog er von dannen, der Bertha-Kakadu, hatte sie lächelnd gedacht, war aus dem Bett gehüpft und hatte als erste Amtshandlung des Tages den Vertrag unterschrieben. Und dabei hatte sie gesehen, dass ihr Bertha nicht nur ihren Anteil der Ecke überschrieben hatte, sondern auch den ihres Vaters, den sie ihm wohl kurzerhand abgekauft hatte.

Doro gehörte jetzt also das ganze Grundstück samt Ecke. Verrückt.

So ganz genau wusste sie zwar noch nicht, wie sie das Projekt »Wiederaufbau Disko Bochum« angehen sollte, aber ihr war klar, dass sie die Disko brauchte und es einen Weg geben musste, ihren Traum zu verwirklichen. Woher sollte sie sonst ihre Lebensenergie nehmen? Georg würde sicher auch Ideen haben, nun, wo sie die komplette Freiheit hatten.

»Auf die nächsten hundert Jahre«, hörte sie ihren Vater jetzt feierlich sagen und sein halb volles Sektglas in die Höhe halten. Ihre Mutter lächelte etwas gezwungen, während Frank mit stolzgeschwellter Brust nickte. »Hoch lebe die Feinkost!«, sagte er, und alle wiederholten: »Hoch lebe die Feinkost!« und stießen dann mit ihrem Nebenmann oder ihrer Nebenfrau an.

Auch Doro schlürfte ihr Glas leer, zum dritten Mal. Hundert Jahre, dachte sie dabei, das war schon eine Hausnummer. Ihre Disko hatte nicht mal hundert Tage überdauert. Aber das würde jetzt anders werden! Sie konnte es gar nicht erwarten, mit Georg alles zu besprechen, aber seitdem Alex in der vergangenen Nacht ihr Baby bekommen hatte, war er irgendwie nicht mehr ganz zurechnungsfähig. Stattdessen war er mit einem albernen Dauergrinsen und einer ermüdenden Monothematik ausgestattet, sprich, er konnte von nichts anderem reden als von der »kleinen Juliane« und dem »großen Wunder des Lebens«. Die abgebrannte Disko schien dagegen bedeutungslos, weil rein materiell. Auch jetzt, als Georg einen Schub gespülter Sektgläser zu Doros Stehtisch brachte, waren seine Gedanken nur bei einer Sache.

»Diese klitzekleinen Hände! Und die Füßchen erst – so

süß. Das musst du unbedingt sehen«, erzählte er zum wiederholten Mal wie eine hängen gebliebene Schallplatte. So nervig es auch war, dass Georg über seine Freude hinweg sogar vergessen hatte, dass sie ohne Einnahmequelle dastanden, so schön war es auch, ihn derart glücklich zu sehen. Doro konnte nur amüsiert den Kopf schütteln.

»Du bist ja so was von verliebt!«

Georg schmunzelte und zuckte mit den Schultern.

»Alex hat mich gefragt, ob wir eine Familie sein wollen.«

Ah, das erklärte nun wirklich Georgs überbordenden Gefühlshaushalt und das Honigkuchenpferd-Grinsen.

»Also doch keine Freunde mehr?«, vergewisserte sich Doro.

Georg schüttelte den Kopf. »Und sie hat gesagt, das wären nicht die Hormone, die ihr das Gehirn vernebelten, sondern durch die Hormone würde sie klarsehen, was sie wolle, und das sei ich, also wir, als Familie.«

»Das freut mich echt für euch.« Doro lächelte und hoffte, dass Georg in seinem Zustand auch hoch motiviert wäre, die Disko wiederaufzubauen. Schließlich musste diese Familie ja irgendwie versorgt werden.

»Wir müssen mal reden, wegen der Disko, also Bertha hat mir …«, sagte sie endlich, um das Thema zu wechseln, aber Georg schien noch nicht bereit dafür.

»Wegen des Kaiserschnitts muss Alex noch ein paar Tage im St. Elisabeth bleiben«, fuhr er fort. »Weißt du, sie wollte gerne stillen, aber die Hebammen haben sie nicht gelassen, und dann habe ich gesagt: *Wir wollen stillen, meine Frau und ich,* und dann durfte sie das. Verrückt, oder?« Georg schüttelte lachend den Kopf, aber Doro fand es eher erschreckend, wie viel mehr Macht und Durchsetzungsvermögen vermeintliche Ehemänner hatten, während das Wort der Ehefrau nicht zu zählen schien. Kurz erinnerte sie sich an den skurrilen Morgen in der Ecke, als Robert ihr Ehemann gewesen war und sie nur auf diese Weise die Polizisten hatte abwimmeln können.

Jetzt kam Frank zu ihnen an den Stehtisch und stellte einen Teller ab, der aussah, als hätte er von jeder Komponente auf dem Büfett ein Stück draufgepackt. Nach dem unangenehmen Gespräch gestern Nacht wunderte es Doro, dass er sich zu ihnen gesellte, aber wahrscheinlich wollte er Souveränität und Normalität demonstrieren.

»Na, da waren die Augen aber größer als der Magen«, scherzte Georg mit Blick auf den überladenen Teller und stibitzte eine Eierhälfte, während Doro sich ein Stück Laugenbrezel griff. Sie ernteten ein gespieltes Lächeln von Frank.

»Oder euer netter großer Bruder hat einfach mal für alle was mitgebracht«, sagte er freundlich – um dann gleich bierernst zu werden. »Natürlich nicht! Nehmt eure Griffel weg!« Das Prinzip *Einer für alle und alle für einen* hatte Frank noch nie kapiert. Kurz beneidete Doro die Jackson Five um ihre innige Geschwisterschaft. Um zusammen in einer Band zu singen und zu spielen, musste man sich bestimmt gut verstehen. Mit so viel Mangel an Loyalität von Franks Seite hätten sie nie die Krämer Four werden können.

Apropos, wo blieb überhaupt ihre Schwester? Johanna hatte zwar schon angekündigt, dass sie wegen ihres Termins bei der Airline wohl nicht pünktlich sein werde, aber Doro fieberte ihrem Erscheinen entgegen. Sie war angehende Diskobesitzerin, und Johanna war angehende Pilotin – wenn das kein Grund zum gemeinsamen Feiern und somit eine gute Entschädigung für letzte Nacht war, dann wusste sie auch nicht! Aber vorher sollte sie endlich Georg von ihrer Errungenschaft erzählen.

»Also Georg, noch mal wegen der Ecke. Bertha hat ...«, begann sie wieder und wurde diesmal von Frank unterbrochen.

»Ja, was ist denn jetzt mit der Ecke?«, fragte er mitten in ihren Satz hinein. Doro verdreht die Augen. Immer musste er sich einmischen. »Dank Helmut gibt es ja nicht mal eine Versicherung.« Frank sah seine Geschwister schadenfroh an.

»Können wir noch mal festhalten, dass bis zu diesem Unglück alles prima lief?«, entgegnete Georg genervt. »Dass ich – entgegen allen Erwartungen – echt viel Asche gemacht habe?«

»Asche, ja genau! Im buchstäblichen Sinne!« Frank lachte herzhaft.

»Jetzt halt dich doch mal raus, Frank!« Doro hatte langsam genug von seinen Spitzen, wurde aber von ihm einfach ignoriert. Anscheinend hatte Frank nur Interesse an dem üblichen Machtkampf mit Georg, Doro schien immer noch kein würdiger Gegner zu sein.

»Oder hast du die Bumsbude extra angezündet?«, stichelte Frank weiter und sah Georg provozierend an. »Oder einfach vergessen, das Gas abzudrehen?« Er lachte wieder etwas zu laut über seine eigenen Sprüche, während Doro jedoch schlagartig die Gesichtszüge entgleisten. Moment, was? Gas? Ach du Scheiße! Könnte das sein, dass sie vergessen hatte, das Gas abzudrehen? Eigentlich hatte sie versucht, immer dran zu denken, seitdem Jochen ihr diese Aufgabe zugeteilt hatte, aber ob sie gestern Abend daran gedacht hatte, das wusste sie wirklich nicht mehr. Sie hatte zwar eine Erinnerung, in der sie sich deutlich beim Gasabschalten sah, aber das konnte auch an einem anderen Abend gewesen sein. Ihr stockte der Atem. Plötzlich schien das die einzig logische Erklärung zu sein. Nicht A.K. hatte ihre Disko in Brand gesteckt, sondern sie hatte vergessen, das Gas abzudrehen. *Deswegen* war ihnen der Laden um die Ohren geflogen. Sie war schuld! Sie ganz alleine!

»Stößken«, sagte Frank und hielt sein Glas hoch, während er sich genüsslich ein paar Oliven in den Mund warf.

»Red du nur blöd daher«, entgegnete Georg lässig. Ihn konnte heute einfach gar nichts beunruhigen. Doros Gedanken dagegen kreisten um das Gasabstellen, und sosehr sie in ihrem Kopf auch nach klaren Erinnerungen suchte, die ihre Unschuld beweisen würden, sie fand keine. Von einem plötzlichen Schwindel befallen, krallte sie sich am Tisch fest. Das durfte doch alles nicht wahr sein! Sie war wirklich zu nichts zu gebrauchen! Vielleicht sollte sie besser keine zu große Verantwortung übernehmen, schon gar nicht für eine ganze Disko. Wegen ihrer Fahrlässigkeit und Träumerei waren Menschen in Gefahr gewesen. *Sie* war eine Gefahr!

Der laute Klang der Ladenglocke riss Doro aus ihren Schuldgefühlen. In der Hoffnung, dass es Johanna sei, blickte sie zur Tür – und war sofort hellwach. Dort standen die zwei Feldjäger, die sie bereits kennengelernt hatte.

»Georg«, stammelte Doro nur und tastete nach seinem Arm, aber bevor der schaltete, waren die zwei Männer auch schon in die Mitte des Raumes getreten. Die Gäste verstummten und blickten sie irritiert an.

»Georg Krämer?«, sagte der eine. »Sie sind verhaftet!«

Doro spürte, wie ihr Herz raste, wie sie einfach nur stocksteif da stand. Auch Georg wirkte wie eingefroren, als könnte man ihn in diesem Zustand nicht sehen. Lediglich ihr Vater machte einen Schritt auf die beiden Feldjäger zu.

»Was soll das?«, fragte er verärgert. »Wir haben hier eine Privatfeier.« Zu aller Überraschung antworteten nicht die Feldjäger, sondern Frank.

»Na, so wie du immer sagst, Papa.« Er trat nach vorne. »Familie bedeutet doch, Verantwortung für die Fehler anderer zu übernehmen! Und das hab ich getan.« Stolz lächelte er in die Runde. Im Raum lag eine unerträgliche Spannung. Der Blick ihres Vaters war irritiert, verständnislos. Die Gäste sahen sich verstohlen an. Was passierte hier gerade?

Das Nächste, was Doro sah, war eine Faust, die in Franks Gesicht landete. So hart, so fest, dass er zu Boden ging. Die Faust gehörte Georg, und er verharrte nach dem Schlag nicht lange. Gekonnt sprang er über die Theke und rannte durch die Küche Richtung Hinterausgang. Sofort nahmen die beiden Feldjäger die Verfolgung auf. Die Gäste standen perplex da. Keiner traute sich, etwas zu sagen. Auch Doro war geschockt, aber sie kannte Georg – wenn jemand Verfolger abhängen konnte, dann er. Flinkheit und Wendigkeit waren Fähigkeiten, die man als VfL-Fan haben musste, wollte man nach einem Spiel von den Fans der gegnerischen Mannschaft keine aufs Maul kriegen. *Was man nicht in der Faust hat, muss man in den Beinen haben,* das hatte Georg früh gelernt. Zudem kannte er die nötigen Schleichwege um das Stadion herum und in der Stadt, und soweit Doro sich erinnern konnte, hatte sie ihn nie mit einem blauen Auge oder einer blutenden Nase gesehen. Schrammen am Knie vom Ausrutschen, ja, Hämatome am Oberkörper vom Über-den-Zaun-Klettern, ja – aber nie war er verprügelt worden. Weil die Verfolger immer irgendwann aufgegeben hatten.

»Hast du das gesehen, Papa?!« Frank erhob sich jetzt langsam vom Boden. »Die Sau hat mir eine reingehauen!« Er hielt sich die Nase, aus der Blut auf den Boden tropfte. Fast musste Doro grinsen, denn Georg hatte Frank zum ersten Mal so arg zugerichtet. Und wie gesagt verabscheute er Gewalt. Aber das war längst überfällig gewesen. Franks blöde Sprüche und seine Schadenfreude waren eine Sache – aber dass er hier und heute Georg ans Messer geliefert hatte, war nicht mehr witzig, das war gemein und böse.

»Was hast du getan?« Gerhards Ton war scharf und verurteilend. »Dein eigener Bruder! Geh mir aus den Augen!« Er sah Frank voller Abscheu an. Das hatte Doro noch nie erlebt, dass ihr Vater vor so vielen Leuten die Fassung verlor. Und auch Frank verstand die Welt nicht mehr.

»Papa«, stammelte er nur und stand so verloren da, dass er Doro fast wieder leidtat.

»Ich dulde in meiner Familie keine Verräter«, sagte Gerhard barsch. »Hast du das verstanden?!« Sein Gesicht war rot angelaufen, sein Körper bebte sichtbar. Die Leute schauten zu Boden, so unangenehm war die Situation für alle Beteiligten. Auch Frank merkte, dass er hier und jetzt keine Chance hatte, angehört zu werden. Verstört ging er zur Tür, den Blick starr geradeaus gerichtet, in seinem Gesicht Unverständnis und Wut über die Ungerechtigkeit, die ihm widerfuhr. Er wirkte wie ein kleiner Junge, der unter den Blicken aller den Klassenraum verlassen und für den Rest des Unterrichts vor der Tür stehen musste, weil sein Versuch, zu gefallen, nach hinten losgegangen war. Die Leute traten ein Stück zur Seite, dann hatte Frank die Ladentür erreicht. Die Glocke ertönte unangenehm laut, hallte nach, es war so still in dem Raum, als würden alle den Atem anhalten. Ihre Mutter hatte das Gesicht in den Händen vergraben, während die Leute Gerhard fragend ansahen, auf ein Signal wartend, wie sie sich verhalten sollten.

»Die Feier ist vorbei«, erklärte ihr Vater konsequenterweise. »Trinkt aus und geht alle nach Hause!« Und während die Leute langsam einer nach dem anderen den Ladenraum verließen, wurde Doro klar, dass sie hier gerade das einzige übrig gebliebene Krämerkind war. Nur sie und ihre Eltern, und weil es schlimmer an dem Tag eh nicht mehr kommen konnte, würde gleich bestimmt das Donnerwetter wegen ihrer gescheiterten Ehe losgehen. Nachdem der letzte Gast den Raum verlassen hatte, sammelte sie die Sektgläser ein und dachte über eine realistische Strategie nach, um der Situation zu entkommen. Mittlerweile konnte sie ja nicht mal mehr ihre Schwangerschaft vorschieben und erklären, sie müsse an die frische Luft, ihr sei übel, sie brauche Ruhe. Aus dem Augenwinkel sah sie, wie ihr Vater sich eine Zigarette anzündete und am Tisch Platz nahm.

»Setz dich«, sagte er in ernstem Ton zu Doro, die sich auf dieses Gespräch schon innerlich eingestellt hatte. Ihre Mutter nahm ihr das Tablett voller leerer Gläser ab, während Doro sich gegenüber ihrem Vater niederließ wie bei einem Verhör. Gerade wollte sie alles wiederholen, was sie bereits in dem Brief geschrieben hatte, aber da räusperte ihr Vater sich.

»Der Laden läuft schon länger nicht mehr so wie früher«, begann er seine Rede. »Dann ist der Helmut eingesprungen mit der Ecke als Sicherheit für die Bank. Das hat ganz gut funktioniert.« Er sah Doro direkt an. »Aber jetzt: Keine Ecke mehr, keine Sicherheit mehr. Und somit auch bald keinen Laden mehr.« Er zog an der Zigarette und aschte dann einfach auf den Boden, weil kein Aschenbecher in der Nähe stand. Es klirrte leise, als Barbara das Tablett mit den leeren Gläsern in der Küche abstellte. Dann waren Spülgeräusche zu hören, ansonsten nur das Ticken der Wanduhr.

»Wie meinst du denn das?« Doro beobachtete ängstlich, wie ihr Vater energielos vor sich auf den Tisch starrte.

»Ihr habt unsere Familie ruiniert – so meine ich das!«

Gerhard sah Doro direkt in die Augen. Nicht wütend, sondern ernüchtert, als wäre er nur mehr eine leere Hülle seiner selbst. So hatte Doro ihn noch nie gesehen, nicht mal bei Helmuts Tod. Er wirkte, als hätte er aufgegeben, als wäre alles hoffnungslos. Das erklärte auch, warum er Bertha seinen Anteil verkauft hatte. Und warum er kein Wort über ihre gescheiterte Ehe verlor. Teils schien ihm die Kraft zu fehlen, teils schien es unwichtig im Vergleich zu der Feinkostladen-Situation. Es wäre, wie einen entzündeten Blinddarm mit einem Herzinfarkt gleichzustellen.

»Hundert Jahre Feinkost Krämer. Immerhin.« Er lachte traurig, während er die Zigarette auf einem halb leeren Teller ausdrückte. Doro konnte ihm nicht in die Augen sehen. Denn ihr war bis zum jetzigen Zeitpunkt nicht klar gewesen, wie viel Schuld sie tatsächlich auf sich geladen hatte. Plötzlich hatte sie die Existenzgrundlage ihrer Eltern auch noch auf dem Gewissen?! Dieser Kollateralschaden, den sie nicht mal hatte erahnen können, war zu viel. Der Feinkostladen war heilig. Bochum ohne Feinkost Krämer, ihre Familie ohne den Laden, das durfte nicht sein. Eines war Doro klar: Wenn sie wenigstens in dieser Hinsicht die Welt wieder in Ordnung bringen wollte, dann musste sie handeln. Denn es gab einen Weg, den Feinkostladen zu retten, auch wenn der für sie ein großes Opfer bedeutete. Doch sie würde ihn gehen, für ihre Familie. Sie musste ihre eigenen Ziele, ihr eigenes Glück hinter dem der anderen zurückstellen.

Ein vertrautes Geräusch holte sie aus ihren Gedanken. Es war das Motorengeräusch von Johannas Ente. Durch das Fenster hindurch konnte Doro sie auf der gegenüberliegenden Straßenseite parken sehen. Hörte, wie der Motor verebbte.

»Ich mach das wieder gut.« Sie sah ihren Vater eindringlich an. »Das war's nicht mit Feinkost Krämer, Papa. Alles wird wieder gut! Ich bringe das in Ordnung.« Kurz legte sie eine Hand auf seine, was er wehrlos geschehen ließ, als könnte er sowieso nichts mehr fühlen. Dann sprang Doro auf und rannte entschlossen zur Tür hinaus und Johanna entgegen.

»Scheiße, Mann. Dann hoffe ich mal, du kannst das Ruder noch rumreißen!« Ihre Schwester hatte sich Doros Schilderungen zur Lage des Feinkostladens kommentarlos angehört, während sie die Autobahn Richtung Dortmund entlangheizte. Im fünften Gang und auf der linken Spur überholte sie ein Auto nach dem anderen. Wir sitzen doch nicht in einem Flugzeug, dachte Doro nur, während sie auf den Tacho schielte, nicht, weil sie an Johannas Fahrkünste zweifelte, sondern weil die Ente nun mal eine Ente und kein

Porsche war. Manchmal hatte Doro das Gefühl, ihre Schwester sei geschwindigkeitstaub. Ihr machte nichts etwas aus, keine Achterbahn, keine Cessna, kein Drehkarussell.

»Sei froh, dass du erst so spät gekommen bist«, fügte Doro hinzu und nahm Johanna deren brennende Zigarette aus dem Mund, um einmal daran zu ziehen und sie dann wieder zwischen deren Lippen zu stecken. »Wie war dein Gespräch mit der Airline? Wann geht's los als Pilotin?« Doro sah Johanna erwartungsvoll an. Wenigstens hatte sie eine Erfolgsgeschichte zu erzählen.

»Willst du die lange oder die kurze Version hören?« Johanna drückte ihre Kippe im überquellenden Aschenbecher aus. »Von dir immer die lange«, lächelte Doro in Vorfreude auf Johannas Schilderung der Ereignisse. Ihre Schwester atmete durch und räusperte sich.

»Okay, also stell dir so einen furchtbar minimalistisch eingerichteten Büroraum vor, viel zu groß dafür, dass nur ein Schreibtisch und zwei Stühle und so eine hässliche, großblättrige Zimmerpflanze drinstehen. Und da sitzt mir dieser arrogante Chef gegenüber, ein schmieriger Typ, und pafft eine nach der anderen.« Johanna machte einen Schulterblick und wechselte die Spur, ohne ihre Erzählung zu unterbrechen. »Und der säuselt dann so: ›Beeindruckend, echt beeindruckend, Fräulein Krämer. Und Sie haben in einem einmotorigen Sportflugzeug gelernt, ja?!‹ Und da habe ich dem erzählt, dass ich eigentlich Pilotin werden wollte, und er so die ganze Zeit: ›Ganz toll gemacht, Fräulein Krämer. Prima, Fräulein Krämer.‹ Und dann gibt er mir so einen Zettel, den ich unterschreiben soll, und ich freue mich schon über den Vertrag für die Pilotenausbildung, aber dann ist das eine Verschwiegenheitserklärung! Eine verdammte Verschwiegenheitserklärung!« Johanna lachte jetzt laut auf und schüttelte den Kopf, während Doro sie nur ungläubig anstarren konnte. »Und dann kommt so 'ne Tussi rein mit 'nem Blumenstrauß und einer Packung Pralinen, und der Cheftyp sagt überfreundlich zu mir: ›Da müssen Sie jetzt nur noch hier unterschreiben, und dann können Sie Ihre Schokolade genießen, Fräulein Krämer!‹ Unglaublich, oder? So ein Arschloch.«

Johannas Fassungslosigkeit war ihr ins Gesicht geschrieben, die Ignoranz gegenüber ihren Fähigkeiten ging nicht in ihren Schädel hinein. »Wenn man als Frau sieben Menschenleben rettet, dann kriegt man einen Blumenstrauß und Pralinen, ist doch klar«, regte sie sich auf. »Ich meine, was will man mehr als Frau, oder?! Einen neuen Staubsauger? Oder eine Waschmaschine? Was ich sagen will, ist: Ein Mann hätte einen verdammten Orden bekommen!« Johanna steckte sich eine neue Zigarette zwischen die Lippen und zündete sie an, wofür sie beide Hände vom Lenkrad löste.

»Hast du die Verschwiegenheitserklärung unterschrieben?« Doro dauerte es viel zu lange, bis die Geschichte weiterging, aber Johanna zog erst mal tief den Rauch in die Lunge und atmete sehr langsam aus.

»Fräulein Krämer, bedenken Sie doch die Presse, wenn das rauskommen würde. Es geht um das Wohl unserer ganzen Airline, und gerade bei Privatflügen haben wir einflussreiche Kunden, die nicht dafür zahlen, von einer Stewardess geflogen zu werden.‹« Johanna ließ ihre Stimme tief und dämlich klingen. Wäre es nicht so traurig, wäre es richtig lustig gewesen.

»Ich hab dem Dulli erklärt, dass in den USA Frauen längst als Pilotinnen arbeiten, und weißt du, was der darauf gesagt hat? ›Wir sind hier aber nicht im Wilden Westen, Fräulein Krämer.‹« Johanna hupte jetzt kurz, weil sie wegen des Autos vor sich bremsen musste. Schnell ließ der Wagen sich von der linken Spur vertreiben, und sie hatte wieder freie Bahn.

Das geht auch nur auf der Autobahn, dachte Doro, alles, was einem im Weg steht, einfach wegzuhupen.

»Und dann? Was hast du dann gemacht?« Sie wollte jetzt endlich wissen, ob Johanna sich hatte durchsetzen können.

»Na ja, ich habe noch mal betont, dass ich sieben Menschenleben gerettet habe, meins nicht mal mitgezählt, und was denn die Presse gesagt hätte, wenn diese einflussreichen Leute bei einem Flug dieser tollen Airline ums Leben gekommen wären, aber dann habe ich kapiert, dass ich mich um Kopf und Kragen reden kann – deshalb habe ich gekündigt.«

»Gekündigt? Einfach so?« Doro konnte es nicht fassen.

»Ja klar, ich meine, ein bisschen Würde wollte ich schon noch behalten.« Johanna kurbelte das Fenster einen Spalt breit hinunter, ließ den Kippenstummel rausfliegen und kurbelte schnell wieder hoch. »Danach hab ich die Pralinenschachtel aufgemacht und mir eine Schokokugel nach der anderen reingeschoben. Vor deren Augen.«

»Wieso das denn?«

»Na, um zu zeigen, wie sehr ich auf die scheiße. Danach war mir echt schlecht. Immerhin war Alkohol drin.«

Während Doro ungläubig den Kopf schüttelte, begann Johanna zu lachen. Erst ein bisschen, dann immer mehr. Es war unmöglich, sich nicht davon anstecken zu lassen. Doro konnte sich ihre Schwester bildlich vorstellen, wie sie Pralinen mampfend in dem schicken Raum stand und aushielt, wie unangenehm es für alle war, vor allem für sie selbst. Bereits beim Losfahren hatte sie auf dem Rücksitz den Blumenstrauß und die Pralinenschachtel liegen sehen, aber eher erwartet, dass es sich um Geschenke der Anerkennung, nicht der Abspeisung handelte.

»Tut mir echt leid.« Doro legte eine Hand auf Johannas Oberschenkel. »Das heißt, du bist jetzt keine Stewardess mehr – aber auch keine Pilotin?!«

»So sieht's aus. Und weißt du, was das Schlimmste war?« Johanna wechselte rasant von der linken auf die mittlere Spur, dann wieder auf die linke.

»Das Schlimmste war, dass Ludwig einfach nur dagesessen und geschwiegen hat.«

»Ludwig war auch da?«

»Kein einziges Mal hat der sich auf meine Seite geschlagen. Hat einfach nur gelächelt und genickt. So ein Heuchler. Der ist für mich gestorben, echt.«

Damit blinkte sie rechts und fuhr einmal quer über alle Spuren, um dann die Ausfahrt nach Dortmund zu nehmen.

Es war ein seltsames Gefühl, nachmittags vor der Tür des Panoptikums zu stehen. Erst jetzt wurde Doro sich der Möglichkeit bewusst, vielleicht niemanden anzutreffen. Schließlich war es auch noch Sonntag. Allerdings hatten die Hinterräume alle so ausgesehen, als würden Anton und Eva Kallwich dort nicht nur arbeiten, sondern auch wohnen. Doro atmete tief ein und aus. Das war ihre letzte Chance, es sich noch anders zu überlegen, aber so sehr sie sich auch den Kopf zerbrach, es gab ihres Erachtens keine Alternative, um den Feinkostladen zu retten.

»Soll ich nicht doch mitkommen?« Johanna hatte sich über den Beifahrersitz gelehnt und das Fenster heruntergekurbelt. Zusammen mit ihrer Stimme drang Rauch aus dem Auto.

»Ich schaff das schon alleine«, erklärte Doro und drückte auf die Klingel.

»Weißt du, wenn man glaubt, dass alles gegen einen gerichtet ist, muss man dran denken, dass Flugzeuge gegen den Wind abheben«, hörte sie ihre Schwester weiterreden. »Hat Henry Ford gesagt.« Bevor Doro noch groß über Johannas Worte nachdenken konnte, summte es. Sie stieß die Tür auf. »Bis gleich!«

Der Weg durch das spärlich beleuchtete Panoptikum ließ sich ohne die vielen Leute viel schneller bewältigen als sonst. Und Doro wusste ja, wo sie hinmusste, also ging sie gezielt und zügig. Vielleicht auch, um nicht doch noch umzudrehen. »Es ist okay, sich helfen zu lassen«, sagte sie sich immer wieder, konnte aber nicht leugnen, dass es ihr das Herz brach, die Disko Bochum zu verkaufen, auch wenn es nur die Überreste davon waren.

Als sie den zweiten Hinterraum betrat, fand Doro Eva Kallwich an ihrem Schreibtisch sitzend vor. Sie schien in ein paar Unterlagen vertieft zu sein. Doro trat näher und kam sofort zur Sache.

»Ich nehme Ihr Angebot an. Sie können die Disko kaufen«, erklärte sie mit fester Stimme. Sie wollte entschlossen klingen, nicht verzweifelt – aber dadurch kam der Satz wie auswendig gelernt rüber. Eva Kallwich schaute amüsiert auf.

»So schnell sieht man sich wieder«, sagte sie lächelnd und lehnte sich in ihrem Stuhl zurück. »Schön, dass du deine Meinung geändert hast. Blöd nur, dass der Preis jetzt gesunken ist – und mein Interesse auch.« Damit wandte sie sich wieder den Unterlagen zu. Doro verstand nicht. War das ihr Ernst?

»Aber Sie haben doch gesagt, gute Lage, mitten in Bochum, man kann da wieder was aufbauen ...« Ihre Verzweiflung war kaum mehr zu überhören, als sie weitersprach. »Ich kann mit dem Preis nicht runtergehen. Wir müssen eine Hypothek ablösen.« Leichte Panik hatte sich jetzt in ihrer Stimme dazugesellt. Ganz tolle Verhandlungsbasis, dachte Doro und überlegte, ob sie jemals so was wie ein Pokerface besessen hatte, und wenn ja, wo es geblieben war. Eva Kallwich sah sie leicht genervt an, so als verschwendete Doro ihre Zeit. Dann seufzte sie.

»Na ja, wenn man jemandem mit dem Preis nicht entgegenkommen kann, dann muss man es mit dem Angebot tun.«

»Wie meinen Sie das?«

»Ich brauche immer erfahrene Tresenkräfte im Panoptikum.«

Gewinnend lächelnd glitt Eva Kallwichs Blick an Doros Körper entlang, so überdeutlich, so langsam, als wollte sie, dass diese es bemerkte. Doro schluckte. Ihre Disko zu verkaufen war schon Schmach genug – und jetzt sollte sie zusätzlich auch noch als Tresenkraft bei der Konkurrenz schuften? Sie musste an Johanna denken, die versucht hatte, Würde zu bewahren, während sie selbst momentan jenseits jeglicher Würde angekommen war. Aber sie hatte keine Wahl. Wenn sie den Feinkostladen retten wollte, dann musste sie zu Kreuze kriechen, dann musste sie zur Not Toiletten putzen, Hauptsache, sie konnte den Schaden minimieren, den sie verursacht hatte. Hauptsache, der Feinkostladen blieb erhalten.

»Also, wie sieht's aus?« Eva Kallwich schien langsam ungeduldig zu werden. »Ich gebe dir das Geld, das du brauchst, und den Rest arbeitest du ab?« An ihrem Blick konnte Doro erkennen, dass dies ihr letztes Angebot war. Und die Zeit, darüber nachzudenken, würde gleich ablaufen. Also nickte Doro langsam. Ihre Stimme klang gebrochen, als sie schließlich fragte: »Wann soll ich anfangen?«

24

»Die Besuchszeit geht aber nur noch zehn Minuten, dann gibt es Abendessen«, sagte die Krankenschwester hinter der Glasscheibe streng und sah Doro vorwurfsvoll an. »Und die Vasen sind auch aus.« Sie blickte auf den Blumenstrauß, den Doro in der Hand hielt. Es war derselbe, den Johanna von der Airline geschenkt bekommen hatte, schon etwas lädiert vom Auf-der-Rückbank-Liegen, aber Alex würde sich sicher mehr darüber freuen, als es Johanna getan hatte. Doro lächelte freundlich und wartete ungeduldig darauf, dass die griesgrämige Krankenschwester ihr endlich die Zimmernummer von Alexandra Bischoff mitteilen würde. Sie hatte sich als deren Schwester ausgeben müssen, um überhaupt angehört zu werden. Schlimmer, als jemanden im Gefängnis zu besuchen, dachte Doro bei sich, war dann aber doch froh und dankbar, dass sie ihren Bruder hier im Krankenhaus und nicht hinter Gittern vermuten konnte.

Nachdem Johanna und sie aus Dortmund zurückgekehrt waren, hatten sie sich nämlich auf die Suche nach Georg gemacht. In der Kommune war ihnen allerdings gesagt worden, dass er nur ein paar Klamotten geholt habe und dann wieder abgehauen sei und dass kurz danach auch schon die Feldjäger vor der Tür gestanden hätten, also Schwein gehabt. Doro und Johanna hatten daraufhin das Krankenhaus angesteuert, denn dort würden die Infanteristen bestimmt nicht nach Georg suchen. Schon auf der

Fahrt zum St. Elisabeth hatte ihre Schwester allerdings erklärt, dass sie nicht mit reinkommen würde, denn die Gefahr sei zu groß, Jack über den Weg zu laufen, und sie wolle nicht den Eindruck erwecken, dass sie noch an ihm hängen oder in seine neue Beziehung reingrätschen würde. Deshalb wäre es toll, wenn Doro irgendwie herausfinden könnte, ob es ihm gut ginge. Und das hatte sie Johanna dann versprochen zu tun.

»Zimmer 223, aber seien Sie leise, falls das Baby schläft.« Die Krankenschwester wirkte müde, und ihre Brille war so weit nach vorne gerutscht, dass sie drohte, über die Nasenspitze abzustürzen – wurde dann aber mit dem Zeigefinger gerade noch rechtzeitig zurückgeschoben. Doro nickte freundlich und wandte sich zum Gehen, vor allem erleichtert, dass sie das anstrengende Lächeln nicht mehr aufrechterhalten musste, doch dann fiel ihr noch etwas ein. Sie drehte sich um und setzte das Lächeln wieder auf.

»Ach so, wo liegt denn Jack?«

»Welcher Jack?«

»Gibt es mehrere?«

»Nein.«

»Dann der einzige Jack.«

»Sie wissen den Nachnamen nicht?«

Der Blick der Krankenschwester verriet Doro, dass sie in dem Fall wohl keine Chance hatte, die Zimmernummer zu erfahren. Die Falten auf ihrer Stirn wirkten wie Erdschichten aus verschiedenen Zeiten.

»Geht es ihm gut?«

Wieder sah die Krankenschwester sie skeptisch an.

»Kommen Sie, das ist ja wohl keine geheime Information,

ob es jemandem gut geht!« Doro machte dieses ganze Prinzipien-Gedöns wahnsinnig.

»Es geht ihm den Umständen entsprechend.« Mit dieser unbefriedigenden Antwort wandte die Krankenschwester sich dem klingelnden Telefon zu und presste den Hörer an ihr Ohr. Die Brille drohte ihr schon wieder über die Nasenspitzenklippe zu rutschen.

Seufzend betrat Doro den Aufzug und drückte auf den Knopf mit der Ziffer 2. Der Spiegel präsentierte ihr eine ziemlich gute äußere Darstellung ihres Gemütszustands. Ihre wallenden Haare waren zerzaust, ihre Augen schwarz umrandet von der abfärbenden Wimperntusche, ihre Haut hatte seltsame rote Stellen. Kein Wunder, dass ihr Lächeln nicht sehr vertrauenswürdig gewirkt hatte, wenn sie wie ein streunender Hund aussah. Zumindest saß ihre Brille da, wo sie sitzen musste, stellte Doro schmunzelnd fest. Sogar hier drin roch es nach Sterilisationsmittel, ein unangenehmer Geruch, den Doro noch nie hatte leiden können, genauso wie den Gestank von Benzin. Krankenhäuser und Tankstellen gehörten deshalb zu ihren unliebsamsten Aufenthaltsorten.

Blöderweise hielt der Aufzug auch noch im ersten Stock. Zwei Schwestern stiegen ein, gefolgt von zwei Ärzten. Wenigstens gab es genug Platz für alle, denn der Aufzug war groß genug, um ein Krankenbett zu transportieren. Zu ihrer Überraschung erkannte Doro in einem der Ärzte Joachim Gruber. Und erinnerte sich: Klar, Jochen hatte ja erzählt, dass er Medizin studierte und das ganze Wochenende Dienst hatte. War das schön, ein vertrautes Gesicht zu sehen! Außerdem erschien ihr die Beziehung zwischen den beiden

Männern gerade eines der wenigen positiven Dinge zu sein, die Bestand hatten.

»Hallo, Joachim, kennst du mich noch? Doro Krämer!«, sprach sie ihn an, und aller Blicke richteten sich auf sie. Bevor Joachim irgendetwas sagen konnte, plapperte Doro bereits weiter. »Freut mich total, dass du und Jochen zusammen seid. Er ist 'n richtig dufter Typ, echt.« Irritierte Blicke des älteren Arztes und der zwei Krankenschwestern wechselten von Doro zu Joachim Gruber. Dessen erst freundliches Gesicht veränderte sich jetzt. Er schien peinlich berührt.

»Ich glaube, Sie verwechseln mich«, sagte er langsam. »Ich kenne Sie nicht.« Damit wandte er sich ab, und gemeinsam mit den anderen schritt er durch die sich öffnende Aufzugtür, während Doro perplex zurückblieb. Hatte sie was Falsches gesagt? Oder hatte er sie etwa wirklich nicht erkannt? Klar, sie war ziemlich durch den Wind, aber nicht entstellt oder so. War es doof von ihr, ihn vor den Kollegen auf seine Beziehung anzusprechen? Ja, das gehörte vielleicht nicht an den Arbeitsplatz, aber sie freute sich halt wirklich so für die beiden. In eine peinliche Situation hatte sie ihn aber natürlich nicht bringen wollen. O Mann. Als die Tür zum Schließen ansetzte, realisierte Doro erst, dass sie auch aussteigen musste, und quetschte sich schnell noch durch den enger werdenden Spalt.

Die Tür des Zimmers 223 war geschlossen, und nachdem Doro geklopft hatte, kam keine Reaktion. Schlief Alex vielleicht? Doro klopfte abermals. Und horchte. Nach einem lauten Poltern konnte sie schließlich ein »Herein!« vernehmen und öffnete die Tür. In dem Raum standen zwei

Betten – in einem lag Alex mit dem nuckelnden Baby an ihrer Brust, das andere schien unberührt. »Ach, du bist es«, sagte Alex erfreut und strahlte. Obwohl sie erschöpft aussah, war sie von einem seltsamen Glanz umgeben, ihre Haut rosig, die Brüste prall. Alles an ihr schien weich und warm. »Kannst rauskommen, Georg.« Zu Doros Erstaunen krabbelte ihr Bruder jetzt unter dem Bett hervor und wischte etwas Staub von seinem Ärmel.

»Glaube nicht, dass hier regelmäßig geputzt wird«, stellte er grinsend fest, während Doro ihn sofort umarmte.

»Bin ich froh, dich zu sehen«, konnte sie nur ehrlich sagen.

»Frag mich mal«, erklärte Alex ähnlich erleichtert. »Schöne Blumen«, fügte sie dann hinzu.

»Schönes Baby«, sagte Doro, nachdem sie Georg wieder losgelassen hatte und das kleine, trinkende Wesen näher betrachtete.

»Ja, ist sie nicht perfekt?« Georg musterte Juliane so liebevoll, als wäre er der Vater. In dem Moment ließ das Baby von der Brust ab und gluckste zufrieden. Vorsichtig nahm Georg es in den Arm, während Alex ihre Brust wieder mit dem Hemd bedeckte. Die Blumen legte Doro auf dem anderen Bett ab, weil nur dort Platz war. Ihr Blick fiel auf die Wanduhr, die fünf vor sechs und damit ein baldiges Ende der Besuchszeit anzeigte. Warum war es in ihrem Leben eigentlich immer fünf vor irgendwas?

»Was willst du denn jetzt machen?« Doro sah ihren Bruder besorgt an, der viel zu glücklich für die Gesamtsituation schien. Erkannte er gar nicht den Ernst der Lage? Wenn sie ihn fanden, würde er ins Gefängnis gehen müssen!

»Heute Nacht bleibt er erst mal hier. Solange keine weitere Patientin kommt, ist das ein sicheres Versteck«, erklärte Alex.

»Und so bald es geht, treffe ich mich mit Manni«, fügte Georg hinzu. »Der kennt da ein paar Leute.« Alex und Georg lächelten sich zuversichtlich an. Aber so beruhigend es auch schien, dass sie die Situation unter Kontrolle hatten, so beunruhigend klang der Plan für Doro.

»Wieso Manni? Und was für Leute denn?«

»Ich muss untertauchen, bis Gras über die Sache gewachsen ist, Doro.« Georg wiegte Juliane hin und her und zog dabei Fratzen.

»Er kann als Funker für die RAF arbeiten«, erklärte Alex. An ihren Augen konnte Doro erkennen, dass es für sie auch ein seltsamer Gedanke war, Georg in Mannis Obhut zu geben.

»Als Funker für linksradikale Terroristen? Seid ihr irre?« Doro verstand nicht viel von Politik, aber beim sonntäglichen Frühstück hatte ihr Matthias immer mal wieder aus der Sonntagszeitung vorgelesen, was die RAF so veranstaltete. Diese Menschen waren nicht nur skrupellos und brutal, sondern verlangten auch unbedingte Loyalität von ihren Mitgliedern. »Da kommt man doch nie mehr raus«, befürchtete sie und sah Georg und Alex eindringlich an. »Ihr wolltet doch endlich eine Familie sein!« Die beiden sahen sich ratlos an.

»Hast du eine bessere Idee?«, fragte Georg dann.

»Gerade nicht«, musste Doro zugeben. »Aber es wird eine bessere Idee geben.« Sie sah von einem zum anderen. »Bitte entscheidet nichts voreilig. Die RAF sollte die allerletzte

Option sein.« Georg und Alex wechselten erneut Blicke. Offensichtlich hatten sie nicht allzu großes Vertrauen darin, dass Doro eine bessere Lösung finden würde, aber ihre Worte verfehlten auch nicht ihre Wirkung.

»Wie gesagt, erst mal versteckt er sich hier«, wiederholte Alex, während Georg dem Baby etwas vorsummte. »Aber in drei Tagen werde ich entlassen. Bis dahin müssen wir einen Plan haben.« Doro nickte. Drei Tage, immerhin.

»Ich verspreche euch, dass es eine andere Lösung gibt«, sagte sie dann laut und deutlich, damit sie es selbst glaubte. Der große Zeiger der Wanduhr wechselte jetzt auf die Zwölf. Zeit für sie, zu gehen, bevor die Krankenschwester am Empfang noch das Sicherheitspersonal rief. Es war besser, kein Aufsehen zu erwecken. Doro umarmte Alex und dann Georg, der immer noch den kleinen Wurm auf dem Arm trug.

»Tut mir leid, dass ich dich mit der abgebrannten Disko allein lasse«, sagte er geknickt, aber Doro schüttelte den Kopf.

»Mach dir darüber mal keine Gedanken«, erwiderte sie nur und verzichtete darauf, Georg die neuen Zusammenhänge zu erklären. Stattdessen betrachtete sie das kleine Wesen auf seinem Arm. Auch nicht der beste Start in dieses Leben, dachte sie, aber das hieß ja nichts. Alles konnte sich von jetzt auf gleich ändern. Nichts war beständig. Zumindest das hatte sie mittlerweile kapiert. Mit dem Zeigefinger fuhr sie über die klitzekleine Stupsnase. Juliane hatte die Augen geschlossen und schlief, aber jetzt verzog sich ihr Mund zu einem kleinen Lächeln. Und da spürte Doro es auch, das Wunder des Lebens. Und das Gefühl, dass alles gut werden könnte, dass es Lösungen gab und Wege und Chancen.

»Das ist das Engelslächeln«, erklärte Georg. »Nur eine unbewusste Muskelzuckung.«

Egal, dachte Doro. Es hatte dennoch das Potenzial, den Glauben an Wunder zu erwecken.

Beim Verlassen des Zimmers sah Doro eine Krankenschwester einen Wagen mit Essenstabletts herumfahren. Auf die Minute, dachte sie nur und wagte dann einen zweiten Versuch.

»Entschuldigung, wo liegt denn Jack?«, fragte sie jetzt überaus freundlich. »Ich habe die Zimmernummer vergessen. Kann mir einfach keine Zahlen merken.« Damit verzog Doro das Gesicht, als wäre sie von sich selbst genervt, aber die Krankenschwester sah sie gar nicht an, so beschäftigt war sie mit den Tabletts. »Der liegt auf der Station eins drunter«, sagte sie nur, und darüber war Doro schon so dankbar, dass sie nicht weiter fragte, sondern einfach schnell die Treppe in den ersten Stock nahm.

Bereits das vierte Zimmer war ein Treffer. Schon am »Herein« konnte Doro Jacks Stimme mit dem amerikanischen Akzent erkennen. Und dann sah sie ihn auf dem Bett sitzen, das Essenstablett auf dem Schoß, welches neben dem großen Mann wie ein Kindergartentablett wirkte.

»This tastes like shit«, sagte er genervt. »What about some Salz und Pfeffer? Or fat? Kein Wunder, dass Deutsche immer schlechte Laune bei so ein Food!« Doro musste schmunzeln, denn offensichtlich ging es Jack den Umständen entsprechend gut.

»So schlimm, das Essen?«, fragte sie und blickte in Jacks erstaunte Augen, als der endlich aufsah.

»What the hell?« Er strahlte jetzt übers ganze Gesicht. »Give me a hug.« Das ließ Doro sich nicht zweimal sagen und beugte sich zu Jack, der die Arme um sie schloss.

»Bist du okay?«, wollte sie dann endlich wissen.

»Zu viel Rauch, so I fainted. But now I'm allright.«

»Das freut mich.«

»Was ist mit Disko Bochum?« Er sah Doro besorgt an. Doch statt einer Antwort machte sie nur einen Daumen nach unten.

»Man, I'm sorry.« Jack schlug die Augen nieder. »What a shame.«

»Geht schon. Hauptsache, niemandem ist was passiert.« Doro versuchte sich an einem Lächeln. »Noch mehr Leute hätten Johanna und ich auch nicht schleppen können«, scherzte sie und erntete einen verwirrten Blick von Jack.

»Was meinst du?«

»Na ja, wir beide haben dich da rausgeholt. Als du bewusstlos warst.« Wieder lachte Doro, obwohl es eigentlich gar nicht lustig war. Jack sah sie ernst an.

»Wait … Du und Johanna?«, fragte er verwundert. »I remember, dass ich bin noch mal rein, weil ich dachte, sie ist da drinnen.«

»Ja, deshalb hat sie dich gesucht. Ihr wolltet euch wohl gegenseitig retten.« Doro zuckte mit den Schultern, während Jack sie erstaunt ansah.

»So she saved my life?«

»Irgendwie schon. You know, she cares for you. A lot.«

Nachdenklich blickte Jack auf das Tablett vor sich, als es klopfte und eine Schwester hereinkam. Erstaunt sah sie Doro an.

»Was machen Sie denn noch hier? Besuchszeit ist vorbei.«

Doro nickte. »Bin quasi schon weg.« Sie winkte Jack zu, der immer noch vor sich hin sinnierte. Damit hatte er wohl nicht gerechnet, dass er Johanna sein Leben verdankte.

»Warum sie ist nicht ins Hospital gekommen?«, wollte er dann aber doch noch wissen.

»Wegen deiner Neuen«, erklärte Doro und versuchte, den ungeduldigen Blick der Krankenschwester zu ignorieren. »Aber falls du dich bei ihr bedanken willst – wir wohnen bei Bertha, neben der Ecke.« Damit bewegte sie sich endgültig aus dem Raum. Während sie die Tür schloss, hörte sie noch, wie Jack sich wieder über das Essen beschwerte.

***

Als der Wecker am Montagmorgen um sechs Uhr klingelte, schaltete Doro ihn reflexartig aus und schlief weiter. Es kam ihr vor, als wäre sie erst vor fünf Minuten zu Bett gegangen und nicht vor sechs Stunden. Die wohlige Wärme zog sie zurück in den Schlaf, und auch wenn sie es nicht schaffte, ihren alten Traum weiterzuträumen: Alles war besser als die Realität. Doch die fand ihre Wege, sich in die Träume einzuschleichen, und so fiel ihr im Halbschlaf wieder ihre missliche Lage ein: Sie hatte ihre Seele verkaufen müssen. Damit öffnete sie die Augen, denn sie erinnerte sich, warum sie den Wecker an diesem Montagmorgen so früh gestellt hatte. Sie wollte ihren Eltern den Scheck vorbeibringen, den Eva Kallwich ihr ausgestellt hatte, nachdem sie den Kaufvertrag unterschrieben hatte. Überraschenderweise hatte sie ihn bereits aufgesetzt, als hätte sie mit ihrer Kapitulation gerechnet. Ja,

Eva Kallwich war vorbereitet und professionell. Doro konnte nicht umhin, sich vorzustellen, wie sie und Robert sich küssten und intim miteinander waren. Und auch wenn er es für Geld und Informationen getan hatte, befürchtete Doro, dass so eine reife Frau vielleicht mehr Erfahrung hatte und Robert sexuell mehr bieten konnte. Oder war es umgekehrt, dass *er ihr* etwas bot? Solche Gedanken kreisten nicht zum ersten Mal in ihren Kopf, aber sie verjagte sie sofort wieder, denn das zwischen ihr und Robert hatte sich ja sowieso erledigt.

Zumindest war sie jetzt wach. Neben sich hörte sie das regelmäßige, aber röhrende Atmen von Johanna, die tief und fest zu schlafen schien. Kein Wunder nach den letzten zwei Tagen.

Als Doro die Straße zum Feinkostladen hinunterlief, sah sie ihren Vater schon von Weitem. Er war dabei, eine Rabatt-Tafel aufzustellen, die nicht so wollte wie er und immer wieder zusammenklappte, bis er endlich einen stabilen Stand für das Holzgestell gefunden hatte. Dann kniete er sich davor nieder und schrieb mit Kreide etwas darauf.

»Mailänder Salami, 100 g nur 2,99 DM«, konnte Doro lesen, als sie neben Gerhard zum Stehen kam.

»Was willst du denn hier?«, fuhr er sie an. Eine Begrüßung, die Doro nicht groß überraschte. Sie griff in ihre Tasche und reichte ihrem Vater den Scheck von Eva Kallwich.

Er runzelte die Stirn. »Was ist das?«

»Zum Ablösen der Hypothek«, erklärte Doro. »Ich habe die Ecke verkauft.« Es dauerte eine Weile, bis ihr Vater begriff, was Doro ihm da erzählte. »Bertha hatte sie mir überschrieben«, fügte Doro hinzu, weil das vielleicht eine Information war, die ihrem Vater noch fehlte.

»Ich habe ihr gerade erst meinen Anteil für nen Spottpreis überlassen«, sagte er etwas irritiert, faltete den Scheck zusammen und steckte ihn in seine Jackentasche. »Aber dann ist ja gut.« Er begann jetzt, Äpfel aus einer Kiste schön in einem Korb anzuordnen, während Doro nutzlos dastand.

»Tut mir leid«, sagte sie also zu seinem Rücken, denn sich zu entschuldigen hatte sie noch auf dem Herzen gehabt.

»Was tut dir leid?«, fragte ihr Vater nur, ohne sie anzusehen.

»Na ja, alles irgendwie.« Doro seufzte und erlag dann dem Drang, sich ihrem Vater zu erklären. »Weißt du, ich hab das jetzt erst verstanden, warum dir der Laden so wichtig ist. Das ist wie mit mir und der Disko, die war auch mein absoluter Traum. Dafür rackert man Tag und Nacht, und es macht einem überhaupt nichts aus. Weil man es eben einfach liebt.«

Jetzt hielt ihr Vater beim Äpfelsortieren inne und drehte sich um. Dabei lachte er verächtlich.

»Hörst du dir eigentlich auch mal selbst zu?« Er sah Doro direkt an. »Ihr immer mit eurem *liebt* und *mein Traum!* Als ich aus dem Krieg heimkam, verletzt und noch ein halbes Kind, war mein Vater gefallen. Da hat man nicht an Liebe und Träume gedacht.« Gerhard gestikulierte jetzt wild mit den Äpfeln, die er in der Hand hielt. »Da gab es keine Frage, wer den Laden der Familie übernimmt. Der Gerhard macht das. Schluss. Aus. Keine Diskussion.« Ihr Vater geriet ein bisschen außer Atem, was immer geschah, wenn er sich aufregte. Beschämt schaute Doro auf den Boden. Hatte sie ihn nicht verstanden, oder verstand er sie nicht?

»Der Laden war damals schon fast siebzig Jahre in der Familie«, redete Gerhard weiter. »Ich wäre nie auf die Idee gekommen, was anderes zu machen. Familientradition ist Ehrenpflicht. Eine Selbstverständlichkeit.« An seinem Blick merkte Doro, dass er eine Bestätigung dafür brauchte, dass sie ihn verstand. Also nickte sie.

»Du hattest keine Wahl.«

»Nee. Und heute …«

»Heute würdest du gerne was anderes machen?«

Ihr Vater schüttelte genervt den Kopf.

»Um Himmels willen, nein! Ich hab doch nichts anderes als den Laden!«

Jetzt war Doro verwirrt. Worauf wollte ihr Vater denn hinaus? Erwartungsvoll sah sie ihn an.

»Heute sind andere Zeiten als damals. Man kann ja nicht Äpfel mit Birnen vergleichen.«

Wieder nickte Doro, und während sie versuchte, die Gedankengänge ihres Vaters nachzuvollziehen, musste sie an Georg denken, der auch so ein schlechter Erzähler war. Dann fuhr ihr Vater fort.

»Nur weil ich keine Wahl hatte, müsst ihr ja nicht auch keine Wahl haben. Oder?!«

Er suchte Doros Blick, und sie merkte, wie schwer ihm das Gespräch fiel. Dann versuchte er ein Lächeln, das etwas schief ausfiel, aber Doro konnte darin Verständnis und Zärtlichkeit lesen. Und beides hatte er ihr gegenüber noch nie so deutlich gezeigt. Es rührte sie zutiefst, dass er anscheinend doch emotionaler war und sich mehr Gedanken um sie alle machte, als sie angenommen hatte. Vielleicht hatte er ja aus den Ereignissen gelernt und verstanden, dass er seine Kinder nicht mehr kontrollieren konnte und ihnen stattdessen vertrauen musste. Am liebsten hätte sie ihn umarmt, aber das schien ihr zu riskant im Hinblick auf eine mögliche Überforderung seinerseits. Also lächelte sie ihren Vater einfach nur an.

»Aber wer die Wahl hat, hat auch die Qual«, erklärte er jetzt. »Da musste dann selbst durch.«

Während Doro langsam nickte, verstand sie, dass er über ihre Ehe, über ihre Trennung sprach. Deshalb mischte er sich also nicht mehr ein: Sie sollte selbst entscheiden, aber sie sollte dann auch die Konsequenzen für ihre Entscheidungen tragen. Klang ja fast so, als sähe er sie als Erwachsene. Wie schön. Doro unterdrückte wieder den Impuls, ihn zu umarmen. Er stand jetzt vor ihr und hielt ihr beide Äpfel hin, einen in jeder Hand. Doro sah die Früchte an und wollte nach einem greifen, wenn er ihr schon die Wahl ließ, aber dann zog ihr Vater die Hände weg.

»Die sind beide nicht gut«, kommentierte er trocken und wandte ihr den Rücken zu. War wohl doch alles ein bisschen viel Gefühl gewesen. Lieber schnell wieder ruppig werden, dachte Doro schmunzelnd. Ihr Vater konnte wirklich schwer aus seiner Haut; umso schöner war es, dass er es eben mal getan hatte.

»Die Äpfel von Bauer Krüger sind alle verwurmt.« Gerhard schüttelte den Kopf. »Herrschaftszeiten, spritzt der die nicht richtig, oder was?« Seine Stimme hatte jetzt wieder den typisch barschen Ton. Doro war sich nicht sicher, ob er immer noch mit ihr sprach oder nur zu sich selbst. »Barbara!«, rief er laut nach ihrer Mutter, die kurz darauf auch schon in der Tür erschien. Als sie Doro sah, lächelte sie freudig, dann wandte sie sich verärgert an ihren Mann.

»Schrei doch nicht so laut, mein Gott«, sagte sie und sah sich ängstlich nach Passanten oder Nachbarn um, die sich gestört fühlen könnten oder gaffen würden. Unterdessen nahm Gerhard vier Äpfel aus der Kiste und reichte sie seiner Frau. »Hier, kannste wegwerfen«, grunzte er. »Ist bei allen der Wurm drin – wie bei deinen vier Kindern.«

Doro schüttelte nur amüsiert den Kopf, was ihre Mutter nicht übersah.

»Von wegen wegwerfen«, rügte sie ihren Mann. »Dann sind sie halt für was anderes gut. Kann ich doch Apfelstreuselkuchen draus machen, zum Beispiel.« Während Gerhard etwas Unverständliches vor sich hin murmelte, wechselten Doro und ihre Mutter belustigte Blicke. »Apfelstreusel ist doch dein Lieblingskuchen. Und der von Frank.« Barbara zwinkerte Doro zu und verschwand mitsamt den Äpfeln wieder im Laden. Kurz stand Doro nachdenklich da, dann folgte sie ihrer Mutter. Schließlich sollte Barbara auch unbedingt erfahren, dass Feinkost Krämer gerettet war. Und vor allem, dass Georg die Feldjäger hatte abhängen können. Sie machte sich sicher schon wahnsinnige Sorgen. Doch als Doro mit der Geschichte beginnen wollte, winkte ihre Mutter sofort ab. Georg habe sich längst telefonisch bei ihr gemeldet, sie wisse Bescheid. Aber sie sei ein bisschen traurig, dass sie Alex' Baby nicht habe sehen können, wo Doro doch schon nicht schwanger sei. Ihr war anzusehen, dass sie der Umstand, kein Enkelkind zu bekommen, wirklich betrübte. Doro wusste nicht genau, was sie sagen sollte.

»Bei vier Kindern werden schon noch paar Enkel rumkommen«, lautete deshalb ihr etwas lapidarer Kommentar, auf den sie nicht stolz war. Aber es stimmte ja irgendwie. Und sie als Jüngste konnte sich nun wirklich Zeit lassen.

Die einvernehmliche Ehetrennung dagegen schien ihre Mutter nicht allzu sehr zu stören. Vielmehr berichtete sie sogar, dass sie Matthias gesehen habe, auf der Viktoriastraße, beim Bummeln mit einer Dame. Doro konnte nicht umhin, sich für ihn zu freuen – und auch für sich selbst, denn es entlastete ihr Gewissen enorm, zu wissen, dass Matthias nun jemand finden konnte, der besser zu ihm passte. Und es mochte nur ein seltsamer siebter Sinn sein, aber sie hatte das Gefühl, dass es sich bei der Dame um die Frau mit dem blauen Satinschlüpfer im Rohr handeln könnte.

Gerade wollte Doro die Tür zu Berthas Wohnung aufschließen und sich nach dem Elternbesuch etwas ausruhen, als sie eine Stimme vernahm. Sie hielt inne und lauschte. Es war Johanna, laut und aufgekratzt, sie schien von der Landung des Privatjets zu erzählen. Telefonierte sie? Doro versuchte, Genaueres zu verstehen, und konnte dann auch eine männliche Stimme hören, die »For real?« und »Are you serious right now?« kommentierte. Eindeutig Jack. Doro musste grinsen. So schnell ging das also. Da hatte sie ihm gestern erst erzählt, dass Johanna ihm das Leben gerettet hatte, und schon stand er auf der Matte. Zugegeben, dieser Umstand freute Doro sehr. Nicht nur, weil Johanna Jack endlich von ihrer Heldentat berichten konnte, für deren Gelingen er ja irgendwie mitverantwortlich war, sondern auch, weil die beiden für Doro einfach zusammengehörten. Der ausgelassenen Stimmung nach zu urteilen, klang es tatsächlich so, als gäbe es eine Chance, dass sie sich wieder annähern würden. Da sie bei dieser Wiedervereinigung auf keinen Fall stören wollte, musste Doro wohl oder übel auf ihr Nickerchen verzichten. Also machte sie auf dem Absatz kehrt, stapfte wieder aus dem Haus und stand vor der verbrannten Ecke. Okay, vielleicht war es ja ein guter Zeitpunkt, um Abschied zu nehmen, dachte sie seufzend. Noch hatte sie sich nicht an den Gedanken gewöhnt, dass die Ecke ihr nicht mehr gehörte, obwohl das nur sehr kurz der Fall gewesen war, wenige Stunden bloß, aber dieses Gefühl war einfach so erhebend und so hoffnungsvoll gewesen, dass es sie über all die anderen Dinge hinweggetröstet hatte. Im Endeffekt ein klassisches Wie-gewonnen-so-zerronnen-Szenario, aber das Loslassen fiel ihr schwer, vielleicht auch deshalb, weil sie sonst nichts hatte, was ihr Halt gab. Die Disko Bochum war ihr emotionales Zuhause gewesen, hier hatte sie sich zugehörig gefühlt und konnte ganz in ihrem Element sein. Jetzt ging eine Ära zu Ende, die noch gar nicht richtig angefangen hatte, und sie würde nie wissen, wie es gewesen wäre, die Besitzerin der Disko Bochum zu sein.

Liebevoll betrachtete Doro das verrußte Gebäude ohne Fensterscheiben, ein Stück Vorhang war auf die Straße geflogen, die Wanduhr bis auf das Metallstück am Nagel abgebrannt. Und obwohl sie in Gedanken versunken war, drang das immer lauter werdende Motorengeräusch an ihr Ohr, und sie erkannte es sofort: Es kam von Roberts Moped, das jetzt schneller um die Ecke geknattert kam, als sie sich eine Haarsträhne hinters Ohr schieben konnte. Ein paar Meter neben ihr hielt er an, stieg ab und lief auf sie zu, die Hände fast schon etwas schüchtern in die Jackentaschen gepackt. Schließlich standen sie sich gegenüber, nur eine Arm-länge entfernt, und Doro merkte, dass seine Nähe die Wir-kung auf sie immer noch nicht verfehlte. Sie wurde ruhiger, aber auch nervöser, was irgendwie keinen Sinn ergab. Sofort stellte sie sich gerader hin und nahm ihre Brille ab, um sie zu putzen. So konnte sie auch ganz gut davon ablenken, dass er sie in einem sehr emotionalen Moment erwischt hatte. Er wirkte besorgt und gleichzeitig genervt darüber, besorgt zu sein. Es war ein bisschen süß.

»Ich hab dich gesucht«, sagte er mit leicht vorwurfsvollem Unterton. »Tut mir so leid mit der Disko.« Sein Blick ging jetzt zur Ecke, und ihm schienen die Worte zu fehlen.

»Danke«, sagte Doro etwas verhalten. Sie konnte nicht leugnen, dass sie sich freute, Robert zu sehen. Ihre letzte Be-gegnung – wenn man das so nennen konnte – war im Pan-optikum gewesen, als er mit Eva Kallwich über seine Mutter gesprochen hatte. Dass Doro gelauscht hatte, wusste er aber nicht und sollte er besser auch nicht erfahren, denn sie merkte, wie verletzt sie noch vom letzten Mal war, als er sie rausgeschmissen hatte. Sie wollte die Kontrolle nicht wieder verlieren.

»Ich muss leider los«, erklärte sie deshalb schnell, bevor sie ihre Gefühle doch nicht mehr würde verstecken können. Aber sie wusste einfach nicht, welche Richtung sie einschla-gen sollte.

»Wie geht's dir denn jetzt?« Er sah sie liebevoll an. Auf-richtig und ehrlich. Doro schaffte es jedoch nicht, ihm ihre echten Gefühle zu offenbaren. Vielleicht war es ihre ver-meintliche Würde, vielleicht war es ihr unsäglicher Stolz, jedenfalls wollte sie keine Schwäche zeigen.

»Gut. Prima. Hab alles geregelt. Ich arbeite jetzt im Panoptikum.« Zufrieden lächelte sie Robert an, in dessen Gesicht sich Verwunderung breitmachte.

»Im Panoptikum? Krass. Da hab ich Hausverbot.«

»Eben. Ist der einzige Ort, wo ich vor dir sicher bin.«

Sie lachte über ihren Scherz, von dem nicht klar war, ob es ein Scherz war, deshalb sah Robert sie auch irritiert an.

»Du weißt, dass die da illegales Zeug machen? Billigen Wodka in teure Flaschen umfüllen und so?«

Doro zuckte mit den Schultern. War ihr doch egal, sie wollte nur ihre Schulden abarbeiten.

»Pass jedenfalls gut auf dich auf, ja?!« Seine Stimme war ernsthaft besorgt. »Die Kallwich ist gefährlich. Wenn die was will, dann geht die über Leichen.«

Ach, jetzt machte er sich plötzlich Sorgen um sie? Neulich waren ihm ihre Gefühle noch egal gewesen. Wahrscheinlich war dieser Hinweis bloß nett gemeint, aber Doro fühlte sich sofort von Robert bevormundet.

»Danke für die Warnung. Aber ich kann ganz gut auf mich alleine aufpassen.« Ihr Ton war distanziert, kalt. Sie wollte kein Mitleid, nicht von ihm. »Wir sehen uns.« Abermals versuchte sie, ein Ende des Gesprächs einzuleiten, aber anscheinend hatte er noch nicht alles gesagt, was er sagen wollte.

»Eher nicht«, erklärte er. »Ich verschwinde von hier.« Er zuckte mit den Schultern. »Bin ja nicht aus der DDR abgehauen, um im piefigen Bochum zu versauern.« Jetzt lachte er, und Doro lachte mit, dabei war keinem von beiden zum Lachen zumute. Vielmehr war seine Ansage für Doro ein unerwarteter Schlag ins Gesicht. Wieso wollte er weg? Und wohin denn? Am liebsten hätte sie ihm gesagt, dass er nicht gehen solle, dass das mit ihnen doch gerade erst begonnen habe, so wie mit der Disko Bochum, aber dann besann sie sich wieder darauf, dass jetzt nicht die Zeit war, an ihre Bedürfnisse zu denken. Sie musste sich darauf konzentrieren, ihre Schulden abzuarbeiten und sich ein Leben aufzubauen. Allein.

Als könnte er ihre Gedanken lesen, sagte Robert: »Vielleicht klappt es ja in einem anderen Leben mit uns. In dem Leben, in dem wir französische Namen haben und an der Côte d'Azur wohnen.«

Auf seinem Gesicht erschien jetzt das schelmische Grinsen, das Doro so mochte. Und da musste sie ihn einfach anlächeln, aus vollem Herzen, und konnte nicht länger eine Fassade aufrechterhalten, um sich zu schützen. Irgendwie waren sie ja auch quitt: Er hatte sie verletzt, und sie hatte ihn verletzt. Auf einmal war ihr ganzer Körper von einer warmen Welle erfüllt. Sie konnte überall die Liebe für ihn spüren, sogar im kleinen Zeh. Plötzlich war sie einfach nur dankbar dafür, ihn getroffen zu haben. Unendlich dankbar. Denn das, was sie beide verband, war einzigartig. Und wertvoll. Und es existierte auch, wenn sie an unterschiedlichen Orten waren.

Warum nur machte man sich das Leben immer so schwer? Aus falschem Stolz oder Angst vor Gefühlen? Es war unendlich traurig, dass sie Abschied nehmen mussten, aber es war auch unendlich schön, dass sie sich überhaupt begegnet waren. Das alles wollte Doro Robert gerne sagen, aber sie wusste nicht, wie sie es in Worte fassen sollte. Und sie wollte auch gar nicht reden. Mit Reden sagte sie immer viel zu wenig. Also nahm sie ihre Brille ab und küsste ihn einfach. Sie legte all ihre Gefühle in diesen Kuss, die Liebe, den Schmerz, die Dankbarkeit, und es fühlte sich an, als würde sie mit Robert verschmelzen, weil sie beide dasselbe empfanden. Der Kuss hatte eine Intensität, eine Tiefe, die Doro noch nie gespürt hatte, die ihr Angst machte, aber die ihr auch zeigte, dass es das alles wert gewesen war, dass sie ihrer Wahrnehmung trauen durfte.

Wie konnte etwas so irre leicht und so irre schwer zugleich sein? Wie konnte sie gleichzeitig so traurig und so glücklich sein? Am liebsten wollte sie nie aufhören, ihn zu küssen, denn das bedeutete dann, endgültig Abschied zu nehmen. Doch irgendwann lösten sie sich voneinander. Benommen und doch völlig klar. Ein letztes Lächeln. Ein letzter Augenblick.

»Mach's gut, Jean-Paul Delon.«

»Mach's gut, Brigitte Baguette«

Dann stieg Robert auf sein Moped und brauste davon, ohne sich noch mal umzudrehen. Doro setzte langsam ihre Brille wieder auf, aber sie schaute ihm nicht hinterher.

»Übrigens – das Personal tummelt sich nicht mit den Gästen auf der Tanzfläche«, erklärte A.K. nicht ohne Genugtuung, als er Doro ihre Arbeitskleidung reichte. »Hast du das
verstanden?« Sie nickte genervt. Es war albern, wie er sich als
Chef aufspielte, es genoss, Macht zu haben. Alles, was er
sagte oder tat, schien auf Schikane ausgelegt zu sein. Doro
atmete tief durch und versuchte sich nicht von ihm provozieren zu lassen.

Zum einen Ohr rein, zum anderen Ohr raus, sagte sie sich
und hatte es nicht besonders eilig, sich die Arbeitskleidung
anzuziehen. Es handelte sich um einen pinken Minirock, der
ihr gerade so über den Po reichte, und ein silbern glitzerndes
Bikini-Oberteil, dazu schwarze High Heels, auf denen sie
sich wie eine Giraffe fühlte. Na klar, wieder Schikane, dachte
Doro nur kopfschüttelnd, als sie im Toilettenraum ihr halb
nacktes Spiegelbild betrachtete. Wie sollte sie das alles mehrere Wochen durchhalten? Es war ein Albtraum. Hoffentlich
würde es wenigstens ein Albtraum mit guter Musik werden,
dachte sie dann schmunzelnd – und ihr fielen sofort all die
geschmolzenen Platten von Jochen ein. Sie hatte ihn seit dem
Brand nicht mehr gesehen und machte sich irgendwie Sorgen,
außerdem wollte sie ihm das Michael-Jackson-Autogramm
geben, das sie hatte retten können. Während sie sich vor-
nahm, ihn so schnell wie möglich ausfindig zu machen, hörte
sie von draußen A.K.s Stimme parallel zu seinem Klopfen:

»Mach mal hinne – die Theke muss noch geputzt werden«, rief er ungeduldig. Doro wechselte mit ihrem Spiegelbild einen genervten Blick und machte sich auf den Weg in die Hölle.

Wie vereinbart war sie an diesem Dienstagnachmittag im Panoptikum aufgeschlagen, die Strecke von Bochum aus hatte sie diesmal mit dem Zug überbrückt, und ihr Plan war es, mit dem letzten oder dem ersten Zug zurückzufahren, je nachdem, wie lang der Abend werden würde. A.K. hatte ihr erklärt, dass es an jedem Diskoabend einen anderen Wodka-Drink im Angebot für 3,50 DM geben würde, und heute sei dies die »Blaue Lagune«. Dann hatte er Doro die Zutaten zehnmal hintereinander aufsagen lassen, als sollte sie einen Geist beschwören: *Blue Curaçao, Wodka, Zitrone. Blue Curaçao, Wodka, Zitrone.* Während sie die Theke schrubbte, gab es noch zwei andere Arbeitskräfte, die den Boden kehrten, aber A.K.s Aufmerksamkeit galt allein Doro. Und Putzen unter Beobachtung entpuppte sich als besonders qualvoll. Nicht mal ein bisschen Musik anmachen ließ er sie, das sei dem DJ vorbehalten, und der würde erst gegen acht kommen.

Also tat Doro das, was sie gut konnte: sich wegträumen. Sie blendete aus, dass A.K. ständig an ihr dranhing wie ein Schatten, und dachte an schöne Dinge, wie zum Beispiel an den Kuss gestern mit Robert. War er so intensiv gewesen, weil es ein Abschiedskuss gewesen war? Hatte er auch diese Wärme und dieses Ziehen im ganzen Körper gespürt? War diese Art der Anziehung für ihn auch erstmalig und besonders? Jetzt wünschte sie, er würde nicht aus Bochum weggehen, sondern sie hätten Zeit, um zu ergründen, was das zwischen ihnen war und was es werden könnte. Andererseits hatte sie gerade weiß Gott andere Sorgen und konnte auch verstehen, dass er mit Bochum mittlerweile etwas Negatives verband: Hier hatte seine Mutter nach ihrer Flucht gelebt, ohne ihn, denn sie hatte sich entschieden, ihr Kind in der DDR zurückzulassen. Warum sollte er also hierbleiben, wenn sie ihn nicht hatte hierhaben wollen? Du oder er – das war die Frage gewesen, die Eva Kallwich seiner Mutter an der Grenze gestellt hatte. Das war nicht das gewesen, was Robert hatte hören wollen, verständlicherweise. Wer würde schon gerne erfahren, dass die eigene Mutter ein besseres Leben für sich dem Zusammensein mit ihrem Kind vorgezogen hatte?

Es tat Doro fast körperlich weh, dass er alles mit sich selbst ausmachte. Gerne hätte sie ihm beigestanden, aber anscheinend wollte er ihre Hilfe nicht, sonst hätte er sich ihr gegenüber doch öffnen können.

Ob er recht hatte, dass Eva Kallwich gefährlich war? Noch konnte Doro nicht beurteilen, ob die Grande Dame nur eine äußere Maskerade abzog mit ihrem majestätischen Getue oder ob sie wirklich etwas Wesentliches verheimlichte. So oder so ließ sie das Gefühl nicht los, dass im Panoptikum irgendwas faul war. Klar, es war illegal, billigen Wodka als teureren zu verkaufen, was hier offensichtlich stattfand, denn Doro hatte ja die Abfüllung aus Kanistern in Flaschen selbst gesehen. Aber da war noch irgendetwas anderes, irgendeine dunkle Energie, die sie nicht näher bestimmen konnte.

»Du hast da was übersehen!« A.K. zeigte mit dem Finger auf einen Wasserrand auf dem Tresen, der kaum zu erkennen war. Kommentarlos wischte Doro darüber und äffte ihn dabei in ihren Kopf nach: *Du hast da was übersehen, du hast da was übersehen.* Doch dann stutzte sie. Ja genau, vielleicht hatte sie wirklich was übersehen! Vielleicht hatte sie nicht genau genug hingeschaut. Sie sollte unbedingt die Augen offen halten.

»So ist's brav. Wir dulden hier keine Schlampereien«, säuselte A.K. wieder in seiner ekelhaften Art, und da wurde Doro mit einem Mal klar, dass *er* die Schwachstelle war. Wenn es irgendetwas herauszufinden gab, dann würde das über *ihn* funktionieren. Sie richtete sich auf und sah ihn forsch an.

»Du nimmst es aber genau«, sagte sie provozierend. »Dabei ist das hier doch gar nicht dein Laden, oder?!« A.K. sprang sofort darauf an und lächelte souverän.

»Eines Tages wird es meiner sein. Und dich werde ich behalten.« Er zog an seiner obligatorischen Zigarette und zwinkerte ihr zu. Aber Doro ließ sich nicht die Butter vom Brot nehmen.

»Oh, das tut mir aber leid, denn sobald ich meine Schulden hier abgearbeitet habe, bin ich weg«, erklärte sie selbstsicher. »Oder glaubst du, dass ich auch nur eine Sekunde länger für deine liebe Mutti schufte?« Sie nahm den Aschenbecher, in den er seine Kippe gedrückt hatte, stellte einen anderen drüber, nahm beide Aschenbecher vom Tisch, leerte den unteren aus und stellte den neuen wieder ab. Das hatte Jochen ihr beigebracht und gesagt, dass Profis das so machen würden. Jedoch zeigte sich A.K. wenig beeindruckt. »Meine liebe Mutti, die verbiegt dich, bis du genau das tust, was sie will«, lachte er. »Und du wirst es selbst nicht mal merken.«

Kurz wurde Doro ganz anders. Sie musste an ihre Ehe denken, wo sie in eine konventionelle Rolle gedrängt worden war, ohne es zu merken, weil sie es einfach nicht von Matthias erwartet hatte, dass er sie verbiegen wollte. A.K.s Drohung machte ihr also durchaus Sorgen, allerdings wollte sie ihm ihre Angst auf keinen Fall zeigen. Sie versuchte, cool zu tun und ihn weiter zu provozieren.

»Mich verbiegt sie bestimmt nicht.«

»Sie hat schon ganz andere verbogen.«

»Ach ja? Meinst du jetzt dich? Das kann ich sehen.«

»Mit ganz andere meine ich ganz andere.«

»Wer soll das sein? Der Kaiser von China? Der Präsident der Vereinigten Staaten?«

Scheinbar gelangweilt sah Doro ihn an und wischte wenig beeindruckt weiter. Da kam A.K. plötzlich sehr nah an sie ran und flüsterte fast. Wahrscheinlich sollte das bedrohlich sein, sie empfand es aber einfach nur als unangenehm. Er roch nach zu süßlichem Parfüm und beißendem Schweiß. Aber was er sagte, traf ins Schwarze.

»Meine Mutter hat sogar mal eine Frau dazu gebracht, ihr Kind drüben im Osten zurückzulassen«, erzählte er. »Kommt dir die Geschichte bekannt vor?« Er versuchte, ihren Blick zu erhaschen, aber Doro wischte weiter, als wäre sie immer noch nicht beeindruckt. Dabei wusste sie genau, von wem er redete. »Deshalb ist dein hübscher kleiner Tänzer als Waise aufgewachsen. Bu-hu.« Doro versuchte weiterhin, sich nicht provozieren zu lassen, aber es war wirklich schwer, seine gehässige Art unkommentiert zu ertragen. Doch es wirkte. Er sprach weiter. »Die hat irgendwelche Medikamente gebraucht, die es in der DDR nicht gab«, fuhr A.K.

fort. »Und dann ist sie zu uns gekommen und hat für meine Mutter geschuftet, bis an ihr Lebensende.« Er lachte jetzt schadenfroh. »Ihr Kind hätte sie natürlich auch gerne zu sich geholt, aber die Kohle hat nie gereicht. Upsi.«

Aus dem Augenwinkel sah Doro, dass A.K. einen gespielt unschuldigen Geschichtsausdruck machte und dann wieder finster lachte. Ihr stockte der Atem. Das war also die ganze Geschichte, die grausame Wahrheit? Und Eva Kallwich hatte sie Robert vorenthalten, um ihm wehzutun! Sie hatte ihn in dem Glauben gelassen, dass er seiner Mutter egal gewesen sei, dabei hatte sie in den Westen gehen *müssen,* weil sie lebensnotwendige Medikamente gebraucht hatte, die es nur dort gab. Und sie hatte ihren Sohn zu sich holen wollen, doch jeder Versuch war von Eva Kallwich vereitelt worden. War das unmenschlich! Sie ging tatsächlich über Leichen.

All diese Gedanken gingen Doro rasend schnell durch den Kopf, und sie hoffte einfach nur, dass sich ihre erschreckende Erkenntnis nicht auf ihrem Gesicht widerspiegelte. Sie durfte sich nicht einschüchtern lassen, nicht klein beigeben, sie hatte A.K. schon genau da, wo sie ihn haben wollte, nämlich an seinem wunden Punkt, seinem Selbstwert. Er fühlte sich stark, weil seine Mutter stark war, aber ohne sie war er schwach und unmündig – das hatte Doro durchschaut. Wenn sie da weiterbohrte, was würde wohl noch kommen?

»Das ist ja wirklich eine beeindruckende Geschichte«, kommentierte sie daher ironisch. »Also von deiner Mutter. Ich meine, du scheinst ja hier nur ihr süßes, kleines Schoßhündchen zu sein, oder, Anton?!« Mit gespieltem Mitleid sah sie ihn an. Er zuckte zwar nicht mit der Wimper, aber

Doro spürte, dass er ins Straucheln kam, dass er zurückschlagen wollte – und dafür musste er etwas Krasses bringen, dafür musste er *wirklich* auspacken. Hatte Doro ihn so weit?

»Ach ja? Was glaubst du denn, warum du hier bist?« Er grinste schadenfroh und ließ sein Feuerzeug aufflammen. »Schon praktisch, so ein Feuerchen. Treibt einem günstige Arbeitskräfte in die Arme.« Er betrachtete die Flamme liebevoll, bevor er seine Zigarette daran anzündete, während Doro ihn fassungslos ansah. Damit hatte sie nicht gerechnet. Ein Geständnis. Ein Täter, der sich stolz zu seiner Tat bekannte. Bingo.

»Du warst es also doch, der das Feuer gelegt hat?« Wütend sah sie ihn an, aber er zuckte nur mit den Schultern.

»Schade nur, dass du uns nichts nachweisen kannst.«

»Schade nur, dass ihr einen Haufen Asche gekauft habt.«

Jetzt war es Doro, die boshaft lachte, aber sie ahnte schon, dass sie in der Geschichte schlechter wegkam als die Kallwichs, viel schlechter.

»Wir haben die Abrisskosten gespart und das Grundstück zu einem Spottpreis bekommen«, erklärte ihr A.K. dann auch gleich grinsend, und Doro musste wirklich hart gegen ihre Wutträten ankämpfen. Sie durfte jetzt nicht weinen. Nicht vor ihm. Diese Genugtuung durfte sie ihm nicht geben. Zum Glück beendete er das Gespräch abrupt, anscheinend war alles gesagt, oder er fürchtete, zu viel zu sagen.

»So, die Plauderstunde ist vorbei«, erklärte er bestimmt und verschränkte die Arme vor der Brust. »Die Klos putzen sich nicht von alleine.« Er nickte mit dem Kopf in Richtung der Toiletten, und Doro schnappte sich fast schon dankbar ihren Wassereimer und den Lappen und ging schnellen Schrittes von der Bar weg. Hoffentlich kam er nicht hinterher, hoffentlich konnte sie mal kurz alleine sein und ein bisschen weinen. Klar, es gab eine gute Nachricht, und die war, dass sie keine Schuld hatte. Sie hatte *nicht* vergessen, das Gas abzustellen. Sie hatte den Brand in der Disko *nicht* zu verantworten. Aber es gab auch eine schlechte Nachricht, und die besagte: Sie war gefangen. Sie war auf die Kallwichs hereingefallen. In ihre Falle getappt. Wieder hatte jemand anders ihr Leben in der Hand. Und zwar schlimmere Leute als je zuvor.

»Sechsmal, bitte.« Während ihr Kollege, der auf den Namen Uli hörte, ihr nur noch Zahlen zurief, mixte Doro eine Blaue Lagune nach der anderen. Es wurde kein anderes Getränk an dem Abend bestellt, und dementsprechend gewährte ein Blick auf die Tanzfläche viele blaue Farbtupfer. Die Songauswahl des DJs war nicht schlecht, aber die Platten so schnell wechseln wie Jochen konnte er nicht. Vielleicht hörte er sich selbst aber auch zu gerne reden, denn zwischen den Songs machte er jedes Mal eine Durchsage – sei es eine Anpreisung des Tagesdrinks oder eine Aufforderung zum Tanzen.

»Und jetzt lasst auf der Tanzfläche eure Emotionen raus – mit dem Hit von The Emotions!« Während sie zwei Blaue Lagunen auf den Tresen schob, schüttelte Doro nur den Kopf. »Kann ihm mal jemand sagen, dass er wie ein Ansager auf dem Rummelplatz klingt?!« Sie konnte einfach nicht umhin, ihrem Ärger Luft zu machen. Uli lachte und nahm Kleingeld aus der Kasse.

»Der ist eigentlich Radio-DJ«, erklärte er mit ostdeutschem Akzent, und Doro horchte auf. »Kommst du aus der DDR?«, wunderte sie sich, aber Uli schüttelte den Kopf.

»Nee, nur meine Eltern«, sagte er. »Bin quasi zweisprachig aufgewachsen.« Er zwinkerte ihr zu, und Doro musste grinsen. Ja, dieses Sächsisch war fast eine andere Sprache. »In der DDR kann nicht jeder einfach ein DJ sein, so wie hier«, redete Uli weiter. »Da muss man erst mal eine Ausbildung zum SPU machen.« Doro sah den hageren, langen Kerl mit seinen zotteligen Haaren amüsiert an.

»Was ist denn ein SPU?«, wollte sie wissen und musste nicht lange auf die Antwort warten.

»Na, staatlich geprüfter Schallplattenunterhalter.«

Haha, das war witzig, Doro lachte, aber dann erklärte Uli ihr, dass dies sein voller Ernst sei.

»Die sind meschugge dort«, fügte er hinzu. Gerne hätte Doro sich noch weiter mit ihm unterhalten, aber der Oberaufseher A.K. befand sich jetzt in unmittelbarer Nähe und hatte seine Argusaugen auf sie gerichtet. Als auch Uli ihn bemerkte, stellt er seine Kommunikation wieder auf Zahlen um. »Zwei.« – »Eins.« »Noch mal zwei.« Also machte sich Doro wieder an ihre Fließbandarbeit im Herstellen von blauen Drinks. *We hold the key to the world's destiny. Have you the feeling to shine your light. Using the power, shining bright.* Wenigstens machte der Song einigermaßen gute Laune, wenn es die Arbeit schon nicht tat. Könnte nicht jemand mal Grüne Wiese bestellen, dachte Doro, die nach farblicher Abwechslung dürstete. Oder Campari-O oder …

»Ein Bier«, hörte Doro Uli jetzt rufen und sah ruckartig auf. Es schien wie ein kleines Wunder, dass jemand mal keine Blaue Lagune bestellte. Schnell trat sie zum Zapfhahn und ließ die goldene Flüssigkeit ins Glas laufen, stellte das Frischgezapfte auf den Tresen und wartete gespannt, wer es sich griff – nur um dann zu sehen, dass es A.K. war. Was für eine Enttäuschung! Aber klar, er trank den billigen Wodka natürlich nicht. Er musste ihren düsteren Blick gesehen haben, denn er wies sie gleich zurecht: »Immer lächeln, Mädchen!« Sofort setzte Doro ein unechtes Lächeln auf, um zu demonstrieren, wie dämlich das aussah. »So ist's gut«, lobte A.K. sie aber wie einen Hund, der »Sitz« gemacht hatte, und trank zufrieden einen großen Schluck Bier. Boah, sie brauchte eine Pause von dem Irrsinn hier. »Ich muss mal pinkeln gehen«, erklärte Doro also und wartete keine Erlaubnis ab, sondern trat hinter der Bar hervor.

»Dann schau gleich, ob noch genug Toilettenpapier da ist«, rief A.K. ihr hinterher, aber Doro reagierte nicht. Als sie außer Sichtweite war, wollte sie am liebsten laut schreien, so unerträglich fühlte sich alles an. Dann erinnerte sie sich aber selbst daran, dass sie entspannt bleiben musste, einfach funktionieren, sonst machte sie es sich selbst nur noch schwerer. Leider lag es irgendwie nicht in ihrem Naturell, alles an sich abprallen zu lassen. Wurde also Zeit, dass sie es lernte.

In der Toilettenkabine entleerte sie erst mal ihre Blase und genoss es, zu sitzen. Die zu engen und zu hohen High Heels streifte sie von den Füßen, die bereits rote Striemen an der Ferse und am Rist aufwiesen. Doro seufzte. Sie wusste nicht mal, wie lange der Abend dauern würde, geschweige denn, wie spät es war – seitdem der Sturz in der Küche als Folge von Matthias' Handgreiflichkeiten ihre Armbanduhr ruiniert hatte, lebte sie zeitlos. Der Griff zum Klopapier ging ins Leere. Na toll, auch das noch. Doro seufzte wieder – und hämmerte gegen die Kabinenwand.

»Hey, hast du Klopapier?«, fragte sie ihre Kabinennachbarin. Als Antwort bekam sie nur ein Schniefen. »Könntest du mir Klopapier durchreichen, bitte?!«, wiederholte sie und hörte dann, dass sich in der Nebenkabine was tat, jemand schien sich vom Boden zu erheben.

»Doro? Bist du das?«

Ein Lächeln macht sich auf ihrem Gesicht breit, denn sie kannte die Stimme. »Elli?!« Freudig griff Doro nach dem Fetzen Klopapier, der ihr unter der Wand hindurchgereicht wurde.

»Mehr hab ich auch nicht«, erklärte Elli und klang leicht benommen. »In solchen Läden herrscht irgendwie chronischer Mangel an Klopapier. Tut mir übrigens leid mit der Disko Bochum. Wie konnte das denn passieren?« Während Doro von dem Klopapier Gebrauch machte, erzählte sie Elli, was geschehen war und welche Konsequenzen das alles für sie hatte. Elli seufzte.

»Scheiße, Mann.«

»Ja.«

»Der Laden hier schmiert so ab gegen eure Disko.«

»Ich weiß.«

Und dann erzählte Doro Elli auch noch, dass Georg auf der Flucht war und dass er sich bei Alex und dem Baby im Krankenhaus versteckte, und dass sie unbedingt einen Plan brauchten. Abrupt hielt sie inne, weil sie nicht wusste, ob Georg ein gutes oder ein schlechtes Thema für Elli war.

Einen Moment lang herrschte einfach nur Schweigen zwischen ihnen.

»Ich glaube, ich kann ihm helfen«, sagte Elli dann in die Stille hinein. »Also, allen dreien, meine ich.«

Doro glaubte, nicht richtig gehört zu haben. »Ernsthaft?«

Jetzt waren dumpfe Klopfgeräusch zu vernehmen, danach ein Lufteinziehen, dann ein Schniefen.

»Na ja, er müsste einfach nach Westberlin«, erklärte Elli und atmete hörbar durch den Mund. »Da gibt's keine Wehrpflicht. Ich fahr doch regelmäßig mit Opa dahin zum Arzt.«

Doro hatte zwar keine Ahnung, wie Elli sich das vorstellte, aber es klang allemal besser als Manni und die RAF. Auf das Klimpern ihrer Pailletten-Handtasche folgte das Knistern eines Papiers, dann das Kratzen eines Stifts, schließlich reichte Elli ihr einen Zettel mit einer Telefonnummer unter der Kabinenwand hindurch.

»Er soll mich anrufen«, ließ sie Doro wissen.

»Du bist die Beste«, konnte die nur sagen, während sie den Zettel in ihre Unterhose schob und wieder in die High Heels schlüpfte, denn ihr Toilettengang hatte jegliche realistische Pipimachzeit bei Weitem überschritten. Doch ein Anliegen hatte sie noch, wenn sie Elli schon mal hier traf.

»Sag mal, könnte ich auch was von dem Zeug bekommen?«, fragte sie vorsichtig. »Ich halte das hier sonst nicht durch!« Doro hatte noch nie Kokain probiert, aber gerade hatte sie extrem das Bedürfnis, sich den Abend erträglicher zu machen. Statt einer Antwort war wieder ein Schniefen zu vernehmen. Dann erklärte Elli: »Ach Hase, fang da lieber nicht mit an. Und es ist eh alle. Wie das Klopapier.«

Doro seufzte und öffnete die Kabinentür.

»Okay. Wir sehen uns, ja?!«

»Nur hören war doch auch ganz witzig.«

Grinsend verließ Doro den Toilettenraum und konzentrierte sich darauf, nicht mit den hohen Schuhen umzuknicken.

Die Blauen Lagunen leuchteten in den Händen der Tanzenden wie im Raum verteilte Lampen. Es sah hübsch aus. Dennoch konnte Doro sie nicht mehr sehen, sie repräsentierten gerade alles, was schieflief in diesem Laden, was schiefgelaufen war in ihrem Leben.

»Kannst du mal Gläser einsammeln gehen?« Uli sah langsam ziemlich erschöpft aus. Mit dem Arm wischte er sich etwas Schweiß von der Stirn. Obwohl er nur ein schwarzes Trägerhemd und silbern glitzernde Shorts trug, schien ihm sehr warm zu sein.

»Willst du nicht mal Pause machen?« Doro sorgte sich ein bisschen um den jungen Mann, der eigentlich lieber auf der anderen Seite des Tresens stehen und Spaß haben sollte, statt hier zu schuften.

»Pause wird nicht so gerne gesehen«, erklärte er. »Und ich brauch das Geld für mein Studium an der Ruhr-Uni.« Doro freute sich zu hören, dass Uli auch in Bochum lebte. »Reicht aber nicht, das Geld, was ich hier kriege«, fuhr er fort. »Deshalb hab ich noch einen anderen Job tagsüber – den Bismarckturm im Stadtpark auf- und wieder abschließen.«

Bewundernd und bemitleidend zugleich sah Doro Uli an. Wie schaffte er das alles? Und warum bezahlten die Kallwichs so schlecht, wo der Laden doch so gut lief? Alles schien wirklich nur aufs Geldsparen angelegt zu sein, billige Arbeitskräfte, billiger Alkohol, billige DJ-Ansagen. Aber sie wollte sich nicht aufregen, nicht zu viel über diese Ungerechtigkeiten nachdenken, also schnappte sie sich ein leeres Tablett und schlängelte sich durch die Menge. Je mehr Gläser sich darauf sammelten, desto schwieriger war es, das Teil unbeschadet durch die Tanzenden zu balancieren. Als jemand Doro am Arm festhielt, drohte das Tablett fast zu Boden zu gehen.

»Sag mal, hast du nicht in der Disko Bochum gearbeitet?«

Zwei junge Frauen sahen sie mit strahlenden Augen an. Sofort bekam Doro bessere Laune. Aus ihrem aufgesetzten Lächeln wurde mühelos ein echtes.

»Ich hab da nicht nur gearbeitet – das war der Laden von mir und meinem Bruder«, sagte sie nicht ohne Stolz.

»Ich hab's da geliebt. So vom Flair und allem her.«

»Die Schwarzlichtparty war Bombe.«

»Und das mit den Ponchos auch.«

»Macht ihr die Disko Bochum bald wieder auf?«

Hoffnungsvoll sahen die beiden Frauen Doro an, doch sie wusste nicht, was sie sagen sollte. Es tat gut zu hören, wie sehr die Disko geschätzt worden war. Doro hatte sich lange nicht mehr so gesehen gefühlt. Die Leute schienen ein gutes Gespür dafür zu haben, was wirklich mit Leidenschaft gemacht wurde und was nur auf Profit aus war. Während sie noch über eine adäquate Antwort nachdachte, stand plötzlich A.K. neben ihr.

»Die Bar wartet auf die Gläser, Doro«, sagte er barsch und sah sie vorwurfsvoll an. Reflexartig wandte sie sich zum Gehen, aber hörte noch, was er den beiden Frauen erzählte.

»Wir machen bald eine neue Disko Bochum auf. Und das wird eine richtige Disko, nicht so ein Kindergarten mit dem ganzen Firlefanz«, lachte er selbstgefällig.

Und in dem Moment fiel es Doro wie Schuppen von den Augen: Niemand konnte ihr die Disko Bochum wegnehmen. Niemand konnte die Disko Bochum abbrennen. Denn die Disko Bochum war in ihr. *Sie* war die Disko Bochum. Und solange sie lebte, lebte auch die Disko Bochum. Sie war gar nicht gefangen, sie war frei. Sie durfte nur nicht an Altem festhalten. Nicht stehen bleiben. Sie musste daran glauben, dass sie die Disko in sich trug und sie jederzeit wieder neu erfinden konnte. Diese Einsicht war erstaunlich ermächtigend. Mit einem Mal sah Doro die Dinge ganz anders. Mit einem Mal hatte sie wieder Handlungsmöglichkeiten, wo ihr vorher die Hände gebunden schienen. Denn sie hatte gedacht, mit dem Verkauf des abgebrannten Gebäudes wäre die Disko Bochum für sie gestorben. Aber ohne sie gab es quasi gar keine Disko Bochum. Und mit ihr gab es überall eine Disko Bochum. Die Erkenntnis weckte Doros Freiheitsdrang und ihren Mut. Sie verstand: Wenn sie sich befreite, dann befreite sie alle anderen gleich mit. So hatte sie es ja auch den Kindern im Kindergarten beigebracht, dass man sich nichts gefallen lassen musste, dass man Raum einnehmen, dass man man selbst sein durfte. Denn damit gab man allen anderen auch die Erlaubnis, sie selbst zu sein. Jetzt war es an ihr, zu zeigen, wer sie war und dass sie sich in ihrem Sein nicht einschränken ließ. Also stellte Doro das Tablett einfach ab, kickte die High Heels von ihren Füßen und bahnte sich den Weg zum DJ-Pult. Dort empfing sie der wenig erfreute Blick des nicht-staatlich geprüften Schallplattenunterhalters. Doro beugte sich zu ihm.

»Kannst du ›Come With Me‹ spielen, bitte?!«

»Ich nehme keine Wünsche an. Meine Setlist steht fest.«

Er widmete sich wieder seinen Platten und beachtete Doro nicht mehr. Gerade wollte sie behaupten, dass es sich bei dem Musikwunsch um eine Anordnung von A.K. handeln würde, da bekam sie unerwartete Unterstützung. Es war Jochen, der wie aus dem Nichts auftauchte, sich mit den Worten »Kannst Pause machen, ich bin deine Ablöse« hinter das Pult stellte und den DJ einfach zur Seite schob. Er tat das mit solch einer Selbstverständlichkeit, dass der andere es gar nicht hinterfragte und den Platz räumte. Jochens liebenswerte Autorität erwies sich mal wieder als äußerst nützlich. Anscheinend hatte er das Gespräch mitbekommen, denn er zwinkerte Doro jetzt zu, und schneller, als sie begreifen konnte, was passierte, hatte er die *Donna-Summer*-Platte herausgesucht, brach den anderen Song mittendrin ab und wechselte die Platte. Dann zeigte er Doro einen Daumen hoch. Dankbar sah die ihn an. Irgendwie verstand Jochen sie ohne Worte, er konnte in ihr lesen und hatte ein Gespür für Situationen und Menschen, einfach genial. Und dann fühlte sich alles mit einem Mal an wie zu Hause, wie in der Disko Bochum. Vor dem erhöhten DJ-Pult stand Doro auf dem Präsentierteller, und alle konnten sie sehen, als sie sich das Mikro schnappte.

»Wer von euch war mal in der Disko Bochum?«, rief sie und erntete Jubel von der Menge. »Lasst uns feiern wie dort!« Wieder Jubel. Und dann erklangen auch schon die ersten Töne des Songs. *Come with me. Lose yourself. Let love be.* Doro begann, sich so zu bewegen, wie es ihr in den Sinn

kam. »Macht alle mit«, rief sie und rollte die Unterarme um-
einander. Sofort taten die Leute es ihr gleich. Der ganze
Raum machte die Unterarmrolle. Es sah genial aus in der
Masse. Dann ging Doro zwei Schritte zur Seite und drehte
sich wieder zurück. Die Leute stiegen mit ein. Da war sie
wieder, diese spezielle Stimmung, in der alle sich zusam-
mengehörig fühlten, eins waren, Teil eines Ganzen, ein Organismus. Doro konnte aus dem Augenwinkel sehen, dass
sogar Uli hinter der Bar sich begeistert mitbewegte. Es bereitete einfach eine ungeheure Freude, synchron die Schritte
wieder und wieder zu machen. Und der Song könnte nicht
passender sein.

I will lead you there keep you there
Give my share and take my share
Set you free
If you will come with me.

Doch dann kam der Spielverderber, der Handlanger, das
Schoßhündchen, Anton Kallwich.

»Sag mal, spinnst du? Komm sofort da runter!«, brüllte er
Doro entgegen, aber die ignorierte ihn einfach, was gar nicht
so schwer war, denn er wurde immer wieder von den Tanzenden, die sich um ihn herum bewegten, verschluckt. Wie
ein Stück Holz in wildem Wellengang. Und als er vollends
von der Tanzfläche gespült worden war, traute sich Doro etwas, was sie sich noch nie getraut hatte, aber schon immer
mal hatte machen wollen: Sie zeigte allen an, die Arme in
die Luft zu heben, und ließ sich dann langsam rückwärts
in die Menge fallen. Sie kam auf den vielen Händen zum

Liegen und wanderte über die Köpfe der Leute. Es war ein irres Gefühl, die komplette Kontrolle abzugeben. Sie hatte vertraut – und wurde getragen. Über ihr die Diskokugel und unter ihr die Tanzenden. Lose yourself, dachte Doro. Let love be. Und sie fühlte sich einfach nur frei und leicht.

Sie wusste nicht, wie lange sie da oben schwebte, irgendwann wurde sie langsam wieder heruntergelassen und auf den Füßen abgesetzt, euphorisch und voller Adrenalin, verschwitzt und glücklich. Doch als sie aufblickte, sah sie in das Gesicht von Eva Kallwich. Das kam nicht überraschend, schließlich war sich Doro des Risikos bewusst, das sie eingegangen war. Dieses Risiko war der ganze Sinn der Sache gewesen. Jetzt standen sie sich gegenüber – fast wie Gladiatorenkämpfer in der Manege. Die Leute hörten auf zu tanzen und richteten ihre Aufmerksamkeit auf die beiden Frauen. Mittlerweile war der Song zu Ende, und Jochen machte keine Anstalten, eine neue Platte aufzulegen.

»Du hast meine Disko abgefackelt«, stellte Doro vor allen Anwesenden klar. Ihre Augen funkelten herausfordernd, doch Eva Kallwich sah wenig beeindruckt aus.

»Das ist eine Unterstellung, und ich werde dich anzeigen«, erklärte sie ruhig und bestimmt. Aber Doro dachte nicht daran, aufzugeben. Das war ihr Kampf, ihre Rache, ihre Genugtuung.

»Ganz vergessen, das hast du ja gar nicht selbst gemacht«, entgegnete sie. »Das hast du deinen kleinen Schoßhund machen lassen.«

Die Spannung war im ganzen Raum zu spüren. Alle wollten hören, was die zwei Frauen miteinander verhandelten. Das passte Eva Kallwich offenbar gar nicht.

»Anton, mach die Musik lauter. Die Party geht weiter«, rief sie jetzt, und A.K. bewegte sich sofort Richtung DJ-Pult. Doro lachte abfällig.

»Machst du dir eigentlich auch mal selbst die Hände schmutzig?« Jetzt erklang wieder ein Song, wenn auch nicht so laut wie vorher.

»Du hast keine Ahnung, wer ich bin.« Eva Kallwich war anzusehen, dass sie langsam, aber sicher die Fassung verlor. Genau da wollte Doro sie haben. Jenseits der Contenance.

»Ich weiß ganz genau, wer du bist«, entgegnete sie. »Willst du ab jetzt jede Disko abfackeln, die dir Konkurrenz macht?«

Aus den Augenwinkeln konnte Doro sehen, dass Jochen und A.K. sich um das Pult stritten. Jetzt ging die Musik plötzlich wieder aus.

»Nein, du billige Schlampe«, sagte Eva Kallwich zornig in die Stille. »Ich wünschte, du wärst mit abgefackelt.«

Erschrocken über ihre eigenen Worte sah sie sich um. Die Leute starrten sie an. Fassungslos. Angewidert. Jetzt ging die Musik wieder an. Doro lächelte schadenfroh.

»Ich denke, unter diesen Bedingungen hat sich unser Arbeitsvertrag erledigt. Viel Spaß mit dem Grundstück.« Sie konnte Eva Kallwich ansehen, dass sie überfordert war mit der Situation, denn sie hatte ihre Macht verloren, und das war sie nicht gewohnt. Doro nutzte die Gelegenheit, um ihr eins reinzuwürgen.

»Weißt du, ganz egal, wie viele Läden du auch aufmachst – sie werden nie wie die Disko Bochum sein«, sagte sie jetzt voller Inbrunst. »Weil deine Disko kein Herz hat. Und meine schon.« Damit ging sie einfach an der Grande Dame, die jetzt eher klein mit Hut war, vorbei und steuerte den Ausgang an. Kurz vorher drehte sie sich aber noch mal zu den Leuten um.

»Übrigens, den Wodka füllen sie hinten aus Kanistern um. Vierzig Pfennig der Liter. Würde ich nicht trinken«, erklärte sie in warnendem Ton und erntete angeekelte Blicke und allgemeines Gemurmel. Während sie sich zum Ausgang bewegte, merkte Doro, dass einige Leute es ihr gleichtaten. Nicht wenige stellten ihre Blaue Lagune ab und machten Anstalten zu gehen.

»Hey, weitertanzen, Leute!«, hörte sie Eva Kallwich rufen und warf einen kurzen Blick zurück. »Tanz, Anton, tanz.« Es war ein verzweifelter Befehl, dem A.K. natürlich nachkam. Er wirkte dabei allerdings eher wie ein zappelnder Fisch auf dem Trockenen. Der Anblick machte die Situation auf der Tanzfläche noch trostloser. Keiner hatte mehr Lust zu tanzen.

Vor dem Panoptikum wartete Doro auf Jochen, der wenig später mit ein paar Leuten nach draußen gespült wurde. Strahlend und stolz kam er auf sie zu, dann gab er ihr seinen typischen Jochen-Kuss auf den Mund und umarmte sie viel zu lange.

»So gut, dass du da warst«, sagte Doro in sein Ohr. »Danke.« Sie spürte, wie Jochen sie noch ein bisschen fester drückte.

»Du machst aber auch Sachen«, lachte er. »Gehst ganz alleine auf Rachefeldzug, ohne Bescheid zu sagen?!«

»War eher 'ne spontane Aktion.« Doro löste sich aus der Umarmung und sah mit Freude, wie viele Leute das Panoptikum verließen.

»Ich glaube, deren Ruf hast du nachhaltig geschädigt«, bemerkte Jochen anerkennend. »Bald haben wir gar keine Disko mehr im Pott.« Die beiden mussten lachen und brauchten eine ganze Weile, um sich wieder einzukriegen. Dann wurde Jochen plötzlich ernst.

»Hör mal, Doro, du kannst Joachim nicht einfach so bei der Arbeit ansprechen auf uns.« Er sah sie vorwurfsvoll an. Nach kurzem Überlegen verstand Doro, dass er von ihrer Begegnung mit Joachim Gruber im Krankenhaus sprach.

»Ha, dann hat er mich also doch erkannt!«, freute sie sich.

»Er hat sich nicht geoutet, Doro.«

»Hmm?«

»Er ist heimlich schwul.«

Doro verstand nicht. »Wieso das denn? Ist doch legal.«

Jetzt lachte Jochen – über sie. »Leider heißt das nicht, dass es überall anerkannt wird«, erklärte er. »Außerdem will er eine Familie haben. Und dafür muss er heiraten. Und zwar eine Frau.«

Hui, ganz schön komplex. Obwohl sie das alles nicht richtig verstand, nickte Doro. »Tut mir leid, war doof von mir«, entschuldigte sie sich und freute sich über das verzeihende Lächeln von Jochen.

Plötzlich stand Uli neben ihnen. »Ich glaube, ich habe keinen Job mehr«, lachte er. »Aber war auch 'n Scheiß-Job.« Er hatte ein gluckerndes Lachen, das ansteckend war. Jochen und Doro konnten nur mitlachen.

»Du findest bestimmt was Besseres«, versicherte Doro ihm, und Uli nickte. »Keine Sorge, werd mich schon nicht ausm Wohnheim stürzen«, erklärte er. »Muss nicht jeden Trend an der Uni mitmachen.« Er zwinkerte fröhlich in die

Runde. »Hey, und ich hab dir deine Klamotten mitgebracht«, fuhr er fort. Jetzt erst sah Doro, dass er tatsächlich ihre Kleider über dem Arm trug. Stimmt, sie war ja noch barfuß! Hatte sie ganz vergessen bei all dem Tumult. Dankend nahm sie den Kram an sich.

»Aber jetzt nichts wie weg hier, oder?!« Jochen klimperte demonstrativ mit seinem Autoschlüssel. »Ich will zurück nach Bochum.« Da er nur Zustimmung erntete, saßen die drei alsbald in seiner Karre und düsten über die Autobahn. Doro konnte ihm endlich erzählen, dass sie das Michael-Jackson-Autogramm gerettet hatte, woraufhin sie für den Rest der Fahrt nur noch seine Jackson-Five-Kassette hörten.

26

Als Doro am nächsten Tag Richtung Zeche lief, hatte sie wenig Hoffnung, dass sie Robert noch antreffen würde. Zwar hatte er bei ihrer Begegnung vor der Ecke nicht gesagt, wann er Bochum verlassen würde, aber es hatte so gewirkt, als wäre er schon mehr als bereit zur Abreise gewesen. Sie wusste nicht, ob die neuen Informationen, die sie über seine Mutter hatte, seine Pläne ändern könnten, aber darum ging es ihr auch nicht. Sie wollte ihn einfach gerne von den Gespenstern seiner Vergangenheit erlösen. Er hatte die Wahrheit verdient. Und seine Mutter auch.

Kurz vor dem Eingang zur Zeche hörte sie das bekannte Motorengeräusch. Er war also noch da! Schon brauste das Moped in einiger Entfernung auf die Straße und raste in die entgegengesetzte Richtung davon.

»Hey«, rief sie und lief ein Stück hinterher. »Warte!« Aber da war die laute Maschine schon längst außer Hörweite. Mist. Enttäuscht stand Doro da und sah zu, wie das Moped immer kleiner und kleiner wurde.

Plötzlich lachte jemand hinter ihr. Robert kam vom Zaun aus auf sie zu und freute sich über ihr perplexes Gesicht. »Hab das gute Stück gerade verkauft«, erklärte er, und Doro fiel ein riesengroßer Stein vom Herzen. »Hast trotzdem Glück, dass du mich hier noch antriffst«, fuhr er fort. »Was verschafft mir denn die Ehre?«

Das Kabuff war fast leer geräumt bis auf ein paar Möbel. All die anderen Dinge hatte Robert wohl auch schon verkauft. Ein großer, praller Koffer stand in der Mitte des Raumes. Helle Sonnenstrahlen fielen durch die hohen Fenster und erleuchteten die tanzenden Staubkörner in der Luft.

Nachdem sie auf dem Bettgestell Platz genommen hatten, teilte Doro ihr neues Wissen mit Robert. Er hörte zu und schwieg. Tränen sammelten sich in seinen Augen. Obwohl er sie schnell mit seinem Hemdärmel wegwischte, kamen sie immer wieder, und irgendwann ließ er sie einfach laufen. Fast hätte Doro auch geheult, weil das alles so traurig war und Roberts Ergriffenheit wirklich herzzerreißend. Aber sie traute sich nicht mal, ihn in den Arm zu nehmen, obwohl er zum ersten Mal in ihrem Beisein seine Gefühle zuließ.

»Ich hatte keinen Plan, dass sie so krank war«, sagte er schließlich, nachdem er sich wieder etwas gefangen hatte. »Danke, dass du mir das erzählt hast.« Er lächelte, als wäre eine große Last von ihm genommen, als wäre er wirklich endlich erlöst worden.

»Sehr gerne«, sagte Doro nur. Sie war froh, dass die ganze Wahrheit ans Licht gekommen war und Robert nicht für den Rest seines Lebens glauben musste, seine Mutter hätte ihn einfach im Stich gelassen.

»Tut mir leid, dass ich dir nicht vertraut habe.« Er sah ihr jetzt direkt in die Augen, und Doro wurde ganz anders.

»Ich hab ja gesagt – unterschätze mich nie wieder«, scherzte sie, weil sie merkte, dass ihr das gerade irgendwie zu viel wurde. Dennoch war sie glücklich über seine Worte. Endlich sah er sie wieder. Endlich war die kosmische Verbindung wieder da. Oder war sie nie weg gewesen?

»Ich unterschätze dich nie wieder«, sagte er jetzt feierlich und hob zwei Finger. »Großes Ehrenwort.«

Sie schauten sich an und lachten. Jedoch konnte Doro Robert ansehen, dass er sehr mitgenommen war. Er hatte zwar jetzt seine Antwort, seine jahrelange Suche war endlich vorbei, aber das musste er erst mal begreifen. Doro fiel ein, dass ihr Vater mal erzählt hatte, dass die Menschen nach Kriegsende zwar erleichtert und glücklich gewesen seien, sich aber so an die ständige Angst und die Situation gewöhnt hatten, dass sie nicht von einem Tag auf den anderen normal hatten leben können, sondern es Monate gedauert hatte, bis das neue Lebensgefühl vom Verstand in den Körper übergegangen war. So stellte sie sich das auch mit Roberts Suche vor, die ja seit seiner Kindheit sein Lebensinhalt gewesen war.

»Ich lass dich lieber mal alleine«, erklärte Doro sanft und erhob sich. Langsam ging sie ein paar Schritte Richtung Tür. Verabschiedet hatten sie sich ja bereits voneinander. Und ihr Verstand wusste genau, dass er gehen würde – so richtig glauben, dass er bald weg sein würde, konnte sie aber nicht. Wollte sie vielleicht auch nicht. Verdammt.

»Doro?!«

Erfreut drehte sie sich um. Robert sah sie liebevoll an.

»Wenn ich jetzt in den Zug nach Südfrankreich steige, kommst du dann mit?« Sein Blick war bittend, und so schön der Gedanke war und so romantisch das auch klang, Doro konnte ihm keine positive Antwort geben.

»Ich glaub nicht«, sagte sie ehrlicherweise. »Ich hab hier nämlich noch so einiges vor.« Entschuldigend sah sie ihn an. Er nickte etwas enttäuscht, aber schien sie verstehen zu können. Dann erhob er sich, ging auf sie zu und umarmte sie. Zärtlich zog er sie an sich, und sie atmete seinen Geruch ein, der mittlerweile so vertraut und trotzdem noch aufregend war. Kurz hielten sie sich beide im Arm. Doro spürte, dass Robert die Augen geschlossen hatte, und auch sie konzentrierte sich darauf, in diesem Moment nur seine Nähe zu fühlen. Dann lösten sie sich aus der Umarmung, und Doro sah Robert tief in die Augen.

»Vielleicht hast du ja auch noch nicht alles entdeckt, was das piefige Bochum zu bieten hat«, sagte sie mit herausforderndem Lächeln und zuckte dann mit den Schultern.

»Ja, vielleicht muss ich diesem Kaff doch noch eine Chance geben«, entgegnete er und grinste. Überhaupt sah er schon ein bisschen gefasster aus. Als hätte er neuen Lebensmut. Als wäre alles möglich, sogar tatsächlich hierzubleiben.

»Vielleicht.«

»Vielleicht.«

Die beiden lächelten sich an. Standen ein bisschen überfordert da. Schließlich ergriff Doro wieder das Wort.

»Dann sehen wir uns?«

»Wir sehen uns.«

Roberts Lächeln wurde wieder zu einem Grinsen, und auch Doro konnte ihre Freude nicht verbergen. Er würde noch nicht gehen! Sie konnten sich noch ein bisschen anschauen, was das zwischen ihnen war!

Mit einem fetten Grinsen im Gesicht ging sie endgültig zur Tür, aber drehte sich um, nachdem sie über die Schwelle getreten war. Er sah sie immer noch an. Ihre Blicke trafen sich. Ein weiteres inniges Lächeln.

Als Doro hinaus ins Freie stolperte, wurde sie von der strahlenden Mittagssonne empfangen, die ausnahmsweise mal genau ihrem Gemütszustand entsprach. Sie konnte nämlich nicht mehr aufhören zu grinsen. Jede Zelle in ihrem Körper schien zu jubeln. Sie hatte das Gefühl, dass tatsächlich alles gut werden könnte. Dass die Zukunft hell und warm werden könnte. Alles fühlte sich leicht an, als würde sie schweben. Es war nicht nur dieses kribbelige Verknalltsein, es war mehr als das – ein tieferes Gefühl der Zuversicht und des Vertrauens. In sie beide, in die Welt, und in sich selbst. Und das war ein irre gutes Gefühl.

Der *Rumfort*, den ihre Mutter am Freitag zum außerplanmäßigen Resteessen gekocht hatte, sah so köstlich aus, dass Doro die Ahnung beschlich, dass es sich dabei überhaupt nicht um eine Mahlzeit handelte, die aus vom Ablaufen bedrohten Lebensmitteln zusammengestückelt war. Vielmehr schien Barbara richtig aufgekocht zu haben, fast schon ein Festmahl hatte sie gezaubert. Vielleicht zur Feier des Tages, weil der Feinkostladen aus den Miesen raus war. Allerdings hatte Doro ein bisschen Sorge, dass sie keinen Bissen herunterbekommen würde. Zwar war ihr Vater ihr seit dem Verkauf der Ecke und dem Ablösen der Hypothek wohlgesonnen, über das Ende ihre Ehe hatte er aber immer noch kein Wort verloren. Mit diesem Thema musste sie also permanent rechnen wie mit einem Wintereinbruch im Dezember. Weit mehr Potenzial für eine unangenehme Stimmung barg jedoch die Tatsache, dass Johanna kommen würde, und zwar mit Jack. Weil das ja noch nicht genug des Schocks sein würde, wollten die beiden heute verkünden, dass sie gemeinsam in die USA gehen würden. Jack, weil seine Stationierungszeit in Deutschland abgelaufen war. Johanna, weil sie nur dort endlich Pilotin würde werden können. Doro hatte keine Ahnung, ob sie ihre Eltern vorwarnen oder sie ins offene Messer rennen lassen sollte. Zum Glück konnte sie aber erst mal mit einer guten Nachricht aufwarten: Georg hatte sich aus Westberlin gemeldet, er war zusammen mit Alex und dem Baby dort angekommen und wäre dort fürs Erste sicher. Während ihre Mutter erleichtert lächelte, schüttelte ihr Vater nur verständnislos den Kopf.

»Das hätt doch alles nicht sein müssen«, sagte er verärgert. »Hätt er einfach noch die paar Monate seinen Dienst abgeleistet.« Er hatte sich bereits an den Tisch gesetzt, während Doro und ihre Mutter die letzten Schüsseln auftrugen.

»Wenn Gras über die Sache gewachsen ist, dann kommen sie wieder zurück«, erklärte Doro. »Und man kann sie dort auch besuchen.« Ihr Vater schnaubte. »Ja, so weit kommt's noch.« Er tat Doro fast ein bisschen leid, denn es schien so, als würde jedes seiner Kinder seine Nerven auf eine andere Art vor eine Zerreißprobe stellen. Das waren ganz schön viele Zerreißproben.

»Hauptsache, es geht ihm gut.« Ihre Mutter setzte sich jetzt auch und wies Doro an, es ihr gleichzutun.

»Jaja, du lässt dem Jungen ja schon immer alles durchgehen.« Ihr Vater schenkte sich Bier nach, während Barbara sein Sticheln ignorierte.

»Und du wohnst jetzt weiterhin bei Bertha?«, fragte sie in die Stille hinein. Doro nickte und stibitzte eine Kartoffel, die sie sich schnell in den Mund schob, aber gleich wieder auf ihre Handfläche spucken musste, weil sie viel zu heiß war. Vorwurfsvoll sah ihre Mutter sie an, während ihr Vater genervt zur Wanduhr schaute. »Wann kommen die denn? Das Essen wird noch kalt.« Tatsächlich war es bereits ein paar Minuten nach neunzehn Uhr. Doro wusste nur, dass Johanna Jack mit ihrer Ente hatte abholen wollen, das war allerdings vor mehreren Stunden gewesen. Sie konnte sich lebhaft vorstellen, dass die beiden Alt-Neuverliebten noch mal zwischen den Bettlaken gelandet waren. Aber das konnte sie schlecht ihren Eltern sagen, also pustete sie auf die heiße Kartoffel.

Endlich ging die Ladenglocke, und aller Blicke richteten sich auf die Tür. Durch die kamen aber nicht Johanna und Jack, sondern Frank. Er grüßte freundlich, legte Hut und Mantel ab und setzte sich dann an seinen Platz, der wie üblich gedeckt war, was Doro erst jetzt registrierte.

»Mama hat mich eingeladen«, sagte er in die Runde. »Danke.« Es war Frank anzumerken, dass ihm die Situation unangenehm war, aber anscheinend sah er es auch nicht ein, dem Essen fernzubleiben. Ihr Vater schaute von Frank zu Barbara, die seinem Blick auswich.

»Schön, dass du da bist«, sagte sie zu ihrem Sohn. »Wir sind immer noch eine Familie. In guten wie in schlechten Zeiten.« Von ihrer Mutter wusste Doro, dass Frank mittlerweile beim Allkauf arbeitete – aber das traute er sich ihrem Vater wohl noch nicht zu sagen. »Los, wir fangen jetzt mit dem Essen an«, bestimmte Gerhard, und keiner hatte Gegenargumente, denn alle waren hungrig, und das Essen sah fantastisch aus. Als sie gerade loslegen wollten, ging die Ladenglocke ein weiteres Mal, und jetzt waren es endlich Johanna und Jack. Während ihre Schwester locker in Hose und Bluse gekleidet war, trug Jack seine Uniform, außerdem hielt er in der einen Hand einen Blumenstrauß und in der anderen eine Flasche Cognac.

»Sorry, Leute«, sagte Johanna, während sie sich auf ihren Stuhl fallen ließ. »Jack wollte unbedingt noch Geschenke kaufen.« Sie verdrehte die Augen, aber man merkte, dass sie es auch irgendwie süß fand. Und tatsächlich war Barbara von den Blumen begeistert, und auch ihr Vater musterte den Cognac interessiert, nachdem er ihn erst mal mit seiner Serviette abgewischt hatte. Doro und Johanna sahen sich an und kicherten in sich rein.

»Isch bin Jack. Es freut mich sehr, Sie zu treffen finally.« Jack lächelte ihre Eltern freundlich an, und Doro konnte förmlich sehen, wie viel Anstrengung es Frank kostete, keinen blöden Spruch zu machen.

»Er ist mein Freund«, fügte Johanna hinzu und rückte Jack einen Stuhl zurecht. »My boyfriend.«

Ihrem Vater entglitt das Gesicht. »Ihr seid … Aber er ist …«, stammelte er, doch Jack schien vorbereitet. »Vielleicht wir können mal zusammen schießen gehen?«, schlug er vor. »Jo hat erzählt, dass Sie sind im Schützenverein.« Tatsächlich nahm Jacks Freundlichkeit Gerhard ein bisschen den Wind aus den Segeln, jedenfalls war er erst mal sprachlos.

»Jack hat mir beigebracht, eine Cessna zu fliegen«, erzählte Johanna, während sie sich Essen auf den Teller lud. Jetzt entglitt zur Abwechslung mal das Gesicht ihrer Mutter.

»Ach du meine Güte«, sagte sie nur und verschluckte sich fast an einem Stück Fleisch. »Musst du immer so gefährliche Sachen machen?!« Johanna und Jack sahen sich an.

Doro war klar, dass sie jetzt die Katze aus dem Sack lassen würden.

»Wir werden zusammen in die USA gehen, nach Wyoming«, erklärte Johanna ernst. »Damit ich endlich Pilotin für Linienflugzeuge werden kann.« Während Doro die Luft anhielt, begann Frank leise zu lachen. Auf der Stirn ihrer Mutter hatten sich alle Sorgenfalten aktiviert, und ihr Vater haute wütend mit der Faust auf den Tisch.

»Kann man nicht einmal in Ruhe essen?«, sagte er dann laut. »Ohne dass jemand irgendeine Schwangerschaft ankündigt, die nicht existiert. Ohne dass die Feldjäger jemanden verhaften wollen. Und ohne dass der Feind mit mir schießen gehen will.« Alle sahen beschämt unter sich, aber irgendwie war es auch lustig. Weil er ja recht hatte. Bei den Krämers war immer was los. Nichts blieb, wie es war, und jeder machte im Endeffekt, was er wollte. Eigentlich hatte Doro beim letzten Gespräch mit ihrem Vater das Gefühl gehabt, dass er diese Tatsache endlich akzeptiert hätte – gerade war sie sich nicht mehr so sicher. Aber war es nicht mit allen Veränderungen so, dass man zwei Schritte vor und einen zurückging? Immerhin machte er nur verbal seinem Ärger Luft, ohne dass sich Konsequenzen daraus ergaben.

»Falls jemand noch eine Neuigkeit hat, dann jetzt raus damit«, fuhr Gerhard fort und sah herausfordernd in die Runde. Als nichts kam und er gerade wieder essen wollte, räusperte sich Frank.

»Ich arbeite jetzt beim Allkauf«, sagte er, ohne ihrem Vater in die Augen zu schauen. »Aber die haben da ganz andere Produkte als hier im Feinkostladen«, fügte er hinzu. »Tütensuppen und Tiefkühlpizza und so.« Er aß einfach weiter, als ob das keine große Sache wäre, aber ihr Vater legte sein Besteck nieder, stand auf und schob dabei geräuschvoll den Stuhl zurück. Dann ging er aus dem Raum. Alle sahen sich an. Okay, das war wohl eine nervliche Zerreißprobe zu viel gewesen, schätze Doro. Zumindest warf ihr Vater niemanden raus, sondern ging selbst. Auch mal was anderes.

Schweigend aßen sie weiter. Nur Jack lobte das leckere Essen, und ihre Mutter bedankte sich. Dann kam Gerhard wieder in den Raum gestiefelt, in der Hand ein Tablett mit leeren Gläsern drauf. »So, jetzt kriegt jeder erst mal einen Cognac«, sagte er und öffnete die Flasche mit einem Plopp. »Sonst ist das ja alles nicht auszuhalten.« Doro und Johanna sahen sich an und mussten beide grinsen.

Wer sagt's denn, dachte sie, das waren doch schon wieder zwei Schritte nach vorne.

Nach dem Essen schnappte Doro sich zwei Bierflaschen und verabschiedete sich zügig, denn sie hatte noch eine Verabredung, ein Date sozusagen. Sie hatte sich einen besonderen Ort für dieses spätabendliche Treffen ausgesucht, nämlich den Bismarckturm im Stadtpark. Der war um diese Uhrzeit eigentlich abgeschlossen und nicht betretbar, aber Doro hatte ihre neuen Beziehungen spielen lassen. Natürlich durfte keiner wissen, dass Uli ihr den Schlüssel geborgt hatte, denn sonst würde er diesen Job auch noch verlieren, aber nach Einbruch der Dunkelheit hielt sich sowieso niemand mehr im kaum beleuchteten Park auf. So traf Doro auf dem Weg zum Turm auch nur einen Gassigeher mit Hund, der sie verwundert grüßte, weil er wahrscheinlich auch nicht damit gerechnet hatte, jemandem zu begegnen.

Dank des hellen Vollmonds war der Gang durch den Park problemlos zu schaffen. Er tauchte das Gemäuer in gespenstisches Licht, es sah mystisch und magisch aus. Und etwas unheimlich war es auch, die knarzenden Treppenstufen hochzustapfen, nachdem Doro die Tür zwar geschlossen, aber nicht wieder abgeschlossen hatte.

Ihre Schritte hallten laut, während sie sich Stufe um Stufe hinaufarbeitete. Oben angekommen, schlug ihr die milde Abendluft entgegen. Der Sternenhimmel schien nah, die Stadt lag unter ihr als ein buntes Lichtermeer. Alles wirkte weit, offen und frei. Doro atmete tief ein und aus und stellte die Bierflaschen auf dem Rand der Plattform ab. Das war es, was sie gebraucht hatte, diese Vogelperspektive. Alles mal von oben und von außen betrachten. Die Weite und die Möglichkeiten sehen. Sie hatte sich genau den richtigen Ort für das Treffen ausgesucht. Schließlich ging es um eine besondere Beziehung, um eine gemeinsame Zukunft. Zufrieden öffnete sie die beiden Biere mit einem Feuerzeug und nahm einen großen Schluck. Dann drehte sie sich um sich selbst, blickte in jede Himmelsrichtung, fühlte sich klein und erhaben zugleich.

War das die Tür gewesen? Doro hielt inne und lauschte. Dann hörte sie tatsächlich Schritte, noch weit entfernt, aber langsam lauter werdend. O Gott, war das aufregend. Ein Kribbeln breitete sich in ihrem Körper aus. Die Schritte waren jetzt ganz nah, ein Kopf war zu sehen, dann der Oberkörper …

»Interessanter Treffpunkt.«

Elli sah sich amüsiert um. Sie trug eine schwarze Lederjacke über dem bauchfreien Top, ihre Katzenaugen leuchteten unter dem silbernen Lidschatten, die dunklen Haare wurden von einem breiten Glitzerband zurückgehalten.

»Ich hab mal 'nen Überblick gebraucht«, erklärte Doro, während Elli in die Ferne schaute. Ihre roten Lippen verzogen sich zu einem Schmunzeln.

»Wow. Kann man ja fast bis nach Seebühl am Bühlsee kucken«, sagte sie grinsend.

»Absolut.« Doro lachte. »Schön, dass du gekommen bist.«

Lächelnd reichte sie Elli ein Bier. Die nickte nur und stellte sich zu Doro an den Rand der Plattform.

»Ist das als Dankeschön gedacht? Wegen Georg?« Sie nahm einen großen Schluck Bier. »Der Arme musste bis Westberlin im Kofferraum ausharren. Aber die Grenzbeamten kennen meinen Opa ja schon wegen der regelmäßigen Krankenbesuche, die schöpfen gar keinen Verdacht. Auch, dass ihn diesmal seine angebliche Ziehtochter statt mir begleitet hat, haben die sofort geschluckt. Trotz Baby.«

Doro konnte nur staunen, wie gut Elli die Flucht organisiert hatte. Dass sie Georg half, verstand Doro ja noch, aber dass sie auch Alex und das Baby nach Westberlin verfrachtet hatte, war wirklich groß von ihr.

»Echt schade, dass Opa nichts mehr mitkriegt«, lachte sie jetzt. »Es würde ihn fuchsteufelswild machen, zu wissen, dass in seinem Wagen ein Fahnenflüchtiger ins rote Westberlin gebracht wird und nicht mehr strafverfolgt werden kann.«

Es war offensichtlich, dass Elli diebischen Spaß an solchen Aktionen hatte. Anscheinend ihre Art von Nervenkitzel, dachte Doro, so wie es bei Johanna die Geschwindigkeit war. Sie betrachtete ihr schönes Profil, als Elli jetzt auf die

Stadt, auf die Lichter blickte. Doro konnte sehen, wie das Mondlicht sich in ihren Augen spiegelte.

»Ist nicht wegen Georg, das Treffen«, erklärte sie dann. »Geht um was anderes.«

Verwirrt blickte Elli sie an und musterte Doro eindringlich. »Worum geht's denn dann?«

Doro räusperte sich. Ihre Stimme klang jetzt fast feierlich.

»Weißt du, als ich dich das erste Mal tanzen gesehen habe, in der Army Base, da wusste ich, diese Frau ist Disko pur«, begann sie. »Du hast es einfach in dir, dieses Gefühl. Du bist das Gefühl. Deine Bewegungen, deine Aura, das ist alles so übermenschlich.«

Doro merkte, dass es gar nicht so einfach war, all das in Worten auszudrücken, und Elli sah sie leicht belustigt an.

»Was wird 'n das hier? Ein Flirt?«, lachte sie.

Aber Doros Blick blieb ernst. »Ein Geschäft«, erklärte sie bedeutungsvoll, während sie wahrnahm, dass Ellis Augen sich skeptisch verengten. Also fuhr sie fort.

»Weißt du, wenn ich aus der Ecke einen angesagten Laden machen kann, dann können wir beide zusammen jeden Schrotthaufen zum Steppen bringen!« Doro zeigte jetzt auf die Stadt. »Da unten, da ist ein Platz für uns. Wir müssen ihn nur noch finden.« Erwartungsvoll sah sie Elli an. Sie musste ihre Euphorie ein bisschen zügeln, aber sie war einfach so aufgeregt. Sie fand, das war die beste Idee, die sie jemals gehabt hatte. Doch Elli runzelte die Stirn.

»Du meinst, du willst mein Geld.« Ihr Blick war ein bisschen enttäuscht – wahrscheinlich wollten alle immer ihr Geld. Sofort schüttelte Doro den Kopf.

»Ich meine, ich will dich als Partnerin«, stellte sie klar. »Du und ich, wir könnten den abgefahrensten Laden im ganzen Pott aufmachen.« Ihre Stimme war wieder voller Aufregung. »Du mit deiner Aura und deinen Tanzkünsten und ich mit meinen Partyideen – wir wären ein Dream-Team.«

Doro strahlte Elli an, wartete auf eine Reaktion und befürchtete kurz, sie würde jetzt wieder was mit »Ach, Hase« sagen, weil ihr Vorhaben zu weltfremd und zu naiv war. Aber dann lächelte Elli einfach nur. Ein richtig breites Lächeln war das. Der Gedanke schien ihr zu gefallen. Gott sei Dank! Schließlich war sie es ja auch gewesen, die gesagt hatte, dass man alles mal ausprobiert haben sollte. Und Nervenkitzel würde sie bei dieser Geschäftsidee genug bekommen. Doros Freude schlug sich in einem erleichterten Lächeln nieder. Feierlich hob sie ihre Bierflasche und sah Elli glücklich an.

»Die Disko Bochum ist tot …«, begann sie.

Elli lächelte und hob ebenfalls ihre Bierflasche.

»Es lebe die Disko Bochum!«, ergänzte sie.

Mit einem dumpfen Klirren stießen sie an und kicherten ein bisschen wie zwei Mädchen im Ferienlager, die einen verrückten Plan schmiedeten, der ihr Leben für immer verändern würde. Und während sie auf ihre gemeinsame Zukunft tranken, thronte der Vollmond wie eine Diskokugel über Bochum.

Quellen

3

Viki Leandros: Ich liebe das Leben, in: Ich liebe das Leben.
Philips 1975
KC and the Sunshine Band: That's the Way (I like it),
in: KC and the Sunshine Band. TK 1975
Diana Ross: Love Hangover, in: Diana Ross. Motown 1976

4

Siw Malmkvist: Liebeskummer lohnt sich nicht, in: zu Gast bei
Siw. Metronome 1964
Rex Gildo: Fiesta Mexikana, in: Mein Autogramm. Ariola 1972
Marianne Rosenberg: Er gehört zu mir, in: Ich bin wie du. Phi-
lips 1975
Roberto Blanco: Ein bisschen Spaß muss sein, in: Ein bisschen
Spaß muss sein. CBS 1973

6

The Jackson 5: ABC, in: ABC. Motown 1970
Frankie Valli & The Four Seasons: December, 1963 (Oh, What
a Night), in: Who loves you. Warner Bros., Curb Records 1975

7

Udo Jürgens: Griechischer Wein, in: Meine Lieder. Ariola 1974
ABBA: SOS, in: ABBA. Polydor 1975

8

Vickie Sue Robinson: Turn the beat around, in: Never Gonna
Let You Go (Expanded Edition). RCA Victor 1976
Carl Douglas: Kung Fu Fighting, in: Kung Fu Fighter.
Pye Records 1974
Peggy Lee: Fever, in: Fever. Capitol Records 1958

9

Silver Convention: Get Up and Boogie, in: Get Up and Boo-
gie. Midland International 1976
The Trammps: Disco Inferno, in: Disco Inferno. Atlantic 1976
Carl Douglas: Kung Fu Fighting, in: Kung Fu Fighter.
Pye Records 1974

11

Blue Swede: Hooked On A Feeling, in: Hooked On A Feeling.
EMI 1974
Boney M.: Daddy Cool, in: Take the Heat Off Me. Atlantic,
Atco, Hansa 1976
Rose Royce: Car Wash, in: Car Wash – OrginalMtion Picture
Soundtrack, MCA 1976
ABBA: Dancing Queen, in: Arrival. Atlantic Records 1976

12

Paul Simon: 50 Ways to Leave Your Lover, in: Still Crazy After
All These Years. Columbia 1975

13

Paul Simon: 50 Ways to Leave Your Lover, in: Still Crazy After
All These Years. Columbia 1975

14

Labelle: Lady Marmalade, in: Nightbirds. Epic Records 1974
Boney. M.: Sunny, in: Take The Heat Off Me, Atlantic Atco, Hansa 1976

18

The Jackson 5: Dancing Machine, in: Get It Together and Dancing Machine. Motown 1974
Hot Chocolate: Disco Queen, in: Cicero Park. RAK, Big Tree Records 1974
Harold Melvin & The Blue Notes (feat. Teddy Pendergrass): Don't leave me this way, in: Wake Up Everybody. Philadelphia International 1975
Kool & the Gang: Jungle Boogie, in: Wild and Peaceful. Polydor 1973

19

ABBA: SOS, in: ABBA. Polydor 1975

21

The Jackson 5: ABC, in: ABC. Motown 1970

25

The Emotions: Flowers, in: Flowers. Columbia 1976
Donna Summer: Come with me, in: A Love Trilogy. Oasis, Casablanca 1976

Autorin

Dorothee Fesel studierte Kreatives Schreiben und Kultur-journalismus an der Universität Hildesheim und arbeitet seit 2006 als freie Autorin und Texterin. Sie schrieb als Drehbuchautorin für die in 2024 bei RTL erscheinende Serie »Disko 76«, die sie auch zu ihrem ersten Romanprojekt inspirierte. Die Autorin lebt mit ihrem Sohn in Berlin.